U0924375

暖风不及你情深

—青青谁笑 著—

[上册]

青岛出版社
QINGDAO PUBLISHING HOUSE

图书在版编目（C I P）数据

暖风不及你情深 / 青青谁笑著. — 青岛 : 青岛出版社，2020.8

ISBN 978-7-5552-8530-4

Ⅰ. ①暖… Ⅱ. ①青… Ⅲ. ①长篇小说－中国－当代 Ⅳ. ①I247.5

中国版本图书馆CIP数据核字（2019）第249601号

书　　名　暖风不及你情深
著　　者　青青谁笑
出版发行　青岛出版社
社　　址　青岛市海尔路182号（266061）
本社网址　http://www.qdpub.com
邮购电话　18613853563　13335059110
　　　　　0532-85814750（传真）　0532-68068026
责任编辑　李文峰
特约编辑　孙红彦
校　　对　耿道川
装帧设计　林　丽
照　　排　孙顾芳
印　　刷　北京润田金辉印刷有限公司
出版日期　2020年8月第1版　　2022年2月第5次印刷
开　　本　16开（640mm×920mm）
印　　张　46
字　　数　550千
书　　号　ISBN 978-7-5552-8530-4
定　　价　79.80元（全三册）

编校印装质量、盗版监督服务电话　4006532017　0532-68068638

建议陈列类别：畅销·青春文学

目录【上册】

CONTENTS

目录【中册】

CONTENTS

目录【下册】

CONTENTS

第一章　御园·归来

冰冷的监狱中。

季暖坐在角落里，目光仿佛没有焦距，望着那份已经脏得不能吃的冷饭。

忽然，门外的监视室传来电视机播报新闻的声音——

"Shine集团总裁墨景深今日回国，现已抵达海城——"

"Shine集团是亚洲最大的金融企业，墨景深七年前正式接手该公司，如今商业巨头的地位无可撼动……"

季暖的表情瞬间僵住。下一秒，她起身倏地冲到门边，努力伸着头向外看。

听到动静，狱警回过头，看见她狼狈又惊惶地蹲在门内，手死死地按着冰冷的门，双目通红，盯着电视的方向。

"看什么看？知道新闻里说的那位是谁吗？"

季暖低下头，眼底是涩然的笑。

尽管这个已经成为Shine集团总裁的男人，十年前还是她的丈夫！是她自己心高气傲，骄纵任性，一心想离婚，最终彻底把这个一直将她捧在手心里的男人推开了。

整整十年，他都没有再出现。可刚才电视上说什么？墨景深回来了？他从美国回来了？

电视里传出记者争相追访的声音——

"墨总，听闻您两个月前已在美国结婚，这次回国，是否携爱妻一起归来？"

季暖的心一颤。他结婚了？也对，别说他如今的身份，十年前他也是名动海城的风云人物，俊美无比，多少女孩排着队想嫁给他。现在，他一定很幸福。

“墨总，您很少在媒体前露面，但您难得回国，还请您说一下关于Shine集团目前的……”

“跟在后面的这位小姐就是墨太太？墨太太果然很漂亮……”

随后，一道甜美的女声响起：“抱歉，墨先生不接受媒体采访，大家请让一让。”

听见那个声音，季暖瞬间如遭雷击。

那……是她的妹妹季梦然？在季家破产前就已经失踪的季梦然？

当初他们闹离婚时，就是她的这位好妹妹怂恿她用各种不可理喻的办法，甚至割腕，让墨景深与她渐行渐远，直至离婚。

季暖顷刻就笑了，笑得心肝肺都在疼。

“既然墨总不接受采访，那墨太太您能不能说几句？”记者仍在追问。

季梦然紧跟在墨景深的身后，一脸笑意。

墨景深却在此时开口，声音淡然，毫无温度：“她不是墨太太。”

季梦然满脸的笑意瞬间僵住，她扯了扯嘴角，掩饰尴尬，她确实不是。

周遭一时陷入诡异的安静，直到一道声音悄然响起：“听说墨总十年前离婚后就没有再娶……”

季暖没听清楚电视里的声音，腹中剧烈的疼痛让她狼狈地蜷缩着倒在地上，胸腔里像是有血向上翻滚，最终冲出喉咙，喷涌而出。

三个月了，终于，一切苦痛都将终止。

黑暗过后，季暖感觉自己正在逐渐恢复意识，却有那么一瞬，她疼得浑身一僵，低低地呜咽了一声，又倏地被人以吻封缄。

黑暗、晕眩，意识游游荡荡……

再度醒来时，季暖看见的是奢华贵气的水晶灯，身下更是质地细软昂贵的蚕丝被，她像躺在柔软的云朵上，舒服得不可思议。

这是哪里？她坐起来，震惊地看着周遭的一切。

这分明是海城御园，是当初她和墨景深的婚房！她怎么会回到这里？御园不是在前几年就因为空置太久而被封闭了吗？

身上的酸痛感提醒她，这一切并不是梦。她低头看向自己的身子，年轻的身体柔白细腻，仿佛没有经历这十年的潦倒与风霜，她的肩与锁骨处遍布吻痕。

季暖迅速掀被下床，忍着身体的不适快步冲进浴室，看向镜子里的自己。

十年前，身为海城第一名媛千金的季暖，有着一张人人称羡的脸，美得不可方物。

她不可置信地看着镜子里那张颠倒众生的脸，还没从震惊中回过神，房门忽然被推开，一道甜美中带着几分试探的声音响起："姐，你昨晚和景深哥哥……"看见季暖身上的痕迹，那声音瞬间转为尖锐，"你们住在一起了？"

季暖猛地一震，回过头，瞥见脸色难看的季梦然。

这一幕如此熟悉……

十年前……她和墨景深离婚前的那个月！

昨夜，是她和墨景深结婚半年后第一次同房。

她始终很抗拒这场家族联姻，只想离婚。墨景深一直很在意她的感受，从来没有强迫过她。在离婚前的这个月，他仍然忍耐着她所有的脾气，因为她说不想看见他，他干脆在公司加班到深夜，要么等她入睡才回来，要么直接住在公司。

而昨晚发生的一切，是季梦然出的主意。她说只要促成墨景深婚内出轨的罪名，季暖就可以申请强制离婚。然而墨景深是什么人？他察觉到酒有问题后，直接冷着脸，拒绝任何人接触，将正要逃出门的季暖拽进两人的婚房！也就是这一夜，季暖第一次见识到墨景深的另一面。他并不似表面那样温和。他将她按在床上，无视她的哭闹捶打，彻底坐实了他们的夫妻名分。

昨晚的一切都那么清晰……所以，这不是梦。

"姐，我们不是说好的，在景深哥哥喝下那杯酒后，就让我送他离开御园？"季梦然走到她身后，不甘心地质问道。

季暖转过身，看向自从她结婚后就经常跑到御园来过夜的妹妹。

没察觉到季暖眼里一闪而过的凉意，季梦然只一味地抱怨："可你怎么自己睡到他的床上了……"

季暖闻言，似笑非笑地反问："他的床上？这难道不是我和他的婚房？"

"我是替你着急！现在计划被打乱了，你们离婚的事情又不知道要搁置多久！"

季暖朝她走过去，看着她那身非常有心机的透明纱质上衣，还有刻意化过妆的诱人的脸，淡然地道："梦然，怎么穿得这么少？幸亏昨晚没让你送他离开，这万一要是出了什么事，我都没法向家里交代。"

"啊？我……"季梦然细心地隐去眼底的慌乱，"昨晚太热了，所以我换了件比较薄的衣服。"

"现在是初秋，很热吗？"

"也不算特别热，姐，既然计划没成功，我看实在不行你就假装割腕算了！”季梦然莫名感觉哪里有些不对，话锋一转，谨慎地换了话题。

“哦？割腕——”季暖拖长了语调。

她如今仔细回想，自她与墨景深订婚开始，季梦然就像变了一个人，时常在她耳边说各种豪门婚姻的黑暗内幕，在她面前拿各种失败婚姻举例，将本来就不想结婚的季暖吓得更加恐婚，对墨景深愈加不敢亲近。

“他看见你宁可死也不要待在他身边，或许会答应你的要求……”季梦然看似单纯地建议道。

“这样做毕竟有风险，万一我失血过多，没有人来救我怎么办？”季暖眉眼带笑，却笑得没什么温度。

“哎呀，你担心什么！不管景深哥哥会不会赶回来，一旦发生危险，我马上就叫医生过来！”

季暖不动声色地凝视着眼前只比自己小一岁的季梦然。她没忘记自己当初割腕时，躺在满是热水的浴缸里，根本无力起身，季梦然却始终没有叫医生来救她，甚至没有通知墨景深。要不是墨景深忽然回来，察觉到异样后破门而入，将她从浴缸里抱出来，季暖恐怕根本活不到跟他离婚的那一天。

季暖的嘴角勾起冷淡的弧度，她笑得慵懒随意：“我会考虑，但毕竟昨晚一夜都没睡，我现在只想好好休息。”

听见“昨晚一夜没睡”，季梦然隐去眼底的那丝嫉妒，咬着唇说：“那……你一定要仔细考虑，我明天再来找你哦。”

“好，我就不送你了。”

季暖站在原地，看着季梦然的身影消失在视线里。

一室安静。

季暖转身看着这间曾留存在她记忆深处的婚房，手在柔软的被子上轻轻抚过，那上面仿佛还有墨景深留下的温度。

一切，都可以重新开始了。她还要离婚吗？当然不！

曾经她心无城府，被最亲的人耍弄，婚姻破裂，父母惨死，失去所有，蒙冤入狱……如今，她不仅要做墨景深一辈子的妻子，更要夺回自己的尊严与一切，绝不会再受人摆布！

可现在最大的难题是——

她记得经过昨夜后，墨景深就很少再回御园，自己最后一次见到他，是割腕后醒来的那一天，他如她所愿地将离婚协议放在床边，并承诺永远离开她的世界。他那淡漠的神情，她至今难忘。

季暖抬手扶额。墨景深那个男人，宠她的时候给她无尽的疼爱，冷漠的时候也绝对能变成难以融化的冰山。昨晚的事已经触及他的底线，她要怎么把墨景深哄回来？

傍晚，总裁助理沈穆看见忽然出现在公司里的季暖，快步迎了上去：“季小姐，您怎么会来这里？”

季暖没急着纠正对方的称呼，毕竟她曾经不允许任何人称她为墨太太。她环顾四周后，问道：“他在公司吗？”

沈穆知道她说的是墨总，就是不知道这个小祖宗是不是跑来公司找墨总麻烦的。

“墨总正在开会，估计还要一个多小时才能结束。”

“没事，我上去等他。”

被带到总裁办公室，季暖便对沈助理道了谢，独自走进去。

这是一间极其现代化的办公室，宽敞舒适，陈设非常简单，却又暗藏着奢华大气的空间视觉效果，最惹人注目的是那面270度的半景落地窗，通透明亮。

如今的墨景深还没有接手家族企业，还不是Shine集团的总裁。

他几年前建立了这家科技公司，用短短的三年时间就垄断了国内各大网络科技资源，让公司由当年的五千万美元融资到现在的市值二十亿美元。

现在，墨景深已是闻名商界的墨氏集团总裁，而四年以后，身为Shine全球区域总裁的他，却是主宰商界的传奇。

季暖等了近一个小时，始终不见墨景深的踪影。她昨晚没怎么休息，现在已经有些支撑不住……

墨景深回到办公室，看见的就是这样的一幕。季暖穿着单薄的长裙躺在黑色的真皮沙发上，闭着眼，白皙恬静的容颜在昏黄的灯光下无比诱人。

察觉到投向自己的目光，季暖警觉地睁开眼。

她立刻坐起身，看着漠然站在办公室里的男人。他一如她记忆中那样颀长挺拔，考究的西装衬衫，包裹在长裤下的修长双腿，他的身材完美得无可挑剔。

“你回来了……”季暖直接站了起来。

“嗯。”墨景深淡淡地应了一声，向办公桌的方向走去。

季暖连忙下意识地跟过去，挽住他的手臂。这个动作不仅让墨景深身形一顿，就连季暖自己都觉得尴尬，她的手收也不是，不收也不是……

她好像从来没有对他这么主动过。墨景深看着她正挽在自己臂弯处的雪白素手，缓慢而坚定地抽出手臂，嗓音冷冽地问道：“有事？”

季暖抬起眼："你晚上要不要回御园吃饭？"

墨景深松了松衬衫领口，没说话。

"我跟陈嫂学做了几道菜。"

闻言，墨景深看了她一眼："你？做菜？"

这话说得……

"嗯，你要不要回去尝一尝？"季暖望着他，笑意浮上眉眼。

墨景深却是一脸冷漠："下药不成，改下毒了？"

季暖想了想，觉得那时的自己太过任性，实在荒唐。她仰起头看着他，目光澄澈，似有星光。

"哎呀，那个，下个药都能被你死去活来地折腾一夜，我要是下毒的话，第一个死的很可能也是我！"她倒说得很坦然。

墨景深目光幽沉地看着她。他昨晚确实没怎么留情，倒是没想到她会主动找来。

"经过昨夜，以你对我的恨，想要跟我同归于尽也不是不可能。"墨景深冷淡地说道。

"同归于尽？我还不如直接在身上绑个定时炸弹来找你！那不是更干脆？"

墨景深没再搭理她。

季暖站在那里盯着他，哪怕墨景深专心工作，一直把她当空气，她也没有动弹。

墨景深抬手揉了揉眉心，道："你到底想怎么样？"

"想和你一起吃饭。"季暖回答得简单而直接。

墨景深皱眉，道："为了离婚，你还真是什么手段都用得出来，现在这是唱的哪出？"

这男人，软的不行，非要让她来硬的？她干脆走上前，趴在办公桌上，近距离盯着他。都说男人认真工作的时候最迷人，她想说，她家老公每时每刻都很迷人！当初自己究竟是哪根弦搭错了，非要闹离婚？

墨景深面前的文件被翻开一页，季暖伸手去挡，之前她就注意到他看的是公司季度数据报表，就算她捣乱也不会有太大影响。

"把手拿开。"墨景深无法再漠视她。

季暖将脸向他贴近，笑盈盈地说："你说，你要不要回去？"

季暖确实长着一张颠倒众生的脸，此时她的笑容更是明艳动人。

墨景深淡淡地说："我在工作。"

季暖不为所动地眨了眨眼睛："我可以等你工作完，再一起回御园。"

“公司晚上还有视频会议，你先回去。”他敛下目光，仍旧淡漠。

“没关系呀，我等你！”

墨景深骤然合上手中的文件，眉目清寒地看着她：“你又要玩什么花样？”

季暖的表情特别镇定，她甚至故意扫了他一眼：“昨晚都在一起了，我还能玩什么花样？”

墨景深很想把她扔出去。

说要去开视频会议还真去了，墨景深一点儿多余的时间都没打算留给她。

两个小时过去了，墨景深没回来。季暖刚倒在沙发上睡着了，又猛地惊醒。他会不会就这么晾着她不管了？会不会就这么让她在办公室里睡一夜？

季暖思前想后，起身推开总裁办公室里的另一扇门，里面果然是墨景深办公室内的休息间，有浴室有床，还有一些简单的生活用品。要不她趁着墨景深回来之前先去洗个澡？

季暖走了进去。因为没有换洗的衣物，她干脆在衣柜里找了件白色的男士衬衫，拿进浴室。

十几分钟后，墨景深结束会议回来，已不见季暖的踪影，办公室里一片安静。

墨景深看着空荡荡的办公室，驻足静默了许久。他刚要走进去拿起椅背上的西装外套，忽然听见休息间里有窸窸窣窣的声音。她还没走？

季暖洗过澡，穿着墨景深的衬衫走出浴室，擦拭着还在滴水的长发。前方传来开门的声音，她下意识地抬起头，猛地看见墨景深出现在门前。她擦拭头发的动作僵住了……

墨景深显然没料到进来后会看见这样一幕，季暖在他这里洗澡，甚至穿着他的衬衫站在灯光昏暗的室内，眼神里透着几分水汽和茫然。他的衬衫很大，领口不时地自她的肩膀向下滑落。

季暖忽然被墨景深的眼神给烫了一下，下意识地紧紧并拢自己的腿。

“我还以为你今天晚上把我扔在这里，不会回来了……”她放下毛巾，有些尴尬地说道。

墨景深别开眼，道：“穿你自己的衣服！”

“我没带换洗的衣服，但刚才有给御园打过电话，应该马上就会有人送来。”她边说边朝他走过去，“你现在忙完了？那是不是可以跟我回御园了？”

墨景深无声地看着这个不怕死的女人。

“现在几点？应该很晚了吧？”季暖一边自言自语，一边抱起他的手臂，就势看着他的腕表，时针已经指向晚上十点。

季暖刚要松开手，却骤然感觉手腕一紧。墨景深将她扯到旁侧的墙壁上，将她牢牢地压在墙壁与他的身体之间。

“季暖，你什么意思？”他眸色深深，沉冷的嗓音暗藏着几分危险的沙哑。

季暖盯着他好半天，缓慢而坚定地道：“从昨晚开始，我想认真地重新考虑我们之间的关系……”

墨景深疏离地看着她：“忽然这么懂事？代价是什么？离婚？”他之前实在是在离婚这件事上深受其害。

季暖当下目光炯然地迎上他的视线。她轻咬着薄唇，倏地伸手用力拉下他的脖颈，仰起脸便向他微冷的唇用力地吻了上去。墨景深目光一震，向后避开。季暖也不知道哪里来的勇气，踮起脚再度将自己的唇瓣送了上去。她执着地用力扯着他的衬衫领口，不肯撒手，更不肯松口。

墨景深略微有些粗鲁地一把将她推开，低喝道：“季暖，你知不知道自己在做什么？！”

“我知道！我很清醒！”季暖不死心地向他贴近，看着他，“墨景深，今晚我和你一起住在公司，或者一起回家，你选一个！”

夜色可以掩盖许多东西，却掩盖不了季暖眼神里的坚定。墨景深盯着她，看了半晌。季暖毫不畏缩地回视他。最终，墨景深也没有回答她，却忽然将外套披到她身上，这已是他最直接的答案。

季暖的眼眶微微一热。他明明还在生她的气，却还是忍不住对她好。她真是恨死曾经狼心狗肺的自己！

回御园的路上，季暖坐在墨景深的车里，把玩着身前的安全带。她不时转动着眼珠，悄悄瞟向开车时淡漠而安静的男人。车外的路灯与霓虹透过车窗映进来，他疏朗的眉目隐蔽在斑斓的夜色之下。

良久，季暖开口打破车了里的静默：“墨家的司机好像很少出现，你平时经常自己开车回去？”

“偶尔。”

“你昨晚也没怎么睡，今天又工作一天，不累吗？”

闻言，墨景深看了她一眼，仿佛在说：昨晚一夜没睡还不是拜她所赐？

季暖被他别有深意的目光看得有些不自在，当下别开头。她的耳根有些发热：“我的意思是，你不要因为工作而忽略自己的健康，以后该下班回家就回家，该休息就……”

她的话还没说完，突然，一辆超载的大型货车从前方路口疾驰而来，转弯时也没有减速，像是刹车失去控制，直直地朝这边冲来——

“小心！”季暖急忙出声。

墨景深已先一步迅速掉转车头，避开冲过来的那辆货车，刺耳的刹车声随之响起。

季暖之前一直揪着安全带，导致身体一时间失去保护，整个人向前狠狠地一冲，头向前撞了一下，疼得她瞬间啊了一声。

“撞疼了？”墨景深立刻伸过手来，仔细检查她微微泛红的额头。

“咝……别碰！”季暖疼得整张小脸皱成一团，将他抚到自己头上的手推了下去。

墨景深强行按住她，抬手摸上她的后脑，强迫她将头完全转过来。他眉宇微皱，开口道：“疼不疼？头晕吗？”

“疼……”季暖软着声音。其实只是撞了一下，最多明天肿个包，她没想矫情试探，可忽然捕捉到他眼底的那丝心疼与关切，她下意识地就想矫情一下。

“送你去医院。”墨景深推她坐稳，重新帮她系好安全带。

季暖一想到医院就犯怵，忙用手按着脑袋说：“也没那么严重，都这么晚了，还是别给医生添麻烦了。”

墨景深半点儿拒绝的机会也没给她，以眼神警告她别乱动。

“我真的没事……”

这附近就有一家市医院，墨景深无视她的小声抗议，直接将她送进诊室。直到医生检查完，确定没有大问题时，他才总算肯带她回家。

他们刚回到御园，陈嫂看见季暖额头上那个明显的“犄角”，一脸大惊小怪地跑过来：“季小姐，这是怎么了？疼不疼啊？”

季暖笑了笑，道：“没事，就是碰了一下，过两天就好了。”

“哎呀，怎么肿成这样？看过医生了没有啊？”

“已经看过了。”

陈嫂点点头，忽然回过神，这才意识到小姐刚才好像是跟墨先生一起回来的。

季暖也抬头去看墨景深，见他对门前的另一个用人交代了两句后，便走向里面，没再看她。

“陈嫂，你以后还是叫我墨太太吧。”季暖趁着墨景深还没走远，忽然说道。

陈嫂先是一愣，当下便换上欢天喜地的表情：“哎！太太！墨太太！”看来季小姐这是想通了，终于要跟墨先生好好过日子了！而且，刚才他们还是一起回来的呢！

陈嫂开心地要去准备夜宵。

季暖看了一眼时间，站起身说："你们去休息吧，夜宵我来做。"

"啊？太太……"陈嫂惊讶地看向她。她以前可是一点儿厨房里的油烟味儿都受不了。

"头上有伤，做什么夜宵？回房去，早点儿睡！"墨景深终于走了过来。

季暖没应声，只跟陈嫂和其他用人说："很晚了，都去休息吧。"

陈嫂本来想说话，但见墨先生过来了，当下闭了嘴，点点头便离开了大厅。

"你晚上应该也没吃，都这个时间了，煮面最简单，你等我一下。"季暖看向墨景深，转身就要去厨房。

墨景深在她走过的瞬间握住她的手腕，凝视她片刻，确定她不是在开玩笑，淡声问道："你会？"

季暖的嘴角上扬。她对自己现在的厨艺还是很自信的，但也没有刻意夸下海口："好不好吃我不确定，但肯定能熟。"

墨景深欲言又止，不忍破坏她的兴致，只能放开她的手。季暖只感觉自己细白的手腕上留有他掌心的温度，熨帖着她的肌肤，有一种莫名的安全感。

没多久，季暖端着两碗热腾腾的面出来。她再回头时，见墨景深正在接电话。

墨景深打完电话后，回头就看见季暖正坐在餐桌边，眼巴巴地看着他。这是季暖第一次亲手做东西给他吃，她表面看着镇定，心里多少还是有点儿紧张。

墨景深走了过去。

所有用人都已经去休息了，刚才也确实只有季暖一个人在厨房里，这面是她煮的没错。

墨景深看了她一眼："什么时候学会的？"

"很早就会，你不知道而已！"季暖眨着眼看着他，"说好了今天要让你回家吃饭，就算只是一碗面，也算我没有食言！"

墨景深没再多问，接过她递来的筷子，尝了一口。

这个男人吃东西动作自然优雅，季暖看得有点儿移不开眼。以前她都没有这么仔细看过墨景深，现在却是每多看一眼，都觉得心尖烫烫的，心也总是跟着乱跳……

被季暖看了半天，墨景深睨了她一眼："看什么？我脸上有东西？"

季暖深吸了一口气，觉得今晚就这么结束在一碗面里，好像有那么一点儿不甘心。

“把你的东西都搬回主卧吧……”季暖边说边红了脸。

墨景深将面吃完，放下筷子，沉吟半晌，淡然地道：“我今晚在书房，有事要处理，你早点儿休息。”说完，男人已经站起身，转身便走。

他是不是会错她的意思了？她不是要主动献身，以色诱的方式哄他同意离婚啊！她是真的要跟他好好过日子啊！

季暖立刻站起身，见墨景深已经在跟公司值夜的秘书通电话。听得出来，他今晚确实还有重要的事需要处理。她只好单手支着下巴，坐回桌前，望着墨景深挺拔的背影。她还以为今天初战告捷，结果最后一刻摔了个跟头。她就知道，墨景深这男人不是这么轻易能搞定的……

夜已深，季暖睡不着，起身下楼倒了杯牛奶，顺便打算给墨景深倒一杯。但在她的印象里，墨景深似乎并不喜欢喝这种东西。倒牛奶的动作顿住，她转身上楼，回到书房门口。她将耳朵贴在门上听里面的动静，几乎听不到任何响动。

初秋的夜晚，走廊有些冷。

时针渐渐指向凌晨三点，书房的门忽然开了。

“季暖？”墨景深刚走出来，就看见蹲在门边已经睡着的季暖。

季暖恍惚地抬起头：“你忙完啦……”

墨景深脸色难看地将她拉了起来：“你不知道现在几点？在这里睡什么？”

季暖没作声。墨景深将她带进书房，她这才有机会好好打量这个房间。这里和他的办公室一样，干净整洁，两台电脑上正显示着各项数据，一些公司文件与资料放在桌面上。

墨景深见她只穿着单薄的睡裙，将她摁在书房里的沙发坐下，拿过一件外套披在她身上，这才站到她面前，看着她：“季暖，你几岁了？你是小孩子？不知道这种天气睡在走廊会感冒？”

“我只是想等你忙完，跟你谈谈，结果等啊等的，就靠在那里睡着了……”

“不早了，想说什么等明天再说。”墨景深看着她的小脸。她的眼下有一片淡淡的乌青，现在，没有什么比让她赶紧回去睡觉更重要。

季暖还想说话，却直接被他带出书房，小手被他温暖的掌心握住，他连一点儿反抗的余地都不给她，直接将她送回主卧，砰的一声将她的房门关上。

墨景深回到书房，将电脑中的数据图关闭，去隔壁另一间主卧洗了个澡。

收拾妥当，他刚躺下，忽然看见房门被推开，季暖轻手轻脚地跑了进来，然后毫不客气地掀开他的被子，直接上了床。

“季暖，”他低叹道，“无论你是以退为进，还是以进为退，我们都不可能离婚，快回去睡觉，嗯？”

季暖将脸埋在他身旁的被子里，闷闷地说道：“这样最好了！墨景深，你记住今天说的话，以后无论什么时候，我们都不离婚！”

墨景深仿佛没听见她的话，直接握着她的肩，把她拎了起来，怀疑她今天是不是脑子出了问题。季暖正要说话，整个人却因为墨景深忽然将手探到她头上的动作而顿住。她任由他的手在她额头上抚过，最后他温暖的指腹在她额头红肿的地方避开。

“没发烧。”他摸过她的头后，淡淡地说了一句，“也不像是吃错药了。”

季暖没说话，两只手紧紧地抓着他的被子。她脸上是死活要跟他睡在一起的表情，露在被子外边的白嫩脚趾却暴露了她内心的紧张与羞涩。她的脚趾微微蜷缩着，有那么一丝难以言喻的可爱。

墨景深低眸看了一眼，不动声色地用被子将她重新盖住，免得她着凉。

季暖心头一热，将脚缩回被子里，却无意中蹭到了他的腿。

“别乱动。”墨景深低声警告。

“我不是故意的……”

见他眸色深沉，她下意识地忙收回脚，结果收得太狠，向上一抬，骤然又碰到他的大腿。她的动作瞬间一僵，两人陷入一种诡异的静默中。

季暖紧张地舔了一下唇瓣，道：“墨……呃……”

墨景深骤然一个翻身，将她压在身下，季暖的声音直接哽在了喉咙里。

“知道什么叫玩火吗？”墨景深低沉的声音落在她的耳边。

“我真不是故意的……唔！”

墨景深吻住她。这跟季暖当时在他唇上胡乱啃噬不同，她瞬间觉得全身像是有电流划过，整个人颤了一下，从头酥到脚。季暖青涩得连回应都不会，只是小心地动了动自己的唇瓣，却反被身上的男人加深了吮吻的力道。

季暖有些眩晕地闭上了眼睛，却忽然感觉墨景深的吻移至她敏感的耳际。他低哑的声音贴着她的耳朵边：“天快亮了，你要是再不睡觉，今天晚上就别想睡了。”

她蓦地睁开眼，视线撞进他漆黑的深邃瞳眸里。

墨景深的手已握至她的腰际，将她微微一抬，她整个人便密切地贴上了他的身体。

“墨太太，昨晚疼得要死要活，你确定今晚承受得住？”

他刚刚称她为墨太太……

“别轻易挑战男人的忍耐力，今晚放过你，明晚再敢往我怀里钻，你可以试试后果。”

季暖缩在他怀里不说话。

“回去睡吧。”墨景深揉了揉她的脑袋。

季暖在他正要起身的刹那，忙伸出胳膊再度用力抱住他的脖颈：“我在你这里睡！”

墨景深目光一暗，看着一脸坚定又有几分羞赧的小女人。

季暖被他看得脸上有些挂不住，忙将缠在他脖子上的手给抽了出来，又迅速抓起被子蒙到自己脸上，躲着他的视线。

墨景深低笑道：“害羞就回你自己房里去。”

“不要，我就在你这里睡！”季暖在被子里闷闷地说道。

终于不得不正视她这忽然转变的性情。墨景深侧过身躺下，看着躲在被子里一直不肯露出头来的季暖。周遭一切忽然变得很安静。

季暖悄悄将被子拽下去，抬眼就看到墨景深正躺在旁边，一直看着她。季暖脸上一红，她迎着他的目光小声问：“你不睡？”

“你躺在这儿，我怎么睡？”

季暖下意识地看了看两人身下的床：“这床又不小，跟主卧的那张床没什么区别，我睡在这里又不会挤到你，怎么就不能睡？”

墨景深浅笑。

“笑什么？”季暖以为他还是不信她的诚意，干脆在被子里向他又贴近了一些，表示自己是真的不打算再跟他分居了。

“季暖。”他忽然叫她的名字，声音低沉沙哑。

“嗯？”

“你早该这么自觉了。”

季暖又下意识地向他靠了靠。墨景深因为她这贴过来的动作忽地捏住她的下巴，俯首便是一记深吻。直到季暖呼吸不畅，他才放开她。他再吻下去，今晚两个人都别想睡了。

季暖被亲得脸红到了耳根，局促地往被子里钻。墨景深却忽然下床。季暖忙抱着被子坐起来：“你要去哪儿？”

墨景深头也不回地进了浴室，只扔下两个字：“洗澡！”

清晨六点，薄雾微曦。

季暖从久远的噩梦中惊醒。她睁开眼，猛地从床上坐起。身旁已经空了，房间里安静得让她心里发空，她掀开被子下了床。又因为起来的动作太快，她踉跄了一下，伸手抓住一旁的桌角。

前方传来房门被推开的声音，季暖抬眼看见墨景深穿戴整齐地站在那里。他刚刚洗过澡，穿着衬衫长裤，干净清爽。

“身体不舒服？”墨景深看见季暖白到近乎透明的脸色，忙走过去。

季暖却一直盯着他。在他走近的时候，在他关切地将手抚到她头上的刹那，她仍然不肯挪开眼睛。原来昨天的一切都不是梦！

墨景深因为她的目光而收手。今天，她这是清醒了，又要开始拼命地将他向外推？

“头晕？”他没再继续碰她，“可能是昨晚撞到头留下的后遗症，今天再去做个脑部CT，我叫陈嫂过来帮你换衣服。”话音落下，墨景深转身欲走。

“墨景深！”季暖想也不想地忽然叫住他。

刚侧过身去的男人回眸，季暖忽然撞进他怀里。墨景深身形一顿，下意识地抬起手，正要将她搂住，怀里的小女人却先他一步用力抱住他挺直的脊背，手在他腰间紧紧地缠绕。

墨景深因为她这投怀送抱的动作怔了两秒，他低眸看着怀里那颗小脑袋，将手放在她头上安抚地拍了拍：“不舒服就去医院，嗯？”

季暖不说话，只用力抱着他，呼吸着他身上的沐浴露香味。

“做噩梦了？”他问。

“嗯。”季暖仍然紧抱着他，满是依赖，不肯放手。

她微哑着声音说：“我梦见你不要我了，梦见你一走就是十年，后来你还娶了别的女人。”因为刚刚醒来，她的声音又软又慵懒。

墨景深摸了摸她的头，声音淡淡地道：“别胡思乱想，我永远都不会娶你之外的任何人。”

季暖将脸埋在他怀里，没有反驳。

“头还疼着？”

“不疼，刚刚起床动作太快，一时没站稳，没事。”

“陈嫂已经备好了早餐，洗漱过后下楼去吃。”

“好。”

季暖整理好心情，这才发现自己头没梳脸没洗，就这么站在他面前。她当下忙抬起手抓了抓自己的头发，遮着脸扭身要去浴室。

墨景深瞥了一眼她那副别别扭扭又窘迫的模样，眉宇微动：“又不是新婚第一天，你刚睡醒的样子我也不是第一次看见，遮什么？”

这跟结婚多久没关系，而是季暖以前从来就没有已经结婚的自觉！

她没解释，跑进了浴室，低下头却发现他房间里的浴室并没有她的洗漱用品。也不知道经过昨晚，墨景深会不会直接把他的东西搬回主卧。

她干脆趁墨景深已经出了房间，小跑着回到主卧里打开浴室的柜子，把她惯用的各种洗漱用品通通搬去他的房间。这样，无论他住在哪一间，总归都被她占了！看他还能躲到哪去！

季暖换了衣服，下楼去吃早餐，桌上是她一直喜欢吃的奶黄吐司。

她刚坐下，墨景深便将陈嫂送来的一杯热牛奶放到她面前。季暖接过牛奶，吃了一口吐司，抬眼看看墨景深。她再喝一口牛奶，又抬眼看看墨景深。这早餐吃的，她一双眼睛基本就没有从墨景深的身上离开过。

一旁来回收拾餐具的陈嫂看得眉开眼笑，悄悄地拽着旁边的用人回厨房。

季暖又咬了一口吐司，奶黄酱粘在她的嘴角也不自知。她直勾勾地看着眼前早已经吃完早餐、正随手翻看商业杂志的男人。好看的眉眼，高挺的鼻梁，似是出自上帝之手的英俊轮廓，完美得没有挑剔的余地。

墨景深翻杂志的手停下，他波澜不惊地看向将眼神黏在他身上的小女人，那眼神好像他随时可能从人间蒸发一样。

季暖猛地回过神，忙举起手里的吐司挡在眼前。她又拿起牛奶狠狠地喝了一口，结果喝得太急，被呛得只能放下杯子和吐司，用力咳了两声。

墨景深将纸巾递到她面前，见她咳得厉害，便直接帮她将嘴角的奶黄酱擦去，揶揄道：“从昨天开始你就不太对，这么喜欢盯着我看？”

“喀喀喀……”季暖其实呛得也没那么严重，听见他的话，当下又故意咳了好几声。

这时，陈嫂忙从厨房出来：“太太，怎么了？咳得这么厉害？”

“喀喀，没事，被牛奶呛到了……”

“没事就好，对了，昨天梦然小姐说今天要来御园住，晚餐要多准备一份吗？”

季暖表情未变，转过头说：“陈嫂，把我妹妹经常住的那间客房收拾一下，以后尽量别让她在御园留宿。”

“可梦然小姐今天就要过来……”

“我会跟她说清楚。御园毕竟不是季家，她经常在这里出入，也不是很方便。”

陈嫂一听，顿时就觉得放心了。以前季家的那位二小姐就总跑来御园住，还总喜欢问关于墨先生的各种问题，经常打听墨先生的行踪，完全不把自己当外人，真是让人看不惯。

陈嫂赶紧去收拾客房。

忽然，墨景深放在餐桌上的手机响了一下。季暖以为只是垃圾短信之类的，见墨景深正在看商业杂志上的一篇英文总结，并没有看手机，她眼珠一动，直接伸手拿过他的手机——

景深哥哥，你千万不要生我姐的气，我也没想到前天夜里她真的会用那种手段，我劝了她好久，她也不听。你们两个这样一直互相折磨下去，真的会有好结果吗？我心疼姐姐，更替景深哥哥觉得不值！

看过这条短信，季暖挑眉道："你的手机号码，很多人都知道吗？"

墨景深看了她一眼，将杂志随手放到一旁，道："很多人，你指的是谁？"

季暖记得，墨景深的私人号码其实没有几个人知道，他更不会轻易对外透露。

"我是没想到，梦然对我们的感情这么关心，为了我的事居然经常发短信给你。"季暖笑了起来，却又故意在眼神里加了那么一点儿显而易见的醋意。

墨景深看着她那暗暗憋着的小表情，反问道："不是你把我的号码给她的？"

季梦然经常拿季暖的手机玩，她什么时候偷偷把墨景深的私人号码给记下了，季暖也没注意过。

"她会发，但我不见得会看。"墨景深语调很淡地说道。

季暖听见这话，下意识地向下翻了翻，发现未读短信几十条。除了公司的一些邮件短信通知之外，真的有许多季梦然发来的短信，都是显示未读。季暖随便点开看了几条，短信内容基本是她一边扮演着好妹妹的角色，一边又将季暖说得不近人情，甚至为人古怪刻薄。她这个妹妹果真是野心十足！

墨景深在她突然静默的一瞬，淡然道："年纪小不等于单纯，亲情也不能代表全部的信任，你早日看清，也不见得是坏事。"

季暖惊疑地看着眼前仿佛早已洞察一切的男人。怪不得墨景深在季梦然来这边住的时候很少回来，恐怕他早就看出季梦然的那点儿不规矩的小心思了。她真该拍醒十年前的自己，怎么心就这么大呢！

季暖狠狠地在自己头上拍了两下，结果拍到昨晚上撞伤的地方，她顿时叫了一声，整张脸疼得皱成了一团。

墨景深起身过来，一把将她的手拽开，看着她仍然有些红肿的额头，眉宇皱起："还不够疼？非要伤上加伤才肯罢休？"

季暖抬起脸，露出难过的表情："我再也不让别人随便来御园住了，前段时间是不是给你添麻烦了？"

"与你有关的一切都不是麻烦，这种事决定权在你。"墨景深捧着她的脑袋，检查她额头上的伤，回头叫用人过来，"把昨晚拿回来的药给她重新上一次。"

与她有关的一切都不是麻烦……季暖的心荡起一阵阵涟漪，她直接扑进他的怀里。

一大早被她连扑了两次，墨景深也算适应了她突如其来的甜蜜热情。他低头看着她那颗在他怀里蹭来蹭去的小脑袋，手在她的头上抚了抚："吃饱了就回房去休息，入秋了，别着凉。"

"吃饱就睡，你把我当猪养吗？"季暖的脸在他怀里拱了拱。

忽然察觉路过的用人一脸害羞又尴尬，她忙从他的怀里退出来，却见墨景深低头睨着她的目光带着那么点儿难以捉摸的笑意。

"你之前不都是这样？"

"我那是……"

季暖以前跟他吃早餐，都是尽快吃完，吃完就找理由说要回房间去休息，多一分钟的相处都不愿意。

"咳，我那是前段时间睡得不太好，早上起来回去再补个回笼觉而已。"季暖边解释边戳了戳自己的脸，"你看，好睡眠才有好皮肤！"

墨景深因为她这不着边际的解释而低笑，却没有反驳她。

见他不信，她直接抓起他的手，往自己脸上贴了贴："不信你摸摸看，是不是又滑又嫩！"

墨景深温暖的指腹在她脸上抚过。季暖拽着他的手，却没能控制他手指的动作，直到反被他捏住下巴。她当即脸颊发烫，看着眼前忽然俯首凑近的男人。

"确实又滑又嫩。"他用只有她能听见的声音回道。

这几个字从他的口中低低地说出来，怎么听都感觉好像还有别的意思。

"墨太太这么直接地勾引我，是不想让我去公司了？"墨景深的嘴贴在她的唇边，只差一指的距离，就能吻下来。

季暖的心瞬间漏跳了一拍。她闭上眼睛，结果等了好半天，预想中的吻没有落下，再睁开眼，就看见墨景深正凝视着她。他向来冷静自持，季暖的性情大变和忽然主动，他不问，并不代表没有注意到。

季暖也一顿，在想自己是不是有点儿太急了。她本能地向后退了一步，刚要从他面前走开，忽然，腰被他有力的手臂揽了回去，唇瓣一下就被他封住了。

用人已经将餐桌上的餐具收走，这会儿周围没有人，安静得只能听见彼此的呼吸声。季暖抬起手紧紧抱住他的脖颈，眼里满是动情的水光。他闭上眼，没去看，再看下去只怕今天公司的高管会议要拖到明天了。

陈嫂把客房的被子收了出来，走下楼就见季暖脸上红晕未褪，正坐在沙发上，一副魂都被勾走了的表情。

御园外响起门铃声，墨景深刚刚接了公司的电话准备出门，便直接去开门。

门一打开，他发现外面站着季梦然。

季梦然穿着浅色的连衣裙，脸上化着符合她年纪的淡妆。她看见竟是墨景深亲自来开门，眼睛亮了一下。

"景深哥哥！平时这个时间你都已经去公司了，今天居然还没走？"季梦然一脸欣喜。

前段时间，季梦然想借由安慰墨景深去找他，但是他一直在公司，墨氏又管理严格，她根本没办法进去。前天夜里，她也只是在御园里匆匆瞥了他一眼，他那晚直接拉着季暖回了房间，自己已经很久没这样近距离地看过他了！

眼下，她忽然看见他来开门，真是惊喜万分！

墨景深身形颀长挺拔，他挡在门前，并没有让她进去的意思。

季梦然向里面望了望，在这个角度没有看见季暖的身影，当下便小声说道："我姐还在睡吗？唉，整天把自己关在房间里不肯见人，怪不得性格越来越古怪，我找时间再劝劝她。"

她敢这么说，当然也是心里有数。反正季暖和墨景深之间早有隔阂，虽然不知道昨晚他怎么竟然又回了御园，但想必这里不太平，一定是季暖又跟他吵过了。

"来这么早？"墨景深语调淡淡的，脸上没什么表情。

季梦然早就习惯了他的淡漠，而且昨天晚上他们也一定很不愉快。她善解人意地笑了一下："我怕姐姐这两天心情不好，又闹情绪或者做出什么不可理喻的事，所以想早早过来陪她。"

"我都做过哪些不可理喻的事？"季暖的声音忽然从里面传来。

季梦然的表情瞬间一怔。

季暖走到墨景深身边，手自然而然地挽住他的手臂。她笑意深深地道："我除了前段时间脾气不太好之外，还做过哪些不可理喻的事，值得你特意挂在嘴边？"

季梦然一怔。她看看季暖，再看看季暖和墨景深挽在一起的手，一时语塞。经过前天晚上的事，墨景深已经对季暖彻底失望，怎么会……

“你和景深哥哥……”季梦然有些不确定地开口。

季暖直接打断她的话：“梦然，我都结婚多久了，你怎么到现在还没有改口？他是你姐夫，不能再叫景深哥哥。”

季梦然的脸色略沉地看着眼前这一幕，之后，她深吸了一口气，问道：“景深哥哥，你是不是对我姐做了什么？她以前对你避之唯恐不及，被你碰一下都恨不得洗十次八次的澡，怎么会忽然间跟你这么亲近……”

季暖靠在墨景深身边，一脸打趣地说：“那会洗脱皮的吧？我这妹妹果然还是年纪小，说话总是没轻没重的，夸张得让人想笑。”

墨景深瞥了她一眼：“怪不得又滑又嫩，原来是每天都要洗十次八次的澡。”他的手放在季暖的腰间，低下头在她耳边以只有她能听见的声音淡淡地调侃。

季暖万万没想到墨景深居然也有闷骚的潜质，不由得暗暗斜了他一眼。

眼前两人并不明显却又毫不遮掩的互动让季梦然的声音瞬间有些尖锐：“姐，你们干吗呀这是？怎么眉来眼去的！我还在这站着呢！”

“我们还能干什么？又没有什么太亲昵的举动，只是眼神交流一下，还要经过你的允许？”季暖将头靠在墨景深的肩上，慵懒地看着他在阳光下清俊的脸，“老公，已经八点多了，再不去公司，会不会影响上午的高管会议？”

季梦然的眼珠子都要瞪出来了。季暖一直恨不得所有人都不知道她结婚了，不仅不允许任何人称她为墨太太，更讨厌别人将她的名字和墨景深捆在一起，她可从来都没有承认过这场婚姻。可现在她居然连老公都叫了？

墨景深看了一眼时间。今天公司的确有很重要的高管会议，但身边的小女人这一声老公实在让他有了想要休假的想法。他轻笑，眼里有着专属于季暖的暖意。他的手在她头上抚了抚：“你们聊，我去公司。”

这一摸头的动作差点儿让季梦然炸了，她忍了好半天才维持住脸上的笑：“景深哥哥，我才刚来，你就急着走呀？”

“你姐夫在公司有事要做，难不成还要耽误开会的时间，特意在这里陪你话家常？”季暖意味深长地看了她一眼。

“我不是那个意思，我……”季梦然难得被季暖一句话堵到语塞。以前自己说什么，季暖都让着她，从来不会反驳，怎么今天自己处处受制？

墨景深随手整理衬衫的袖口，然后接过一旁用人递来的西装外套，连看都没看季梦然一眼。

“穿这么少，别在门口站太久。”墨景深叮嘱一句，便在季暖笑盈盈的目光中踏入门外的清风朗日之中。

见他出了门，季梦然下意识地转身想要跟上去。她怀疑季暖这两天跟他说了什么，不然墨景深平时就算不怎么搭理自己，但碍于季暖的关系，多少也会跟她说几句话，可今天她总觉得心里没底。

她还没跟过去，手忽然被季暖给拽住。

“梦然，我有话要跟你说。”季暖仿佛没看见她急切地想追出去的表情。

季梦然被拉住，有些恼了。她回过头，却见季暖眼神很淡很凉。她瞬间冷静下来：“我看景深哥哥今天心情好像还不错，你干脆趁他心情好，把话说清楚。如果你像现在这样有一个好的态度，又冷静理智地表明自己不想跟他在一起，也许你们离婚的事情就水到渠成了。”

“我们离不离婚，你好像始终都比我更急。”季暖盯着她。

季梦然的神色瞬间变了：“你这话是什么意思？一直以来，不都是你拼了命要离婚？当初你和景深哥哥结婚，是爸爸逼着你跟墨家联姻，你一直都没同意过！如果不是你从小就喜欢跟爸作对，他也不会气得不顾你的意愿，就这么把你嫁出去！我怕你想不开，常过来陪你说话解闷，看你太痛苦了，才绞尽脑汁帮你出主意，好让你尽早离婚，得到自由！难不成我还做错了？”

如果不是重活一次，季暖真的会相信这些话。如今，她才知道季梦然伪装得有多深。

“你当然没有做错，现在我和墨景深之间难得关系融洽，如果真能好好在一起，当然还是比离婚更好。”季暖的声音淡淡的，却是不容任何人质疑。

季梦然沉默了几秒，阴阳怪气地问道：“你不离婚了？”

季暖弯了弯唇：“墨景深无论家世还是能力，外在或是品行，样样都好，喜欢他的女人也不少，我为什么要偏偏把这么好的他推开，给那些女人让路？”

“你是不是想得太多了……”季梦然的表情有些恍惚。

“呵，若不考虑墨景深是你姐夫这层关系的话，他这样的男人，难道你不喜欢？”季暖始终看着她的眼睛。

“姐！你说什么呢！”季梦然的心跳乱一拍，眼里夹着一丝措手不及的慌乱。

“开个玩笑而已，你慌什么？”

“我不是慌，我就是很、很惊讶……其实，这样也好。”季梦然的话说得磕磕巴巴的。她勉强撑起一丝笑，却怎么都看不出是高兴，“免得爸那边总是因为你闹离婚而心口疼，也省得我总担心你想不开。”

“你不用担心，也不用再这么辛苦地跑御园来陪我。”季暖边说边回头看向里面，扬声道，“我已经叫人把客房收拾出来了，你的东西我会整理好，明天就派人给你送回去。”

季梦然张了张嘴，目光惊讶，却半天说不出一个字。

季梦然走出御园，甚至几乎等同于被赶出来。她心存疑惑。难道是前天夜里趁着墨景深被下药时，自己故意穿太少，引起季暖的怀疑了？不然怎么她前后态度变化这么大？

季梦然向四周望了望，想到墨景深的车应该还没有开远，拿起手机就给他打电话。反正她这次没有开车过来，而且去季家和去墨氏大厦也算顺路，拜托墨景深送自己回季家，他应该会同意。如果能有机会坐上他的车，她必须跟他好好“聊聊”关于季暖的事！

电话响了许久都没有被接听，季梦然不死心地继续打，结果听见手机铃音在身后响起。她转过身，只见季暖拿着墨景深的那个通体纯黑的手机走出来。

那个手机居然在季暖手里！季梦然的表情瞬间变得无法形容。

看见她僵硬地站在那里，季暖仿佛不经意地道：“估计是你姐夫今天公司里的事情太急，走的时候居然连手机都没带，幸好他还有其他手机，不然我还要联系沈助理过来取。”

瞧见季暖眼里那丝似有若无的冷笑，季梦然莫名觉得脊背发凉。

“刚才是你打的电话？”

“不、不是。”季梦然站在御园门外，有些手足无措地说道。

“不是？”季暖像模像样地看了一眼手机上的未接来电，“虽然这来电号码没有备注，可这串数字我很眼熟啊，你刚才是不是打错电话了？”

原来，墨景深连她的手机号都没有存。季梦然心凉了半截，脸色发白：“我刚刚可能真的打错了……”说着，季梦然一步不停地向外走，连解释都不愿多说一句，生怕多说多错。

第二章　可甜·可撩

季暖正打算让陈嫂帮她把收起来的婚纱照都找出来，却忽然接到一通来自医院的电话。

接完电话，季暖赶忙一路开车赶到海城市中心医院，骨科单人病房。

门突然打开，一位穿着白大褂的身形挺拔笔直的男医生从里面走出来。男医生戴着医用口罩，只露出眉眼，却并不妨碍季暖一眼认出他来。

季暖没说话，对方亦是目光冷冷地在她脸上掠过，然后面无表情地和她擦身而过。

“暖暖！是不是你来了？嗷，我快要痛死了！”躺在病床上的年轻女孩儿状似凄惨地喊了一声。

这是季暖最好的、更是最最重要的朋友，夏甜！

夏甜瞧见她走进来时的脸色，忍不住翻了翻白眼：“你这什么表情？我是出了一场车祸，腿骨折了而已，又不是死了！”

见季暖神情微妙，夏甜又撇着嘴说：“我刚才打电话，让你帮我买的肯德基呢？一天没吃东西，又饿又难受！医生还要我从今天开始每天喝少盐少油的大骨汤！这不是要我的命嘛！我这种最讨厌喝汤的人，居然让我每天喝！”她低头看见季暖两手空空的，“哎！不是吧你！居然真的空手来啊……”

可不就是空手来的？刚才接到电话，季暖差点儿没拿稳手机。曾经满身是血死在自己面前的人，忽然在电话里委屈地说自己出车祸了，要她买个全家桶送到医院来。季暖当时脑子里哪有什么肯德基！哪有什么全家桶！她开车的时候全程超速，就差直接飞过来了。

夏甜还活着！现在这个时间，她还没跟那个毁了她一辈子的渣男在一起！

“腿伤成这样，那些乱七八糟的东西你别吃了。”季暖平复着心情，拉过椅子，坐到病床边，“这附近有一家百年老字号的骨汤馆，味道很好，我一会儿去给你买。”

夏甜嘴角一抽，道：“啧！没有肯德基，那我要你何用！”

季暖没跟她斗嘴，就坐在旁边一直看着她。

夏甜还真是很少看见季暖安安静静、特别乖巧的模样：“我说，你最近是不是又在墨景深面前作死了？早就告诉过你，别和你那个妹妹走太近！她根本就没安好心！墨景深已经对你够好了，你还想晾着他到什么时候啊？”

这些阔别许久的劝告又在耳边响起，季暖的鼻子有些发酸，然后她笑了起来。

“知道啦，我自己有分寸。”她没办法将自己经历的事情说出来，却绝对不想再看见自己最好的朋友重蹈覆辙，“夏甜，出院之后，你绝对不要再跟那个开车撞伤你的男人有任何联系！哪怕他要当面给你什么补偿，你也不许见他！记住了没有？”

这场车祸，之前就曾经发生过，也就是这场车祸，让夏甜认识了那个毁了她一生的男人。

“你哪里有分寸？你有分寸个屁！”夏甜压根没把季暖后半句话放在心上，“墨景深到底哪里不好？也就你季暖这么死心眼！”

“好好好，是我死心眼，以前都是我不对！”

“你看你看！每次跟你提墨景深，你都不耐烦……”夏甜哼道，“好心都被你当成驴肝肺了！气死我了！”

季暖没说话，只是用力地拉住夏甜放在被子上的手，紧紧握住。

夏甜却一脸嫌恶：“握这么紧干什么！不会是被你那个妹妹洗脑洗得对男人没兴趣，开始对女人有兴趣了吧？哎呀，我才不要！你把手给我放开……”

季暖何止想拉拉夏甜的手，甚至想好好抱抱她，用力抱抱她！

“下个月你爸爸的生日，要不要趁这个机会回S市夏家，跟家里好好联络一下感情？”季暖忽然说了这么一句。

季暖必须想办法让夏甜一个月后在海城不再跟那个渣男相遇，哪怕让夏甜回最讨厌的家。她绝对不能再看着夏甜为那个浑蛋怀孕流产、心碎送死！

“我才不回去！”夏甜一点儿都不想提及家里的事，换上一副委屈脸，“暖暖，那我不要全家桶，只吃两对鸡翅还不行吗？”

“不行。”季暖知道她饿着，站起身，“你老实躺着不许动，我去给你买骨头汤。”

“只吃一对鸡翅行不行？”

“不行。”

“那一个？”

“不行！”

房门开了又关，季暖头都没回。

夏甜唉声叹气，痛心疾首：“真是交友不慎，一点儿都不知道心疼我……”

忽然，病房门又被打开，季暖的声音在门外响起：“原味鸡块，不辣的那种，吃？”

“吃吃吃！吃吃吃！”夏甜一改刚才哀怨的表情，咧嘴笑了起来，像个可爱的小哈巴狗。

天色渐暗。

季暖拿着新买来的保温杯，里面装着香喷喷的骨头汤。她走回医院。

街头华灯初上，一辆限量版黑色古斯特驶过。

沈穆向外面看了一眼，忽然一脸惊奇地说：“墨总，那是不是季小姐？”

墨景深的目光从手边的公司文件上移开，深邃的黑眸陡然看向沈穆所指的方向——

季暖再度从医院出来时，已经是晚上八点。

她刚要走到对面的停车场，眼角的余光瞥见前边某条街上的奢侈品牌店。橱窗中的一件深灰色衬衫很好看，像是法国某家高端大牌的男装经典款，就算放在十年后也绝对不会过时，颜色也是极为沉稳低调。这衣服若是穿在墨景深的身上一定特别合适！而且自己好像从来没有给墨景深买过东西，别说衬衫，就连结婚时的婚戒，都是墨家的长辈去选的，自己连看都没有多看一眼。

越想越觉得自己亏待了他，季暖干脆进了那家店。她刚走进去，里面的店员看见她的衣着打扮，便双眼放光地迎了上来。

“欢迎光临，小姐，您要挑选衬衫还是西装？是要买给男朋友吗？”店员满脸热情地问道。

“衬衫。”季暖说着便转身走向橱窗的方向，看着刚刚在外面一眼相中的那件衬衫。

店员跟在后边：“您眼光可真好！这是昨天下午从巴黎刚刚回来的新款，这款衬衫是300s高密面料，手感柔软舒适，是衬衫面料中的极品，而且……”

忽然，从里面的试衣间里走出一男一女，他们刚刚试过衣服正准备结账，其中那个身材高挑妖娆的女人回眸就看见了季暖。

“哟，这不是季小姐吗？”

听见那个声音，季暖转身看了一眼。女人身边的男人也诧异地回头。

看见那两人，季暖淡淡地移开视线，对店员说：“就这件，尺码要一八八标准身材的男士可以穿的，麻烦你帮我仔细检查一下尺码，别拿错了。”

“好的好的！”店员开心地转身去开单子。

季暖在店里其他地方看了看，想找一条合适的领带搭配衬衣。

那边被忽视得彻底的女人翻了个白眼：“真能装！在外面装得好像是个高高在上的大小姐，其实就是个私生女！还是个鸠占鹊巢的私生女！”

说着，那个女人回头看向身后冷冷挑眉的男人：“对吧？天远？当初季家差点跟你们韩家联姻，结果还是韩伯父有先见之明，不让你娶一个私生女进门，不然的话，这季大小姐现在可就是你老婆了呢。”

韩天远是海城有名的浪荡公子哥儿，以前也的确垂涎过季暖的容貌和身材。

但季暖也没给他面子，又傲又倔，没少让他丢人，导致这位公子哥儿对季暖的喜欢逐渐变成了针对，自从季暖结婚后，他更是以听见这位季小姐的丑事为乐。

女人依旧喋喋不休地道：“还有啊，墨家几代从商从政，无论是权势还是威名都绝对是国内数一数二的，怎么居然眼瞎到把一个私生女给娶过去当媳妇儿。”

韩天远难得有机会好好讽刺季暖，顿时满脸讥笑：“说得不错，如果不是墨老爷子坚持，季家又很想抱紧墨家的大腿，她这种货色根本就进不了墨家的门。”

“我听说，这个季暖结婚之后，这么久都没跟墨景深同时出现，估计是早被‘打入冷宫’了吧？只是个挂名的墨太太？哦？”那个女人边笑边嘲讽地故意看过来。

“小姐，”店员担心季暖因为被影响心情直接走人，这到手的单子就该飞了，忙将衣服包好走过来，“衣服已经给您装起来了，您是刷卡还是记账？”

季暖从头到尾都没拿正眼瞧过那两人，还没说话，那个女人忽然凑过来：“季小姐很阔绰呀，这件衬衫就得十六万块，你付得起吗？”

季暖终于看了她一眼，淡淡地道：“原来智障也不是完全傻的，连这标价后边有几个零都数得清。”

这女人她有些印象，叫周妍妍，家世不错，性格比以前的自己更目中无人，也不知道是在哪里知道了季家的秘闻，经常四处把季暖是私生女这件事在名流圈子里传扬。

季暖当然不是私生女，但季家也确实不止她和季梦然两个女儿，那都是她爸年轻时候造的孽，季家所有人早就对这些事守口如瓶，没人敢提。

周妍妍瞪了她半晌，开口嘲讽："这卡你确定能刷？你不是在嫁进墨家之前，身上所有的卡都被冻结了吗？用不用我和韩少帮你买啊？才十六万而已！季小姐也不用跟我们太客气！"

季暖脸色不变，心头却一沉，她的确把这件事忘了！

当初爸爸为了不让她逃婚，狠心冻结了她名下的卡。

"堂堂季小姐，结婚之后就成了季家泼出去的水，不仅名下的私产被冻结，就连卡也不能用了！说出去怕是会让人笑掉大牙！"周妍妍的声音越来越大，她生怕别人不知道季家的大小姐连十六万都刷不起。

韩天远在一旁跟着嘲弄："看来是真没钱？季小姐若是婚后不太幸福，我倒是不计较你已婚的身份，不如这样，这钱我帮你出，你陪我睡一晚，怎么样？"

"说什么呢！当我不存在啊你？"周妍妍将得意的表情一收，不高兴地瞪了他一眼。

"两位这一句一搭腔，不知道的还以为你们兼职唱双簧。"季暖不怒反笑，"看你们这气质，也确实适合上台演猴戏。"

周妍妍得意地将眼尾一抬："摆这么清高的姿态有什么用？真以为自己区区一个私生女就能麻雀变凤凰？"

季暖听见这话，笑得慵懒又随意，缓慢地拉长了语调："周小姐，你十五岁初中还没读完就辍学在家，在各个酒吧私混。你说，若是没了姓周的光环，你还能在着叫唤？"

周妍妍表情抽了抽。

这季暖虽然一身大小姐的臭脾气，但季家很早就把她送到国外，哪怕季暖现在不过是个什么都不干的闲人，但她十几岁就在美国拿过几个学位和奖金，也确实不是假的。

"呸！说到底你不就是个靠季家的卡来养活的废物？"周妍妍趾高气扬地嗤笑，"你也别跟我扯太远，就说你现在买不买得起这件衬衫！买不起就赶快认了！"

这家奢侈品店在繁华地段很显眼的位置，门里门外已经站了不少围观的人。季暖不惊也不慌，人越多，她眼中的笑意越盛。

韩天远在一旁却是看得眼皮跳了跳，莫名有种不太妙的预感。他感觉季暖像是哪里不太一样了。换作以前，这位季大小姐早就把手里的包毫不留情地砸到周妍妍的头上，不管不顾先打一顿再说。结果到现在，她还站在那里，淡定又从容，像变了一个人。

“周小姐一开口就这么霸气冲天，我要是拂了你的面子，才会真显得我目中无人了不是？”季暖意味深长地笑着。

周妍妍觉得她话中有话，警觉地皱了下眉。

季暖直接将手中的衬衫放到一旁的柜台上，把玩着手里那张确实刷不出多少钱的卡，慢条斯理地说：“在你搭上韩少之前，刚从另一个男人手里骗到一亿分手费，这区区十六万如今在你眼里也确实是九牛一毛，你既然非要替我出这个钱，那我就不抢周小姐的风头了。”

“你胡说什么？什么一亿分手费！”周妍妍眼神一晃，脊背瞬间蹿上一阵凉意。

“我下面要说的话，韩少肯定会很有兴趣。”季暖瞟了眼顷刻拧起眉的韩天远。

“周小姐之前攀上了一个有家室的男人，就是你们韩氏集团的财务主管，她跟这位财务主管利用财务漏洞，套现了几亿现金，之后那个男人抛妻弃子，带着周小姐逃出了国，偏偏眼高于顶的周小姐只看得上他手里的钱，威逼利诱从他那里骗走一个亿。”季暖声音轻缓有度，却也字字清晰，周妍妍听得心惊肉跳。

韩天远这会儿的表情也不再那么简单。他们家公司前几个月还真的莫名失踪了几个亿的流水资金，报案后，到现在还没查清楚。难道真的跟周妍妍有关？他仔细回想，这个周妍妍自从爬上他的床后，还真是经常仿佛不经意地跟他打听财务漏洞的案情进展。

见韩天远脸色变了，周妍妍一慌，连忙转身对他解释：“你别听她胡说！我们周家又不缺钱，这种犯法的事情我怎么可能会……”

“不缺钱？那周小姐怎么忽然抱住韩家的大腿不放？我记得很久以前就从你的某个好闺密嘴里听说过，你对韩少这种连架都不会打的弱鸡一点儿兴趣都没有？”

韩天远脸色黑了一半。

“韩少，我建议你好好调查，周家是不是前段时间资金短缺，后来忽然有一亿的资金注入，而且那笔钱来源不明，让警方从周家入手，最后的结果一定会让韩少很满意的。”

“你住口，你胡说！”周妍妍压根没想到藏得这么深的事情，居然会被从来都不管这些闲事的季暖知道了！她恨不得撕烂季暖的嘴。那件事情根本不可能有人知道！可季暖竟然连时间都说得这么准！这怎么可能？！

看见周妍妍那见鬼似的表情，季暖也只是笑笑。她比他们多了十年的记忆，当年这起隔了几年才破获的商业大案，曾在海城轰动一时，她想不了解都难。她本来并不打算用这种方式的，毕竟她也觉得自己胜之不武。对付这两个人，其实还有许多方法，但站在这里白白吃暗亏也不是她的性格，之前她是在自己最亲的人身上翻了船，一步错步步错，却不等于她会弱到被周妍妍这种上不了台面的女人踩到头上。

“我没做过！是季暖含血喷人！她绝对是在墨家被冷落得受刺激了才会……”

“你哪只眼睛看见我在墨家被冷落？”

周妍妍当下转过头，愤然道：“你嫁给墨景深也有半年了！你们一起出现过吗？就连媒体远程拍的照片里你跟墨景深都没同框过！”

周妍妍越说越来劲，什么话都敢往外吐：“现在海城谁不知道你季暖就是个有名无实的墨太太，人家墨景深根本没把你当回事！我看再用不了多久，你就会被扫地出门！”

“是吗？”一道清冷的声音传来，似寒风刮过，却瞬间吸引了所有人的注意——

季暖转过头，惊见墨景深凉薄挺拔的身影走了进来。他怎么会出现在这里？

周遭的人皆看得愣住了。只见来人高大挺拔，幽冷的黑眸中是让人望而生怯的凌厉，似是不知从哪里走来的冷峻神祇。

周妍妍和韩天远在回过头看见墨景深的刹那，面上一惊。这里的普通人不知道墨景深的真面目，可他们两人又怎么可能不知道！

墨景深冷淡的黑眸冲周妍妍的方向扫了一眼，很快便落到季暖的身上，看见她手边放在柜台上的衬衫。

“墨太太会被扫地出门？我怎么不知道？”他淡声说道，嗓音清冽，听起来仿佛并不锋利，却偏偏使整个店里的空气瞬间降温。

周妍妍眼神颤了下：“墨总，您怎么会……”

墨景深并未看她。他朝季暖走去，身边的店员无意识地往旁边退了退。

季暖不知道他为什么会出现，但心里因为他而安定许多。她在他走近时，抬眸对他笑道：“我没事，你不用为我出头。”

墨景深却仿佛没听见一样，握住她的手，置于掌心，这一动作无声又坚定。

“墨总，这只是一场误会……”韩天远一看见墨景深就瞬间没了底气。韩家的权势再大也敌不过墨家，要是因为这么一场口角，招惹上墨景深，他今晚回去恐怕要被父母给打断腿。

然而，墨景深连看都没看他一眼，直接越过他那无用的话，清清冷冷地道："我为什么会在这里？陪自己太太逛街，需要向你们解释？"

站在那边的周妍妍瞬间被噎了一下。墨景深陪季暖逛街？谁不知道墨景深是让人仰望不及的高岭之花，他这种人怎么可能会有闲心陪季暖逛街！

韩天远现在对身旁的周妍妍已心存芥蒂，眼下只想自保："墨总，这都是女人之间的口角，我实在拉不住，您看，这事实在是……"

"女人之间的口角不需要带脑子？"墨景深拿起季暖旁边的那件衬衫，眸色疏冷，语调淡得很，"看不出这衬衫是她特意买给我的？墨太太被冷落、即将被扫地出门这种话，你们也编得出来？"

周妍妍脸色渐渐发白，她刚才虽然看见季暖买衬衫，但也没想到是买给墨景深的！怎么可能……外面明明传言季暖跟墨景深的关系很疏远！

墨景深的目光从季暖手中的卡上掠过，随即他轻描淡写地道："告诉你多少次，出门记得带卡，我这是把你惯坏了，出来逛街什么都不拿，你以为哪里都是御园？"

一张黑卡忽然从墨景深的手中落入季暖手里，季暖又不傻，很快配合地说道："我是出门之前太着急，一时忘记啦……"

"下次别再忘了。"墨景深的手在她的头上温柔地抚了抚，像在哄一个总是丢三落四的孩子，却又宠得要命。

周遭围观的人被强行喂了好大一口"狗粮"，无论已婚还是未婚的姑娘，都捧着心口，满眼羡慕嫉妒恨。

季暖捏着手里的卡，是全球无限额的那种高级黑卡。

其实，墨景深以前不是没有给过她卡，甚至刚结婚的时候，他就已经把他能给的一切都给过她，只是那时候她死活不想跟他在一起，哪怕被季家冻结了所有账户，也坚决要跟墨景深划清界限，除了住在御园之外，她一分钱都不肯花他的。

"墨总！"那个韩天远不怕死地走过来，想要继续解释。

当他靠近的刹那，季暖看见墨景深看似波澜不惊的眼底掠过冷意。想必刚刚这里的对话，墨景深都听见了。

她悄悄在他的手指上捏了一下。即便墨家的权势再大，韩家如今在海城的人脉地位也都不简单，没必要因为自己让墨景深与韩家交恶，她不想让自己给他添任何不该有的麻烦，哪怕这些麻烦对他来说都不算什么。自己有点儿小麻烦也就算了，但她不想墨景深降低他的段位去跟这种人有任何瓜葛。不值！而且会脏了他的手！

季暖忙贴在他怀里小声说："我饿了，想去吃东西。"

墨景深看向她。难得，季暖竟会这么快选择息事宁人。

虽然这的确是最妥善的做法，过后他也自有解决方法，既不会让她白受这场委屈，也不会在表面上让家族之间产生任何分歧。可季暖的改变……她究竟是因为什么而变的？

周妍妍已经开始悄悄地想要逃出去，韩天远看见了，财务漏洞的事还没解决，不管是真是假，也不能让她就这么跑了。他伸手就要把人抓回来。

"啊！干什么！"周妍妍回头，一看见他，吓得低声央求，"放开我……"

"惹了祸就想跑？你该不会真的跟那件事有关吧？"韩天远低咒了一声，把这个蠢货一把拽了回来。

周妍妍有些腿软，话都不敢说了。

季暖又轻轻扯了扯墨景深的衣角："这里人太多，空气不太好。"言下之意是，她现在想走了。

墨景深握着她的手，看了她片刻，说出的话几乎听不出什么温度："道歉。"

韩天远和周妍妍的表情僵住，这两个字他分明就是对他们说的。要他们道歉？还当着这么多人的面？

韩天远看了看周围还没散去，甚至越来越多的人。他堂堂韩家大少，当众道歉这种事情……

周妍妍也有些尴尬，可面子再重要，眼前的墨景深却是万万不能得罪的！

"墨总……"周妍妍想赶快摆脱眼前的险境，认命地说，"对不起，我今天说的话也都是在媒体那里听来的……"

墨景深冷冷的目光在她的脸上掠过，冷厉非常："你是在跟我道歉？"

周妍妍在他沉如寒渊的眼色下浑身一抖，眼睛发红，不情不愿地看向季暖："季、季小姐，对不起……"

"周小姐难不成是刚在窑子里叫过？嗓子哑了还是怎么着？声音这么小？我实在听不清楚。"季暖侧过脸，微微一笑。

周妍妍顿时抬起眼瞪向她，却在墨景深冰冷的目光下马上屈服，嘴角发抖地哭着说："季小姐，对不起！"

"嗯？我还是没听清。"季暖一脸人畜无害的微笑。

"对不起！季小姐！我错了！"

季暖这回干脆直接不说话。

周妍妍咬着牙，深呼吸一口气。她顾不得周围一群看热闹的人，忽然扯着嗓子喊：“季小姐！对不起！”

季暖的眼神依旧很凉。她忽然瞥了一眼韩天远身上刚刚试穿的那件男装：“韩少身上的这件衣服价格应该也不低，不如我替你们买了如何？”

周妍妍仿佛知道季暖下一句会说什么，表情瞬间一白。

“我出钱，也不用你陪谁去睡一晚，周小姐只要今天晚上在海天广场上穿着比基尼跳几个小时的钢管舞，这事就算了。我听说周小姐跳钢管舞很在行呢！”季暖勾唇一笑，慵懒迷人。

周妍妍浑身如坠冰窟。

“怎么？不想去跳？”季暖转头便看向门外那些围观的人，“那不如我在这些路人里挑一个男人，你陪他一晚。”

门外瞬间响起几道兴奋的口哨声。

周妍妍全身发抖，不知道究竟是害怕还是生气。

韩天远在一旁听得心头发怵。今晚要是他不当众道歉，别说是墨景深在这里根本就是一个压迫性的存在，单单一个季暖就不好对付！

“季小姐，我为自己刚才的言行向你道歉，请你看在韩家跟季墨两家都有些交情的分上，别太计较。”韩天远难得一本正经地说了句人话。

季暖冷笑道：“韩家虽然鼎盛，但偏偏生了个低能儿，有你这种儿子，你们韩家估计二十几年前就算遭了报应了。”

韩天远忍着没去反驳：“季小姐觉得这样能撒气的话，那你就骂吧。”

“骂？你这种人，杀了怕脏手，骂了怕脏嘴。”季暖讥讽了一句，转而又笑了起来，“听说韩少名下有两家即将转卖的房地产公司，不如价格放低一点儿，卖给我怎么样？”

韩天远愣了一下。他万万没想到，向来对经商没有任何兴趣的季暖会提出这样的条件。

墨景深亦是看了季暖一眼。

季暖睨着韩天远那副表情：“三千万，两家公司的所有权归我，成交吗？”

“三千万？我那是两家公司！两个亿都已经算低价转让了，季小姐，您这是明着抢……”

季暖状似不介意地低笑道：“哦，你不同意就算了。”

韩天远的嘴角狠狠一抖。她这表情……明显就是故意的！

韩天远闭上眼睛，咬了咬牙。他不能得罪墨景深，不然别说是两家小公司，就是韩氏整个大家族在海城怕是也活不下去了。现在就算季暖让他把那两家公司拱手相让，他也没办法拒绝。他不知道季暖这小姑奶奶究竟打的什么算盘，莫名其妙要那两家赢利状况并不是很好的房产公司做什么？

“行，三千万就三千万！”

季暖眉眼带笑地道：“谢了，我过几天就会找你们公司的法务签订转让协议，韩少，这么多人在场，估计还有闻声而来的媒体潜伏其中，说话可要算数哦。”

韩天远咬牙道：“算数！一定算数！”

季暖轻轻一笑，挽着墨景深的手臂，道：“老公，走吧，我快要饿死了！”

墨景深凝视她片刻。季暖感觉他的眼神仿佛瞬间可以将她的灵魂看透。她顿了顿，抬眼看他。他帮她将脸颊边的发丝掖到耳后，又帮她将衣领拉紧。

季暖临走前还不忘将那件衬衫买下来，然后跟着自家老公在众人仰慕的目光中并肩离开。

秋夜很凉，可在墨景深的身边却没有一点儿冷意，季暖边走边问：“你怎么知道我在这里？刚刚你在这附近？”

墨景深没有回答，打开车门让她坐进去。季暖坐进车里后，又探出脑袋：“我今天是自己开车过来的。”

“让沈穆把你的车开回去。”

“沈助理也在附近？”季暖好奇地向外望了一圈，但是没看到人。

“想吃什么？”墨景深上了车。

“什么都可以，简单吃一点儿就好。”

“卡被冻结的事，为什么不说？”他的语气很淡，但明显因为她一直以来的逞能而不悦。

“也不算彻底冻结，每个月还是有一万多块，我也没什么可花钱的地方，所以就一直没说。”说到这里，她忙将手里的黑卡递给他，“我在御园什么都不缺，确实花不到什么钱，这卡还是给——”

话没说完，她看见墨景深瞥她的那一眼，好像她要是敢把卡还回去，他就能立刻摘下她的脑袋。

季暖顿了顿。现在的墨景深可不是刚结婚时对她步步退让的男人，要是她再在他面前逞强，万一他脾气上来了，以后真的不管她，到时候她哭都来不及。

她当下很自觉地把卡收了回去，又放进自己包里：“那就先放我这里，我以后再看见什么好看的衬衫或者日常便装之类的，直接帮你买了。”

“我不需要太多，你喜欢什么自己买。”

车窗外路灯格外明亮，季暖朝外面看了一会儿，还是忍不住转头问道：“你刚才为什么会出现在那里？”

“路过。”

那家医院附近有几条路，好像的确是从墨氏回御园的必经之路。

季暖没再问，偏过头看向他。墨景深身上是黑色系的手工衬衫，看不出任何明显的商标，却一眼能看出价格不菲。她正想着一会儿回家之后，一定要让他试穿刚买的那件，刚一开口，她却直接打了个喷嚏。

鼻子酸得有些难受，季暖抬手揉了揉鼻子，结果又是一声：“阿嚏——”

“早上才叮嘱过你别着凉。”墨景深听见她这两声喷嚏，直接打开车里的暖气。

季暖一边揉着鼻子一边闷声说：“下午出来的时候也没觉得天气凉，估计只是鼻子不舒服，应该不至于感冒。”

她下午出门匆忙，想着反正是开车，所以连薄款风衣都没有穿，最近海城已经入秋，白天和晚上温差有些大，之前走出医院的时候，她就觉得有些冷，却也没怎么在意。

一路上，季暖实在忍不住，又打了几个喷嚏。

墨景深将车开回御园，连晚餐都没有带她吃，直接叫陈嫂给她熬红糖姜茶。

季暖没把自己着凉的事放在心上，捧着红糖姜茶喝了几口，被辣得直皱眉头，以前她就很讨厌喝这东西，实在咽不下去，刚要把杯子放下，抬眼见墨景深就在对面。

好像她不把这一杯喝下去，今晚就别想吃饭。

“这姜茶实在是太辣了。”季暖难得服软，“我能不能吃过饭之后再喝？”

“太太，晚餐已经在准备了，您先把姜茶喝了，暖一暖身子。”陈嫂从旁边走过来，唠叨着，“最近很多人的感冒症状都特别严重，我老家那边的侄女昨天就给我打电话说，这场感冒害得她三天都没起床，难受得连眼睛都睁不开。所以，太太你今晚一定要把汗排出来，千万别感冒了呀！”

季暖抬起头，因为不喜欢喝，只能耷拉着眼皮看向墨景深。

墨景深：“听见了？喝吧。”

季暖无奈，只好又端起杯子喝了几口，辣得难受，却又不得不喝，最后索性捏着鼻子喝。

以前的季暖在这方面没这么好说话。她小时候在北方受过寒，所以是特别容易感冒发烧的体质，但性子又倔强，每次生病只把自己关在房间里，蒙着被子睡两天，药也不吃针也不打，这么难喝的红糖姜茶更不会喝了。

直到杯子见了底，墨景深示意陈嫂尽快准备晚餐，季暖之前在外面就一直喊饿。

“你先回房洗个热水澡，换身轻便的衣服下来。”墨景深说。

季暖正有此意，毕竟喝完之后，身上就热得难受。

季暖回到房里没多久，不知道是不是真的有了些感冒的症状，脑袋越来越沉。她想着泡一泡热水澡就好，干脆换下衣服直接进了浴室。

坐在浴缸中的热水里，还不到一分钟，季暖就闭上了眼睛，迷迷糊糊有了睡意，却怎么都无法睡得安稳，想醒又醒不过来……她像是处于冰火两重天，一会儿像是置身于冰天雪地，一会儿又热得像进了太上老君的炼丹炉。这种感觉实在难受极了，她试图睁开眼睛，眼皮却沉重得无法睁开。

黑暗中的梦魇无情地向她侵袭而来。

梦里，她虚弱地躺在满是消毒水气味的医院里，细白的手腕上纱布缠绕，一道颀长挺拔的身影站在旁边，他已经在那里站了一整夜。

一份离婚协议放在她的枕边，她几乎听不清男人在她耳边说的话。

场景不停地变换，季暖想抓住那个决然离开的身影，却只能在黑暗中踉踉跄跄漫无目的地跑。

她梦见离婚之后，墨家所有长辈被她避而不见，爸爸更因为她的割腕和离婚而气出心脏病，整整两年不允许她踏入季家大门一步。她梦见季梦然带自己去暗黑酒吧买醉！

季家破产，爸爸含恨而终，爱她的亲人一个个远去，她曾经骄傲而璀璨的人生逐渐坍塌。

在她人生最茫然的时候，夏甜想方设法找到她，带她回家，陪她说话，给她加油打气。

场景又在变换，季暖忽然在梦中疯了一样向前跑，却还是没能抓住那一片裙角。她看见夏甜浑身是血地倒在天桥下，望着天边飞过的大雁，至死都没有合眼。

季暖的人生信念一次一次崩溃，所有爱她与她爱的人不停地上演着生离死别……

曾经与季家为敌的那些人找到她。她被绑架，被恐吓，被带上一辆破旧的客车，和几个漂亮女人一起被卖到偏远的山区。她被卖给一个五十岁的老男人，老男人家里还有一个二十多岁的智障儿子！她几次出逃都被抓了回去，一次一次残忍地遭到打骂，几度差点儿被那对恶心的父子强暴，她用刀割伤自己的脸和身体，每天都满身血污，让他们无从下手……

那些黑暗无光的生活……为什么还会进入她的梦里？！她要醒过来！她不要这些噩梦！

黑暗的场景反复变换。

她逃出了山区，却被卖进海城云家。

云氏千金被杀，她被指认为凶手，警方说他们经过多方查证，从她的一位亲人口中得知，她很多年前就跟云氏千金交恶，更加确定了她的杀人动机。

亲人？当时那种处境，除了失踪已久的季梦然，她已经再无亲人。人生最后的时光，她含冤入狱，监禁三月，人生潦倒……十年一梦……

不！醒过来！快醒过来！她不要再听见墨景深带着季梦然回国的消息……她不要……

季暖在梦里苦苦挣扎，却怎么都无法逃脱那些黑暗中的旋涡。

耳边骤然传来浴室门被打开的动静，一只微凉的手轻轻放在她的头上。

“她发烧了，陈嫂，去拿药。”一道冷静清冽的嗓音清晰地传进她的耳朵，季暖这才猛地从梦中惊醒。

季暖有些吃力地睁开眼，顷刻便被有力的手臂从水里抱了出去。她甚至有些恍惚，不知道自己究竟在哪里，连身上不着寸缕都没察觉。

墨景深因为她身上完全超出预期的滚烫而将她裹进浴巾里。季暖将头靠在他的怀里，难受地闭着眼。那些噩梦没有再出现，她松了一口气，却又觉得眼里仿佛有温热的东西将要汹涌而出。还好……那些都过去了……这是墨景深的怀抱，温暖的，让人眷恋的，独属于她的怀抱。

之前，她如果不是那么傻，就算她失去了一切，至少还有墨景深。结果就连他都被她推开，推得那么远，那么远！她想哭，却忍住眼泪埋头在他的怀里。

“墨先生，这是速效退烧药，还有温度计我也拿来了！”是陈嫂的声音，好像刚刚找药的时候她是跑着去的，声音听起来还有些喘。

季暖被放到床上，她下意识地忙抬手拉住他衬衫的袖口，哪怕虚弱到没有力气，却还是虚虚地想要拽住他。

墨景深垂眸看见她的动作，没有起身离开，反手将她的手握住：“别怕，我不走。”

沉静的嗓音像是最有效的安神剂，季暖虚弱地微睁着眼，眼角有些红，哪怕不再恐惧，却还是抓着他的袖口不松手。

墨景深见她这副模样，直接给她量了体温，然后季暖听见他说：“三十九度。”

“呀！太太怎么洗个澡就忽然烧成这样了？这温度也太高了！”陈嫂一听

就急了，“前段时间太太也病过，但她一直把自己关在房间里，饭也不吃药也不吃，我都不知道该怎么办才好，幸亏这一次墨先生您在家，不然的话……”

“去拿冰袋。”墨景深淡淡地打断她的话。

陈嫂马上停止了唠叨，又急急忙忙地出去找冰袋。

季暖知道自己每次感冒必然发烧，早都习以为常，墨景深也清楚，所以才会常常叮嘱她不要着凉。

“来，吃药。”墨景深将她从床上扶起来。

她坐着，靠在他怀里，没有动，只在他将退烧药喂到嘴边的时候，才皱了皱眉。她以前确实很少吃药，因为小时候受寒之后，每天都要喝中药调养，导致她后来对任何苦药都很排斥。她宁可蒙头睡几天，也不想吃药。

“听话，把药吃下去。”墨景深哄着她。

她将头枕在他的臂弯里，睁开眼看着他，眼神里有小小的央求，能不能不吃？

他静默了一瞬，低声道：“是要我换一种方法喂你吃下去？”

季暖当下便好奇地小声问：“换什么方法？”难道是要给她准备几颗糖？小时候吃药，季家的用人阿姨还真的在她的撒娇下，总是在床头给她准备许多水果糖。

然而预想中的糖没有，墨景深在她的注视下，直接将药送到他自己的嘴边。季暖当下明白过来，忙抬手挡住，又小心按下他的手，将药送进自己嘴里。虽然她不反对他嘴对嘴地喂自己，但她还不想把感冒传染给他。

苦涩在口中蔓延，她皱着眉头，忙接过他递来的玻璃杯。她喝了一大口温水，把药咽了下去，却觉得嗓子里苦得要命。

“好苦。”

“明知道自己不能着凉，出门连外套都不穿，你是想每年秋冬季都被我关在御园不出门？”墨景深摸着她头上仍然湿漉漉的头发，沉声说道，“坐好，别躺下，把头发吹干再睡。”

季暖还是靠在他怀里不肯动一下。她刚刚喝了几口水，感觉不像刚刚那么难受了，却也没什么力气。

见她这副病恹恹又满是依赖的样子，墨景深微叹，干脆起身去把吹风机找出来，拿到床边插好电。

季暖坐在床上，实在没力气自己吹头发。她转头看向他，刚想撒娇，让他帮自己吹，话还没有说出来，便听见吹风机的声音响起。温热的风吹过她的头发，让她整个人瞬间放松下来，没几分钟，就有浓浓的困意袭来。

感冒药和退烧药本就有催眠的成分，季暖闭着眼，昏昏欲睡。等头发彻底吹干，墨景深关掉吹风机，她直接身子一歪，就要倒下去。

墨景深伸手将她扶住，又轻轻叹了口气，俯身将她扶到床上躺好。无意中又看见她被浴巾裹住的身子，他刚刚在浴室只能抽出一只手帮她裹上浴巾，这会儿她胸前的凝白雪软呼之欲出，长发垂下，半遮半掩。

墨景深的眸子暗了暗，同时他摸到她手上一片冰凉。身上滚烫，手却冰凉，他呼吸微沉，握住她的手，置于掌心。片刻后，他似是想到了什么，双目看向她露在浴巾外的雪白小脚。摸过去，他发现她的脚也是凉的，与手一样凉。

季暖在睡梦中轻轻哼了一声，像是因为手脚忽然传来暖人的温度而舒服地哼哼："嗯……"

墨景深将被子盖到她身上，确保她全身上下只有头露出来。他的手在她滚烫的额头上轻轻抚过，顺着她头顶柔软的发丝缓缓滑下。

季暖其实睡得不踏实，本来身上就烫，全身都被盖住，她越来越难受，隐隐挣扎了下，却被他按住。

"墨先生，"陈嫂推开门走进来，将冰袋放到旁边，见季暖已经睡了，便小声说，"我刚刚给太太重新做了些吃的，还煮了粥，要让她起来吃一些吗？她晚餐还没有吃。"

"把粥热着，等她醒来再吃。"

现在就算坐起来，估计她也困得连张嘴都费劲。

"好，那……先生，您去休息吧，这里交给我，我来照顾太太。"

"不必，今晚我在这里。"

季暖虽然很困，但一直都睡得不太安稳。半梦半醒间，她感觉自己的床边像下陷了一些。她身上已经捂出了一些汗，黏黏的特别难受，一副自我嫌弃的表情。几秒后，她被人抱进怀里，身上的被子更是牢牢盖着，一点儿缝隙都没有。

"好热……"她迷迷糊糊地说。

墨景深在她身边抱着她，将被她试图踢开的被子一次一次盖上。

直到她的手脚不再那么凉，身上也因为捂出汗而降了不少温，墨景深抚过她汗湿的头发，道："忍一忍，退了烧就不会再这么难受了，嗯？"她安静下来。

半夜的时候，季暖忽然醒了一会儿，看着眼前近在咫尺的男人。她因为高烧，眼底有些血丝。她无声地看着他。

墨景深被她看了一分钟后，睁开眼道："醒了？陈嫂一直把粥给你热着，起来吃一些。"说完，他便坐起身。

季暖忙拽住他的手不肯放开："我不吃，你别走……"她声音里的依赖和眷恋，毫无掩饰。

墨景深想要抽手的动作顿在了原地。如果她只是因为发烧难受，这样撒娇倒也不奇怪，可这样的脆弱和害怕，不应该出现在季暖的身上。

“还是很难受？”他坐回床边，一手将她抱在怀里，摸了摸她的头。

季暖摇头，充满依赖地腻在他的怀里：“好多了。”

陈嫂应该一直都不太放心，半夜从门外路过，听见里面的动静，她急忙去盛了粥。

“墨先生，已经很晚了，我来给太太喂粥吧，她之前烧得那么厉害，必须吃点儿东西才行。”

墨景深用空着的那只手接过碗：“不用，我来。”

陈嫂惊讶于墨景深竟然在季暖发烧后寸步不离，看来以前形同陌路的小两口是真的要开始过上好日子了。

陈嫂笑了一下，没再打扰，很快退出房间，轻轻地关了门。

季暖闻见白粥的味道，里面好像还有一些碎肉，很香。她当下就朝碗里看了一眼。这一看，更饿了。

墨景深将自己的手从她手中抽去，他微微倾身，一只手托住她的肩，让她坐起来，端正地靠在自己怀里。

季暖虽然头没那么晕了，但依然虚弱无力，浑身像是没骨头一样靠在他的胸前，额头似有若无地贴着他的下巴。

她始终盯着碗里的粥，像乞求主人投喂的小猫。他轻浅的呼吸吹在发顶，酥酥的。

墨景深将一勺粥喂到她的嘴边：“张嘴。”

这回季暖很听话，很乖地张开嘴，咽下的时候，只觉味蕾被唤醒了似的，真香。

见她肯吃，而且胃口大开似的吃得很满足，墨景深低笑，就这么一口一口地将一整碗粥都给她喂了下去。

季暖吃饱喝足后，重新躺回床上，享受着墨景深的照料。

“身上都是汗，我能不能再洗一次澡？”她软着声音问。

“烧还没有彻底退，明早再洗。”

“可是身上黏黏的，好难受……”

“忍一晚。”他不容置疑地关了灯，只留床前昏黄的壁灯，“再睡几个小时，天亮后重新测一次体温。”

墨景深在她身旁躺下，季暖便开始往他的身边凑，直到被他一臂揽在怀里，同时他拍了拍她的背，让她赶快睡觉，季暖却将头贴在他的手臂上，小声说："你刚才就那么直接把我从浴缸里抱出来……"

墨景深没说话。

她又模模糊糊地道："你都把我看光了，那再抱我进去洗一次澡也不过分，我刚都没说什么呢……"

最终，季暖因为不洗澡就睡不着这个洁癖，不依不饶地让墨景深抱着她又去洗了个澡。洗到全身香喷喷的，她感觉病也好了大半似的，又被他用浴巾包着抱回床上。可这一次，墨景深却没再抱着她睡。

季暖翻了个身，在昏黄柔和的壁灯下看着莫名其妙背对着她睡的男人，抬起手在他的背上戳了戳。

"为什么要背对着我？"她问，嗓音有些哑。

墨景深没有回答，反手将她在他的背上乱戳的小手握住，按了下去。

"睡觉。"他淡声说道，低低的声音里藏着一丝暗哑。

季暖觉得自己应该是生病了，所以心里忽然有那么一点儿矫情，她顿时玻璃心了，因为他背对着自己而不高兴。她直接向他贴近，靠在他的背上，手扒在他的肩上，同时将脸也贴在他的背上。

"你能不能转过来，我想让你抱着我睡。"

"刚刚还好好的，忽然背对着我睡算什么？"

她在他的背后不停地贴近，墨景深脊背微僵。再听见她细如蚊蚋的小声抱怨，他微叹着转身，到底还是如她所愿，将她抱入怀里。就在两人紧紧相贴的刹那，那什么……她好像知道原因了……现在让他再背过去，还来不来得及？

墨景深现在看不得她水波涌动的目光，他抱着她，将她的头按在怀里。

"等你病好之后，再让我帮你洗澡试试。"他轻咬着她的耳朵，嗓音低沉沉的，却又蕴藏着让人脸红心跳的威胁，"我不介意陪你洗一整晚！"

季暖瞬间老实了，在他怀里规规矩矩的，一点儿都没动。

可她现在睡不着，手轻轻揪着他衬衫前精致的纽扣，感觉他虽然没有动，但现在这种状况下，应该也没办法轻易睡着。

"你是不是发现我变了很多？"她问。

墨景深这两天落在她身上的眼神，几次都试图将她看透，分明已经对她的改变存疑，却又不动声色。既然这样，她还不如主动一点儿。

他没有回答，只是手在她的背后轻轻拍了拍，像在哄一个睡不着觉而总是找话的孩子。

"那你是喜欢现在的我，还是喜欢以前的我？"壁灯下，她目光盈盈，就算发烧也没能掩去眼里的光亮。

"都是你，有什么区别？"他语调缓缓地说道。

"当然有区别，我以前一直不肯接受我们的婚姻，现在却很努力想靠近你。"季暖将头埋进他的颈窝，轻轻地说道，"以前是你对我好，哪怕我总是胡闹，你也没有停下向我靠近的脚步。不管你会不会觉得我现在的改变太突兀，但请你不要怀疑我的心，哪怕我们之间有一百步的距离，你已经走了几十步，哪怕你走累了，剩下都可以交给我，让我去走，让我去做，让我去学会珍惜这一切，去拥有你……好不好……"

室内陷入一阵静默。

季暖想看看墨景深此时的脸，她前后两世都没这么跟人表白过。

可她试着抬头，却被他紧紧地抱在怀里，就连头也在他的脖颈间，两人紧紧相贴，一时半会儿她都没能抬起头。

"墨景深……"

他仍然没有说话。

"我刚刚说的是认真的，我没有烧糊涂，我——"

忽然，她听见头顶上方传来他低哑克制的声音："你再说下去，我怕是没办法顾及你的身体状况，确定还要继续招惹我？"

季暖微微一惊。她就是表个白，这也算招惹？

她忽然感觉眉间印下一吻。

"别以为我真的坐怀不乱，你还病着，乖乖睡觉。"他轻淡的声音随即落在她的耳朵里，见她还睁着眼，"快睡。"

季暖这回真的不说话了。她闭上眼睛，呼吸间全是他身上清冽的味道。

这让人安心的归属感。

第二天早上，季暖睡到九点多才醒。

她抬手按着头，就算已经退烧了，可毕竟感冒的症状还有。她坐起身，掀开被子，正要下床，却又忽然顿住，低头看向自己的身上。柔软的真丝睡裙，她昨晚明明是洗过澡后又裹着浴巾睡的。这是……陈嫂帮她换上的，还是……

房门忽然被打开，她顶着凌乱的头发，抬眼就见墨景深走进了房间。

自动窗帘缓缓拉开，淡金色的阳光落在他的身上。眼前的男人气质清隽，俊美得让人恍惚。

墨景深看见她坐在床边一脸茫然的表情："好些了？"

"现在几点了？你没去公司？"季暖醒了醒神，不答反问，说着就拿起床边的手机看了一眼。

九点半？都已经九点半了！墨景深虽然不需要每天都在公司，但在她的记忆里，他很少会在工作日缺席，更很少休假。

“今天公司没什么事，不去也可以。”墨景深走近床边，拿起温度计，在季暖愣神的时候，给她重新测了体温。

季暖正因为自己影响他本来的工作计划而自责，却听见他说：“三十七度六，现在感觉怎么样？”

“好多了，没有昨晚那么难受了。”季暖抬手摸了摸自己的头，“应该不算烧了吧？”

“多少还有一点儿发热，今天别出门，在家里好好吃药休息。”墨景深按住她的肩，将她按回床上，“要吃什么叫陈嫂送上来，别四处乱走。”

“我又没那么严重，而且这也不算烧了……”

季暖话还没说完，外面忽然传来脚步声，用人在门外说：“墨先生，有电话找您。”

墨景深向季暖身上投去一眼，以眼神示意她乖乖在房间里待着，这才出去接电话。

季暖坐在床上，拿起旁边的水杯喝了一口，润了润嗓子，又拿起手机给夏甜发了条短信。

昨天季暖本来答应夏甜，今天再去医院陪她，但依目前的情况来看，墨景深今天是绝对不会允许自己再出门见风的。

而且她这怕寒的身体的确该好好调养调养了，总不能一着凉就病得这么严重，太娇气可不行。

楼下，墨景深走下大理石阶梯，看见正摆放在茶几上的座机。

他淡声问道：“谁的电话？”

用人在一旁恭敬地说道：“是梦然小姐。”

墨景深停下脚步，目色冷淡地看了用人一眼。

用人连忙解释：“刚刚梦然小姐忽然打来电话，本来我也好奇她怎么不打太太的手机，竟然打了家里的座机，我一时嘴快，告诉她太太昨晚生病了，然后梦然小姐问墨先生您是不是去公司了，我说您今天留在家里陪着太太，她就说要让您接电话。”

墨景深神色疏淡，没走过去，清清冷冷地说：“以后再接到季家二小姐的电话，不必通知我。”

用人连忙点头道：“我知道了，墨先生，那这通电话……”

“告诉她太太已经没事了，不需要从我这里打探她姐姐的身体情况，她如果真有这个心，让她自己问季暖。”

墨景深转身走了回去。

季梦然正在电话里满心期待地等着，还打好了腹稿，准备等墨景深来接电话时，自己要跟他说些什么。

现在她不能再经常去御园，虽然不能去，她也一定要找机会好好跟墨景深说说话，季暖的变化实在有些古怪，就是不知道墨景深现在是什么态度。

季暖那天说不打算离婚，可之前季暖做的那些事都很出格，难道墨景深真的忍受得了？

“喂，梦然小姐，实在是不好意思，墨先生正在照顾太太，这会儿抽不出时间来接电话呢。”电话那边，用人的声音忽然传了过来，“墨先生说，梦然小姐您要是关心太太的身体，就直接问太太吧。”

用人毕竟不敢说得那么直白，这已经很委婉了。季梦然却听出了话里的意思，这是根本不想接她的电话！明明刚刚她在电话里隐约听见墨景深的声音了，他分明已经下楼准备接电话，可他居然没有接！

以前墨景深就没怎么把她放在眼里，她想着多去御园，多在他面前出现，让他看见自己的好，反正她怎么都比那个整天闹离婚、脾气又不可理喻的季暖好很多，他早晚会对自己有不一样的感情。可这一切还没有进展，自己就不能再去御园，甚至连再靠近他的机会都没有。现在他连电话都不接，她更不知道墨景深和季暖之间到了哪种地步！

季梦然气得脸都要扭曲了，怒道：“你是怎么传话的？没说我是找景深哥哥有事吗？我姐的身体情况我很清楚，她每次感冒都这样，哪里还需要我去多问？你去告诉景深哥哥，我就是要找他说……”

“梦然小姐，您有什么事，还是打先生和太太的手机吧，这个座机平时只有墨家的长辈会打进来，您直接给他们的手机打电话去沟通啊，实在不好意思，我先去忙其他事情了啊。”用人匆匆说完，直接挂了电话。

“喂？你！你不许挂，你——”

电话里瞬间传来被挂断的声音，季梦然脸色难看地将手机用力地扔在床上。

季暖从小到大都喜欢跟爸爸作对，却还是被爸爸最为看重，凭什么嫁给墨景深的人不是自己？！凭什么季暖丝毫不费心力就可以拥有她最想要的东西？！是自己前段时间表现太明显了？季暖又为什么忽然把她排斥在外？就算季暖没有明说，但季梦然分明感觉到，她对自己的态度有了特别大的变化！

可季暖的态度再变又怎么样？墨景深跟季暖之间不会有任何结果！总有一

天，墨景深一定是她的！

主卧里，季暖听着电话里传来一声声啃苹果的声音，好气又好笑。

“暖暖，你刚才发短信都不忘叮嘱我，让我别跟撞伤我的那个男的联系，到底怎么回事？你认识那个人？”夏甜啃着苹果，含混不清地在电话里问道。

“反正他不是什么好人，你离他远点儿就是。”在这件事上，季暖很坚持。那个害得夏甜死不瞑目的人渣，这一世，最好别再让她看见。

夏甜啃完一个苹果，擦了擦嘴，转头看向病房里的电视：“刚才播的电视新闻很有意思，前段时间，在一场宴会上故意跟你作对的周妍妍，那个尾巴快要翘上天的周小姐，你还记得吗？”

“提她干什么？”

昨晚她们刚打过照面，季暖对这种人也是懒得一再提及，倒是没想到夏甜会忽然提到她。

“你没看新闻？周妍妍昨天晚上在海天广场穿着比基尼跳了三个小时的钢管舞！后来围观的人太多，她就直接被警方当场带走了！而且她上的不是什么豪门娱乐圈之类的八卦新闻，而是影响治安类的社会新闻，哈，真是笑死我了！”

季暖拿起遥控器，看向在卧室另一边的茶室间墙上的液晶显示屏。

她找到海城新闻电视台，这会儿关于周妍妍昨晚影响社会治安大跳钢管舞的消息已经过去了，正在直播周家被记者围堵的画面。

以周妍妍父亲的脾气，估计现在已经气炸了，自己的女儿丢脸丢到全海城尽人皆知。

就算周家挤破脑袋，也无法挤入海城四大家族，但在海城的名望也不低，现在经过这么一遭，恐怕周家公司的股票要跟着下跌。

“暖暖，她这事跟你没什么关系吧？”夏甜忽然问道。

“怎么忽然这么问？”

“我听说周家背后有人，都不是那种太干净的，你可千万别跟这事扯上关系，不然万一他们在背后玩阴的，可就不好办了。”

季暖淡笑道：“没事，只要有季家在一天，管他是哪条道上的，也没什么人敢随便动我。”

“确实啊，在海城里想动你，不仅要考虑季家，也要考虑考虑墨家是不是这么好招惹的。”夏甜边说边啧了一声，“墨景深才是你最大的靠山，你要是再学不会紧紧抱住你老公的大腿，万一他哪天真的被别人抢去了，有你哭的时候！”

“你放心，他的大腿上只有我，一点儿别人想来抱的空隙都没有。”

墨景深在门外没有走进去，听见“他的大腿上只有我”时，薄唇勾起一丝弧度。他拿起电话，长指拨了个号码。

他走到长廊一端，深邃冷静的双眼直视窗外：“替我办件事。”

手机那端是微凉的男人声音：“嗯？”

“监视海城周家的一举一动，有任何与不明人士往来的风吹草动，立刻告诉我，各方势力同时盯住，别给他们在暗中搞小动作的机会。”

“周家？他们惹到你了？”

墨景深淡淡地道：“差不多，看住他们。”

沉默片刻，手机那头的人轻笑出声：“行，我知道了。”

墨景深放下电话，回头就见季暖已经从卧室走了出来。

“又饿了？”墨景深直接走过去。

季暖有些尴尬地摸了摸自己的肚子：“可能是生病的原因，身体消耗太快，明明昨天半夜才吃过。”

“回房等着，我叫陈嫂送饭上来。”

见她动作有些迟缓地站在门前，墨景深又道：“还想要什么？”

“我还想吃你公司附近那家徐记四式汤圆。”见墨景深眉宇微动，她忙又说道，“其实不吃也行，陈嫂做什么都好吃，我只吃陈嫂做的早餐就好了……”

见她这难得馋嘴却又想辩解的模样，墨景深忍不住笑了。他抬手揉了揉季暖的头发：“我去买。”

“真的？”

墨景深淡淡地勾唇，示意她回房里等着。

季暖这才听话地转身回房，关门时还留了条缝隙，偷偷向外看，见墨景深已经下了楼。她感觉自己可能是被夏甜那个吃货给同化了，陈嫂做的一碗白粥和一份汤圆就能让她高兴老半天。

季暖所说的徐记四式汤圆，的确就在墨氏集团附近。

黑色古斯特停在路边，墨景深走下车便看见这家不大的小店门前排了很长的队。他看了一眼时间，走过去。

前边有两个年轻的女孩儿也在排队，其中一个忽然推了身后的女孩儿一把，小声说道：“你快看，那是不是墨景深？”

另一个女孩儿回过头，当即一脸惊讶地低呼：“只是长得像吧？墨总怎么可能亲自来这种小店门前排队买汤圆？”

“你看停在附近的那辆车，那可是百年纪念版的古斯特，全球只有一台！听说那是墨景深的座驾，这应该不会错吧？”

“我的天！还真是！你快掐我一下，看我是不是在做梦！居然在这种地方看见男神本尊了——”

小店门前的队排得很长，墨景深没派人过来代买，更没让人直接去前面插队。大概过了四十分钟，他终于买好了季暖点名要的四式汤圆。

眼见墨景深要走，那两个女孩儿躲在旁边的树下，一边犯花痴一边说：“墨景深竟然有耐心排队买这种小吃，我跟我男神吃的是同款小吃！”

“你少来了，没看见他买的根本就不是一人份吗？应该不是他自己要吃。”

“好像还真的买了不少！这种只有女孩子喜欢的甜食，他是给谁买的？”

“堂堂墨景深特意花心思排队买这种东西，肯定是给女人买的！你说会不会是墨总在外面有别的什么女人了？”

“你还记得今天早上关于周妍妍的新闻吗？听说昨晚周妍妍就是因为在墨太太面前说了很难听的话而得罪了墨总，当时很多人围观呢！那些人都说昨晚是第一次看见墨总本人，没想到他居然这么宠自己的太太，我估计这汤圆就是买给他太太的……”

“咦？不对呀，我闺密跟季家二小姐关系不错，听那个二小姐说，她姐姐跟墨景深的关系一直处于有婚无爱的状态，估计很快就要离婚了呢！还说季家一直都因为这件事而烦心，还说季大小姐不懂珍惜眼前人呢。”

“听说的有什么用？眼见为实啊！你有季家二小姐的电话没？快告诉她一声，我们这也算是一线消息了！说不定还能借机跟季家的二小姐亲近一下，以后咱们也算是有豪门里的朋友了！”

“对对对，我找找电话……”

季家。

季梦然在床上翻来覆去，被子、枕头被她撒气似的扔了满地。手机忽然响了，她一脸不耐地瞥了一眼来电显示，是一串陌生的号码。她疑惑地看了一会儿，才接起来。

季梦然听到电话里的内容，脸越来越难看，最后直接挂断。墨景深居然纡尊降贵去给季暖排队买汤圆？甚至不假他手亲自去排队！

季梦然不甘心地拿起手机，拨了墨景深的私人号码，她就不信那部手机还在季暖手里。

“对不起，您拨打的电话暂时无法接通，请您稍后再拨。”

季梦然皱眉，心里有不好的预感，忙又打过去。

她连续打了几次都是同样冷漠的女音，那仿佛是道她永远跨越不了的沟渠！

季梦然又急又恼。墨景深现在无论是在回御园的路上，还是在御园，手机信号都不会差，他又没有关机，连续几次都是这样的提示音，只能说明她的号码被拉黑了！

“太太，只吃这么一小碗，能饱吗？”陈嫂见季暖明明食欲不错，却只吃了一小碗就放下了，忍不住叮嘱她多吃一些。

季暖还没说话，墨景深已经回了御园。

陈嫂看见墨景深进门时手里提着的那袋东西，当下一脸了然，笑了起来。怪不得太太刚刚吃饭时，总是时不时地向外边看，原来是墨先生亲自给她买吃的去了。

陈嫂很麻利地将碗收走，又叮嘱了两句，这才快步走出房间。

季暖坐在床边，看见墨景深进门，将买回来的汤圆放在床边的桌架上，拆开袋子和外卖盒的塑料盖。

“居然真的买到了？你排了很久的队吗？我刚刚特地少吃了一点儿早餐，把肚子的空间都留出来了。”闻见味道，季暖站起身，凑了过去。又香又清甜的味道在空气里飘着，十年没吃过的味道，她闻着就觉得甜到了心里。

“不算久，你很喜欢吃这种东西？”墨景深没将勺子给她，只在帮她打开之后，看了她一眼。看见她作势凑过来就想吃的模样，他不由得低低笑了。

“季家管得很严，我也很少有机会吃这种小吃，有两次机缘巧合吃到了，就一直记着这个味道。”季暖说着又闻了闻，伸手向自己的鼻间扇了扇。

“别烫到，先去坐下。”墨景深淡淡地说道。

季暖依言坐回床边，还以为墨景深要让她等会儿再吃，却没想到，他将四式汤圆盛出来放到旁边的碗里，晾了两分钟后，直接走过来，盛起一勺，喂到她嘴边。

“吃吧，不烫了。”

季暖怔怔地看着他，却也只是看了一会儿，便在他的注视下，张嘴将汤圆吃了下去。好甜，好暖，心间仿佛也因为这味道而蔓延出无数个粉红色的泡泡……

直到他又喂来一口，季暖吃了下去，忙说：“我自己吃也可以。”

“头上的伤才刚消肿，转眼就感冒发烧成这副德行，这么烫的东西让你自己吃，你要是再一个不小心烫伤手，我怕是要在你身边安排二十四小时不合眼的贴身保姆，才能勉强放心。”他说着，又喂了过来。

墨景深喂给她的每一口汤圆都温度适中，而且混合着清淡的汤，吃起来不会干也不太水，很甜又不腻人。

“二十四小时都不合眼的贴身保姆？那是机器人还是不会睡觉的妖怪？”季暖咬着嘴里的汤圆，“而且我哪有那么不靠谱？吃个东西而已，怎么会烫着自己。”

墨景深淡淡地勾唇，又往她嘴里塞了一个：“你不靠谱的时候太多了。”

季暖嘴里被汤圆塞得满满的，一时间也答不上话，含糊着张了张嘴，却又被墨景深的眼神给盯了回去。

“吃东西，别说话。”

“你故意的……唔……”

这家伙太坏了，不让她说话，就给她嘴里喂这么多，刚要开口就又喂一个。

到底是给她买了几份四式汤圆？按理说，一碗只有四个小汤圆，他不会是买了十几碗来专门喂饱她吧。

第三章　重拾·相守

中午刚过，季暖在墨景深的监督下吃了药，虽然不烧了，但感冒药倒是又加了一粒。这导致她下午又睡了一觉，再醒来时，天仍然亮着，却已近傍晚。

房间里安安静静的，季暖起身走出去，没瞧见墨景深的身影，以为他在书房，转身去书房找，也没找到人。

“太太，您醒啦。”用人听见声音，走过来，“您是在找墨先生吗？”

季暖回头看了用人一眼，不仅没看见墨景深，连陈嫂也不在。

“墨景深去公司了？”

难道是公司临时有什么急事，需要他过去？

“墨先生在楼下招呼客人。”

“客人？”

除了前段时间得了特许而经常来这里的季梦然，家里平时也没有其他亲戚朋友来。

季家和墨家的长辈这半年也没有来过，想要见面的话，通常他们都会叫她回去，而不会来御园。所以，忽然之间哪来的客人？

但是既然有人来，季暖现在这病恹恹又穿着睡衣的样子，实在不太适合见人。她见用人转身去忙了，干脆回房换了身衣服，把自己打理得精神状态好一些，又走了出去。

刚走下楼梯，她还没看清来的人究竟是谁，只听见一个女人的声音说道：“景深，你现在应该很忙吧？你最近真是很少回墨家。唉，家里还有那么多的事情等着你去接手，可你这孩子年纪轻轻的，偏偏要自立门户，墨家在美国那边的公司也需要……”

那声音因为季暖的出现而忽然顿住，一副苦口婆心的语调一下子转成嘲讽的语气：“季大小姐这是睡醒了？果然是娇生惯养着长大的，平时不工作只闲在家里也就算了，居然每天都起这么晚，真是不知人间疾苦的千金小姐！”

“她病了，是我让她吃过药后继续睡到现在。”墨景深看向季暖。

季暖认出来了，走过去，说道：“表姑妈，真是不好意思，用人没告诉我是您来了。”

这是墨景深的表姑妈墨佩琳，是墨老爷子弟弟家的女儿，只能算远亲，但是墨老爷子那一辈的人关系熟络，所以下面的这些晚辈也都在海城立足，常常会在墨家各种宴会上遇见。

墨佩琳仿佛没听见季暖的话，凉凉地瞥了她一眼：“别管是哪家的宝贝千金，既然进了墨家，就不能再把这里当成是自己家，一点儿规矩和礼貌都没有。景深啊，你该管也得管管，不能这么纵容着。”

墨景深眉目疏淡：“这是御园，不是墨家，她不需要守什么规矩。”

“那也不行，虽说现在也不是什么老旧的年代，但墨家的媳妇儿要是一直这么不懂事，这么懒懒散散的，那也太不像话了！”

墨景深清冷一笑，无视她明显来者不善的话。他见季暖还站在那里没动，淡声道：“站着不累？过来坐下。”

季暖微笑，顺从地走过去，当着墨佩琳的面坐到他身边。

墨佩琳见他们坐得那么近，表情没来由地难看了几分。

坐在墨佩琳身边的墨佳雪目光也冷了冷，表情看起来不是很高兴的样子。

陈嫂端了一壶之前从墨家带回来的好茶过来，又在墨景深的示意下，将热水留在了茶几上。

“好些了？”墨景深给季暖倒了杯热水，她现在感冒，不能喝茶。

“这一整天除了吃就是睡，现在感觉确实好多了。”季暖笑着坐在他身边，仿佛没看见那对母女这会儿愈加不好看的脸色。

“你也知道自己除了吃就是睡？好吃懒做，像什么样子！景深跟你结婚也有大半年了，到现在也没见你回过墨家，不知道的还以为我们景深仍然单身呢。”被无视了半天的墨佩琳翻着白眼道，“季小姐也真是够矫情的，生个小病就能让景深把公司的事情放下，专门在家里陪着你、照顾你。”

季暖抬头看着她：“表姑妈，距离墨爷爷八十大寿还有一个多星期，我正准备等他老人家大寿的时候回去看他。”

“墨老爷子大寿时你要是再不回去，怕是以后也的确不用再进墨家的门了！”墨佩琳冷笑。

季暖不动声色地挑起好看的眉，语调轻慢：“平时他老人家已经够忙了，我回去得少，不也是为了让他老人家多点儿清净的时间嘛。”

墨佩琳表情一僵，眼里充斥着不满。季暖这话的意思是，她们这些平时八竿子打不着的亲戚，为了抱住墨家的大腿而整天老爷子长老爷子短地去联络感情，害得墨老爷子平时连个清净的时间都没有？

“呵！你确实还是少回去的好，省得墨家还得看你的脸色！”墨佩琳脸上有些难堪，语气也很冲，“也不知道景深是中了哪门子的邪，偏就看上你了！”

闻言，墨景深皱眉，双目中尽是冷漠。

接着，墨佩琳的声音又提高了几个分贝：“当初你不知好歹，在结婚的时候就一直没个好脸色，结婚到现在肚子也没什么消息，我看你是根本就没想好好过日子！那你还占着墨太太的这个名分干什么？赶快离了算了，还我们景深自由！想嫁给他的好女孩儿多的是！这么大的海城，配得上我们景深的名媛千金有几千上万个！”

墨景深骤然开口，语调冷漠：“陈嫂，送客。”

季暖听得出他言语间的冷冽与薄怒，她没吭声，却主动将手放到他的掌心，轻轻按了按，意思是自己不会在意这些话。

墨佩琳根本没打算走：“景深，我话还没说完呢！我今天特意去了墨氏一趟，结果他们说你今天没去公司！既然你一定要自立门户，那当然是公司的事情更重要，可你居然在家里照顾季暖！”

“孰轻孰重，我自有分寸，不需要表姑妈来操这份心。”墨景深依旧目色冷淡，最初维持的客气也已不见。

“本来我作为长辈，也没想坐在这里说这么难听的话，可她不就是感个冒发个烧吗？又不是病得多严重，至于你特意陪着她？我看她对你的那份心，可绝对没有你对她这么在乎！”

这么久以来，季暖闹离婚的事情，即便没有传出去，墨家人也都清楚。

墨佩琳将心比心似的说道：“景深，你也别介意表姑妈说的这些话，我也是替你感到不值而已……”

季暖的手被墨景深轻握于掌心，仿佛根本没有受到这些话的影响，她心领神会，眉眼带笑地开口：“您一定是误会了什么，之前有段时间我和景深闹了点儿小别扭，冷战的时间长了些而已。何况我们夫妻之间的事，父母都没管，表姑妈，您的手会不会伸得太长了？”

“你……”墨佩琳还以为季暖无非仗着墨景深在这里，才会这么不懂规矩。没想到，她还真是嚣张得过分，居然敢直接反驳自己的话！

“季暖还病着，需要绝对安静的休息空间。”墨景深根本不在意墨佩琳这会儿被噎到似的表情，“你们若只是来我这里随便走动走动散个心，恕不奉陪。”

“妈，”坐在墨佩琳旁边的墨佳雪小心地扯了扯她的手，压低声音说，“你别说了……还是说正事吧。”

“哼，从小到大他都是这种冰山性子，我不过说了季暖几句，他居然就这么护着她……”墨佩琳狠狠地剜了季暖一眼。

“慢走，不送。”墨景深不再看她们，直接牵着季暖站起身。

这赶人的意思太明显，墨佩琳忙说：“等等！我说正事！景深，佳雪好歹算是你的表妹，她今年在海大商务系毕业，各方面能力都很不错，我听说你身边的秘书职位暂时空缺，那就让佳雪去试试，怎么样？”

“我不同意！”季暖眼神一凉，下意识地直接拒绝。

墨佩琳倏地看向季暖，满脸不悦：“你不同意？你凭什么不同意？我问的是景深！”

季暖怎么可能看不出来这位表姑妈的目的？她口口声声说季暖配不上墨景深，不就是因为她想找机会把她女儿安排到他身边，为了近水楼台先得月？

墨佩琳年轻的时候就离了婚，女儿随了她的姓，终究不算墨家的人，很普通的表亲而已，若是能亲上加亲，搭上墨景深这层关系，以后也就不用总是想方设法去老爷子那边联络感情。

季暖当然不可能给她这个机会：“表姑妈，墨氏集团可不是普通的公司，各个部门的人都要经过资历审核才能进去，总裁秘书这种重要的职位，怎能说给谁就给谁？”

“反正景深身边的秘书职位空缺着，一时半会儿也找不到太适合的人，让佳雪去又不会怎么样！”真是多管闲事！墨佩琳更加讨厌碍眼的季暖了。

季暖仿佛听见了什么有趣的话，笑了起来：“你女儿二十三岁从海大商务系毕业，我十八岁之前就已经拿过美国MIT金融系的学位，若这么说，您看我是不是更合适？”

“我相信表哥的公司更看重的是能力。”墨佳雪一听这话，陡然站起身，推了推鼻梁上的无框近视镜，插了句嘴。她直勾勾地看着墨景深，只看了一会儿，脸上忍不住悄悄泛红，那种偷偷喜欢了他很久的心思，有些自卑又有些期盼的情绪，表露无遗。

“就是！季暖啊，你就别逞这个能了，我看你那学位也是季家给你买来的，你现在年纪不大，才二十岁，又没有工作经验，整天好吃懒做当个闲人最适合你了！”墨佩琳似讥似笑地扫了她一眼。

这时，墨景深的手机响了。

两分钟后，他挂了电话，季暖侧过头问：“是公司那边有什么重要的事，需要你过去？”

“没有，一个必须由我亲自过目的纸质合约，沈穆会在五点前送到御园。”墨景深说着，一只手被她挽着没有离开，另一只手随意地插在西装裤袋里，冷淡地看了眼一直站在墨佩琳身边红着脸的墨佳雪。

“墨氏的确更看重能力，但据我所知，墨佳雪的毕业论文请了其他人代笔，她各方面的考核成绩都不太尽如人意。”他的语气冷冷淡淡的，听不出什么锋芒，却又没给对方半点儿侥幸和继续纠缠的理由。

墨佳雪脸色一僵：“我……”

墨佩琳连忙维护自己的女儿：“哎呀！代笔这种事情，怎么可能发生在我女儿身上！景深你可别道听途说啊！佳雪的成绩很好的！”

墨景深冷淡地勾了勾唇，却没再看她们，只看向季暖：“累了没有？”

季暖摇摇头：“不累，没事。”

沈穆速度很快，不到五点就将文件送到了御园。

墨佩琳一直找各种话题，就是不肯走，看见有文件送来，手疾眼快地先去门口接过，然后递给墨佳雪。

墨佳雪在墨景深冷漠的神色下看了一眼手中的文件。只看了一眼，她就瞬间愣住了。这是……全英文的文件！而且是高难度的英文！各种极难的专业术语看得她眼花缭乱。

“愣着干什么？给你表哥送过去！”墨佩琳给她使了个眼色，让她抓住机会好好表现。

墨佳雪顿了顿，有些尴尬，没敢去看墨景深冷冷清清的神色，将文件拿了过去。

墨景深没接，漠然地道：“不是要证明自己的能力？把第一页翻译出来，我听听。”

“啊？第、第一页……”墨佳雪尴尬了，抬起头，双目便对上墨景深毫无温度的目光。

墨佳雪瞬间僵住。这么高难度的英文，怎么翻译得出来……她还没有在外面实习过，这样的文件她看着就很眼生……

忽然，一只细白的手伸了过来，将她手中的文件接了过去。墨佳雪看见季暖的动作，想说什么，话到嘴边又不得不忍回去。自己不认识这些，难道平时游手好闲的季暖认识？

“这是什么文件？”季暖随意翻看了两下，轻轻松松以英文念出前边的一段话，又用最简练却非常标准的翻译方式说出那些需要重点标注的内容。

说完后，她抬头看了看脸上已经涨红一片的墨佳雪：“你不会连这些都不认识吧？”

墨佳雪呆了呆，她怎么忘了，季暖之前很多年都是在国外读书！

墨佩琳见状，忙上前把站在那里的女儿护到身后，一脸不快地瞪着季暖：“佳雪是国内大学毕业的，英文不太熟练不是很正常？你十几岁就在国外读书，会点儿英文有什么好得意的？”

“墨氏集团好歹是上市公司，常与外企合作，总裁秘书要是连这么简单的文件都不会翻译，难道她就只是坐在电脑前喝喝茶就能当秘书？”季暖言辞淡定地反问道。

“我们佳雪当不了总裁秘书，难道你一个二十岁毛还没长齐的小丫头当得了？”墨佩琳气得语无伦次，“那你还不如说是仗着景深宠着你护着你！不然你也没资格进去！”

“表姑妈，您这话就太冲动了，我刚才只是拿自己简单举个例子而已，我是在国外读过书，但我爸认为我能力不够，所以后来又在国内给我安排了一些金融系的进修课，到现在我拖拖拉拉还没学完，没有正式毕业，何况我的年纪也确实没到。我肯定不会仗着墨太太的身份而混进公司，而且墨氏也不是什么歪瓜裂枣都能进的，您说呢？”季暖说这话时笑盈盈的。

墨佩琳却被气得脸都白了！说谁是歪瓜裂枣！季暖居然说她的宝贝女儿是歪瓜裂枣！

“景深！你看看你究竟娶了个什么东西进墨家！她居然用这种态度跟长辈说话！”墨佩琳气得不轻。

墨景深薄唇微勾，波澜不惊地道：“她所说的就是我要说的，没有任何不对。”

“你！你……”墨佩琳脸色愤然，“景深！佳雪小时候经常去墨家，你可是一直都很照顾她！怎么偏偏到了这种事情上，还胳膊肘向外拐上了？季暖到底给你吃了什么迷魂药，她——”

“在墨家，我是主，你们是客，与其说是照顾，不如说这是最基本的待客之道。”他淡淡地道。

墨景深这话听起来不动声色，却又顷刻间把她们身上那点儿跟墨家有关的一切都抹掉了。她们张口闭口都是墨家，可她除了姓墨之外，哪点跟真正的海城墨家有关系？无非想在海城站稳脚跟，不得不攀附墨家强大的根基罢了。

“妈，我们还是走吧……”墨佳雪从那份文件就看出自己的确难以胜任总裁秘书的职位，这会儿她的脸已经挂不住了，只能小声劝着墨佩琳。

墨佳雪本来就是个涉世未深的大学生，而且季暖无论刚刚遭到怎样的讽刺，却始终被墨景深牵着手，安安稳稳又相得益彰地站在他身边，脸上也没有一点儿让人觉得不舒服的地方。

也许季暖自小就受过高等教育，无论在什么境地，她的表现都是自信淡定，气质完全不是普通女孩子比得了的，这一点就让墨佳雪更加自卑，只想赶快离开这里，免得再自取其辱。

“不走！凭什么要我们走！话都还没有说完！”墨佩琳怒道，“季暖又不姓墨！她以为她是谁啊？现在就让墨家人过来评评理！”

墨佳雪因为母亲开始胡搅蛮缠而尴尬得不知道该怎么办，只用力拽着她，却又拽不动，最后干脆红着眼睛不说话。

“太太，我送您回房去休息吧，这里太吵了。”陈嫂接到墨景深的眼神示意，忙走过来在季暖身边轻声说。

季暖没有动，视线对上墨佩琳的眼睛，刚要说话，手却在无声间被墨景深按住。墨景深淡淡地开口：“季暖是我的妻子，她不姓墨？表姑妈这是从什么地方得出的结论？”

墨佩琳一噎，僵了一下，开始强词夺理：“早晚还不是要离婚的！”

墨景深半侧过身，握着季暖的手，话却是对墨佩琳说的。他薄唇如覆上了冷冰，语气似霜雪般严寒：“我敬你是长辈，给你留了脸面，注意你的言辞，别过分了，免得日后不好相见。”

论身形，论长相，论身份地位或是从容冷淡的气场，墨景深给人的压力，从来都是这样看似从容不迫，却又偏偏让人窒息。

见墨景深是真的动怒了，墨佩琳脊背一寒……

季暖看着一直在维护自己的男人，微微一笑。其实这种女人家的闲言碎语，她不怎么在意，但是墨景深的维护，又让她觉得自己像是始终被他安放在羽翼之下，温暖又安定。

“你这是长大了，也学会欺负我们孤儿寡母了吧……”墨佩琳忽然像是委屈了，声音都颤抖起来。

墨景深依旧眸色冷淡：“请着不走，是要被扔出去吗，你们。”

“妈，再说下去，我们占不到什么便宜。”墨佳雪又扯了扯墨佩琳的袖子，

“您也别再说季暖和表哥离婚不离婚的话了，他们的感情看起来挺好的，这种话说出来，摆明是咱们不对。”

墨佩琳磨了磨牙，压低了声音回头说：“你这死丫头说什么呢？长别人威风，灭自己志气是不是？”

这哪里是胡说啊？墨佳雪抬起头又看了看，看见季暖的手一直都被墨景深握在手里，那种没有任何第三者插得进去的感觉，真是太明显了。

墨景深从来都是喜怒不形于色的，今天看得出来他是真生气了，从始至终都在护着季暖，这要是再说下去……恐怕以后别说是御园，就连墨家的大门她们都进不去了……

墨佩琳也不傻，不是看不出来眼下的情况对自己很不利，得罪了季暖不要紧，但要是因此跟墨家闹僵，那以后的处境可想而知。

纵然脸上难堪，墨佩琳在拉着女儿走之前，满脸不高兴地又说了一句：“季暖，你别得意得太早！景深可不是你想的这么简单！你以为他对你好，宠着你，护着你，实际上还不是因为家族的利益关系。”

“妈！”墨佳雪看见墨景深的眼神，浑身一颤，忙打断她的话，用力拉着她向外走。

门开了又关，关上时砰的一声实在震人，季暖的呼吸因为关门声没来由地滞了一下。

墨景深的眼眸深沉冷淡：“闲言碎语，不用理会。”

入夜，墨景深去了卧室，没看见季暖的身影。

他看向浴室紧闭的门，里面虽然没什么动静，但的确有流水的声音。抬起手腕，他瞥了一眼时间。

十几分钟后，季暖仍然没有出来。

季暖的确在浴室里洗澡，水有些热。她耳边仿佛又响起那句：“你以为他对你好，宠着你，护着你，实际上还不是因为家族的利益关系。”这离间的意思也太明显了。

无论曾经或是现在，她所看见的墨景深都对自己很好，她不仅用眼睛看见了，也用心感觉得到。而且，她当初在结婚之前企图找些墨景深的黑历史当毁婚理由，甚至花了一个多月的时间特地请人暗中调查墨景深。

虽然墨景深行踪不定，神秘低调，而且身边的保镖好像也很多，很难入手，但经过长时间的蹲守，侦探调查的结果是，追他的女人不少，想嫁给他，爱着他，甚至为了见他一面而用跳楼威胁的那种女人也有，上至名流圈的大家名媛，下至一二三流各阶层的女明星，可墨景深根本就没给那些女人机会，甚至有人胡搅蛮缠以死相逼，他亦波澜不惊，连看都不会看一眼。他在女人面前，永远保持淡然适当的距离，难以捉摸，难以接近，禁欲般自制冷静。

浴室门忽然被打开，正趴在浴缸上发呆的季暖猛地抬头，一脸惊愕地看向那个直接走进浴室的男人。雾白的水汽间，男人高挺的身形有些刺眼。她眯了眯眼睛，才稍微醒过神来，察觉到自己泡了太久，脑子昏沉，有些迟钝了。

“你干什么？我在洗澡。”她的头发湿漉漉地散在肩前背后，像是黑色的海藻，脸上的水珠折射着浴室里的灯光。

墨景深只看了她一眼，扯过浴巾，直接把她从水里捞出来。季暖连一声拒绝都还没有说，人已经被裹住。他一言不发地将她抱了出去。

“墨景深，我洗澡，你忽然进来干什么……”

“我已经给了你近二十分钟的时间，这么热的水，你泡这么久，是还想再晕在里面一次？”

季暖听见他语气不善，不知道他好好的，为什么忽然发脾气。她皱起眉：“那你在外面叫我一声就好了……”

墨景深将她放到床上，顺手抽走她身上的浴巾。季暖周身一凉。她什么都没有穿，下意识地连忙在床上滚了一圈，直接用被子将自己重新裹住。

“昨晚不是我帮你洗的？”墨景色深将她的浴巾扔到一旁。

“可我今晚自己就可以了……”

墨景深却仿佛没听见，扯下她裹在身上的被子。季暖被他这突然而至的霸道弄得不知所措。该不会昨晚上没睡好，所以他看她今晚状态好一些了，就要直接补回来？

墨景深掀开被子将她放进去，淡声道：“季暖，夫妻间最重要的是信任，任何人的闲言碎语在你这里都不应该引起情绪上的波动。”

他的语气很淡，季暖看向他。刚才她在浴室里，还真的想了那些不该想的事……墨景深会读心术，还是他轻易就能洞察人心？

“不想睡？病是完全好了？如果不想睡，我们不如做点儿别的事情。”

季暖抓在被子上的手不由得缩了一下：“还、还没好利索呢……”

墨景深俯身，伸手抬起她的下巴，视线锁住她的脸。季暖刚要说话，却被他逮到机会就低头吻了下来。超出她所料的深吻让她有些目眩，直到她不着一物的身体在被子里蜷缩起来，他才在她唇上轻轻一咬，声音低哑地道：“睡觉还是睡我，选一样。”

季暖噌一下把被子蒙到了头上。当然是睡觉！忽然间这么霸道的墨景深，她怕自己承受不来!

翌日，季暖醒来的时候，卧室里的阳光暖洋洋地洒在床上。她眯着眼睛看向窗外，又拿起手机看了一眼时间。

墨景深比她起得早，而且这个时间他已经去公司了。昨天他特意在家里陪她，但今天上午有公司例行的周会。

在家里休养了两天，她精神状态很好地去刷牙洗脸。

等她回卧室准备换衣服的时候，放在床头的手机响了，她走过去瞥了一眼，是季家打来的电话。她猜也猜得到，爸爸那边该是得到了些消息。否则以他那又臭又硬的脾气，没事绝对不会打电话给她。

“我听说你打算买下韩天远手里的两家房地产公司?”电话刚一接通，季弘文就劈头盖脸地冷声责问。

“嗯。”很久没听见爸爸的声音，季暖有一瞬间的恍惚。

“这么大的事情，你怎么都不跟家里商量一下?韩天远那个废物，从来不懂得做生意!别说现在国内房地产行业根本吃不开，就他手里那两家公司，已经面临倒闭的风险，你居然还要花三千万接盘?那种公司，一百万我们都不能要!”

“爸，这事等我回家以后再跟你谈。”季暖语调很平静，在电话里，她也不太想争论这种事情。

季弘文刚要说什么，却一时间又顿住了。

他这个女儿从小就很任性，从她妈妈离世他再娶之后，她更是对他从来不客气，每一次在电话里不跟他吵起来都是难得。

可她现在这么诚恳又态度谦和的语气……

季弘文顿了片刻，道:“你现在就给我回季家，把事情说清楚，我派司机过去接你!”

“不用接，我自己开车回去吧。”季暖感冒已经好了，本来打算换过衣服就去医院看看夏甜，于是曼声说，“夏甜前几天出了场车祸，小腿骨折，我先去医院看看她。”

“行，开车注意安全，别莽莽撞撞的!”季弘文语气虽然听起来依旧冷冷的，但多少还是缓和了一些。

季暖微笑道:“我六点之前回去，爸，别忘了让琴姨给我留饭。”

闺女说话忽然这么温柔，季弘文一时间有点儿不习惯，好半天没哼出声来，最后干脆啪的一声把电话给挂了。

六点刚过，季暖开车回到了季家。

车开进季家老宅的前院，季梦然正在二楼露台上玩手机，瞥见季暖的身影，当即放下手机，一脸惊讶地看向她。

“姐？你怎么回来了？”

季暖仿佛没看见她，停下车径直走了进去。

琴姨已经从里面迎了出来：“大小姐，您可回来了，这都好几个月没见着你了！”

“琴姨，想我了没有？”季暖笑着挽起琴姨的胳膊。

“想，怎么能不想啊？季先生说您今晚回来吃，我特地做了你最爱吃的红烧排骨还有蒸莲藕！”琴姨笑眯眯地拍了拍她的手，“这次回来，要不要在家里多住几天？”

季暖还没回答，进门就看见也在向外走的后妈沈赫茹。

沈赫茹见她居然真的回了季家，喜笑颜开地上前把琴姨给挤到一旁，拉着季暖的手说：“暖暖，你要是再不回来，你爸可就要杀到墨家去要人了！”

季暖瞥了她一眼，冷淡地将手从她的臂弯里抽出来，回头向被挤到一旁去的琴姨问道：“我爸在哪？”

琴姨忙说：“季先生最近精神状态不太好，刚刚说要回房吃几片药再下来。”

吃药？季暖神色不变，倏地快步向楼上走去。

“哎，暖暖，你可别刚回来就跟你爸吵架啊，这孩子，走这么急干什么呀……”沈赫茹在下面像模像样地叮嘱，却扫了一眼旁边的琴姨，狠狠地剜了她一眼。

琴姨退了下去，没再说话。

季暖快步走到季弘文的房门外，正打算敲门，却听见里面有水杯放在桌上的声音，她干脆直接将门用力推开。

砰的一声，房门传来巨响——

季弘文手里拿着两个白色药片，转头看向忽然闯进来的季暖，当下一脸不悦地皱起眉：“你都多大了？没轻没重的！开个门还要这么大动静！”

“爸！”季暖走过去，在他正要将药片放进嘴里时伸手挡住，“这是什么药？”

季暖将药片夺了过去，又顺手将桌上的小药瓶拿起来反复看了看。

上边全是英文小字，大致内容写着，这是一瓶适合中年人强身健体的营养药。

“这是你沈阿姨不久前去国外度假，特地带回来的药，是一整套保健品，有药片还有一些药丸。”季弘文简单说了一句，便脸色不悦地看着她，“不是说六点之前回来吗？这都快六点半了！这么没有时间观念！”

“刚刚是下班高峰时间，路上堵车。”季暖边说边将那瓶药握在手心。

在她十年前的记忆里，就觉得爸爸死得很蹊跷。

当时，她因为一直跟家里作对，所以直到爸爸去世她也没能陪在他身边，她只在医院看了他最后一眼，却没机会从医生那里得知他真正的死因，但在死亡证明上看见他是因为呼吸衰竭和突发性心脏病而抢救无效死亡的。

在她的印象里，爸爸的身体一直都很好，去世那年才五十岁，怎么会在几年内忽然身体状况变得那么糟糕。就算季家破产，倒霉到了一定地步，也不至于让他承受不住压力而一夜心脏骤停。

当时她没在季家，不清楚情况，刚刚听见琴姨说他正在房间里吃药，季暖才忽然想到了这一点！爸爸什么病都没有，吃什么药？沈赫茹说这是保健品，就一定是？季暖可没忘了沈赫茹的家里有不少学医和制药的亲戚，这药究竟是怎么回事？这绝对不简单。

“你一直拿着我的药干什么？赶紧放下！”季弘文站起身，横眉竖目地看着季暖，“还有，那两家公司的事情，你今天必须给我好好交代清楚！”

季暖抬头，绕过这一话题，认真道：“爸，这药能不能让我拿走几天，我让药监局的人查查里面的成分。”

季弘文皱眉，愤怒地开口：“胡闹！查什么成分！你沈阿姨嫁给我十几年了，她买个药你都怀疑？怪不得同样都是叫沈阿姨，梦然和她的关系就亲得像母女，你却像面对仇人似的，从来没给过人家好脸色！”

房门忽然又被推开，季梦然轻手轻脚地站在那儿，伸着脑袋向里面看，一脸乖巧地问：“我刚刚路过就听见里面的动静了，爸，姐才刚回来，你们又吵起来了啊？”

“没你的事，出去！”季弘文朝门口瞪了一眼。

季梦然哦了一声，轻轻地将门关上。

虽然被爸爸吼了一句，季梦然却一点儿没受影响，反而有些幸灾乐祸地走开了。

季暖这么久都不回来，刚一回来又跟爸爸作对，今天晚上估计有好戏看了！

琴姨和季家的用人已经将晚餐准备好了。

季弘文下楼的时候，沈赫茹和季梦然就看到他冰冷严肃，脸色骇人。

他甚至连看都不看一眼跟在身后的季暖。

季梦然眼见这一幕，趁势开腔："爸，你别跟我姐生气，她难得回家，估计又跟景深哥哥那边闹不愉快了，今晚干脆就让姐留在季家别回去了，反正就算回了御园，景深哥哥也不一定在……"

"又闹什么不愉快？"季弘文横了身后的季暖一眼，"都已经半年了，你这离婚的心思什么时候能给我收一收？"

季暖看向季梦然。

很好，季梦然上来就将她一军。

明知道这么久以来，她闹离婚的事情就是她和爸爸之间矛盾的导火索，季梦然就这么直接地把话给引了出来。

沈赫茹在餐桌边没说话，却看了季暖一眼，知道每次季暖都会因为墨景深的事情而作天作地，她不说话，就这么安心等着看热闹。

"爸，我这次回来，正想跟你好好道个歉。"季暖即将走到餐桌边，伸手挽住季弘文的手臂，"以前是我太任性，不知道你给我安排的一切都是最好的，我总是跟您作对，真是对不起。"

季弘文神色一顿，有些诧异地看了她一眼。

季梦然和沈赫茹努力掩饰眼里的震惊。

他们居然没吵起来？季暖居然会道歉？这怎么可能？

"以前是我太固执己见，和景深结婚之后，也因为心里不痛快而一直胡闹，但毕竟人心都是肉长的，时间久了总会发现对方的好。我现在不想离婚了，也决定跟景深好好过日子，绝对不再让您为我操心。"

季暖边说边和季弘文一起坐下，同时忽然转头看向季梦然："其实，这个想法前几天我就已经跟梦然说过了，对吧，梦然？"

见她忽然把矛头指向自己，季梦然僵了一下。

这话季暖确实说过……

季梦然根本没打算告诉爸爸这件事，一直侥幸地以为她只是一时兴起，才忽然放弃离婚的打算。

这会儿，季暖把她给抬了出来，季梦然当着季暖的面也没法说谎，只能跟着笑了一下："那天我走得太急，差点儿忘记这事。姐确实是这么说的，说她想通了，不打算再离婚了。"

季暖朝她笑了起来，看起来像是姐妹情深，很有默契地对视一笑。

可这笑脸让季梦然周身像是碰到了冰碴子一样冷。

“爸，这回您信了吧？我是真的要跟景深好好在一起。”季暖挽着季弘文的手臂，声音又轻又软，像个一直很听话的小女儿在撒娇。

季暖长大后从来没有撒过娇，季弘文内心的一团柔软被触动，火气顿时消了不少：“行了，知道景深的好就对了。婚后生活总要两个人互相磨合，你现在能想通，也不算晚。两个人有什么矛盾就跟家里说，别总是一个人耍小性子，也不要总是那么不懂事，知道吗？”

“知道了，爸。”季暖将头靠在他的肩上，“我为自己以前任性说过的错话，做过的错事，跟您道歉，您别再跟我生气了好不好？”

“你现在认错也没用，其余的一概不谈，那两家公司的事，你别以为这么轻易能蒙混过关！”

“这件事我回头跟您解释。”

季弘文明显还是觉得她在这件事上不靠谱，摆了摆手说：“好了，先吃饭，结婚之后难得回来，你现在能有这觉悟，也实在不容易，最开始我也没指望你能和景深一起回季家，但现在既然你们小两口的感情已经开始变好了，以后就该和他一起回来，别总是形单影只的，别人看见，又要在你们的婚事上大做文章。”

“对呀，暖暖，你既然想和人家景深好好在一起，怎么回季家都没一起回来？别是拿话哄你爸的吧？”季弘文话刚说完，沈赫茹直接插了句嘴，脸上笑盈盈的，眼神却带着几分嘲讽。

季弘文瞪了沈赫茹一眼：“没你的事！早上是我打电话叫季暖马上回来的，临时起意而已，景深又不是随时都有空的闲人，怎么可能抽出时间一起回来！”

“可我觉得姐姐和景深哥哥之间的感情也不一定那么靠谱，明明前些天还闹得很厉害……”季梦然边吃饭边小声嘀咕，“之前明明都要闹翻了，忽然间又说不离婚了，姐姐你是不是有其他想法，故意瞒着我们不肯说呀？”

季梦然一脸单纯，好像只是好奇一问。

季暖仍然挽着季弘文的手臂，凉凉地看了她一眼：“我能有什么想法？我和景深结婚也有些时候了，日久生情就好好在一起，婚姻就是简单，哪有那么多乱七八糟的想法？哪有这么多为什么？”

“这话没错，简单点儿最好。”季弘文点点头，被季暖撒一会儿娇，那颗被她给磨钝的老父亲的心，真有点儿适应不了，却又很是欣慰。

其实，季暖在回季家之前的确打算问问墨景深有没有时间一起回来，但又考虑到爸爸是要质问她关于韩天远那两家公司的事，家里还有季梦然跟沈赫茹，自己回家后肯定会鸡飞狗跳，考虑一番也就没跟他提这件事。

而且，她也不太希望季梦然再跟墨景深有接触，免得自己看着觉得硌硬。

季梦然忍了忍没再说话，却悄悄瞥了一眼沈赫茹。

季暖和爸爸之间的关系越来越僵，得利的肯定是沈赫茹。

现在季暖忽然这么听话，眼见这父女关系破冰，沈赫茹难道还坐得住？

“沈阿姨，你有没有觉得，我姐的变化有点儿大呀？”季梦然仿佛不经意似的说了这么一句。

沈赫茹这会儿的确正在狐疑。这季暖怎么忽然变了？这么听话懂事？

“暖暖啊，沈阿姨也好久没看见你了，快来沈阿姨这边坐。”沈赫茹笑着指了指身旁的另一个位子，那是距离季弘文稍远些的位子。

季暖坐在离季弘文最近的座位上没动，也仿佛没听见她的话，淡淡地说了句：“爸，您身体没什么毛病，以后少吃药，那些不明不白的药听起来是保健品，其实或多或少都会破坏身体的抵抗力。”

沈赫茹听见这句话，季弘文还没开口，她拿筷子的手当场顿了一下。

“沈阿姨怎么了？筷子都拿不稳？会不会是从国外买回来的药吃多了啊？”

“瞧暖暖这话说的，我刚刚不小心碰到了汤碗，被烫了一下，所以手才抖了。”沈赫茹放下筷子，镇定地笑看向她，“暖暖，你以前不是都坐在这边的吗？沈阿姨特意坐在这里，还想等一会儿吃饭的时候跟你聊聊家常呢。”

上一世，她在季家每次吃饭的时候，都会坐得离季弘文远远的，每次都会惹季弘文不愉快，在餐桌上不停地数落她，父女之间的感情岌岌可危。

“我坐这里挺好的，正好能跟我爸说说话。”季暖转头看见用人将季弘文常喝的白酒给送了上来，当即伸手将酒瓶给按住。

“爸，我妈生前就说过，您胃不好，平时应酬喝几杯也就算了，在家里不能顿顿都喝！”季暖说着对身后的人道，“琴姨，把这酒拿走，以后我爸在家里用餐，要是再想喝酒，您就把我妈当年说过的话给他重复一遍！”

“好的好的。”琴姨忙过来将酒拿走。

季弘文虽然想喝酒，可季暖这丫头以前真没这样关心过自己。

他咂了咂嘴：“我一辈子就这点儿喝酒的爱好，你也要管！”

“自己身体怎么样，自己不清楚吗？就您明明能活到一百岁的体质，非得为了这几口酒而少活几十年，您就舒坦了？”季暖挑着眉说，“还吃什么强身健体的药？我看您少喝几口酒，就什么都有了！”

“行行行，你这孩子要么不懂事，一旦懂事起来还真是唠叨得很。”季弘文无奈地摆了摆手，示意在旁边端着酒走也不是留也不是的琴姨把酒拿走。

半天都插不上嘴的沈赫茹忽然笑着说：“暖暖这次回来以后……改变还真是挺大的……”

季暖不冷不热地看了她一眼：“沈阿姨，您也嫁给我爸十几年了，他这爱喝酒的毛病你不仅不管，还经常让你们沈家的亲戚来这里给他送酒，这是成心跟我爸的胃过不去？”

“暖暖，这你可就误会了，你爸的性子有多固执你也知道，我哪劝得了……”沈赫茹脸上保持着笑意，却明显对现在的季暖有了几分忌惮。

而且季暖刚刚故意在话里提到那个已经死了十几年的亲妈，言语里仿佛听不出什么刀锋利刃，却又分明在给她找不痛快！

季暖冷冷地勾唇：“哦，你不劝他少喝酒，却劝他多吃药？我记得沈阿姨家里是医学世家，总吃药对身体不好，你不会不清楚吧。”

沈赫茹的表情瞬间有些挂不住了。

“吃饭，赶紧吃饭，暖暖，你别一回来就跟你沈阿姨拌嘴。”季弘文眼巴巴地看着没有酒的桌子，强忍下要把琴姨叫回来的冲动，直接动了筷子。

以前季暖在季家，战火的开端往往都是他和季暖，平时季暖也从来没正眼瞧过沈赫茹。

眼下，季暖忽然开始针对沈赫茹，季弘文这一家之主到底还是受不了女人家这些弯弯绕绕的拌嘴。

沈赫茹笑道：“是呀，暖暖这话夹枪带棒的，我一时间还真是不适应。她一直都是这么心直口快，说话也没个把门的，我也算是习惯了。”

“爸，我是在叮嘱沈阿姨多关心你的身体，哪里是拌嘴啊？我还不是为了你好？”季暖一脸诚恳地看向他，“关心几句你就不乐意了？”

季弘文嘴角一抖：“行了，这问题出在我身上，以后我少喝酒就是。”

看见这父女一声接着一声的搭腔，沈赫茹气得手在桌子下捏了几下。

本来还想借机让季弘文教训季暖几句，可季暖竟然越来越深不可测，说话也总能越过真正的矛盾点，最后竟然让季弘文难得地放下脸面，跟自己的女儿服了软。

“老季，暖暖说得也没错，你确实应该好好爱惜自己的身体，酒这种东西，能少喝就少喝。”沈赫茹一改差点儿忍不住火气的表情，忽然端起笑脸来柔声说道。

季暖瞥了她一眼。

沈赫茹倒也是个能忍的，也对，在季家能屈能伸忍了十几年，最终目的还不是把季家的钱都装进她自己的腰包？

一想到曾经爸爸在医院里含恨而终的神情，季暖就在餐桌下抬起腿，狠狠地在沈赫茹的小腿上踢了一脚。

她想装淡定把药这件事糊弄过去？季暖偏不让她淡定！

“啊！”沈赫茹没防备，小腿骨瞬间剧烈地一疼，她忍不住叫了一声。

“干什么你？吃个饭能不能消停了？这么大年纪了，在餐桌上鬼哭狼嚎像什么样子！”季弘文脸色难看地怒道。

沈赫茹没想到季暖居然给她来这么一出，委屈着说：“刚刚季暖好像在桌下踢到我了，也不知道是不是故意的，我是因为太疼了所以……”

“我什么时候踢你了？”季暖眼神无辜，又看看眼中带怒的季弘文，“爸，我没有。”

“你分明就是踢了！都二十岁的人了，还做这么幼稚的事情！大家都坐在这里，我难道还能诬陷你？”饶是沈赫茹再能忍，这腿骨上的疼还是让她差点儿受不了，而且季暖分明就是故意的，踢的是小腿骨前边痛感最明显的部位。

季弘文向下看了一眼，发现季暖的腿规规矩矩地放在椅子前面。

季暖穿了能覆盖过脚底的长裙，裙摆很长，一点儿凌乱的褶皱都没有，有裙子挡着，也看不出她穿的是高跟鞋还是平底鞋，但确实不像刚刚有过那么大的动作。

“都给我安安静静吃饭，老大不小了，别像孩子一样作。”季弘文不耐烦地说道，目光不悦地在沈赫茹脸上掠过。

沈赫茹气得脸有些扭曲，刚刚维持的镇定和挽回的面子瞬间消耗殆尽，她握着筷子的手狠狠紧了紧。

季暖不动声色地喝着琴姨给她盛的汤，嘴角微弯。

沈赫茹，曾经害得我爸孤零零地死在医院的这笔账，我们慢慢算。

“爸，多喝汤对身体好。”季暖亲自给季弘文盛了汤，放到他面前。

季弘文看见季暖真的改变不少，心里很是欣慰。

这孩子现在这么有主意，她要买下韩天远那两家公司，该不会是真的有什么打算吧？

这顿饭各怀心事，饭后，季暖正要给御园打电话，季弘文就直接把她叫去了书房。

“说吧，那两家公司怎么回事？你是我季弘文的女儿，如果在这种事情上闹出什么笑话来，丢的可是我的脸！”

季暖下午回季家之前，已经特意打印了两份文件。她从包里将文件拿出来，放到桌上：“爸，您无法预知未来十年国内无论是房地产还是网络科技会发展到什么地步，单单只说房地产行业，国内的房价和地皮价格，从三年前开始逐渐上涨，而且这上涨的趋势不会就此停滞。”

“现在很多房地产的均价不是都降了几个百分点？不少专家预测，房地产行业很快会产生泡沫！投多少赔多少！”

“别乱信那些所谓的专家，您先看我给您的这些数据，看过之后再给我答案也不迟。”

季弘文看着那沓文件，又看了她一眼：“你果真做了准备。”

“您女儿第一次征战商海，肯定要做万全的准备和计划，这件事我必须做，而且做定了。我保证，不会丢您的脸！”

季弘文又看了一会儿，才乐呵呵道：“行啊，有你爸我当年的魄力，可这未来十年的经济走向，你又怎么确定会按照你的预算和计划来实现？万一失算了，你想过后果吗？”

季暖垂眸淡笑。未来十年，这个世界的各种变化和商机都储存在她的脑海里，趁着目前资金稳定，各方面的人脉关系也都不错，她第一件事当然是要抓稳房地产这个未来十年只赚不赔的机遇。本来她一直没找到机会从哪里入手，那天在韩天远那里，她也是偶然想起他那两家即将转卖的公司。那么做，既能让他吃个哑巴亏，又能争取自己想要的利益，也算一箭双雕。她会站在这里，当然有能说服她爸的方式。

两个小时后。

走出书房，季暖看了一眼时间：“爸，不早了，我先回去了。”

季弘文已经看过她交给他的文件，也听过她有条不紊的概述，之后没怎么正式表态，但也没再否决她的打算。季暖看得出来，他的内心已经动摇了。

“别走了，今晚在家里住下。”季弘文在书房里说，“既然你前两天感冒刚好，晚上夜凉风大，我让景深明天过来接你。”说着，他直接给墨景深打电话。

季暖话到嘴边又咽了下去，爸爸既然说了这话，如果不让墨景深来接她，估计他又得多想，会怀疑她说打算好好过日子的话都是故意哄他的。

几分钟后，季弘文走出来：“我已经跟景深说过了，今晚让你留在季家，他明天一早就过来接你。”

“一早就来？”

“别以为我不知道你在想什么，怕耽误他的工作是吧？你这丫头，刚跟景深的感情好一些，就胳膊向外拐！”

季暖嘴角一抽，她现在的心思有这么明显？

“你是日子过糊涂了？明天是周末！我看你这心是早就飞回了御园，墨景深究竟做了什么，让你忽然这么心甘情愿？”

季暖的脸颊微微一烫：“爸……”

季弘文看见她脸红，心口的大石头也算落下了，她这次果然是真心的。她要是真的作天作地，把他看中的女婿给作没了，离了婚，那以后还不知道会便宜哪家的姑娘，想想他都心口痛！

“韩天远的那两家公司的事，我可以给你这次试水的机会，但我有条件。”

“什么条件？”

“半年内，如果你不能把这笔投资资金连本带利赚回来，就给我老老实实继续去学金融管理！”他的言下之意，就是季暖如果不能靠自己的能力赚回这笔钱，就只能乖乖守着家里的公司，什么独自创业的机会，他都不会再给她。

季弘文本性一直固执，这次能松口，其实也算不易。季暖沉吟片刻后，点头：“好。”

入夜，季暖在房间里，躺在床上翻来覆去睡不着。

半年，三千万，连本带利赚回来，其实是那么容易的事。

现在的国内房地产行业本就有一段时间的停滞期，甚至交易率有所下降，虽然降得不多，后来几年内也一直疯涨，但现在她正好卡在交易率很低的时间点上。

所以，半年这个期限，对她来说是很大的考验。

实在睡不着，季暖回头看了一眼时间。已经晚上九点多了，现在墨景深是在御园还是在公司？这段时间，她还从来没有一天晚上跟他分开……

季暖又翻来覆去一会儿，最后干脆趴在床上，拿起手机想给他打电话。但是，她的手指在屏幕上又顿了顿，墨氏集团跟国外有很多合作，他常常在晚上这个时间跟国外合作方开跨国视频会议，这样打过去，万一他正好在忙，是不是不太好？

想了片刻，季暖觉得干脆发个短信算了，可墨景深似乎很少看短信。啧，管他会不会看呢，反正她睡不着，发条短信，只当解决自己的相思之苦。

她的手指在屏幕上戳了半天：亲爱的老公，好想你，好想你，好想你，好想好想好想你……

她想了好半天才输入，边在屏幕上戳着字，边红着脸笑。

发完之后，季暖自己忍不住乐了，转身仰躺在床上，又看着那条已发送的短信，扑哧一声笑出来。谁说只有墨景深能对她放肆开撩，她明明也可以撩他的……

短信发出去几分钟，季暖起身准备洗澡。忽然，放在床上的手机响起悦耳的铃声，她转过头一看，心头一悸。墨景深居然直接把电话打过来了！

季暖直接冲回床边，捞过手机接起电话。

“睡不着？”墨景深的声音自电话里传来，在夜里莫名勾人。

季暖一听见他的声音，整个人都趴在床上，手里捏着抱枕：“你看见我发的短信了？”

“嗯。”

“都这个时间了，你回御园没有？”

“没有，海外那边的合作方临时出了些状况，刚开完会。”墨景深嗓音低低的。

“那你早点儿回去休息，我不在家，你就又开始熬夜工作了是不是？”季暖忍不住嘀咕，“我就该天天守在你旁边，晚上到时间了，就脱下你的衣服把你按在床上，让你哪都不许去，别说是工作，就连书房都不能进！”

电话那边静默了一瞬，接着便是他低低缓缓的笑：“你打算什么时候脱我的衣服？”

“我在跟你说正事！让你早点儿睡觉早点儿休息！”

墨景深笑道：“可我更期待被你亲手脱掉衣服再睡。”

季暖将脸埋进抱枕里，听着电话那边的动静，暗叹，明明是她主动撩的墨景深，怎么转眼好像又被他反撩了。

他好像已经出了公司，她隐约听见那边的动静，大概他是在公司的地下车库。

季暖不舍得挂断电话，也不想打扰他开车，趴在床上眯着眼睛说：“你戴上耳机再开车，不用陪我说话，夜里开车一定要注意安全。”

“想睡了？”他问。

“没有，睡不着，可能是太久没回季家，所以忽然失眠了。”季暖趴在床上懒洋洋地说，“真是奇怪，明明家里的床和御园的床没什么区别，可怎么躺在上面就是睡不着。”

“大概是因为，床上缺我。”

季暖笑弯了眼睛，伸手将床边一只她经常抱着的大白熊给拽进怀里，安静了一会儿没说话。

安静了这么半天，她也不知道他是不是已经快到御园了，但是两个人都没有挂断电话。

她懒洋洋地说：“看样子今天晚上只能让熊先生抱着我睡了。”

墨景深直接问道：“什么熊先生？”

“就是……我的床上除了你这个合法老公外，还有一个唯一有资格爬上我的床的……熊先生。”季暖边说边捏了捏怀里的大白熊，又看了眼时间，笑道，“好啦你开车吧，我不吵你了，明天见。”说完，季暖就要挂电话，可又实在不舍得，想着要不还是听见他挂断之后再挂吧，于是悄悄将手机贴到耳边。

然而她听了半天，墨景深似乎并没有挂断。难道他在等她先挂掉电话？

季暖一笑，正要将手机从耳边拿开，却听见电话那端传来墨景深低沉的声音：“出来，开门。”

季暖反应了半天，噌一下从床上蹦起来，转身冲到窗边向外看。只见季家前院的黑色雕花铁门外有白色的车灯闪过，黑夜中，她隐约能辨别出那辆车是墨景深的座驾。

季暖惊了：“那辆车是你的？你……你来了？”

“墨太太，我的衣服已经准备好了，你想什么时候脱，随时欢迎。”墨景深的嗓音浅浅淡淡的，夹着几分意味不明的笑。季暖还没回过神来，他便将电话挂断了。

季暖呆住了。墨景深真的来了？墨氏集团离季家倒是不算远，可怎么这么快？他究竟开得多快？他、他今天晚上居然直接过来了？

季家前院。

管家和用人一见是墨景深的座驾，连忙去开门迎接。

现在这个时间，家里的人还没有睡，季弘文闻讯直接下楼，就连沈赫茹和季梦然都因为墨景深来了而惊讶。

季暖后知后觉地盯着已经暗下去的手机屏幕好半天，忙转身跑了出去。

“景深哥哥！”季梦然刚刚洗过澡，穿着单薄的粉色吊带睡裙，迎了过去，“你来季家之前，怎么都没打一声招呼啊？”

墨景深进门后，季梦然直接站在他面前，挡住他看向其他人的视线。

墨景深冷冷地看了她一眼，没理会，转眼看向已经走过来的季弘文，对他客气道：“爸。”

“怎么这个时间来了？”季弘文显然也没料到墨景深这么晚会来季家，“你这是没回御园？直接从公司过来的？”

墨景深直接走进去，眼神深沉：“公司离这里不远，季暖在这里，我顺路直接过来了。”

“呀，暖暖才回季家一晚上，墨总就舍不得了？”沈赫茹的话有点儿阴阳怪气。

她真想不通，季暖那小丫头片子到底哪来的福气，不仅能顺利嫁给墨景深这样的人，还能被他这么在乎，季暖作死闹离婚闹了半年多，到现在居然还是墨景深的太太。

季暖一下楼就听见沈赫茹不善的腔调，果然这个女人在自己面前是一副面孔，趁自己不在的时候又是另一副面孔。

“既然来了就先歇下，琴嫂，去叫季暖下来。”季弘文这会儿心情不错，女儿女婿都齐了，真是难得。

琴姨点头，结果转身刚要上楼，就看见季暖下来了。

“大小姐，墨先生来了。”琴姨笑眯眯地看着她。

“我知道，刚才我们正打着电话呢。”

季暖话语间也没藏着掖着，下了楼径直走过去，第一眼看见的便是在剪裁合体的西装外穿了件黑色风衣的墨景深。这男人……怎么可以帅成这个样子……随随便便一件风衣，都能被他穿得这么好看。

还没来得及对上他的视线，她便听见季梦然的声音强行介入：“景深哥哥，今天夜里外面很冷吧？已经入秋好多天了，我姐前两天感冒没有传染给你吧？你别只顾着工作，也要照顾好自己！”

墨景深冷淡地嗯了一声，视线从始至终都没落在季梦然的身上，反而越过一直挡在他面前的季梦然，看向正走过来的季暖。

他眉目英挺，仍是站在那里，淡淡地看着她，目光落在她一个人身上。

所有人都看得出来，墨景深进门后这么半天，也就在看见季暖的时候，才有点儿从清冷出尘的世外之境坠入人间烟火的意思。

“你怎么说来就来了？吓我一跳！”季暖走上前，绕过季梦然，凑到他身边。

墨景深顺手将她牵了过去，低头看了她一眼：“手这么凉？”

“嗯，今晚有些冷，刚刚在房间里忘记开空调了，正好，你来了还能帮我暖暖手。”季暖边说边笑眯眯的，眨眼间就像被他宠坏的小媳妇儿。

“景深哥哥，你今天晚上——”季梦然仍有些兴奋，不管他们怎样无视自己，仍然想要跟他说话。

季弘文忽然咳了一声，重重地清着嗓子，脸色难看地道：“梦然，看看你穿的，像什么样子？景深是你姐夫，你怎么穿这么少就跑下来？”

这时，大家才注意到季梦然穿的那件吊带睡裙，根本就是性感风。

那件睡裙又薄又短，露出大片的肩膀和锁骨，就连胸前也若隐若现。下身的裙摆更是只能勉强遮住大腿的小半部分，短得不能再短。

刚才，季弘文把注意力都放在忽然出现的墨景深身上，这会儿看清季梦然穿的这一身，他的脸已经黑如锅底了。

“爸，我刚才准备睡觉，听说景深哥哥来了，就直接跑了出——”

季梦然正在辩解，头上却忽然被扔来一件薄外套。

她拽下头上的衣服，猛地转过头看向季暖，发现这外套是季暖刚刚下楼时穿的那件。

“穿上吧，你不怕冷，我们看着都冷。”季暖语调平平。

“谢谢姐……”

季梦然一时间找不到其他话题，只偷偷瞟了一眼墨景深，见他的目光始终都没落在自己身上，别说是腿，就连肩膀都没看一眼。

“哎呀，好冷。”季暖忽然打了个冷战，“没想到脱下外套这么凉，爸，已经不早了，你们快回去睡吧，我和景深回房了啊！”

“姐夫刚来，姐你就要拽着他回房间？”季梦然嘟囔道。

季弘文瞥了季梦然一眼：“话这么多？你赶紧回去穿衣服！”

见大家都在这里站着，琴姨主动说道：“要不，我去厨房煮几碗夜宵吧，最近天气确实凉，吃点儿暖和的再睡觉也好。”

“对对对，琴姨你快去煮……”季梦然回头，举手赞成。

“你们吃吧，我晚上吃得太多，现在不饿。景深也在公司忙一天了，这么晚就不跟大家一起吃夜宵了。”季暖神色平静地挽着墨景深的手，没给季梦然再靠近的机会。

“行了，都回房去休息，琴嫂，你也不用忙了。”季弘文厉声开口。

琴嫂一听，便停下正往厨房走的脚步。

季梦然好不容易盼到墨景深来了，想找机会跟他多说几句，可眼下别说单独跟他说话，就连大家坐在一起好好看看他的机会都没有。

季暖的目光似有若无地投向她。你穿成这样跑下楼来，以爸爸那古板的性子，不可能不生气。亲爱的好妹妹，你实在是太急功近利了。

季梦然不甘心地转头，只见季暖正在跟墨景深低声说话，两个人当着家人的面交头接耳。墨景深这么高高在上的人，居然这么惯着季暖，这让季梦然越看越恼火。

以前季暖回来就跟爸爸吵，爸爸总是拿自己的温顺听话跟季暖的任性不懂事做对比，季暖就会气急败坏地甩门离开，根本不给任何人好脸色，而爸爸也总被气得想把季暖彻底赶出家门。可现在呢，难道是风水轮流转？季暖变成贴心小棉袄，自己不过穿着睡裙下来见墨景深，居然就被爸爸当着这么多人教训了一顿。这季暖到底是受哪个高人的指点了？

房门开了又关，卧室里的灯光很柔和。

“你怎么忽然就来了？都不提前说一声。”季暖回头瞪向始作俑者。

“不是你说想我了？”

墨景深在她回头的刹那忽然低下头，季暖微微一滞，看着近在咫尺的俊脸。

两人之间是不到半厘米的距离，这突如其来的亲近，男人的气息扑面而来，她整个心脏跟着提了提。意识到这里是季家，尽管关了门，季暖还是抬手想将他推开。结果人还没推动，她就被一只有力的手臂扣住，然后被带到床边。

墨景深直接把她捞到自己的腿上，扣着她的腰肢将她锁在怀里：“刚刚在电话里不是还口口声声要脱我衣服？现在我就在你面前，怎么，连头都抬不起来了？”

季暖去推他的手臂，刚才的勇气早就不知跑到哪个爪哇国了。她推了半天，他却纹丝不动，她不由得在他的手臂上拍了下，转头朝他似怒非怒道：“谁让你来得这么突然？我一点儿心理准备都没有。”

墨景深在她耳畔低低地笑着：“你确定不欢迎我？那我现在就走，让你抱着你的熊先生失眠到天亮？”他同时瞥向那斜斜歪歪放在床上的大白熊，唇边扬着漫不经心的笑意。

第四章　是夜·他来

即便他根本没有起身离开的动作，季暖还是下意识地抓住他的衣袖，又按住他的手臂，不许他走。墨景深圈着她的腰，清俊的脸凑过来，薄唇几乎贴在她的脸颊上，呼吸温热："难道刚才给我发短信的人不是你？"

季暖不说话，被他抱在怀里，感觉整个人都酥了，一时半会儿也不知道该说什么，她实在不想打破这种温馨宁静。

她不说话，男人的嗓音近在她耳边，低哑而暧昧："再不说话，我吻你了，嗯？"

季暖正想开口，结果刚一转头，就骤然被低下头的男人吻住。突然而至的亲吻让她瞬间温顺了，她乖乖地在他怀里不动，这样的坐姿亲密得过分，几乎在挑战她所有的感官。

他越吻越深，季暖慢慢闭上眼睛，正要试着回应，却忽然感觉自己的手被他抬了起来。她睁开眼，感觉他将她的手按在他的领口，亲吻时以眼神无声挑衅，似是在说：有本事就来脱。

季暖连骨头都要酥了。她把手贴在他的领口，却半天没有动作，他将她更紧地抱在怀里，两人的身体密不可分，温柔的唇舌持续交缠。直到她因为呼吸不畅而靠在他的怀中，手也无意识地紧紧抓着他的衬衫领口，指尖隔着衣服都能感觉到他身上的热度。

这样的暧昧纠缠，卸下所有防备的彼此沉浸，对她来说就是陌生而又期待的。季暖看见男人的眼睛深沉如海。

白天她忙着弄那些房地产的数据和文件，一直在房管所和各种烟雾缭绕的资料大厅里，这会儿还觉得自己身上有不好闻的味道。想起自己还没洗澡，她连忙又推了他一下，结果他轻而易举地直接将她压在了床上！

季暖喘着气，干净白皙的脸上藏着无法掩饰的情动和红晕："这是季家……不是御园……要不然，还是等回御园的时候……"

墨景深压根儿就没打算给她退却的机会，深吻持续。

"等、等下！我还没洗澡……"季暖头发凌乱，小小地挣扎着，"你让我去洗个澡……"

"谁才是唯一有资格在你床上的？给你机会重说一次。"

堂堂墨氏总裁，居然跟一只大白熊计较成这样！季暖偏着脑袋闪躲："这只熊在我的床上好多年了，我都忘记究竟是几岁的时候买回来的，比起熊先生，墨先生才抱着我睡了几晚？"

墨景深俊挺的眉宇一扬，头又低了下来："你的床上，未来几十年都只会是我。"说话间，他不等季暖反应过来，吻落在她的耳际。

"墨景深……"反正她也不打算做缩头乌龟，只是他来得太突然，她一时没心理准备，真的是没准备，到现在心还乱跳个不停。

"叫我什么？"他仿佛刻意不放过她最敏感的肌肤，低哑的声音贴在她的耳边，威胁似的低声道。

季暖抿着唇，眼里全是动心的水光。他甚至又在她的耳边拂过温热的呼吸，惹得她在他的怀里颤了又颤，连话都说不出来。

"你叫我什么？"他嗓音喑哑，低低地问道。

"景深……"季暖已经没办法再冷静思考，也说不出完整的话。

"老公……"

这样软绵绵的声音，对男人而言，完全就是催动一切的药剂。

忽然，紧闭的卧室门被敲响。季梦然放轻的声音在门外响起："姐，你们睡了吗？我刚刚让琴姨煮了夜宵，但是她做得太多，我吃不下这么多，就先盛出一些给你们送上来了。景深哥哥晚上忙到现在，应该没吃什么吧？你们把门打开，我把夜宵给你们送进去。"

季暖转眸看向房门的方向。她要起来，墨景深不放人，她挣扎几遍，身上更是衣衫不整。

"你确定要这副样子去开门？"墨景深低着头，沉沉地笑着看向她。

季暖瞪了他一眼，压低声音："还真是有你的地方就绝对少不了季梦然，平时都不见她吃夜宵，今天晚上她倒是这么执着，不仅她自己要吃，还坚持给你送过来。”

墨景深骤然在她唇上狠狠吻了一下：“吃什么夜宵？吃你就够了。”

季梦然就在门外，季暖是真的没办法专心：“要是不把季梦然打发走，她能在门外站一整晚。”她小声抗议。

墨景深用手在她头上抚了抚，起身去开门。

季梦然仍然在敲门，但又像怕被爸爸听到，边敲边小声说：“你们睡了吗？姐，你平时睡觉都不会这么早的……”她的话还没说完，眼前的门忽然被打开。

季梦然乍一看见是墨景深来开门，目光在他微解了几颗纽扣的衬衫上停顿了两秒，又抬起头：“景深哥哥，我把夜宵给你们端进去吧！”

墨景深高大的身影挡在门前，嗓音淡漠：“拿回去，我们不吃。”

见他这么冷漠，季梦然抿了抿嘴说：“可是景深哥哥，你工作到这么晚才来，晚上肯定还没有……”

“不必。”话还没说完，她只听见砰的一声，房门直接被关上了。

季梦然瞪大双眼，不敢置信地看着被毫不留情关上的门！

季暖刚从床上拢着凌乱的衣服坐起来，也没料到会解决得这么快，虽说这的确是墨景深的作风，但这里毕竟是季家，他多多少少还要给季家一些面子。但显然，季梦然的面子他根本就没打算给……

正想着，她抬头就见墨景深走了回来。季暖一看见他深沉如海的眼睛，瞬间从床上跳起，起身抓起大白熊朝他扔去，转身逃向浴室：“我去洗个澡！”

墨景深接过她扔来的熊，又瞥见她逃也似的背影，笑着将那只碍眼的大白熊扔到一旁。

今天晚上，墨景深注定无法达成所愿。

季暖有点儿害羞，磨蹭了半个多小时才洗完澡，围着浴巾红着脸出来后，刚被男人拦腰抱起放在床上，门外的人又开始折腾。

“梦然小姐？您怎么还没睡？”门外传来用人路过时的动静，还有小声的疑问。

季暖不敢相信，季梦然刚被赶走居然又回来了，居然还在门外偷听！

季梦然在门口来回踱着步子：“我睡不着，刚刚吃了太多东西，想要走走，消化消化再去睡。”

用人点点头，拿着手里的东西正要走。季梦然却眼尖地看见用人手里的东西，当下尖着嗓子喊：“这个东西你拿着干什么？这是盛哥哥送给我姐的东西！怎么在这里？你快拿走，赶紧销毁，别被景深哥哥看见！”

用人当即浑身一僵，小声说：“这是夫人让我赶紧拿走的，我正要收起来……”

“哎呀，快藏起来！要是被人知道我姐曾经和盛哥哥之间的事情就坏了！”

季梦然哪里是要人藏起来的意思？她扯着嗓子说话，像是恨不得门里面的人一字不差地全都听见。

季暖亦是在听见盛哥哥三个字时，脊背一凉。某段几乎被她刻意遗忘的回忆，让她全身的血液仿佛被冰冻住了。

“盛哥哥都已经被赶出去这么多年了，当初我姐结婚的时候，还没有几个人知道她当年和盛哥哥之间的事，你快把这东西都拿走！快点儿！”季梦然一句接着一句地说着，把用人说得有点儿蒙。

二小姐这是怎么回事？这可是在大小姐和墨先生的房门外，她这么大声，不怕把他们吵醒吗？而且那件事情……季家都多少年没有提起了……二小姐真是好奇怪……

季暖骤然起身，拽起浴巾裹在身上就奔下床。刚刚她洗澡洗了太久，有些晕，腿也绵软无力，脚刚踩到地面上，便因为下床太快而骤然向前一扑。

墨景深欲将她捞住，却晚了一步，季暖的膝盖还是在床边的桌脚边缘重重磕了一下，瞬间疼得她低叫一声：“啊！”

门外的季梦然听见季暖那压抑的动静，直接想歪了，立刻瞪向紧闭的房门。

“二小姐，快走吧，赶紧去休息，已经不早了……”用人听见那声音也想歪了，红着脸拿着手里的东西匆忙走了。

季梦然脸色难看地站在门外，深呼吸一口，才扭头走开，生怕再听见什么暧昧的动静。

墨景深在季暖呼痛的刹那，俯下身直接将她抱起来，让她坐到自己腿上，眼见她通红的眼睛，他英挺的眉宇一皱：“你怎么回事？”说话间，他的掌心已抚到她的膝盖上，见只是磕得红了些，并不是很严重，这才放心。

季暖疼了一下，也算是冷静下来。她知道季梦然是故意离间他们，虽然这种离间方式没什么作用，只会让季暖觉得恶心。

“没事。”季暖低下头，碰了碰自己的膝盖，没解释。

墨景深看着她，目光含着薄薄的厉色。季暖知道自己刚才硬是把他推开，忽然坐起要冲出去，估计是真的惹着他了。她坐在他的怀里，手抓着他微敞的衬衫，目光触到那片仍然热度很高的胸膛，将头一歪靠在他的肩上，用手戳着他的领口。

“梦然刚才说的……”

一句话没说完，在他领口肆意乱动的手就被他握住，按了下去。墨景深在她仍然有些潮湿的头上摸了摸：“婚姻以信任为基础，我不问，你更不需要解释。”

季暖心头一悸，忽然间觉得……什么都值了！

季暖头发还没吹干，墨景深指尖在她发间穿梭，终是低叹了一声：“吹风机在哪？把头发吹干。”

季暖眨着眼睛看着他，伸手指向浴室旁边的白色玻璃柜：“在那边。”

墨景深将她放下，同时将被子盖在她不着寸缕的身上，起身去帮她拿。季暖抓起床边的浴巾，缩在被子里勉强把浴巾重新裹到身上，急急忙忙下了床。她可没打算让他再帮自己吹一次头发，要是再这么被他给惯下去，恐怕自己以后生活不能自理。

“我自己来！”跑到他身边，她伸手要去抢吹风机。

墨景深身高腿长，低头瞥她一眼，手向上一抬，季暖只能踮起脚，努力向上伸手。伸了半天还是抓不到，她瞪向他：“给我呀你倒是！”她边说边向上蹦，刚蹦了两下就发现男人眼中那意味深长的笑意，季暖下意识地忙将差点儿从胸前掉下去的浴巾给按住。

“墨景深，你不正经的时候真是太讨厌了……”她在他隐有几分笑意的视线下忍不住嘟囔，白了他一眼转身就走。

腰身骤然被他揽了回去，他又将她按坐在浴室旁的单人沙发上：“只对你一个人不正经，你倒是委屈上了？”

季暖哼了声，却没再乱动。谁让他那么高，她一六五的标准身材在他面前光着脚时完全就是个小矮子，明明刚刚就是他用身高欺负她。

耳边响起吹风机的声音，他动作自然又体贴地帮自己吹头发，一个大男人拿着吹风机，不仅一点儿违和感都没有，而且好看优雅得让人怀疑，这男人究竟是从哪里降下来的优雅神祇，造物主真是神奇，可以将一切的完美都付诸在他一人身上。

“你再这么继续惯着我，会把我从草原上的小野狗变成娇惯的小京巴。”季暖闭着眼睛，嘴里哼声哼气，却又有点儿娇憨。

男人耐心地撩起她的头发，嗓音低沉：“也好，省得四处乱跑。”

季暖歪过头看了他一眼，他将她的头又给扳了回去：“坐好，别乱动。”

她挑眉，听着吹风机的声音，随口问道：“你是不是根本就没打算回去继承墨家的公司？听说墨家的Shine集团总部迁去了美国……”

墨景深的手没停顿，她开口随意地答道：“Shine集团有爷爷和墨家的父辈在。”

她抬起手，把玩着垂在胸前的一缕头发：“但我记得墨爷爷好像没打算把公司留给他们，反而一直想让你回去。”

墨景深没搭腔，却关了吹风机，手在她头顶的发丝间揉了揉：“一个墨氏集团，养你足够。”

养她？养她其实很费钱的，虽然她现在很收敛，也不像从前那样买各种奢侈品，填补自己无聊的生活。何况她这辈子，也不打算被谁养着。

墨景深已经将吹风机放了回去，季暖站起身，用手指将头发梳了梳，回眸就见他仍然是衬衫半解的模样。她刚才都没注意，墨大总裁居然就这么衣衫不整地帮她吹头发。可即便衣衫不整，他这副样子却是慵懒又性感，让人移不开眼。

以前她很少有机会和墨景深说这么多话，可以说结婚前她对他就不够了解。除了他的家世，他的相貌，他在婚前干净没有女人，他在婚后对她疼爱有加之外，她对他其实是一无所知……

“表姑妈上次说的话也没错，喜欢你的女人那么多，配得上你的豪门名媛也不在少数，你究竟是看上我哪一点了？”季暖单手撑在沙发上，看着他慢慢挽起衬衫衣袖的动作。嗯……他随便一个动作都这么好看……

墨景深抬眸看着她：“你过来。”

“干什么？”

话虽这么问，季暖还是站起身走过去，两人之间只隔着一张小沙发的距离，才两步而已。她刚走到他跟前，对上他漆黑沉静的眼睛，男人突然伸手将她捞进怀里，低头吻了下来。

第二天，天色刚亮，季暖被一阵敲门声叫醒。她皱着眉翻了个身，却没翻动，整个人都被墨景深抱在怀里。昨晚因为她膝盖撞伤了，又因为他知道季梦然根本不会消停，为免夫妻生活被别人一次次影响，也为免季暖对这事有心理阴影，最后他只是抱着她睡了一晚。

季暖因为敲门声在他怀里睡得不安稳，试图坐起身，却刚刚起来就被他按了回去。男人眼睛没有睁开，清俊的容颜有着清晨的惺忪慵懒。在她怒意冲冲又要起身时，他抱着她哑声道：“才五点半，正常人会在这时候跑来敲门？”

一大早跑来扰人清梦，到底是哪个缺心眼？

房门被敲得更响了，季梦然在门外扬声说：“姐！起床啦！今天阳光特别好，我们一起去晨跑啊！”

季梦然可从来没这么勤快过，也从来没主动要求过晨跑。

她睡不着，也不考虑别人困不困？

季暖骤然坐起身，这个动作太突然，猝不及防得让墨景深睁开眼。他语调从容：“看来这季家，以后还是让你少回来才好。”

季暖瞥了房门一眼。就算她没起床气，这会儿也要被季梦然烦得直接把门砸到她脸上去。

“姐……你醒了没有……”季梦然试探似的声音在门外又一次响起。

季暖干脆躺在床上不动，只当听不见，就不信这大清早的，季梦然的脸皮厚到可以不顾家里其他人的感受，这么一直敲下去。

果然，门又被敲了一会儿，季梦然听不见里面的声音，猜到自己是被无视了，但她也不好再敲下去，因为爸和沈阿姨被吵醒了。

“干什么呢你？大清早的！不知道所有人都在休息？”季弘文皱眉，从三楼的卧室走下来，看见季梦然的刹那，脸色瞬间冷了下来。

季梦然忙从门边向后退开一步，谨慎地小声说：“爸，我姐不是前几天感冒了吗？我想和她一起去晨跑，锻炼锻炼身体……”

“平时怎么不见你起这么早？不知道你姐夫昨晚睡在这里？吵什么吵？”季弘文呵斥了一声，这会儿也已经没了睡意，又警告了她一句，直接转身下楼了。

房门外终于恢复安静，季暖这会儿困得要命，渐渐放松下来，将头在墨景深的怀里轻轻蹭了蹭，找了个舒服的姿势继续睡。

七点多，季暖一身清爽地走下楼，看见楼下的人，当即笑着回头，向身后的上方喊道：“景深，我手机忘记拿了，你去帮我拿一下。”

季梦然正在餐桌边，刚想找句话敲打敲打起床这么晚的季暖，结果就被她这么一句给噎了回去。

她不仅没看见墨景深的身影，更是在季暖说了那句话后，她便听见沉稳的脚步声从楼梯口处走了回去，他明显是去给季暖拿手机了。

不到一分钟，墨景深又下了楼，季暖仍然在楼梯上等着他，接过他递来的手机，便眨着眼睛看着他：“谢谢老公！”

墨景深清澈的黑眸对上她的视线，淡定勾唇：“去吃早餐，爸已经在等了。”

眼见着两人一前一后地走下来，季弘文倒是没因为他们起晚了怎么样，反倒是笑笑，让琴姨去把早已经备好的早餐拿过来。

“爸，早上好！”季暖精神很好地走到季弘文身边最近的位子。

沈赫茹见她又去了那个位子，脸色有些不好，刚想开口讽刺一句，却在看见墨景深也走来的刹那，碍于他的气场和身份，想了想，到底还是没开口。

“好，睡得怎么样？”季弘文心情不错地看了季暖一眼，又直接看向墨景深，“你们结婚后还是第一次回季家住，有什么不习惯的，一定要说。”

墨景深极为平静客气地对他点了点头，以示礼貌：“还不错，一夜好眠。”

季梦然坐在两人对面侧方的位子上，抬头看向墨景深。因为在季家，墨景深的眉眼不似平常冷峻淡漠，虽然仍有几分寡淡，但也是给足了季暖面子，并未再拒人于千里之外。他身上更带着清晨的清冽干净，真是好看。

可他的手正周到地帮季暖拉开座椅，眼睛根本没有多看旁人一眼。

季梦然暗暗捏着手边的桌布，捏得桌布皱得不成样子。

一家人吃早餐时，因为墨景深在场，季弘文聊着聊着忽然提到墨老爷子还有一个星期过八十大寿的事。

“暖暖是不是已经很久没有添置新衣服了？”季弘文忽然问道。

季暖正在喝汤，诧异地抬起头：“不是在说墨爷爷的寿辰吗，怎么话题忽然到我身上了？”

“你这么多年是随性惯了，平时怎么舒服怎么穿，可墨老的寿辰上总要穿得正式些。”

季暖想说自己又不是没衣服穿，无论是季家还是墨家的衣柜里，要什么有什么，还得要多正式？

“景深，你今天如果不忙，不如陪暖暖去选几套衣服。”季弘文不等她开口，径自看向墨景深。

墨景深云淡风轻地笑了笑：“好。”

“爸，我不缺衣服……”

“让景深陪着你，你就给我乖乖去买！”季弘文又拿出一家之长的威严来，瞪了她一眼，好像在说她有多不懂事一样。

“结婚这么久，你也没正式回过墨家，外面都传成什么样子了，你自己心里还没点儿数？”季弘文苛责道，“景深平时惯着你，但不代表你可以一直这么任性不懂礼数，墨家又不是什么寻常人家，墨老寿辰上会有多少人看着你？该有的样子还是要有！”

季暖没再反驳，买衣服不重要，和墨景深一起逛街倒是很新鲜的体验，顺便还能看看给墨爷爷送什么样的生日礼物。

墨景深都没拒绝，她当然欣然接受。

“爸，墨老的寿辰我们季家也都会去吧？”季梦然忽然问道。

“当然，身为亲家，墨老的大寿，我们怎么可能不去？”

“可是爸，我也很久都没买新衣服了呢……”季梦然语带委屈，“我能不能跟着姐和景深哥哥一起去买衣服？”

“你不是每天都在乱花钱？还缺什么衣服？”季弘文呵斥了她一句，“别跟着胡闹！”

“我平时买的那些都是日常穿的，我的衣服也没什么太适合那种场合的啊，反正姐姐他们今天是去逛街买东西，又不是去约会，多带我一个又不会怎么样……”

“你……”季弘文刚要斥责。

“梦然既然也要参加寿宴，让她跟着去选几套衣服，也没什么不对。”沈赫茹在旁边搭话，“这俩都是你的亲闺女，你不能太偏向了是不是？”

“就是就是，爸，你偏心。”季梦然伸手就抱住旁边沈赫茹的胳膊，撒娇似的说，“你还不如沈阿姨疼我呢！”

“既然梦然这么想去，那就一起去。”季暖脸上是一副无所谓的笑容。

“姐，你最好了！”季梦然朝她眨了一下眼睛。

季暖淡淡地弯了弯唇。她想跟着，就让她跟，到时候她自己别后悔就好。

“暖暖，你实在是太惯着梦然了，从小你就让着她。”季弘文见季暖都没反对，也就不好再继续斥责。

季暖嘴角浮起一丝不易被人察觉的冷笑：“毕竟是我最亲爱的妹妹，我不让着她，还能让着谁？”

她惯了这么多年、让了这么多年的亲妹妹，现在还一心想要抢走她的丈夫，甚至在多年后，一手将她推进人生的深渊，直至惨死。呵！

季梦然没注意季暖这会儿笑得高深莫测，只一心盯着墨景深的方向：“景深哥哥，我一会儿就安安静静跟着你和姐姐，绝对不吵你们，等姐姐买完衣服后，我再选自己的，好不好？”

墨景深清冷的眉宇微动，目光淡淡地落在她身上，没有回答。

季梦然眼中的笑意僵了僵。他可真是连句话都吝啬于对她说……

沈赫茹拉着季梦然的手：“不就是去买个衣服？梦然你也没必要让自己这么委屈，难得跟着你姐姐和姐夫出去，记得挑最贵最好的买，反正你姐夫的钱几辈子都花不完。是吧，暖暖？”沈赫茹说着看向了季暖。

她这是故意给季暖找不痛快，偏偏季暖不说话，只是笑了笑，脸上的神情和身旁相邻而坐的墨景深一样从容无波。

见她一点儿都不生气，沈赫茹自讨没趣地扬了扬眉，没再多话。

反正无论说什么，季暖也不像以前那样会忽然站起来甩脸色，也不会惹季弘文不痛快，季暖现在这么知进退，也不知道究竟在心里打什么算盘。

季暖仿佛完全没将餐桌上每个人的心思放在眼里，没多久就放下碗筷：“老公，我们现在就出发吧？”

“吃饱了？”墨景深问。

“嗯，你给我碗里夹了好多，再吃肚子都要撑破了。”

墨景深笑色淡淡的，对季弘文道：“我们先走了，您慢用。”

季弘文点点头，看见女儿女婿这么恩爱，真是打心底里觉得舒坦。

看见他们两人已经站起身，季梦然惊讶地说道：“现在就走？我还没吃完……”

“谁让你刚才话那么多？吃这么慢！”季弘文转头瞪了她一眼，“要去就赶快跟着一起去，别让景深和你姐等那么久！要不你就别跟着！”

季梦然有些委屈，却没再说话，站起身，擦了擦嘴巴，看见季暖已经和墨景深出了别墅，匆匆忙忙地跟着跑了出去，结果刚一出门，就看见季暖居然主动去挽墨景深的胳膊！

季梦然在后边顿了一下，快步走上前，笑着说：“景深哥哥，你的车不是停在别墅前院吗？怎么直接走出大门了呀？”

季暖回头：“是我刚刚说的，今天周末路上肯定堵车严重，开车太耽误时间了，于是就建议你姐夫今天不开车。”

季梦然惊愕地说道：“那我们怎么去？”

“当然是坐出租车。”季暖语气很淡，挽着墨景深的胳膊，又抬起眼看着他，“我们要不干脆坐公交车算了？就当是陪墨总体察民情，怎么样？”

墨景深语调淡然：“随你。”

季梦然忽然后悔跟着出来了……她这辈子都没坐过公交车！和墨景深这种身家无法轻易估量的人出门，居然要坐一两块钱的公交车，季暖的脑子是不是有毛病啊！

季暖和墨景深走出别墅区，完全无视身后的季梦然，任她在后边跟着。

季梦然想一起出来逛街，可以，但是想坐墨景深的车，她想都别想。

他们到了公交站，季梦然看着附近等车的人群。

“姐，我们还是坐出租车吧。公交车上人这么多，这里还有好多人在排队，实在是太挤了。”

“反正也没几站，挤一挤也不会怎么样。”季暖连头都没回，没看她。

“我听说公交车上有很多小偷……”

她话还没说完，眼前忽然驶来那辆他们打算坐的公交车，一群人井然有序地排队上车，只有两三个人挤着上去的，墨景深抬手护住季暖站在后边排队，两个人根本就没去听季梦然的话。

季梦然眼见墨景深居然一点儿都不嫌弃，恨得牙痒痒。他这种人估计这辈子都没坐过公交车，可他居然纡尊降贵，陪季暖在这里排队！

季梦然再想到上次听说他亲自给季暖买汤圆，气得想吐血。

她见他们已经上了车，一时间也没办法，只好跟着上去。

这辆车里的人倒不算特别多，起码上车时还有几个座位。

但只有两个座位是挨着的，其他几个座位都是单独的，而且都在后排。

季暖理所应当地和墨景深坐在前排两个位子上，季梦然刚一走过来，就发现旁边没自己的位子。

“后边几排有座位。”季暖提醒她。

季梦然没办法，只好去了后边，但是没想到这辆公交车的最后边几排坐了好几个经常出来遛弯的老人，还有两个老人在不停地咳嗽。

她一脸嫌弃地在那里站了半天，考虑要不要坐下，前边忽然有一辆车急刹车，公交车赶紧也跟着刹车，一时间季梦然没站稳，只好气呼呼地坐了下去。

旁边的老人本来一脸和善地对她笑了一下，结果看见她满脸嫌恶和无法形容的表情，脸色也顿时冷漠起来。

季暖见墨景深不仅没嫌弃这里闲杂人等太多，甚至也没有一点儿不适应的表情。

即使他坐在公交车上，属于他的气场仍然不变，矜贵从容。

车窗外的阳光落进来，这个男人可真是好看。

“坐公交车，你习惯吗？”季暖凑在他耳边小声问道。

男人低笑，语调从容冷淡：“你以为我没坐过？”

“咦？你居然坐过？”

墨景深平静地说道：“在国外求学时，我曾经自己独自生活过两年。”

季暖凑到他耳边小声说：“怎么办？我们都结婚这么久了，可我居然对你只是一知半解，你会不会嫌弃我？”

男人眼中是深深的笑意，就着她凑过来的姿势，垂眸看着她。就是这样一个转头，两人之间的距离近得仿佛能感觉到彼此的呼吸。这满车都是人，季暖当下怔了下，下意识地要退开，手却忽然被他握住，没法退开了。

墨景深声音淡淡的，只有她一个人能听到：“墨太太，时间还长，我们可以彼此每天深入了解。”

坐在最后一排的季梦然抬起眼，看着最前边亲密无间的两人。

好不容易熬到可以下车了，季梦然第一个冲了下去。

下车的地方距离要去的市中心街道还有一段距离，这回季暖干脆不坐公交车，也不叫出租车，她决定步行过去。

虽然走过去也就十几分钟，可季梦然还是气得不行。墨景深始终没反对过季暖的这些决定。有车不开，出租车也不坐，非要累死累活地坐公交车，现在还要步行！季暖的脑子是抽风了吧！

海城市中心繁华的商业街。

逛街毕竟是女人的兴趣，墨景深很少来这种地方，每次路过他也都是在车上，匆匆一瞥。

季暖拉着他，指着一家一家的店铺，各种大牌奢侈品店都是她以前常去逛的，现在她也只是从门前路过，没打算进去。

他们走了大概半个小时，季梦然穿着高跟鞋跟在后边，感觉脚已经不是自己的了。

“姐，你究竟想买什么样的衣服？墨老的寿辰上你是穿礼服还是穿什么？倒是赶快选一套啊！”

季暖仿佛没听见似的，继续挽着墨景深向前走，边走边跟墨景深说：“墨爷爷喜欢什么？他老人家八十大寿，我觉得最重要的应该不是我的穿着打扮，而是送他什么才能让他开心。”

“你马上送个重孙子给他，他怕是会开心得多活二十年。”墨景深淡淡的声音在她耳边响起。

季暖瞪他：“我没跟你开玩笑，我真的打算先给墨爷爷买生日礼物！”

墨景深看着她闪烁着流光的眼睛，低笑一声：“我也不是开玩笑。”

季暖没接话，心却是乱跳了好半大。

她说礼物呢，墨景深居然把话题给扯到重孙子上去了……

季暖一边走，一边下意识地偷偷瞟向自己的肚子。

她嘴上虽然没说，但心里已经开始起了各种弯弯绕绕。

也不知道以后她和墨景深的第一个孩子是男孩儿还是女孩儿，男孩儿肯定像他，又高又帅，迷死各种小姑娘，女孩儿的话要有一半像她，再有一半像他，因为墨景深的五官分开来看，也是很完美的，怎么看都好看。

季暖想着想着，眼神就往旁边一家婴儿用品店里瞟去……

“姐！前边有家高定成衣店，我闺密经常去那家买小礼服，我们去看看呀！”季梦然忽然从后边走过来，挡住季暖正瞟向婴儿用品店的视线。

季暖瞥了一眼季梦然说的那家店：“是过八十大寿，又不是晚宴，穿什么礼服？”

“可爸不是说了嘛，那天一定会有很多人，总不能穿平时那些衣服吧？”季梦然撇嘴。

“没必要那么高调，买件舒适大方的衣服就好。”

“姐，你以前可是很喜欢穿礼服的，几乎每个星期都会去买一件。”

“那是以前，不是现在。”

季梦然没讨到什么好话，干脆转头告状：“景深哥哥，你看我姐啊，她现在好像对我特别不耐烦似的！我也是好心给她建议啊！”

这是好心给她建议？

这分明是故意在提醒墨景深想起曾经的季暖有多么骄傲自负，曾经的季暖经常跟着爸爸出席各大慈善晚宴，她的一举一动都是世家千金的美丽与孤傲。季暖被称为海城第一千金，除了容貌之外，还有她从来都不重样的各种漂亮晚礼服，每次都足以让人惊艳。

曾经的季暖那么奢侈高调，现在却在墨景深面前这么朴实低调，好像曾经那个人不是她。

季梦然言下之意就是，季暖一直在装。

“说得没错，寿宴穿得大方最合适，是去祝寿并不是去选美，礼服的确并不合适。”墨景深的语气不咸不淡。

墨景深话音刚落，直接在一家古棋会馆的门前停下了脚步。

季暖也无视旁边被气得脸色铁青的季梦然，抬眼看着这家古棋会馆，心领神会地问：“墨爷爷喜欢古棋？”

墨景深道：“晚唐时期名家顾师言留下的古棋谱被这家会馆的老板收购，曾有人抛出一亿高价也没有卖，至今仍然在这里。”

“晚唐时期的棋谱？那墨爷爷一定喜欢！”

可是，听他这语气，这棋谱对方应该不会轻易转卖。

那个老板一亿都不卖，估计两亿也不会出手。

这家老板显然是不差钱的人，而且爱好和执念与金钱无法等量计算。

她眼神发亮地提议：“要不然，我们先进去看看？如果能见到老板，那就跟他打个商量，看看多少钱能卖。”

墨景深睨了她一眼：“这么想讨爷爷的欢心？”

“墨爷爷对我很好，八十大寿这么特殊的日子，总要送点儿真能让他喜欢的礼物。”季暖很诚恳地说道。

墨景深看着她黑白分明的眼眸，忽然笑了起来。

身后的季梦然忽然凑过来："那还不简单，爸那边不是有个初唐时期的古玉石棋盘吗？把那个拿来送给墨老，或者拿棋盘来这里换棋谱，这家老板只要不傻，肯定会选择用晚唐的棋谱换初唐的棋盘！"

说着，季梦然像是要在墨景深面前好好表现一样，主动拿起手机要给家里打电话。

墨景深却始终专注地看着季暖："很想送这个？"

季暖点点头，眼巴巴地看向他："可是用我爸的棋盘来换的方法，能行吗？"

墨景深冷冷淡淡地说道："不需要。"

说完，他直接牵着她的手走进会馆，将门外还在打电话的季梦然扔在了身后。

季暖完全不知道，墨景深直接带她进来是有什么打算。

这家古棋会馆的老板显然跟他很熟，听闻是墨景深亲自拜访，竟直接出来迎接。

老板姓许，七八十岁的年纪，头发和胡子都已花白，戴着金边眼镜，说起话来很有古韵。

身在会馆，季暖以为自己不小心闯入了古代的某个地方，这里的环境非常古色古香，但也看得出来，每扇门每套桌椅都是精心打造的，价格不便宜。

果然，在这国内最繁华的大都市，真是卧虎藏龙。

本来季暖还想跟许老板说明来意，结果这里的侍者却邀请她到雅室喝茶，墨景深一个人单独和许老板去里面谈话。

就算他们很熟，就算许老板是墨景深熟悉的长辈，但她想，这种心爱的东西，对方应该不会轻易拱手相让。

哪怕墨景深出再高的价格，许老板应该也不会容易放手。

所以，他们究竟去里面干什么？

季暖一边喝茶，一边蘸着不小心洒出来的茶水，在桌面上写写画画，消磨着时间。

"墨太太，门外有位季小姐说是跟您和墨总一起来的，我们没能确认她的身份，所以没有放她进来，她说她是您的妹妹。"门外忽然走进来一位侍者，恭敬地问季暖，"要让她进来吗？"

季暖没想到这家会馆居然不是什么人都能随便进的。

既然她被挡在门外……那就，继续让她在外面待着吧。

"我不认识。"她说着又喝了一口茶，仿佛事不关己一样。

侍者对她恭敬地点点头，退了出去。

雅间里重新恢复了安静。

这种环境里，季暖是真的有种不敢造次的感觉，让季梦然进来还是算了，免得污染了人家的地方。

在会馆门外的季梦然得到答复以后，气得在门外不停地解释，可侍者还是不让她进去。

没过几分钟，季梦然的电话就打进来了。

她明显是来质问季暖的。

季暖将手机调成静音，扔在一旁不理会。

电话打进来四五遍，最后屏幕暗了下去。

大概过了两个多小时，季暖起身去洗手间，从洗手间出来，陡然看见里面那间的门开了，她连忙快步凑过去看了一眼。

墨景深与许老板同时走了出来，季暖走过去，见许老板正心情不错地跟墨景深说笑着。

许老板一看见季暖走过来，当下又打趣道："瞧瞧，你太太这是等急了。"

墨景深淡淡地勾唇，从容清贵："确实等了很久。"

"行了，我现在正心痛，实在不想说话，你们小两口该去哪就去哪，我得想办法平静平静。"许老板抬手对他们挥了挥。

季暖本来还想跟许老板打个商量，看能不能用棋盘换棋谱，结果人家这就要走了？

她看着眼前的老人，还没找到机会说话，就直接被墨景深牵了出去。

"你刚刚在里面跟他都谈了什么啊？是不是花多少钱他都不肯让给我们？"季暖好奇地问道。

墨景深没出声，眼神沉静无波地瞥着季暖。

她的眼睛里充满了茫然、好奇和着急，还有没得到想要的东西的懊恼。

"我说，难得知道墨爷爷喜欢什么，你既然都带我来了，总不能空手……"

季暖忽然一噎，一脸震惊地看着墨景深忽然递给她的一份古棋谱。

她惊愕地瞪了老半天，伸手接过，小心地翻开，又满是愕然地抬头看着他："这……他居然让出来了？你花了多少钱？"

墨景深莫测高深地笑笑，往外走去，没回答她。

"到底花了多少钱啊？这是我要送给墨爷爷的礼物，又不是你送的，所以这笔钱得算在我账上，我也可以自己赚钱，只要给我些时间，我——"

"一分钱都没花。"墨景深看见她着急的模样，不再卖关子。

“怎么可能？”

两人走出会馆，季暖客气地跟里面的人点头道别，又捏着那贵重得要命的棋谱追问：“到底怎么回事？你不是说别人花一个亿都没有买到吗？这要是没花钱的话，难道……”

难道墨景深是答应了对方什么难以办到的事？

她可不希望他因为自己而被人牵制，或者答应对方无理的条件。

“许老是个棋痴。”墨景深淡淡地陈述，“我和他立了个赌约，在棋盘上赢了他，棋谱归我。”

季暖震惊了，她除了震惊还是震惊！

季暖的嘴张了半天，她不敢置信地问道：“你会下棋？”

“爷爷虽不像许老这么痴迷，但也算半个行家，我从三岁开始被他强行按在棋盘上陪他对弈，你说呢？”墨景深轻轻地说道。

季暖已经惊讶得嘴都快合不上了。

她仍然不太确定地小声问道：“真的一分钱都没花？”

男人瞥了她一眼，眉宇英挺冷峻：“你老公连一个亿的面子都不值？”

他的面子好贵！

季暖咽了咽口水：“值值值！绝对值！”

“开心？”

“嗯嗯！开心！”

“晚上是不是也应该让我开心开心？”

“啊？”

男人低沉性感的声音在她耳边响起：“今天晚上，看你表现，嗯？”

季暖怔怔地看着他，捏在手里的棋谱瞬间有如千斤重……

她想到刚刚在里面等了太久，中间还去了一趟洗手间，也就是在洗手间里，她发现……发现……

“那个……”季暖舔了一下自己的唇瓣，踮起脚凑到他耳边，嘀咕了一句。

墨景深的表情瞬间一凝。

她清了清嗓子，看着他这表情，当下便一脸怯怯地捧着手里的棋谱看着他，委屈巴巴地说：“那，要不要先还给你……”说着，她还装出一副忍痛割爱地将棋谱交给他保管的神态。

墨景深被她气笑了。这女人真是不收拾就要上天了。

繁华的街头，人来人往，季暖在墨景深的注视下，喜滋滋地捧着棋谱走着，也不回头去看看男人被她气到的表情。

对面不远处就是海城最大的百货中心，季暖开口道：“其实我家有很多合适的衣服，还有很多新买回去连吊牌都没拆的，今天干脆买件合适的外套算了。”

说着，她忽然看向前面一家品牌店橱窗里的长款外套，正要走过去，腰身忽然一紧，墨景深直接将她揽了回去。

她疑惑地抬起头，听见男人低沉的嗓音在耳边响起：“太薄了。”

“那旁边的那件怎么样？”

“不行。”

“现在才初秋而已，我觉得并不是很薄啊……”季暖嘴角抖了抖，看有没有更厚实的大衣。

她还没看完，墨景深已经握住她的手，目标准确地牵着她走进旁边的另一家品牌店。

店门前玻璃橱窗里的一件米白色羊绒大衣直接入了季暖的眼，薄厚适中的款式，可以从秋季穿到初冬，简单大方却又不失大牌设计的流畅感，很素净也很显气质。

季暖诧异地抬头，见墨景深似乎对这件大衣还算满意。

墨景深身为一个很少逛街的男人，品位和眼光倒是高得可以。

季暖也喜欢这件衣服，干脆叫导购过来帮自己找合适的尺码。

她穿着大衣在镜子前来来回回照着，看了两眼，旁边的两个导购一脸惊叹地夸道：“小姐，这件真的好适合你啊！你皮肤这么白，身材又这么好！这件衣服穿在你身上真是比模特还好看！特别有气质！”

季暖下意识地转头看向坐在沙发上的墨景深。

他无声地坐在那里，透着矜贵的气质和不容人忽视的气场。

店里的几个导购和店员都时不时地侧目偷偷看向那个坐在沙发上的男人，眼里流泻出的全是倾慕和好奇的光彩，还有年纪小些的姑娘，捂着心口，脸红心跳的表情收都收不住。

“你们店里还有男装？”季暖又看向试衣间隔壁的男装区。

“有的，小姐您要给一起来的那位先生选衣服吗？”

季暖没说话，转身走过去。

上次给墨景深买了件衬衫，但是一直没有买搭配的领带，他今天穿的正好就是她买的那件衬衫。

她选了一条领带，将它藏在身后，笑眯眯地走出去。

“试好了？”墨景深放下手边那份刚刚随手拿起的杂志，抬眸看向她，眼神顷刻便流露出几分满意。

季暖穿什么衣服都很漂亮，这是事实，他满意的显然是这件大衣的确很暖和，免得她再着凉。

“好看吗？”季暖在他面前歪着头问，像第一次跟男朋友出门逛街时有些羞涩的少女。

“很好。”男人并没有吝啬夸奖。

哪个女人不喜欢被夸奖？季暖笑弯了眼睛，又神秘兮兮地小声说：“你站起来一下。”

墨景深眉目不动，看着她，配合地依言站起身。

季暖抬起头，看着眼前比自己高出很多的男人，将藏在身后的领带拿出来，速度很快地系在他的脖子上，又在墨景深微微挑起眉、眼色了然的同时，她动作熟练地将领带在他的衬衫领口打好结，然后看着眼前英俊无比的男人。

别说是周围那些店里的工作人员看得着迷，就连季暖的心都微微一荡。

无论是人格魅力还是哪一方面，墨景深都无可挑剔。

这一世，她要做的是珍惜拥有的一切，更要夺回属于自己的一切，守住所有她想守住的人，她绝对不会再让自己重蹈覆辙。

对于墨景深，她承认自己从始至终都是心动的，是割舍不下的，是离不开的。

他是她自己前后两世的执念，只要不再失去就已经足够了。

她从来不敢深想。

季暖捏着男人的领带，忽然间觉得他的目光有些灼人，对上墨景深沉静如海的眼眸，她的手指跟着在领带上渐渐收紧。

季暖，你如今想要的，是不是比开始时多了？

有那么一会儿，季暖几乎听不到旁边导购员的赞叹和羡慕的声音，出了片刻神。

直到墨景深将她的手按住，又握住，低眸看着她：“发什么呆？”

季暖回过神，下意识地想到周围全是人，想将手抽出来，却没抽得出来。

“先生，您女朋友肯定是因为您太帅了，一时间心动着迷得说不出话啦！”旁边的导购员笑嘻嘻地恭维着。

季暖没说话，脸上却热了热。

她心动了吗？

扪心自问，她当然心动了！

她刚刚心动得连自己都害怕了。

“不是女朋友，她是我太太。”墨景深在导购员说完的刹那，重申了一句，见季暖这会儿忽然像个害羞的小媳妇儿，直接说道，“把领带和她身上这件都包起来。还有没有其他喜欢的？”

后面这句是问季暖，季暖摇头：“这家的女装只有这件最喜欢，而且其他的衣服我也不缺，先买一件就够了。”

他们走出那家店后，季暖看着身旁正拎着购物袋的男人，莫名感觉让墨景深这号人物陪自己逛街拎东西，真是特有成就感。

两人又走回旁边的百货中心，一眼就看见了正在门外急得来回踱步的季梦然。

都这么长时间了，她居然还没走？

季暖微微挑起秀眉，嘴角不动声色地弯了弯。

季梦然一看见他们，冲过来气急败坏地说道：“姐！你们刚才怎么丢下我就走了！害得我在那家会馆外面等了半天也等不到人！后来我去旁边的奶茶店里坐了一会儿，再出来时问他们，那家会馆的人说你们已经走了！怎么都不等我啊！”

季暖凉凉地看她一眼：“刚刚你在打电话，我们以为你临时有事，所以才没进去，出来时没看见你，以为你走了。”

“我根本就没走！等了你们那么长时间！可你们居然连电话都不接！”季梦然的脸拉得老长。

“哦，昨晚睡觉时我们的手机都调成了静音，没听见。”季暖语调淡然。

季梦然咬牙：“你现在就是故意想要甩开我是不是！”

季暖用开玩笑的表情看着她：“我甩开你干什么？这么多年，什么时候不是把你这个妹妹摆在第一位的？爸让我们出来买东西，你要跟着，我也没拒绝啊。”

“姐，你现在分明就是在故意躲着我！你要是嫌我跟着烦的话，刚刚在家里你就直说，现在这样算什么！”

季梦然等了这么半天，是真的恼了。

“梦然，你这话就有些过了，以前每次带你出来逛街，你哪次不迟到？最长的一次我也等过你两小时！怎么你就因为几个小时没找到我们，被气成这样？”

“我是着急！怕你和景深哥哥出事！”季梦然也不打算闹得太僵，将话锋一转。

“我们能出什么事？梦然，别怪姐说你，你最近真是越来越大惊小怪了。”

季梦然快要气出内伤了，结果被季暖的几句话怼得内脏快出血了。她咬着牙，脸上却缓缓地扯开一丝僵硬的笑：“我只是等得太急了，所以才多说了几句……”

季暖冷淡地勾了勾唇，没再看她，挽着墨景深的胳膊进了百货中心。

最后，季暖也只是简单地买了几样东西，季梦然跟了一路，看上一件十多万块的小洋裙，想让季暖刷墨景深的卡帮她买，季暖愣是假装没听懂，最后季梦然脸色难看地自己刷了卡。

以前季梦然喜欢什么，季暖都会给她买，没想到曾经那个宠妹妹宠得让很多人都嫉妒的季暖现在这么冷血，连条裙子都不肯给她买！

一直到坐上回程的车，季梦然都没找到机会单独跟墨景深说上话。

他们回季家没再坐公交车，而是在季梦然的强烈要求下换了专车。

季暖倒是没想顺着季梦然的心思走，但已经晚上六点多了，现在天黑得比较早，她也不想在路上浪费时间，季梦然又抢先打电话，从租车行叫了辆专车来接他们，季暖也就随她去了。

季暖现在的心思都在手中的棋谱上。她将棋谱小心翼翼地放进包中的皮夹层里，免得不小心溅上水或者沾上不干净的东西。

“师傅，你怎么绕路了？”季暖抬头时，忽然发现路线不对。

“现在是下班高峰期，前边几条路堵车，已经堵死了，只能走海湾路。”司机师傅一边毫不犹豫地将车开向海湾路的方向，一边谨慎地回答。

听出他言语间的一丝不寻常，季暖当下便看向坐在副驾驶位的墨景深。

果然，墨景深比她先一步察觉出这司机有问题，他已经在之前就检查过车门上的中控锁了。

透过后视镜对上他的眼神，季暖从他的眼中已然得到了答案：车门被锁死了。

季暖这才注意到，司机的头发稍微有些长，勉强盖过耳朵，现在仔细一看，发现他的耳朵里藏着一个黑色的小耳机，类似于监控耳机的那种，并且司机的额头上一直在流汗。现在已经入秋，这车里根本没那么热。开车时，他的眼神一直潜藏着几分惶恐、茫然和……绝望。

季暖无声地抬起手，也在后边的车门上试了一下，果然被锁死了，打不开。

她抬头，继续透过后视镜看向面色冷然平静的墨景深。

两人四目相对的刹那，墨景深手臂向左侧迅速一横，以钳制的方式按住司机的肩膀，嗓音低沉，却给人压力重重的危机感：“停车。”

司机顿时浑身颤抖，头上的汗流得更多了，语调绝望地闭上眼，颤着声音说：“来、来不及了……”

话音刚落，司机忽然把头向前一低，像是提前被下了某种特效药，已经再也坚持不住，昏了过去。

正在疾行中的轿车因为失控而骤然在路上径自飞驰，坐在季暖身边的季梦然这才后知后觉地发现不对，而后因为司机的异状而惊叫出声："啊……司机怎么了？"

季暖忙想办法打开车门，坐在前方的墨景深已经果断地将昏迷的司机踹到一旁，坐到司机的位子，握住方向盘，避免车失去控制。

三秒后，他忽然开腔，语调带着几分使人如坠冰窟的冰冷："车被改装过，车速被定在150迈，刹车失灵，这速度不能用正常的缓速方法迫停。"

"那怎么办？"季梦然尖叫出声，"司机怎么会忽然昏过去？有人要杀我们吗？！"

听见季梦然这声尖叫，季暖断定，这件几乎等同于谋杀的事跟她没什么关系。

季梦然就坐在车里，她不可能以身犯险。

更何况，墨景深也在这辆车上，以她对墨景深的痴迷程度……季梦然的嫌疑可以马上排除。

"油箱也是满的吗？"季暖探出头，一边问，一边看向墨景深面前的油量表。

季暖看完后，心瞬间一沉。

油箱居然是满的！

想等车油耗光停下也不可能，这油要耗光，起码需要五六个小时！

车速始终停在150迈不变，在市区中疯狂疾驰，海湾路紧靠市东的一片巨大海域和开放式沙滩，且是绕着海边的环行路，这种速度在晚上六点的车流高峰时段行驶无疑是自杀，并且前方根本就没有可以绕到郊外或者安全地带的路，只有直奔市中心的一条路！

墨景深忽然冷冷地道："坐稳！"

季梦然已经惊恐地紧紧抓着后座的安全带，脸色青白一片。

季暖无声地看了看刚刚被踹向副驾驶位已经昏迷的司机。

司机明显从一开始就知道这场阴谋，从他的耳机和被下过药来看，他该是被威胁后不得不冒死做这种事。

到底是谁，手段这么狠又这么干脆利落？这完全就是要他们死！

对方是冲着她来的还是冲着墨景深来的？

这时，正前方一辆大型货车忽然疾驰而来！

车速快得不同寻常，直奔他们所在的方向。

季梦然失声尖叫："啊！啊——我们会死吗？我不想死——"

"闭嘴！"季暖厉声呵斥她。

季梦然已经吓破了胆，尖叫声不绝于耳，根本没有要停下的意思，两只手抓住安全带，指关节一片惨白。

已经死过一次的季暖，对于眼前这样很可能危及性命的险情，不能说不怕，却终究还能理智应对。

看见坐在前方掌控着方向盘的墨景深，看见他眸中的沉着，她心里的恐惧又削减了不少。

"打开车窗。"墨景深忽然命令道。

"好！"

季暖立刻配合，尽管并不知道在这么危急的情况下，他这种要求是什么意思。

可她伸手试了几下，惊道："门被锁死了，车窗也是锁死的！"

墨景深先是敛起冷峻的眉宇，在与那辆卡车即将相撞的瞬间，伴随着季梦然夹杂着绝望的叫声，他骤然掉转方向，朝另一侧毫无遮挡的海岸线开去。

"不要！车门打不开，我们会被淹死的！"季梦然大声哭喊着，"不要，我不要被淹死！"

可车已经失去控制，她的腿软得不能动，整个人僵硬地贴在座椅上，满眼惊恐。

"你给我安静点儿！"季暖转头，恶狠狠地瞪了她一眼，"你是想在这里被货车撞成肉酱，还是在市中心里横冲直撞，自己丧命的同时，顺便再撞进无辜的人群？"

恐惧已经占领了季梦然的理智："撞死他们就撞死了！关我什么事！现在这样冲进海里我们一定会死！会死的啊！"

"你再乱喊一句，我就先掐死你！"季暖怒斥。

话音落下，她看向已经将车开进海里的墨景深，车身狠狠地扎进海面的一瞬，她蓦地对着他一笑。

车子失控，门窗被锁死，眼下离郊区太远，前方不是货车就是市中心的人群车流，可只要墨景深在，她就不怕。

刚开始，海水浸入得并不算快，但越下沉浸入得越快，冰凉的水逐渐漫过他们的脚。

车身在水里不再被控制，墨景深抬手离开方向盘，黑眸抬起，从后视镜里看见季暖朝他投来的那一眼。他的心似是被什么狠狠撞了一下。他盯着她的眼睛。

她同时忽然伸手，凶神恶煞地死死捂住季梦然仍在鬼哭狼嚎的嘴。

墨景深低笑一声。

车身正以可怕的速度向下沉去。

冰冷刺骨的海水灌入口鼻，季梦然终于再也喊不出声，却醒过神来，忙不迭地脱下细高跟鞋用力敲打封闭性极好的车窗。明知道这种方式徒劳无功，季暖也没阻止她，在水中有些艰难地睁着眼睛，看向正往副驾驶位上方靠枕伸手的墨景深。他这是要干什么？

汽车下沉越深，水下压力越大，就算车门没有上锁，也不可能打开，车窗因为水压，用任何东西都不会轻易被砸碎。

但她忽然想起曾在网上听说过一种水下自救的方法！就是像墨景深这样，拔出副驾驶位上方的小型头枕，之后就能看见下面有两根用来固定座椅的细长金属杆！车窗虽然砸不开，但是可以用这个撬开！撬开之后，缓解了车中的水压，才能砸开车窗。

季暖忙伸手去拔另一边，这样才能以更快的速度和他一起将车窗撬开。

车不知道已经下沉了多深，窒息感越来越强烈。

幸好墨景深先一步撬开了车窗，季暖顺手拿起刚刚拔出的另一边的金属杆去砸车窗，车窗终于逐渐开始碎裂！

季暖忙用手将多余的玻璃掰开，手刚伸过去，墨景深却直接将她拉开，以眼神示意她用那两根金属杆去敲另一侧。

这时候，他还担心她被割伤了手？

季暖心里明白，当然也不想给他添乱，配合他一起将两边的车窗全部打开。

等他们终于可以从车中钻出去时，季暖已经因为窒息而眼前模糊了。

墨景深看出她刚刚即使临危不乱，但体力已经随着窒息而几乎耗尽。他伸手抱过她，看着她，像是在问她还能不能坚持游上去。

季暖无声地在他怀里点点头，又伸手指指上面，继续点了一下头，意思是自己会游泳。

忽然，奋力钻出车窗的季梦然伸出手，死死地抓着季暖的脚踝，像是生怕被他们给丢在水里。

墨景深眉宇一皱，眼神愈加冰冷深邃，他看了季梦然一眼。

显然，除了被他抱在怀里的季暖，其他人的生死，与他无关。

季暖胸前的窒息感太难受了，现在也没力气去踢开她，干脆没理她，先保命要紧。虽然脚踝一直被抓着，但好在墨景深一直抱着她，没让她被连累得不停下沉。

季暖向上游时，因为脚踝上的那只手抓得太紧，疼痛的感觉让她忍不住张了一下嘴。她无意中呛了一口海水，顿时浑身紧绷，难以忍受得差点儿咳出来，她强忍着胸肺间憋出的剧痛，手不停地向上划动。

终于钻出了海面，季暖再也忍不住，剧烈地咳嗽了好几声，咳得眼睛通红。

这要命的感觉跟她曾经咳血窒息的一瞬太像了，她下意识地紧紧抓着墨景深搂在她腰间的手臂，抬眼就看见男人一直关注着她的深邃目光。

“还能游吗？”他低声问道。

季暖忍住还想咳出来的冲动，点点头，哑着嗓子说：“没事，我还有力气。”

他的眼底流露出几分担忧与心疼。

“真的没事！我可以！”季暖湿漉漉的眼里满是坚定。

墨景深望进她的眼中，微微一笑：“好。”

刚才车冲出去的速度太快，现在看来，这里距离海滩还有四五百米。

季暖一边被墨景深带着向前游，一边也奋力划动着手努力游，免得带给他太多负担。

季梦然钻出海面后，仍然一直紧紧抓着季暖，死活都不肯放手。

“就快到了！”季暖看见海滩越来越近。

“还能坚持？”目的地将近，墨景深的声音也不再似刚才那么沉。

季暖点头：“能坚持！”

他看着她的脸，漆黑的眼底似是涌动着某种情绪，低哑的嗓音染上几分不易被人察觉的赞许：“以你的体力，能从下面游上来已经算不易了，居然还有毅力游过去。”

季暖看着越来越近的海滩，心情稍微放松：“必须坚持！你放开我，让我自己游过去也可以！”

墨景深这才放开她。

几分钟后，就快爬上海滩时，她没稳住，又扑进了水里，一直在她身边的墨景深伸手将她抱住。

他们终于上了海滩，季暖没了力气，墨景深将她扶稳。

天色已经暗了下来，季暖冷得浑身哆嗦，却不忘紧紧抓着手里的包，牙关不停打战：“给墨爷爷的棋谱还在包里……我这包有点儿防水效果……而且和手机一直都在皮质夹层里……不知道有没有进水……”

“这种时候你还关心棋谱？”墨景深看着浑身是水的季暖，敛起哪怕狼狈落水也依旧清俊的眉宇。

季暖这会儿确实不太好受，脸上已经煞白一片，冷得说话都不利索了：“这是……你给我赢来的……而且，是墨爷爷喜欢的……”

他的眸色比秋夜暖了许多，冷峻的眉眼间亦是蹿上一抹对她的怜惜。他伸出手，将她凌乱的头发拨开：“先离开这里。”

“好。”季暖颤抖着点点头，在黑暗的天色下，眼里似有星光闪烁。

季梦然扑倒在沙滩上就开始剧烈喘息，说不出话，也完全不能动，反正她已经从海里出来了，等她休息过来，总有办法回去。

她上岸后，从始至终，墨景深都没有向她投来一眼，更别说一句关心或者安慰。

季梦然的手指狠狠地抠着沙子。

他们回到御园，季暖心神放松，刚一进门就浑身脱力地挂在墨景深身上。

“活着回来了……”她用力深呼吸，声音因为疲惫而沙哑。

今天如果不是墨景深在车上，如果不是他行动果决，恐怕她的第二次生命也要就此over（终结）。

墨景深抱住她完全站不稳的身体：“没事了。”

季暖将脸贴在他的胸膛，隔着潮湿的衣物听着他的心跳，眼泪差点儿控制不住地落下来。

她吸了吸鼻子，强忍住死里逃生后的激动。

像是感觉到她的情绪变化，墨景深在她的肩上安抚地拍了拍，低缓的嗓音在她耳边响起：“现在才想起来害怕？刚刚在海里倒是很勇敢，这么厉害的墨太太，刚回家竟然就要哭了？”

意思是，她今天用命去塑造的人设一瞬间就崩塌了吗？

“我……”季暖差点儿哽咽出声，抬起头看着他，“我激动不行吗？”

他低笑，捏了捏她冷冰冰的脸颊：“恭喜墨太太，劫后余生，值得庆幸。”

季暖吸了吸鼻子，还想说话，墨景深却直接叫来陈嫂：“带她去洗个热水澡，换身衣服。”

陈嫂刚想问他们怎么了，怎么身上都是水，可一看见季暖满脸煞白的样子，吓得也不敢浪费时间，忙扶着季暖回房间。

季暖却在走上楼时，忍不住回头看向门口的男人。

平时衣冠楚楚的墨景深，此时浑身也都湿透了，衬衫和西裤紧贴着身体。可即使和她一样狼狈，他的魅力丝毫不减。

陈嫂扶着她去洗热水澡，季暖没有泡澡，而是要求淋浴，因为她今天在古棋会馆去洗手间时才发现，“大姨妈”来了了。

“太太，您这来着例假呢，身上冰成这样，真的没事吗？”陈嫂不放心地问道。

“没事，我多洗一会儿就好了。”季暖忍着疼，对陈嫂挥了挥手，“你帮我把包里的东西都拿出来，看看最里面防水夹层里的古棋谱和手机有没有进水。”

陈嫂点点头，依言将她湿漉漉的包拿进来，用毛巾擦干。

“最里面的手机和这本您说的棋谱都没有湿，但是其他地方都进水了。”

季暖一听，当即松了一口气：“那就好。”

陈嫂见季暖没其他吩咐，转身出去给她煮红糖水。

季暖洗了很久，久到墨景深已经洗过澡换好衣服来这边的卧室，才慢吞吞地出来。

她刚泡过冰冷的海水，肚子现在要命地疼。

她刚刚冲了半天热水，这会儿脸上不再那么惨白，还透着几分红晕。

“你洗好了？”季暖看见墨景深问道。

“嗯，过来。”墨景深见她一脸粉嫩又有些绯红的模样，喉结一滚，低声叫她。

季暖下意识地朝他走去，刚一走近，他忽然重重地一把将她搂进怀里，嘴唇落在她的额头上，似是确定她没发生危险，轻轻地吐了一口气。

哪怕他不动声色，季暖却很敏感地察觉到，今天这种事，应该是冲着她来的。幕后的人会是谁？周家，还是韩家？或者，是跟季家结仇的什么人？

在她的记忆里，季家破产后，的确有许多跟季家有过节儿的人来找她的麻烦，前后两世，季暖对这种暗害的事情也见过不少，可今天这事……居然想要她的命。

“最迟到明天早上，幕后凶手一定会找到。”他低声在她耳边说道，“别想太多，一切有我。”

季暖静了一瞬，道：“所以你已经知道是谁在背后指使的？”

墨景深没说话，只摸了摸她走出浴室几分钟后又渐渐煞白的脸，再摸到她脸上越来越明显的冷意，干脆将她抱起，把她塞进被窝里。

季暖确实是冷得要命，刚才强撑着，现在坚强被打破，缩在被子里也不再掩饰。

她不停地抖着，目光却忍不住落在他的身上，直到墨景深去门口，将陈嫂送进来的红糖水端进来，她才微微别开眼。

“姨妈”痛这种事情……居然要被墨景深看在眼里……

真是，她丢脸都丢到姥姥家了。

“所以究竟是谁要害我们？”季暖问了一句，又顿了顿，“或者可以说，究竟是谁想要我死？”

墨景深将红糖水递给她：“豪门买凶的案件层出不穷，你以后少回季家。”

季暖怔了怔，但是懂了。

今天这事，怕是跟季家的那些仇人脱不了干系，毕竟是季梦然打的叫车电话，就算季梦然完全不知情，可对方从季梦然的电话下手，那就说明很了解季家，并且对季梦然和季暖的行踪也是掌握的。

那人会是沈赫茹吗？她就算狗急跳墙，但这么不计后果的手段，不可能是她用的，毕竟她的背后还有几个世家在支撑，现在也不是撕破脸的时候，这种事情不应该是她做的。那又会是谁？为什么要置她于死她？

看见被送到眼前的红糖水，季暖微微抬起头喝了一口，虽然觉得很暖，但似乎也缓解不了多少疼痛。

半个小时后，季暖的肚子仍然疼得要命，她一直忍着不让墨景深发现。

墨景深见她一直脸色发白，到底还是掀开被子坐了进来。他直接从后面抱住她，她整个背部贴在他的怀里，季暖本来还想说没事，身体却在他的怀中慢慢放松。

男人的手温暖有力，不容她拒绝地放在她的腹部，同时将她身上的被子拉高，又握住她冰凉的手，慢慢地搓着她的手心，过了片刻，他低眸看着仍然没有睡意的季暖：“还是很疼？”

季暖转过头，用满是水光的眼睛望着他：“还好，今天这是特殊情况，只因为刚刚海水有些凉，所以才难受。”

男人的手继续在她的腹部温柔地抚了抚：“我叫了医生过来，睡不着就等医生来检查后再睡。”

“不用叫医生，我这只是‘姨妈’痛而已，真的没必要这么晚还麻烦医生，如果明天还疼，我直接去医院开些药就好了。”季暖要坐起身。

结果一坐起来，她刚刚裹着的浴巾直接掉了下去。

墨景深和她对视。季暖因为有“大姨妈”当护身符，完全没多想，眼神单纯得不得了，坦荡得仿佛只是掉了件外套。

“你今天下午不是说过，明天一早的飞机去英国吗？”季暖伸手拿起被子。

墨氏集团近期与英国的合作方的项目要洽谈，墨景深明天会去英国出差两三天。她还真是差点儿忘记了这件事，幸好没出什么大事，也没耽误他的工作行程。

“不急，明天飞机上可以睡。”他眸色深深地看着她，手在她的脸上又捏了捏，“墨太太今天吓得不轻，我总要守着才行。”

“墨先生，秦医生到了。”房门外传来陈嫂的声音。

墨景深顺手给她拿来一套睡衣，是很保守的款式。他叫她先穿上。

“季小姐是来例假时受了寒，喝几天药，多注意保暖，也就没什么大事了。”

这大半夜的，忽然被墨景深一通电话给叫到御园的秦司廷，一点儿抱怨都没有。

季暖认得秦司廷，他是海城秦家的二公子，自幼对医术有兴趣，早早就弃商从医，如今是国内外知名的内科医生，更是医科大学药物管理学的客座教授。

墨景深这种孤高寡淡的性子，生人勿近到没有狐朋狗友，但这位年少有为的秦医生就是他为数不多的好友之一。

“她肚子疼，有什么办法缓解？”墨景深眉心微拧。

秦司廷的眼皮抽了抽，他当下便像看怪物似的看向墨景深。这是太阳打西边出来了吧？

“去中医院开些暖宫药方，或者吃些我调配的西药，但她这种自小就有的毛病，最好还是用中药慢慢调理。”秦司廷慢条斯理地说道，同时瞥了一眼正爬起来的季暖。以前这季大小姐看人的眼神可是凶悍得很，现在倒像乖顺的小媳妇，刚才进门时，他差点儿以为自己看错了。

“中药吗？以前陈嫂带我去开过一些，但我一直没怎么喝。”季暖说着就下了床，她打开床边柜子的抽屉，在里面翻找。

结果，秦司廷和墨景深的眼神同时落在抽屉角落里一个白色的小药瓶上。

“那是什么？”秦司廷的声音忽然凉了几分。

墨景深亦是眸色深沉地看着愣在那里的季暖。季暖拿出那瓶药时，他伸手接了过去。

秦司廷走过去，接过那两粒药，看了几眼，又放在鼻间闻了闻。

“季小姐，你看过心理医生？”秦司廷冷不丁问了一句。

季暖愣住，看看秦司廷，又看向脸色冷得不像话的墨景深。她以前因为情绪太差，的确被季梦然哄着去看过心理医生，这也是医生给她开的缓解抑郁情绪的药物。带回来之后，她也没吃几次，甚至都忘了床头柜里有这瓶药。

她没觉得自己那段时间自己的情绪到了抑郁症的地步，虽然季梦然总说她这样抑郁下去一定会出事。她带季暖去看心理医生，找人给季暖做心理辅导，那些医生还给季暖各种建议，让季暖一定要马上离婚，说这样才能早点儿解脱。

难道这药……有问题……

季梦然跟沈赫茹那个女人相处那么好，如果从药下手，倒也不是不可能。

季暖向后退了一步，她也不知道自己究竟在怕什么。她无意中抬起眼，对上墨景深的眼睛。

墨景深看着她，声音里含着薄薄的厉色："这药你吃过没有？"

季暖先是点点头，之后又摇头："吃过几次，但觉得吃完之后不太舒服，就没再吃了。"

"什么时候吃的？"秦司廷站在一旁，冷声问道，不似刚才那么散漫。

"我们刚结婚一个多月时，那段时间我的状态特别不好，梦然说怕我太压抑，就带我去看了心理医生，然后那里的医生给我开了这种药。"季暖如实交代，心下已经敲响了警钟。

这药绝对不简单！

墨景深盯了她半晌，嘴角慢慢勾起，带着嘲讽。但季暖感觉得到，他这冷嘲的表情并不是针对她。

她怀疑沈赫茹给爸爸的药不对劲，却忘了调查季梦然让医生给她开的这种药，这件事太久了，她是真的忘干净了，一点儿都没想起来。

十分钟后。

"这种药物对身体没有影响，但其中含有致人神经紊乱和轻度神经衰弱的混合成分。"秦司廷捏着手中被碾碎的药片，"这是一些小型心理诊所为了促进病人精神活跃度，使一些心理上有疾病的人更加兴奋，从而方便查询病症的辅助类药物，在大型正规医院是不允许使用的，属于禁药。"

"神经衰弱？"季暖惊讶地问道。

秦司廷眉宇一抬，淡淡地嗤笑道："季小姐，你前几个月的情绪和行事风格，倒是与这种症状相符。"他的言下之意，已经很明显了。

原来这就是季梦然在墨景深面前说她不可理喻的理由。

秦司廷看着季暖此时的脸色，漫不经心地笑道："这种药，就算吃了也不会轻易被人发现，你既然吃得不多，倒也没什么问题。"

"所以……"秦司廷摘下消毒手套，仰起下巴瞥向墨景深，一副看好戏的表情，"墨总这大半夜的把我叫过来，就是因为你女人吃错药了？"

墨景深站在门前，看着那瓶药，单手缓缓地插入裤袋，薄凉的唇勾起几分弧度，是笑，但很冷。

季暖以为自己足够清醒，防备得也很严，可这一刹那她还是觉得脊背发寒。

她的手上忽然一暖，墨景深走过来将她的手握住，摸到她手上一片冰凉。他从容地将她的手握得更紧。

秦司廷收起东西，脱下白大褂，里面只穿着衬衫和西裤。他的眼神轻佻地看着这一幕：“半夜三更跑来做免费劳力，还要喂我一口‘狗粮’？简直毫无人性啊你们！”

墨景深的薄唇中吐出没有波澜的几个字：“你缺女人？”

谁不知道，在医院内科办公室，为了看秦司廷一眼，故意烧成肺炎或装病跑去挂他号的未婚少女多如过江之鲫。

海城一直说，宁惹笑面狐狸秦公子，不惹冷面阎罗墨景深。

南秦北墨，海城四大家族最难搞定的两大男神。

季家虽然也名列海城四大家族之一，但近几年，季家的风头早已没有多年前那么盛了，墨家的根基却从未动摇分毫。

别说在海城，墨家随便哪个人跺跺脚，这附近几大省市都要跟着震上一震，墨家随便一个人出来，都是风头无两的人物。

“女人不缺，但你的女人倒是……真够缺心眼儿的。”秦司廷偏过头，目光淡淡地瞥了季暖一眼。

季暖的眼角抽了一下。秦司廷说她缺心眼，说她吃错药，很好！她转头看向身旁的墨景深：“已经这么晚了，秦医生却能因为你一通电话特意开车过来，他是不是欠你人情？”

秦司廷侧首看着她，眉宇微挑，似是忽然发现季暖有些意思。

墨景深：“可以这么说。”

季暖当即眼睛放光：“那看在你的面子上，我能不能让他顺便再帮我一个忙？”

秦司廷额上的青筋跳了跳：“季小姐……怪不得你能嫁给他，你俩果真一路货色……”

季暖拿出之前从季家带回的药，送到他面前：“这是我爸最近吃的药，秦医生既然在药物管理学上有所造诣，能不能再帮我分析一下这里面的成分？”

“你还真把我当御园的私人医生使唤？”秦司廷眉毛一挑。

季暖还没说话，身后响起低沉的声音：“你不是？”

秦司廷要炸了，嘴角抖了抖，却忽然别开脸，哼笑一声，直接从季暖手里把那瓶药接了过去，打开来闻了闻。

“这药的味道不清晰，应该是从国外引进的新型药物，在这里直观分析不出什么，需要仪器检测，介意我带走吗？”

“不介意，不介意！”季暖连声说道。

秦司廷将药扔进口袋："那行，不早了，没事我先撤了。"

外面传来车子远去的声音，季暖打开窗帘，向外望了望。

墨景深回来就看见这个小女人将脸贴在冰凉的窗户上，一副恍然大悟又陷入深思的模样。

"秦医生走了？"季暖听见关门声，回头问道。

"嗯。"墨景深见她将整个身子都贴在冰凉的窗户上，淡声道，"窗前太凉，别靠那么近。"

季暖转身朝他走了过去："你说，以前如果我没有受到这些乱七八糟的干扰，会不会早就已经爱上你了，所以我——"

她一句话没说完，男人的吻忽然落下。他的吻有些重，有些深，甚至毫不客气。季暖只来得及低低呜咽一声，腰便被圈住，转眼就被他顶在了墙壁上，他吻得她的唇开始发麻，浑身酥软得几乎站不住。

她不太明白，好好的，他怎么忽然有这么汹涌的情绪。因为刚才那些药？他生气了是吗？

许久之后，男人的唇仍然贴着她的唇。他渐渐改为抵着她的额头，眸色深深地锁着她的双眼。

季暖觉得，要是再亲下去，今晚两人怕是都没法睡了……

何况他明天一早就要去机场。

一想到将要迎来三天的离别，她直接将头埋在他颈间，软着声音说："别亲了，再亲就失控了，你又不是不知道我今天情况特殊。"

墨景深有一会儿没说话。

片刻后，季暖听见男人的声音落在她的头顶："几天？"

"什么几天？"她抬起头。

触到男人眼中的灼灼光芒，她窘迫地咳了一声："四天，有时候五天……"她每个月的例假基本都在四五天左右，一直都很准。

想了想，她又说："所以，今天晚上你如果怕休息不好而不打算睡在主卧，我也不介意。"

看着她这会儿眉飞色舞的模样，墨景深心头一动。他扣着她的后脑勺，低头吻了下去。

季暖被亲得连推他的力气都没有，刚软在他怀里，就听见男人低哑着声音，贴在她唇边道："等我回来再收拾你。"

季暖的心尖跟着他的声音一颤一颤的，她两手圈住他的脖颈，依依不舍地也哑着声音回应："嗯……"

月色下，他似乎笑了一下。

然后他又是一记深吻，吻得她手软脚软连声音都像是猫叫，最后才放过她。他把她抱到床上，掀开被子塞进去。

这男人的克制力与冷静力都太强，这种情况下，还能留在主卧抱着她睡。

但对季暖来说，这倒也是一种恩赐。

毕竟明天他就要去英国，要是今晚两人还分房睡，估计她会失眠。

第五章　奥兰·唯心

第二天，季暖本来还想早点儿起来送墨景深，结果昨晚睡在他怀里太香太沉，他走的时候也没有叫醒她。她早上醒来，已经七点多了。

陈嫂说，墨景深凌晨五点就走了。

季暖坐在餐桌边，一个人吃着早餐。她百无聊赖地用勺子搅动着碗里的粥。真是没想到，墨景深只不过飞去英国短短几天，她竟然从第一天就开始想念得要命。这颗渐渐因他而躁动的心，算不算是还了上辈子她欠他的情债？

"太太，您没胃口吗？"陈嫂见她没喝几口粥，给她送了杯牛奶过来。

季暖接过杯子放下，没喝。她单手托着下巴，继续搅动碗里的粥，随口问道："陈嫂，墨景深以前每次出差，都是准时回来吗？比如说要出去三天，就真的三天后回来？还是偶尔会延迟几天？再或者……会不会提前？"

陈嫂当即了然地笑了。原来是太太刚跟先生分开就犯相思病了。

以前墨先生出差十天半个月不回来，也不见季暖这么失魂落魄，这人刚走，她居然就开始数着天数熬日子。

"先生很少会在家里说公司的事，他每次出差究竟要多久，我也不清楚。"

季暖继续搅动着碗里的粥，瞥了一眼外边的晴空。她的心好像跟着飞出去了似的。

忽然，放在桌上的手机响了，季暖低头就看见屏幕上闪动着墨景深的私人号码。连她自己都没发觉脸上瞬间由阴转晴，她很快接起了电话。

"醒了？"

“嗯，你几点起飞的？走的时候怎么没叫醒我？”

“看你睡得太沉，没舍得。”墨景深低笑了一声，“吃过早餐了？”

“还没。”季暖轻轻搅动着碗里的粥。

男人的声音顿时几含着分厉色：“陈嫂没给你做早餐？”

“做了，正在吃，是我起太晚了，刚刚下来准备吃。”没胃口是她自己的事，绝对不能牵连陈嫂。

“好好吃饭，类似昨晚那种事，以后都由我来解决，别胡思乱想。”

墨景深这是……特地来监督她吃早餐，又来安抚她的？季暖瞬间像是被抚着毛的小猫，十分乖巧。她应了一声，趁着陈嫂走开时忽然小声说：“我这三天恐怕胃口都不太好，想让我好好吃饭，你可得早点儿回来才行。”

她的意思是他不在，她连饭都吃不好了？以前她恨不得把他推得八百丈远，现在又撒娇撒得这么理所当然。

墨景深低笑道：“听话，把陈嫂做的早餐吃干净，一口都不许剩。”

季暖瞥了一眼桌前摆着的粥和十几个小笼包，道：“怎么可能吃下这么多……”

“吃不下也要吃。”

季暖嘴上说着吃不下，她却一边接电话一边开始喝粥，然后又拿起包子。陈嫂忙过来将包子拿走：“太太，包子刚刚放了太久，有些凉了，我帮您热一下。”

季暖当即用口型对她说：少热几个就够了。

结果直到季暖挂了电话，陈嫂将包子拿出来，仍然是十几个。

翌日。

蓝山公馆位于海城市中心一处难得僻静的地方，季暖走进门，看见韩天远那位纨绔公子正坐在其中的一张麻将桌前打牌。

“季小姐来得这么早？来来来，一起打几盘！”韩天远叼着烟，眯着眼睛笑着看向她。

季暖淡淡地看了一眼里面的那几位，都是海城上流社会的富家子弟。

她面无表情地从包里拿出刚刚在韩氏集团法务部带来的协议，没理会韩天远那眯着的眼睛，直接将协议放到一旁的茶色圆桌上。

“转让协议已经由你们公司的法务准备好了，过来，签字。”季暖素来对这种场合没兴趣，手指轻轻地在桌面上敲着，显示她此刻的不耐烦。

韩天远用舌尖顶了顶嘴角，将牌一推，哼笑着起身走过来。

“季小姐确定要接手我名下那两家房产公司？”

“不然呢？”

韩天远一副吊儿郎当的姿态坐在她面前的沙发上：“到底是初生牛犊不怕虎，如今房地产行业明显吃紧，季小姐偏要在危机重重的时候接盘我手中的公司，到时候若是赔进去几个亿，可千万别来找我哭。”

季暖不理他，耐着性子等他签字。

“季小姐果然还是一如既往地高傲，想当初我追你的时候，你就是这么一副不可一世的嘴脸，呵。”

季暖面无表情地看着韩天远，眼神凉薄：“卖个公司这么多废话，是嫌我给的钱太多了？”

三千万，无非是给他们韩家一个面子，否则以那天的情况，有墨景深在场，这韩天远怕是连三毛钱都不敢要。

韩天远的脸色难看了些许，他哼笑了声，到底还是迅速签了字。

季暖检查过协议，也懒得跟他多说一句话，转身就走。

“季小姐。”韩天远忽然懒洋洋地叫住她。

季暖没回头看他，只是淡淡地瞥了一眼蓝山公馆外的天色，这两天天气不错，她可以多出来走走，尽快把公司交接的事情落实。

韩天远语气里染了些不明的意味：“墨景深的背景没你想的那么简单，看在你这三千万的分上，别怪我没提醒你。”

季暖侧眸，以眼角余光扫了他一眼，这时有蓝山公馆的侍者端着咖啡与甜点过来，放到他面前的桌上。

“季小姐不打算坐下吃一些再走？”

季暖唇边露出似有若无的冷笑：“韩少用餐愉快。”话音落下，她拿着手中的协议，目不斜视地从他面前走远。

季暖早在签协议之前，已经查过那两家房产公司的情况，她知道韩天远所说的小心别赔进去几个亿是什么意思。

内部资金早已经短缺，甚至欠着银行一千多万的贷款。在公司名下有两处建了一半的欧式住宅小区，还有一座紧邻市中心的商业大厦，但是都因为资金问题而暂时停工。收购这样的两家公司，在任何人眼里都是作死的行为。

季暖却是仔细研究过公司名下那几个还没完工的建筑，地理位置都非常好。在她的印象里，不用多久，国内房产和地皮价格持续高涨，这几个地方的建筑已经不是一般人买得起的不动产，至少值四个亿甚至更多。

而现在的难题是，如今两家公司换了法定负责人，曾经的合作方如果因此而立刻撤资的话，对她会非常不利。

就在季暖刚刚准备开车回御园时，韩天远忽然从蓝山公馆走出来，敲了敲她的车窗。

“喏，这个拿去。”他把一份烫金的邀请函递给她。

季暖接过，打开看了一眼：“晚宴邀请函？”

“你现在最担心的该是被合作方撤资，后天的这场慈善晚宴，许多与我们韩家有多年合作的投资方在场。你懂的，机会我是给你放在这了，能不能谈成，看你自己的本事。”

“你怎么知道我弄不到这个邀请函？”季暖狐疑地道。

在她的认知里，这个韩家的纨绔子弟绝对不会对她这么友善。

在这之前，她曾经考虑过这件事，但这场慈善晚宴的主办方是韩家，季家没有参与其中，而且邀请函的数量有限，这一时半会儿的，她的确不知道怎么才能参加这场晚宴。

本来她打算再想想别的办法，却没料到韩天远竟然会把邀请函直接给她。

以韩天远的脾性，巴不得她倒霉，巴不得公司倒闭，让全海城的人陪他一起看热闹。他会这么好心？

韩天远手插着裤袋转过身，嗤笑道：“公司如今虽然易了主，可毕竟创始人还刻着我韩天远的名字，万一真的倒闭了，我也实在丢不起这个人，而且，怎么也得给你背后的墨景深一个薄面。”

“两家房产公司而已，也不是什么大生意，韩少会这么在意？”季暖完全不信他，却仍是盈盈而笑，“哪有什么创始人？这公司当初不也是你从别人手里抢来的？”

“要不要？不要我可拿走了。”韩天远气定神闲地看着她，“好心好意给你创造机会，非得像刺猬似的在别人身上扎几个窟窿才舒坦？你季大小姐天性乖张，要不是因为你这张脸实在漂亮可人，老子也懒得给你做顺水人情。这就是看脸的世界，活该爷曾经被你这张脸给迷惑了，到现在还惦记得很。”话音落下，他直接把邀请函扔到她的车里。

看脸的世界……这话从韩天远这种人嘴里说出来，倒也不突兀。他的确就是这么肤浅，否则季暖当初也不至于连正眼都没给过他一次。

她没再多说，拿起邀请函看了一眼，只淡淡地说了一句：“谢了。”

韩天远挑了挑眉，转身离开。

走回蓝山公馆，他拿起手机编辑了一条消息发出去：邀请函已送到。

两天后。

海城商联慈善晚宴在皇家花园酒店举行。

晚上八点，酒店前厅已经热闹非凡，海城这地方虽然名门望族众多，但也是分势力的，季家与韩家一直没什么合作，所以今天来这里的上流社会人士，季暖都不怎么熟悉。

酒店门前有侍者引路，季暖走进去后便看见里面的人三五成群地在喝酒交谈。

灯光通明的大厅四周有各色精致的点心和酒水，宾客陆续入场。

“小姐，要一杯香槟吗？”季暖正向里走着，忽然旁边走过来一个手里端着香槟酒的侍者，恭敬又客气地将托盘上的酒给她递过来。

周遭的人几乎人人手里都拿着高脚杯，季暖不疑有他，伸手正要接过，手指却在杯壁上停顿了一下，又看了侍者一眼。

毕竟这里的人她都不怎么熟悉，邀请函来得太容易，必须处处小心才行。

“不好意思，我的胃不太舒服，有矿泉水吗，帮我倒杯水吧？”

侍者点点头，转身去拿水。季暖见他拿来的水瓶确实是干净的，而且没有打开过，直到他将水倒进一个高脚杯里，她才伸手接过。她低头看着透明干净的杯子，里面的水毫无杂质。

这宴会厅里衣香鬓影，各种各样的高级香水味混合在一起。季暖已经很久没出席过这种场合，一时闻着觉得不习惯。她清了清嗓子，低头喝了一口水。

远处，站在角落里的周妍妍盯着季暖所站的方向，见她喝了水，当即挂上一脸得逞的笑。她就知道季暖精明得很，防备心也重，不会轻易喝别人送来的酒。

季暖只喝了一口，仿佛察觉到角落里的视线，当下便将杯子移开了一些。干净白皙的手指在杯壁上轻轻摩挲，她只顿了片刻，眼神便如流光一般忽然转了过去，看向角落的方向。

虽然周妍妍站得很偏，而且那里的灯光也很暗，季暖还是看见了她。她的手停在杯壁边缘，她不动声色地瞥着周妍妍那因为被她发现而瞬间躲开的目光。

季暖果断地将手中的高脚杯放下。她怀疑这是一场鸿门宴。她警觉地转身，却见晚宴已经开始，正门走进来的人太多，而且门也已经暂时关闭。

她直接朝洗手间的方向走去，暂时避开人群。

洗手间里没人，季暖站在镜前放出冷水洗手。她一边洗一边让自己冷静，想着要怎么才能顺利离开这里。这种场合下，如果只考虑到韩天远，任他有再大的胆子也不敢在这种地方对她做什么。但如果是不久前颜面尽失的周妍妍，那可就不一定了！女人一旦狠起来，什么事都做得出来。

可她边洗边觉得眼前渐渐模糊，身体里涌出一股陌生的感觉……季暖疑惑，抬起头看向镜子里的自己。她发现自己脸上也渐渐显出几分娇媚红晕时，心下瞬间警铃大作。她刚刚没有喝酒，矿泉水也是她亲眼看着打开的，而且只喝了一口，怎么可能还会……

"很惊讶吗？"忽然，周妍妍不知从哪个方向拐进洗手间，看见季暖戒备的眼神，冷笑，"以为没喝酒就没问题？季小姐果然是身家清白，从来没接触过上流社会的游戏圈，那杯口上，可是被我亲手涂了不少药呢！"

"你在这种地方给我下药？"季暖强装镇定。

药性来得很快，她单手撑在洗手台上，目光寒凉地盯着周妍妍。

周妍妍一脸不屑地笑道："你以为那么容易就让我身败名裂？你害得我被家里关了这么多天。季暖，我倒是要看看，明天一早的新闻会不会换成季家大小姐跟一群男人鬼混，伤风败俗、身败名裂这种事情，还是先由你来替我挡着才好！"

"周妍妍，你可真是疯子！"季暖骂了一句，用力捏紧手里的包，转身要走。

周妍妍回头看见她几乎快要站不稳的身影，笑着走过去，直接一把扭过她的胳膊："想走？你以为今天走得出去吗？"说着，她用力拽着季暖，向走廊深处灯光幽暗的电梯走去。

季暖狠咬着牙保持清醒，却怎样都无法抵抗药性的侵袭，她眼前阵阵恍惚，没办法挥开周妍妍的手。

"放手！"季暖勉强找回一丝清醒，她扭着自己的手，试图抽出来。挣扎的动作加大，人却骤然被周妍妍狠狠地推到电梯里面。脊背在电梯壁上重重一撞，季暖因为疼痛而脑中清明，勉强站稳身体，又抬起头看向周妍妍那疯狂又得意的眼神。

"季暖，海城第一名媛！哈哈，这么多男人都垂涎你，今晚我可得好好成全他们！"

电梯在酒店第十层停下，季暖下意识地靠在后边不走，周妍妍直接将她强行扯了出去。

"啊！"忽然，周妍妍痛呼一声，还没反应过来，就被季暖的指甲抓破手背，出现了一道血痕，周妍妍瞬间怒意满满地瞪向她。

季暖转身跑向电梯旁的安全通道，推开楼梯间的门直接向下跑，可她双腿发软，浑身无力，满身的燥热让她跑不了太快。

听见身后周妍妍也跑过来的脚步声，季暖边跑边颤抖着手伸进自己的包。她得报警！她一边跑一边滑动手机，却按不对手机的解锁密码，身后的脚步声越来越近。

季暖身上已经出了一层薄汗，嘴唇被咬出了血，手指仍然在手机屏幕上慌乱地点着，随着跑的动作，她的手指没办法准确按到数字。忽然，手机铃声响起，墨景深的号码赫然出现在她眼前！

墨景深？他回来了？

看见墨景深打来的电话，季暖抖着手指按向接通键。在周妍妍的手扯到她头发的瞬间，她对着已经接通的手机大喊："景深！救我！"

她的长发被周妍妍向后拉扯，手机也瞬间被周妍妍打落在地。她被周妍妍用力拖了回去，后背在阶梯上连续撞了几下，疼得她脸色发白。

"周妍妍！你个疯子！我是墨家人，你敢动我，不要命了吗！"

季暖身上的衣裙被周妍妍扯得很是狼狈。回到十层后，周妍妍将她整个人提了起来，满脸兴奋地看着浑身狼狈的季暖，笑着说："墨景深知道了也好，这么一场好戏，要是被他错过了，那多可惜？"

说着，她直接将季暖拉到走廊尽头的房间外。这个房间不仅避开了酒店的监控，而且监控已经被周妍妍做了手脚，季暖被带进这里，的确不会有人发现。

居然是这么周密的计划！

房门打开，季暖忍着没有吭声。周妍妍对里面喊了一声："小伙子们，姑奶奶给你们送女人来了！"话音落下，她直接用力地将季暖向里面拉。正要将季暖狠狠地推进黑暗的房间，手臂上却忽然传来剧痛。

季暖一鼓作气，反手先一步把周妍妍推了进去。

"你干什么？季暖！你……"

季暖用仅存的力气用力将门关上，看见门边的玻璃台上竟然有把早已准备好的钥匙，她果断地拿起钥匙，在外面将房门锁了！

"季暖！你给我把门打开！"

周妍妍没料到自己竟然会被推进这个房间，身后是那些人靠近的声音，他们根本没有理智，她吓得连忙疯狂地拍打门板，手在门锁上用力地扭着，却怎么也打不开门。

"季暖，开门啊——"

"是你自己蠢，这么漏洞百出的脑残计划，活该你自食恶果！"季暖有些站不稳，却冷淡地看着紧闭的房门。

"季暖，你快放我出去……别把我关在里面……放我出去……"

"季暖！我求求你！"

“啊……不要过来……”

“不要碰我！你们睁开眼睛，看看我是谁！看清楚！不要碰我……啊……”

“季暖，我真的错了，我向你道歉，你快开门啊……”

季暖没理会，转身就要离开，却脚步一软，在门前差点儿摔倒。她想向外走，可已经站不稳。刚才她用仅有的力气把周妍妍推进去，勉强自保，现在虚软得几乎脱力。

季暖抬起泛红的眼眶，再这样下去可不行！

手机已经掉了，没办法报警，她必须赶快去一楼，想办法脱身。

从身后的房间传来周妍妍杀猪一般的尖叫什么东西被撞到后的闷响，还有几个男人不怀好意的笑声。

季暖面无表情地一步步踉跄着走向电梯。

电梯到达一楼，晚宴还在照常进行。季暖顺着与酒店大厅相反的方向去了走廊另一边，试图寻找其他的出口。她步伐不稳，眼前已经模糊不清，不知道还能撑多久。

忽然，走廊拐角处的一间包间门被打开！季暖没料到身后的门会忽然打开，视野早已一片模糊，身体失去控制地向后跌去……

她无法保持清醒，只感觉自己像是被什么人粗鲁地扔进包间里宽大的沙发上。

身边有两个酒气冲天的男人，粗着嗓子问：“哪儿来的妞？这么漂亮？”

季暖听见声音，努力睁开眼，只看见两张陌生的脸。警戒心骤起，她挣扎了一下，浑身无力，刚要试着起身，却被其中一个男人强行拽了起来……

宴会厅里，觥筹交错，鬓影笙歌。

韩天远心神不安地快步走出宴会大厅。

刚才在暗里，他看见周妍妍和季暖的身影都不见了，他的手心一直在冒汗，今晚帮周妍妍设这个局，会不会玩脱了？

前两天，要不是被周妍妍给摆了一道，他也不至于冒这么大的险给季暖挖坑。

听说墨景深这几天在国外，但愿周妍妍那个女人速战速决，等明天媒体过来拍到房间里的一幕，这件豪门最大丑闻也就能成为他抗衡墨景深的一道最有力的护身符。可他怎么眼皮一直跳个不停呢？

韩天远心事重重地走下酒店门前的大理石台阶，准备离开，免得被抓到把柄。

忽然，眼前有一束刺目的光晃过——

黑色古斯特如黑暗中的猎豹疾驰而来，后面跟着一辆黑色迈巴赫。

墨景深下车，摔上车门，眸色冰凉，寒意凛然。

墨景深？他不是没在国内？他居然回来了？

一看见墨景深，韩天远就像脚底生了根，脊背上刮过阵阵寒风，假装没有看到他，抬手放到嘴边咳了一声，别过脸向另一边走去。

墨景深却没给他逃离的机会。他无视身后快步走来的沈穆等人，眼神冰冷地走过去。他走到大理石台阶前，声音森寒地道："谁家的狗敢咬我的人，这条狗最后只有血肉分离、生不如死的下场。"

韩天远暗暗捏着手机，却也知道此刻不能轻举妄动。大家同为海城的人上人，偏偏只有墨景深的威慑力，绝对没有人敢轻易挑衅。无论是墨家，还是墨景深这么多年所掌控的权势与财力，都不容小觑。

谁跟他正面相冲，必死无疑。

韩天远强装镇定，看似一派轻松地笑道："墨总，这话是什么意思？"

墨景深已经看向酒店里面，神色冷若冰霜："把季暖交出来。"

韩天远一脸恍然。他单手插在裤袋里，漫不经心地向后退了一步，保持安全距离。他嗤笑道："你女人不见了，怎么深更半夜跑来找我要人？难不成是墨总也看出我魅力太大，你的女人对我肖想已久，所以怀疑她趁你没在国内时，三更半夜跑来找我？"

墨景深目光冰冷地看向他。那一眼，并不像是看一个人，而是在看一个死人。

墨景深渐渐收回目光，慢条斯理地整理着黑色西装的袖口。他敛着黑沉冷淡的眸子，眉眼尤其冰冷："季暖今晚若是少了一根头发，你们韩家的气运也算到头了，你确定要跟我搏一搏？"

韩天远瞬间表情一僵，面上的镇定也有了裂痕。

"给你最后一次机会。"墨景深眉眼间隐有杀气涌现，"季暖，在哪里？"

韩天远谨慎地说了句："我不清楚，不过刚才还真看见她在宴会上出现，被人在杯子里下了些不干净的东西，然后就疯疯癫癫地拽着几个男的进了电梯，估计现在在哪个房间里玩得正高兴……"

话音未落，韩天远骤然被一只冰冷的手扼住喉咙，窒息感瞬间传来，他僵硬地看向墨景深。

对方出手快而利落，他刚才连闪身的机会都没有。

"墨总，君子动口不动手，何况这事跟我一点儿关系都没……"

墨景深冷笑不语，眸色更寒。

一大老爷们儿在街头要是被掐断了脖子，就算是死，也死得太难看了。韩天远虽然有信心今晚这事没有任何证据能证明自己参与其中，却仍然知道，今天晚上真的玩脱了。

“墨总，酒店的所有门已经被封住了，现在进去吗？”沈穆走到墨景深身后，低声问。

“一间一间地搜！”

“明白！”

酒店的宴会大厅，因为墨景深的出现而风声鹤唳，主办方和酒店负责人听到消息后连忙赶来，却被墨景深漠视得彻底。

所有人都被控制在会场的各个角落，与酒店一层走廊相邻的酒吧也同时被封住出口，一只苍蝇都飞不出去。

“你，站住！”沈穆看见有个侍者正在人群后鬼鬼祟祟的，直接叫保镖把他给带了过来。

那个侍者被单独拎出来，已经吓到脸色发青。他一看见墨景深，当即战战兢兢，连头都不敢抬。

“站好！抖什么？”沈穆在侍者膝盖后踢了一脚。

“墨、墨总……”侍者吓得浑身紧绷，勉强站稳。他颤着声音，想借自己的老实交代而脱罪，“不关我的事，真的不关我的事……我也是受人指使的，墨总……求、求您放了我……”

墨景深冷淡地看了他一眼：“她在哪儿？”

侍者僵硬地抬起手，指了指楼上：“十、十楼，在十楼，是周小姐把您太太带上去的……”

顷刻之间，墨景深已步入电梯。

整个宴会大厅的人皆面面相觑。平时这种晚宴，墨景深可是请都请不来，今天忽然出现，更摆出这么可怕的排场，是发生什么不得了的事了？

酒店十层，所有房间的门一扇一扇被踹开，直到最里面，那扇被从外面锁住的房门前，墨景深刚一走近，赫然听见里面传来女人痛苦的叫声。

尾随而来的保镖和赶过来的沈穆听见声音，脸上不敢有任何变化，更不敢去看墨景深的脸色。

墨景深只停顿了一瞬，便目光冷静地看着眼前的门。

这声音，不是季暖。哪怕真的被人下了不干净的东西，哪怕她神志不清，这种难听到极致的声音，也绝对不可能是季暖发出的。

墨景深直接将门踹开。进门的刹那，他冷若冰霜地看着里面不堪入目的一幕。

沈穆也怔了一下。这……居然是周妍妍？

“墨总……”沈穆回过神，忽然转头看向墨景深。

“继续找。”墨景深眼底漆黑深邃。

这家酒店是海城知名的六星级酒店，楼层与房间不少，季暖根本不可能凭自己的力气安然离开。

一行人兵分几路，去各个楼层搜查。

监控室那边忽然打来电话：“找到了！一楼的监控没坏！二十分钟前，墨太太一个人穿过酒店走廊，去了相连的酒吧！”

季暖在包间里。她推开两个人，挣扎着起身，拿起茶几上的一瓶啤酒狠狠砸碎，举起来对着他们。然后她扶着沙发站起身，眼神凶狠，目光如炬：“滚开！”

就是这二十分钟，她经历了几番挣扎，可那两个变态男又胖又壮，尽管喝多了，仍然比她的状况好很多。

她用酒瓶当利器保护自己，却只能一时半刻起到威胁的作用。那两人同时上前，将她狠狠地扑在沙发上，迅速将她手中的酒瓶拿走，扔到地上。

“滚开，不要碰我！”

“看你能坚持多久！”其中一个变态男骂骂咧咧的，就要来直接撕她的衣服。

季暖低下头狠狠咬住他的手。

“啊！给脸不要脸！”变态男痛得扬起手，狠狠一巴掌打在她的脸上。

季暖被打得别开脸，眼前一黑，却强撑着神志。她抓起茶几上的果盘，从里边摸到一把水果刀，连犹豫的时间都没有，狠狠刺进那人的大腿！

“啊——”惨叫声骤起，变态男痛得直接跳起来。

另一个人看见她手里的刀，伸手要来抢。

季暖不停地挥着手里的水果刀，朝两人来回胡乱比画，在他们抽手躲开的刹那，起身用另一只手抓起一瓶酒，在茶几上狠狠砸了一下，一只手举着寒光闪闪的水果刀，另一只手拿着尖锐的破酒瓶，对着他们，死守戒备，一刻不敢松懈。

墨景深踹开门走进来的时候，看见的就是这样的画面。

沙发上有血迹，季暖的手已经被划伤，眼神发狠，死死地攥着手里的水果刀和酒瓶，竭尽全力阻挡任何人的靠近。她衣衫褴褛，狼狈得几乎看不出原来的样子，身上却没有露出任何不该露的地方。

“臭女人！”刚被刺伤的变态男还没注意到门口的动静，骂骂咧咧地就要上前收拾她。

墨景深目光一沉，从门外闯进来的保镖瞬间冲上去，将两个男人强行按住，毫不留情地踢倒在地，然后用脚将他们死死踩在地上，一点儿挣扎的余地都不留。

“啊……”惨叫声骤起。

季暖仿佛还没发现眼前的变化，她像个冲锋陷阵的女战士，两只手举着属于她的武器。她警惕着周围的一切，哪怕站不起来，却也坚持坐正，绝不倒下。

墨景深看着她，走了过去。

她的确处在劣势，可那两个身强力壮的男人也没得到好处，身上各处都有伤。

“墨总！”沈穆忙要阻止，“季小姐现在似乎不太清醒，您这样靠近，可能会受伤，要不然还是先让保镖……”

墨景深没有说话，也没有丝毫停顿，走上前的同时，踩住趴在地上的其中一个男人的手背。顿时，那人手上传出手背骨裂开的声音。伴随着那人凄惨的大叫，他再走一步，踩向另一个人的手。

他再看向仍然满眼戒备的季暖，松了松领口。

沈穆看得出来，墨总这是……真的被触到底线了。

“今晚在宴会上出现过的人，都给我留下！”

“是！”

沈穆回头吩咐保镖，同时将两个半死不活的男人强行拽了出去。

之后，沈穆有些担忧地看向墨景深，再看向一直举着刀和酒瓶的季暖。虽然他担心墨总为了不伤到季暖，不会对她用强制的手段，但仔细想想，如此慌乱的季暖应该不会轻易伤到他，毕竟她现在的动作也没什么章法。

沈穆命人将现场清理后，带人撤出包间，迅速关上门。

包间里归于安静，墨景深就这么看着季暖。她的眼神寂静发空，几乎没有焦距，只是面无表情地看着眼前挺拔修长的身影。

“季暖。”墨景深轻声叫她的名字。

季暖僵了僵，握着刀的手也紧了一下。她满眼防备地厉声说道：“别过来……”

墨景深走过去。感觉到他的靠近，季暖慌忙向沙发里挪了一下。墨景深趁着她刹那分神的时候，出手握住她的手腕，在她目露凶光、即将举刀朝他身上刺来时，两手微微一使力，便使她手中的刀和酒瓶瞬间落地，更在她慌乱挣扎时，俯下身将她抱进怀里。

“已经没事了，别怕……”他用力扣着她的后脑，摸到她身上滚烫如火的热度。

季暖被他按进怀里，怔怔地没有再动。

“乖，什么都没有发生，你没有吃亏，一切都还好好的。”他抱着她安抚，温柔耐心地轻吻着她的耳郭，似无声的安慰，“宝贝，你今天很勇敢，我回来了，别怕，嗯？”

季暖紧绷的身子渐渐软了下去。她无力地靠在他的怀里，一直没敢流下的眼泪也瞬间溢了出来。她趴在他的肩膀上，靠在他怀里，手紧紧抓着他背后的黑色风衣，抽噎着说：“他们……没碰到我……”

“我知道。”墨景深心疼地皱起眉，将她抱得更紧，仿佛要将人揉进自己的身体里。

“他们没碰我……”或许她还在恐惧中，没有彻底清醒，又小声念叨了一句，手紧握成拳。

墨景深低头看着她，见她眼里满是泪水，身体不停地颤抖，死死咬着下唇，把嘴唇咬得发白，像是在努力保持理智，隐藏她惊恐之下的脆弱。

他抬手，借着她的眼泪，将她脸上的斑斑血迹擦干净。还好，这都不是她的血。

季暖是个无论发生什么都不会轻易掉泪的姑娘，无论曾经的她还是性情大变后的她，都不是一个喜欢哭的人，现在她却茫然抽噎，眼泪也落个不停。不需要调监控，他单单从她现在的反应就看得出来，她刚才究竟经历了怎样的惊心动魄。

“没事了。”他帮她擦去眼泪，脱下外套披在她身上，将她抱起来，“我们回去，我陪着你，不哭了，乖。”

季暖皱了皱眉，将滚烫的身子紧紧依偎在他怀里：“能不能……给我点儿冰水，我想喝冰水……”

“马上。”墨景深抱着她走出包间。

门外的沈穆回头看见这一幕，当即快步走过来：“墨总，您是坐我们的车回去还是……”

“去拿一杯冰水过来。”

沈穆的声音哽在喉咙里。他点点头，马上去叫人拿。很快，他拿了冰水过来。他没敢去看季暖现在的模样，尽量别开脸，免得看到不该看的。

"墨总，水。"沈穆低声说道。

墨景深瞥见走廊里的休息椅，他接过水，抱着季暖坐下，将水杯放到她嘴边："来，喝水。"

季暖感觉到杯子里的冰凉，急忙喝了好几口。

沈穆咳了一声，道："墨总，我开车送您和季小姐去医院，或者回御——"

墨景深将季暖身上的外套裹紧，语调冰冷："你把这里的人处理一下，凡是不知情的，排查过后都放了，至于知情人和参与这件事的同谋者，你知道该怎么做。"

"好，我知道。"

"查清楚这件事除了周妍妍，跟周家有没有关系，前因后果和所有相关的人一个都别落下。"墨景深说罢，将已经空了的杯子放在一旁，重新抱起季暖向外走。

沈穆连忙跟过去，道："墨总，用不用给您派个司机……"

"不用。"

黑色古斯特在路上疾驰，这里距离御园有一段距离。

路过一家医院，车没停下。

季暖坐在旁边一直低垂着脑袋，明显是在忍着那种燥热感和极端的空虚难受。

墨景深看了一眼不远处距离墨氏集团较近的高级公寓，将车开了过去。

车很快开到公寓附近。

"我好热……老公……"

"再忍忍，马上就到了，嗯？"

墨景深一只手按住她，另一只手按着方向盘，沉声警告："老实点儿！"

季暖不说话，完全不听他的警告，也不知道哪里来的蛮力，她泥鳅似的从他手下钻出来。她没办法离开副驾驶位，忽然探了脑袋过去，直接枕在他的腿上。

墨景深眸色深沉，车子以可怕的速度驶进公寓小区的地下停车场。

直到车停下，季暖还没明白自己这会儿究竟在哪里。车门打开，她整个人被抱了出去，才一脸茫然地看着将自己抱进电梯的男人。

"老公……"季暖声音委屈。她都难受成这样了，他怎么还没带她回家？

"嗯。"墨景深低低地应了一声。

"我快热死了……"

"嗯。"墨景深仍然是淡淡地回应着，他的声音更低哑了。

季暖想说他为什么不带自己回家，这里她没来过，可她说不出多少话，每次想说话，都因为下身的燥热和异常的暖流而想嘤咛出声，最后干脆咬着唇，可怜巴巴地看着眼前能看却不能“吃”的男人。

这会儿她多多少少有点儿醒悟过来，墨景深这是出差回来了？

他说三天就真的在三天回来了，真是守时的好老公。

说起来，分开的这几天，她才发现自己真的很想他。

季暖将头靠在他怀里，直到墨景深将她从电梯里抱出来。周遭陌生僻静，她来不及打量四周，只听见密码锁开启的声音，直接被墨景深抱进了房间。

陌生的房间，黑漆漆的。

季暖下意识地抬起头，仰着脸吻向男人的唇，一旦吻上，就再也分不开，两手死死地抱着他的脖颈。

房门砰的一声被关上。

窗外月色正好，夜凉如水。

房间里，却温暖如春。

早上，季暖是被惊醒的，天已经亮了许久。她骤然睁开眼睛。

陌生的房间，明亮的窗户。季暖缓缓坐起身，看了一眼自己身上属于男人的浅灰色衬衫。空气里仿佛留有墨景深身上的清冽味道。

因为这里没有女人的衣服，他就拿了件衬衫给她。衬衫袖口很长，遮住了手背，只勉强露出指尖。

这个尺寸的衬衫，是墨景深的。

昨晚发生的一切在她的脑海里来回重播，她无法想象，要不是墨景深及时赶来，自己还能抵抗多久。

“醒了？”男人好听的声音忽然在门前响起。

季暖猛地抬起头，她看见墨景深的身影一闪而过，接着外面仍然是他的声音：“起来吃早餐。”

她在床上呆了好半天才回过神，一时间来不及多问，忙起身下床。

季暖找到卧室里的浴室，简单洗了一下，穿着那件下摆遮住一半大腿的衬衫走出来。

与客厅相邻的餐厅里飘荡着食物的香味，季暖却透过客厅的巨大落地窗向外看了一眼。这里好像离墨氏集团很近，市中心的繁华近在眼前，却又因为高度而听不到任何喧嚣，楼下是大面积的绿色园景，柏油道路也十分干净，看得出来这里是座高档公寓小区。

这是……墨景深结婚之前，在公司附近的住处？

她结婚之后就一直住在御园，因为那里是他们的婚房。以前她对墨景深了解不多，所以连这个地方都不知道。

季暖转过身，注意力又被房间的格调吸引了。这里不像御园那样奢华。御园是墨家长辈定下的住处，当时的装修她也没有参与，反正住着舒服，也就没管那么多。

这里整洁简约，与墨景深的低调风格很相似，只是整栋房子的色调有些冷。餐厅里飘出的香味，倒是给这冷色调平添了不少生气。

“别站在那里发呆，过来，吃东西。”

“哦。”季暖转身走向餐厅，在餐桌旁停下。

看着桌上几样简单却不失营养的早餐，季暖又向周围看了一圈。早餐不像外卖，但这里好像没有用人、保姆之类的。难不成这早餐……

“你做的？”她一脸诧异地看向里面的男人。

墨景深已经恢复了衣冠楚楚的模样，只是帮她拿出碗筷时，身上平添了几丝人间烟火气。他走过来的时候，衬衫上的法式纽扣被窗外的阳光一照，绽放出璀璨的光彩。

“还能是你梦游跑进厨房做的？”墨景深将餐具放在她面前的桌上。

这是墨景深亲手做的早餐？

季暖觉得真的快无地自容了，自己对他的了解还是太少了。这世上究竟还有什么是他不会的？

她昨晚就没吃什么东西，此刻安静地坐在餐桌边，闻着味道就知道一定很好吃。

“你是昨天刚下飞机就给我打电话了吗？”季暖想起昨天千钧一发之际，他打来的那通电话。

墨景深敛眉，不答反问：“那场晚宴，谁给你的邀请函？”

“韩天远。”

他没再说话。估计以他的本事，想查清楚前因后果很容易，毕竟季暖刚刚将韩天远那两家公司转到手里，这一切墨景深不会不知道。她想插上翅膀去飞，他没有阻拦，这种尊重和放纵让季暖心满意足。

但昨晚的事情……还好，还好他赶来了。

“你昨晚有没有去酒店第十层，周妍妍当时想把我推进那个房间，结果反被我给推了进去。”季暖咬了一口外酥里嫩、金黄诱人的煎蛋，轻声说，“她怎么样了？”

墨景深声音冷淡地道："半死不活。从今以后，你应该没机会再见到她了，我来处理。"

季暖看着眼前的俊脸，还想多问几句关于昨天的事，但显然墨景深不打算让她因此留下阴影。从他冷淡的语气来看，韩家和周家估计难逃一劫。

季暖也不是什么圣母，别人对她不仁不义，她肯定不会以德报怨。有老公撑腰，这感觉真是无法形容地幸福。

不过刚刚在洗澡的时候，她看见自己身上那些被他留下的痕迹。季暖又咬了一口煎蛋，脸上多多少少有点儿不自在。

吃完早餐后，季暖主动要求洗碗。墨景深瞥了一眼她手上的创可贴，到底没让她洗。

一大清早，被墨总裁伺候得这么幸福，季暖穿着他的衬衫在房间里来回走动，终究还是忍不住问："这里是你的地方啊？"

"嗯。"

言简意赅的一个字，也印证了季暖的想法。墨景深很少回墨家老宅，所以这里是他以前常住的地方。

季暖穿着墨景深的衬衫，衬衫下不着寸缕。她回了卧室，瞥见地上几件被撕破的衣服。

"你这里没有我能穿的衣服吗？"她又走出去，见墨景深擦着手从厨房走出来。

一个会做饭还会洗碗的总裁，真是不多见。

"你很希望在我这里看见女人的衣服？"他反问，"我很久没回这里了，早上的食材是打电话叫楼下超市送上来的，柜中的衣服也只有几套衬衫西裤。"他语气淡淡地说道。

"可我总不能一直在这里，穿成这样子，只在你面前还好……这也没办法穿出去呀。"

墨景深眼神沉了沉，道："你的确只能在我面前这样穿，敢穿出去给别人看，你试试！"

季暖又问："那我今天穿什么？打电话叫陈嫂送衣服过来，会不会太麻烦了？"

"等着。"墨景深说完，拿起了电话。

季暖趁他打电话时，转身在整栋房子里来回转了转。这里虽然没有御园的别墅那么大，也不是复式公寓，可仅仅是单层，也足有一百五十平方米，卧室、客厅、餐厅、书房一应俱全，只是太过简约，东西也很少。她打开衣柜，看见里面也都是男人的衬衫和西裤。就连门口鞋柜里的室内拖鞋，都是还没拆过封的，纯粹的男款。可见这个地方，除了他，没有其他人住过，女人更是不可能。

就算知道墨景深洁身自好，看了一圈后，季暖身为女人的那点儿小心思还是得到了极大满足。

虽然之前的衣服今天不能穿，但也不能扔了。季暖现在可不是什么娇小姐，她既有洁癖又勤俭持家，何况那件内衣也不便宜。她捡起地上可怜巴巴的内衣，又回了浴室，不久，浴室里响起洗东西的水流声。

墨景深拨了个电话出去，接通后，他淡淡地道："准备一套季暖能穿的衣服送过来，地址是奥兰国际，1801。"

"你居然回了那里？还带季暖住进去了？"

"不知道尺码就去御园拿，带着陈嫂一起过来。"

电话那头的男人道："等等，你确定是奥兰国际？那里——"

"半小时内送到，挂了。"

电话里传来挂断的声音，只剩下冷漠的嘟嘟声。

墨景深将手机扔在茶几上，听见浴室里的水流声，他走进去就看见曾经十指不沾阳春水的季大小姐正美滋滋地搓洗着手里的白色内衣，更将床上整理得干净平整，地上也没有任何多余的东西。她不仅性情大变，就连生活习惯都改变了不少。

季暖在浴室里洗得认真，偶尔用带着水的手将头发往后撩，露出雪白的脖子，宽大的衬衫穿在她身上，性感中透着对他毫无防备的亲昵。

墨景深站在那里，看了许久。

半小时后，门铃响起。

墨景深转身去开门，陈嫂已经被带了过来。她进门后什么都不多问，直接拿出给季暖找来的衣服："太太，您的衣服在这里，都是从您的衣柜里找出来的，也不知道尺码合不合适，但我看都是您常穿的款式。"

陈嫂去里面找季暖。

门前另一个高大挺拔的男人单手插在裤袋里，有些不解地看着墨景深。

墨景深似乎完全把这个地方当成了他和季暖的婚房。

男人眯起眼睛，也没进去。他点了根烟，道："前几天听秦司廷说起这事，我还以为自己听错了，你这是跟季暖来真的？"

墨景深语调极淡地道："谁给你的胆子在我的地方抽烟？"

"你戒烟好几年了，我又没戒！"男人被烟呛了一口，俊美的脸上冷冷的，没什么表情。他又看见墨景深衬衫领口处那些暧昧的痕迹，嘴唇勾出性感的弧度，“我以为你这几年禁欲到对任何女人都提不起兴趣了。”

“她不是任何女人。”

“这季暖到底有什么本事，入得了你的眼？”

“她很好，也的确有这个本事。”

“墨先生，我已经把太太的衣服送到了，还有其他吩咐吗？”陈嫂很快从里面走出来。

门外的男人挑了挑眉，往里看了一眼，也没看见季暖从卧室里出来。

“回去吧。”墨景深冷淡地道。

“好的，墨先生。”

墨景深利落地关门，将两人直接隔绝在门外。

季暖在房里换上衣服，陈嫂很细心，送来的衣服尺码都很合适，无论是内衣还是外面的衣服，都是她最近喜欢的简单大方的款式。

她整理好衣服，又将头发梳顺，微微有些波浪卷的长发散在背后。她仗着皮肤好，平时很少化妆，现在更是连爽肤水都没有拍，就这么素面朝天地走了出去。

墨景深站在那里，面朝落地窗外，身材颀长挺拔，气质冷峻，衬衫西裤没有一丝褶皱。他单手插在裤袋里，季暖竟从他的背影看出些遗世独立的优雅。

“我换好了。”她走过去。

男人回头看着她，道：“你手机没带回来？”

“没，昨天刚接过你的电话，就被周妍妍抢走摔在地上，应该不能再用了。”

她话音刚落，墨景深直接转身，拿起茶几上的车钥匙。

“去穿外套。”

“啊？要去哪儿？”

墨景深嘴角弯出浅浅的弧度，他淡笑地说：“手机不是不能用了？陪你去买个新的。”

季暖迅速回卧室拿起陈嫂带来的外套，痛快地跟着出了门。

走在楼下的绿化园里，季暖特意仔细看了看周遭的环境。

“这里虽然地处市中心，但环境是真好，也没那么浮躁，以后如果不回御园，我们住在这里也不错。”

而且他们单独住这里的话，还能享受二人世界。虽说御园里那些用人也很知进退，不会打扰他们，可毕竟家中有人，和这种纯粹的两人小世界还是有些不同。

比如，她在这里能看见墨大总裁下厨的一面，就今天这种场面，换成在墨家或者御园，家里的用人估计都要炸了。

所谓真人不露相，用来形容墨景深，真是毫不为过。

这些话季暖虽然没有说，墨景深也听得出她的意思。他看了她一眼："喜欢就来住，开门密码是你生日。"

"我生日？"季暖顿了顿，眼里是一闪而逝的诧异，却没太表露出来。这里如果是婚前他常住的地方，就不可能是以她的生日为密码。

"今早重新设的密码。"不等她问，墨景深淡淡地道。

季暖无声地一笑，心里满足得不得了。

男人身高腿长，季暖快步跟着他，抬手正要去挽他的手臂，却被他反手握住，扣在掌心。

楼下小区里走过的人皆一脸羡慕地看着他们，男的颀长挺拔、俊美无俦，女的漂亮可亲、笑意甜美，真是难得相配的两人。

季暖才二十岁，穿衣打扮很显气质，常会被人误以为才十七八岁，没人猜得到，这对年轻人已是结婚半年的夫妻。

直到上了车，季暖坐在副驾驶座，一边系安全带一边问："你以前也只是偶尔住在这里吧？我看刚刚路过的邻居，好像对你很陌生。"

"大部分时间住公司，偶尔来过几次。"

"怪不得。"季暖看看时间，然后说，"你昨天才回国，这次出差又是去英国洽谈项目，刚回来就一直在忙我的事情，公司那边不用去吗？"

"有沈穆和其他公司高管在，公司不至于缺了我就不能正常运转。我下午抽时间去看一眼，没事。"墨景深将车开出了奥兰国际。

今天不算冷，季暖转眼看着正在专注开车的男人。

墨景深没穿西装，身上是一套接近休闲款的轻运动服，有种居家的感觉，没了平时精英人士的清冷高远。

他外面穿着深黑色长款风衣，和季暖身上的白色大衣很搭，多少有点儿情侣装的意味。

此时，秋日的暖阳从车窗外落进来，让他透出难得一见的温暖。

季暖本来想说话，转头看着这样的墨景深，忽然想起昨天夜里，他开车带自己离开，自己当时在车上……对他做的种种……她当时真的很主动。

她抬手扶额，将脸贴在车窗上，想降一降脸颊的温度。她的手指若有似无地摸着身前的安全带。

"喜欢什么样的手机？"开车的男人忽然打破了沉默。

季暖这才注意到，车已经开出很久了，到了附近一条商业街，前边有不少电子产品专卖店。

墨景深的手机是在国外定制的，私密性很强，是非常先进的智能款。现在，智能手机没有在国内普及，而季暖后来那几年用得最多的也是iPhone。

她看了看，指向前面那家专卖店："听说去年美国出了一款手机，叫iPhone，很好用。"

墨景深将车停在附近，下车时已是中午，今天的天气确实很暖和，季暖本想把外套放在车里，却在墨景深投来的一记冷眼下，连忙自觉地把外套穿上。

"今天有点儿热。"季暖裹着身上的外套，跟在墨景深的身边，小声嘀咕了一句。

结果她的手再度被他握住，墨景深语调轻缓地道："手这么凉，穿着，不许脱。"

季暖没办法，感觉自己真是夫管严，却莫名其妙甘之如饴。

跟着墨景深进了专卖店，季暖一眼就看见放在柜台里的手机，写着iPhone3G。

真没想到，她有一天竟会跑来买第二代苹果，真正的苹果时代，是两年之后。

听着店员的介绍，季暖一直抿唇笑着没说话，拿着手机摆弄来摆弄去。

"很喜欢？"墨景深见她捧着手机笑眯眯的。

"嗯，就这个吧。"季暖仰起脸看着他，"功能挺不错的，我喜欢。"

墨景深示意店员去开付款单。季暖又让店员拿出一个同款的iPhone。这代iPhone只有黑色。她转头说："我们凑个情侣款好不好？"

墨景深看了她一眼。季暖这会儿笑得很开心，眼睛里像是有星星。

他对手机的要求不高，私密性、安全性过关，收发公司电子邮件准时即可。不过，看着季暖孩子似的表情，他也没拒绝："买两个。"

后来，墨景深又带着她去逛百货中心。

为了节省时间，季暖没有走太远，只在附近商场逛了逛，直接去了里面的一家大型超市。

奥兰国际的房间实在太简单了，生活用品也不多，她买了不少生活用品，还有各种睡衣和新款浴巾、毛巾，买了一套特别舒服的被子，不知道的还以为他们两个在筹备婚礼，准备新房里的东西。

其实这对季暖来说，还真是她第一次细心地去填补一个属于他们的家。虽然御园才是他们的婚房，但奥兰国际离他的公司最近，她想把属于他们的第二个家打理得更有生活气息。

他们回去之前，季暖拉着墨景深在附近一家中餐厅简单吃了饭。这家中餐厅开了很多年，因为味道好，价格也不贵，后来的十年里她来吃过几次，每一次都形单影只，而且只能点最便宜的一道菜加一碗米饭。

他们打算回奥兰国际的时候，她坐在车里说："一会儿你把我放在小区门口就好，我把东西拿进去整理一下，你直接去公司吧。"

墨景深看了一下时间："不急，我送你上去。"

季暖看了一眼放在车里的那堆"战果"，考虑到自己的确拿不动，也就没再推辞。

两人回到奥兰国际，墨景深拿的东西太多，季暖便去按门前的密码锁。果然密码是她的生日，她转头看向墨景深，他已经在门开的刹那将东西拿了进去。

"刚才在超市没觉得买了多少，现在才发现真的买太多了。"季暖蹲在地上，在一大堆购物袋里翻来翻去。

墨景深看着她，不过是几样生活用品，她却满足得像得到了什么宝贝。

"东西是不少，你一个人弄不完，打电话叫陈嫂过来帮你。"墨景深语调轻淡。

季暖一听，忽然站起身，快步走到门前，像个依依不舍的小媳妇，抱住他的腰。

"几点回来？"

"不会太晚，开个会，看几份公司文件就回来。"墨景深摸了摸她的头发。

季暖习惯他总像对小孩一样对自己，将脸埋在他的怀里："那我们今晚还住这里吧，明天再回御园。"

说完，她踮起脚在他的嘴角亲了下，亲完就要回去继续收拾那堆东西，结果刚一后退，忽然腰身一紧，男人的吻直接落在她的唇上。

这个吻不似昨夜那么激烈，却温柔缠绵，让季暖整颗心都跟着酥了，两只手抓着他风衣的领口，盯着他近在咫尺的脸。

亲了一会儿，她没忘记时间已经快来不及，下意识地用手推了推他。结果没推开，她反而被男人按在墙上。两人唇齿交缠，吻着吻着就忘了情。

这个过程中，季暖被他抱起来，放在门边不算高的一个摆设架上。她忙圈住他的脖子，怕自己掉下去。墨景深有一下没一下地亲着她的脸颊，声音带着诱惑："刚才买的睡衣我喜欢，晚上记得穿。"

季暖脸上一片害羞之色。她今天在商场时，趁着墨景深没看见，偷偷买了一件性感睡衣。其实也不算特别暴露的款式，但看起来也是挺凉快的。她一时兴起才买了回来，却没想到他居然看见了。

“不要，那是夏天的款式。”

“那你现在买是准备放一年？”男人轻笑，又亲了她一口。

“我家里有很多衣服，买回来之后忘记穿，放两年的都有，这个就放一年也不会——”

季暖的话还没说完，她就感觉他握在她腰上的手一紧，抬眼就见他一双眼睛盯着她，手搁在她腰上不放。

被他盯得心里发颤，季暖别开眼，有些撒娇地求饶道：“好吧，穿就穿……”

墨景深走后，季暖开始收拾东西。虽然买回来的东西较多，但好在房子里各处十分整洁，季暖需要做的只是把买来的每一类都打开包装袋，放到该放的地方。

整理了大概一个多小时，她看了一眼手机，已经四点多了。距离她昨晚出事，还不到二十四小时。

第六章　徘徊·心尖

墨氏集团总裁办公室的门并没有传来被敲响的动静，一道身着深灰色长款大衣的高挺身影直接走进去，畅通无阻，无人敢拦。

一份资料直接被扔在办公桌上。

墨景深没看来人，合上手中的公司文件。他拿过资料看了两眼，声音森寒地道：“周家的底，就这么几页？”

站在办公桌前的男人眼睛一眯，冷嗤了一声：“这周家不简单，不然那个周妍妍也不敢对你的女人下手。”

“麻雀虽小，五脏俱全，你看完这些也就知道他们这几年私下干的是些什么勾当。以他们背后的实力，想跟我们明着来，肯定死得很惨，但他们明面上始终没敢有大动作，也是明白跟我们硬碰硬占不到什么便宜。”

“若是他们暗中频繁使手段，像季暖那种身家清白、一点儿黑底都没有的大小姐，就是他们血口里的食物。”

墨景深不吭声，冷淡地看了他一眼，将手中的资料扔回桌上。

办公桌前的男人将两手随意地撑在桌面上，挑眉冷笑，嗓音低沉：“季暖昨晚不是也没吃什么亏？反倒是周家那位不怕死的蠢货，半死不活地躺在医院里，在急诊室疼得呼天抢地。”

“那是季暖反应敏捷，知道如何自保。”墨景深清清冷冷地说，“如果昨晚她真出了事，现在姓周的怕是连躺在急诊室喊疼的机会都没有。”

桌前的男人冷哼，以昨晚那种情况，墨景深让周妍妍顷刻死无葬身之地，确实是有可能的。

办公室的门忽然被敲响，墨景深冷淡地睨了一眼：“进来。”

沈穆走进门，看见目光清冷地坐在办公桌后的墨景深，又看向眸色妖冶似笑非笑站在办公桌前的厉南衡。

厉南衡是这里的常客，沈穆倒是没见外，直接低声说：“墨总，周氏的董事长和副总求见，人已经到了很久，我一直没让他们上来，拖到现在，此时已经接近下班时间。”

墨景深当即瞥向波澜不惊的厉南衡：“你的人是死的？”

“这周氏的老董事长年事已高，前两天还在医院里躺着，今天竟有本事站起来直接来这里，呵，他摆明是一直在回避之前的冲突，现在又不想因为那个不懂事的孙女而得罪墨家，只能拼着一条老命过来粉饰太平。”厉南衡笑得凉而冷，“我的人能挡住周家还能蹦跶的那群废物，也管得住周家的动向，谁知道这老不死的居然能从医院蹦起来。”

墨景深瞥了一眼桌上的那几页资料，冷淡的嗓音意有所指：“现在被我们的人盯着，他能有多少本事粉饰太平？”

厉南衡摸着下巴，低低地笑道：“他是周家用背后的势力与我们硬碰硬之前，最后一个看起来勉强像样的筹码，不过到底还是打错了算盘，这老不死的如今就算提头来见，也没什么用。”

墨景深盯着桌上的资料，久久没再开腔。

办公室里静默了片刻，厉南衡忽然挑眉：“你离开美国这么多年，已经很久没再染指地下的那些商业圈了。”

办公室依旧很安静，墨景深没有吭声，眼里温度极低。

厉南衡盯了他半分钟，面无表情地道：“你可别告诉我，为了季暖那个女人，你要——”

墨景深将资料随意一推，资料滑到桌子的尽头，他语调轻淡：“既然都是老朋友，能重新掌控这个圈子的经济命脉，又能给季暖报仇，有何不可？”

厉南衡挑了挑眉，眼中隐有讽刺：“这么多年，我倒是刚刚发现，居然真的有女人能改变你当初头也不回做下的那些决定。当初你走得干脆，现在为了季暖，居然——”厉南衡顿了片刻，意味深长地低笑，“难道真的是结婚证威力太大？还是她真有什么本事？看来我是不得不对季小姐刮目相看了。”

办公桌上的手机开始振动，墨景深瞥见是秦司廷打来的，伸手接起。

“还在公司？”秦司廷懒洋洋的声音掺着意味不明的笑。

“有事？”

“你老婆刚才忽然跑到我们医院来了。”

墨景深眉目一动，问：“她去医院了？”

“对，季暖提前打电话预约了检验科的医生，跑来做了血检和一系列检查，查出她昨晚究竟喝了什么东西后，拿着化验单就走了。”秦司廷嗓音慵懒，低笑，“我猜，她今晚该是闲不住，应该是去报仇了，因为我刚才看见她去了医院附近的一家情趣用品店，买了一瓶那种东西。”

墨景深放下电话，道：“韩天远还在城东的酒吧里？”

周妍妍现在躺在医院里，季暖要以其人之道还治其人之身，只能去找韩天远。

厉南衡听见了电话的内容，说：“他昨晚到现在始终没敢回韩家，韩家的股票一夜间跌停，所有人都乱成一团，暂时没人想得起来这个废物的死活，他就躲在小酒吧里醉生梦死了一天一夜。现在我们分分钟可以让他见血。”

墨景深不咸不淡地道：“先别动他，等季暖过去，让她自己来。”她想报仇，他就给她个痛快的机会。

厉南衡嗤笑一声，道：“她自己来？那我是不是还要派几个保镖偷偷跟着，让她自以为拿得下韩天远这孙子都是凭她一个人的本事？”

墨景深淡淡地勾了勾唇，道：“如此甚好。”

厉南衡凉凉地讽刺道：“认识你十几年，才发现你墨景深宠起女人来真是丧心病狂。”

季暖拿着化验单仔细看着。

周妍妍给她下的药的确是市面上很难见到的一种，药效显著。

城东小酒吧门前，季暖让自己刚刚在附近花钱雇来的几个年轻小混混进去查探情况。

不一会儿，她就确定韩天远的确在里面，并且还有另外一个巨大的收获，韩天远去年交往过的一个三线小明星也在里面，这个小明星有吸毒史，是圈子里人人避之唯恐不及的祸害。

季暖冷淡地将已经准备好的酒水递给几个小混混，给他们使了个眼色：“这件事不会连累你们，事成之后马上离开，就当你们今晚没来过。”

几个小混混点点头，他们也没少干偷鸡摸狗的事，何况眼前这个美女很大方地给了他们不少钱。

他们很快混进了酒吧。

半个小时后，几个人仿若无事地吹着口哨出来，到了门外，对远处的季暖使了个眼色，然后悄悄溜了。

季暖在外面等了一会儿，径直走进酒吧。

旁边有侍者路过，季暖对侍者勾唇一笑，不动声色地将两张百元钞票放在他面前的酒水托盘里。

“麻烦这位小哥帮个忙，我是跟踪前男友过来的，他劈腿好几个女人，花心又绝情，我跟了他那么久，却遭到这种待遇，实在气不过，所以想过来看看。你能不能在进去送酒的时候，帮我偷偷抓拍几张照片，只要角度好，我可以再加三百块。”

季暖笑盈盈的，对着这张倾城绝色的脸，在霓虹闪烁、灯光暧昧的包间外，年轻的侍者当即被勾走了三魂七魄，说道：“拍照可以，但你千万别让我们老板发现，不然我这份工作就要丢了。”

“你放心，这是我自己的事，我会保密，你把照片发给我后就删除，绝对没有人会怀疑到你身上。”季暖边说边朝他眨眨眼，朝他挥了挥自己手中的钱包。

侍者这才点点头，从口袋里掏出手机，放在托盘不太显眼的位置，直接敲门进去。

季暖没有走进去，仍然站在墙边。

侍者进去几分钟后就出来了，眼神稍有些不自在，毕竟里面实在是太……

季暖对他微微一笑，道：“拍到了吗？”

侍者点点头，将手机递给她，季暖接过手机，翻看了几张香艳的现场照，全发到自己的手机里，然后将三百元给了侍者，转身进了走廊对面的洗手间。

洗手间里，季暖将韩天远和三线小明星在沙发上交叠在一起的照片匿名发给韩氏集团的公众电子邮箱，再顺手打了个电话出去。

“喂？季大小姐？”

接电话的人是季暖认识的一位记者，现在对方已经升职为八卦周刊的主编，最喜欢写豪门的风月八卦，而且曝光率很高。

“给你透露个消息，能不能及时过来抓现场，就看你自己的本事了。”季暖语气散漫地说，“有人举报，韩天远在酒吧吸毒嫖娼，警方就快来把人抓走了，这么大的新闻，你可要抓紧时间。”

“哪家酒吧？”对方声音瞬间拔高，像是生怕错过大新闻。

季暖冷淡地勾唇：“城东，迷夜酒吧。”话音落下，她直接挂了电话，回眸冷淡地看向那间即将乱成一团的包间。

确定媒体即将赶到，她才目色慵懒地看着手机屏幕，拨打了110报警，一场豪门大戏，让媒体、娱乐圈、警方都被惊动了，总要闹得更热闹些才是。

季暖坐在附近一家咖啡厅的窗前，边喝淡奶咖啡边看好戏。

媒体比警察提前五分钟赶到现场，在这短短的时间里，不仅成功拍到了韩氏集团的公子韩天远放荡不堪的一面，还抓拍到当红三线女明星的吸毒丑闻，更将韩天远在酒吧吸毒嫖娼被抓的这件事彻底坐实。

韩天远衣衫不整地被带出酒吧，一脸还没醒过神的狼狈样，真是恶心得不能再恶心。

季暖看完这一切，杯中的咖啡也已经凉了。

现在是晚上八点半。

虽然这一切进展顺利，让她多多少少有些狐疑，但听说韩家在股市出了事，估计也确实派不出什么人供韩天远使唤。他现在身边连个保镖都没有，在这种小酒吧里没有他的人在外面守着，倒也不算奇怪。

海城的夜其实并不是特别安全，尤其城东，季暖看见还有两辆警车在附近，这才走出去。

本想去路边拦一辆出租车，忽然，手机响起来。

她一看是墨景深的来电，不由得抬起手，将脸颊边的头发撩到耳后，接起电话。

“喂。”

“在哪里？”男人的声音自电话里传来，沉稳清澈。

季暖看了一眼附近的警车，确定自己很安全，不会发生任何危险，才如实说道：“我在城东这边，刚刚……嗯……处理了一些事情……”

墨景深的车就停在距离季暖两百米远的地方。这个小女人始终关注附近的警车，没注意这个方向。

她知道趁警车在附近时出来打车，自保意识还算可以。

墨景深音色很低，语调很淡：“你新买的手机有定位功能，发个定位给我。”

厉南衡坐在一旁，冰冷妖冶的目光由浓转淡，他狠狠地翻了个白眼。明明跟那个女人的距离只有二百米，还要她发定位。墨景深现在这套路……把今天这事随便讲给任何一个人听，他们都绝对不会信！别说其他人不会信，就是他厉南衡和秦司廷两个跟墨景深认识了十几年的人，都无法相信这个哄着季暖发定位的人是墨景深。

季暖诧异地道：“你要来接我吗？我自己可以打车回——”她的话还没说完，对方已经把电话挂断了。

墨氏集团的大厦离这里有些远，她犹豫了一下，不确定墨景深是不是知道她今晚做的事，虽也没什么好隐瞒的，但她又向周围看了一圈，见没有空的出租车路过，只好拿起手机发了个远程定位给他。

见季暖刚刚在酒吧还一副睚眦必报的凶悍模样，这会儿却被墨景深给哄得团团转，厉南衡嗤笑了一声，要不是因为墨景深就在旁边，他还真能把这个蠢字说出来。

身后的酒吧门外一阵吵闹声，夹杂着警察的呵斥声、男男女女的哭闹声、惊叫声。

季暖在路边站着，没再去看那边的热闹，听也听得出来，这里今晚是怎样的凌乱。

没过几分钟，黑色古斯特停在她前面。车窗缓缓落下，里面是墨景深温和从容的脸。男人一派光风霁月，手随意地搭在方向盘上，车中已无别人。

季暖惊讶地道："这么快？"

"刚才在附近，顺路接你回家。"墨景深没多解释。

顺路？城东算海城最不繁华的地方，居住的人群素质不高，而且很乱，墨景深也很少会来这附近，怎么这么巧居然顺路？

回去的路上，季暖有些昏昏欲睡。在墨景深的车里本来就能让她降低防备意识。此时安全感包围着她，困意满满。

昨晚她几乎一夜没睡，刚才在酒吧里虽有准备，但多少还是有些警戒心。现在所有的心情和感官都得到放松，她闭着眼睛，差点儿睡着。

肚子有些饿，她忍着困意，睁开眼向车窗外看去，见车已经开回奥兰国际附近。

"晚上没吃东西？"墨景深问。

下午两人是一起在商业街随便吃的，而且现在已经九点，说不饿是假的。

季暖点点头，眼巴巴地看了他一眼。

瞥见她像是有话要说，墨景深将车开向奥兰国际的停车场，淡淡地道："附近有餐厅，想吃什么？"

季暖解开安全带，道："我们回家吃吧，已经到奥兰国际了，正好。"

墨景深看着她，眼中似有一望无际的深海："回家？吃什么？"

季暖忽然嘿嘿一笑，道："你做什么我就吃什么。"

几秒后，他的嘴角噙着薄笑，嗓音淡淡地道："我什么时候开始还要负责做你的晚餐？"

季暖摸着肚子，眼巴巴地看着他："已经这个时间了，吃完没多久就得睡觉，餐厅里的东西，吃了不容易消化，不如吃些面条之类的，所以我们回家煮个面就好了。”

“我煮面？”墨景深清俊的眉宇微动。

“对呀。”季暖的眼里写着：她真的很想吃。

毕竟早上第一次吃到墨景深亲手做的早餐，她想念了一天，觉得现在要一碗面条也不为过。

墨景深看着她的眼睛，低笑道：“下车。”

“嗯……嗯？”季暖应了一声，又抬起眼看向他，“你这是答应了？”

墨景深没回答，径自下了车。季暖也忙推开车门跟上。

奥兰国际的停车场附近有一家生活小超市，很接地气很亲民的那种。季暖跟着墨景深走进去，看着墨大总裁买了些调味料和面条，又看着墨大总裁因为下午去公司后没带现金，而将一张黑卡递给超市的老板娘。

老板娘看见那张黑卡，嘴角抽了抽。她知道这地方有钱人很多，但是买根葱、两袋调味料就要刷黑卡的，还真是没见过。

季暖见状，忙伸手将墨景深的手向下按去，迅速从自己包里拿出一张五十块的钞票交给老板娘。

“喏，找您三十一块零八毛。”老板娘找完钱后，目光忍不住从季暖的身上移回墨景深身上。

就连旁边老板娘的女儿都一脸花痴地朝这边盯了好几眼。

“这么有钱，居然亲自买这些东西……”见他们走了，老板娘和女儿嘀咕了一句，言语间少不了各种羡慕。

季暖拉着墨景深走出来。

虽然刚才也没觉得怎么样，但她就是觉得超市老板娘的女儿盯着他的眼神就像饿狼看见了食物，她在一旁真是无法忽视。

墨景深单手拎着刚买来的东西，另一只手始终在裤袋里没抽出来，踱着不紧不慢的步子，就这么陪她走回家。

其实，季暖也在考虑墨景深下午在公司，会不会有很多事情要忙。

如果他下班后很累，回家后由她来煮面也可以。

结果刚一进门，墨景深就让她乖乖等着，将黑色的风衣外套扔给她，转身解开精致昂贵的衬衫袖扣，挽起袖子便进了厨房。

季暖望着男人的背影，下意识地吞了一口唾沫，觉得自己可能有些不淡定，脸上染着红晕，直接进了卧室。

坐到床上，她才注意到自己还抱着墨景深的外套。她又向外瞟了几眼，听见厨房里有烧水的声音。她便低下头，将外套放到鼻间闻了闻，又闻了闻，清冽得像是晨间干净清新的露水。她不太清楚墨景深有没有抽烟，但在她的印象里，没见他在她面前抽过。他身上有很淡很淡的烟草味，不仔细闻的话基本闻不出来，不知道是他在公事繁忙时抽过一两根，还是在公司会议室沾到的烟味儿，但是很好闻。

厨房里。

手机铃声响起。

墨景深一只手拨动水里的面条，一只手拿出手机看了一眼，须臾放在耳边："有事？"

厉南衡性感的嗓音凉凉地自电话里传来："周家和韩家这次遭到的打击不小，韩家基本已经废了，周氏背后虽然有些背景，但始终没敢轻举妄动。韩天远在你女人的助力下这会儿正光着身子蹲在局里被审问，从他那里，警察问出了一些你感兴趣的口供，明天让沈穆拿给你。"

"嗯。"墨景深淡淡应了一声。

厉南衡听出他的语气不像在休息，也不像在床上陪女人，随口问了句："不是已经回奥兰国际了，还没休息？"

"嗯。"墨景深又是很淡地回应一声。

厉南衡冷嗤，舌尖顶了顶嘴角，哼笑："是在书房忙？那我先挂了，你忙你的。"

墨景深一只手接着电话，另一只手将几包调味料放进翻滚的水中，语调平静："在煮面。"

可以，他是真的很可以！

堂堂墨景深，前一刻刚把两大家族送进地狱，瞥见周妍妍下身抽搐地躺在医院里，含着血泪摇尾乞怜的模样，连眼都没眨一下，转眼回到家里，竟然如此居家地煮面！

"是你女人要吃面？"

"嗯。"

"呵，怪不得季暖那女人在你面前蠢得要死，原来是被你的表象骗了。啧啧，你居然会给女人煮面。"厉南衡冷嗤，"老子跟秦司廷当了你这么多年的兄弟，连一杯你亲自端的水都没喝过！你煮了几碗？我们过去蹭一顿，我倒要看看，你给季暖煮的面里是不是下了迷魂汤，不然她怎么突然对你这么死心塌地。"

电话里没有回应，厉南衡却耳力极好地听见墨景深在那边打鸡蛋的声音，很清脆利落的声响。

厉南衡说："这面还挺丰富，连鸡蛋都有。"

墨景深淡淡地道："想吃？"

"嗯哼。"

"下辈子吧。"

墨景深毫无温度更丝毫不给面子的嗓音在电话那边响起。接着，电话直接被挂断。

十分钟后，季暖期待了好半天的晚餐终于出现在餐桌上。她欢欢喜喜地拿起筷子吃了一口，真是要感动坏了。

之前在御园，她还兴致满满地要去厨房露一手，自以为煮的面超好吃，一定会感动墨景深，结果当时墨景深压根就没感动。

现在吃过他煮的面，她那点儿手艺可真的是……啧啧，完全上不了台面。

吃了小半碗后，她抬头看着与她同坐一桌、吃相始终优雅的男人。

墨景深因为她的目光而抬起眼。他淡淡地勾了勾唇："我看起来比你碗里的面还好吃？"

季暖咽下面条，很想回答是，但理智让她没乱吭声。她现在要是敢随意接话，估计今天晚上她又没的睡了。

她一边吃着面，一边语气含混地道："今天城东酒吧那边的事，你是不是都知道？"

"你希望我不知道？"男人的声音淡淡的。

可她也听出来了。果然！她就觉得有些奇怪，一切顺利得不可思议。

以当时那种情况，韩天远不是处于风声鹤唳、四面楚歌的状态吗？喝酒就喝酒，他再怎么浑，也不会傻到把一个有吸毒史的前女友弄过去。

"所以，那个三线小明星也是你安排过去的？是不是在我到那里的时候，其实你们早就已经准备对韩天远下手了？"季暖基本已经摸清了今晚的情况。

"下手要快，总不能给他绝地反击的机会，否则置身危险之中的依然是你。"男人淡淡地说着，没打算在这事上隐瞒。

季暖低下头，又吃了一口面。

既然晚上的事情是在墨景深的眼皮子底下发生的，那一切也就顺理成章了。

"早知道你就在一边看着，我就不那么卖力了。"季暖用筷子在面条里来回戳了戳，"但愿我忽然从中插手，没给你招来什么麻烦。"

"能有什么麻烦。"

季暖单手托着下巴，看着他笑起来："也对，我就是想教训那个姓韩的，痛打落水狗嘛，不然心里实在堵得慌，但你既然在那附近，怎么不告诉我一声？"

墨景深眼神沉静如海："现在爽了？"

季暖盯着他，忽然一笑。所以，他这是专门给她留了机会去发泄吧？

季暖抿着唇，低下头继续吃面，忍不住笑得咧开了嘴。

晨光，静谧。

季暖昨晚吃面的代价，是被男人扔在床上，狠狠地欺负了一整晚。她实在累得不行，睡得很沉。

她以为这个时间，墨景深肯定去公司了，睁开眼睛要起身。结果还没动，她就被身后的手臂按了回去，背部贴向一片赤裸的胸膛。她一怔，转眼看向躺在自己身侧的男人。他的脸毫无瑕疵，虽然刚刚醒来，黑眸却清明如水。

因着昨晚一整夜的压榨，她现在真是有点儿怕他，下意识地扭身要避开，却被他按在床上没法起来。

"怎么醒了？"男人的声音里带着沙哑。

"快九点了，你怎么没去上班……"

"高管会在十点，这里离公司近，多陪你睡两个小时，不急。"

季暖感觉自己似乎快把这个工作严谨的男人带坏了，墨景深居然能在工作日陪她睡懒觉？她扭头看向男人，近得让她的心被狠狠地撞了下。

"不继续睡？"他问。

季暖想说男人在早上的时候好像更危险，但见墨景深还真打算陪她盖着被子纯睡觉，便没再起来。她现在全身酸痛，多睡一会儿也好。

她收回目光，眼角的余光又忍不住看向男人重新闭上的眼睛。不知不觉，她又在他怀里睡着了，这次只睡了不到一个小时。她忽然睁开眼，手摸到床边，那里残留着墨景深清冽的味道，他人没在。

季暖睁开眼，翻了个身，向卧室门外瞥了一眼。

她被食物的香味吸引，骤然起身，掀开被子下床，正准备去柜子里找昨天随便买来的衣服穿，结果刚站到地上，就狠狠地摔回床上。

她静默几秒，咬咬牙站起身，勉强迈开步子，打开衣柜。她从里面拿出衣服，转身要回床边，腿却酸疼得受不了，人也向旁边倒去。她忙抬手撑在柜门上，好在被忽然进卧室的墨景深一手扶住。

"怎么在卧室还能摔倒？"

她分明是腿软得站不稳好吗！

季暖将衣服朝他身上砸去："还不是因为你！再这样下去，我连门都不能出了！"

墨景深看见她脸颊绯红又含怨带怒的神情，低低地笑了："没力气走路，还有没有力气吃早餐？"

季暖扭头不看他。这男人骨子里的恶劣真是让她头一遭发现，气死了。

头虽然转开了，她的手却从他手里将自己的衣服夺了回来，然后她把一件长款家居宽松裙套到身上。

墨景深看着她隐约鼓着腮帮的模样，失笑出声。

季暖忽然被他拦腰抱起。她猛地转过头，一脸防备："干什么？"

"不是没力气？抱你去吃饭。"他言简意赅，说完后已经把她抱出了卧室。

餐桌上洒满阳光。

直到墨景深让她坐在他的腿上，又将一杯温牛奶喂到她嘴边，季暖才回过神。她受宠若惊地忙要从他怀里下去。救命，墨景深这是想要她的命吧！小心脏真的受不了了！

她还没从他怀里移开，墨景深就按住她："这是连喝牛奶的力气都没有了？"

季暖心领神会，忙伸手抢过他手里的玻璃杯，很豪放地喝了一大口。然后她指了指自己的嘴，意思是她能喝！

"我自己吃，自己吃……"

昨天的早餐是中式的，今天的早餐虽然简单，却算是西式的。

被墨总裁伺候得这么周到，季暖觉得自己忽然不太想回御园了……

见季暖很想长住，墨景深安排御园的人将她的东西搬过来一部分，还派陈嫂过来帮她整理，但季暖最后又让陈嫂回去了。

潜意识里，她还是希望这里安安静静的，是只属于她和墨景深的家，不需要用人，更不是事事要陈嫂帮忙，毕竟她早已不是曾经的季家大小姐。十年光阴，让季暖蜕变为足够自立的女人。

十一点左右，她在书房整理刚刚拿来的手提电脑，想查查最近国内与房产有关的资料，而且公司那边，最近因为换了老板正在进行人事整顿，她正好趁这个时间把里外事情都熟悉一下。

她刚打开电脑，放在书桌上的手机忽然响了。屏幕上显示的号码她并不熟悉，季暖伸手接听。

看着屏幕上那些前几天顺手从公司拷贝的资料，她随口道："你好，哪位？"

“昨天你来我们医院，之后走得太急，我没能把那瓶药的分析结果给你。季小姐什么时候有时间？”秦司廷的声音透着几分散漫。

“这么快就出结果了吗？”

“季小姐有吩咐，秦某怎敢怠慢？”秦司廷似是带着笑意，却又让人隐隐感觉疏离淡漠，“你说这药是你父亲最近在吃的？”

“对，这药是不是有问题？”

那边的男人静默了片刻，道：“你来取结果的时候再说。”

“秦医生，你如果方便的话，我现在去。”季暖说着便起身，打算换身衣服出门。

“嗯，挂了。”

现在已经是各科医生的午休时间，季暖到了医院，又给秦司廷打了个电话，问他现在是否方便，才乘电梯上楼。

到了诊室门外，季暖还以为这个时间应该没人排队了，却看见一个年轻女孩儿堵在门口，一身奢侈名牌，头发也是精致时尚的造型，指尖的美甲水钻几乎闪瞎人眼。

“你谁啊？这个时间来诊室干什么？不知道秦医生正在午休？”年轻女孩儿一脸不屑地瞥向季暖。

季暖淡淡地看了看她，没理会，径直要过去敲诊室的门。

那女孩儿却忽然伸手，一巴掌将她伸到门边的手拍了下去：“秦医生今天值班，我还以为就我一个人知道他会一整天在医院，好不容易找到机会跑到这里来守着，既然你也是来堵人的，那咱们就把话说清楚！”

季暖一脸问号。

“我呢，丑话说在前头，不管你是走谁的后门知道他今天在医院，也别来跟我抢！”女孩儿一脸嘲讽地瞥了季暖一眼，伸手抚了抚头发，手腕上的宝格丽钻表闪闪发光，“这个秦医生我已经追了一年多，他马上就要答应跟我约会了，这个男人是我的，明白？”

季暖无言。

眼前这位一身暴发户打扮的小妹妹，是不是误会了什么？

季暖淡然地道：“不好意思，我是找秦医生，我们有事要谈。”

那女孩儿听见后边几个字，瞬间挡在门口，将诊室门给堵得死死的。

“谈事情？你来医院谈什么事情？不是来看病的，就肯定是来骚扰秦医生的！走开走开！这里没你的事！”

季暖无声地挑眉，到底是谁在骚扰秦医生？

“而且啊，真不是我说你，你全身上下也就一双J家的鞋子值点儿钱，我平时穿的，随便一件单品都比你的鞋贵，劝你还是放弃吧。人家秦医生可是秦氏的公子，就你这种没钱还穿一身高仿货的女人，根本配不上他，到时候万一被赶出来，丢人的也是你自己。”女孩儿说着，更用非常不屑的眼神将季暖从头到脚看了一遍。

季暖本来没想跟不认识的小姑娘计较，也没把她放在眼里。可她急着去拿爸爸那些药的分析结果，就这么被挡了路，到底有些不悦。她没什么情绪地看了一眼女孩儿得意的表情：“除了LV、阿玛尼、宝格丽，还有几千块的品牌鞋之外，你还认识什么？”

女孩儿嗤笑道：“你管我认识什么，我反正都穿得起！”说着，她又将季暖从头到脚看了一遍，见季暖的衣服一点儿品牌标识都看不到，坚信季暖穿的都是国际时装的高仿货。

忽然，诊室的门开了，秦司廷的身影刚一出现，女孩儿就激动地转过头，恨不得直接扑到他身上去。

秦司廷面上似乎带着笑，声音却是凉凉的：“在这海城，敢跟季小姐比有钱的女人，是有多瞎？”

那女孩儿当即眼角一抖，她察觉出秦医生和季暖应该是认识的，心里警铃大作：“什么季小姐？哪个季小姐？我怎么会知道她是从哪个贫民窟里跑出来的季小姐？”

秦司廷淡淡地看向季暖，道：“需要我亲自走出来迎接的，还能是哪个季小姐？”

女孩儿的眼神呆了呆，似是还没反应过来。

“认识Diamond Forever？”秦司廷的目光落在季暖手中的包上，淡漠如常。他吝啬于对旁边的女孩儿看上一眼，或者说，他开门之后，是真的一眼都没瞧过她。

“Diamond Forever，是什么？”女孩儿听见英文脑袋就疼。

秦司廷冷笑道：“她这个包，足够买下你的整个衣帽间。”

“哈！别开玩笑了，我的衣帽间很贵，所有衣服的价格加起来，她要没个百儿八十万，还真跟我比不起。”

秦司廷仿佛没听见，只睨了站在那里没说话的季暖一眼。然后他侧过身，让出路来，示意她进去。他根本没打算跟无关的人多说一句废话。

季暖对他客气地点点头，直接走了进去。

见秦司廷没瞧自己，而且好像要关门，女孩儿慌忙闪身，靠在门边阻挡他关门的动作，一双眼睛直直地盯着他。

“秦医生！我喜欢你！从第一眼看见你的时候就喜欢你！一年前，我住院的时候你说我们不熟，可我现在已经追了你整整十四个月了！现在我们应该很熟了吧？你能不能给我个机会，哪怕只是试着交往也好……我真的好喜欢你……”

这是不小心遇到表白现场了？

季暖回头看了一眼，站在诊室里，不动声色地向旁边移开一步，努力做到事不关己，安静地看戏。

她顺着那女孩儿期待又焦急的目光，看向白色门板前冷漠站立的男人。他身上的白大褂一尘不染，眉目淡然，唇边似是挂着几分不浅不淡的笑意。他明明在笑，看起来却觉得他压根没把对方放在眼里，这种笑意更显冷漠。

有医生、护士从走廊里路过，听见这边的动静，不约而同地朝这个方向看过来。

男人冷峻淡漠，转身时迈开步子，仿佛什么都没听见，就这么回了诊室。

就在女孩儿要跟进来的刹那，他单手将白大褂口袋里的听诊器拿出来，扔到一旁的医用器材架上。他回眸，慵懒地掀着眼皮，薄唇挑起不冷不热的笑：“我不喜欢你，别说是十四个月，就算你在医院门前等十四年，我也一样不会喜欢你。”

女孩眼神一黯，刚才的嚣张和自信瞬间垮了下去。

女孩儿不甘心地咬着唇，红了眼睛：“我去年差点儿死掉，是你救回我的命，被推进手术室的时候，你不是说过，你喜欢又听话又乖的女孩儿，所以我一直都很听你的话……出院的时候，你说不喜欢爱哭的女孩儿，我就没有哭……你为什么不喜欢我……我这么努力想变成你喜欢的样子……”

“在手术室让患者情绪稳定，任何温柔的话都等于一半的麻醉剂。”秦司廷看都不看对方一眼，语调冷而散漫，“被我从鬼门关救回来的女人很多，上到八十老妇，下到一岁女婴，每一个都懂得遵从医嘱，我对自己的所有病人都保持着平等的关心。”

女孩儿一改跋扈的模样，红着眼睛，咬着嘴唇，似是哭了出来。

季暖想，秦司廷这种人，的确不是什么女人都能抓住的。这人暖的时候是笑面狐狸，冷的时候也真是冷到了骨子里，让人完全琢磨不透。她真是想不通，墨景深和秦司廷怎么能成为至交。

女孩儿含着眼泪道：“我、我和她们不一样……你说不喜欢唯唯诺诺的女孩儿……我就努力改变自己……我知道你家世显赫，不是什么女人都配得上的，我家虽然算不上名门大户，但也跟秦氏有生意往来，我以为我们可以……”

在门外围观的那些医生护士，个个眼色不同，有的同情，有的鄙夷，有的完全不当成大新闻，见怪不怪地朝这边看过来。毕竟秦医生被各种女孩儿追到医院，也不是一天两天的事了。

无视周遭的各种眼神，秦司廷终于舍得分给女孩儿一个眼神，却偏偏是冷淡的：“这么久，你被我拒之门外无数次，难道还认不清事实？我不喜欢你，无论你变成哪种模样，我都不会喜欢。”他的声音冷得绝情，没有一点儿温度和同情。

女孩儿咬着唇，心瞬间似跌进冰窟。她总算明白了。去年在这里，她是他的病人，他是她的主治医生，要对她的健康负责，所以笑意温柔地安抚她。除了医生和患者的关系，她和他之间什么都不是。

“那、那你喜欢她？你让她进你的诊室，是不是因为你喜欢她……”女孩儿忽然指向站在里面的季暖。

季暖顿时一愣。喂，这锅她可不背啊！她跟秦司廷一直不熟，前后两世都不熟，包括秦司廷的感情状况，她丝毫不清楚，他们完全是两个世界的人！眼前这位是被刺激到了吧？什么话都敢往外冒？午休时间允许进他的诊室就等于被他喜欢？她以为秦司廷是神经病还是情圣？身为医生，他绝对不至于这么无聊！

“秦医生！如果你喜欢她这一款，我也可以让自己变成她这样啊！我真的喜欢你……”

秦司廷已经彻底没了耐心，长臂一抬，将门直接关上，把女孩儿挡在门外。

“见笑了。”他淡淡地看了一眼站在诊室里的季暖。

季暖扬了扬眉，只是笑笑，打趣道：“来医院追你的这些女孩子，都这样？”

秦司廷没多说，直接走到办公桌前拉开抽屉，将里面A4大小的纸袋递给她。

见他不提，季暖也不再问，走过去，伸手接过：“这药里的……”

“你给我的药，经过跟我关系不错的几位药物学专家分析，里面不含有害成分。”秦司廷将手探进裤袋里，淡淡地道，“如果你有机会再拿到他同期服用的药物，就送过来，我查查其他药的成分再做定论。”

季暖的心刚刚放下去，却又瞬间听出了端倪：“意思是？”

秦司挺挑眉道：“这瓶药若是单独吃，只能润肠清火，但它也很特别，如果和药性相克的药一起吃，就会起反作用，导致器官慢慢衰竭，但目前还没有其他药在这里，我也得不出最终分析的结果，一切只能是猜测。”

季暖走出医院，忽然察觉到一道目光，她转头便看见刚才告白失败的女孩儿哭得睫毛膏糊得满眼都是，她正坐在医院门外的长椅上，满脸震惊地盯着自己手中的包。

看见她的眼神，季暖知道她这会儿究竟是在震惊什么，没再理会，转身离开。其实这包她也很久没背了。上次遇险落水，包被水泡得不能再用，她后来出门时有些着急，陈嫂就帮她把这个包找了出来，季暖也就拿来继续用。

女孩儿坐在长椅上，捏着手机，盯着季暖离开的背影，呆呆地看了许久，再不敢置信地看着屏幕上刚刚百度出来的Diamond Forever的图片。

所谓的Diamond Forever，就是Chanel家的经典手袋。由334颗小钻石装点，是奢华低调的典范，全世界只有十三个，是限量款中的顶级限量手袋。

两年前，第十四个Diamond Forever横空出世，传闻是海城季家那位大小姐十八岁的生日礼物，由她父亲季弘文所赠。也就是说，Chanel品牌专门给季小姐定制了只属于她一个人的成人礼，这件事在上流社会的时尚圈被议论了许久……

所以，那个包何止买得下她整个衣帽间，它可是价值159万人民币！

季暖本来打算直接回奥兰国际，但路过墨氏集团时，直接将车停到墨氏大厦附近。

奥兰国际离这里不远，回去只是几分钟的车程，早上墨景深才亲自犒赏过她的胃，她现在请自己老公出来一起用午餐，也算礼尚往来。

就是不知道，现在这个时间墨景深有没有在忙。

到达公司顶层，她走出电梯，没想到正好看见墨景深从办公室走出来，她的目光直接与他撞到了一起。

高大颀长的身影在办公室前的地上拉出一条长影，深灰色的衬衫包裹着他的上半身，领口扣子开了两颗，锁骨上蒙着一小片暗影，肤色恰到好处。

男人的脸矜贵清冷，淡定从容。

看见季暖的瞬间，墨景深不紧不慢地挑起眉，唇角浮起浅浅的弧度，是似有若无的笑。

只是两个多小时没见，怎么她才看见他微微一笑，心脏就恨不得马上跳出来。

季暖走过去，刚要说话，墨景深却移开目光，对他身边穿着职业套装的女人说道："企划案就按我们刚才商定的那样，有什么问题再联系我。"

女人在他身旁优雅地笑了笑："好的，墨总。"

话音落下，女人向电梯走去。经过季暖身旁时，女人礼貌地对她笑了笑。

这女人气质独特，自信而柔美，年纪大概二十二三岁，走过季暖身边时，她闻到女人身上很清淡的香味，是一款高档低调的法国香水。

更引起季暖注意的是这个女人的身份——总裁秘书。

电梯门开了又关，季暖本意是想邀请墨大总裁一起吃午餐，脱口而出的却是："前段时间，你秘书的位子不是还空着？什么时候来了新的秘书，我都没听说？"

声音刚落下，墨景深已经转身开了办公室的门，自然而然地将季暖揽到身边更近的地方，带她进去。

"是我前几天不在国内时，从美国Shine集团那边调来的秘书。公司高管职位与高级秘书职位空缺时间都不会太长，墨家会直接从Shine调人过来，并不稀奇。"

季暖静默了一下，没有吭声。

"怎么了？"他眉目和煦地低声问。

"没怎么，就是随便问问，毕竟忽然发现自己老公身边出现一个漂亮优秀的女人，总不能装没看见。"

墨景深意味深长地看着她："这是在吃醋？"

"没有！绝对没有！"

他低笑，手在她脸上捏了捏："墨太太可是以美貌著称的海城第一名媛，现在站在这里夸赞其他女人漂亮，不是吃醋，嗯？"

季暖的眉心拧了一下，这都被看出来了？

明明墨景深和那个女人只是工作关系，可刚才那个秘书对她微微一笑的表情，她莫名觉得有点儿不舒服。

"你是上司，她是下属，我只是随便说一句。"季暖嘴硬，转身要从他怀里退出来。

墨景深没让她退开，将人带到办公桌后，抱着她坐在他的腿上，手在她的腰间有一下没一下地拍着，唇角挂着似有若无的笑。

"这个时间来公司干什么？怎么不在家里多休息？"

"刚去秦医生那里取了药检结果，回来路过这里，就想请墨大总裁吃个火锅。"季暖说明来意，刻意忽略他让自己在家里多休息这几个字眼。

"结果怎么样？"

"送去的药没查出什么异样，但也不能下定论，我改天路过季家的时候，再找机会查查其他药。"季暖说着看了一眼时间，眼尾上挑，嗓音仍透着几分酸意，"你午饭吃了没？要不要赏个脸，陪我去吃火锅？"

墨景深在她头上揉了一下，揉乱了她的头发，似笑非笑地低声道："你这眼神里写着不爽，我若是不给面子，今晚不是连床都没的睡了？”

“你就算给我这个面子，今天晚上也不许跟我睡在一起。”季暖佯装微怒，“还有没有一天让人休息的日子？我都两天没睡好觉了！”

看着她满是嗔怪的眉眼，墨景深心头一动，扣着她的后脑勺，低头吻了下去。

只是个点到即止的吻，季暖却在他怀里差点儿跳起来，在他又吻过来的刹那小声说：“这可是你的办公室！”

“嗯？办公室又怎么样？”他似是故意要招惹她，在季暖瞪着他时，到底还是在她的唇上又吻了两下，看见她生气的表情，继续吻。

季暖刚刚就听见门外偶尔有人走过的声音，即使这总裁办公室位于墨氏集团顶层，秘书室和助理室也都在下一层，但难免还是会有员工过来。这里是公共场合，她紧绷着身体，在他越吻越深的刹那，忽然张口一咬。

墨景深的黑眸近在咫尺。他看着她窘迫的神情，笑了笑，抚着她脑后的长发，温声在她唇边低语：“知不知道，你害羞的样子，更让男人难以克制。”

季暖瞪他：“我昨晚说得果然没错，现在你真是不懂节制了！”

“我要是不懂节制，你以为自己今天还有本事出门？”

她不能继续这种话题了！

季暖双手推开他的胸膛，又听见门外有人路过，小声地换了话题：“我看你公司楼下就有一家新开的火锅店，附近也有几家，你能吃辣吗？”

墨景深放开她，只在季暖从他怀里起身时，手仍留在她的腰间，没让她走太远。

“我对饮食的喜好很简单，没什么特别的挑剔。”

季暖本想和墨景深去挑战一下新开的那家据说特辣的火锅，但考虑了一下自己的胃，还是作罢：“那就吃传统的炭火锅，现在这个时间，也不知道人多不多，我打电话订个位子。”说着，她拿起手机正要查公司附近那家火锅店的电话。

手指刚按亮屏幕，办公桌上的内线电话忽然响了起来，墨景深随手按开，沈穆的声音传出：“墨总，老爷子来了。”

墨景深似也没料到爷爷会忽然来这里，静默了一瞬后，平静地问：“已经上来了？”

“是的，电梯应该马上就到顶层了。”

内线电话挂断，墨景深转头就见季暖忽然跑到旁边，在办公室的黑色真皮沙发背后转了一圈，又在资料摆设架后转了一圈。

“你在做什么？”

“墨爷爷来了，我那么久没见他，如果他看见我在你办公室影响你工作，肯定会不高兴。马上就是他的大寿，在这之前，我还是别给他留下什么不好的印象。”季暖一边说一边四处找着，“我得找个地方藏起来。”

墨景深轻笑，眼底有丝浅浅的玩味：“他看见你，高兴还来不及，怎么可能怪你。”

季暖哪听得进去，她听见门外的动静，好像有拐杖戳在地面的声音，并且越来越近。她眼睛一偏，看向墨景深身前的宽大办公桌，然后她下意识地直接过去，钻到了桌子下面。

墨景深看见她蹲下的姿势，无可奈何地轻叹一声。

门开了。

墨家虽然代代兴盛，但墨老爷子年轻时曾参过军，哪怕后来转战商场，也是个霸道的首长脾气，在自己孙子的公司里完全不需要别人引路。他走到办公室门口，声都没吭一下，直接将门推开。

季暖在门开的刹那，抬起手，对墨景深做了个嘘的手势。

“我刚才过来，听沈穆说季暖也来了，怎么没见到她？”墨老爷子的声音苍老中透着威严，隔着办公桌，由远及近。

季暖抬手扶额。

刚才来的时候，她没注意到沈穆，这沈穆身为总裁特助，从来都不是大嘴巴，他到底什么时候发现她来的，居然直接告诉了墨爷爷。现在她藏都藏了，再从这里钻出来……这好像……太尴尬了。

季暖犹豫了一下，缩在办公桌下边没有动。她抬起头，满脸乞求地看向墨景深，再双手合十眼巴巴地盯着他。

墨景深瞥见办公桌下的女人，勾了勾唇角。

“她刚来过，现在已经走了。”

“这个季丫头，来得快，去得也快。”墨老爷子哼了一声，拄着拐杖走到办公桌前，“这个周末，带季暖回墨家？”

周末就是墨老爷子的八十大寿，显然这是老爷子许久没看见孙媳妇，担心过寿的时候还见不到人，所以直接过来看看情况。

墨景深似笑非笑地道：“您这半年一直盯着御园的动向，对我们的情况即便算不上了若指掌，也该知道我们感情不再疏淡，您的大寿她当然会到。”

听见墨景深这么说，墨老顿时像吃了定心丸，点点头：“好，好！那就好！”

接着，墨老又挑眉斥了一句："什么叫我一直盯着御园的动向？小陈看见你们感情和睦，向我汇报几句也是对的！结婚这么久，也不见季家的丫头肚子里有什么动静！我这八十岁的老头子做梦都想抱曾孙！你小子压根就不懂我这半只脚都入土的心情！"

季暖无声无息地暗忖，怪不得陈嫂这么关心他们之间的感情，原来她是墨老爷子放进去的眼线。幸亏陈嫂是墨爷爷的人，否则墨景深也不会留她在御园这么久。

墨景深冷淡地看了墨老爷子一眼，随手把玩着办公桌上的钢笔，语调极淡地道："八十岁还能拄着拐杖满世界追小偷，我看您再过二十年也入不了土。"

提到自己两个月前在街上顺路逮了个小偷的丰功伟绩，墨老爷子炯然有神的眼里颇有几分得意："那是，你要是不抓紧给我生曾孙，如果二十年后我不在了，还怎么给我曾孙子找媳妇？"

墨景深冷淡地看了他一眼。

墨老爷子将两只手往拐杖上一放，眉飞色舞地说："曾孙女也行，生男生女都好，反正你小子最低频率也得给我三年抱俩，五年抱仨，越多越好。"

墨景深似笑非笑、意味深长地向桌下瞟了一眼。季暖抬手遮着半边眼睛，说不出是哭还是笑。墨爷爷这是打算让她生个足球队？还五年抱仨……

老爷子说到兴头上，没有结束话题的意思。季暖拿手机看看时间，已经一点了，午休时间已经过了，也不知道这火锅还能不能吃上。

"最近从各地赶到墨家的亲戚不少，你怎么有这个闲时间出门？"墨景深随口问道。

墨老爷子轻笑道："亲戚？哪个不是厚着脸皮要跟墨家沾亲带故的？老头子我过个大寿图个热闹，也就随他们去了。老战友今儿路过海城请喝茶，我也就顺便出来走动走动，只图清净。"

办公室的门忽然被敲响，墨景深淡声开口："进来。"

季暖在桌下听不出是谁来了，隐约中听见有高跟鞋落地的动静。

"墨总，上午的会议资料已经整理好了，还有财务部的月度报表，他们交到了秘书室，我一并给您送过来了。"这声音温柔悦耳，温婉平静。

是刚才那个女秘书。

墨老爷子的声音也顿了顿，转了个方向，似是回头看向刚刚走进来的人。

"你是，安书言？"墨老爷子问道。

安秘书对墨老客气又满是敬意地点点头："墨爷爷好，几年未见，您老人家看起来一直这么康健。"

墨老爷子笑着点点头，道："上次见你这丫头，还是在美国。前两天就听说你回国了，没想到是真的，你父亲和爷爷身体可好？"

安秘书微笑道："他们都好，但我爷爷不如墨爷爷这么硬朗，您看起来哪像八十岁的人，说您六十岁，肯定会有很多人相信。"

"哈哈，这孩子还是这么会说话！哎，安家的孙女也长这么大了，岁月真是不饶人。"

墨老爷子对安秘书这番话很是受用，心情极好地感慨："你在美国Shine工作了一年多，听说一直很不错，处事严谨果断，又是哈佛毕业的高才生，怎么会被你墨叔叔调到国内，还进了景深的公司？"

安秘书仍然保持适度的微笑："这是墨叔叔的意思，虽然墨氏集团没有归进墨家的公司体系，但也是国内最有影响力的公司。我在哪里都是磨炼，既然墨叔叔让我回国，我就直接过来了。"

"哦？你墨叔叔的意思？"墨老爷子的语气有着若有若无的停顿。

安秘书点点头道："我来公司报到的时候，墨总正在英国出差，墨叔叔安排我进来，所以省了几道人事部那边的交接程序，我也是昨天下午才有机会见到墨总。"

季暖听得出，这个名叫安书言的新秘书似乎跟墨家很熟，安家与墨家还是关系不错的世交。但她说是被墨叔叔派回国的……

墨叔叔？Shine集团还能有哪个墨叔叔？

墨景深的父母多年不在国内，Shine集团也一直由墨景深的父亲墨绍则掌权，半年前他们结婚时，只有墨景深的母亲特地飞回国，亲自看了看她这个儿媳妇，墨绍则却连个面都没和她见。

所以，安秘书口中的墨叔叔，应该就是墨绍则。

他特意把世交的女儿送回国内，还送到了墨景深的身边，这……这其中的意思会不会太明显了？

季暖抬起眼，看向不动声色地坐在办公桌后没插嘴的墨景深。

察觉到季暖"火热"的视线，墨景深似有若无地向桌下看了过来，他眉眼深邃，平静无波，看不出他对这个被硬塞来的秘书，究竟抱有什么想法和打算。

当初结婚时，是墨爷爷坚持让季暖嫁过来的，他也是墨家里最疼季暖、最护着季暖的长辈，可墨景深的父亲一直没有现身，不知道是Shine那边太忙，还是有什么想法。

现在，季暖以一个女人敏锐的洞察力，惊觉自己的身份似乎从没被墨景深的父亲承认过。

墨老爷子又和安秘书聊了几句，但之后聊的是什么，季暖几乎没怎么听进去。

她一直在办公桌下看着墨景深，墨景深始终只是听着他们交谈，神色疏淡，不发一言。

直到安秘书因为工作先一步告退，墨老爷子在办公室里静了静，忽然问："景深，你怎么看？"

墨景深冷淡地勾了勾唇："什么我怎么看？"

"你父亲这是存心跟我作对，明知道季暖嫁过来这么久了，居然还不死心，一心要把安书言这个丫头嫁给你。"墨老爷子言语间有些不悦，"现在更是明目张胆地把人从美国送了过来，摆明没把我看中的孙媳妇放在眼里。"

"虽说这安家丫头确实不错，她小时候我也见过几回，但你一直对她没什么兴趣，不冷不热的，这事我也没打算强迫你。"墨老爷子叹了口气，"但愿季暖那丫头不知道这回事，否则万一多想了什么，我一时半会儿可就抱不着曾孙了。"

墨景深眉宇一动，颇有些意味深长地轻笑。人就在桌下坐着，怎么可能不知道？

这会儿，季暖确实在想，但想的不是太消极的事。不过就是从美国塞过来一个秘书而已，又不是送到墨景深的床上，而且就算真送到床上，他肯不肯睡还不一定，她有什么可多想的？

"我得回去给你父亲打个电话，他这是年纪大了，觉得自己翅膀硬了，连我认定的孙媳妇都能无视！我非得好好骂骂他不可！"墨老爷子拄着拐杖就向外走，怒气冲冲，头也不回。

墨景深也没阻拦，勾了勾唇，在办公室恢复安静的一刻，瞥了一眼慢吞吞从桌下钻出来的小女人。

第七章　吃醋·踪迹

“下面的空气如何？”

墨景深随意地坐在办公桌后的皮椅上，慵懒地向后靠去。他抬手松了松衬衫领口，眼里带着似笑非笑的情绪。

季暖钻出来后，站起身，嘴硬地道：“你这办公桌绝对是纯高档实木所做，一点儿没有胶味和甲醛味，不错不错。”

墨景深眉宇轻挑：“就这样？”

“不然呢？”季暖抬手整理了一下自己有些乱的衣服。她总不能说，刚才在办公桌下边，每次抬起头，都能第一时间正对上墨景深的双腿吧……

他的坐姿不算拘谨，很是平淡随意。

见季暖眼神飘忽，墨景深轻笑道：“躲那么远干什么？过来。”

季暖扯了扯身上的大衣，没过去。

墨景深起身，走到她跟前，居高临下地看着比他矮了不止一个头的小女人：“介意了？”

“我说不介意，你会信吗？”

她没有多想，却不代表不介意。

他看着她很想理智却又忍不住有点儿小情绪的神情，抬手便在她没戴任何耳饰的雪白的耳朵上捏了捏。季暖不经意地颤抖了一下。

也不知道他是有意还是无意，手指掠过她耳后的一处敏感点。她抬眼瞪他。

“安秘书是我父亲直接从美国调来的，无论是被调到这里的理由，还是她在工作方面的认真严谨程度和专业程度，都无可挑剔。”

季暖淡淡地勾唇，笑意不达眼底：“墨爷爷说她很优秀，看来是真的，对一个连你都挑不出瑕疵的人，我现在是不是应该有点儿危机感？”

墨景深屈指在她额头上轻轻一敲：“整个办公室都是你的醋味儿，我和她在这里只限于工作上的关系，我除了公事之外，不会多看她一眼。”

季暖很想说自己并不是小心眼，但毕竟他父亲想把人安插过来的意思很明显，总不能当她不存在。

“我没有乱吃飞醋，但是墨先生，我必须把话挑明。”季暖语气微凉，更显平静，“我既然是墨太太，就不会轻易给任何女人让位子。我也很清楚，毕竟墨爷爷说过，长辈们早有将姓安的强塞给你的意思，但你一直对她都没什么兴趣。既然曾经没兴趣，以你的性格，未来几十年也不会对她产生任何不该有的兴趣。”

墨景深没说话，无声地看着她。不难看出，他因为她的话而心情不错。

“但就算我清楚这一点，这位安秘书毕竟不是单纯的秘书。她每天在你的公司里，工作上，会议上，出差时，或者应酬时，你们难免会有接触。我心里会有疙瘩，更有可能会因为时间久了而胡思乱想，影响情绪，在信任方面影响最基本的判断。”说完这些，季暖直接转身向外走，“我只说这些，以后对这件事会只字不提。饿了，吃火锅去。”

墨景深看着季暖一副“姑奶奶今天就把话撂这儿”的样子，失笑出声。她还真是洒脱得可以。

季暖即将走出办公室，也不管他现在有没有时间陪她去吃饭。忽然，她的手被一股大力握住，下一秒人就被向后带了回去，差点儿撞回男人怀里。她下意识地向后站稳，墨景深却直接将她向怀里一按，没给她退开的余地。

他唇角带笑：“看你这半气不气的样子，理智凌驾在任性之上，也不完全是好事，倒不如跟我好好发一通脾气。”

“我没什么脾气，人家那么优秀，我怎么可能有脾气。”季暖别开眼不看他。

墨景深到底还是忍不住笑了，伸手揉了揉她满是暗讽的小脸：“我没打算留她多久。”

季暖这才瞥了他一眼：“没多久是多久？”

“安秘书在两家长辈眼中很受重视，她与墨家的关系，与我的关系，都注定我不能太快撕破脸赶人。给我两星期的时间，一定会给你满意的答复，嗯？”

季暖面无表情地道：“与你的关系？她其实是喜欢你对吧？不然也不可能这

么听话，说回国就回国，毕竟Shine才是墨家真正的根基企业，她在那里的发展会更好，来这里，只能说明她的目的是你。”

季暖忽然想到她的上一世，他离开的十年。

那时的墨景深早已是美国Shine的真正掌权人，翻手为云，覆手为雨，那些年里这个安秘书跟他之间有没有过接触？

想到这些，她本来还算平静的心一下子翻腾了。理智告诉她不能因为这种事而不满，可情绪多少还是被左右了。她抿着唇就要推开他：“我饿了，要去吃饭，你放手。”

结果，她不仅没从他怀里退开，反而整个人都被动地向后退了几步。等她反应过来，她的背已经抵在办公室的门上——

刚才男人还搂在她腰间的手，半撑在她耳后的门板上。

季暖的心脏瞬间收缩了一下。她试图拔高声音说话，撑住自己的底线，怒道：“墨景深你干什么？我饿了，我要去吃饭！你要是没时间，我就自己去！”

“把话说清楚而已，总不能看你气冲冲地走出去。”墨景深低下头，看着她的脸，平缓地道，“你情绪不稳，不这样，怎么跟你说话？”

“我不需要你对我说什么！刚刚不是说让我给你两周的时间吗？我没反对就是已经答应了，你还要说什么？”季暖现在一点儿也不想跟他这么近距离地说话。

“我的妻子，现在是你，将来也只会是你。”他的语气冷清平静，却极其认真。

季暖一下子就不说话了，只抿着嘴看着他。

墨景深看见她这明明像是委屈却又不肯表露的模样，几不可闻地轻叹了一声。他俯首在她的唇上吻了吻，在她唇边低声道：“墨太太，虽然吃醋代表你很在乎我，但你如果因此而觉得委屈，我会心疼。”

季暖瞪他，心想一边心疼我，一边还要让我忍受整整两个星期？

墨景深忽然笑了，低声道：“一星期，嗯？”

这个男人不是真的会读心术吧？

季暖也不是那么不讲理的人：“一星期就一星期，说好了，这几天不许跟她有任何肢体接触！就算开会时她给你递文件，你们的手都不能碰到！”

墨景深忍不住笑道：“好。”

季暖这才在他面前软了下来，不再抵抗。

“不气了？”他低声问道。

“本来也没怎么气。”季暖仍旧嘴硬。

墨景深笑笑，道："走吧。"

"走去哪？"

"不是要去吃火锅？"

季暖惊疑地道："现在已经一点半了，是工作时间，这样是不是不好？"

"我是老板，谁敢说一个不字？"

季暖从门前向旁边移开，眼见墨景深回身拿起西装外套便走了过来，她又脱口而出："那个安秘书，是不是真的很喜欢你？"

"也许是，没太注意过。"

这算什么回答？

"墨家跟安家不是很熟吗？你们不是认识了很多年吗？"

"墨安两家是世交，我在国内的时间更久，去美国求学时连家人都没有过多接触，又怎么可能跟安家有什么往来？"墨景深显然没打算在这个不重要的话题上停留太久，语气颇淡，"见过几次，印象不深，我出差回来后看见忽然出现的新秘书，才想起有这么一个人。"

他们走出办公室，季暖还在想墨爷爷和墨景深的父亲最近会不会有一场恶战，也不知道这老子和儿子之间的"孙媳妇儿大战"究竟谁胜谁负。

但是，胜负关键似乎都在墨景深身上。

她正想着，墨景深牵过她的手走向电梯，她瞥见旁边有路过的女员工，正一脸羡慕又惊奇地看着这边。

季暖要将手抽出来，墨景深却加重握在她手上的力度，没给她脱离的机会。

他们即将走到专属电梯那边，她隐约看见女员工在那边捧着心口嘀咕，却听不见她们究竟在嘀咕什么。

她怎么会知道，公司的员工看见这一幕，不可能不震惊。墨总在公司，说是冷面煞神都不为过，员工们战战兢兢，生怕在总裁面前出一点儿差错，毕竟墨氏不是那么好待的地方，没有一个人能在这里随便混日子。墨总在公司可从来没有这么耐心又温和的一面，他不会轻易大发雷霆，却也不是那么好说话的，大家心里的墨总，除了高冷还是高冷……

可是，谁能想到墨总居然这么宠老婆？刚才墨总对季暖温柔带笑的一瞥，简直要了人命。

"墨总。"就在专属电梯在顶层停下时，门还没开，旁边忽然传来安秘书的声音。

季暖听见那个声音，下意识地先一步转过头看向她。

安秘书却直直地盯着墨景深。

墨景深没有回头，声音清冷地道："什么事？"

"您下午两点有一场和D&C集团老总的会晤，下午四点去会议室听审财务部的月度总结，您现在要出去？那是否需要我将您下午的行程移至明天？"

安书言一眨不眨地看着墨景深。这一会儿的时间，她从头到尾都没有看季暖一眼。

墨景深的语气很淡："D&C的会晤移至明天上午，我四点前会回公司。"

安书言的表情不变，她只是轻声提醒："可是墨总，D&C集团的老总已经约了您足足一个多月了，好不容易得到首肯，今天终于能与您亲自洽谈……"

季暖站在墨景深身边，以只有他能听见的声音低低地说："下午有事你就先忙，我刚才也只是随口提了一句火锅，也不是非吃不可。"话音刚落，她的手就被他不动声色地捏了捏。季暖没再说话。

安秘书把他下午的"忙"说得这么详细，要说不是故意说给她听的，她才不信。她虽然是秘书，可墨景深才是公司负责人，凡事他自己掌握有度，如果墨景深觉得没必要太给那家公司面子，季暖也就很自觉地不多说什么。

"墨总，已经快到两点了，您如果没什么重要的事情，还是等见过D&C的人之后再出——"安书言仍是一副公式化的口吻，她仍然盯着墨景深的侧脸。

墨景深的神色自然而寻常。他的语调淡淡地道："季暖饿了，不能等。"

季暖无声地笑了一下，很想掐他。她又不是饿死鬼投胎，谁说她不能等！

但是，她没吭声，也没去掐他，也没再去看安秘书，只用指甲悄悄扎了扎他的手心，却换得他握得更紧。

安书言顿了顿，脸色平静。她缓缓地点了点头，再微微一笑："好的，我知道了，墨总。"

从小到大他们见过几次，墨景深从来都是疏离冷漠的态度，今天却第一次让她感觉，他更加疏离，也他更加冷漠，距离也明显比以前更甚。

直到两人走进电梯，她拿着手中的文件，静默许久，才面色不变地转身走开。

"她好像是个对手啊……"季暖在墨景深的身边，随口低低地说了一句。

墨景深瞥了她一眼："嗯？"

"她很淡定。"季暖评价。

安书言的淡定是对墨景深这个男人志在必得，是根本没把季暖放在眼里，淡定得激起季暖的那点儿小小的胜负欲。

她抬手便挽着墨景深的手臂，坚定地说："可是有些人再优秀再自信，也不能插足别人的婚姻做小三。墨景深，不管你究竟被多少女人盯着，也只能是我的男人！”

墨景深无声地笑笑，道：“嗯，你男人。”

季暖抬起眼，看着电梯门上反光的镜子里他们站在一起的身影。男人英俊非凡，只是随意站着，都非常笔挺。他正居高临下地看着身边的她，嘴角隐有淡淡的笑。

火锅城就在公司楼下，两人没有开车，直接步行过去。

他们进了火锅城后，季暖问：“你确定能吃辣？”她自己是有些吃不消的，有时候嘴馋，很想吃，可她好像连墨景深喜好的口味都不算特别了解。这墨太太当得真是羞愧……

墨景深进门时，斜眼看了她一眼，显然也对她的疑问有意见。

季暖干脆不说话，进去就找个位子坐下，刚才没能电话预订，但幸好这个时间点里面用餐的人不算多，二楼靠窗的一个位子是空着的。

“欢迎光临，请问是几位用餐？”服务员走过来。

“两个人。”季暖回答。

墨景深没说话，直接在她对面坐下，接过服务员递来的菜品单，看都没看便放在她那一边：“喜欢吃什么自己点。”

见墨大总裁对这种满室飘着火锅香味儿的地方没什么不适应的样子，季暖低下头看菜单，在上边一下一下画着钩，画了一会儿便抬起头看着他：“你喜欢……吃青菜还是肉类？肉的话，羊肉还是牛肉？鸭肠和百叶之类的吃吗？”

季暖问完之后，就看见墨景深又非常有意见地瞥向自己。季暖抬手扶了扶额。她对自己老公的喜好不了解，她也不想的好吗，以后她一定多多了解，全部记住！

墨景深眼风从她脸上刮过，淡淡地来了一句：“青菜。”

“哦。”

季暖有些窘迫，在青菜合盘上画了钩。她明白墨景深比较喜爱素食，又点了其他一些清淡的东西，然后将菜品单递给他：“你看看有没有什么要补充的？我没有点太多。”

墨景深接过，却没有看，直接递给桌边的服务员。

“两位要喝些什么？”

“有没有热水？白开水也可以。”季暖问。

“有的，马上给您送上来，那先生您喝什么？”

“一样。”

季暖当即抬眼看向墨景深，心里默默记着，墨景深不喜欢牛奶她是知道的，他对咖啡和茶也不是特别热爱，并且和她一样对白开水情有独钟，饮食方式这么健康，她大概已经摸清他的口味了。

服务员拿着菜单转身离开，没多久，就有季暖点的清汤锅底被送了过来。

不出一分钟，蒸腾的热气便在两人之间蔓延。

“我刚才还在担心你不习惯这种环境。”季暖边说边接过服务员递来的玻璃壶，里面是泡着柠檬片的温水。

墨景深清俊的眉宇微动：“怎么说？”

“火锅嘛，一般像你这种平日在酒店应酬过多的人，出入的都是正式场合，对这种东西不会很偏爱。”

“确实不偏爱，但也不至于不吃。”墨景深只是笑了笑，没去嘲笑她这即将偏离轨道的话题。

“那你喜欢甜食吗？”季暖忽然捧着脸，隔着白白的热气，看向男人好看如神祇的俊脸。

他看着她道：“这是打算开始深入了解我的喜好？”

季暖很是坦然地一笑：“没办法，今天忽然有了很强烈的危机感，要是再不主动些，老公被别人拐跑了怎么办！”

墨景深低低地笑着。

“我猜你肯定不吃甜食。”季暖又自言自语地说了一句。因为那次他帮她买汤圆回来的时候，她吃剩下不少，他一口都没有吃。那个味道太甜了，估计他不喜欢。

他挑眉。

她算答对了。

一顿火锅吃得季暖很满足，全程季暖都在不停地问问题，墨景深偶尔回答，偶尔无视。直到最后，季暖连他喜欢什么颜色都问出来了，他才忍无可忍地把这忽然间好问的小女人带出了火锅城。

季暖窝在家里看了两天的公司资料和各方面的报表，没有出门。

其间，季梦然又打过两通电话，她一个都没接，全程装死，始终无视。

就在周末墨老爷子寿宴的前一晚，季梦然的电话又打来了。季暖刚从书房里出来，瞥着来电号码，没什么表情地接了电话。

“姐，你这几天和景深哥哥没回御园吗？”季梦然的声音小心翼翼的。

季暖语气缓慢地道：“没回，怎么了？你去御园找过我们？”

“我……我下午和同学聚会，路过御园，就想进去找你，但是陈嫂说你和景深哥哥近来没有回御园住。”

她路过御园？

御园在海城靠南的城区，更在环境幽静的地段，无论季梦然之前去了哪里，想回季家的话，也不可能从御园附近路过。

“确实没回去住，我和你姐夫最近在过二人小世界，御园那边大概还要过些天才回去。”季暖笑意凉凉地说了一句。

季梦然似乎因为她这句回答而顿了一下，静默了一瞬后，才谨慎地问：“那你和景深哥哥最近住在哪儿啊？我去找你！”

“明天去墨家不就能见到了？今天这么着急找我干什么？”季暖懒得去装热情，语气凉凉地回绝，“有事明天再说，我还在忙。”

“我给你带了个好东西，姐，你要是方便的话，就让我去找你吧。”季梦然很坚持。

季暖沉吟了一下，倒想看看她究竟是在卖什么关子，明天就是墨爷爷的大寿，季梦然这两天这么急切地联系她，事出反常必有妖。

她和季梦然约在一家甜品店见面，季暖始终没透露自己现在究竟住在哪里。

季梦然到了甜品店，看见坐在窗边正喝着奶茶看手机的季暖，走了进去。

季暖只当没看见她，盯着刚刚刷下去的几条新闻，看似毫无防备，在季梦然走到桌边时，也只是凉凉地说道：“坐吧，到底什么事？”

她懒得给季梦然太多好脸色，更不需要伪装什么姐妹情深。

季梦然将一个精致的方盒子推给她：“之前不是说要给墨老送棋盘吗？我跟爸那边求了好久，他终于答应把这个棋盘给我了。姐，明天你就给墨爷爷送这个吧。”

棋谱已经拿到手的事情，季梦然并不知道。

季暖头都没抬，依旧看着手机，声音冷冷的，带着拒人于千里之外的疏离：“墨爷爷的大寿，你倒是一直很放在心上。”

季梦然一脸好妹妹自然要替姐姐着想的表情：“你毕竟是我姐姐，而且景深哥哥对我也很好，我总要为你们出一份力。”

“是吗？”季暖放下手机，淡淡地看着季梦然。

四目相对的一瞬，季梦然在她冷淡的眼神下心里有些发怵：“姐，你最近是真的跟我生分了好多，御园不让我去，你连新住处也不告诉我，你究竟在防着什么呀？”

季暖瞥着桌上的盒子，伸手拆开，见里面的确是爸爸收藏多年的初唐玉石棋盘。

这个棋盘居然是真的，果然很反常……

季暖将盒子盖上，微微屈起葱白的手指，指关节在玻璃桌面上看似漫不经心地轻轻敲了两下：“你最近怎么总是疑神疑鬼的？难不成你真做了什么对不起我的事？”

季梦然脸上本来自然的表情差点儿僵住：“我怎么可能会做对不起你的事，你可是我姐，是我亲姐姐！”

季暖的视线再度落回手机上，语气云淡风轻：“那不就得了？没做亏心事，你还总担心什么？”

“我……我那个……就是问问……怕你跟我太生分，既然是我想多了，那我就不问了。”

季暖没再答话。

大概十分钟之后，季梦然找理由走了。

季暖看都没再看一眼桌上的棋盘，仍然盯着手机的屏幕，随手查了个与这个玉石棋盘有关的历史资料，之后嘴角漾出不咸不淡的笑意，眼神清亮，看不出丝毫心事。

翌日，去墨家之前，季暖先回了季家。

“怎么没和景深一起去墨家？”季弘文看见季暖回来，直接问道。

季暖笑答：“今天有些从国外回来的亲戚凌晨时分就到了，没有方便的车，景深就去机场接人了。我没打算让他绕半个海城特意回家接我，所以就过来跟你们一起去墨家。”

一行人直接上了车，准备出发。

他们出发之前，季暖忽然说：“你们在车上等我一下，我肚子不舒服，马上来。”

季梦然和沈赫茹都已经上了车，盯着她的身影愣了下。

沈赫茹坐在车里，忍不住说：“暖暖直接叫墨家司机去接她不是更好？绕了这么远的路回季家，也不知道她是怎么想的。”

季弘文冷冷地看了她一眼：“暖暖就算是墨家的孙媳妇，毕竟也是我季弘文的女儿，景深不在身边，她和我们一起过去，也没什么不对。”

没过几分钟，季暖出来了。她开门上车，神情看不出有异样。

季梦然一声不吭地坐在后排，时不时地盯着季暖的包。

沈赫茹瞥了瞥季暖，没看出异样，这才移开了视线。

墨家老宅所处的地段是海城郊外风水极好的山下，占地面积很大。

他们的车刚到，一个年纪稍大的身影从里面走出来。他是墨家的管家——欧伯。他笑眯眯地迎出来："墨老正在里面待客，没能出门来迎，特地派我来请几位进去。"

说着，欧伯又看了一眼正跟在季弘文身后的沈赫茹。想起沈赫茹背后的家族，他不由得笑道："这可真是巧了，秦家的人今天也在，几十年了，难得在一个地方看见海城四大家族同时出现。"

海城四大家族：墨家，秦家，季家，盛家。

沈赫茹在嫁给季弘文之前，还因为前夫的关系靠着盛家才得以生存，虽然现在她跟盛家已经再无关联。

"是呀。"季梦然忽然在后边小声插嘴，"但今天来的人也只有沈阿姨一个，我很久都没看见过盛哥哥了。"

季弘文听见"盛哥哥"三个字，目光一冷。沈赫茹脸上有些不自在。几个人都似是无意地看了季暖一眼。

季暖抬起手，神色不变。她随意地将脸颊边的发丝撩至耳后："欧伯，墨爷爷在哪里待客？我们直接过去吧。"

欧伯引着他们向里面走去。

所经之处，宾客对季暖的态度都不太热络。

上辈子的季暖，在这些长辈面前也没给过他们什么好脸色，现在她如果突然主动打招呼，倒会显得奇怪，性格上的改变也太突兀了，她索性一路安静地跟着欧伯往里走。

他们被欧伯带进里面的宴客厅，她一眼就看见了虽然拄着拐杖却精神焕发的墨老爷子。

"这是都来了？"墨老爷子看见他们，直接转身走了过来。

"爷爷，祝您福如东海，寿比南山。"季暖温柔乖巧地开口，"景深到机场接远来的宾客，估计快到了。等人齐了，我们再好好给您祝寿。"

"不急不急！你们来了就好！团团圆圆的，我就开心！"

墨老爷子因为季暖第一次这么亲昵地喊他爷爷，心情相当好。想着前两天晚上给美国那边打的那通电话，骂了儿子半个多小时，他也觉得值了。

"墨爷爷，生日快乐！"忽然，一道轻柔的声音传来，带着几分温柔的恭敬。

季暖听见那个声音，下意识地抬起眼，看向出现在这里的安书言。虽然她没想到，但这人来得也不算太突兀。安书言虽然只是墨景深的秘书，但既然安家与墨家是世交，现在她又在国内，赶上老爷子的八十大寿，会来祝寿也属正常。

季暖一眼就看见安书言手里抱着的精致礼盒。

安书言十分好看，眉眼柔和，五官精致，气质优雅。今天她也精心打扮过，不再穿着简约的通勤装，而是很显身份又低调柔美的裙装，一颦一笑间就是长辈们口中的大家闺秀。

墨老爷子回过头：“哎哟，书言这么早就来了？你才回国没多久，时差应该还没倒好，难得的休息日，就该多休息，怎么起得这么早？”

安书言仿佛没看见正被墨老爷子拉在身边的季暖，只笑着说道：“没事的，墨总平时对我很照顾，在他身边工作，并不会很累。”说着，她笑着将手中的礼盒递了过去。

“这孩子，能回国来见一眼就不容易了，还带什么礼物？”墨老爷子笑着，兴致勃勃地伸手接过礼盒。

“书言已经长这么大了？哎，我们果然是老了，这孩子之前不是在美国发展吗？怎么忽然回国了？难道是特地来给墨老祝寿的？真是有心了啊。”墨家的几个直系长辈进门时看见安书言，笑意满满地向这边走来。

有人附和：“当初我们可都以为，书言会成为墨家的孙媳妇儿呢，没想到——”

那人的话还没说完，就被身边的丈夫拍了一下手，她马上闭了嘴，同时尴尬地看向季暖。

顷刻间，几乎在这里的所有人都将目光投向季暖。

季暖却仿佛没听见一样，从老爷子手里接过还没打开的礼盒，放在旁边已经堆了不少礼物的架子上，回头道：“大家坐下聊，我去给你们切点儿水果。”

周围等着看好戏的人愣了下，没料到季暖不动声色间就拿出墨家半个女主人的姿态将这些人继续说风凉话的机会给堵了回去……

安书言看着自己那没打开的礼物被放到旁边的摆设架上，淹没在其他礼物中。

她仍然带着笑，仿佛不经意地看向季暖离开的方向。

这个季暖，似乎跟她回国之前听说的不太一样。

切好水果，季暖端出来，言行举止都很得当，那些等着抓她把柄的长辈也只能用眼神瞟一瞟她，碍于老爷子在场，大多数人也算勉强给了她几分面子，但还有一些人，眼神里的嫌弃很明显。

“丫头，去外面看看，景深回来了没有？”墨老爷子发现宾客快到齐了，直接对季暖说道。

“好。”季暖转身出去。

现在，不仅季暖做得没有一处可挑剔的，就连老爷子也在所有人面前故意把她的身份挑明，任何不友善的目光，老爷子都看在眼里。

季暖走到墨老爷子与宾客暂时看不见的青石板路上，忽然瞥见表姑妈墨佩琳正站在前面，跟几个年纪差不多的中年女人边笑边聊天。墨佩琳回头看见季暖，当即冷冷地瞥了她一眼。季暖只当没看见，继续向外走。

墨佩琳走过来，挡着她的路："哟，这是要去哪儿啊？难不成是被赶出来的？呵，要是没了老爷子的庇护，你怕是要被亲朋们的眼皮给夹死吧？这墨家，还真没几个人喜欢你！"

季暖面色不变："瞧我这眼神，居然才看见表姑妈，您怎么没进里面去坐，反倒是站在外面吃瓜子？"

墨佩琳神情一顿，还没说话，就听见季暖笑道："我差点儿忘了，墨家有规矩，宴客厅里怕是根本没有表姑妈能坐的位子，里面都是墨家的直系亲戚或者重要的人物，而您，却只能抓一把瓜子站在门外吹冷风。"

墨佩琳狠狠地剜了她一眼："要不是有景深护着你，你以为自己进得去？"

"季暖是墨家明媒正娶的孙媳，别人进不去，她必须进得去。"忽然，在墨佩琳身后，墨景深的声音传来。

墨佩琳表情一僵，转头对上墨景深清冷的目光。墨景深自她身旁走过，季暖看见他向自己走近。他确实拥有备受瞩目的一切特质。

今天不用去公司，墨景深穿着一身休闲装，浅色的高领毛衣，笔直的长裤，外面是件米色风衣，他很少穿暖色系的衣服，今天这不再高高在上的打扮，偏又让他在季暖面前多了几分真实感。

入时且低调沉稳的衣着衬得他肤色微白，在墨家老宅前院耀眼的阳光下只有一双深邃如泼墨的眼和薄削的唇，鲜明好看得让人移不开眼。

墨景深今天很早就去了机场，接宾客直到现在，却没有半点儿疲倦，在走到季暖跟前的一刻，眉头舒展，唇角一扬，帮她将衣领拢了拢："怎么没在里面，出来做什么？"

"爷爷看时间，感觉你快回来了，让我出来接你。"

"进去吧，别在外面吹风。"

墨景深揽着季暖的腰往回走，连多余的目光都没再给那所谓的表姑妈。

宴客厅里，宾客正三五成群地交谈着，老爷子也正与几个长辈说话。

墨景深刚一出现，大厅忽然静了几分，众人看见被墨景深搂着腰走进门的季暖，个个消了音似的，没敢再发声。

那些人的脸色随着墨景深的进门而缓和了许多，讽刺变成了巴结，嘲笑变成了满脸堆笑，冷眼也变成了热络。

季暖心想，这墨家的亲朋果然都是在上流社会磨砺出的人精，这些人平时就算有再多戏码要唱，现在也被墨景深挡在了外面。

眨眼间，他就给了她这个身份应有的尊崇与矜贵。

今天有资格来墨家的，都是海城甚至国内的名流，从政界、商界到媒体、娱乐界，都有人来。说是寿宴，其实这里更像考验人心的交际场。

墨佩琳一直很不甘心，从门外跟着走进来，刚一跨进门便开了口："季小姐真是好本事，能哄得我们景深把你视如珠宝。你这么有本事，结婚半年却没回过墨家，今天怎么不继续长本事，待在你的御园当墨太太？来墨家做什么？毕竟你从来没把我们这些老东西放在眼里。"

季暖刚要开口，却被墨景深往怀里按了按。

"季暖身体不好，让她在御园多休息少出门，是我安排的，和季暖无关。"墨景深出言袒护，态度冷淡，半点儿薄面也没给墨佩琳。

墨佩琳翻了个白眼，她上次带着女儿去御园就没得到什么好处，她一直都咽不下这口气！

今天在场的毕竟不只是墨景深和老爷子，墨佩琳无论如何都要好好教训教训季暖。

"老爷子你快看看，景深这可是结婚以后第一回带老婆回家，已经是这副态度，完全不把我们长辈放在眼里，这要是再过段日子，恐怕就连老爷子你都敌不过季暖的地位了。季暖说一就是一，说二就是二，万一季暖不高兴，让景深从此以后都别回墨家，他怕是真的要和墨家断绝往来了！"

"佩琳，你一大把年纪了，嘴上也不知道留个把门儿的！"墨老爷子眉头一皱，脸色不耐地说道，"我让他们把婚房定在御园，而不是住在墨家，就是要让他们平平静静过日子，这半年家里也没什么大事，不年不节的，景深平时在公司也忙，他们没事回什么墨家？你少在这里挑唆！"

墨佩琳表情一僵，不得不换了个脸色，虽然面上带笑，嘴上却仍然在挑刺："我这哪里是挑唆啊！老爷子，这季暖可是在结婚之后一次都没回来过，我也是站在长辈的角度想说说她而已。再说了，我们景深各方面条件都那么好，怎么就娶了季暖呢？这季家的大小姐除了空有一张脸，哪里配得上我们景深！"

墨佩琳这话说完，一对上墨景深冷峻的眉眼，下意识地转开头，看向老爷子，却也没在老爷子那边讨到什么好眼神，只好把视线放在一个角落，免得被老爷子盯得心虚。

"哦对了，我今天说这些话，其中也包括景深父亲的意思。"

这个时候，只有搬出墨景深的父亲，才能压季暖一头。不然，这季暖还真以为仗着有墨景深和老爷子做主，能在墨家无法无天了。

不远处，坐在一侧沙发上的安书言微微抬起眉眼，看向墨景深。墨景深进门后，连正眼都没给过她。

整个宴客厅里的人都在看墨佩琳不怕死地撞枪口，没有人插话。偏偏墨景深冷淡的神色和季暖适度的微笑，像是镜子一样，将墨佩琳吃不着葡萄偏说葡萄酸的嘴脸照得清清楚楚。

“他父亲？”墨老爷子站起身，很是威严地将手中的拐杖往地上重重一戳，厉声道，“我是他父亲的老子！老子在这里还什么都没说，哪轮得到他父亲说话！”

墨佩琳表情僵了僵，没料到老爷子这脾气说来就来：“我是说——”

“爷爷，没事，表姑妈毕竟也是长辈，说我几句也没什么，前段时间我没能回墨家尽孝，也确实是我不对。”季暖开了口，嘴角带着得体的笑容。

墨景深亦是淡淡地勾唇，直接替她挡下墨佩琳还要说的话：“表姑妈，暖暖的肚子里兴许已经怀了墨家的曾孙，你可别吓着她。”说完，他便在一群人包括老爷子震惊的目光下，揽着同样有些茫然的季暖坐到一侧的真皮沙发上。

他的动作与话语中透着自然的袒护，没有一处不表明季暖在墨景深面前的重要性，更说明季暖并不只是挂着墨太太的名，而是墨景深对她真是宠得紧，也在乎得紧。

“你刚才说什么？”墨老爷子如梦初醒，也顾不上墨佩琳那扭曲的表情，直接朝季暖的肚子上看了一眼。

墨景深眼神冷清而平静：“季暖小时候受过寒，体质稍差，即使有心备孕，也得经过一段时间的调养，这半年来我一直让她在御园休息，少四处走动，倒是没想到这点儿家事碍着了表姑妈的眼。”

老爷子拄着拐杖一步步走近，看着季暖，笑得都快合不拢嘴了：“你这孩子，身体不好就说啊，身体弱点儿没关系，有景深在，好好调养一阵子，准能生个健康的宝宝。你放心，以后这家里家外的，有爷爷给你罩着，什么风言风语都别管，安心养着，要是现在已经怀上了就更好，可你还是要顾及自己的身体，爷爷身子还硬朗，能等！”说着，老爷子又回头瞪向墨佩琳，“季暖是一直在备孕，在家里养身体，结果被你说成了什么！这么大岁数了，整天就知道搬弄是非！”

墨佩琳有些下不来台，脸拉得老长，却又不敢拿墨家曾孙这种事随意讽刺，毕竟这可是老爷子的底线。她要是触了底线，估计以后这墨家的大门都进不来。

而季暖这边，不时地看向自己身旁的男人。备孕？墨景深果然聪明得很。他只用这两个字，就让所有针对她的风言风语被隔绝在外。毕竟她这个墨太太的位子本来坐得还算稳，牵扯上备孕的事，更是谁都不敢得罪她，生怕万一惹她不高兴，她一个不舒服，害得墨家曾孙有问题，他们都会被墨老爷子抡着拐杖打进十八层地狱。

但是……备孕这回事……这么多人都在看着呢！季暖的手一时间不知该往哪里放，是贴上自己的肚子做做样子，还是应该……

她和墨景深坐在沙发上，男人的手将她的手重新握住，动作自然地与她两手交握，放在他的腿上，总算给了她一个最恰当的落点。

下午，来祝寿送礼的宾客已经走了大半，正式的寿宴是在傍晚之后。

墨家不再继续接待从外面来的客人，宴客厅中留下的都是墨家的直系亲属，或者在社会关系上十分亲近的朋友和合作伙伴。

“墨爷爷，之前一直没能插上话，这是我们季家给您准备的礼物。”季梦然在桌边，将手中一个古色古香的盒子拿了出来。

她说这句话的时候，特意扫了一眼季暖。

季暖察觉到她的视线，没做什么反应。

桌上的亲戚见有人又开了这个头，纷纷主动拆开自己带的礼物，献宝似的给老爷子看。

季梦然见时机差不多了，仿佛不经意地开口：“姐，怎么一直都没看见你的祝寿礼？快拿出来给墨爷爷看看！我相信，你的祝寿礼一定很特别！”

说着，她就对季暖挤了挤眼睛，笑盈盈的，好似很天真。

“确实特别，毕竟得来很不容易。”季暖将一个方形紫檀木礼盒拿了出来，放到了桌上。

那礼盒的大小和季梦然之前拿给她的装棋盘的盒子一样大，季梦然眼底隐有兴奋之色。

季弘文看见季暖拿出的盒子时，眉头不可察觉地皱了下。

“爷爷，这是给您的惊喜，相信您一定会很喜欢。”季暖将礼盒放到墨老爷子眼前，笑得很诚恳。

墨老爷子正笑着，还没说话，季梦然忽然盯着那紫檀木的礼盒，一脸震惊地说：“不是吧，姐！你要送给墨爷爷的祝寿礼就是这个？”

季暖从容不迫地说道：“怎么？”

季梦然仍是一脸震惊：“看这礼盒的大小，你这里面装的是……该不会是咱们家那个初唐的棋盘吧？爸前几天丢了一件心爱的古玩，没想到居然被你偷偷拿走了！姐，我知道你是想讨墨爷爷的欢心，可你也不能偷拿爸最心爱的古玩借花献佛呀！”

季弘文这会儿几乎坐不住了：“我这个小女儿口无遮拦，墨老您别见怪，暖暖绝对不会做这种事，至于这玉石棋盘……”

沈赫茹忽然在一旁开腔：“我就说前几天感觉你书房里的古玩架上好像少了些什么，没想到，居然是季暖偷偷把这东西给拿走了。”说着，沈赫茹又摇头叹息，“虽说暖暖想把好东西送给墨老，这初衷是好的，可毕竟也是嫁出去的女儿泼出去的水，回娘家时一声招呼都不打，就直接把这么贵重的私藏古玩拿走，虽然算不上偷，但确实不合规矩。”

“你少说几句！”季弘文碍于墨家人在场，没有直接发怒，却是在桌下狠狠地踢了沈赫茹一脚，警告她不要乱说话。

沈赫茹没再吭声，却若有若无地看向季暖。

她就不信现在人证物证俱在，季暖还有本事洗清自己，毕竟这娘家人和婆家人，两边都没有人能证明她的清白，这事虽然不大但也不小，放在两家人的眼里，季暖绝对是说烂了舌头也没用。

季暖仍旧笑意淡然：“什么棋盘？梦然和沈阿姨说的话，我怎么一句都没听懂？”

这可真是意外的收获。

这件事居然不只季梦然一个人在搞鬼，她就说那棋盘怎么可能说拿就被拿出来，看来是沈赫茹在背后帮了季梦然一把。

真是一场天衣无缝的好戏，如果换了曾经的季暖，她对季梦然毫无防备，怕是现在真的要被冤死了。

这种事情，就算墨老出口压下来，替她圆了场，但这背后的骂声也少不了，她一辈子都会被亲朋戳脊梁骨。

“姐，你就别装傻了，这棋盘就在里面放着，你总不能现在把已经送到墨爷爷面前的礼物收回去。”季梦然音调突然拔高。

季暖瞥了她一眼，眼底隐有冷笑：“梦然，你今天说的话怎么奇奇怪怪的？”

“姐，我是为了你好，你就别装了。你把这个初唐的玉石棋盘偷拿出来送给墨爷爷，就算爸他现在不跟你计较，可这棋盘根本就不能作为寿礼！”季梦然边说边叹息，“这棋盘是初唐时期一位祸乱宫廷的宦官的藏品，那个宦官后来因为谋反而被判了凌迟，死后尸骨被他身边的亲信埋葬，而这个棋盘也跟着一起入葬了，这可是陪葬品！就算现在它的确是值得收藏的昂贵古玩，但这种东西绝对不能作为寿礼呀！”季梦然的声音越来越低，仿佛并不是刻意要说这些，音量却又恰到好处，让桌边的人都听得清清楚楚，“送这种东西，姐你这是什么居心啊……”

“梦然！”季弘文没料到季梦然居然把这种事情都说出来了，恨不得一巴掌拍死她。

季梦然一脸无惧地看着季暖，却并没有看见季暖脸上出现任何惊讶、慌乱甚至恐惧的表情。

她好不容易找到一个可以让季暖在墨家无法立足的机会，不能这么错过。

所有亲朋眼神各异，却因为墨老爷子一直冷着脸没说话，而没有人敢随意插话，但这种事情，就算老爷子有心袒护季暖，现在怕也护不了吧？在老爷子八十大寿时送个唐朝叛乱宦官的陪葬，还是不得好死被凌迟的宦官，这简直……不可理喻！

墨景深始终神态淡然地坐在一侧，只在这场戏演得差不多时，凉薄地嗤笑。

季梦然见墨景深没马上出言维护季暖，又道：“景深哥哥，我不是故意在这种场合说这种话的，可比起我姐的面子，墨爷爷的身体更重要。姐姐送这种东西，寓意实在太不好了，所以我才……”

墨景深眼底是清清浅浅的笑，他没去看季梦然，而是淡定从容地看了一眼墨老爷子面前那始终没打开的紫檀木礼盒。

他语调低缓慵懒，不疾不徐：“说得我都好奇了，不如直接打开看看，究竟是怎么特别的古玩，能让不学无术的季二小姐像在背历史课文一样将来龙去脉记得这么清楚。”

季梦然的表情僵了僵。她的所有刻意，顷刻间因为墨景深一句不轻不重的话而被摆上了台面。她咬了一下舌头，转头看向沈赫茹，想要求助。沈赫茹却没看她，只是坐在季弘文身边摆出一副事不关己的样子。

季梦然胸中气闷，只好忍着。她盯着那个礼盒。反正有这东西在，季暖怎么都脱不了干系！

“依我看，还是赶快打开礼盒看看吧！”季梦然依然坚持。

季暖笑了笑，很坦然地伸过手去，结果手一放到礼盒上，就看到了墨老爷子的视线。

老爷子这是看出来季暖中计了，为免她真的在这种场合下不来台，他以眼神警告她，别打开。万一真是那东西，让在场很多有名望的人看到了，季暖就真的找不到台阶下了。

季暖对老爷子投去一个让他放心的笑容，手在盒子上轻轻一叩，昂贵的紫檀木礼盒瞬间被打开。

季梦然一看见里面摆放的东西，目光狠狠一颤。这，怎么可能？她明明之前就把东西交给季暖了，可居然……居然不是……

看见盒子里的东西，季弘文在一旁顷刻松了一口气，却又皱了皱眉，眼神凉凉地看向已经石化的季梦然。这个作死的丫头！真是把他们季家的脸都丢尽了！

“爷爷，一场闹剧，让您看笑话了。”季暖盈盈笑道，“我和景深去选礼物时，景深说您对古棋很偏爱。这是晚唐时期名家顾师言留下的古棋谱，世代流传，历朝历代皆珍藏于皇宫，传到现在，仍然保存很好，希望您能喜欢。”

墨老爷子惊愕了片刻，似是不敢置信，回过神来便一脸欣喜地接过，一边看一边点头：“你这孩子真是有心了，这确实是我前些年一直想要收藏，却苦求无果的好东西！没想到有生之年居然真能得到它！”

墨景深抬起手，让一直站在桌边的季暖坐下，声音清淡地道：“棋谱是暖暖特地为您去求来的，费了不少工夫。”

老爷子开心地连连点头，眼神跟黏在棋谱上似的。他不停地一页一页小心地看，显然是宝贝得很。

季暖在桌下悄悄拉住墨景深的手，小声说：“分明是你赢来的，怎么说是我去求来的呢？”

墨景深音色很低，却又温柔清澈：“我人都是你的，赢来的东西，当然也是你的。”她无形中好像又被他硬撩了一把。

坐在桌对面的季梦然这会儿已经脸色发白。她很想说季暖明明拿的是棋盘，可现在被各种人看着，还有爸爸向她投来的警告的眼神，她有些胆怯。她抬眼看向季暖，一时不知道要怎么把这件事情圆下去。她现在该怎么办……

在座的人都精明得很，所有人都看得出来，她刚刚是刻意诬陷季暖，她要怎样解释才合情合理？似乎……什么样的解释都说不通了……

“梦然。”季暖的声音忽然传来，带着些冷意。

季梦然抬眼。她现在又怕又恨，眼里的惶恐藏都藏不住。

季暖声音拖长，话语里夹着不容忽视的冷意：“我们之间怕是有些误会，墨家你也是第一次来，不如跟我去后边的院子转一转？聊一聊？”

季梦然脸色发白。经过这段时间的相处，她深知季暖已经不是当初那个由自己糊弄的性子了。眼下除了季墨两家，还有不少有名望的人在，她真是亏大了！

季梦然低下头没吭声，却没想跟她走。

季弘文却怒声道：“还不赶快跟你姐姐出去？想继续在这么多人面前拌嘴？

你姐已经够给你面子了！”

墨老爷子也冷不丁地说道：“确实，我看你们姐妹之间似乎有什么误会，这亲妹妹当众诬陷姐姐，老头子我这辈子也是头一回看见，有什么话你们去后边说。”

季梦然的神色更慌乱了，她眼眸闪烁，不敢看他们，也不敢看季暖：“我……我刚才只是……”

季暖最开始没打算这么快就跟季梦然彻底闹僵，首先是没找到合适的机会，其次是她想把季梦然所有的路数摸清楚。但现在这个机会却恰当得很，既然季梦然自己不想再有好日子过，也就别怪她不客气。

季梦然跟着季暖出了宴客的大厅，季暖一路无话，季梦然在后边跟着，心里暗暗打鼓。

到了墨家后院人比较少的地方，季暖转过身。季梦然同时抬起头盯着她，抢占先机似的说：“姐，我就跟你直说了吧，今天的事情的确是我故意的，但也是因为前段时间你——”

啪！极其响亮的巴掌声，清脆又突然地让远处路过的用人都吓了一跳。

季梦然震惊得连表情都做不出来。她不敢相信，季暖居然打了她一巴掌。她更不敢相信的是，打她的人是从小一直让着她、疼着她的季暖！

季梦然抬起手捂上脸，惊愕得脸上的肌肉都僵了。过了许久，她才不敢置信地尖叫：“季暖！你居然打我——”

啪！又是一个干脆利落的巴掌狠狠地抽了过去，扇得季梦然的脸偏到了一边。

季暖冰冷的声音传来：“打的就是你！没脸没皮无休无止地找死！”

季梦然气得又是一声尖叫：“季暖！”她这辈子还从来没被人打过！可她居然被季暖给打了，还打了两下！

季梦然气得浑身发抖：“季暖！我讨厌的就是你这一身自以为是的傲气！凭什么你处处都要站在我头上，凭什么你能——”

季暖冷笑，扬手又是一巴掌下去。季梦然没想到还会有第三下，她被打蒙了，整张脸僵在刚刚说话时的表情上。

“凭我是你姐！凭我得来的一切都光明正大，我曾经再怎样高傲自负，也没在背地里算计着坑自己的家人，甚至肖想自己姐姐的丈夫！季梦然，你这叫给脸不要脸！”季暖出口毫不犹豫，不再留半分情面。

季梦然先是呆住，下一刻便气得浑身颤抖不止，她没想到季暖居然什么都知道。所以……自己做的这一切，季暖全都看在眼里？她是故意将计就计的？所以今天才会这么突然地反转？

季梦然忽然有些怕了，捂着已经被扇红的脸，示弱似的哽咽道："我、我也没怎么妄想，我只是看不惯你以前对景深哥哥的态度，觉得你辜负了他，对不起他，所以我才……"

忽然，季弘文不知道什么时候走了出来，显然刚才她们的话，他都听见了。

季暖看见来人，没什么表情地走到他身边："爸，你来处理吧。"说完，她走出后院，头也不回。

季梦然回头看见季弘文沉得能滴水的脸，吓得脸色泛白："爸……"

季弘文没说话，只在季暖背对着他们直接走远的刹那，啪的一声，扬手一巴掌朝季梦然的脸上抽了过去。季梦然猝不及防地被扇倒在地。她抬头，惶恐地看着怒意高涨的季弘文，恐惧从四肢百骸蔓延至全身。

"你们刚才说的话，都是真的？"季弘文眉宇紧皱。

"我……"季梦然看向他，哭道，"爸……我真的只是觉得姐姐配不上景深哥哥，为景深哥哥不平而已，今天的事情我可以解释，我——"

"愚蠢！"季弘文眼神愠怒，"我怎么会有你这种女儿！这么多年，豪门的恩怨情仇我早就见过不少，却没想到我自己的女儿居然也会做这么低级的事情！"

季梦然看着季弘文的脸色，一句话都不敢说。她的整张脸白得近乎透明。

宴客厅里，祝寿的声音此起彼伏。

墨老爷子笑着应了几句，将刚刚一直放在手中的宝贝似的棋谱小心地放进紫檀木礼盒里，同时叫墨景深去他身旁坐着。

祖孙二人坐在一块儿，墨景深始终笑意淡淡的，毕竟墨老爷子可是把刚才的情况都看在了眼里。

"那个季梦然，是不是对你有点儿想法？"墨老爷子用只有墨景深能听见的声音，低声说道，"季家的情况我多少也算了解，季弘文为人不错，但这两个女儿毕竟早早就没了亲妈。现在季家的二女儿对季暖这么有敌意，依我看啊，你以后少让季暖回去，闲了就多带她来这里走走，老头子我别的本事没有，护着孙媳妇儿的本事还是有的。"

墨景深笑笑，道："好。"

正巧季暖在这时候回来了，她一进宴客厅的门就看见墨景深孝顺体贴地坐在墨爷爷身旁，脸上亦有几分难得的温和耐心。她的心微微一颤。

墨景深慵懒地靠在椅背上，灯光照过去，男人的脸被照亮了一半，仿佛雾霾天里的草木，又似是被阳光笼罩，添了几分平易近人的温暖。季暖一不小心就看入神了。

在场的皆是上流社会的精英与各圈子的大人物，纵使在这样的场合，墨景深仍然是最引人注目的一个，无论涵养气质或是一举一动，无一不是最耀眼的。

“季丫头回来了。”墨爷爷看见她，对她招了招手，“站在那里干什么？过来，来爷爷身边坐。”

季暖走过去，本来要去墨爷爷的另一边，却鬼使神差地去了墨景深那一侧，与他相邻而坐。她当然不是刻意秀恩爱，但刚才脚没听使唤，直接凑到他身边去了。

墨老爷子将这一切看在眼里，更是心情大好。趁着旁边一位阔太太探身来跟季暖随意聊天时，老爷子低声对墨景深说：“你之前说备孕的事，是真的？”

墨景深低低笑了，道：“您觉得呢？”

“啧，这话说的，什么叫我觉得？我看季家丫头现在对你是真心实意，既然夫妻感情和睦，就趁现在赶快把她的身子调养好，早点儿把孩子生下来，以后老头子我整天忙着哄孩子，也就没工夫去操其他的心了。”

季暖隐约听见墨爷爷的话，目光转了过去，却先对上身旁墨景深的目光。她本来还因为备孕的话题有些不好意思，撞进墨景深眼中的那一刻，感觉他好像……还真打算答应老爷子似的……

宾客渐散，时间也不早了，墨景深是墨家长孙，不可避免地喝了几杯清酒，本打算就此作罢，却被墨爷爷留下来，在墨家老宅过夜。

结婚之后，季暖就没在墨家住过。她也是今天才知道，墨景深这么多年很少回来住，但在这里，他的房间每天都有人打扫。

墨家老宅虽然称为老宅，大部分建筑却并不老，不过前面三层楼的前厅建筑确实有些年代了，但老爷子念旧，一直没让重建。

后边的几栋别墅与阁楼都很漂亮，立于山脉之下，听说靠近山底的建筑下方还有一方几十年前被发现的泉眼，只是墨家很少让外人去泡温泉，只有墨家人才有资格去。

这里空气清新，更得天独厚地拥有市中心难得享受到的清静。

宅院正中的跃层式别墅里，整个三楼都属于墨景深。

里面的主卧是墨景深的房间，虽然墨景深回来的次数不多，可这里的一切都没有其他人敢介入，他的地方也没有人能随意闯进来。

夜深人静。

季暖在浴室里没找到吹风机，就在头上裹了一条干毛巾出来了。

出来时她就看见墨景深刚进门，带着秋夜的寒气和墨家老宅草木的清新味道。灯光下他神色柔和，见她刚洗澡出来，眸色顷刻深了些许。

这个时间，所有宾客都走了，墨景深也就不用继续在宴客厅待着了。

爸爸和沈阿姨离开时，虽然脸色不如其他人高兴，却还是将季梦然给带上了车。当时季暖也没去看季梦然的表情，只以眼角的余光发现她有些狼狈，一声招呼都不敢打，就直接钻进车里，关上了车门。

“今天给爷爷送祝寿礼的事，虽然最后吃亏的不是我，可当时毕竟那么多宾客在场，刚才送他们离开时，应该有不少人跟你提起这事吧？”季暖问道。

墨景深低头看了她一眼：“今天留下的人都知道分寸二字怎么写，即使刚才偶然提到几句，但只要出了墨家的大门，也没有人敢对外多说一个字。”

季暖一怔，道：“啊？你是不是趁我不在的时候，对他们说了什么？”

“不用管他们，我会解决。”墨景深波澜不惊地道，“今天你做得很好，杀鸡儆猴，以后那些暗中敌视你的人也不敢轻易再对你使手段，安心做你的墨太太，一切有我。”

“哦……那爷爷怎么说？”

“他？他当然是始终向着你，爷爷虽然年纪大，看事却格外通透。”

“那就好，我倒不介意在别人眼里留下什么不好的印象，可季梦然今天这么一闹，虽然她也没得到什么好处，但总算一场不大不小的闹剧，怎么说都不好看。”

墨景深的眼眸漆黑，他定定地看着她：“爷爷不可能让你在墨家吃亏，今晚注定有人睡不着，但那个人绝对不会是你。”

季暖像是瞬间吃了定心丸，扯了扯唇：“今天这事，我爸估计气坏了，手心手背都是肉，两边都是他女儿。”

墨景深嗓音低沉地道：“你以为在这之前他没发现季梦然的举动不正常？只是碍于父女情面不想说破。今天这种情况，他也是被自己的二女儿逼到这一步，你没做错，不需要介怀。”

“哦。”

季暖抬起手，将几乎要掉下来的毛巾向上扶了扶，用毛巾在头顶擦了擦湿漉漉的头发，怔了片刻后又问：“那你呢？如果今天我真的中计了，脸也丢尽了，你会怎么做？”

墨景深低眸看着刚刚洗过澡、脸上还有些潮意的小女人，伸手捏了捏她的下巴。

“还有一个沈赫茹，今天放过她，是看在盛家和季家的面子上，但若她真要将你推进不堪的境地，我不介意拿她断绝往来多年的儿子相威胁，让她看看是跟你过不去更重要，还是她儿子的命和前途更重要。”

男人的声音淡淡的，季暖的整颗心却是完完全全踏踏实实落了地。她现在彻底知道了，墨景深只会做一件事，就是给她任何人都无法替代的安全感。无论什么时候，他都绝对能帮她解决问题，哪怕她不小心真的中了别人的诡计，他也不会让她输的。

隔天，季暖为了将自己那两家小型房地产公司合并成一家大型工作室，忙到废寝忘食。

时针已经指向晚上十点，墨景深还没回来。季暖伸了个懒腰，拿起手机看了一眼时间，却看见两个未接来电，都是夏甜打来的。之前她在忙，又跟工作室那边开了两个多小时的视频会议，就把手机调成了静音。

季暖直接将电话给夏甜打了回去，电话很快接通了。夏甜的声音很暧昧：“暖暖，你家老公是不是把你拴在床上了？终于舍得让你抽出空来看一眼手机？”

季暖嘴角一抽，道：“墨景深今晚应该有事要忙，还没回来。”

“他没在家啊？那你怎么这么久才来电话？我还以为你和墨景深每天晚上干柴烈火，各种姿势全来一遍呢。”

季暖转身坐在床边，拿起枕头抱在怀里：“你脑子里能不能少想些这种事？还没结婚的人，比我这个结婚的还如狼似虎。”

夏甜嘿嘿一笑，坐在病床上啃了一口西瓜。

季暖这段时间一直没去医院，她试探性地问了句：“最近你这么安静，连电话都没给我打过几次，是有人陪了？”

夏甜的嘴里塞着不少西瓜，她语调含混地道：“你怎么知道？”

季暖的心向下沉了沉：“之前撞伤你的那个男的，是不是正在追你？”

夏甜一口西瓜差点儿呛进气管里，连咳了好几声，才哑着嗓子骂道：“你这是会算吗？几天不见就成半仙儿了啊？”

季暖的神情冷了冷。果然！夏甜现在这半遮半掩又有点儿羞涩的语气，她很熟悉。一切都如她所料。只是，自己有一段时间没去看她，居然还是让那个浑蛋钻了空子！

翌日清早，还不到七点，季暖直接开车去了医院。

刚出电梯，还没到病房门前，她就看见夏甜正被一个瘦高的男人从走廊前边的公用洗手间扶回来。

夏甜抬眼发现了季暖，当即一脸惊诧："暖暖？"

季暖一句话没说，目光只在那个男人的脸上冷冷地掠过。她推开病房的门便走了进去。

直到夏甜被扶进来，坐在病床上，那个高大的男人才转过身来看向季暖，对她伸出手，一脸客气地说道："你就是甜甜经常说的好朋友季暖？你好，初次见面，我叫李明恩，我是……"

季暖仿佛没听见，坐在病房一侧的沙发上，面无表情，整个人是前所未有地冷。

季暖今天的气场太冷了，根本不给他面子，夏甜很识时务地让他先走。直到病房里只剩下她俩，夏甜半倚在病床上："暖暖，你刚才的气场两米八！真是酷死了！"

季暖的脸上没有表情："怎么回事？前段时间我说过的话，你是当个屁给放了？"

显然没料到季暖能气得骂人，夏甜脸色有点儿窘迫："没忘，这个姓李的追我好多天了，我一直也没同意！"

"今天一大早他就在医院，是怎么回事？"

"前几天他因为我后期的住院费用又来过一次医院，随便聊了几句，之后就经常来看我。这人绅士有礼，又很体贴，我也不知道怎么拒绝他的好意，但我发誓，我对他还没上升到喜欢，毕竟刚认识不久，只是觉得他人还不错。"

"所以，你现在也算默认他在追你了？"

夏甜像是被老师训话的小朋友："算是吧……"

好半天后，看出季暖好像真的很生气，夏甜才说："你别气！我和他也没发展到什么地步，只是他今天上午要飞去S市，去机场前先来医院看了我一眼，本来他刚刚就要走了，是我忽然想去洗手间，他扶我去了……但我发誓，他是在洗手间外边等着的，我和他绝对没有任何多余的暧昧和接触！"

见季暖一直都没什么表情，夏甜不再开玩笑，也跟着正色起来："我们肯定不会发展成你想象的那个样子，你相信我！"

信你才有鬼！如果不是有些事情不能说出去，季暖真想直接在夏甜面前说出真相，让她知道她在这个渣男身上栽过的跟头，怀过的孕，流过的产，伤过的心，送过的死！一桩桩一件件，哪个不是血淋淋的教训？！

“你最近腿伤养得怎么样了？”季暖静默之后，干脆换了话题。

话题换得猝不及防，夏甜愣了一下才答：“还行，拿着拐杖的话能在病房里走两圈，但腿骨还没有完全接上，暂时不敢直接站在地面。”

“我去问问医生，看你能不能转院。”季暖站起身就要往外走。

夏甜一听，扬起眉道：“转院？”

季暖回头瞥了她一眼：“就算那个姓李的是撞伤你的人，后期的费用也不用他管了！你们从现在开始断绝联系，你现在只是不肯回家，又不是跟家里断绝了关系，卡都带在身上，任何费用自己都出得起，要是怕麻烦，转院以后的事交给我，你给我离那个人渣远一点儿。”

夏甜扶额：“你现在说话的语气好像我妈……”

季暖顿了顿，直接说：“我现在估计比你妈还操心，我甚至连那个姓李的很多情况都知道，要不要听？”

“你这语气很玄妙啊！快说说，他有什么情况？”

“他是个银行机构的小开，家中有个早已内定的未婚妻，却又喜欢在外面扮绅士暖男，每隔几个月就泡各种单纯的小姑娘，为他打过胎、伤过心的女人无数。”

夏甜单手托着下巴坐在病床上，老神在在地点了点头：“嗯，果然好渣。”

“所以，你是想当他背着未婚妻偷偷在外面交往的小三，还是想以后被他的各种小四小五上门打脸？”

夏甜翻了个白眼，道：“我都说了，我对他没感觉！起码还没上升到有感觉的地步，就被你扼杀了！”

“那就马上转院，让他有多远滚多远。”

“转院的话，得找医生签字是吧？哎，暖暖，正想问你，我的主治医生你是不是认识？”

季暖顿了顿，过了几秒答道：“不是很熟。”

“不熟吗？喂，我那个主治医生每天都摆着一张面瘫脸。听护士说，他一直都是这么清冷的性子。本来我也觉得没问题，只要我的腿伤在他这里能快点儿好就可以，可我发现，每次我在他面前提到你的名字，他的眼神都像能瞬间把我冻死……”

季暖视线一转，道：“你在他面前提我的名字做什么？”

“好闺密嘛，平时在医院无聊，跟医生护士聊天，难免会提到你。”夏甜一副以示忠诚的口吻，“怎么样，看我多爱你！”

“不过话说回来，他那个冰块脸，整天戴着口罩，到现在我也没看清楚他本尊长什么模样，只知道别人都叫他盛医生。要不是因为每次提到你，他就更加明显地给我甩冷脸，我才不会问你究竟知不知道他是何方神圣，他脾气差得要死，究竟是怎么当上骨科医生的？据说还是省级专家呢！”

季暖的神色看不出什么情绪：“可能是前两次我来医院的时候，没有偷偷给他递红包，他觉得我这个病人的朋友家属不太懂事。”

“他看起来也不像为了这种蝇头小利去计较的人呀！啧，你不熟就算了。”夏甜一副实在不想再被冻到的表情，“转院的事情我看你还是别找他了，万一转不成，盛医生的脸估计又能结出冰碴子来。”

季暖静默了片刻，道：“我想想别的办法，找找关系，尽量让你今晚之前就换到其他医院去。”

“也不用那么麻烦，盛医生虽然脾气不好，但医术还是很高明的。你要是怕我再跟那个人见面，大不了我跟他说清楚，以后别再来往了，反正我对他也确实没什么兴趣。”

“不行，断就断彻底，必须转院！”

一点儿侥幸的心理都不能有！这一世，季暖一定要看见夏甜幸福甜蜜地与真正的好男人相扶到老，绝对不许渣男靠近她半分。

夏甜道：“哎哟，我们家暖暖霸道的样子居然有点儿帅。”

季暖不理她，正在想要不要找秦医生帮忙。

夏甜这时忽然说：“我刚忘记看时间，居然六点五十了，盛医生每天早上这个时间都会来查房，现在应该是……快到了。”

她话音刚落，外面就响起由远及近的脚步声。

“暖暖，你要不要躲一躲？盛医生的冰冻眼神可厉害了，我怕你受不住。”夏甜挤眉弄眼地说道。

季暖没说话。病房门已经被打开。她抬起眼，视线落在走进门的那道白色身影上。

“嗨，盛医生！”夏甜举起一双小爪子，对着门前的人特别狗腿地挥了挥。

走进门的男人穿着医院里统一的白大褂，身形修长，瞥见季暖的刹那，顷刻皱了皱眉。在季暖目光冷冷地朝他看来的时候，他的眉头皱得更厉害了。

“盛医生，前几次都没给你正式介绍，这位就是我经常提起的那位最好的朋友季暖。”夏甜一副唯恐天下不乱的表情。

盛医生鼻梁以下的脸都被口罩遮住，只露出干净如雪的额头和一双冷如冰川的眉眼。

有那么一刹那，病房里安静得仿佛一根针掉下来都能听得清楚。季暖目光冷淡地看着他，嘴角隐隐有着讥讽的冷意。

四目相对，不出两秒，盛医生冰冷的目光便从她冷艳凛然的脸上离开，他淡声道："见过，有些印象。"

夏甜像是发现了什么大八卦，她坐在病床上，张嘴就要继续来两句，却适时地被季暖打断。

季暖精致的五官轮廓带着几丝冷淡，开口说出的话却似带着几分调笑："盛医生，我打算今天为夏甜办理转院手续，你是她的主治医生，转院手续需要你亲自签字才可以办，麻烦你帮我们签个字。"

"转院？"盛医生这才看向季暖，"她的腿不想要了？"

"怎么？不能转？"季暖没什么表情地问道。

"她的腿现在经不起任何移动，转院时所乘的车只要有一点儿颠簸，足以造成腿骨轻微错位。如果她打算下半辈子两腿走路不协调，或者变成个跛脚妇，我不介意现在就签字放人。"

说话间，盛医生的目光平静而冷淡地落在季暖的脸上。

季暖几不可察地皱了皱眉。骨折确实不是小事，如果骨头在愈合时有一点儿错位，对夏甜以后的影响都会很大。虽然要防着那个渣男，但也不能让夏甜的腿有任何闪失。

"不转也可以，那就麻烦盛医生对她的病房严加看管，别让那些不明不白的人随意进来。她现在身边最亲近的人只有我，如果她在医院里实在太无聊，盛医生不忙的时候就来陪她说说话，这样的要求，不算过分吧？"

夏甜看了他们半天。这一来一往的对话，她什么都没听出来。她眼巴巴地看了许久，现在忽然听见这么一句，当下脸就绿了，让这"冰块儿"来病房陪她说话？那还不如让她一个人待着！

盛医生一来不会说好听的话哄病人，二来是个大冰山，无论她说什么他几乎都不理会，真要他来陪她说话，估计他一进门就会一直冷场，那多尴尬……

盛医生眉宇透着冷漠："我没时间。"

夏甜在心里暗道，对对对，他没时间，所以坚决不用这劳什子医生陪她！

季暖却不紧不慢地勾了勾唇，然后倾身向盛医生靠近。盛医生表情一顿，失神的一瞬间，只听见季暖似笑非笑地低声说："前几天夜里，城东酒吧发生了一件惊动警方和媒体的大事，当时我正巧路过，如果没看错的话，你也在。"

眼前的男人情绪不变，没有任何惊讶。

"一个医生，晚上居然有时间去酒吧？也不知道究竟去做什么。"季暖盯着他，慢悠悠地说。

他只看着她，不说话。

“你就不能体恤一下孤单单躺在医院里的病人？夏甜可是从住院开始就一直由你接手，无论是病人的情绪还是身体情况，盛医生都应该多多留心，医者仁心，不是吗？”季暖对他弯了弯唇，笑意却不达眼底。

见他们两人竟然在说悄悄话，夏甜这会儿什么都听不见，她恨不得直接跳到门前，但她现在连病床边的拐杖都碰不到，更别说下床了。她只能一脸不爽地瞪着季暖的方向。

“听说盛家的两位继承人，一个得了癌症，另一个因为盗窃商业机密罪被拘禁。”季暖挑着眉，“我看你这个骨科医生应该是当不了多久了。”

盛医生眸色渐深，问道：“季暖，你什么意思？”

“我的意思很简单，我要你好好照顾我朋友，再给她安排一间没有其他人能随意打扰的病房。如果她在你这里有任何闪失，我会毫不犹豫地将当年那件事透露出去，现在是你正式回盛家的关键时期，你需要一个光明正大的理由，偏偏我，一句话就能让你身败名裂。”季暖说完，视线凉凉地看着他，“怎么样，盛医生，我现在的性子可没有几年前在季家时那么好拿捏，只是这么一点儿要求，你还是不答应？”

盛医生没有说话，片刻之后，才淡得没有声调似的道：“你对盛家的事倒是很了解。”

季暖低笑道：“该说的话我已经说完了，盛医生。”

十分钟后，季暖接了个电话就走了。夏甜一脸茫然地坐在病床上，看着那个单手插在白衣口袋里久久没有离去的男人。

“那什么，盛医生……”夏甜惊愕地看着他，“你是要继续查房，还是……”

病床前的男人看了她一眼，好似没有任何情绪。

呲……季暖把这个“冰块儿”留在她病房里是什么意思？半天没得到回应，夏甜自讨没趣地乖乖躺在床上，扯了扯被子，不时地瞟向面前的“冰块儿”。

仿佛过了一个世纪那么久，盛医生低冷的声音忽然响起：“你想聊些什么？”

夏甜差点儿从床上跳起来。她一脸诧异地看向他，嘴巴动了半天，咽了一口唾沫，小心翼翼地说：“真聊啊？”

男人蹙了蹙眉，眼神依旧很冷。

没想到他居然真答应了季暖的要求，夏甜忽然说：“那什么，聊天倒是次要的，你要是不想聊我也不勉强，但是……你能不能把口罩摘下来，让我看一眼？”

盛医生眸色冷淡地看着她，片刻后，他无声无息地抬起手，将口罩摘下。然后，他在夏甜一副被惊艳到的表情下，没什么表情地打开病房门，走了。

第八章　臂膀·温情

墨氏集团。

位于二十层的大型会议室门开了，各部门高管鱼贯而出，沈穆跟在墨景深后边，手里拿着一沓会议资料，边看边低声与墨景深说了几句刚刚开会时的疑点。

墨景深回到顶层，长腿走出电梯，已经在电梯前等候多时的安秘书直接向他走近。

“墨总，季家的小姐来了，你刚在开会，我就让她去办公室里等您。”安秘书含笑的眼神直接对上他的视线。

“季家的小姐？”墨景深问道。如果来的人是季暖，安书言绝不会用这样的称呼。哪怕她不称季暖为墨太太，也不会用这几个让人容易混淆的字眼。

安秘书对他缓缓一笑：“墨总，秘书室那边还有些公司的事要整理，我先去忙了。”

墨景深只听不应。他走回办公室，进门就看见那位所谓的季家小姐。季梦然正在总裁办公室里整理他桌上的文件，桌上更多了一杯不久前刚刚煮好的咖啡。

墨景深的神色冷若冰霜：“你在这里干什么？”

季梦然抬起头，对他一笑：“景深哥哥，你最近很忙？”

墨景深站在办公室门前。门开着，他没有走进去，语气又加重了几分：“这不是你能进的地方，出去！”

季梦然刚将一沓文件整理好，听见他的话，乖乖地将文件都放回原位，又抬起眼笑着看向他：“我刚才只是想在这里等你，顺手就帮你整理一下。见你这里连杯咖啡都没有，就亲自去给你煮了一杯，你快尝尝，也不知道你喜欢美式的还是——”

墨景深眉间笼罩着薄薄的厉色：“墨氏不缺秘书和助理，这种事情更不需要你来做。我在公司很少喝咖啡，你可以走了。”

季梦然仿佛没听出他的驱赶之意，从他的办公桌边退远了些，却向门前走近，一边走一边乖巧地说：“我知道，我姐平时被娇生惯养，这种事情肯定做不来，我刚才也就是顺手帮你整理了一下。”说话间，她又顿了顿，目光像是黏在他的身上似的，“景深哥哥，那天在墨家发生的事情，我可以解释！”

墨景深眉宇一蹙。

季梦然咬了咬唇：“当时我真的没有什么恶意，只是不小心说错了话，后来姐姐打了我耳光，我也受了。我从小到大没做错过什么，第一次做错，就被她下狠手打了三个耳光，我今天来就是想……”

她在家里被爸爸关了几天禁闭，好不容易趁着季弘文今天去邻市谈合作，沈赫茹也没太看着她，她才逮到机会跑出季家。

季梦然这两天想过了，季暖那天既然把话说清楚了，自己就不能再像以前那样做了，想要得到这个男人，她也要随机应变才行，只要坚持下去，就不信墨景深看不到她的诚意。

“三个耳光？看来季暖还是手下留情了，以你今天不请自来的做法，她打你十个耳光都是应该。”墨景深面无表情地打断她。

季梦然忍着心里的不甘，哽咽了一下才说：“你难道真的没发现季暖变了很多吗？以前她说话行事都是直来直去的，做事从来不会拐弯抹角。可现在的季暖，说什么做什么都像有某种目的，藏了很多心思！我怀疑她现在忽然跟你走近，是有什么不可告人的目的，景深哥哥，你可千万别被她给骗了！”

季梦然知道墨景深轻易不会理会她的话，但她还是想要提醒他，季暖的改变绝对不会那么简单。都已经这么久了，她就不信他没有怀疑过季暖的改变。

墨景深的嘴角勾起不易察觉的弧度，似笑却冷，毫无温度。季梦然紧张起来。

“季家的二小姐跑到我这儿来搬弄是非，对象还是自己的亲姐姐，这就是你们季家的教养？”

季梦然定了定神，意有所指似的笑着说：“我们季家的教养……景深哥哥，你在我姐的身上不是更能看到吗？”

墨景深的唇勾得更深一点儿，眼色亦是冷了许多。

季梦然不太敢直视他的双眸：“明明以前在你面前胡闹的都是季暖，景深哥哥你这么好，她根本就不值得你庇护！她以前在你面前也不见得有多好的教养，所以季暖到底有什么好的？”

“如果你有季暖半分的教养和意识，也不至于肖想你姐姐的丈夫。”墨景深薄唇吐出没有温度的字，冷厉非常，“滚出去！”

季梦然脸色瞬间一阵红一阵白，僵了好半天才狠狠地咬住嘴唇：“景深哥哥，我就是想多跟你说说话，也没有其他更多的想法！喜欢一个人并没有错！何况季暖当初也是不情不愿才嫁给你的，家族联姻而已！如果不是因为我还差一年才到法定结婚年龄，也许嫁给你的人就会是我了！”

墨景深冷淡地道：“你以为，墨家随便塞给我一个未婚妻，我就会娶？”

季梦然听出他的话外音，暗暗皱了一下眉。他的意思是，如果不是季暖，他就不会娶？

她深吸了一口气，忽然转身端起办公桌上的咖啡，走过来，很是殷切地道：“景深哥哥，不管你是怎么想的，反正话我都已经说了。这是我亲手煮的咖啡，你尝一口吧！”

墨景深不为所动。

季梦然坚持道：“真的很好喝！我记得季暖以前连咖啡都不会煮，我自问样样不比季暖差，还可以为了你而将自己变得更好，现在我们根本不知道季暖抱着什么目的，我怕总有一天你会被她伤……”

咖啡被递过去，墨景深没有接，甚至连伸手的意思都没有。他语调很淡地道：“我不打女人，你是自己滚，还是我叫墨氏的保安上来？”

季梦然压根没有要走的意思，依旧眼巴巴地看着他。

这时，办公室门外响起一阵高跟鞋走路的声音。

墨景深侧眸瞥见正在走近的安秘书，眸色阴冷地道：“人是你放进来的？”

安秘书看见墨景深不悦的眼神，低声解释：“墨总，您开会时前台打来电话，说是季小姐要来见您，我以为是墨太太，就没敢让他们拦着，直接让人进来了。她上来时我才认出是季家的二小姐，可人都已经到了办公室，还说有重要事情一定要见您，我看她毕竟是墨太太的家人，不算外人，就自作主张让她进办公室里等了。”

墨景深的眼角眉梢都是清冷的笑：“安秘书你能犯这么低级的错误，看来美国那边对你的高评价也是有待考察。”

安秘书神色微凝，她缓了两秒后道：“墨总，很抱歉，这样的错误我不会再犯，任何与公司无关的人都不会随意放进来，更不会让人进你的办公室。”

墨景深的神色看不出喜怒：“季暖也是与公司无关的人，她来时，你打算怎么做？”

安秘书没有马上回答，沉默了片刻后才道：“如果是墨太太来公司，我会先打电话跟墨总您请示，请示过后再——”

“请示？”墨景深眼角的余光冷淡地落在仍然戳在里面的季梦然身上，只是淡淡的一眼，他便语调森寒地对安秘书道，“这才是你真正的打算？”

安秘书垂下眼，声音依旧平静温柔：“墨总，我不懂您在说什么。”

“除了季暖，任何来公司要求见我的来访者，让对方先找沈穆，如有必要，再让他放人进来。”墨景深单手插在裤袋，站在办公室门前，嗓音淡淡的，不疾不徐，“至于安秘书你，我倒是应该跟美国那边请示请示，看是否有必要继续将你留在墨氏。”请示两个字，仿佛被墨景深不经意地加重了，让人无端胆寒。

安秘书顿时抿了一下嘴，她抬起眼，道：“墨总如果认为我今天放墨太太的妹妹上来是错误的决定，大可以按员工制度来责罚。我在墨氏这些天，除此之外一直恪守本分，从来没有做过任何错事，墨总这就将我遣送回美国，会不会私心稍重了些？”

墨景深的嘴角勾起不易察觉的弧度：“我是私心？安秘书今天的所作所为又是什么？”

“我只是放了季家的小姐上来，也是考虑到她是墨太太的……”安秘书冷静地解释。

“从此你就可以顺理成章地借此旁敲侧击，提醒我在公司应该分清公事与私事，从此以后即使是季暖，也要经过你这一关才能进门？”墨景深眯起眼打断她的话，面上是清清浅浅的笑，却使人不寒而栗。

安秘书微微一笑，更显出几分固执：“我只是努力做自己的本职工作，总裁办公室不是国内菜市场，该有的规矩本来就该有，之前我也是见您允许墨太太随意进出，所以才以为您对她妹妹也不会太严苛。”她停了停，低声道，“我刚来墨氏不久，前两天在墨家也没有坐太久就中途离开了，对墨总的习惯和身边人际往来不算熟悉，这种错误我很抱歉，以后我绝对不会再犯。”

“没有以后。”墨景深冷声说道。

安秘书秀眉一紧，道：“墨总……”

墨景深音色很低，透出生人勿近的冷漠：“四天后，美国Shine会到国内签约，合作晚宴过后，你跟他们一起回去。”

安秘书捏紧手中的文件夹，几乎快要维持不住面上的冷静了。

“墨总，你就这么急不可耐地赶我回美国？”

“Shine更适合你。”他冷淡地说道。

安秘书静默了许久。好半天，她抬起眼，道："四天后是吗？那我继续在你身边工作的这四天，还是会恪守本分，把该做的事情做好，四天之后的工作交接我也会准备好，这些天，多谢墨总照顾。"

墨景深仿佛没听见，已经进了办公室。

同时，他眸色冷淡地看了一眼仍然戳在屋里的季梦然，话却是对着门外的人说的："这人你是怎么带进来的，就给我怎么带出去。"

安秘书转头看向季梦然，季梦然还想说什么，却在接到安秘书警告似的眼神时，滞了一下，最后，她只好小声说："景深哥哥，安秘书人挺好的，你不要为了我而把安秘书送走。"说完之后，她很善解人意似的走了出去。

办公室的门砰的一声关上了。

季梦然看向已经关闭的门，低声埋怨："真不知道他是怎么想的，季暖到底哪里好？她现在这么有手段，还时常高调秀恩爱，景深哥哥这么低调的人，居然还陪着她秀，而且……"

安秘书不说话，只看着眼前将她们隔绝在外的门。她多年前就认识墨景深，看得出他的早熟与冷静，也了解他行事低调。陪着一个女人秀恩爱这种事，他必然是不屑去做的。他真的那么爱季暖？

墨暖工作室，会议室。

季暖在医院接过电话后就直接过来了，两家公司刚合并成工作室，还有许多烦琐的事情等着处理。

进会议室之前，她打了两个喷嚏。明明最近她没有着凉，怎么会忽然间打喷嚏？是谁在背后骂她？

"暖老大，会议要开始了，你是哪里不舒服吗？"刚来没多久的实习助理小八在旁边关切地问了一句。

"没事。"季暖走了进去。

今天是公司合并为墨暖工作室后的第一场管理会议。季暖进去坐下后，环视每个人的脸，心里大概有了谱。毕竟都是韩天远留下的管理层，该发生的早晚都会发生。

人事部经理在会议进行半小时后，起身开口道："季小姐，我决定辞职。"

季暖目色平静地看了他一眼："理由？"

"我不可能在一个二十岁的女人手下做事，一个年纪轻轻的小姑娘，想领导这两家公司，妄图插手房地产行业，还合并成什么工作室，依我看，你对公司的理念和规划都不够成熟，工作室的管理体系也非常弱，这里对我来说没有发展前途。”

人事部经理的话音刚落下，会议室里陷入一阵诡异的安静。

季暖淡定地喝着小八刚刚递过来的咖啡，没有马上开口回应。

之后又有几个管理层站起来，大多是职位重要的经理或部门主任：“不好意思，我们也打算辞职。”

季暖放下咖啡，唇角弯出一丝让人琢磨不透的笑：“还有吗？”

会议室里再度陷入寂静。没人想到，季暖的回应竟然只是这么冷淡的三个字。

率先起头的人事部经理顿了顿，道：“季小姐，你这是什么意思？我们几人辞职都是经过各自的考量，没有私下商讨过，你是在暗讽我们故意煽动所有人跟着一起离开？”

季暖淡然地挑了挑眉，道：“我有说过吗？你主动提出辞职，一来我没拒绝，二来没给你甩脸色，你这么激动干什么？”

人事部经理见她这无所谓的态度，觉得自己被一个二十岁的小姑娘给藐视了。本来他想给她一个下马威，却没想到，这个在海城闻名一时的季家千金，刚接手公司，就完全不吃这一套。

几个刚刚提出辞职的经理脸色隐有变化，会议室里一片死寂。

“今天提出辞职的几位，会议结束后都去财务部领薪水。”季暖慢悠悠地道，“其余留下的，对工作室的发展有任何想法，我给你们三天时间写意见信发到我邮箱，工作室正式成立后，留下的管理层及员工月薪翻倍。”

季暖又喝了一口咖啡，抬眼淡淡地看着会议室里的人：“刚才说到哪了？我们的会议继续。”

会议结束已是晚上八点多了，季暖走出会议室，小八紧跟在她身后。

“暖老大，你有没有发现，刚才那几个人的脸色都快挂不住了。”

季暖勾唇道：“自从这两家公司落到我手里，这些曾经习惯跟着韩天远的旧部都各怀心思，想走就走，难道还等着我出口挽留？”说到这里，季暖又回头看了小八一眼，“不过，你总喊我暖老大是什么意思？”

小八羞涩地抬手推了推脸上的黑框眼镜：“前几天大家喊你季总，但是那几位经理都说你太年轻，担不起这一声季总。他们刚刚在会议室里不还是口口声声喊你季小姐？我受不了他们的眼神攻击，又不想丢了在工作室的饭碗，就喊你老大呗……”

韩天远那个废物，招的都是些什么人？管理层几乎没什么能力，今天那几个人主动辞职，倒也顺了她的心意。留下的员工里，好吃懒做没专业知识的不在少数，就这么一个看起来又殷勤又有干劲儿的实习小助理，竟然还是个情商略低的呆子，耿直得只能用可爱来形容。

季暖同时瞥了一眼不远处的一间办公室，电脑前的几个文秘正在偷偷化妆，她们发现季暖后，吓得忙将手里的化妆包藏进抽屉里。

季暖正想走进去，忽然手机响了起来。她接起电话，又向那间办公室看了一眼。电话彼端传来墨景深好听的声音："没回家？"

"嗯，还在工作室，刚刚处理了一些管理层的人事变动，马上就回去。"接着电话，季暖刚刚还有些严肃的脸瞬间软化了许多。

"工作室？"

"我把从韩天远手里买来的两家公司合并了，改名墨暖工作室，怎么样？这个名字好听吧？"

墨景深低低笑了一声，道："不错。"

季暖正要为这个名字邀功，想看墨大总裁要不要给面子来正式冠名，还没开口，就听见墨景深问："工作室地点定在哪里？"

"在金霖大厦。"

"你开车了？"

"开了，但是这里没有地下停下场，车停得有些远。"说着，季暖向窗外看了一眼，外面居然下雨了。

本来就入秋了，这个时间下雨，还很大，估计室外温度很低。

"等着，我去接你。"话音落下，男人直接挂了电话。

季暖包里没有伞，这附近停车位太少，就这么出去肯定行不通。她家老公既然打算来接，她也没有理由太客气。不过这里离墨氏集团有些距离，何况还是雨夜，路况不太好，堵得厉害。

季暖没着急，转身进了刚刚那间办公室。办公室里的几个文秘看见季暖进来，下意识地盯着眼前的电脑，假装正在认真加班。

"今天加班，各个部门忙着整合之前的公司资料和各项工作接轨，你们这是没事情做？"季暖问。

其中一个长相尤其漂亮的文秘向四周看了一眼，见没有人答话，咳了一声后开口："我是文秘，那些事情不归我们管……"

"文秘？那她们呢？"

"我们也是文秘。"其他几个年轻文秘跟着开了口，不时地看向季暖，观察传说中的海城第一名媛是不是真有那么漂亮。

"之前就这么两家小公司，需要这么多文秘？"季暖回头瞥了一眼身旁的小八。

文秘不等于秘书，说好听的是文秘，说难听了就是兼职公关、打字员、复印资料的小妹。

小八低下头没敢说话。季暖又看了她一眼，小八才小声说：“是因为……以前韩总在这里……才招她们进来做文秘的……”

“怎么招了这么多？”

小八压低了声音道：“因为……她们长得漂亮……来应聘的时候，就算没合适的职位，韩总也会把她们安排到文秘办公室……正好对着他的办公室……”

季暖太阳穴瞬间跟着跳了跳。韩天远果然是个败类！

“把她们的资料拿出来，我看看。”

小八哦了一声，忙转身去找资料。

办公室里几位所谓的文秘都竖起耳朵听着这边的对话。其中一个感觉自己可能在这里混不下去了，索性一脸不情愿地站起来，一声不吭地往自己的包里装东西，打算走人。

“我说让你下班了？”季暖瞥了她一眼。

那文秘因为季暖开口时的威慑力而顿了一下，再抬头时，她轻蔑地说：“买下两家公司就以为自己很有能耐了？”

季暖似笑非笑地道：“你不服？”

“我哪敢不服啊！你可是季氏千金！现在公司不是整合成什么工作室了吗？估计季小姐也是容不下我们，与其等着被你赶出去，我还不如自己走！”

说着，那个文秘给其他几个同事使了个眼色，几个文秘几乎都开始一声不吭地收拾东西。

季暖看着那个“率先起义”的文秘，很是赞赏地点点头，道：“嗯，自觉也是一种不错的本领。走之前记得把办公室的灯关掉，这里的电灯可不是为你们躲在电脑后涂脂抹粉照亮用的。”

小八正好刚刚跑回来，手里拿着几个文秘的个人档案。季暖接过，看见最上面的档案，就是刚刚主动和她呛声的那位。

那个文秘忽然尖酸地讽刺道：“季家大小姐还差这么几块钱的电费？我们对你的个人情况不是特别清楚，但也听说你好像嫁给了海城大名鼎鼎的墨家，墨氏总裁是你老公？你结婚也挺久了吧，到现在也没怀个孕什么的，你可别是不孕不育呀，不然估计早晚都会被踹出来，不会下蛋的鸡，人家墨家肯定不会要。”

话音刚落，几个文秘顿时跟着冷嘲热讽起来。

季暖不怒反笑，她将手里的个人档案扔到一旁的办公桌上：“这个档案是你的？三十岁，未婚，泡在这么一个小公司里，一整年也没走，是妄想攀上之前的韩家？别说韩天远现在已经没法重见天日，就是以前的他，睡过那么多女人，就你这种姿色，怕是连个正经酒店的床都上不了。”

那个文秘瞪了她一眼，道：“你胡说什么？我才二十三岁！”

“哦，看来还故意跟别人谎报年龄，但你资料的信息上是根据身份证填的，是三十岁没错。”季暖同时瞟了一眼她的胸口，“对了，我正想问呢，你的胸是在哪里做的？能从飞机场跨越到这么波涛汹涌的地步，却只有一点点下垂的迹象，那家整形医院的水平很不错。”她指了指手中那张档案上的照片，这照片该是一年多前照的，能看见上半身。

“季小姐就是这么诬蔑人的吗？我的胸是真的！”那个文秘气得眼珠子都快瞪出来了。

“别这么激动，下巴上的假体都快被气歪了，双眼皮是很多年前就做过吧？眼角做得不太好，一点儿都没有欧式大眼的感觉，眼尾那里再怎么用力瞪，多少还是有了些浅浅的鱼尾纹。”季暖眼里带着几分浅笑。

“别以为你现在是这里的负责人，就可以随便乱说话！”那个文秘气得嘴唇发青。

“没整之前的照片就在这里，韩天远如果仔细看过你的档案，也不知道会不会留下你。”季暖将手中其他几个人的档案也随手放在一旁。

那个文秘快步上前，一把将自己的档案拿起来，迅速塞进包里，转身就要走，结果一看外边正在下大雨，她又狠狠地回头瞪了季暖一眼，拿出手机打了个电话。电话接通后，她就娇滴滴地开口：“亲爱的，我下班了，外面雨太大，能不能开车来接我呀？”

之后，她挂断电话，一脸不屑地对季暖翻了个白眼。之后，她颇有几分得意地道：“追我的男人有的是，韩总也不过是其中一个，只要我随便勾一勾手指头，有钱的男人都能排到办公室那头，至于你这个破地方，姑奶奶不待了！”说完，她直接扭着腰进了电梯。

季暖看着她的身影，扯了扯嘴角。她无意与人争吵，但韩天远之前弄进来的这些花瓶和废物，她总不能继续养着。

季暖转身回了自己的办公室。

十分钟后，季暖离开工作室，下了楼。在大厦一楼正面的旋转门前，她看见刚刚那个文秘正站在门前，身旁站着两个同办公室的文秘。

一辆价值百万的豪车停在门前，那个文秘顿时得意地扬了扬眉，回头看见季暖也下来了，朝她露出更加得意的笑，甚至在身旁两个同事羡慕的目光下，举起手里的包挡在头顶，跑下门前的台阶。她到了车门边，打开门，弯下身对里边的人说："亲爱的，我同事也没人接，能不能顺路送她们回家？"

之后，那个文秘回头叫两个女同事上车，然后对着季暖翻了个不屑的白眼，扭着细腰坐进车里，得意潇洒地关上了车门。

车里，两个女同事不停地夸赞："是最新款的保时捷！"

"我也想有个这么有钱的男朋友……真是太羡慕你了……"

"哇，车上还有一束蓝色妖姬！啊啊啊，亲爱的，你男朋友实在太浪漫了……"

那文秘美滋滋地笑了起来，转头就对着车里的男人亲了一口，同时用藐视的眼神扫向仍然站在大厦前的季暖。

雨夜里，一阵引擎声突然从外面传来。黑色的车身轻而易举地在拥挤的车流中越过这辆车，在大厦前利落地停下。

"啊啊啊！"其中一个女同事眼尖地向外看了一眼，"劳斯莱斯纪念版限量古斯特……"

"就是传说中那台价值六千多万的古斯特？天啊，这车也太帅了吧……"

"真是拉风啊！啊啊啊，这车太酷了，要是能坐上这种车，我这辈子也算没白活了……"

"这车是来接谁的啊？"

"我听说，好像是墨氏总裁的座驾……"

车里瞬间一片死寂。墨氏总裁？所以这是专门来接季暖的？

车里的几个女人各怀心思，却都万分激动地盯着从那辆古斯特里走下来的男人。男人一身冷色系西装，身形修长匀称。他下车后，一只手拿着黑色雨伞，另一只手将同样冷色系的外套脱了下来。他走到季暖面前，将伞稳稳地撑在她的头顶。

这个男人没有随便送一束蓝色妖姬的虚伪浪漫，只是亲自下车，踩过满是雨水的柏油路，撑起伞护在季暖头顶。他刚一走近，就把外套披在季暖身上，同时长臂一伸，将她搂进怀里，免得她被伞外的风吹到。

传说中的墨景深，听说高冷得难以接触，却在季暖面前一点儿架子都没有，那无微不至的关怀胜过一切。

墨景深低头见季暖的脸被风吹得有些白，搂着她向车那边走去："让你乖乖等着，不是让你跑出来吹着风等。"

"我算着时间，感觉你快到了，怕你出现在我的小工作室里引起轰动，所以就先下来了。"季暖摸了摸身上的外套，"我有外套，这衣服你快穿上。"

墨景深按住她要脱下外套的手，直接将她带到车边，打开门让她先上车。

外面风势雨势都很大，季暖被他带到车上，从头到脚没有一点儿被雨淋到，甚至一点儿潮意都没有。

墨景深上车后，提示她系安全带。车外雨声哗哗，男人的声音格外好听："怎么闷闷不乐？心情不好？"

季暖扯过安全带系上，随口说了句："没有，就是刚刚合并了工作室，很多人和事都要整顿，有点儿累。"

墨景深看向她确实无精打采的脸，淡淡地哼笑道："把你老公当摆设？"

"买下这两家小公司，从一开始我就没打算让你插手。"

"墨太太这是非要自己做出些成绩来？"

"如果我不能让自己更优秀，就没有资格站在你身边，以后在背后等着嚼舌根的人只会越来越多，巴不得我低进尘埃里，跟你之间的差距越来越大。"季暖半开玩笑似的说道。

墨景深唇角一勾，道："尘埃？就算有人把你按进土里，我也捞得动你。"

"那可不一定，我在你身边的时候，别人怕是连我的一根头发丝都不敢碰，但万一哪天你不在我身边呢？"

季暖也只是因为曾经的经历而随口说了一句，墨景深忽然转过头来，看了她一眼。这一眼让季暖有些摸不着头脑，只以为他是因为她的话而不满，没再随着性子去胡说。

也是，以前的一切已经过去了，现在的她绝对可以掌控自己的人生，以前的得失和恐惧，不应该再对她造成影响。

她以为墨景深有些不悦，可车里只是静默了一瞬，男人就忽然侧身俯首而来？

季暖倏地抬起眼便对上他的黑眸，她愣了一下，道："你怎——"她诧异地说道，发出的声音被他全数吞入口腔。

车外雨势很大，前方有车迅速开过，左侧的路灯将这里照得格外明亮，即使车窗完全封闭，可从前车窗玻璃的角度，多少还是能看见车里的情况。

他温暖有力的手顺着她的肩向下，隔着安全带将人捞进怀里。

"这是……车里……"季暖勉强找到自己的声音，却是细碎的轻哼声。

墨景深的吻依旧继续，不给她半点儿退却的机会，再一点点顺着她的颈窝吻过。季暖在他耳边低低地又提醒了一声，声音软得不像话。她抬起手勾着他的脖子，抓紧他的衬衫领口，像是怕自己直接从座椅上滑下去。她的身体像是起了火，手向下落，双眼迷离地将手指用力地按在他的肩上："路过的车都能看见……”

墨景深顿住，没再继续。他平静了两秒，沉声在她颈间低声道：“嗯，不在这里欺负你。”

对面那辆保时捷里的人，隐约能看见季暖被墨景深按在车里亲了很久，个个羡慕得直咽口水。她们再看看这辆车里那个干巴巴的伪土豪，顷刻觉得无法对比……

两个女同事悄悄地对视了一眼，没敢把鄙视摆在脸上。坐在前排的那个文秘却已经拉长了脸。

之后那辆黑色尊贵的限量版古斯特发出悦耳的引擎声，从大厦前稳稳驶离。

回到家，季暖顷刻就被推进了沙发里。

墨景深单膝落在她的身侧，将她禁锢在身下，他的吻一点儿一点儿顺着她的脖颈向下蔓延。季暖将手抵在他的肩上，低声说：“等一下……”

男人的动作没停，他低哑的声音在她耳边响起：“嗯？”

她更加用力地推着他的肩膀，抬高了些音量：“我想起刚刚在工作室时发现的几处问题，需要你帮我分析分析，毕竟我也是第一次管理，没有你那么果断，其他方面不需要你插手，但在一些决策上，还是需要你帮我出出主意……”

他顿住了动作，低眸着看她：“一定要现在说？”

“也不是非要现在……可我之前跟我爸立了个赌约，这都过去半个多月了，工作室一直没有进展，我怕再耽搁下去……”

墨景深眉宇微扬，道：“有我在，你怕什么？”

“我只是想让你抽时间给我当一当军师，又不是要你多费心思去干涉我的工作室。”

他低笑道：“你工作室有我的名字，却不打算让我干涉，我这是白白冠名了？”

“我就是个小作坊，你平时已经很忙了，我不想浪费你太多的时间和精力。”

“时间和精力是可以腾出来的，也要看是对谁。”墨景深笑着重新俯下身，“每一次你都想方设法找话题，今晚就不能主动点儿？嗯？”

“不要岔开话题！”

“明明是你打断我的主题。”

男人有一下没一下地亲着她的脸，漫不经心地道：“你那里有什么疑问，明天整理好之后发给我，如果对于刚刚接手的管理层实在应付不来，我可以把墨氏的人事部精英调过去帮帮你，当然，如果你有需要的话，我可以亲自过去。”

“那倒不用……也不是应付不来，我虽然对工作室以后的发展和能赚回来的利润很自信，但毕竟没怎么学过金融管理，觉得自己的脾气有时候还是太倔强了，硬着来可能会起到反作用，但如果不立威，又不能降住那些人，工作室想要长期稳定发展，最开始的人际关系和管理方面也很重要。”她要真让墨景深这尊大神去她的小工作室，那些人估计都会炸了！

“嗯，说得不错。”墨景深在她身旁坐下来。

季暖还以为他不打算继续，结果他直接将她抱到了他的腿上。他在她的脸上亲了亲，让她心里痒痒的，根本无法抗拒，整个人都软绵绵地靠在他的怀里，没什么力气再乱动。

“那你说，我要不要找时间去学一学经营管理方面的知识？之前我爸为了让我能去季氏工作，曾经给我报过一些相关方面的进修课，但我一直都没去。”季暖靠在他怀里，声音软软地说道。

男人的低笑似是自胸腔里发出来的，她在他怀里感受明显，刚想问他笑什么，耳郭就被他咬住。她疼得嘫了一声，抬手捂住耳朵，转眼就见墨景深眼色如泼墨。他低声道：“你老公已经急不可耐了，你非要在这里跟我东扯西扯？”

季暖一时还不了嘴，只能瞪了他一眼。

墨爷爷过生日后，他确实节制了几天。前两天他公司忙，她又睡得早。

“想早睡？”他贴在她的耳朵边，呼吸撩过她的耳际，“今晚你主动，我只要一次就放过你，若是换成现在这样……”

季暖的呼吸跟着加重了几分，手在那里没敢乱动，她却鬼使神差地问了一句：“真的一次就结束？”

男人不说话，却已经在她脸颊又吻过，又痒又撩。

“怎么才算主动？”

墨景深不说话，只是高深莫测地看着她。直到季暖抬起手抱住他的脖子，凭着本能在他的下巴周围吻了一遍，男人才俯下身来，贴在她的唇边：“在御园时，把我的东西都偷偷搬回主卧去，我还以为你是要使出浑身解数来勾引你老公陪你睡，结果是我想多了。”

他似是调侃的声音在她耳边响起，季暖的脸瞬间像火烧过似的，一下子红了。她当时重获新生，恨不得整个人都黏在他身上，恨不得墨景深马上看出她想好好和他在一起的诚意……

虽说主动勾引这事儿她的确想过，但一直没付诸实践，毕竟每次她都被他引导到完全无法自抑，哪里还想得起来主动不主动。

“你确实想多了。”季暖在他的下巴上狠狠咬了一下。

男人似没觉得多痛，却还是低哼一声，让季暖的脑袋热得快要爆炸了。他有力的手已经托到她的腰间，将她向怀里又按了按。于是，她缠在他身上。

季暖被亲得几乎缺氧，好不容易被他放开，呼吸了几口空气，趴在他肩上不动。

“不继续了？”墨景深被她半亲不亲地晾着，低眸看着懒洋洋不想再动的小女人。

季暖抬起眼，满脸诚恳地商量着：“那说好了，就一次！”

男人低头睨着她，道：“看你表现。”

她干脆去啃他的下巴，手也抬起，一边又啃，一边去解他的衬衫，手触到他火热的胸膛，她忍不住为这极好的手感低叹了一声，仰起脸去吻他的唇。

墨景深根本不需要季暖撩拨太久，她这生涩又很“努力”的动作，让墨景深忍无可忍地抱起她，绕过沙发，踹开卧室门，将她带着一起陷入床里。

……

是谁口口声声说一次就结束的？

回家的时候才九点，可两人接近半夜十二点才结束！任凭季暖怎么抓他咬他，他都没停下来过！

事后季暖被他带去洗澡。洗完后，她裹着被子在床上昏沉沉的，正要睡着，床头柜上的手机忽然传来声音。季暖睁开眼，向床头柜上瞄了两眼，是墨景深的私人手机在响。都这个时间了，怎么还会有电话？是公司有什么急事？

墨景深还在浴室，季暖抱着被子坐起身，拿起手机，见是陌生的号码，就接了起来。

“景深大概还要过一会儿才能来接电话，你待会儿再打来吧。”季暖接起后，不等对方说话，直接说明了情况。

电话那端的人沉默了一瞬，之后传来安秘书温柔试探的声音：“墨太太？”

安书言？季暖刚有的睡意瞬间消散。她又看了一眼来电显示，默记于心，重新将手机放在耳边：“安秘书？这么晚了打景深的电话，是有急事？”

“不好意思，墨太太，打扰你休息了。我知道墨总今晚1点要跟美国那边开个视频会议，所以这个时间他应该还没有休息，所以才打了电话。”安秘书客气轻柔地说道，“他的另一部手机应该没电了，所以我才打了这个私人号码……”

季暖静静地没说话。半夜打别人老公的电话，而且她回国的目的亦是昭然若揭，这电话不可能一点儿目的都没有。

“我是想跟墨总聊一下关于视频会议的事情，毕竟是跟美国Shine集团有关的合作案。”安秘书声音顿了顿，又轻声道，“顺便还想问问墨总，我的口红是不是落在他车上了？”

季暖不动声色地又看了一眼时间：“哦？口红是吗？我晚上和他一起回来的，还真没在他车上发现你的东西。”

“那也许是掉到外面了吧。”安秘书轻声说，“今晚下班时，我刚开车离开公司，车忽然就在路边抛锚了，雨下得太大，正好墨总的车路过，我就拜托他开车送了我一程，下车之前我用口红临时补了一下妆，回来后发现口红不在包里，还以为是落在墨总的车上了。”

季暖拿着电话，慢悠悠地笑道：“他的车里的确没有你的东西，你再好好想想，是不是落在其他地方了。一支口红而已，哪个牌子的？安秘书如果很喜欢，我明天可以帮你重新买一支。”

“那倒不用，这么晚还打电话打扰墨太太，真抱歉。”

“没事，今天的雨下得很大，最近又要降温了，安秘书明天上班记得多穿些，也要记得带伞哟。”

“好的，谢谢墨太太。”

“不客气。”季暖淡淡地瞥了一眼卧室门外的方向，听见浴室门被打开的声音，轻声道，“景深已经洗过澡了，你不是有视频会议的事要跟他谈？需要我把电话交给他吗？”

“那就麻烦墨太太了。”安秘书的声音仍然含着淡淡笑意。

季暖起身下床，走出卧室，见墨景深果真打算去书房。

“老公，安秘书的电话。”季暖声音平缓地说道。

她走过去，在墨景深回身看她时，直接将手机递给他。墨景深刚刚洗过澡，眼中仍有刚刚的餍足，又掺了几分深夜的慵懒。季暖没有多看他，将手机递过去，转身就要回卧室。腿刚向旁边迈开两步，她的腰身忽然一紧，男人的手臂直接伸了过来，将她抱了回去。季暖回头，不高兴地看了他一眼。墨景深抱着她没放手，同时用另一只手接了电话。

“把项目合作的案例发给他们，四十分钟后我开电脑。”墨景深语气淡淡地说了一句，之后又没什么温度地说了些关于Shine集团那边合作的注意事项，他挂了电话，将手机扔到一边的沙发上。

“怎么了？”墨景深的手隔着她单薄的睡裙，在她的腰间温柔地摩挲轻抚。

季暖抿了一下嘴，沉吟了下，又看了他一眼。

“安秘书刚刚在电话里说，她的口红好像落在你车里了。”

墨景深眉梢微微上扬，道：“口红？”

季暖不太高兴地瞥了他一眼，再垂下眼，轻推他环在她腰间的手："你先放开我，等会儿不是要跟美国那边谈项目吗？我先去睡了，明天再说。"

男人的手在她腰间分毫未动，更在她推他时，反将她更紧地纳入怀里。

"时间还早。"他的声音近在耳边，平静得让季暖心里那些快控制不住的小火苗四处乱窜。

"可是我困了！"季暖没好气地在他怀里挣扎了一下，"你跟你的秘书去继续电话连线吧，忙完之后回卧室再叫醒我。"

"她怎么说的？"墨景深没放手。

季暖挣扎不动，干脆也不再挣扎了，任由自己被他禁锢在怀里。她背对着他，语气里情绪难辨："她说下班时，车抛锚了，然后你就顺路送了她一程。"

墨景深看着她，叹气，安抚地在她的腰间轻轻拍了拍："今天公司加班，忙着跟Shine那边的合作项目，安秘书曾经在Shine工作，所以我和她才在整理完项目方案后，几乎同一时间离开了公司。"

季暖还是不说话，只是听着。

"我开车离开公司，看见安秘书的车停在路边，车门开着，她半个身子几乎淋着雨，无论是因为上下级关系，还是墨家与安家的世交关系，看见这一幕都不可能不闻不问。"

"所以你就让她上车了？"季暖看着他，心里的火苗更盛了。

看出她不高兴，墨景深用幽邃的目光盯着她，手在她头上抚过："我打算派司机开公司的车送她回去，安秘书说今晚开会需要的项目资料还在包里，应该都被淋湿了，需要赶快回家连夜重新准备一份，直接问我能不能送她回去。"

季暖眼角一扬，觉得这事实在巧得过分。

"她的住址离你当时所在的金霖大厦不远。"墨景深沉稳平静，解释得也很诚恳，"我让她坐在后排，没碰到墨太太的专属座位，别气了，嗯？"

季暖以眼角的余光瞟向他："那你亲她了没有？"

墨景深似笑非笑地道："你觉得呢？"

"安秘书刚才可是特地跟我说，她下车时临时补了个妆，还专门重新涂了口红。她为什么要涂口红？为什么要这么刻意地告诉我？"季暖眼睛眨也不眨地看向墨景深。

墨景深没说话，却是无声地看着她。片刻后，他淡声问道："不相信我？"

"我信啊！"季暖的嘴角勾出深深的笑意，却又有些暗暗的切齿和不爽，"可是你的安秘书专门挑这时候打电话，明显是在跟我宣战，难道我现在应该平静地当什么事都没发生？"

她怎么可能不相信墨景深？而且她刚才被他亲了那么久，他身上一点儿其他女人的味道都没有。她的男人干不干净，做派如何，她当然清楚。可究竟是什么让本来步步为营的安秘书，忽然做出这种有些过激的举动？

这是不打算继续扮演安分守己的总裁秘书角色了？

墨景深目光淡淡地扫向沙发上的手机，他不发一言，看不出喜怒。

就在季暖不打算纠缠这个问题时，男人的声音忽然从她的头顶传来："喜欢什么车？"

"啊？"季暖一怔。人仍然在他的怀里，却一时间没跟上他这节奏。什么？什么车？

"那辆古斯特以后扔在公司，留做公用，我们换一台车。"墨景深眸色清澈又深沉，凝视着季暖有些茫然的脸。

"换车？"季暖差点儿被自己的口水给呛着。

她虽然对安书言今天坐过他的车这件事有些反感，但还不至于这么神经。而且安书言坐的是后排，平时沈穆或者其他人偶尔也会坐在后面，这并没让她觉得自己不被尊重或者怎么样，墨景深在这方面的周到，是很多男人不一定能做到的，所以季暖没觉得有换车的必要。何况那可是价值六千多万的车！还是劳斯莱斯纪念版限量款古斯特！现在的价格是这样，放在十年后只会更贵！对收藏家和豪车爱好者来说，到时候价格甚至会上亿！就算从小长在季家，她也没到挥霍个几千万连眼皮都不眨的地步。

"换车就不用了吧，这辆古斯特我还挺喜欢的，我也没那么不讲道理。"季暖撇了撇嘴。

男人在她耳边低沉地笑道："喜欢古斯特？这款车的其他车型也很不错。"

"真的不用换！六千多万的车你扔在公司充当公用，还不如用钱砸死我！"季暖抬手就在他的胸前拍了下，却拍得不重，挠痒痒似的，瞪了他一眼，威胁道，"不许换！"

"不是不开心？"墨景深将声音压得很低，仍然好听又有磁性，语调里的纵容和让步，让季暖听得出来他是真的不打算让她受这种委屈。哪怕只是别人无中生有给她的小委屈。

"你要敢把车换了，我会更不开心！"季暖转头又在他的下巴上咬了一口。反正现在已经快到他跟美国那边开会的时间了，再怎么咬他，他也不能把她扔回卧室的床上去。

男人的眼神果然顷刻暗了暗，低头在她的唇上有一下没一下地亲着："那怎么样才会开心？嗯？"

季暖靠在他怀里，眯着眼睛一笑："半个月不碰我，让我好好休养生息一段时间，怎么样？"

男人不吭声。季暖以为他连六千多万的车都能换，这种忍一忍就过去的小事应该也能妥协。

墨景深却对她投来意味深长的一眼，淡声道："不行。"

季暖叫道："六千多万你连眼都不眨一下就要扔去公司，我就这么点儿要求，你居然不同意？"

墨景深放开她，转身走向书房，头也不回，撂下话："你想都别想。"

第二天一早，季暖没有自己开车，而是坐着墨景深的车去了工作室。

上车时，她仿佛不经意地在车里前前后后瞄了几眼，最后终于在后排皮椅不太引人注意的缝隙里找到一支金色方管的口红。

季暖伸手将口红拿出来，打开看了一眼，挑眉轻笑。

墨景深看见那支口红的时候，语气一如昨夜："确定不换车？"

"不换。"季暖勾勾唇，把玩着手里的那支口红，"反正我介意的不是车，而她的目的也不是为了这支口红。"

墨景深的唇勾出几分弧度，这个小女人嘴上说着信他，仿佛已经想得很通透，但这话里话外还是带着醋味儿。

下午，安秘书开车出了公司，忽然看见手里拎着小礼品袋的季暖。

"墨太太？"安秘书在她身边停下车，对她很客气地点头一笑。

季暖回头看着她，又看了一眼她的车："安秘书的车修得很快呀，昨晚才抛了锚，今天就能正常开出来了？"

安秘书浅笑着答道："我昨天晚上打电话叫了车行的人过来，他们的效率确实很高，今天来上班时，我就看见车已经被修好送回来了。"

"不错，昨晚到今天凌晨下了那么大的雨，而且是在工作时间以外，工作效率这么高，看来这家车行我也可以经常光顾。"

季暖说着，将手里那个精致的礼品袋递了过去。

安秘书一怔："这是？"

"昨天晚上，你的口红的确是落在景深的车里了，我也是今天一早才看见。"季暖很是无所谓一笑，"可惜是在送去洗车的时候才发现，洗车的工人清理车内座的时候不小心把你的口红弄湿了，我看着觉得可惜。正好我今天没什么事，来之前去买了一支同款的新口红，给，拿着吧。"

"墨太太，真的不用，一支口红而已，不需要特地买一支新的给我，而且那也是我自己不小心落在墨总车里的。”安秘书脸上的笑意客套疏离，直接推开车门下了车，非常周到又礼貌地与季暖一同站着说话。

季暖注意到这个细节，发现安秘书的确很会做人，便淡淡地勾了勾唇，语气平静地说：“昨晚已经是深夜，你还特意在电话里提到口红的事，我还以为这支口红对你来说很重要呢，这买都买了，反正这种颜色也不适合我，安秘书还是收下吧。”

说着，她直接将手中装着口红的小礼品袋从车窗扔到车座上。

安秘书拒绝不了，只好对季暖笑了笑：“那这样吧，我要去商业厅取些东西，也不知道沿途有没有好的咖啡厅，墨太太要不要跟我一起去喝杯咖啡？我请你，也算谢谢你帮我买口红。”

“这你真是问对人了，我确实知道几家不错的咖啡厅。”季暖笑盈盈的，来者不拒。

安秘书点点头，直接笑着绕过车身，边打开车门边说：“那就上车吧，我们一起去喝杯咖啡。”

“盛情难却，那我不客气了。”季暖笑着上了她的车。

两个女人在车里，一路随便聊了些有的没的，却仿佛刻意绕开关于墨景深的话题，只围绕美国Shine集团和国内许多见闻随便聊了聊，有说有笑，仿佛真是相谈甚欢。

到了距离商业厅很近的街区，两人走进一家环境幽雅的咖啡厅。

季暖随便要了一杯摩卡，安秘书也点了一杯摩卡。

“安秘书也喜欢喝摩卡？”

“还好，从小在美国长大，各种苦得要命的咖啡都不怎么喝，不过摩卡确实是我喜欢的一种。”

“虽然安秘书的口红色号跟我的不一样，但品牌却是相同的，咖啡也喜欢喝同一款，所以我们算是喜好差不多？”季暖仿若无意似的笑道，“就是不知道喜欢的男人，是不是也一样？”

听见这话，安秘书静了一瞬，然后微笑道：“墨太太今天特意来找我，其实是想跟我聊一聊吧？”

季暖挑眉：“那你说说，我想找你聊什么呢？”

“当然是聊墨总。”安秘书很坦然无惧地直视季暖的眼睛，“墨太太是聪明人，跟聪明人说话很轻松，我也不需要扮演多么无辜的角色，能从美国来这里，我的目的很简单也很直接，如同墨太太今天来找我的目的，一样简单直接。”

“所以安秘书的口红，果然只是个幌子？就是为了引我出来，主动来找你？”季暖顿时笑了。

安秘书几不可察地勾了勾嘴角：“墨叔叔并不看好你和墨总的婚姻，墨爷爷也确实是老糊涂了，所谓的家族利益，也要站在长远的角度去考虑，季家虽然曾在海城鼎盛一时，但季氏集团各方面都在不停地下滑，这场联姻对墨家没有一丝一毫的好处，只能勉强算得上门当户对，只是勉强而已。”

说到这里，安秘书又看着季暖平静的眼睛：“恕我直言，墨太太婚前婚后的所作所为，都称不上是个好妻子，何况我还听说，前几个月你和墨总的关系并不是很和谐，你很想离婚。”

季暖轻笑。

果然不出所料，安秘书昨夜的电话，只是为了给这场“谈话”找个机会。

“安秘书说得这么透彻，那我也就不隐瞒你了。”季暖单手撑着下巴，眨着眼睛对她笑道，“刚开始的时候，我的确不太适应新婚生活，想必你也知道，景深是个怎样外冷内热的人，那时候我不太了解他，所以总想恢复单身，找回自由。”

安秘书看着季暖，眼里有着几分探究和打量。

“可他婚后一直都在纵容我曾经的那些小脾气，我以前就是孩子心性，却逐渐被他的热情收服了。”季暖似是有些羞涩，眼中又尽是甜蜜，“他热情的时候，实在让人招架不住。”

季暖说完这两句话，对面的安秘书刚接过咖啡，握着搅拌匙的手已是情不自禁地紧了紧。

“我对你和墨总之间的事其实不是特别了解，大都是道听途说。”安秘书的脸上仍然挂着笑意，却多少有些僵硬，“看来你和墨总的感情是真的很好。”

“还行吧。”季暖羞涩地单手托着下巴，笑看着她，“昨天你打来电话的时候，他才去洗澡，如果你再提前几分钟打来，那电话估计我们都接不着……”季暖意有所指地红着脸说，“还有那天，我在景深的办公室里，本来我和他正亲热，忽然墨爷爷来了，我就害羞地钻到他的办公桌下边去了，你那天知道我在他的办公室，但不知道我究竟躲到了哪里，是吧？”

安秘书没说话，手紧紧地捏着杯子里的搅拌匙。

“要不是墨爷爷忽然来了，景深说不定会把我抱进办公室隔壁的休息间去……他这人平时冷漠得难以接近，可在跟我的夫妻之事上，总是热情得让我应付不来……”

安秘书的脸色已经不能用僵硬来形容，只有嘴角还能勉强勾起。

“哎呀，抱歉，我刚刚都跟你说了什么呀？安秘书你还没结婚，这种夫妻间才有的暧昧亲昵话题，实在不适合你。不过啊，男人的体力太好……也真是让人苦恼……平时连个好觉都不让人睡。”

季暖对她眨了眨眼睛，眉眼间满是浓情蜜意。

季暖虽然有些故意，偏偏说的每句话都是实话，每个动作、每个语气都是作不了假的，这样的羞涩与满足，更不是演出来的。

她的幸福和羞涩，真实又刺眼。

安秘书慢慢喝了一口咖啡，然后抬起眼，笑看着她，显然已经恢复了几分淡定：“我的确没想到你们会这么幸福，毕竟墨总他曾经……”

季暖一笑：“他曾经怎么？”

“不好意思。”安秘书仿佛下意识地将手放到嘴边，“这毕竟是墨总自己的事情，我也不好多嘴，看来墨太太对他的过去不是很了解，那我更不能乱说了。”

季暖非常理解似的点点头：“大家都是女人，有着各种不该有的好奇心，你这话的确勾起了我的好奇心。”

安秘书正要开口时，季暖淡笑着直接打断她：“可我们的感情始于婚姻，也忠于婚姻，只要我的男人在婚后没有出轨，没有与哪个女人太亲近，只爱我一个人，管他曾经是否有什么青梅竹马的过去，或者有过什么刻骨铭心的过往，那毕竟都是曾经了，他现在是我的男人，大家不是小孩子了，谁还没有过曾经呢？你说是不是？”

安秘书看了季暖一会儿，须臾，嘴角扯了扯，好半天才勉强撑出个笑脸：“你这样想？”

“不然呢？安秘书刚刚‘很不经意’地提到曾经两个字，难道不是我所想的这些？”季暖笑得很是轻快，“我自己的老公，他究竟有多好，又究竟会被多少个女人爱慕，我很了解，也早就有心理准备。可从结婚开始，他就是我季暖的丈夫，哪怕以前他身边有成百上千个女人，也都是彻底出局的失败者。”

安书言静默半晌，盯着季暖，似是想要看出她的内心是否真如嘴上说的这样无所谓。

季暖手指轻轻敲着桌面，从始至终没有喝一口咖啡，语调很是轻慢：“一个优秀的人身边自然不乏追求者，无论是过去的谁，还是未来的小三小四，在我眼里，都不过是些失败者！”

安秘书眼神一顿，没说话，举起咖啡杯放到嘴边，却没有再喝。她将杯子重新放下，也没再看季暖。

“所以，像安秘书这样无论家世还是智慧涵养都这么高的人，应该不会做出低级的事情，哪怕有某位很有魄力的长辈要帮你撑腰，以安秘书你的三观和底线来说，也不会允许自己头上印着小三这样的名号。我说得不错吧，安秘书？”

说完这些，季暖才喝了一口咖啡，举止淡定，明明浑身充满攻击力，偏偏笑意慵懒，让人看不出半点儿偏激和攻击，优雅得仿佛作壁上观。

“去商业厅的时间差不多了，改天再一起喝咖啡吧。”安秘书忽然站起身，将两张粉红的钞票放到桌上，拿起包，对季暖客气地点点头，转身就走。

“好，改天约。”季暖对她举起手，像只慵懒的小猫在挥爪子。

安秘书还没走远，季暖接起墨景深打来的电话，甜甜蜜蜜地说：“喂，老公？嗯，我刚刚在你公司门前遇见了安秘书，她请我喝咖啡来着。”

安秘书远去的脚步渐渐加快，不一会儿彻底走出了咖啡厅。

“你这语气像偷了腥的猫，都聊了什么？”墨景深轻易就能从季暖的声音里听出她的心情。

季暖眼角余光瞥见窗外的安秘书，果然，安秘书上车之前还回头向这边看了看，见季暖仍然在打电话，便面无表情地打开车门，坐进了车里。

直到安秘书将车开走，季暖才淡淡地勾唇：“女人之间还能聊什么？特别是一个对我老公有着强烈动机的女人。”

“嗯？所以？”

“所以，我刚才可能有点儿太凶了，把你那位优秀可人的安秘书吓跑了。”季暖拿着电话，说着不着边际的话，同时摸着手边已经凉了的咖啡杯。

电话那边传来男人的低笑：“怎么？你咬人的本事还能用到别人身上？”

季暖也只是笑笑，手却在杯壁上慢慢摩挲，仿佛不经意地问了句：“其实安秘书各方面都很不错，可以说是完美的人选。而且你们很多年前就认识，既然前些年你父亲就打算把她留给你，你当初怎么没考虑娶她？”

“完美？”墨景深声线低沉性感，“谁有我的墨太太更完美？”

“你少说好听的话来哄我，人家安秘书今天可说了，你以前有过的女人排起队来能绕地球好几圈呢。”

下一刻，她隔着电话都能听见他低哑的笑声：“墨太太如今呛人的本事也见长了好几圈，你这嘴皮子是一夜之间练出来的，还是对我蓄谋已久？”

“我这是识时务者为俊杰，想要谋得好生活，根本不用考虑去抱别人的大腿，毕竟我老公就是这海城最粗的腿，不抱白不抱。而且，”季暖单手托着下巴，对着电话继续说，“你把腿上多余的障碍都扫除了，将所有空出的位子都留给我，我哪还有不抱的道理？”

“所以墨太太如今的转变，是因为你终于学会识趣了？”男人声音低沉下来，季暖听见他似是用钢笔在桌面轻轻敲了敲。

这声音透过电话都传来几分危险……

“识趣是其次，重要的还是墨总裁的英明神武、英俊帅气深深折服了我！”季暖扬起眉梢。

“嗯，你不如说是我睡服了你。”男人语气淡淡的。

季暖忽然无法反驳。

她确实是被睡了一晚，醒来之后就整个人都变了。

她还能怎么解释？简直是无话可说！

季暖干脆换了话题：“刚说你以前有过的女人呢，这么严肃的时候别跟我说什么睡不睡的！”

“我的女人只有你，墨景深妻子的身份也只你一人独有，你还想说什么？”他的嗓音低沉含笑。

季暖被噎得说不出话。这男人总是这样直击关键，让她一点儿还击的机会都没有。

她想说的有很多。

过往的种种她不能提，也控制着让自己不去想，毕竟那个她没有参与的十年，无论墨景深和谁在一起，还是娶了哪个女人，是否真的把季梦然留在身边，这对曾经的她来说，都是毫无资格过问的。

她想说，结婚之前他的选择有很多，为什么偏偏就选择了她？

安书言在他眼里并不是什么特别的存在，他可以无视也可以拒绝。

按照墨景深的性子，墨家虽然权势过重，却根本没有办法掌控墨景深的人生，他为什么没有拒绝季家的联姻？为什么没有拒绝她？

曾经的他是因为谁而拒绝了安书言以及众多名媛千金，半年前的他，又是为什么恰好在那个时间接受了墨家的安排？

季暖冷静地压抑着自己的种种想法，心里却像打翻了五味瓶。她很想问，想问的太多太多。她对墨景深的曾经和自己没有参与过的十年，只觉得陌生，甚至遥不可及。

“已经下午了，我先去工作室看看。”季暖说着站起身，将桌上的钞票递给咖啡厅的侍者，拿着电话走出了咖啡厅。

“安秘书的任何话你都不必当真，婚姻的基础是信任，这两个字适用于你也适用于我，安心些，别乱想，嗯？”墨景深听见她走出咖啡厅的动静，安抚道。

季暖嗯了一声，没再多说。

“别忘了，我答应过你，一个星期。”

季暖步伐顿住。一个星期？距离他说的一个星期后就让安书言离开墨氏，算一算，也就剩下三天了。他还真让安书言就这么离开？

虽说季暖觉得自己有些小题大做，但女人在感情这种事上，真的容不得一点儿闪失。底线和原则，该坚持还是要坚持。

“好。”她应了一声。

“这两天公司忙，很多事情需要我亲自洽谈，后天晚上有场国际合作的晚宴，时间也会很晚，我让陈嫂过去陪你。”

“没事，我自己可以，不用叫她过来。”

天色渐暗，季暖回了奥兰国际。

门忽然被敲响。

“陈嫂？”季暖开了门，就见陈嫂拎着一条鲜鱼和一些青菜站在外面。

“太太，我这个时间过来，没有打扰到你吧？”陈嫂问。

“没有，但你怎么会……”

“先生让我来给您做晚饭，免得您晚上偷懒只吃外卖。”陈嫂笑眯眯地进了门，进来之后就进厨房洗手，忙里忙外，连跟季暖寒暄的时间都没有。

墨景深什么时候这么了解她了？

虽说自己会下厨，但一个人的晚饭确实没什么好做的，以她的性子，估计真会叫外卖，或者干脆不吃了。

“太太，你还有其他什么特别想吃的吗？趁着天还没有彻底黑下来，我可以再去买点儿菜回来。”陈嫂在厨房里边说边忙着。

“我吃什么都可以，不用那么麻烦。”

“哎呀，这里虽然在市中心，但我还是不习惯周边的环境，刚才好不容易找到附近的一个菜市场，其他东西都没买到，大超市里的东西又太贵，我看太太还是应该偶尔回御园去住，每天住在这里，连吃东西都是问题……”陈嫂唠唠叨叨的，满是关切。

季暖却笑了笑。她在吃这方面还真的没亏过，毕竟有墨总裁亲自喂养，她感觉自己这几天脸都要变圆了。

季暖要去厨房帮忙，却被陈嫂推了出来。她没办法，只好给陈嫂倒了杯水，然后回了书房。

夜里十一点多，墨景深回了奥兰国际。

“墨先生，这么晚了，您没留在公司休息啊？”陈嫂走了出来。

墨景深对陈嫂点点头，没有多说。陈嫂忽然指了指仍然亮着灯的书房，小声说："太太用过晚餐后就一直在书房，我没敢去打扰。"

墨景深走进去，开门后发现季暖趴在电脑旁边睡着了，胳膊放在桌上，头枕着臂弯，好看的眉心微微蹙着，似乎睡得不太安稳。

墨景深瞥了一眼她电脑上的工作室财务资金告急列表与人事变动名单，手在她头上揉了揉，把她抱回了卧室。

季暖醒来的时候是早上七点多，床上已经不见墨景深的身影。她不记得自己昨天晚上是什么时候回到卧室睡的，现在身上的衣服被换成了平时的睡裙。总不可能是陈嫂把她弄进来，再帮她换了衣服吧？

"陈嫂，"季暖抓着有些凌乱的头发走出去，"景深昨晚回来过？"

"是呀，太太，墨先生昨天很晚才回来的。"

墨景深明明已经特地告诉过她，这几天公司事情多，还特意叫陈嫂来陪她，结果忙到那么晚他还是回了奥兰国际。

如果说，之前她不知道两人的心距离是近还是远，那么这一刻，季暖觉得自己真的不该被安秘书的几句话影响，没必要想无中生有的东西。她简直就是庸人自扰！

"对了，墨先生还说，以后太太您晚上十点之前必须回卧室睡觉，不许在书房工作到那么晚，不许熬夜，还说让我必须看着你……"陈嫂边说边笑，满眼的欣慰。感觉先生和太太最近虽然没有回御园去住，但夫妻间的感情好像越来越好了呢。

季暖又抓了抓头发，点点头，道："知道了。"说完，她直接回卧室的浴室去洗漱。

墨氏集团，总裁办公室。

明净的落地窗前，墨景深单手插在裤袋里，听着身后的安秘书和沈穆说着关于美国Shine那边的项目报告。

直到两人说完离开，办公室归于安静。墨景深仍立于窗前，没有动作。

手机响了，墨景深接起，听见电话那头的秦司廷似笑非笑地道："我听说墨氏终于接受Shine集团的合作邀请，要发展一个巨大的跨国资金链，是个颇大的项目？"

"你有意见？"墨景深声线淡淡的，听不出情绪。

"我对你们这吃人不见血的商场没兴趣，当然没意见。"秦司廷凉凉地嗤笑，"可你自从当年创立了墨氏，就没再打算接手美国Shine集团的一切，你父亲人过中年，依然头脑精明、身强力壮，应该暂时不着急将墨家的根基交到你手里，可这次墨氏与Shine之间如此大动干戈……让我猜猜，是什么让你这个本来打算逍遥在外的墨家公子开始一步一步收网了？”

“早晚注定有这一步，选择恰当的时机而已，你又想出了什么阴谋？”墨景深声音没什么温度，“你很闲？”

“不闲！忙死了！”秦司廷哼笑一声，“你知道现在的医疗环境有多艰辛？我整天待在诊室和手术室里，面对愁眉苦脸的患者，掌控手术刀和生死，压力怕是比你这个总裁还大！”

墨景深声音低冷地道：“路都是自己选的，是你自己要行医救世救苦救难，没人逼着你去做。谁又能猜到，秦家公子当年会选择医学院，实际是被一个小姑娘拐进去的，最后人家姑娘走得绝情又干脆，倒是把你扔在苦海深渊这么多年，仍然挣扎着出不来。”

电话那边静默了十几秒，骤然响起秦司廷将一册病历夹扔在桌上的声音：“我和南衡的存在就是为了被你挖苦，天天看你和季暖秀恩爱，‘狗粮’吃到饱不说，还得被你揭伤疤，恨不得疼个一万年都不带止血的是吧？”

墨景深漠然地笑了一声：“自找的。”

秦司廷发出嘲弄的笑声：“我等你哪天尝到被自己女人踹了的滋味，上天入地、苦求无门，甚至连人都找不到的时候，我和南衡绝对会把这三个字还给你！三个字，三刀，一刀一刀往你心里戳！”

“你可真是越来越不像内科医生了。”

“那像什么？”

“精神科适合你。”

“好啊，等你被季暖踹了的时候，我在精神科接收的第一个病人就是你。”秦司廷讥笑，“得了，我跟你说正经的，盛家那边最近不太平，两个继承人基本都废了，在外多年的私生子怕是要回去把盛家彻底变个天。我到现在才知道，盛家的私生子居然跟我是同行，去年在省医学专家大会上还碰过面，他藏得可真是够深的……”

墨景深并不惊讶，语气淡漠沉冷：“一个能将人体206块骨头轻易剖开，甚至不带血肉的操刀者，杀入商场并不是什么值得庆贺的事。”

“啧，既然你知道，我也就不跟你共享这种新闻了。”秦司廷笑声微凉，“不过这种善于隐藏的角色，你还是小心为好，毕竟……我也是刚刚才得知，他跟季暖有着不浅的渊源。”

秦司廷话音刚落，电话直接被墨景深毫不留情地挂断了。

第九章　墨氏·Shine

翌日，季暖起床时仍然没见到墨景深，陈嫂说他依然很晚才回来，又很早就走了。

她直接开车去了墨暖工作室。

工作室这几天被她整顿得已经走了大部分人，留下的那部分人，个个噤若寒蝉，但并不是每个人都怕她，毕竟这其中还有人等着看她的工作室倒闭，等着看她的笑话，甚至包藏祸心。

从工作室回来后，她又去了夏甜那里。

毫无意外地，她又碰到了盛医生。

“你帮夏甜新安排的病房不错，环境和安保水平都比之前的强了很多倍。”季暖算是打了个招呼，语气却很疏离。

盛医生冷淡地看了她一眼：“看不出来，你对朋友比亲妹妹还要关心。”

“亲妹妹？”季暖似有若无地笑了笑，“你或许不知道，对我来说，夏甜和我所谓的妹妹，在我的生命中各自扮演着怎样天差地别的角色。”

盛医生冷淡的眉宇未动，只盯着她看了半晌，声音低冷道：“我在你的生命中，又扮演着怎样的角色？”

季暖冷着脸看着他，没说话。

盛医生早猜到她会拒绝回答，摘下口罩放进白大褂的口袋里，形容冷峻：“你前些天提出的要求我已经做到了，明晚我会代表盛家去参加一场晚宴。你想要跟我彻底撇清关系，不如也答应我一个条件。”

季暖皱了下眉："什么条件？"

"这场晚宴，你必须到场，做我的女伴。"男人冷霜般直视她的眼底。

"我凭什么答应你？真正心中有愧的人是你，并不是我。"季暖眼中的不耐烦很明显。

眼前的男人幽幽地笑着，嘴角弯出似是而非的弧度："真以为墨景深不知道我们之间的关系？你不是很想摆脱关于我的一切吗？我开的条件，不需要向你解释理由。"

季暖很想把手里的包砸到他脸上。

她忍着火气，冷冷地问道："既然是代表盛家参加的晚宴，你为什么要让我去？"

"必须是你。"

"为什么是我？"

"去了，你就知道了。"他淡淡地勾唇，笑容清冷，没再解释一句，更不等季暖的同意或者否决，直接重新戴上医用口罩，进了隔壁的病房。

季暖垂眸看向洒满消毒水的地面，陷入思考。

就为了这么一个连来头都不清楚的晚宴，季暖整夜睡不着。

她以为今天晚上墨景深回来的时候，两人终于能见一面，结果直到凌晨两点多，她迷迷糊糊睡着了，也没见到人回来。

第二天中午，她头有些疼，刚到工作室楼下，就看见一辆银白色的车停在那里。

车窗落下，露出男人的脸。虽说确实很帅气，却又因为很少在外走动，缺少阳光的滋润，又经常戴着医用口罩，他的脸比寻常好看的男人稍显苍白。

季暖皱眉，眼神不悦："你怎么知道我会来这里？"

车里的男人面部表情不变，始终冷冷淡淡的，只是扫了一眼季暖身上类似OL风的职业装，眉目里含了几丝让人看不懂的冷意："小丫头，果真长大了。"

"盛医生，"季暖冷淡地站在车门边，"别告诉我，你对我的行踪一直都很清楚，这样的话，我怕是会报警。"

男人看着她，道："今晚你是我的女伴，'盛医生'这三个字会不会太生疏了？"

季暖笑意冷淡，出口的称呼满是讥讽："盛易寒。"

盛易寒听见这久违的称呼，淡色的唇弯出一丝弧度，却是浅得一瞬便消散了。

"我昨天并没有同意跟你去参加那个什么晚宴，经过一夜的考虑，我的答案仍然是，我不会去！”季暖说完，看都不再看他一眼，转身就走。

结果刚一转身，她眼前忽然一黑，差点儿向前踉跄跌倒。她忙抬手撑在旁边的路灯上，才勉强站稳。今天早上她就觉得有些头疼，可能是这几天秋风刺骨，风雨交加的缘故。

身后的车门打开，她的胳膊顷刻间就被扶住，不用想也知道是谁。季暖身上骤然起了一层鸡皮疙瘩，触电似的用力将身后的人甩开。

“别碰我！”

盛易寒无视她的脾气，伸手直接握住她的手腕：“怎么回事？身体不舒服？”

“多管闲事。”季暖看都懒得多看他一眼。

见她反抗，盛易寒放开她，又见季暖靠在路灯下脸色不太好，不容抗拒地道：“去医院。”

季暖刚想说不去，深呼吸了一口气，正要试着站稳，忽然手腕上又是一紧，身旁的男人直接将她扯到车边，打开门将她按了进去。

“你干什么？你……”

“你从小就有体寒症，自己不清楚？去医院看看。”盛易寒直接将车门反锁，不给她下车的机会。

直到他也坐进车里，季暖冷冷地哼笑：“我为什么会有体寒症，你不是比我更清楚？全都是拜你所赐！”

盛易寒握着方向盘的手无声地紧了紧，脸色没好看到哪去。他冷冷地没说话，发动引擎开车。

她抗拒不了，也没力气抗拒。

季暖干脆靠在椅背上，一开始精神高度集中地防备着他，可车里温度适中，她又头疼得难受，不知不觉地渐渐闭上了眼睛。

不知道睡了多久，直到季暖觉得脖子又酸又痛不太舒服，才缓缓睁开眼。

车里已经不再是白天时的亮度，她仍然睡在车里，身上披了一件男人的外衣，带着淡淡的药香和消毒液的气味，她十分敏感地将衣服用力掀开，扔到一边，又坐正了身子，抬眼就看见车窗外已是华灯初上，这辆车也不知停在了哪里，周围过往的车辆不少，好像已经在这个停车位上停了许久。

她转头就看见盛易寒坐在驾驶位上，因为她醒了，他便转过头来，看不出喜怒的眼神落在她的脸上。

车里很暗，他们却不难看见彼此的眉眼神态。

季暖皱眉道：“不是说送我去医院？这是哪里？”

“医院去过了，你睡得太沉。”盛易寒淡淡地道，“你的体质和抵抗力都不及格，加上你怕冷的毛病，天气越凉就越要多穿，墨景深平时连这些都不管你？”

怎么不管？墨景深巴不得她每天穿得像熊一样再出门，但凡她穿少一点儿，他的眼神都能先把她冻住。但这些，她没有跟他解释的必要。

季暖没吭声，又向车窗外看了看，感觉这里像是海城某高星酒店附近。果然，再向上一看，王庭酒店。

昨天，盛易寒说让她陪他到海城的一家酒店参加晚宴，就是这里？

“我说过，跟我没关系的晚宴我不会去，你带我来这里做什么？”季暖淡漠地说道，伸手就要打开车门。

见车门打不开，她转眼冷眸以对：“盛易寒，你果然还是像以前一样卑鄙，把门给我打开！”

盛易寒仿佛没听见她的话一样，淡淡地瞟了一眼来往的车辆，语气平静：“给你准备的礼服在后面，去换上。”

“我不换！”季暖怒视着他，“你给我开门！”

他仍然没听见似的，无视她的拒绝，打开他那边的车门就下了车，意思是让她一个人在车里换衣服。

季暖又试图去开车门，既然她那边的门打不开，她便出手去开他那一侧的，可车外的盛易寒就这么靠在门上，车门也已经再度被锁上了。她干脆拿出手机打算报警，眼角的余光却看见酒店门前停下一辆黑色加长商务车，接着从上面走出来两个人。她按在手机上的手指瞬间顿住，是墨景深和安书言！

前几天，墨景深的确在电话里对她说过，他今晚会参加一场晚宴。

他怎么会和安书言一起出现在这里？所以，他们参加的是同一场晚宴？

远远地，她就看见他们同时下车，安书言今天穿着漂亮得体，是一件白色的抹胸礼服裙，走进酒店正门时，她忽然抬起手，挽住了他的手臂。

季暖立刻以为墨景深一定会推开她。但墨景深没有推开！季暖的心口瞬间被狠狠一撞，手停在车窗上，久久未动。

另一侧的车窗忽然被敲了两下，门被打开，盛易寒看着她，低声问：“确定不进去？”

季暖转过头，眼中的某些情绪一闪而过，却被她很好地掩饰住了。她想问他带自己来这里的目的是什么，话到嘴边，又觉得以他的为人，给她的答案也不一定会是真的，还不如她自己去看。

“关门！我换衣服！”

盛易寒嘴边露出不易察觉的淡笑。车门再度被关上，似乎是为了让她放心，这一次，他将电子车钥匙留在了车里，给了她换完衣服后自己开门出来的机会。

这是笃定她不会再跑了？季暖暗暗磨牙，伸手将车后座上的袋子拿过来，打开来看，里面是装着礼服的高档包装盒，她没什么耐心地直接拆开。

十分钟后，季暖下了车。

“你以为我还是十几岁的小姑娘？居然是粉色礼服，下摆还有各种羽毛的点缀，真怀疑你是不是刻意要带我来这种地方出丑。”她脸色不太好地抱怨了一句。

盛易寒看了她一眼，冷淡的眼里有惊艳一闪而过，虽说以前的季暖经常和她父亲出席各大晚宴，可不得不承认，季暖的美是很低调柔和的，没有攻击力和杀伤力，只要稍一打扮，属于她的这份浑然天成，是比美艳更加吸引男人的一种魅力。

“你才二十岁，怎么就穿不得粉色？”盛易寒从车边走开，语气依旧淡淡的，仿佛不经意地对她说了句，“很美，任谁在这种地方出丑，你也不会出丑，毕竟——胜在颜值。”

盛易寒这种男人，就连说好听的话，都是那么让人讨厌。

季暖不看他，好在裙子能将她脚下的平底鞋遮住，其实车后座下面还有一个袋子，里面是一双新的高跟鞋，但她没有穿，也实在没心情穿。

“鞋子没换？”他注意到她的身高没变，问道。

“不是说我胜在颜值吗？”季暖冷冷地反问。

盛易寒没再说话，只是又看了一眼她的裙摆。

她身高一米六几，身形窈窕，这样的礼服穿在身上，长度适中，也确实不需要像其他女人那样，穿一双十几厘米的“恨天高”来撑场面。

他转身走向酒店，季暖也跟着过去。

她边走边抬起手，简单地用皮筋将散在背后的长发扎起来，在头顶弄成一个稍有蓬松感的发髻，就这么清汤挂面似的往里走。

他们进酒店之前，盛易寒注意到她这简单却不失礼仪的打扮，意味深长地说：“真没想到，季家的大小姐，居然有一天能这么粗糙。”

粗糙?

季暖要笑不笑地看着里面打扮光鲜的人群。

任谁经历过那十年颠沛流离的苦日子，都精致不起来，难不成她现在还能专门打电话叫个造型师过来，给她弄好造型才进去?

换了以前的季暖，也许真会这么做。

她没解释，进去之后，更没打算跟盛易寒走太近。

王庭酒店是海城最大的七星级酒店，华贵的宴厅里已经聚集了不少人，处处衣香鬓影，有名望的政客、商人三五成群，执杯敬酒，热闹得让季暖不禁疑惑，这么大的排场，究竟是场什么类型的晚宴？

季暖发现，宴厅里有许多操着美式英语的宾客，她隐约从那些人的对话中听出，他们是美国Shine集团的高管和企业的重要参与者，而今晚，Shine集团将正式与墨氏集团签订跨国合作案。

最近墨景深的确在忙这件事，季暖听了一会儿，因为盛易寒眼神向她投了过来，她不得不跟他往里面走。

有几个人正在交谈，声音落在她的耳里——

“Shine集团始于海城，十几年前将总部迁至美国，没想到国内第一个与它进行跨国合作的企业，居然是墨氏集团……这算来算去都是自己家的，果然是肥水不流外人田。”

“听说今晚墨董也会来现场？墨董有许多年没回过海城了吧？美国公司总部需要他坐镇，这些年也实在够辛苦的。”

“可不是，听说墨总半年前结婚时，墨董都没能抽出时间回国参加婚礼，连儿媳妇的面都没见着，这次忽然回来，倒也确实突然……”

季暖心里蹿上一种难以言喻的不安。

墨董？

墨景深的父亲墨绍则？

忽然，她的眼角余光发现了那道颀长挺拔的熟悉身影……

季暖转头直视着那个方向，那个人，那张脸。

那人是墨景深。

他从另一侧走向宴厅中央，光和逆影很快消失，身形容貌寸寸清晰。

清冽冷峻的眉眼，高挺的鼻梁，唇色偏浅，鬼斧神工般的五官轮廓，完美得无可挑剔。此时，他冷淡的唇勾着极寡淡的看不出情绪的弧度。

黑色西裤包裹着他修长笔直的腿，没有一丝凌乱，他身上那件同色系的手工衬衫，价值不菲。

他一出现，不需要开腔，便惹人注目。

他英俊冷漠，寡淡从容，无人可比的高高在上。

安书言挽着他的手臂出现在众人面前，又转头贴近墨景深的耳边低语了一句，墨景深眉目淡淡的，看不出情绪，并没有给予回应。

然而，安书言还是与他站得很近，两人紧紧相贴。

安书言显然与在场许多人都很熟，含笑与他们打招呼，还不时温柔地向墨景深看过去，让每个看见这场景的人难免多想几分。

季暖凝望着那个方向。

忽然，盛易寒站在她的身侧，给她递来一杯香槟，同时以只有她能听见的声音道："今晚的主题和盛家没有什么关系，但是我父亲一直对美国Shine集团新出的几个项目很有兴趣，让我来探探底。"

盛易寒的嗓音淡淡的，让人难以察觉情绪："Shine的根基在墨家，又在美国发展多年，权势和财势不可小觑，特别是Shine的现任董事长墨绍则，据说是个非常顽固、坚持己见的人，而他看上的儿媳妇，显然是墨景深身边那位。"

季暖强迫自己从那边收回目光，似是不以为意地道："这是上流社会的社交场所，又是以Shine为主题的晚宴，他携同安秘书一同来参加，没什么不对，毕竟这位安秘书是从Shine过来的。"

"是吗？"盛易寒喝了一口香槟，意有所指地在她耳边低笑，"墨绍则多年不曾回国，如今难得回来一次，今晚墨家许多人会在这里聚集，身为墨家名正言顺的儿媳妇却并没有被邀请，甚至连墨景深本人都没打算带你出席，无论是碍于Shine的合作案，还是其他什么原因，今晚这样的场合，他的选择，根本就不是你。"

季暖握在高脚杯上的手瞬间紧了紧，眼神凉凉地扫了盛易寒一眼。

季暖转头，又看向那个方向，却始终没有发出声音，更在人群都向那边走去的时候，仍然站在原地没有靠近。

"不过去？"盛易寒冷淡地提醒。

季暖脸色不太好，故作轻松地道："过去干什么？人太多，喘不过气，这里挺好的。"

说着，她直接将杯中的酒一口喝光，把杯子扔在盛易寒的怀里，看都不看一眼他的脸色，随手拿起角落里长桌上的另一杯酒。

她能感觉到盛易寒虽然对她冷嘲热讽，仿佛她在这场婚姻里越不开心，他就越高兴，但实际上，他更多的心神都分散在场中每个人身上。盛易寒这个男人有多会隐藏，心思又有多缜密，她很清楚。

很多年前，她就清楚他是一个多么危险的人，他深藏不露，有着惊人的耐心。

但现在，她实在没心情理他，本来这场晚宴她就没打算参加，如果不是因为看见了墨景深，她绝对不可能进来。

可现在，她反而怀疑，自己来这里是错的。

她的确是不应该来。

入口的鸡尾酒带着些甜味儿，但酒精浓度明显比刚刚那杯香槟高了些。

她只喝了一口就皱了皱眉，低眸看着杯中的液体，这杯酒加了些还未融化的冰块，很凉，能让她燥热的心平静许多。

她连喝了三四杯后，果然看见不少墨家人也在场。

美国Shine集团的人她不太熟悉，但墨家人她可是熟得很。季暖尽量让自己站在角落的暗处，免得被发现。而这个距离，因为人群都在前面挡着，一时间她再也看不到墨景深那边的情况。

她回头向酒店的正门方向看了一眼，那里有几个墨家的亲朋正在说话，门口也有保安，她现在离开，只会引人注目。

"盛易寒。"季暖因为喝了些酒，又兼酒量不好，眼里已经有一点点红，虽然不太明显，身边的人还是看得出来。

盛易寒低眸看着她，盯着她的眼睛。

季暖看着他，冷笑着说道："你虽然这么多年没在盛家，却早就为回盛家而做好准备了是吧？忍辱负重，卧薪尝胆，真有你的，呵。"

男人不说话，只是唇角几不可察地勾了勾，看进她微微泛红的双眼深处。

"你胃口不小，连Shine和墨氏的主意都想打，不怕自己一口吃太多，被反噬？"季暖冷眼瞥着他，眼底的讥笑之意更盛。

盛易寒眼中逐渐泛起冷意："还有什么比被爱情反噬更要命？我连这种痛都受得住，还有什么可怕的？"

季暖的表情不变，眼底的冷意更深。

她的脑海中仿佛映出多年前，少年随改嫁的母亲进入季家，却因着她这个季家大小姐，被驱逐出季家大门的情景。

那个少年最后望向她时，眉眼幽邃。

她冷勾着唇，又拿起一杯酒，随意地靠在身后的桌架上，语气凉凉地说："那是你自以为是的爱情，跟我可没有关系。"

盛易寒只是淡淡地勾了勾唇，看着这样的她，伸出手，从她微热的脸颊上轻轻掠过，季暖感到一阵恶寒，别开脸，又冷眼看着他："干什么你？"

"我第一次看见你，你还是季家高高在上、不可一世的大小姐，像个蔑视众生的公主，在华光璀璨的宴会厅里穿行，然后背着你父亲，躲在角落里偷尝美酒，最后喝得烂醉如泥，睡在角落里，脸红得像苹果。我去背你出来，却被你咬了一口。"

季暖不以为意地将杯子从嘴边移开，冷冷清清地道："换作现在，我绝对下不去嘴，毕竟，你太脏了。”

她眼神冰冷，出口不留半分情面。

这个话题，季暖并不想继续下去。

虽然这晚宴上的酒，酒精浓度都不算特别高，但她实在不胜酒力，加上心情有些受影响，又一口气喝了好几种，白天那头疼的感觉又来了。

她将手里的杯子放下，淡淡地说了句：“我去一趟洗手间。”

她转身快步走到通往洗手间的回廊时，旁边有几个人正在议论。

“果然不出所料，安书言回国还真是为了墨总！”

“也就只有墨总能让这安家的宝贝千金不远万里飞过来，这安书言在墨董那边可是最好的儿媳妇人选！郎才女貌、天作之合，真是不知道墨老爷子是怎么想的，竟然让一个连名字都没听过的女人进墨家的门……”

“不不不，那个季暖在海城的上流社会也算有些名气！她家世还不错，据说长得很美，我还以为今天能在这里看看那个季暖究竟长什么狐媚样，有本事嫁进墨家，谁想到人居然没来。”

“今天没到场，也算她聪明，就今天这种场合，墨董绝对不会给她半分面子，说不定还会随便找个把柄，当众把她教训一顿。身为Shine集团的总裁，如今根本就是整个墨家的真正掌权者，他要是想把安书言留在墨家，今天就是最恰当的时候，让那个季暖吃不了兜着走，她来这里，绝对不会讨到什么好果子吃。”

“的确，今天墨家虽然来了不少人，但墨老爷子没到场，墨董要是真想把那个季暖给踹走，有千百种理由让她笑着进来哭着出去，就算墨总袒护，可毕竟还得顾及安家的面子，这种两难境地，也是为难墨总了。”

“为难什么？他要是真有心维护自己的太太，就算今天在场的是天王老子，他也一样不放在眼里。你以为墨董真压得住他？这对父子还没正面较量过罢了。”

“那个季暖再漂亮又怎样？美色这种东西，虽然诱人，久了还是会腻，我看他八成还是对安书言有兴趣，否则也不会这么给安书言面子，这种时候选她做女伴出席……”

“对，墨总今天可真是给足了安家面子……”

“哈哈！难道这墨安两家还真能有结果？那我可是拭目以待了！”

“要不要打个赌？我赌那季暖过不了多久就会被踹出墨家，安书言顺理成章地成为墨太太！墨总这么理性的人，肯定会做出最明智的选择。毕竟美国那边有安家辅佐，只要娶了安书言，等于掌握了美国华人经济的半壁江山，这对墨总以后接手Shine集团会有更大的益处。”

“你这种赌法还不如直接去抢钱，你以为，我觉得那个季暖能在墨太太的位子上坐稳？”

季暖头疼得更厉害了，抬手撑在墙边站稳，实在听不下去了，面无表情地转身走进拐角的回廊。

洗手间里没有人，她放水洗了一把脸，让自己清醒些。

宴厅里，墨绍则因为刚刚回国，正在与人攀谈，忽然一道人影走近，在他耳边低语了几句。

“墨董，我们刚才看见季家的那位……”

墨绍则脸上的表情微变，却稍纵即逝，不动声色地看了一眼身边的人，以只有彼此听见的声音冷冷地道：“她倒是有胆子来，把人关在里面，宴会结束之前都别放出来。”

说完，墨绍则转过头，若有所思地看向正与安书言一同被几位Shine集团的高管簇拥在红毯上的墨景深。

“墨总，墨叔叔和我父亲好像已经跟其他长辈聊完了，他们向我们这边走来了。”安书言在墨景深身边小声说了一句。

墨景深仿佛没听见她的话，接过旁边侍者递来的一杯酒，笑意淡淡地与人交谈，眉眼中看不出真正的情绪，让安书言觉得他始终都对自己置若罔闻。

安书言的父亲与墨绍则已经走近，安书言将手在墨景深的臂弯上轻轻扯了扯，实际只能扯到他的衣袖。

从始至终，两人虽然相携入场，却一直都是她在主动挽着他，主动贴向他，他不仅没给过半点儿回应，而且但凡有一点儿真正的肢体接触，他也会借机避开，无形中保持适当的距离。

这一幕在别人眼里看起来似乎很和谐，只有安书言知道墨景深跟她之间的真实距离。

“景深，书言到了海城后，真是多亏你照顾，如果她不是跟着你，我这做父亲的早就飞过来视察情况了。”安父笑呵呵地道，“书言在你身边，我还是放得下心的！”

墨景深仿佛这才注意到身侧走来的人，手中端着酒，与安父碰了碰杯，优雅地淡笑：“安叔，您客气了。”

“书言在美国也是被我们惯坏了，多少有些倔脾气，难得你给我这个面子。”安父兴致勃勃地道，“我看这海城的墨氏集团虽然才发展没几年，却是近年来海内外金融和科技行业的黑马，若是长期发展下去，估计用不上十年，就能超越根基近百年的Shine集团了！”安父又笑着对身旁的墨绍则说，“现在的年轻人，真是个个都不一般，尤其是景深，还没到而立之年，就已经成就非凡，你能有这么个儿子，真是让人羡慕至极！”

“您谬赞了。”墨景深情绪难辨，面上是沉稳淡薄的笑容，“我就算再修炼几十年，怕也不如安叔的万分之一。”

安父笑出了声，又跟他碰了碰杯，再看自己的女儿始终站在墨景深的身边，笑颜端庄大方，果真是郎才女貌。

季暖刚才喝了些酒，在洗手间里站了半天，还是选择打开一扇门，在马桶上坐一会儿。她拿出手机看了一眼时间，发现手机居然没信号。

片刻后，她听见外面似乎传来什么动静，窸窸窣窣的。

季暖警觉地站起身，洗手间里的灯突然一闪一闪的，像是电路出了毛病，眨眼之间，灯光骤然灭掉！

她的眼前瞬间陷入一片黑暗——

季暖一惊，四周安静空寂。

隐约有滴水的声音传来，黑暗中，一滴一滴，让人心寒。

还有，外面是什么声音？这个声音好像很近，鬼鬼祟祟的。

季暖伸手就要推门，却诧异地发现，刚刚还正常的门竟然推不开了。

洗手间的每一扇单独小门只能从里边反锁，眼下锁已经被她打开，怎么可能开不了门？

季暖的心蹿上一阵不安，她抬手在门上用力地拍了几下，喊道：“有人吗？”

灯不可能这么巧坏掉，王庭酒店这种顶级场所，今晚招待的是从美国来的贵宾，这里的工作人员肯定会将各处检查妥当，一点儿闪失和差错都不会有，而且这门明显是被人在外面给锁住了。

只能说明，这是人为的！究竟是谁？盛易寒绝对不可能这么做，带她来这里再将她关住，前后矛盾，并且毫无动机，所以不是他。

刚刚她在宴厅里一直躲在暗处，没有碰到墨家人，应该没人注意到她，更没遇到哪个跟她有过节儿的人。

能在戒备森严的王庭酒店，胆大妄为到做出这种事的人……绝对不简单！

洗手间里没有窗户，四周封闭性很好，随着灯光的熄灭，空调也不再运作，应该是电源被切断了。

季暖今天身体一直不是很舒服，不知道要在这里被关多久，她刚才喊那么大声也没有人靠近，估计根本不会有人听见。

她渐渐向后退了一步，将马桶盖盖好，坐在马桶盖上保存体力。

屏幕上的一点儿光亮给了她些许安全感。她被盛易寒突然带到这里，没来得及给手机充电，现在只有4%的电量。

手机没信号，电也快没了，她反反复复摁亮手机，看着时间的流逝。

直到手机屏幕自动暗了下去……

晚宴上，墨景深与墨绍则简单聊了几句，安书言此时已经被安父叫到旁边去了，父女两人低声交谈。

没多久，安父和安书言走了回来。

墨景深转过身，声音沉沉地对安父说道："我记得，书言小时候曾和威森家族的长子有过婚约，后来因为他们一家迁至英国，这事便不再被提起了。"

安父和安书言脸上的笑容顷刻有些僵。

墨景深淡漠地浅笑："如今威森家族回归美国，又与安家的公司有着密不可分的往来，书言和威森先生的长子既然至今都没有婚嫁，身边也都没什么合适的人选，依我看，不如由我们墨家做媒，促成两家的婚事。"

安书言脸色有些发白，不敢置信地看着始终气定神闲的墨景深。

墨景深说话时，威森先生就在旁边，闻言便回过头来，操着一口不算流利的中文笑道："哈哈，那婚约还是安小姐五岁生日时订下的，过了这么多年，安老先生估计是贵人多忘事，更不舍得把女儿嫁得太早，我就没好意思再提。"

安书言沉吟了不到一秒，开口道："威森叔叔，我——"

"我看书言现在正是适婚年龄，威森先生一家也与安家同住纽约，就算嫁过去也不会离家很远。"墨景深目光深邃，脸上是让人无法挑剔的完美笑容，"听说当初订下婚约时，纽约市的政务长也曾亲临现场，如今对方已是纽约高官，如果由他来主持书言的婚礼，真是再好不过。"

安父蹙了蹙眉，隐去眼底一闪而逝的不悦："这件事已经过去了二十年……"

"威森家族与安家有二十年的交情，不仅是合作伙伴，长辈之间又是世交挚友，趁早将儿女的婚事办了，不是正合适吗？"墨景深笑着，转眼看向已经正式进入话题圈的威森先生。

威森先生跟墨景深碰了碰杯，仍然用不太熟练的中文客气道："安小姐实在太优秀，如果真能嫁过来，我们当然很荣幸！但我们又怕委屈了安小姐，毕竟我们家族经过几年前在英国的一番折腾，已是大不如前了。"

安书言死死咬着唇，目光从含笑的威森先生脸上又转到墨景深的脸上。

墨景深的每句话，都将她堵得无话可说。

而且，威森先生已经被他带动了情绪，现在她但凡说一句拒绝的话，就会得罪威森家族。

威森先生这欲说还休的态度，明显是想让她嫁过去，却又故意放低了姿态。

“威森先生实在过谦，您这一句大不如前，国内外多少金融大亨都要抬不起头来？”墨景深仿佛无意地主导着话题走向，“书言小时候曾来过海城，在墨家暂住，却因为水土不服而被接回美国治疗，我看她最近像是瘦了许多，估计还是无法适应国内的生活。”

“墨总……”安书言欲开口。

墨景深淡笑着看向她：“我知道你的心思都在事业上，但你也的确到了该嫁人的年纪。这次合作案签了，你们直接一道回美国，等到婚礼确定下来，记得通知我。”

安书言脸色白了又白，眼睁睁看着他，纤细的手指在裙摆上狠狠捏紧。

这个男人城府太深，让人措手不及。

安父这会儿的脸色已经非常不好看了，却又碍于墨景深今天给足了安书言和安家面子，一番话也说得无懈可击，更没理由发火。

墨绍则皱着眉，冷眼看着这一切，心知是被自己的亲儿子反将了一军，非常不悦。

怪不得墨景深难得这么配合，他今晚的目的只有一个，就是要顺理成章地将安书言退回美国，更要将安书言和其他人凑成一对。

然而，他行事太过缜密周全，让人抓不到任何把柄。

墨景深这一来一往间，几乎不动声色地将安书言的退路堵死。

如此的反转，只在瞬息之间，没有任何人能想到，更无从防备。

接着，墨景深又与威森先生随便谈了几句，推荐了一位他在美国做婚礼创意的朋友，俨然是要把这事给彻底定下来。

安父正想说什么，墨景深却淡笑着与身后一位海城本地公司的负责人低声交谈，结束了之前的话题。

安书言暗暗捏着裙摆，碍于威森先生就在旁边，不能表现出太多不好的情绪，勉强镇定地说了一句：“我不太舒服，去一下洗手间。”说着，她转身就朝洗手间的方向走去。

刚走到通往洗手间的回廊附近，她看见里面光线很暗，又看见那个常跟在墨叔身边的保镖站在那里。保镖回头看到她，以眼神示意她离开。

安书言凝望里面的一片黑暗，又看了看女洗手间的方向。

莫名地，她似乎猜到了什么，脚步顿了片刻，缓缓向后退去，转身快步走开。

安书言有些踉跄地从人群后方往另一个方向走去，墨景深注意到她脸上一闪而逝的紧张，尽管她掩饰得很好，却仍让他察觉出了几分异常。

安书言此刻手脚冰凉，眼神暗淡，在工作人员的指引下去了二楼。

自从那天墨景深让她四天后离开墨氏，她就知道，他做的决定，绝对不会有转圜的余地。

她本想借着公司跟Shine集团合作的机会，让自己在他身边多留一段时间，却没想到他今天让她作为女伴出场，只是为了在她被无情驱逐前给足安家面子，让她父亲和墨叔都无话可说。

安书言站在二楼扶栏处，避开人群的视线，拿起手机，直接给墨景深打了个电话。

她不能就这样回美国，今晚发生的一切都表明，如果她回去了，就很难有机会再接近他。

墨景深看见来电显示，没有接，直到手机的振动停止，对方不再继续打来。

电话归于安静，墨景深抬起眼眸，因为安书言之前的紧张神情，他若有所思地扫视了一下宴厅全场。

忽然，手机再度振动起来，这一次打来电话的是陈嫂。

墨景深眉宇一动，接了电话。

“墨先生，太太今晚是不是去您的公司了？”陈嫂的语气有些担心。

“她没回去？”

“没有，都已经这么晚了，太太还没回来。我以为她去您的公司找您了，她的电话还关机了，一直联系不到人……”

墨景深迅速在场中环视一圈，眸色幽深，喜怒难辨。

宴厅里，忽然有工作人员现场提醒：“诸位贵宾，实在抱歉，一楼宴厅的洗手间出现电路故障，暂时不能使用，稍后请诸位移步至二楼或其他楼层，一楼的洗手间目前已经关闭。”

只是洗手间发生电路故障而已，并没有影响宴厅里的一切。

觥筹交错仍在继续。

安书言这时走了回来，听见工作人员的提醒，直接望向墨景深的方向。

“墨总，我们能不能谈一谈？回美国的事情，我不想……”她向他走过去，轻声说道。

墨景深没有看她，而是漠然地转身，直盯着洗手间的方向。

那个忽然向洗手间走去的身影是……不知何时出现在宴厅中的盛易寒。

安书言站在他面前，却发现男人正目光探究地看着那边，带着让人不寒而栗的压迫感。

此时，他的神情不那么好看，下颌紧绷，仿佛撕去名利场中矜贵友善的伪装，眸中满是含着肃杀之气的冷箭，好像下一秒就会射穿一切。

安书言下意识地抬手去抓他的衣袖，想将人留下，留在自己身边。她直直地盯着他，低声说："墨总，墨叔叔和我父亲在叫你。"

墨景深眸色冷得可怕，安书言秀眉一蹙，手在他的衣袖上拽得更紧了："墨总！"

"松手。"墨景深冷冷的嗓音响起，不等安书言有所反应，直接将手臂抽出，面无表情地向盛易寒走去。

安书言僵在原地，又忙提起裙摆，紧跟过去。

"墨总，多年不见，不知——"旁边有人看见墨景深，凑过去正要寒暄几句。

"失陪。"墨景深头也不回地直接走过去，目光微沉。

"墨总……"安书言见他快步走向那个方向，怕自己刚刚的担心和猜疑成真，忙用力去抓他的手腕，"今晚是墨氏和Shine集团的重要宴会，刚才工作人员已经说了，一楼的洗手间不能用，那边现在没有人……"

墨景深却冷冷地推开她，安书言踉跄了一下，想借着他的手臂站稳，抬手的瞬间，男人已经走远。

宴厅里的众人都因为这边的动静而看了过来，墨绍则亦是看见墨景深所去的方向，将酒杯重重地放在侍者手中的托盘上，眉宇狠狠地蹙起。

盛易寒闻声回头，冷淡的视线对上墨景深的视线。四目相对，似是冰山相撞时冰碴四溅。盛易寒即将走到洗手间门前，脚步忽然顿住，嘴角泛起难以捉摸的笑容。

墨景深走近，神情淡淡的："今日的晚宴，看来是墨某招待不周，酒店宴厅的洗手间居然出现故障，盛先生不妨移步二楼？"

"盛某不才，这商界还没正式跨入，却被墨总记住了名字，一眼就把我认了出来。"盛易寒语调轻慢，同样让人听不出情绪。

墨景深未再言语，已经直接看向回廊暗处的洗手间。

"怎么回事？"墨景深利刃般的目光转向身旁的安书言。

安书言没料到他会问自己。

这个男人的观察力和心思都太过缜密……缜密到……如此可怕……

“我不清楚。”安书言知道瞒不住，只能低声说，“刚才我要来洗手间，但感觉这里……好像不太寻常……”

“只是不太寻常？”墨竟深冷笑一声，“安书言，你是不想平平安安回美国了？”

安书言表情一僵，垂下眼：“我真的不太清楚。”

墨景深没再搭理她，冷凝的眸色已重新落在盛易寒的身上。

盛易寒此时已不打算再浪费时间，眼中的担忧之色到底还是流露了出来，他缓声道：“季暖二十五分钟前进了洗手间，到现在还没出来。”

对方话音刚落，安书言忙伸出双手去挽身旁男人的手臂，手还没碰到他，墨景深已经距离她数步之远。

墨景深见洗手间的门竟是被人反锁了，下颌紧绷，喉结滑动，黑眸如漾满寒川之水。

洗手间厚重的合金门被踹开的刹那，从里面传出一阵潮热的湿气。

墨景深眉头拧紧，里面各扇门都自动半敞着，只有最里面的一扇紧紧关着。

闻声赶来的酒店工作人员提着充电灯，被墨景深冰冷的眸色扫了一眼，便连忙上前，主动帮忙打开里面的门。

门开的那一刻，一身粉色礼服的季暖坐在马桶盖上，头无力地贴着墙，手垂在身侧，额前的碎发有些湿，沾在额际和脸颊两侧。她双眼安静地闭着，脸色苍白如纸，唇上也几乎没了血色，已经陷入了昏迷。

安书言跟在后边，看见这一幕，秀眉蹙了下，只因季暖的脸色白得吓人……

“哎呀，这洗手间里怎么还有人啊？”没参与这件事的工作人员一脸震惊地站在旁边低叫，“这是昏过去多久了？赶快打电话叫医生啊，可别出什么事才好……”

工作人员的话音还未落下，墨景深已脸色冷沉地脱下西装，将一动不动的季暖抱了出来，她身上冷冰冰的，礼服上满是闷出来的潮气。

他将她半个身子裹进西装里，快步走出了洗手间。

墨绍则冷若冰霜地站在门外，看着这一幕。

墨景深眼底含着冷意，毫不犹豫地抱着季暖自他面前迅速走过，看见匆忙赶来的沈穆时，冷冷地扔下一句话：“打电话，让秦司廷马上给我滚过来。”

沈穆不知道究竟发生了什么事，看见脸色苍白的季暖，忙点点头：“我马上通知秦医生！”

话音刚落，他回头就看见正若有所思静立于人群里的盛易寒，沈穆心想，眼前不就有个现成的医生？

喀，骨科医生……好歹也是医生。

但这话他现在可不敢说，不然估计自己怎么死的都不知道。

海城人皆知，墨景深清冷孤高，难以接近，除直系亲属之外，根本没人轻易跟他打得上交道。正式场合下，大多数人只敢上前寒暄奉承，能得到他一个客气的淡笑，都算一种殊荣。

前几个月更有传言，说墨景深与新婚妻子季暖有名无实，更没有感情基础，绝大部分知情人都认为，他一定会离婚另娶。

然而此刻，光华璀璨的宴厅里，所有人震惊地看着这一幕……

墨景深一改平时天塌不惊的神色，眉眼间冷气逼人，抱着一个穿粉色礼服的女人，从宴厅穿行而过。

而这个女人居然是，前几个月媒体传言已被"打入冷宫"的墨太太，季暖！

安书言亦是脸色不太好地紧跟在他身后，却似完全被他无视。

"墨总，"安书言跟在墨景深身后，"墨太太身上的礼服需要换掉，我带了备用衣服过来，我来帮她换吧……"

"不必！"墨景深眸色似冰。

安书言身形瞬间僵住，脸色渐渐挂不住了。

宴厅中的宾客亦是震惊，墨景深居然为了季暖如此震怒，完全不给安书言半分情面。

沈穆打了电话，回头就见墨绍则又黑又冷的脸。

"墨董。"沈穆恭敬地对他点了点头。

墨绍则怒道："既然人昏过去了，就直接送去医院，留在酒店叫秦司廷过来干什么？还嫌这里闹得不够大？怕宾客看的热闹太少？"

沈穆沉吟几秒，认真道："抱歉，墨董，我常年跟在墨总身边，习惯听从他的吩咐。"

墨绍则眯起眼睛。

沈穆又道："这个时间，附近医院的医生大多已经下班，只有急诊和值班医生。秦医生的医术海城尽人皆知，墨总叫他来，肯定有自己的考虑，而且这晚宴还没结束，墨总直接扔下诸多宾客离开，或许会让更多人不舒服……"

墨绍则脸色难看地盯着他，沈穆不等墨绍则说话，对墨绍则客气恭敬地点了点头："秦医生已经开车往这边来了，我去门口等他。"

说完，他仿佛没看见墨绍则气得阴鸷的脸色，转身快步走出酒店正门。

季暖昏过去的时间不算太久。她之前就不舒服，加上洗手间里没有新鲜空气，让她呼吸困难，后来怎么忽然就昏过去了，她也不知道。

她在噩梦中挣扎了许久，那些很久没再出现的过往种种，正在侵扰她的神志。

直到身体像被泡进一汪温水里，渐渐温暖起来，不安的感觉才渐渐消退。

她感觉，仿佛有一只手一直托着她的后颈，额头也不时地被另一只手覆上，像是在试探她的温度。

季暖骤然睁眼，好半天才缓缓回神，有些茫然地微微转过头，看向浴缸边的男人。

季暖一看见墨景深近在咫尺的脸，心瞬间跳了一下，她看着男人眉宇紧蹙，眸色冷厉，手仍贴在她的额头上没有放开。

她怔了怔，见他的西装被扔在不远处的地上，衬衫袖扣不知何时被解开，袖子挽上去，露出一截手腕，袖口却多多少少被浸湿了些。他仿佛不以为意，眸色沉然。

季暖的脑袋有些转不过弯。

她不是被关在洗手间里了吗？

他不是没发现她来了这场宴会吗？

怎么这会儿她忽然醒过来，他人就在她面前，她还躺在浴缸里？

浴室外，房门紧闭，传来各种脚步声，还有安书言的声音："墨总，我带来的衣服是新的，要不要让墨太太先换上？"

墨景深仿佛没听见外面的声音，目光落在季暖依旧没什么血色的脸上。

"要来晚宴，不直接问我，却找了姓盛的，是什么意思？"

季暖终于渐渐回过神，酒精却一直在作祟，让她不得安宁。

外面，安书言仍在轻轻敲门。

季暖静默片刻，似有若无地笑了下，有些醉眼迷蒙："你能跟安书言相携而来，我怎么就不能找别人？"

她没解释自己是怎么来的，也不愿解释。

话音落下，她感觉男人停留在她脖子后的手像是长满刺，于是挣扎着要起身。

"别动。"墨景深声音低沉，眼神清冽淡漠，按着她，"刚才洗手间里又潮又热，你身上温度过低，在热水里多泡一会儿。"

"我没事了，之前可能只是有些呼吸不畅，现在好多了。"

季暖漫不经心地说着，在浴缸里坐起身，抬手要挥开他的手，却反被他握住了手腕。

她又挣了一下，却挣脱不开，只能抬起眼。

“我说我现在已经好多了！”她将声音拔高了些。

男人一直注视着她，完全没有让她避开的意思。

季暖努力平复心情，却有些头晕目眩：“我今晚不是故意要来的，何况就算我想来，你身边怕也没有我能站的地方。”

“我不带你来参加这场晚宴，就是不想让你误会。”墨景深多多少少放缓了语气，手却仍然没松开。

“哦，我也确实没怎么误会。”季暖低下头不再看他。

墨景深见她坐在水里，是真的不打算继续泡下去，便随手扯过浴巾盖在她头上，帮她擦拭正在滴水的长发。

季暖转头避开他的手，按住头顶的浴巾：“我自己来。”

男人没说话，动作仍在继续，直到将她整个人抱出浴缸，同时将另一条更大更宽的浴巾扯过来，裹在她身上，将她从浴室抱出去。

季暖全程无话，直到被放到床上，她才蜷缩起腿，向床里躲了躲，无形中与他保持距离。

墨景深看得出她即使没怎么吵闹辩驳，却已经充满了负面情绪。

墨景深将床上的被子给她盖上，将手贴在她的额头摸了摸，看着她，严肃认真地低声道：“秦司廷很快会过来，我已经叫人给你重新买了一套衣服，你先在这里躺着休息。”

季暖看得出来，这应该是王庭酒店的客房，酒店一楼的宴厅里还有几百个宾客，今晚更是墨氏与Shine集团的重要晚宴，她现在既然没什么，他总该抽时间回去善后。

她不说话，直接闭上眼睛，连声音都不想发，更连他的一句叮嘱也不想听。

“暖暖。”男人站在床边，嗓音清沉地叫她的名字。

季暖仿佛没听见，闭着眼睛不说话，也不动，手却在被子下渐渐抓紧。

“你刚才喝了多少酒？”墨景深盯着她。

季暖酒量很差这件事，整个海城的上流社会皆知。

见她现在还借酒意闹情绪，墨景深将她的手提包放在床头柜上，从里面将已经没电的手机拿出来，看了两眼，见的确没电了，这才将手机放下。

“乖乖在房间里休息，等我回来。”

说完，男人又看了她一眼，见她确实折腾不出什么来，才直接出了门。

门外，安书言见他终于出来，忙迎上去：“墨总，墨太太怎么样了？她没事吧……”

墨景深却神色冷然，没有理会，径自走下楼梯。

半小时后，宴厅里看似恢复如常。

墨景深从人群中走过，脸色依旧沉着，无可挑剔，他的视线却再也没有投向安书言，哪怕安书言走过去，想要寻求他的目光，得到的只是如坐针毡的战栗。

秦司廷已经到了，他走到墨景深身侧，低声嘲弄："老子开了180迈的速度赶过来，可你女人根本就没在房里。"

墨景深眸色一凝，下意识地环顾整个宴厅。

他忽然冷笑了一声。

很好，盛易寒也不见了。

第十章　微醺·着迷

房间里，浴巾被扔在床上，季暖的手机等物品仍然在床头柜上没有动。

客房服务人员在旁边解释："我刚刚只将买来的衣服给墨太太送了进去，之后就去了其他房间打扫，没注意到这边的动静……"

秦司廷双臂环胸倚在门边，哼笑："既然还有本事溜走，我看你女人应该也没什么大事，就她的身体状况，除了小时候落下的怕寒病根外，也没其他毛病，健康得很。"说着，秦司廷抬了抬下巴，以眼神指了指窗口的方向，"这不？她还有力气从窗口跳出去。"

墨景深早就看见敞开的窗子和被风吹得胡乱飞舞的窗帘，视线淡得好似没有任何情绪。

秦司廷一副看热闹的表情，走到窗口向外瞟了一眼，低笑："怪不得她今天不走寻常路，窗外正好有棵很高的树，随便一个小孩子跳下去都不会受伤……"

与王庭酒店隔了半座城的酒吧。

季暖坐在僻静角落的卡包里，桌上的酒杯摆成一排。

她喝了两杯，不算难喝，抬起手抹了抹鼻子，面无表情地再拿起一杯。

这是一家清吧，属于酒吧的一种，客人大多是听歌喝酒的文雅人士，没有普通酒吧那么乱。

不远处，看台上只有年轻的小伙子抱着一把吉他唱着伤感的民谣，越唱越伤感，越唱越低沉，把季暖的情绪一点儿一点儿激了起来，手也止不住地一点儿一点儿握紧。

从酒店跑出来只是为了平静平静，她怕自己控制不住情绪。

她很想抓着墨景深的衣领质问他，她的过去，他们离婚之后，他去美国是不是每天都和安书言在一起！

那个她根本触摸不到的关于他的十年，他是翻手为云、覆手为雨的Shine集团全球区域执行总裁，他的一切都是她无法再知道的。

他和她的距离那么远，那么远。

而那个十年里，又是谁跟他在一起？是安书言？是季梦然？还是哪个比她好上千万倍的女人？

可是她不能问。

若是问了，她恐怕会被当成疯子。

一个说着胡话的疯子。

“Shine集团总裁墨景深今日回国，现已抵达海城……”

“看什么看？知道新闻里说的那位是谁吗？就你这种女人，估计连给人家提鞋的资格都没有！”

耳边忽然响起她曾经濒死之时听见的话。

季暖又抹了抹鼻子，闭上眼。

忽然，她像又置身监狱，周遭都是冷冰冰的，那种孤立无援的挣扎，毒发时的窒息感，都包围着她。

她好冷，牙关在打战。

不远处，有两个正在听歌喝酒的男人，穿着打扮像上流社会的精英白领，注意到角落那边似乎传来酒瓶摔落在地的动静，两个男人回头看了一眼，只见一个纤瘦白净的女人抱着双膝蜷缩在沙发上，将脸埋在膝盖里，身体抖动，仿佛很冷。

“小姐，你没事吧？”那两人起身过来，关切地问了一句。

季暖抱着膝盖，手紧紧握着，抬起眼。

看清她脸的刹那，两个男人愣了一下，好半天才诧异道：“季……季小姐？”

季暖虽然喝过酒，但勉强认出这两人好像跟季家的公司有过合作。

是哪个小企业的主管和经理之类的吧，管他是什么，她也懒得去想，只冷淡地看了他们一眼，就再度默默地将脸埋进膝盖里。

那两个男人见她像是喝多了，一点儿不像传说中张扬跋扈的大小姐。

两人不放心地凑过去问：“季小姐，你是不是喝多了？用不用联系季家的人来接你？”

季暖忽然抬起头来，面无表情地问："要喝酒吗？"

能跟季家的大小姐坐在一起喝酒，简直就是三生有幸，谁会拒绝？

就算只是喝酒，对男人来说也绝对是相当大的诱惑！而且还能讨好季家人，傻子才会拒绝！

半小时后。

季暖眼睛也不红了，伤感情绪也没了。

与那两人碰杯后，她一边喝酒一边抬手指着不远处看台上唱歌的人："我跟你们说，姑奶奶现在就是改过自新了，要是换了以前……在酒吧里看见这么帅又把歌唱得这么好听的小鲜肉……我绝对要去调戏调戏……"

"还有啊……"她笑着眯起眼睛，伸出手指在眼前指了一圈，"你们知道这家清吧背后的老板是谁吗？嘘……我告诉你们……"季暖说着就将手指竖起来，贴在自己的嘴边，醉眼迷蒙地笑道，"这里的老板是……"

"抱歉，她不能喝了。"

再度递到季暖嘴边的酒，忽然被横空而来的手截下。

墨景深面沉如水，一把将瘫坐在沙发上傻笑的季暖拽进怀里，不去看那两人尴尬又惊疑的表情，他半拖半抱地将人带起来，更将沙发中间碍事的茶几踹开，直接把季暖带走。

脑子完全死机的季暖，浑然不知发生了什么，还一个劲地冲路过的酒吧侍者招手，妄图再拿一杯酒。

"我还要喝！"

"才几杯就醉成这样，你以为自己这辈子还有机会沾这个？"墨景深脸色阴沉地将她带出酒吧，手在季暖的脸上用力擦了下，将她嘴边的酒水擦干净。

他一边擦，季暖一边躲，一点儿都不肯配合。

"老实点儿！"他语气低沉含怒。

就在这时，马路对面从始至终都安静地停在那里的一辆白色豪车发动了引擎，然后驶离。

墨景深看见那辆车离开，眼色顷刻间冷到了骨子里，再看一眼一直在他身边挣扎的季暖。

季暖抬起眼，刚想说让他放开自己，却因为他的眼神而情不自禁地一哆嗦，顷刻间，酒也醒了三分。

她记得自己是被盛易寒带出来的，也记得自己想找个地方静一静，到这附近下车时，她警告盛易寒不许跟着她。

但她没料到，墨景深居然来得这么快。

“是你自己上车，还是我抱你上车？”墨景深冷然的嗓音染着薄薄的厉色，手却始终没放开她，免得一不留神她再像兔子似的跑了。

这附近车来车往，一不小心就会发生危险。

季暖站在原地没动。

她现在不仅不想上车，还想把鞋脱下来砸到他的脸上。

墨景深见她戳在那里，雕像似的一动不动，他的手直接绕过她的腰。

季暖目光转向他，他里面只有一件衬衫，没有西装。

哦，对，之前他把西装给她穿了，好像是扔在浴室里了，价值不菲。

就那西装的价格，足够十年后在国内一线城市买套百儿八十平方米的房子了，而他现在这件大衣的价格，只能说是有过之而无不及。

她又看着男人冷峻的脸，忽然笑了。

曾经那十年一梦的光阴，还有最近这些日子的相处，她竟然从来都没有想过，自己嫁的究竟是一个怎样的男人。

他究竟有多高不可攀，连她季暖都配不上！

他又究竟有多么好，让她竟然从一开始的目标坚定，变成了害怕失去！

季暖盯着他，用微哑的声音问：“晚宴结束了吗？”

“没结束。”她问了，他就答，只是语气微冷。

季暖心头一涩，低下头：“那你回去吧，我只是想出来静一静，别耽误你什么事情。”

“静一静？跳窗出来，跑这么远喝酒，只是为了静一静？”墨景深搂在她腰间的手，几乎要将她按进他的身体里，隐隐让她有些疼。

季暖皱了下眉，手在他身上推了推：“这是街上，车来车往的，注意点儿形象，你回晚宴那边去吧，我打车回奥兰国际。”说着，她忽然一个使劲，将男人推开。

季暖转身，真的伸手就要拦一辆出租车回去。

“站住。”男人低沉微凉的嗓音响起。

季暖一副听不见的态度，无视他，手依然向前伸着。

直到一辆出租车靠近，正要在她面前停下，她的腰和手腕忽然一紧，一个天旋地转，墨景深直接将她推到路边那辆他开来的车上。

不是他今晚去王庭酒店时的那辆商务车，而是她很熟悉的黑色古斯特。

她的后背在车门上狠狠撞了一下，虽然不怎么疼。季暖露出防备的神情，还没开口，墨景深直接俯首，在她的唇上吻了下来。

他口中有淡淡的香槟味，和他独有的清冽气息一样，让季暖脑海里紧绷的弦一下子就断了。

她忽然抬起手要推开他，却被他反手将两条胳膊都按在了车门上。

她还没见过这么有脾气的墨景深。

季暖之前一直没想清楚，这一刻才明白，墨景深之所以从来不会受到季梦然那些旁敲侧击的话的影响，大概是因为，很多她的事情、她的过去，他以前就知道了。

所以，是因为盛易寒？

她还没因为安书言而跟他怎么样，他凭什么有脾气？

这一吻不知道究竟什么时候才结束的，凉风吹过，季暖被禁锢在他的胸膛与车身之间，因为他的遮挡，她感觉不到什么冷空气。

直到她渐渐有些腿软，墨景深一只手掌在她的腰间，将她险些无力滑倒的身子扶住。

季暖酒意还没消，只听见男人清冷的声音在她耳边响起："我还没跟你算账，你倒是给我来一场跳窗出逃的好戏，季暖，你长本事了。"

季暖骤然抬头，车门却忽然被他打开，她整个人被他推了进去。

她乏力地倒在里面的座椅上，连滚带爬地挣扎着坐起身，他却已经绕过车身，坐进了驾驶位，锁上车门，不给她下车的机会。

"墨景深！谁还不能发个脾气？我心情不好出来喝酒，又没打没闹！你凭什么对我这么过分！"季暖转过脸对他喊了两句，呼吸急促，胸腔起伏，双眼就这么横着他。

墨景深不冷不热地说道："你该庆幸刚才在里面陪你喝酒的不是盛家那个私生子，否则我会让你知道，什么才叫真正的过分。"

他直接将车开走，结果没开多久，季暖抬手捂住嘴，做了个要吐的姿势。

墨景深停下车，终于开了中控锁。季暖忙推开门，踉跄着冲下车，蹲在路边就是一阵干呕。

她晚上什么都没吃，吐出来的除了酒还是酒，再无其他，嗓子里火辣辣的。

她心里难受，浑身上下哪里都不舒坦。

感觉男人走近，季暖在他正要将她拉起来时，蹲在路边有气无力地说："我今晚再坐车，肯定还会吐。我胃里不舒服，你先回宴会那边吧，你别管我……"

话没说完，她骤然被男人拦腰抱起。

季暖双脚和身体离地的瞬间，两只手抓住他的领口，半醉半醒的眼睛看进墨景深海一般深邃的眼底。

"怎么可能不管你？"男人声音淡淡的，带着对她这副模样的无可奈何。

被墨景深强行带进最近的一家酒店时，季暖无论身体上还是心理上都无法抗拒。一方面现在她是真的不想再坐车，另一方面她出来的时候没带包没带钱没带手机，真的被扔在这里，估计只能睡在马路边。

季暖的眼神有些发直，她一声不吭地跟着他走。男人忽然将她拽进酒店的电梯里，她踉跄了一下，一头撞进他的怀里。季暖陡然向后退了一步，一脸“我要和你保持距离”的严肃表情。

墨景深瞥着她，道：“你再退一步试试！”

季暖不吭声，转过身贴在电梯墙上，喝酒就喝酒，醉了之后倒像个受气包。

他们出了电梯，进了房间，季暖直接溜到里面，仍然坚持和墨景深保持距离。

墨景深抬起手按了按眉心，又看着她的表情。他慢条斯理地解开袖扣，淡淡地道：“你喝醉了，我不跟你计较，过来。”

季暖满眼戒备地站在窗边，仿佛这样才有安全感。

“我没喝醉！”她扬声辩解。

“我让你过来。”墨景深沉声打断她。

季暖靠在窗帘那里，双手紧紧抓着窗帘的布料，目光落在自己的脚尖。她小声强调道：“我说没醉就是没醉。墨景深，你不能仗着平时我脾气好，就连我想找个地方待一会儿都不许，而且我——”

“你脾气好？”墨景深似笑非笑地道。

她现在的脾气难道还不够好吗？

“你没醉？”他又冷笑。

不管，反正她没醉！

“好，既然你没醉，那我们就好好聊聊今晚的事情。”墨景深低低冷冷的声音靠近。

季暖眼见他走过来，整个人下意识地向身后的窗子贴去。

“你再向后退一步，那关得并不牢的窗子就会打开。这里是十八楼，你想掉下去？”他一字一顿地吐出这句依然没什么温度的话。

季暖心头一跳，她刚才就觉得背后好像有凉风，回头果然看见窗帘后边的飘窗那里，窗户并没有关牢，还有一道缝隙。她沉默了一下，伸手向后，将窗子向里拉了一下。同时，她感觉到男人清冽的味道正在逐步靠近。

季暖别开脸，不看他。

看着她这明显打算无视他的姿态，墨景深下颌收紧，下一秒，她的手腕直接被他抓住。季暖受惊一般抬眼看着他，又向后退了一步，整个人完全靠在后面的玻璃上。然而，就在她下意识地挣扎时，男人的手机铃声忽然响起——

悦耳的铃声一声接着一声，不用猜也知道，一定是晚宴那边还没结束，无论这电话是安书言打来的，还是墨绍则打来的，总归都和她没有任何关系。

“你的电话在响。”季暖提醒道。

墨景深却仿佛没听见一样，仍然盯着她。

季暖被他看得浑身发毛。见他手机响过几声之后停下了，之后没几秒又继续叫嚣，她干脆抬手在他大衣上摸了摸。她摸出手机，看见上面显示的是一串没被存进通讯录的号码。但季暖认得，那是安书言的号码。那天夜里她只看见过一次，凭着女人的本能把这串数字记住了。她要笑不笑地看着他，将手机递到他眼前：“是你的安秘书。”

墨景深却冷冷地将她举到他面前的手机推开，更在季暖横视他时，直接将手机从她的手中夺走，毫不留情地向身后一扔。砰的一声，手机重重地摔落在地，那不停响着的铃声也戛然而止。

墨景深是那种根本不需要做出盛怒表情，只是淡淡的一眼，就让人心生畏惧的男人。季暖虽然不至于畏惧，可还是因为手机落地时发出的刺耳声响，脑子空白了一下。

“我的安秘书？”他冷笑，“谁给她的资格？”

季暖回过神，目光越过他的肩膀，看向地上那个已经碎了的手机。虽然不是之前和她一起买的那个，但她还是忍不住多看了几眼。

“我再说一遍。”他的目光落在她的脸上，一字一顿清晰地落进她的耳朵里，“你现在不够清醒，我们更没有必要争吵，等你明天睡醒后再谈，听话，嗯？”

他的目光明明是冷的，明明带着不满，但语调终究还是因为季暖的目光而放缓。

季暖又去洗了个澡。因为暂时不想面对墨景深，这澡她洗了很久才出来。

她将身上的浴巾裹得很紧，又在浴巾外套了件浴袍，确保自己从头到脚都严严实实的，才走出浴室。她扫视了一下房间，没看见墨景深的身影。他又回晚宴那边去了？

季暖慢吞吞地将身上的浴袍向上拢了一下。她走到窗前，打开窗子，厚厚的浴袍勉强能抵御微冷的夜风。

已经很晚了，这家酒店的走廊也安静得很，没有人来回走动。

窗外夜深人静，只有偶尔路过的车灯一闪而逝，十八层的高度几乎让人看得见半个海城的璀璨灯火。

酒意总算又醒了几分。她清楚地知道，自己现在想要的，的确比以前多多了。如果是一个多月前，刚刚从婚房里醒过来，她根本不会在意今天那些人的话，包括安书言的存在。她要的只是墨太太的身份，要的只是守住自己曾经失去的一切，不再重蹈覆辙。她要的，只是重新活好这一生。

可是刚才，她真的很介意，介意得连自己都吃惊的地步。今晚，她可能真的有些情绪化了吧，出来的时候居然连想都没想，直接上了盛易寒的车。换作平时，任谁拿刀架在她脖子上，她都不一定会去。

季暖抬手扶了扶额，忽然有些懊悔。她真是白活了两世，几乎什么都经历过的人，心理素质还是不够强大。

她刚要转身，忽然听见房门打开的声音。她看见墨景深颀长挺拔的身影进了门，他身上的大衣似是沾染了夜里的寒气。他手里拎着两盒外卖。

男人站在门前，见她戳在那里不动，还用浴巾和浴袍裹得像个臃肿的雪人，他冷峻的眉宇顷刻蹙了蹙。

“过来。”他淡淡地开口，声音辨不出喜怒。

季暖仍然站在那里没动。刚才她以为他回晚宴那边了，结果居然是……给她买吃的?

“晚上才在洗手间里出了事，浑身冷冰冰的，现在站在窗前吹风，你是想直接大病一场?”墨景深声音微冷，“关窗，过来。”

季暖确实有些冷，刚才也只是觉得吹吹风能更清醒，她见墨景深的眼神又凉了几度，索性抬起手将窗子关上。

她走过去，垂眼看向他手里的外卖盒。她闻闻味道，也知道是她平时爱吃的几道菜，又见墨景深依然瞥着她身上的浴袍，他好像没有刚才那么冷漠了。

“你没回宴会那边?”季暖清了清嗓子，有些不太自然地说道，“我还以为……”

墨景深伸手在她脸上抚了抚。季暖一顿，抬眼看着他。

触手是一片冰凉，他没说话，冷峻的眉宇一拧，温暖的掌心在她脸上又揉了揉，直到季暖的表情不再那么僵硬，脸也不再那么凉，他才将外卖放在旁边的桌上。

“一个安书言已经把你气成这副模样，我要是现在回去，你怕是连十八楼都敢跳。”墨景深的语气很冷。

季暖小声道：“我还不至于不要命。”

墨景深瞥了她一眼，托起她的下巴，目光清冷地睨着她：“清醒了?”

"刚才洗澡的时候，醒了不少。"季暖试图别开脸，却因为被他捏住下巴，没法转开视线。

她抬眼看着他。四目相对，男人的目光有些暗沉："盛易寒是怎么回事？"

季暖抬了抬眼皮，语气有些不以为意："我跟他没什么关系，他一直是夏甜的主治医生，我去医院看夏甜时，和他难免有些交集。"

见墨景深只是目光冷冷地看着她，她蹙了下眉，继续解释："他就快回盛家了，邀请我一起来参加晚宴，本来我也不知道这究竟是什么宴会，没想来，可后来还是阴错阳差地被带过来……我怕有什么蹊跷，就一直没进去，然后……我就看见了你和安书言……"

说到这里，季暖似有若无地瞟了瞟他。她的意思是，她根本没打算做谁的女伴，也没想跟盛易寒有太多牵扯，结果还不是因为他，否则今晚也不会有这么多事。

读懂她理直气壮的控诉，墨景深被气笑了。

"先吃东西。"他将桌上的外卖盒子打开，精致的半透明盒子里有季暖喜欢的中式热菜和糕点，还有一杯热果汁。

季暖本来有些气闷，但现在清醒了大半，也闹不起来了，拿起筷子就尝了一口。

"你怎么知道我没吃东西？"她边吃边随口说着，只盯着面前的吃食，不去看身旁的男人。

"你刚才在外面吐的时候，只能吐出酒。这要是看不出来，我还怎么当你老公？"墨景深见她还算识趣，也不跟自己的身体和胃过不去，语调柔和了许多，不再那么冷冰冰的。

季暖嘴里还堆着满满的食物，顿了顿之后，她忽然用筷子在米饭里戳了一下，含混不清地嘟囔："原来你还知道自己是谁的老公……"

墨景深眉宇一动，手在她头上安抚似的揉了揉，低笑了一声。

见他居然在笑，季暖勉强将嘴里的食物咽下去，抬头瞪向他："墨景深，我就算酒醒了，但不代表气消了！你居然还笑得出来？"

"所以你这是在委屈？"他仍然在笑，手指已经点上她含怒带嗔的眉眼。

她才不委屈！她就是气！

墨家的根基始终都很稳，根本不需要安家的辅佐，一直是美国华人企业里的巨头，地位不会被撼动分毫。算来算去，墨家和安家也不过是互相借利的合作关系罢了。

一切都是墨景深父亲的一厢情愿，可偏偏被那些人说成墨景深不娶安书言，就是他的损失似的。这换了哪个女人听了不生气？

为免这小女人吃饭也吃出一肚子气，墨景深坐在她身边，将热果汁放在她面前，耐心地解释："还记得我答应过你，一个星期就让安秘书回美国？"

季暖噎了一下，忙伸手将果汁捧过来，喝了一口才勉强顺了气。

墨景深在她背上轻轻抚了抚，一边帮她顺气一边淡淡地道："墨氏和Shine集团的合作，本该在两个星期内完成，却被我强行限制一星期就结束。最近几天，我在公司加班开会和项目应酬过于频繁，也是这个原因。"

季暖目光一怔："你是因为我，才把本该两个星期结束的工作，全都压缩在一个星期完成？"

墨景深笑了笑，道："我父亲的确打算把安书言留在海城，可我对安家和安书言的情况大概有所了解，今晚就是为他们设的局，每一步都在计划之中，我的目的是成功将安书言送回美国，并且也不让墨家与安家结怨。"

见季暖的眼神忽然有些歉意，他淡笑着道："毕竟墨家与安家是世交，不能让两家长辈脸上太难看，所以才会有今晚你看见的那一幕。"

季暖这才意识到，自己今晚这醋吃得是大错特错。她尴尬又歉意地说："今天晚上，我其实也没看见什么……"她看见的只是安书言作为墨景深的女伴出场，无论其他人言行如何，但墨景深和安书言并没有过于亲昵的举动。

墨景深抬手在她满是自责的脸上捏了一下："还吃醋？还一个人乱跑？还气？嗯？"

季暖撇了撇嘴，道："那你怎么不事先跟我说一声？"

墨景深意味深长地睨着她，手在她下巴挑过，眉眼间满是笑意："在事情结束前，不想让你有心理压力。"

季暖的内心顷刻间便有初雪消融的感觉。如果她早知道墨景深这些天的忙碌只是因为这些，她的确会扪心自问，自己是不是有点儿不讲道理。

季暖最大的错是对他的不信任。她心里很过意不去："对不起。其实对于安秘书的事情，我也不是很介意，我知道你对她并没有……"

"嗯，你很大度。"墨景深仿佛看穿了她的想法，饶有兴味地说道，"又是跳窗爬树，又是喝闷酒，这世上怕是没有比你更'大度'的女人了。"

季暖还没来得及惭愧，男人的手已经勾起她垂在肩侧的一缕微湿的头发。他低声问："吃饱了？"

"嗯。"季暖今天实在理亏，安静地点点头，任由他的手在她肩上慢慢地撩着。

他的姿势悠闲又漫不经心，修长的手指随意卷起她的发丝。

“现在换我吃了。”

“那你吃吧，我刚好没吃多少。”季暖抬手就将面前桌上的餐盒整理了一下，将里边的另一套新餐具拿出来摆好，又往他面前推了推。

男人却低低地笑了，看都没看桌上那些东西一眼，直接将她抵在桌边，一点点顺着她的颈窝亲了下去。季暖身上透着沐浴露的清香，身上裹着浴巾和浴袍，严丝合缝，让他恨不得直接撕开，将她拆吃入腹。

季暖被他亲得浑身发软，差点儿溺毙在他的怀里。直到墨景深的吻落在她唇瓣上，季暖惊觉，墨景深的吻真是一次比一次深，一次比一次撩人。

他又吻向她的嘴角，然后是滚烫的脸颊，再然后咬着她的耳垂，气息落在她的耳窝：“这几天忙着加班，睡眠严重不足，你怎么补偿我？”

季暖伏在他的肩头，感受着他身体的热度，更因为耳朵的敏感处被一再撩拨而软了下来。

“你想怎么样？”她在他的肩上，微微侧过头，水润的眼睛凝视着他，“实在很累的话，睡觉前我帮你按摩？”说着，她觉得这是个好主意，干脆主动抬起手，在他眼前晃了晃，“要不要按摩？”

房间里很安静，窗外的月光与霓虹被窗帘遮挡。

墨景深握住季暖举起的手，放在唇边吻了一下。

“你帮我洗澡？”他挑眉低笑。

季暖毫不犹豫地点头：“好。”

“是全身都洗。”他强调。

“好。”季暖再次点头，表情自然得不能再自然。

墨景深见她难得这么配合，眉宇一动，笑了笑，起身走向浴室。

季暖跟着走进去，将浴室的灯打开，想了一下才问：“现在这个时间，晚宴那边……你不用再去了吗？”

墨景深脱下外衣，慢条斯理地解着衬衫的扣子，一颗，两颗，三颗……

“需要我亲自出面的，都已经差不多了，关于合作案的后续，有沈穆和公司副总在，之后我就算留在那里，也不过是在我父亲面前做做样子，安抚他罢了。”墨景深的语气淡淡的。

“可你不留在那边的话，墨董他会不会……”季暖顿了一下。她没打算再提今天晚上洗手间的那件事，那件事的始作俑者，她和墨景深也是心照不宣。她很清楚，当时那种场合，除了墨绍则，没有其他人敢下那种命令。

墨景深又解开一颗扣子，声音冷了许多：“最初的确打算给他留些薄面，现在，不需要了。”话音落下，男人转过身，他周身线条完美，每一处都是说不出地诱人……

季暖想到自己刚才答应过什么，主动走过去，帮他脱下衬衫。

两分钟后。

墨景深淡色的唇线微弯，他看着手停在他腰带上的小女人：“继续。”

……

房间内，窗帘半敞，光从后面打进来。男人上身赤裸，身体线条流畅。

季暖睁开眼睛时，看见的就是这一幕。

季暖以目光描绘身边男人沉睡时的俊脸，睡着时的墨景深模样清俊，有着卸下所有疏离和冷漠的平易近人，像是某种高冷的猫科动物，透着一点点的温软柔和，让人很想靠近。

季暖在他怀里轻轻翻了个身，就这样瞧着他，见他始终闭着双目，她眨了眨眼睛，抬起手，描摹男人的轮廓。

季暖的手指小心地从他好看的眉峰上抚过，再是闭着的双眼，然后是高挺的鼻梁……

手指渐渐落到他的唇上，男人淡色的唇上有一小块昨晚被她咬伤的痕迹，很小的一块，只有近距离才看得出来。

“看够了？”忽然，男人淡淡的声音在她耳边响起。季暖吓了一跳，倏然将手指收了回去。

墨景深嗓音淡哑地说完，并没有睁开眼。他伸手将季暖往怀里一带，手臂在她腰间也紧了几分。

“现在几点？”他抱着她，眼睛带着几分惺忪，慵懒性感得过分。

季暖双眼瞥向窗外：“不知道，看天色应该已经过了六点。”

墨景深的掌心贴着她的背，轻轻拍了拍：“昨晚就吃了那么点儿，饿了？”

季暖想说自己的确是被饿醒的，可就这么被他抱着，她宁愿饿着也不想起床。

“没，我还困着呢。”她将头往他怀里埋了埋，撒娇似的小声说。

头顶传来男人低浅的笑声，他的手在她的后脑勺上抚了抚：“那就继续睡。”

季暖这一次睡得不太踏实，不到一个小时又醒了。刚坐起来，她就看见墨景深穿着深棕色的浴袍站在落地窗前，身影修长静默。她刚要掀被下床，想起自己昨天的衣物在浴室里都湿了，更被他扯落在地，现在根本没法再穿。她目光一偏，看见床边不远处的沙发上，是墨景深的衣服。她悄悄伸过手去，拿起一件衬衫穿在身上，然后光着脚，蹑手蹑脚要去浴室。

墨景深察觉到她的动静，转头就看见小女人正穿着他的衬衫，整条腿都露在外头，迈步就能看见衬衫底下的风光。

季暖放轻脚步走进浴室，悄悄关上门。然后她将地上的衣服捡起来，放到旁边的洗漱台上，伸手洗了一把脸。

昨晚的酒劲儿算是彻底消散了，季暖边想昨晚宴会上的事，边拿起酒店专供的洗面奶在手里搓了搓。

浴室门是磨砂的半透明材质，门前一道黑影走近，季暖搓着洗面奶的动作一滞，抬眼就见门开了，墨景深正看着她，不急不躁，却将浴室的门完全堵住。

酒店里的浴室没有家里的大，门在他的身高比例下，也显得窄小许多。明明只是被堵了门，季暖却莫名觉出他的眉眼带着对昨晚情事意犹未尽的情绪……特别是墨景深那向来清冽的目光，此刻似有火，几乎将她身上的衬衫烧掉。

季暖顿了顿，下意识地并紧双腿："你要用浴室？我洗个脸就出去……"说着，她举了举手上的泡沫，"马上就好！"

墨景深注视着她，缓慢低哑地嗯了一声，人却往里走了两步。墨景深把她拖过来，压在洗漱台上，低头吻下去，轻啃慢吮着她的唇。

他忽然来这么一下，季暖被他亲得发软，脚下险些站不住。整个人被他的气息缠绕，男人的气息清清冷冷的，是他独有的味道。

她穿着他的衬衫，下摆勉强遮过大腿根，他只要微微抬眼，透过她身后浴室里的落地镜就能看见她紧紧并拢的腿。

墨景深将人搂得更紧，压在身前，吻得愈加深重。

浴室里空间狭小，温度攀升，热气升腾，水龙头下不停地发出哗哗的水声。

……

两个小时后，季暖终于可以吃饭了。墨景深还算体贴，将酒店侍者送来的餐车推到她的床边，免去她现在下床的痛苦。

"以后无论发生什么事，记得先在我这里问清楚，别再一个人胡思乱想不开心，记住了？"墨景深将餐具递给她，眼神却严肃得仿佛早上那个流氓根本不是他。

季暖咬着香甜可口的金针菇，抬起眼说："昨天是我没弄清楚状况，是我不对，可你总要事先跟我提个醒，不然换作任何一个女人，都不可能接受。"

墨景深眉宇一扬："还有力气跟我讨论对错？"

季暖："没力气！"

墨景深轻笑，到底没再逗她，让她安安心心吃了饭。

直到季暖吃饱了，墨景深的声音才慢条斯理地响起："记得你昨晚答应过我什么？”

“嗯？我答应过什么？”季暖不记得自己答应过什么，诧异地抬起眼。

墨景深目光一沉，眼神冷冷地道：“答应我以后不再见盛易寒。怎么，你是选择性失忆？”

季暖沉默了一瞬，直接问：“你是不是知道关于我的很多事？比如，我们结婚之前，甚至更早的几年……”

墨景深没回答，看向她的目光亦是讳莫如深，让人根本琢磨不透。片刻后，他抬手在她的脸上捏了捏：“答应过的事就要做到，嗯？”

“这个我能做到，可你还没回答我，你是不是真的知道我从前的很多事情？可在我的印象里，结婚之前我跟墨家和你的交集并不多，之前季梦然提到关于盛易寒的事，你就自动忽略了，后来你也没有提起，可昨晚到现在，你分明就是对我过去的事情都——”

墨景深的手在她的唇上停住，温热的指尖从她唇上辗转抚过。

他慢悠悠地道：“这些不重要，你只要记得，你是墨太太。”

季暖因为唇上的温度而心头一缩：“这算什么答案？”

“答案是——”墨景深俯下身，贴近她的唇边，看进她的眼里，“你注定只能是墨太太。”

季暖微微瞠目。下一秒，他已经吻了下来。

“你现在怎么说亲就亲啊……”

“就亲亲？”墨景深的声音带着调笑。

一吻过后，墨景深终于放开了季暖。他的掌心扣在她的脑后，额头抵着她的额头，双目凝视着她：“墨太太曾经说过，谁也不能打你男人的主意。”他低头欣赏着她眉眼间的水光，满意地看着她被吻得意乱情迷的样子，“反之，谁敢打墨太太的主意，我也绝对不会客气。”

季暖盯着他，忽然抱住他的肩，仰头在他的唇上狠狠亲了一口。在男人瞬间暗沉汹涌的眼神下，她诚意满满地说：“好！”一个好字，诚恳得仿佛要将她暗暗藏在心底的小世界，全部交给他。

墨景深垂眸，直接将她按在床上。季暖向后一倒，看着身上的男人。人前他是难以接近的墨氏总裁，这个时候，却像个炙热惑人的妖孽，世无其二。

沈穆把手机送来时，季暖正在浴室里吹头发，吹风机声音太大，她只知道沈穆将她的包和墨景深的东西都送了过来。

等她吹干头发走出去时，沈穆正在门外对墨景深恭敬地低声说：“好，墨总，我知道了。”

墨景深示意他可以走了，沈穆点点头，又对季暖客气地笑笑，转身离开。

“我们两个都没带手机，沈穆怎么知道我们在这里？”季暖瞥了一眼那边已经走向电梯的背影，在墨景深关上房门时，随口问道。

墨景深淡淡地看了她一眼，用下巴示意房间里有座机。季暖这才后知后觉地反应过来。她接过自己的包，在里面找出昨天她在车上换礼服之前的那套衣物，但是只有贴身的几件，大衣还是落在盛易寒的车上了。她犹豫了一下，没敢提。换过衣服后，她才发现手机一直处于没电状态，于是从包里拿出充电器，将手机放到床头柜上，刚充上电，开了机，就收到好几条短信。

屏幕上跳出一条短信，来自一个陌生号码——

好好休息

很平常的四个字，简练得连个标点符号都没有。

季暖盯着那四个字，手指在屏幕上顿了一下。她想了很久才猜到是谁。她点开手机相册，找出之前拍下来的夏甜的诊断记录，有一页备注了夏甜主治医生的手机号。

这个人果然是盛易寒。

这些年，她和盛易寒十分默契地互相不闻不问，哪怕在医院擦身而过也仿若陌生人，他做他的骨科医生，她做她的季家大小姐和墨太太，貌似早已毫无瓜葛。现在，他忽然别有用心一样，又闯进她的视线。原因是什么？因为他即将名正言顺地回盛家？因为海城四大家族中将有一方战局归他所控？他是真的……如她曾经看过的那样，清俊的外表下藏着滔天的野心吗？

墨景深跟公司那边打过电话，转回视线就看见她若有所思的神情，问道：“怎么了？”

季暖抬起头，面上保持平静，迅速将那条不该出现的短信删除：“没什么。”

墨景深看着床边的女人，眼睛眯了起来，然后长腿迈开，过去便将她的手机拿过来。季暖想伸手抢回，却因为男人寡淡的眉目而收回手。

那条短信已经删了，墨景深现在看见的未读短信，来自夏甜，连续三条。

我的暖！我的小心脏被冲击了，已经失眠好几天了！那个盛医生简直帅得掉渣！在医院里和他接触这么多天，我居然才知道他长得这么极品！

你和盛医生是不是真的很熟？他这人是不是有单向孤独症？不然怎么平时那么冷，一句多余的话都不说，看在他那张脸的面子上，我原谅他这座冰山！

啊啊啊，我还是睡不着！还有啊，盛医生的五官比例超级好，鼻梁很挺很直，不是说男人的鼻子跟那个是成正比的吗？这座冰山穿着白大褂，看起来文质彬彬的，但是根本掩藏不了他的本质！呜呜，好心动！暖暖，你既然跟他以前就认识，就没对盛医生动过心吗？

季暖扶额。完蛋了！光是这几条短信，她就感觉自己命不久矣。夏甜简直就是在往墨景深的眼睛里插刀子啊！

然后，季暖就看见墨景深的目光像刀子一样向她身上射来。

“咯。”季暖有些心虚地抬手，将耳边的碎发向后拨了一下，镇定地解释，“这个，我们女人私底下聊天的方式，就是这样荤素不忌……”

墨景深淡淡地看了她一眼，仍然没有将手机还给她。他用犀利的目光将她从上到下扫了一遍：“口无遮拦的方式，是指研究男人的鼻子？”

虽然她想的根本就不是那回事，可听了这话，不自觉地看向墨景深的鼻子。

四目相对的瞬间，季暖猛地回过神，当下忙要伸手抢回手机。

“女人之间的私房话本来就是这样，想到哪儿就说到哪儿，只许你们男的聊美女，就不许我们女人聊一聊帅哥呀？”季暖一边辩解一边去夺手机。

墨景深看着她，将手臂举高，没让她得逞。

“你见我什么时候注意过女人肩部以下的部位？”他的语气不善。

季暖翻了个白眼，道：“你每天把我翻来覆去地折腾，别说肩部以下，腰部以下都被你看遍了好吗？”

墨景深坏笑道：“你除外。”

“不管，反正你先把手机还给我！”季暖抢不过他，干脆光着脚跳上床，扑过去。

墨景深见她扑过来，没躲开，也没再将手举高，在季暖终于摸到手机的刹那，他的手臂直接按在她的腰间，将她整个人按向他的怀里。季暖猝不及防向前一跌，半个身子朝他栽了下去，整张脸贴在他的下巴附近。

她刚要紧捏手机向后退开，腰后有力的手臂猛然收紧，耳边响起男人低沉的嗓音："为了你们女人间的这点儿私房话，墨太太连投怀送抱的本事都拿出来了。"

"分明是你忽然按住我的腰——"季暖抬起头就要辩解，唇瓣却从他的唇上擦过。

她还没反应过来，男人已经扣着她的后脑吻了下来。她在床上站不稳，半个身子都贴到他的身上，扭着腰，紧握着手机，这姿势……说不清是暧昧还是别扭。

直到季暖的舌根都被亲麻了，男人才放开她，眼神没什么温度地落在她的手机上。

"今晚天黑之前，给她安排另一家骨科医院。"这是季暖被亲到快缺氧时，墨景深在她唇边落下的不容拒绝的一句话。

"转院吗？"她看向他，"前两天我确实有这个打算，可是夏甜的腿不能动，转院途中，万一因为颠簸造成什么伤害……"

"我派去的人，你不放心？"墨景深低头看了她一眼。

他的目的是让她远离盛易寒，而她的目的是让夏甜远离渣男。无论什么原因，能让夏甜离开现在的医院也是好事，也算一劳永逸。

"那好吧，转去哪家医院？"

"我来安排。"

"哦。"季暖一边应着，一边抬眼留意他的目光。

刚才那几条短信，他分明就是介意了，很介意。

要是被他看见盛易寒发来的那条短信，估计现在就不只是给夏甜转院这么简单了。季暖一边庆幸自己手快把那条短信给删了，一边在心里暗骂夏甜那个浑蛋真是害人不浅。平时喜欢跟自己讲荤段子也就算了，可她居然跟自己聊盛易寒。见过给闺密挖坑的，没见过这么挖坑的！夏甜这个二货！

季暖低下头，一边给夏甜回短信，一边通知她即将转院的消息，再庆祝她可以摆脱冰山，然后无视夏甜回短信时发来的哀号表情，再次抬眼看了看墨景深。

"对了，"她主动换了个话题，"医院那边，有个银行的小开在追夏甜，但他是个彻头彻尾的渣男，你能不能帮我个忙，让那男的不再有靠近夏甜的机会，最好是把他扔到非洲去，一辈子都别回来。"

墨景深看着急于将刚才那件事翻篇儿的女人，淡淡地道："什么银行？"

"好像是海城的一家私人银行，跟港台那边的银行有金融往来。"

墨景深语调沉沉地道："左右不过一家中小型金融企业，想我合理合法地将人送到非洲去，把它买下不就得了。"

季暖嘴角一抽，道：“买下来？”

“墨氏的经营范围很广，海城内许多私有银行与金融企业大都跟墨氏有往来，不过就是一家小银行，你还想浪费时间跟他斗智斗勇？”

也对！跟那种上不了台面的人渣斗智斗勇，的确是浪费时间。毕竟现在金融行业越来越赚钱，买下他们家的银行控股权，不仅是最直接干脆的方式，也能一举两得。

季暖忽然一笑，挽着他的胳膊主动撒娇：“谢谢老公！老公真好！老公最棒！”

墨景深轻笑，收回手臂，完全不吃她这一套。

第十一章　爱妻·唯你

季暖又伸手去扯墨景深的衬衫衣袖。她一边扯一边对他无比诚恳地眨眼睛：“我真的没有对盛易寒动心过，你应该知道的，我在嫁进墨家之前，都没交过什么正式的男朋友，也没什么所谓的过去！我简直就是身心干净的典范！”

听见“典范”两个字，墨景深淡淡地瞥了她一眼。

季暖顺势抱住他的手臂，道：“在你之前，我从来都没有爱过任何男人！”

墨景深的脸上浮现出一丝笑意。他伸手把她的头发捋顺，又意味深长地问了一句：“墨太太这是在向我表白吗？你爱我？嗯？”

季暖内心有一刹那的悸动。她和墨景深之间，似乎怎样的甜蜜温馨都有过，但是爱之一字，却是从来没有被提及。

她还没回答，却看见男人的唇勾得深了点。似乎，他的心情忽然间很不错。

他的心情是不错了，季暖却有些郁闷。她一直没敢去想的问题，就这么摆在了她面前。

等季暖回过神，墨景深的手已经缠绕在她的发间。他笑意浅浅地看着她：“手机不继续充电了？”

季暖这才想起刚刚手机只充了不到两分钟的电就被她拔下来了。她忙转身继续给手机充电。她再回头时见墨景深拿起床边的遥控器，将空调又调高了两摄氏度。男人的背挺拔结实。

季暖忽然笑了一下。墨景深回头看了她一眼："笑什么？"

"没笑什么，就是忽然发现，墨大总裁在我面前像个专职保姆，总能将我照顾得无微不至。我其实应该感动到哭的，我根本不应该笑，我认错！"她一边这样说，一边忍不住笑出声。

墨景深随手将遥控器扔在床上，波澜不惊地道："你什么时候学会照顾好自己，再笑也不迟。"

下午，季暖又睡了一觉，毕竟昨晚和今天上午体力都被耗光了，睡到天黑她才起来。她醒来就看见墨景深坐在沙发上，手里拿着沈穆下午送来的公司文件和一些需要他亲自过目的卷宗。

酒店房间的沙发很软，墨景深坐姿优雅端正。这男人的一切美好仿佛都是天生的，哪怕只是坐在那里安静地看文件，他也一样能吸引人的目光。

季暖下了床，刚走过去，墨景深便已抬头看她一眼。

"不睡了？"他轻声问道。

"天都黑了，过了十点再睡，不然作息时间都乱了。"季暖看见他手中的文件印有Shine集团的标识。她知道是Shine集团那边的合作案还有后续事宜需要他处理，就不想打扰他。

季暖转身想去倒杯水给他。

"过来。"墨景深叫她。

季暖闻言走到沙发边。墨景深拍了拍身旁的位子示意她坐下。季暖看了看饮水机的方向，放弃去倒水的打算，依言坐了下去。男人的手臂环过她的腰身，自然亲昵地将她揽在怀里，双眼却依然专注地看着手中的公司文件。

"Shine的项目既然还没结束，你今天怎么不回公司？陪我在酒店里荒废整天的时间，我都快过意不去了。"季暖趁他放下手中的文件时问。

墨景深淡淡地勾了勾唇，又抬手按了按眉心。休息了几秒，他重新拿起文件继续看。同时，他搂在她腰间的手向上滑动，手指在她柔顺的发间穿插而过。

他看着文件，声音却是对着她说："只是一些后续事项需要我签字，之前加班了近一个星期，这两天多陪陪你。"说着，他低头看她，"不仅是今天，我明天的时间也都归你。"

从昨晚到今天，两个人就在酒店的房间里待着，吃的用的都有酒店工作人员送上来。虽然这纯粹的无人打扰的二人世界是真的难得，可季暖觉得墨景深的言下之意，是明天一整天，他都会不老实……

晚餐被送进来，季暖一边啃着排骨一边想，要怎么才能既和墨景深享受这么温馨宁静的休假时间，又可以完美地避免和床接触。

“今晚的酒店餐怎么一个素菜都没有？”季暖边吃边道，“在房间里待了一天，晚上还吃了一肚子的肉，要不我们明天找个地方摘蔬菜和水果，自己做来吃吧？海城有没有什么有机蔬果园之类的？”

墨景深看了她一眼，仿佛顷刻看穿她的心思。过了两秒，他道：“有，明天带你去。”

季暖又将一块排骨放进嘴里，她心里美滋滋的，总算找到一个理由完美避开床了！

第二天，季暖刚推开墨景深的车门走下来，就看见前方坐落在海城市中的富人区一带的别墅群。

“这种地方怎么可能有蔬菜果园？你是让我来摘草的吗？”季暖怀疑自己被他给诓了，回头道。

墨景深将车停好，走过来：“去秦司廷那里，随便你摘。”

“啊？这是秦医生住的地方？”季暖诧异地道。

“他一个人住在这里。别墅后院地势空旷，秦家的老爷子近年来喜欢自己种蔬菜水果，家里种不下，就把秦司廷现在的后院给占了。”

季暖向里面的别墅瞟了一眼，道：“所以，秦医生在这么漂亮高档的别墅后边，种了一片菜地果园？”这奇怪的画风……

正说着，一辆低调的灰色跑车从空旷无人的路上开了过来，然后忽然一个急刹车。

车窗落下，露出秦司廷略带诧异的俊脸：“什么情况？怎么来我这儿了？”

季暖有一种正准备去偷菜却被主人发现的感觉，她朝秦司廷尴尬地挥了挥手：“嘿，秦医生……”

秦司廷向下一看，见季暖手上有一只不知从哪里弄来的菜篮子。

这别墅区的门禁管理很严，幸亏秦司廷回来及时，季暖才能省去很多不必要的麻烦，一路跟了进去。

眼见季暖拎着菜篮子去了别墅后边，秦司廷瞥了一眼后面的落地窗。

秦司廷看着后院里的女人，嘴角带着不冷不热的薄笑。他斜倚在一侧的酒柜边，拿出一瓶年份已久的红酒，倒进高脚杯里。秦司廷递给墨景深一杯，然后他一边晃动着杯中的酒液，一边姿态随意地道：“你哄女人的方式真是层出不穷，连我这里都得无私贡献出来。”

墨景深的嘴角勾起不易察觉的弧度。他品了一口杯中的酒，将酒杯放下。

“你的品位什么时候变得这么差了？”墨景深语气淡淡地讽刺道。

秦司廷冷嗤了一声：“我在医院每天至少做五六台手术，忙到连家都没时间回，酒柜里的酒都是别人送的，好的次的都有，有几瓶喝已经不错了，你还挑上了？”

墨景深冷淡地道：“改天叫沈穆给你送两瓶过来。”

秦司廷挑了挑眉，放下酒杯，憋不住笑地说：“敢情还是这买卖划算，你的酒可都是八十年代高级别的珍酿，一篮蔬菜水果就能换两瓶好酒，我以后是不是可以辞职在家专心培养这片菜地了？简直是比当医生还赚钱！”

墨景深虽有些嫌弃，却还是拿起那杯酒抿了一口。片刻后，他淡漠地道：“自从那女人把你踹了，远走国外之后，这几年你的生活品质和品位都在直线下降，我这是实在看不下去了。”

“呵。”秦司廷又倒了一杯酒，笑意却是不达眼底。

他转头又瞥了一眼正在后边摘菜的季暖，眯了眯眼说：“兄弟如手足，女人如衣服，老子这几年裸着习惯了。”

墨景深冷峻的眉宇一动。他讥讽地瞥了秦司廷一眼，道：“是谁当年为了个女人，差点自断手足？说得像是已经看破红尘，真以为你是吃素的和尚？”

秦司廷不动声色地蹙了蹙眉。他先是没说话，片刻后又倒了一杯酒，然后一饮而尽。之后，秦司廷重重地放下酒杯，轻笑道：“你有女人了不起？”

“嗯，了不起。”

秦司廷被噎了一下，要笑不笑地盯着墨景深。然后，他抬起手按了按眉心：“我去后边看看你女人去，你少在这里恶心我……”

季暖正在后院的菜地里一棵棵摘着青菜。她没想到秦医生家的后院真的这么大，蔬菜水果应有尽有。虽然现在是秋季，但这后边有一大半设了能聚集阳光热度的暖棚，可见秦家老爷子果然爱好这些，这么专业的秋冬季种植设施都安排得这么妥当。

虽说这菜地果园的画风在这种高级别墅区显得违和，可站在这绿油油的一片里，也真是心旷神怡。

重要的是秦医生家干干净净，后边的水果蔬菜也是种得特别好，根本不用担心像外面的那些果园一样有农药之类的化学药品。

季暖摘下一个红彤彤的番茄，又随手将旁边地上的圆白菜也拔了下来，这菜水灵灵的，还没洗没煮熟就已经引人食欲大增。

陡然听见不远处传来的脚步声，季暖转眼就看见秦司廷正一脸散漫地走近。他瞥了一眼她菜篮里的东西，眼底掠过一丝薄笑。

“墨太太这么有闲情逸致，我差点以为你是跑我这儿来度假的。”秦司廷走过去，随手拿起篮子里的一棵圆白菜，“嗯，还真别说，看来我们秦家以后可以加入农贸蔬菜行业，就这种蔬菜，一百块钱一棵也不为过。”

“幸亏你对秦家的公司没兴趣，不然就你这种宰客的行为，秦家在你手里没几年就废了。”季暖半开玩笑地又摘下一个番茄，在手里随便擦了擦就咬了一口。

秦司廷看了她一眼，道：“不洗你就吃？”

“这上面没有农药，吃了又不会怎么样。”季暖因番茄酸甜的口感而心情大好，根本没理会秦司廷那一脸嫌弃的表情。

说完，她另一只手又摘下一个番茄递给他。

见他没接，季暖眼尾一挑。她伸手将番茄扔到菜篮子里：“我知道你们当医生的都有洁癖，可也别这么矫情好吧？纯天然的你都不吃，难不成每天只喝消毒水？”

秦司廷站姿随意。他两手环胸，闲闲淡淡地瞥着她：“一向骄纵的季家大小姐居然说别人矫情……呵，你是在打你自己过去的脸？忘了你以前是什么脾性？”

“人是会变的。”季暖不看他，低头检查着菜篮子里的蔬菜，语调温淡平静，“无论是以前，还是现在，我还是我，性格和生活习惯改变一些，也很寻常啊。”

秦司廷忽然讥笑一声，似有若无地冷冷淡淡低声道：“的确，女人都是善变的。”

季暖正在菜篮里摆弄蔬菜的手忽然一顿。她仿佛从他语气里听出什么深意。她觉得秦司廷有故事，就抬起头看了他一眼。

秦司廷却没再看她，转身时凉凉地扔下一句：“你小心点，别踩到地上的萝卜土豆，踩坏了的话，我们家老爷子怕是会直接找你家墨景深算账。”

季暖一顿，低头看了看脚边那些种在土里的东西，刚才她都没注意，幸亏没踩到。

"水果都在后边，太高的你就拿梯子自己上去摘，昨晚上连窗都能跳，爬个树对你来说应该不难。"秦司廷边说边似笑非笑地看她一眼。在季暖对他翻白眼时，他用下巴示意不远处，"梯子在那边，很安全，摔不到你。"

"谢了。"季暖又咬了一口手里的番茄，转身直接走向后边的果园。

简直就像大丰收一样，季暖美滋滋地捧着装得满满的篮子从后面走了回来。

"秦医生，你们家厨房能用吗？"季暖兴冲冲地问。

秦司廷眯起眼，道："敢情你们不只是来我这里摘菜，还真把我这里当成度假别墅，还要在我这里引火起灶烧菜？"

墨景深道："不仅是引火起灶，今晚还打算住在这里，你有意见？"

秦司廷倚在门边，道："我两个月才难得有一天休假，就这么一天还要看你们两个在我面前秀恩爱？辣眼睛！"

"不想看？"墨景深随手将一张高档小区的门禁卡扔到秦司廷眼前的茶几上，"奥兰国际今晚归你，只限客房，开门密码是季暖生日。"

秦司廷轻嗤了一声："我哪知道你女人的生日是哪天。"

季暖已经提着手里的篮子进了厨房，却仍然能听见秦司廷的声音："再说了，我又不傻，放着送到嘴边的好饭好菜不吃，跑去你的地方吃外卖？"

说着，秦司廷将外套随手一扔，潇洒地往沙发上一坐，大有准备就这么等着季暖给他们做一顿丰盛好菜的意思。

季暖走出来，看见秦司廷那副"本大爷今儿就等着享受了"的表情，忍不住笑了。她找到一件围裙，转身又回了厨房。

"话说回来，季暖会做饭吗？"秦司廷这才想起最严重的问题，眉端一挑。

墨景深没回答。西装早已被他放到一边，他随手解开袖口的精致扣子，挽起衬衫衣袖，漫不经心地道："能尝到我女人做的饭，你该说自己三生有幸。"

秦司廷轻笑，摆明了不信："来真的？我今天会不会食物中毒？"

墨景深道："你可以选择饿着，不吃。"

话音落下，墨景深已经进了厨房。见季暖正在洗菜，他走过去："还要洗什么？我帮你。"

季暖没抬头，继续认真地洗菜："不用，我自己来就可以。秦医生家里平时应该经常有用人过来打扫或是做饭，这厨房里什么东西都不缺，很好找，我一个人就能搞定。”说话间，她转过身去拿削土豆皮的工具。

身后的男人走近，帮她将围裙后边的两根带子系上。

“是带子松开了吗？我刚才手上有水，就随便系了两下，都没太注意。”季暖回头向身后看了一眼，再抬眼对墨景深一笑。

小女人笑得眉眼柔和。

季暖转过头继续洗菜，那认真的模样让墨景深移不开眼。

厨房里似乎是一片和谐，秦司廷到现在都深深怀疑，季暖这个从来十指不沾阳春水的千金大小姐居然会下厨？

听起来，厨房里没有一点凌乱或者锅碗瓢盆被摔在地上的声音，稳中有序又和谐平静，洗菜切菜的声音更像是能安抚人心的动人旋律。

季暖真的会做饭，这一认知，让秦司廷开始怀疑人生。

“哎呀，昨晚吃的都是荤的，现在又全是素的。”季暖忽然在厨房门前探出头来，望着正坐在沙发上怀疑人生的秦司廷，“秦医生，你对这附近应该都很熟悉吧？能不能去生鲜超市帮我买条鱼和一些适合炒菜的肉回来？”

秦司廷挑眉，诧异地回头瞥了她一眼：“你让我去买？”

“难不成还要我去？”季暖抬起手，“我还在洗菜切菜，这一来一回的，太浪费时间。”

“你男人呢？”秦司廷一只手随意地搭在沙发背上。

“景深在帮我啊！他对你家附近又不是很熟。”季暖说着又对他嘿嘿一笑，“秦医生，想早点吃饭的话，就麻烦你帮忙跑个腿，不然我们大家都得饿着。”

“麻烦！”秦司廷一脸不耐烦地道，却还是起了身，拿起外套放到臂弯，再拿起电子车钥匙，迈开长腿，出了门。

季暖回身要去橱柜边，却见只是这么一会儿工夫，墨景深已经帮她把洗过的菜都分门别类地切好放好了。她又看见这穿着衬衫长裤的男人将每一道菜需要的调味料在每个碗里按比例分配调匀。男人本就颀长挺拔，站在这里做这些，从高层精英到如此居家的落差，居然衍生出一种反差得能暖死人的温柔。

她要做的大部分事情被他弄好了，所以根本就不是墨景深在帮她打下手，而是她在给他打下手。啧，这样说来，刚才墨景深在外面对秦司廷说过的话，应该变成：能尝到墨景深做的饭，绝对是秦司廷三生有幸！

秦司廷按季暖的要求，买了生鲜食材回来。然后他将购物袋扔到厨房，就没再理他们，又去浴室里洗了两遍手。

季暖看见了，靠在墨景深身边嘀咕："听说当医生的都有每天洗几十遍手的习惯，看来这话不假。"

墨景深笑笑，没说什么。他衬衫袖口外露出的小臂紧实有力。

墨景深在天然气灶边将锅放上去，动作流畅帅气。

季暖一边切着新买来的肉一边小声问："秦医生真的是因为从小就喜欢学医，所以才放弃了秦家的公司继承权，坚持做医生的？"

墨景深语气淡淡地道："不是。"

"哈？不是？难不成他是被逼的？"季暖惊讶地道。

墨景深没再回答，低眸看见季暖切肉时，锋利的刀几乎每次贴着她的手指擦过。虽然没切到手指，但他的眉头几不可察地一蹙。他淡声道："你去后边再摘些适合做沙拉的青菜，简单弄个蔬果沙拉就好。"

"好。"季暖闻言就将手里的刀放下，洗手转身，拿起她的小菜篮向外走。

后院里，季暖挑选着各种新鲜蔬菜。厨房里也是一派安静。

秦司廷优哉游哉地斜倒在沙发上，大有睡一觉再起来吃饭的架势。结果他刚闭上眼睛，就听到脚步声。他的小腿骤然被踹了一脚。秦司廷睁眼就看见墨景深手里拿着银光闪闪的菜刀，目光清冷锐利。

"过来，给我打下手。"

"不是有季暖吗？我打什么下手？"秦司廷躺着不动。

"想吃饭就给我进去切肉。"墨景深冷冷清清地撂下这句话，转身走了回去。

秦司廷揉了揉眉心，起身走到厨房门口。他双臂环胸，懒洋洋地道："我这拿手术刀的手，还得帮你切肉？怎么不让季暖切完再出去？"

墨景深头也不回，道："她不适合用刀。"

秦司廷翻了个白眼。怕他女人切到手指就直说。

"我发现，自从你有了女人，真是突破了我对你的认知，'宠妻狂魔'这四个字正适合你。"

墨景深道："过奖。"

终于，在三人的配合下，一桌子大餐准备齐全了。虽是素菜居多，但由墨大总裁亲自主厨的，必然都是不简单的大菜。何况还有秦医生亲自操刀，各种鱼片和肉片切得薄厚均匀、分毫不差，一桌子菜色香味俱全，真是完美到季暖想要拍一张照片发个朋友圈晒一晒。

可惜，现在还没有微信、微博之类的社交软件，季暖偷偷拍了两张，打算保存在手机里。

墨景深看见她这个小动作，没戳穿她，随她去拍。

季暖又顺便将墨景深也加进镜头里，咔咔两张，英俊帅气的墨大主厨和在后边笑得不冷不热的秦大主刀都和这一桌子的大餐来了个完美的合照。

“可以吃了？”秦司廷拉开椅子坐下。

“秦医生要不要先试试毒？”季暖坐下时，打趣地笑问。

“也好，虽然墨太太做的饭菜，味道也许不怎么样，但起码你不会对我下毒，但今天下厨的人是墨总……那，可就不一定了。”秦司廷拿起筷子就夹了道最近的菜，尝了一口。他细细嚼着，沉默了半天没说话。

“怎么样，好吃吧？”季暖王婆卖瓜似的显摆着她老公的手艺，“墨大总裁亲自下厨，这种难得的美味，绝对可遇不可求！”

秦司廷嗤笑了一声，没回答究竟是好吃还是不好吃，只是反问道：“不是说你下厨？后来怎么变成你男人掌勺了？”

季暖指了指桌上的凉拌三丝和蔬果沙拉，道：“两道菜也算！”

“你这算什么菜？”秦司廷哼笑着又夹了一片沾着沙拉酱的菜叶。尝了一口后，他眉宇一动，仍然有一会儿没说话。

季暖笑道：“我的沙拉里面可是加了独家秘方的调味料，跟你吃过的其他沙拉味道不一样，是吧？”

秦司廷挑了挑眉，最后放弃了抵抗：“确实还不错，婚姻真是个神奇的东西，能让堂堂墨景深甘为女人下厨，更能让曾经骄纵一时、风头无两的季大小姐也贤妻良母起来。”

“所以说，秦医生你别总是对女人一副苦大仇深的态度，该恋爱就恋爱，该结婚就结婚呀！”

“还是操好你自己的心吧。”秦司廷嗤笑，意味深长地瞥着季暖，“连你自己男人的底都没探明白，还妄图在这儿跟我扮演情感专家。”

“越探不着底的男人越让人着迷，反正是我老公，他再怎么深不可测也是我老公。”季暖白了他一眼。

秦司廷冷哼道：“你倒是够自信，昨晚跳窗的时候怎么没这么自信？”

“我昨晚那是喝了酒，不太清醒，你能跟一个醉酒的人计较吗？”

“强词夺理！”

眼见这两人就快掐起来，墨景深无奈地揉了揉眉心：“行了，吃饭都堵不上你们的嘴。”说着，他直接给季暖夹了几样菜。

季暖早就饿了，她无视秦司廷那不冷不热又带着几分嘲弄的表情，拿起碗筷就开吃。

最后，秦司廷分明也胃口大开，吃了很多。

季暖心里得意，她就说墨景深以后就算不当总裁，随便开一家餐厅，都能因为做的东西太好吃而宾客满堂。就连秦司廷这种含着金汤匙长大的贵公子，口味再刁钻也一样能被满足。可秦司廷就是不肯承认，啧啧。

季暖和秦司廷在餐桌上以目光斗法的时候，墨景深淡笑不语。彼时，桌上的手机响了一声，墨景深随手拿起，看见墨绍则发来的一条消息。他眸色淡淡地看着屏幕上的几行字，眼里极难察觉地流露出一丝冷意。

这时，秦司廷忽然说："你做的沙拉酱口味的确很独特，介意再去帮我做一盘水果沙拉吗？"

季暖挑起眉，为他这忽然的"认输"而勾了勾唇，很是大方地起身去了厨房。

与厨房只隔了一道墙的餐厅里，秦司廷看向墨景深，声音低低地问："怎么？"

墨景深目光薄凉，他将手机扔在桌上。秦司廷在手机屏幕自动暗下去之前瞥了一眼，然后不动声色地道："他这是警告，还是宣战？"

墨景深没吭声，神色冷冷。

秦司廷了然，颇为玩味地笑笑，道："你打算怎么做？"

墨景深抬了抬眼皮，过了好几秒才吐出几个没有波澜的字眼："不会有第二次。"

秦司廷挑了挑眉，道："不如在季暖身边安排个身手厉害的人，南衡手下就有几个训练不错的保镖。"

当晚，季暖果真和墨景深在这里住下了。

回客房休息之前，她先将自己特地带来的几粒药交给秦司廷。

药是她上次回季家时，借着肚子不舒服偷偷去季弘文的房间里拿的。为免被有心人察觉，她只从每瓶药里倒出一两粒，但这些在秦司廷这里只要经过详细的检验，已经足够了。

秦司廷把那些药扔进一个透明的小玻璃瓶里，回头见墨景深已经准备带季暖上楼去休息。

"我说，你们两个可别真把我这儿当成度假别墅，注意素质，老子还在楼下住着。"秦司廷眉宇间透着单身狗在夜里的强烈不爽，语调满含警告的意味，“你俩晚上不许在我家发出什么不该发出的声音！”

墨景深轻描淡写地瞟了他一眼，揽着季暖直接上了楼。

一整天的心情都很轻松，季暖睡得也是万分踏实。

睡得早，醒得也就早，天刚蒙蒙亮，她就起来了。

晨光深蓝，天还没有亮透，季暖起身正要下床去给自己倒杯水，不想刚下床就顿了一下，看见站在落地窗前的墨景深。他穿着白色衬衫，黑色长裤，单手插在裤袋里，身姿修长而静默。还是昨天的那身衣服。

季暖拿起手机看了一眼时间，还不到六点。难道他一晚上没睡？

季暖有些诧异，起身走过去。她刚一走近，墨景深就转了过来，四目相对，男人看着她的脸，嗓音温和而低哑：“怎么这么早就起来了？”

季暖没答，反问：“你昨晚没睡？”

他语调很淡，目光仍然落在她的脸上：“陪秦司廷喝了几杯，在楼下沙发上睡了一会儿，回来时见你睡得太香，没忍心上床吵到你。”

“不睡觉怎么行？”季暖拽着他走到床边，强行按着他坐到床上，“现在，睡觉！”

墨景深笑笑，拉过她的手，顺势将她抱到他的腿上。他在她嘴角上亲了亲，坏坏地道：“你这是睡醒了，精力旺盛，你就不怕我现在再消耗一次你的体力？”

季暖转头就在他凑过来的唇上反咬了一口，她压低声音说：“秦医生说不许我们发出不该有的声音！”

“他昨晚喝过酒，还在睡。”墨景深在她唇上亲了一下，又亲了一下。

这一大清早的，季暖才刚醒，怕自己被他勾引诱惑到真的在秦司廷的家里做出些什么不可描述的事儿来，她忙将手按在他胸膛前，一脸正经地道：“对了，我明天得去工作室一趟。”

“嗯。”墨景深淡笑，“有什么难题记得告诉我，别一个人扛着，要时刻记得你是有老公的人。”

“都是些从韩天远手里遗留下来的小问题，那几个上不了台面的渣渣，我能搞定。”季暖轻声道。

墨景深又在她脸上亲了亲，是很温存的那种吻。

片刻后，男人道：“最近海城不太平，御园的安保设施更完善些，搬回御园去住吧。”

季暖的目光从他平静的俊颜上扫过，她没有多问，只道：“好，那就回去住。”

季暖下楼时，看见今天本该早早就去医院的秦司廷正站在一楼巨大的窗前。他手里拿着杯酒，正在看着对面百米开外的另一栋别墅。

昨晚就喝过酒，一大清早的，他手里居然还有酒。

从这个角度看过去，只觉得秦司廷的背影透着莫名的冷漠，不似平时那个打趣或者喜欢逗弄她的人，仅是背影，就冷得像是变了一个人。

季暖转身又回到楼上，看见墨景深走了过来。她抬起手放在嘴边，做了个嘘的动作。

“秦医生是不是昨晚上喝多了？都这个时间了，他还没去医院。”季暖小声说。

墨景深闻言走下阶梯，看见窗前的一幕，他的目光又淡淡地扫向前方那栋整整四年都再没有人住过的别墅。

别墅外有一辆房车停下。别墅前雕花铁门敞开，有几个人正在向里面搬行李，从行李箱的颜色来看，应该大多是女人用的东西。

只淡淡地瞥了这么一眼，墨景深便继续下楼，他语调凉薄又似带了淡淡讽意：“她回来了，不去打个招呼？”

秦司廷将手中的酒杯放下，转身，眼底没有半点酒意。他勾起嘴角，道：“我今天下午有两台手术，早上没事做，要睡几个小时来养精蓄锐，你们走的时候记得把外边的门给我关上。”话音落下，他直接转身走进里面。

季暖在秦司廷回卧室后才下楼。她看见墨景深单手插在裤袋里站在那，神色坦然。他并没有因为秦司廷的态度而觉得有任何不满，也并没有因为被冷待而觉得不妥。

季暖看得出来，刚才秦司廷那种表情很不寻常。

墨景深送季暖回御园的途中，季暖靠在座椅上翻着手机里的短信，最后她的目光停留在昨天夏甜给她发来的两条信息上。

【不是吧？怎么忽然又要转院？我好不容易才对盛医生有点兴趣！季暖，你最近是不是包藏了什么祸心！存心断我姻缘来的吧？】

季暖勾了勾唇。昨天到现在她也没回复，估计夏甜是真的要气炸了。

打开短信发送的页面，她在屏幕上戳着字：【对，我就是抱着掐断你那些烂桃花的祸心来的，现在是不是已经转院了？】

不到半分钟，夏甜直接回复：【现在才回我！我还以为你和墨景深的床上生活从昨天到现在都没结束！】

季暖翻了个白眼，发了个鄙视的表情过去。

夏甜：【昨天也不知道是从哪里来的几个穿西装又高冷不爱说话的神经病，他们刚到医院，二话不说就把我的转院手续办好了，连一点反抗的机会都不给我，现在我躺在新医院的病床上，万分想念我的盛医生！】

季暖：【他不适合你，别想了，你今年犯的都是烂桃花，掐死一朵是一朵，别妄想这么快就陷入爱情的泥沼里去。】

夏甜:【不是你把盛医生推给我的？你还让他在病房里陪我聊天！害得我春心大起，结果你现在说他也是烂的？】

季暖扶额：【我那是怕你再被之前那个渣男骚扰，考虑到他是你的主治医生，所以让他看着你！哪知道你现在这么容易犯花痴。】

夏甜：【我这叫身心脆弱！骨头都断了，你说我得多脆弱啊？我得多不堪一击啊！每天躺着无聊到发霉，还不能欣赏欣赏在我眼前路过的各种男色？不好意思，男色攻击，恕我无法抵抗！】

季暖：【腿骨断了，脑袋不是还没残吗？正好我工作室有些市场分析的资料需要人手来处理，我把电脑给你送去，你养伤的这段时间，帮我分担点工作量，正好这些东西你也在行。】

夏甜：【我失恋了，你居然还要我带伤工作！】

季暖：【就是失恋了，才要用工作来挤出你脑袋里那些没用的东西。再说了，又没恋过，你失个屁恋？】

夏甜：【你毫无人性！】

季暖：【从今天开始，我就是你的老板，你给我乖乖分析海城房地产市场部的资料，额外薪酬就是给你的病房安排各种颜值过关的男医生二十四小时细致照料。你要是不听话，哪个医生最丑，我就让墨景深安排哪个医生每天去骚扰你。】

夏甜：【季暖，我要跟你绝交！我要打死你！】

季暖：【呵呵，那也得你有本事跳起来。】

发完这一条，不用猜她也能想到夏甜气到摔手机的表情。

季暖笑着给工作室那边打了个电话，让小八去医院给夏甜的病房里送笔记本电脑。安排好这一切，车已经到了御园附近。

墨景深在开车，季暖忽然凑了过去，狗腿似的说："我忽然觉得你果断给夏甜转院的这个决定，实在英明无比！"

男人瞥了一眼她的表情，按着她的眉心将她推开："坐回去，打扰我开车。"

马上就到家了，季暖也不去惹开车的男人，乖乖坐了回去。

待她进了御园别墅，夏甜干脆将电话直接打了过来。季暖边换鞋边接了电话，一时没注意，手指按到了免提，瞬间就听见手机里传来夏甜的咆哮：“我不管！你既然断我姻缘，就必须在半年之内给我找个像盛医生一样颜值身高工作样样顶尖的男人！不然我这受伤的小心脏根本没法平复！”

陈嫂刚迎到门前，听见这动静，差点没忍住笑。

季暖的嘴角抽了抽。她忙将免提键给按了回去，拿起手机贴在耳边压低了声音：“小点声！你这大嗓门想传到几里之外去？”

夏甜：“你刚才不会是免提吧？”

“的确是。”

季暖转眼就见刚刚走进门的墨景深正目光幽深地看着她。她指了指已经被挂断的手机，解释道：“夏甜在医院住了这么久，无聊到近乎崩溃，现在她真是说花痴就花痴，呵呵呵……”

墨景深面无表情地道：“我再在她的嘴里听见有关姓盛的一个字，夏家立刻会从S市过来将她接走，今后都别想再踏进海城一步。”

“我和她之间聊天说话总是荤素不忌，你听听就算了，别放在心上。”季暖知道他说得出就一定做得到。

墨景深淡淡地勾了勾唇，盯着她，道：“离那些想靠近你的男人远一点，嗯？”

他的语气听起来平静无波，却多少有丝警告的意味。

翌日。

季暖在御园书房，电脑的邮箱里忽然出现两个视频。她点开看了两眼便直接关掉。

她勾了勾唇，目光却凉了几分。

傍晚，她接到墨景深的电话。她手托着下巴在桌前瞥着电脑屏幕，同时懒懒哑哑地说：“怎么这个时间来电话？不会是公司又要加班吧？”

墨景深似是低淡地笑了一声，随后他清澈低沉的声音响起：“这么怕自己独守空房？”

“我是不忍心你忙到太晚，还要特意开车回来，御园毕竟还是比奥兰国际稍远一些。”

“墨太太就算住在海城郊外，这家我该回还是得回。”

季暖的嘴角顷刻挂上了笑意。她声音清脆，柔而不腻地问："Shine集团的合作案结束了吗？"其实她想问的是，安书言已经回美国了吗？墨绍则已经回美国了吗？可话到嘴边她还是换了另一种提问方式。

墨景深没答，静默片刻，道："晚上带你去见个人，乖乖在家里等我。"

季暖看了一眼时间，道："晚上几点？"

"六点之前。"

"行，但我一会儿要去工作室一趟，那边有点小状况，我大概傍晚能回来。"

"你工作室的财务危机解决了吗？"

季暖顿了一下，道："没事，都是些小问题，我可以解决。"

墨景深沉默了几秒，道："早去早回，这两天别四处乱走。"

"知道了。"

季暖倒是多少能猜到他这话的意思，他让她回御园来住，肯定有什么原因。不过他没说，她也就不问。

还不到中午，季暖出了门，直接去工作室。

刚到工作室，小八看见她，顿时像看见救星一样跑过来："暖老大！你终于来了！再不来我就要急死了！"

"怎么回事？你之前在电话里慌慌张张的，是哪家的投资方来闹事？"季暖不紧不慢地边问边走向办公室。

两人到了办公室门前，小八还没说话，只隔着一道门，季暖就忽然听见办公室里传来一道女人的声音，一字一句像是藏着各种讽刺鄙夷。

季暖站在门外听了一会儿，推开门，走进去。

"马上把你们现在的负责人叫过来！我们当初投进来的三千万转眼就归零了？刚投资不到半年，一点利润分红还没见到，你们这公司就换了老板，现在连钱都拿不出来！还说是合成了什么工作室，我看这就是个挂着工作室名号的空城！"

季暖看见那个站在办公桌前正指着财务部主管不停讥讽谩骂的女人，那女人大概三十多岁，高挑漂亮，穿着时尚，保养得宜，一看就是某家公司的管理人员或者身家不低的阔太太。

"老大，她就是金总。以前韩总还在的时候，金总她们公司看在和韩氏集团的关系上，就给这里投资了三千万。谈的是三年的合约，每半年至少要有20%的利息给她们，结果这已经半年多了，到现在不仅该有的利息没到她们公司的账上，现在就连投进来的钱也都没了……”小八站在季暖的身边，小声解释。

“金总？她是天盛投资的那家公司的财务负责人？”季暖问。

小八点头道：“对！”

正在办公桌边的金总注意到身后，回头就看向门前的人。

小八是个实习助理，金总把蔑视的目光从她脸上移开，再落到季暖的身上。

季暖穿着白色的羊绒毛衣，随性贴身，外面的浅褐色大衣也是非常低调的款式。她安安静静地站在那里，向金总的方向看了过来。不像其他人那般唯唯诺诺，她眼里隐有几分似客气又似疏离的浅笑。当然，那笑意并没有多明显，淡得仿佛眨眼而逝。

金总冷哼了一声，将手中昂贵的国际品牌包放到一旁，转头正色打量着季暖：“你该不会就是这些人嘴里说的新老板？季小姐，哦？”

“你好，我是季暖。”季暖也仅答了这么一句。此时，她的目光很冷淡，但也没有太过疏离，无形中透着一种镇得住场面的强势，却又偏偏收敛得极好。

“嗯，听说过，季氏集团的大小姐。”金总不以为然地笑了，“听说你才二十岁，这么年轻就妄想接管两家房地产公司，又合并了工作室，你的勇气我虽然佩服，但你这场面搞得不小，财务方面却是完全亏空，这话若是传出去，季小姐不怕给你们季家丢脸吗？”

“是谁告诉你，我们工作室的财务是亏空的？”季暖一边说一边直接看向正站在她办公室里的财务部主管。

财务部的许主管是个年近三十的女人，戴着眼镜，长相白净斯文，很有白领精英的范儿。她却在季暖注视她时，目光一闪，转开头，避开她的视线。

金总指了指许主管：“人家许主管已经把财务状况的所有表单和你们近两个月亏空的银行流水单都拿出来了，虽说季小姐你不差这三千万，但开公司可不是过家家，欠了的钱必须还。你要是实在还不上，大可以伸手向你父亲要，我不管你的钱是哪来的，但是必须完完整整给我拿出来！”

季暖语气冷淡地道：“贵公司既然与我们签的是三年投资合约，这才刚过半年就要收回去，是打算单方面解约？”

金总一脸就知道她会这么说的表情，她瞥了一眼身后那个提着公文包的男人，冷笑道：“就知道你一定会这么说，想借着合约的事情跟我谈违约款是吗？今天我不仅要顺利解除合约，钱也必须马上到账！否则，别怪我的律师直接把你们起诉到法院！”

季暖从始至终仿佛没受金总的影响，她走过去，拿起桌上那两份财务表单和银行流水单。看了几眼后，她骤然转眼看向一直安静地站在旁边的财务部主管。

“许主管。”季暖叫她。

许主管没料到会忽然被点名，她怔了一下，看向季暖：“季小姐……”

“这些，都是你今天总结出来的？”季暖问。

许主管低下头，看似拘谨又恭敬地道：“对，这些都是当初从韩总在的时候就已经遗留下来的债务，该还的一部分我们已经从流动资金里扣出去还清了，但还有一大部分，目前都是欠着的，金总之前就打过电话，说要过来看一看，我昨天加班到很晚，将这些财务数据都调了出来……”

“加班到很晚？”季暖似笑非笑，她转眸，语调轻缓，情绪难辨，“金总，能不能给我二十分钟时间，让我和我的财务部主管单独聊几句？”

金总的目光瞥向她，带着奚落和嘲讽：“聊几句就能聊出三千万来？”

办公室里站着几个金总带来的人，顷刻，他们都忍不住笑出了声，个个都是满眼的讽刺嘲弄，像是在看一个区区二十岁的小姑娘在这杀人不见血的商场里演猴戏。

季暖始终镇定。他们笑，她也跟着笑笑。她勾着唇，意味深长地道：“也许真能聊出来呢。”说这话时，她慢条斯理地看了一眼许主管。

许主管从季暖的话里仿佛听出了什么，她的手指颤了一下，面上却仍保持平静。

“果然是年轻，你怕是还没断奶吧，真够异想天开的。”金总嗤笑，走到办公室那边的真皮沙发坐下。她挑起精致的眉，看了眼手腕上的钻表，不以为然地凉声讽刺道：“我就给你二十分钟，二十分钟后要是拿不出我要的三千万，咱们就法院见。”

季暖拿着那些单据，转身道：“许主管，你跟我出来。”

到了隔壁另一间办公室，季暖将手中的单据往桌上一放，回头冷如冰霜地看着随后进门的许主管。一触到季暖的目光，许主管的脚步直接僵住了。

许主管眼里有些戒备，开口道：“季小姐，你要……跟我谈什么？”

“谈什么？你说呢？”季暖似笑非笑地盯着她，“你造假的技术未免太低劣了些。”

许主管顿时目光诧异地看着她：“这话是什么意思？我造了什么假？”

季暖将桌上的单据拿起来，扔到她面前："你是不是以为，我接手公司这么多天，真的只是在过家家，随便玩玩？"

许主管看了她几眼，低声解释道："我当然不敢这么想，可现在债务亏空是事实！公司早在韩总手里的时候就已经亏损得不像话了！你不能因为现在投资方找上门来了，就找我算账，我只是管财务的，又不是能生钱的，钱没了就是没了，我总也不能变出……"

季暖的眉梢微微上扬，她语调清冷地道："一个多月前，公司资金库里还有个三千多万的备用流动资金，是用来增助南部新建楼盘的款项，这笔钱，才一个月的时间，就凭空消失了？这三千万是被你给吃了？"

许主管目光闪烁，她支支吾吾地说："这我也不清楚，一个月前，季小姐你还没接手公司，那些钱可能是被韩总……"

"韩天远现在已经被关进去了，但他还活着，没到死无对证的地步。"季暖声音冷冷的，丝毫不让，"你想借着公司换负责人的多事之秋，挪用公司资金，将这笔钱占为己有，也要看看你的新主子是谁，想瞒过我的眼睛，你怕是还要再修炼几年。"

许主管忽然就慌了，扬声辩解："你这是口说无凭，难道因为现在金总要起诉工作室，你就要把我卖出去吗？想让我做你的替罪羊？"

"意思是我冤枉你了？"季暖脸上没有表情，"既然你这么自信，那还不简单？总归是要被起诉，不如我同时把你也起诉上去，留着给警方调查完再说？"

"你要报警？"

季暖慢悠悠地道："还用得着我去报？金总就坐在隔壁，她已经带了律师过来，兴许也留了更厉害的后手，警方该是很快就会上来。"

许主管狠狠地咬了一下嘴唇，骤然红着眼睛瞪着季暖，怒道："季暖！这公司是你的！要被告也是你！跟我没关系！你要是敢让我去当替罪羊，就别怪我把整个公司的商业体系和机密都透露出去！"

季暖冷笑道："好，我倒要看看，当证据摆在你面前的时候，你还有没有胆子跟我说这句话！"

许经理脸色一白。证据？什么证据？

许主管以为，季暖就是个从小被惯坏了的千金小姐，有点闲钱买两家公司而已，偶尔来公司开个会，开除几个人，耍个老板的威风罢了，除此之外，她就是个跟韩天远一样的废物。

然而，季暖接下来的话，瞬间让许主管镇定不下去了。

“你以为我不来公司，就不了解公司的情况？我有眼睛，我会去查，会去看。你是财务部主管，怕是也不能将这一年内的财务状况按月度分析默背下来，但我可以！”

许主管皱了一下眉，有些不可置信。

季暖冷淡地看着她：“每一分钱用在哪里，我都知道，而这三千万的流动资金在一个月前就已经被转移走，这件事，你以为我一直没发现？”

许主管的眼睛红了一下。她深吸了一口气，还在努力掩饰情绪。

“许主管，相信吗？自从来这里的第一天我就注意到你了！我一直在等，等你自己坐不住的时候。”季暖淡淡地说着，同时从包里拿出手机和数据线，连到桌上的那台电脑上。

没多久，电脑里就传来不可描述的视频影像，和男人女人在情事中难以自抑的各种声音。

乍一看见电脑里的视频，许主管转眼就看向季暖，她的一张脸瞬间白到失了血色：“你怎么会有……”

“你趁公司负责人交接的时候，借着公司财务上的部分亏空漏洞，私吞整整三千多万的流动款项，这是犯罪。”季暖双臂环胸，冷淡地倚在桌边，语调缓慢又夹着薄冷，“而你今天借着金总来闹事的机会，不仅仅想要借此事脱身，更想让我和金总之间敌对，毕竟就算我的工作室保不住，我的背后还有季家和墨家，你想借着我的手铲除金总，我说得对吗？”

许主管顷刻双目瞪大，像看怪物一样盯着季暖。她不敢相信，季暖究竟是怎么发现的？

季暖看见许主管眼里那丝慌乱，精致的五官在此刻变得冷艳凛然：“金总的老公，跟你上过床，你们甚至欲火旺盛到随便找家安全系数不怎么高的小旅馆都能打一炮，不然的话，这种视频还真难找到。”

季暖看了一眼电脑屏幕上那已经暂停的画面，男人女人赤身裸体纠缠在一起，男人和女人的脸也在视频里非常清晰。

季暖又看向已经石化似的许主管，冷冷地道：“金总的老公有钱有势，长得也不错，你爱他爱到无法自拔，打算私吞这些钱离开工作室，你更想跟金总的老公双宿双飞，就想着借我的手来铲除她。万一我因为工作室被投诉而睚眦必报到直接弄死了她，就更遂了你的意愿，你的一箭双雕，用得很妙啊。”

许主管再开口时，声音已经有些发颤，她无法再维持淡定：“你……季小姐，你究竟想怎么样？”

"你承认这些？"季暖目光锐利地反问。

"你究竟怎么样才能把视频删了！"许主管不敢去看屏幕里定格的画面。她红着眼睛，情绪有些失控。

"多余的话我也不会再跟你说——"季暖动作利索地将电脑关掉，免得被那视频继续脏眼睛，她收起手机，不紧不慢地说，"你愿意做别人的小三，我管不着，你的感情问题我也不屑多事，但是从这里挪走的三千多万，必须马上给我还回来，立刻。"

许主管瞪着她，脸色泛白地说："钱都已经转移到国外的账户上了，我现在没办法拿出来了！"

她话音刚落，几乎是在同一时间，季暖从包里拿出一支录音笔。

"你可以不还回来，金总说的也没错，我季暖还真就不差这三千万。"季暖不以为然，"你刚才的每一句话都已经被录了下来，并且会从这支录音笔里自动转移到我电脑的数据备份中。只要警方出现在这里，我把这东西交给他们，一切就不用我再操心了，不仅这笔钱会被追讨回来，就连你这上不了台面、插足别人婚姻的事也会被警方知道，到时候金总和她老公那边，怕是不会放过你……"

许主管浑身发抖。她盯着季暖手里的录音笔，想了一会儿，才双眼布满血丝地哑声说："如果我把钱交出来，你能不能……把这录音和视频都删掉？"

季暖将手机和录音笔重新放回包里。她目光冷静，波澜不惊。

"低级，贪心，又愚蠢。"季暖音色很凉，"以你这种智商，如果走在正路上，早晚都会平步青云。为了一个有家室的男人而自毁前程，更为了三千多万而触犯法律！你好歹也是个管财务的，见惯了资金如流水，难道还不清楚，这些浮华名利，让多少人向往，又让多少人绝望？"

许主管狠咬着唇，先是哭了出来，后来哭到直接坐到地上。她满眼惶恐又戒备地看向季暖。

"钱呢？"季暖直截了当地问，也不想再跟她多耗时间。

许主管犹豫了一下，她本来不想给，但又十分介意地看向季暖的包。那包里的手机和录音笔都能把她彻底毁了……

她慢吞吞地拿出一张有着菲律宾标识的金融卡："在这里……"

季暖走过去，接过来，看了一眼。

"呵，你还知道把钱转移到菲律宾的账户上，这种国际转账又来回兑换资金的方式确实很难被查清楚，心思这么缜密的人，啧啧，果然是自毁前程。”

许主管听见这话，更是哭得捂住了脸，然后又满眼企求地盯着季暖的包，像是恨不得能将录音笔和视频都瞬间销毁删除。

“我不会插手你们这种肮脏的感情交易，但挪用公款的事，肯定会交给警方处理。”季暖从她面前退开一些距离，“金总那边还需要我去解决，没时间跟你在这里浪费，自己等着警方来盘问吧。”

季暖打开门走了出去，让工作室的一个保安在门口守着，免得许主管逃跑，惹出其他不必要的麻烦。

刚走回之前的办公室，她进门就看见那金总双腿交叠，挑衅一样地看着自己，像是在等她无功而返。

金总看见季暖回来，顿时笑得满是讥讽：“季小姐的表情看起来很轻松，难不成你还真能在这二十分钟里，给我变出三千万？”

季暖眸色淡然地将那张菲律宾的国际金融卡交给小八，低声道：“先查查这张卡里的钱，密码去问许主管，她在隔壁。”

小八点头，拿着卡快步走了出去。

“那是什么？”金总看出些端倪，站起身，走近，但小八已经头也不回地拿着卡走了。

“金总别着急，如果你今天就打算拿走当初投资的这笔钱，我当然不会强行扣下你的投资款。”季暖目光平静地看着她。

金总瞥着她道：“季小姐，你也别怪我做得太绝，我当初是看在韩氏集团的面子才给韩天沅的公司投了点钱，现在这里换了老板，我跟你们季家又没有人情往来，钱当然要收回来。”

“我知道。”季暖说着，转身走到办公桌边，打开上面的笔记本电脑，再打开一份她亲自做好的PPT。

“金总打算解约的要求，我也不是不能满足，如果今天你无论如何都要解除跟我们的合作关系，我不会强行阻拦。”季暖轻笑着说，“但在最终确定之前，金总不妨抽出时间看一眼这个。”

金总走过去，不以为然地瞥了一眼电脑里的东西。

“金总应该知道，我们工作室名下在建的几处房产和所占的地皮资源，就说城南在建小区的这块地，距离城南繁华街区只有一街之隔，在两年前，这块地就已经被炒成了天价，而这处小区承建之初，预售的楼盘价格已经超过两万一平方米。虽然今年国内房地产行业的趋势下滑了大半，这里的价格也被砍了五千块左右，但以目前的施工进度，这座小区竣工的时间起码要到明年夏天，这附近其他的楼盘价格都比它要低上一半，并且因为价格一直在降，所以楼盘的在售情况十分不错。”

“所以呢？”金总双臂环胸道。

“金总以前应该并不是海城本地人吧？”季暖转眼看向她，“如果你是海城人，就该很清楚海城的贫富占比，更清楚外来务工人员的基数每年都以超高的百分比增长，在海城身家过十亿的上流阶层占了全国的百分之三十七，海城各处的富人区都人满为患，这区区两万多一平方米的楼价对大部分人来说都在可以接受的范围，只不过他们现在是处于观望的状态。”

季暖又打开PPT的下一页，道：“作为投资方，对现在的房产行业不看好，这一点我能理解，而根据我工作室名下这处在建小区周边的环境和附近人均收入情况来分析，很明显，等到房产泡沫这种不合理的言论逐渐被遗忘后，别说这小区两万一平方米的价格，即使是涨到三万一平方米，也会有大把的人去抢。若是再加上饥饿销售的模式，注定我工作室名下的这几处地皮和房产都有上升空间，更不会如你们所以为的那样，砸在手里亏得血本无归。”

金总不以为然地冷笑道：“我记得韩天远当初注册这两家公司的时候，投入的成本很高，加上之后的收购地皮承建房产等，又投进来了不少，结果最后因为房产行业越来越不景气，只以三千万的价格将公司卖给了你。”

片刻后，金总又眯起眼道：“我投资进来的钱都足够买下你现在的工作室了，你居然还在这里跟我侃侃而谈，说什么以后房产楼市的价格会继续飙升？你以为自己是预言家，说会涨就一定会涨？”

“韩天远会以三千万的价格把公司卖给我，那是他不会做生意，开两家公司随便挥霍着玩一玩，卖了也不会有多可惜。”季暖淡淡地笑着，“现在，如果金总你出五倍的价格要买走我的工作室，我怕是都不会同意。”

“哈！大话谁不会说？以后这都是亏本的买卖，你想亏下去是你的事，我不想再继续参与这笔投资，我要把钱拿回来，你拦得住？”

“我不会去拦你，我的话也是点到即止。”季暖镇定地浅笑。

办公室的门开了，小八拿着卡回来了。她将卡递给季暖，小声在她耳边说了个数字。

季暖直接将那张卡放在办公桌上，道：“钱在这里，合约我也可以亲自与你们解除，之前不过是我手下的财务部人员私自挪用了公款，这种内部事件我们自己会解决。钱已经拿回来了，之前财务部给你看的数据和流水单据都有造假的成分，金总仍然要坚持解约，是吗？”

“是！”金总很是蔑视地看着季暖，“注定赔钱的工作室，不值得我花一分钱在这里陪你们玩小孩子的画饼游戏。”

“好。”季暖挑眉道，“那就让你的律师把解约协议拿来，我看一眼，没问题的话，我们直接解除合作关系。”

金总给身后的律师使了个眼色，律师忙拿着公文包快步走上前。

半个小时后，季暖签下解约协议。

金总拿着协议和已经查清款项的那张金融卡，得意地笑着。她又环视了这间办公室一眼，讽刺地道：“就算你把这钱给我顺利拿了回来，现在你们的流动资金怕也是零吧？工作室名下的几个楼盘都还没竣工，你拿什么继续建？就你这破地方，也不会有什么投资商会看好，别说是其他，就连以后销售方面的广告费你都出不起！”话音落下，金总冷笑着转身就走。

小八站在季暖身后，恨恨地瞪着金总的背影。

几乎就在金总刚要走出门的同时，工作室外忽然走进来几个衣冠齐整、看起来就很不简单的人。

“请问，哪位是季总？”走在最前面的穿着黑色西装的年轻男人，进门后就客气地问了一句。

季暖朝他们看一眼，隐去眼底的一丝疑惑，答：“我就是。”

金总本来正要走，看见这阵势，好奇地回头看着这一幕。

“季总你好，我们是墨氏集团旗下CE国际投资机构的代表人，代表墨氏来与你们工作室签约。”

听见这话，整个办公室的人瞬间都蒙了。

季暖眨了眨眼，道：“签约？”

“是的，墨氏集团将为贵工作室投资两亿美元。”

小八和办公室内的人瞬间被惊掉了下巴。还没有离开的金总亦是满眼震惊。

墨氏集团的投资？

“天啊！真不愧是暖老大的老公！真是一场及时雨！”小八站在季暖身后，兴奋不已。

“两亿美元？确定不是开玩笑？”金总一脸莫名其妙，又满眼轻蔑，“该不会是季小姐怕太丢脸，所以雇了两个临时演员过来给你撑场面的吧？”

小八这回底气十足地瞪向金总：“有些人不要狗眼看人低好吧？看来金总你果然不是海城本地的人，连我们季总是墨氏集团总裁明媒正娶的太太都不知道！”

金总顷刻一脸诧异地看看季暖，再看看小八，然后盯向两个无论是穿着还是打扮都明显不像造假演员的CE投资机构的代表人。

金总家公司虽然在海城，但她经常在国外，每次回来待不了几天就走了，公司都是她老公在打理，她只知道海城大名鼎鼎的四大家族，也知道这个季暖是季家的千金。季家现在已经没有几年前在上流社会那么稳了，区区季氏千金的身份也没什么震慑力。可墨氏集团，她当然听说过！

金总顿了一下，又看向那两个CE机构的投资人：“真的假的？”

那两人却连看都没看她一眼，仍然客气地面朝季暖的方向：“季总，请恕我们不请自来，投资合约在我们来之前起草好了，请您过目。”

他们将合约递了过去。季暖犹豫了一下，接过。她心下其实还是震惊的。

这CE国际投资机构是海城近十几年来最大的投资企业，跟国外很多世界前百强企业都有知名的合作案例，现在CE国际投资已经被纳入墨氏集团名下。

季暖最开始的打算是，将自己名下的两三套房产和闲置的车卖了，换个几千万出来好继续承建那些楼盘。她手里还有当年妈妈去世前给她留下的一笔遗产，虽然不多，但也足够让她暂时解决眼前的困境，毕竟这些钱以后都能赚回来，所以她一直都稳中有序，只暂时处理工作室的人事变动，对钱的事不是很着急。她却没想到，墨景深居然早已对她这里的财务情况了若指掌，不仅派了最权威的投资机构来跟她签约，甚至这合同里分门别类都注明了她工作室名下的那几处地皮和房产楼盘的各项预算，不仅省去了很多麻烦，更直接帮她指了一条明路。

“这是你们墨总安排的？”季暖大致看完后，抬起头。

那代表人之一是位高个子男人，他对她很是谦和地点头笑笑，道：“我们知道季总的顾虑，其实你大可以这样想，我们投资机构看重的是市场前景和未来能收回的利润，即使季总与墨氏没有关系，我们最近也会对就近的房地产企业进行筛选规划，找到最合适的公司来投入一笔款项。”

墨景深果真是了解她。

这两个人把话说得也是滴水不漏，很理性，既撇开了墨景深的这一层真正的主导关系，又保住了她的面子。

“还请二位去贵宾休息室稍等。”季暖沉吟了一下，对他们点了点头，然后转眼看向仍然站在门边的金总，“金总，还有事？”

金总刚才远远就瞥见季暖手中那份合约上角的标识，的确是CE投资机构的防伪标识没错。CE的人亲自登门签约，直接出示了有防伪标的合约，可见对这工作室的重视程度。

金总顷刻间感觉手里那张刚刚索要回来的卡烫手得要命，她一改刚才冷嘲热讽的表情，有些尴尬地笑着说："季小姐，你刚才给我看的那份PPT，我看得还不算太完整，其实继续合作也不是不可以，只是我对国内的房地产行情不太自信，我们不如找个时间专门聊一聊这方面的事情……"

季暖又看了她一眼，道："我刚才就已经让金总三思而后行了，一再问你是否确定要解约。"

金总只觉得脸在无形中被打得啪啪响，但季暖如果真的有墨氏这个靠山，那这所谓的工作室就肯定不会倒闭，何况墨氏的背后还有个权势显赫的海城墨家。

那可是墨家啊……

"我刚才确实不对，情绪偏激了些，一时脑热，才在你这里说了几句气话。其实我仔细想了一下，房产的确依然是大家最需求的东西，我们虽然刚签了解约合同，但毕竟解的也是之前和韩总之间的投资约，我想，如今正好以这新的墨暖工作室的名义重新签……"

季暖对她浅浅一笑，声音却是对着身后一脸被恶心到的小八："小八，送客。"

小八一听，顿时觉得心里爽得不得了，她用力点头："好！"

说着小八就走上前，对脸上挂不住的金总扬眉一笑，伸手向着办公室微敞的门，做出请的姿势："金总，慢走啊！"

金总也是要面子的，可一想到自己有可能得罪了季暖，又间接得罪了墨家或者墨氏集团，心里就发怵。

她今天来这里，虽然拿回了三千万，无形中却给自家公司招了祸端。再见季暖分明是不打算再跟她谈，态度又始终那么平静，让人根本琢磨不透，金总心里顿时就急了。

"季小姐，合作的事情我们真的可以再好好谈谈，如果你对我有什么不满，我可以让我老公来亲自跟你重新签……"金总干脆放低了姿态，满脸堆笑地看向季暖。

季暖轻笑，语调缓慢又意味深长："你的丈夫现在怕是根本分不出心来管这种事。"

金总神色一诧，显然没明白她这话里暗藏的意思，可那丝讥讽和深意，却还是让金总皱了皱眉。

不想继续浪费时间，季暖又给小八使了个眼色。小八直接开了办公室的门，再转眼看向一脸纠结的金总："金总，请吧！"

逐客之意已经非常明显，金总再怎么厚脸皮也看得出来，现在季暖是一点继续谈合作的机会都不给。金总丧气地转过身，无论是颜面上还是周身的气场都十分狼狈，她仓皇地快步离开……

"活该，叫她狗眼看人低，怪不得敢带着律师过来强行解约，原来是连我们工作室的底细都没查清楚，就敢跑过来仗势欺人。"

小八对着门外呸了一声，回头见季暖正若有所思地站在那里。

"暖老大，我们真的马上就要得到两亿美元的投资吗？"小八眼睛里满是期待的光，像是要抱大腿似的小跑着回来，凑到季暖身边。

季暖沉默了片刻，说："你去报个警，让警方过来把许主管带走，她涉嫌挪用公款，还有其他的商业犯罪疑点都需要仔细核查，先把人交到警局。"

小八震惊，用只有季暖能听见的声音问："前几天你让我私下调查许主管的个人情况，是不是早就已经怀疑到她头上了？"

季暖瞥了她一眼："就你这反应速度，等公司被卖了估计还没明白是怎么回事，现在跟我逞什么聪明？让你去报警就赶紧去。"

"哦。"小八有些委屈地眼巴巴看着她，手却很麻利地拿起手机，拨打了附近警局的电话。

两小时后。

因为和CE国际投资机构签订了一份价值两亿美元的合同，现在季暖名下的这家本来名不见经传的小工作室，分分钟成了海城里融资最高的"小"工作室。

这一个多小时的时间，季暖办公桌上的电话几乎快被打爆了，大部分都是之前的投资方忽然打过来关心一下工作室的情况，还说要约个时间亲自见一见季暖，商谈资金加投的事情。更有人在电话里直接表明诚意，说以前就觉得韩天远不靠谱，后来换成季暖接手，他们就一直很期待能和季暖合作，诸如此类。

接了太多电话，好不容易得了片刻的清闲，季暖正要出去给自己倒杯水，忽然，她口袋里的手机响了。她拿起来一看，是墨景深打来的。

季暖刚才还怕他正在忙，没有找他，他现在倒是主动把电话打来了。

她转身又回到办公桌后坐下，接起电话直接开腔："你忽然派来两个CE投资的人跟我签约，怎么不提前打个招呼？一言不合就拿钱砸人，吓死我了好吗？"

"小心脏这么不禁吓，不过就是个投资合作。"男人的声音自电话里传来，声线低沉性感。

季暖实在忍不住，直接将刚才接到一堆电话的事，还有那些人让人恶心的现实嘴脸都对他说了一遍。然后她又说："关键是这原本都有意向撤资的人，现在争相注资，我就是一个工作室，再这样下去，融资金额足够我成立一家股份制公司了。"

墨景深淡笑道："墨太太心有抱负，前程远大，我总要助你一臂之力。"

墨总裁，您这何止是一臂之力啊！

反正约都已经签了，季暖也没心情去矫情太多，直言道："我只是忽然觉得有些压力。"

"有压力是好事，这证明墨太太没迷失方向。"墨景深淡淡地道，"你很清楚，我让CE的人过去，而不是我亲自去，中间还有签订的合约在，就该知道这笔投资的资金并不是白白放在你那里。"

"我当然知道。"季暖托着下巴，靠在桌边，将手机贴在耳边，声音清澈，柔而不腻，"所以看起来我是得到了这么高的投资，但真正意义上说，我其实是忽然之间负债了两亿美元，而且CE的人给我的合同上也签了保证条款，五年之内利润翻倍，否则随时撤资。"

墨景深道："你知道就好。"

季暖扶额……

工作室里的人现在正在欢天喜地地庆祝刚得到一笔丰厚的投资，只有她最清楚自己是背上了巨债，债主还是她老公。墨景深今天不动声色地所用的手段，每一步都让她无法拒绝。

公事公办，合约也由CE的人过来签，这一切都不是儿戏。所以，其实墨景深还是尊重她最初的意愿的，不插手，不介入，这笔投资款，他真不是白给的。

听见小女人唉声叹气，墨景深低声笑了笑，道："你之前不是对国内未来的房产行业很有信心？"

"信心还是有的啊，但是忽然间压力巨大，这根本不是几千万那种小case（案例）……"

“五年翻倍而已，怎么？不敢接？”

“签我都签了，必须敢啊！”

墨景深轻笑道：“行了，早点回家，我六点前回御园接你。”

第十二章　此生·双人

下班时间刚过，季暖如约一路开车回了御园。

下车后，季暖还在想着工作室那边的事情。她走进御园，开了别墅的门，头也不回反手甩上门，将包扔到桌上，换鞋，走进一楼的大厅，脱下外套。

御园很大，不说上面的楼层，仅仅是一楼的大厅就足有二百平方米，算上一楼的厨房、餐厅、备用客房等，面积足有四百平方米。

而此时此刻，对季暖来说，这里忽然过于空旷安静。

现在这个时间，一向热情周到的陈嫂居然没有出来迎她，平时在一楼走动的用人也都没在。

或许用“空旷”这个词并不恰当，但的确安静得不太寻常。

季暖有意无意地抬起眼，扫视眼前的大厅，越来越觉得不对劲。

早在刚才进门时，她就多少察觉到哪里有些古怪。

刚才开车回来，在御园门外不远处，好像有一辆黑色的吉普车停放在那里，那辆车的车型没在这附近出现过，车牌号也是她没见过的，只是刚才她没太放在心上。

现在想起，她再骤然抬眼看向四周，向后退了一步，直到隐约感觉仿佛有危险逼近的一刹那，俯身拿起地上的包，来不及换鞋，果断转身向外跑。

就在顷刻之间，隐藏在一楼角落里的两个陌生男人忽然以极快的速度冲出来，仿佛草丛中伺机狩猎的猛兽，时机成熟的时候亮出了自己的獠牙，在季暖快速打开门，要向外大声呼救的瞬间，将她整个人拖了回去。

“你们……要干什么！唔……”

两个男人将季暖强行按住，一个熟练地把她两条胳膊向后制住，另一个则迅速把一块湿布捂到她的嘴上。

他们训练有素，动作专业，使人闪避不及，季暖尽管已经有了防备，却还是不到一秒就被控制住，嘴被狠狠捂上，连个完整的句子都喊不出来。

“唔唔！放……唔……”

挣扎中，她试图记住这两个人的外貌特征。然而她根本看不清，就被狠狠按住了头。脖颈后的一处极为脆弱的地方被他们粗糙的手指用力按着，导致她大脑充血、视线模糊。

“季小姐，我们也是听命行事，请你配合，否则我们不能保证不会伤到你！”将她按住的那个男人，声音粗重狠戾。

季暖顿了一下，没再拼命抗拒。那两人迅速将她带出门。嘴被他们用力捂着，无法呼喊，季暖很快就被推进那辆黑色吉普车的后座。车门一关，季暖才得以呼吸自由。她转眼看见的却是这车后座与前边居然是被彻底隔开的空间，有牢固的金属板横在中间，她根本看不见前面的情况。后边的车门和车窗也被封死，唯一能打开的一面车门已在顷刻被他们在外边锁上。

季暖抬手在车门上徒劳无功地拧了几下，车门怎么拍怎么踹都打不开。车窗上是一片加固的黑色窗膜，外面的人看不见里面，里面的人也看不到外面。

无边的黑暗和未知的恐惧包围着她，她的手脚渐渐发凉。盯着黑暗中的一点，她缓缓眯起眼。

能不着痕迹地混进御园，而且让家中一点凌乱的感觉都没有，最大的可能就是季家或者墨家的人，毕竟只有这两家人陈嫂不会怀疑，也会将人放进去。

墨景深让她这两天不要乱走，早点回家，多多少少已经是在提醒她，最近她会有危险。

想起那天被关在洗手间的一幕，季暖大概能感觉到，墨景深的父亲墨绍则是个不达目的不罢休的人，只要是他想做的事情，哪怕会得罪墨景深，哪怕手段狠辣无情不被人接受，他也会做得毫不含糊。

刚才那两个人在制住她的时候，警告过她一句，但似乎除了要将她带走之外，并没有要伤害她的意思。那大概，就真的是墨绍则了。

季暖本来还在恐慌的心渐渐稳住。无论墨绍则究竟要做什么，肯定不会危及她的性命。墨家和季家在海城都是声名显赫的世家，还有墨景深在其中，墨绍则再怎样也不敢闹出人命来。

车一路行驶，周围一片黑暗。

一分一秒都像是度过了一整年，季暖因为越来越稀薄的空气而渐渐头昏脑涨，她闭上眼睛。无论墨绍则的目的是什么，她至少要先保存体力，才能清醒以对。

不知过了多久，终于听见车门被打开的动静。季暖倏地睁开眼。她因为车外强烈的灯光而眯了眯眼睛，还没等看清车外两人的样貌，她就骤然被他们拽了出去，仍然是压着她弯下身同时被捂着嘴的动作。只是这一次，季暖抵抗的力气小了许多，她只唔唔了两声，便直接被带了进去，那两人手脚麻利地将她推进一个房间。

季暖踉跄着直接跌倒在里面的地板上，手臂被撞得生疼。她强撑着一点体力坐起来，抬眼看向那扇很快就被关上的门。

“季小姐，请你在这里住一晚，明天一早，我们就会送你回去。”门外传来那两个人的声音，接着就是那两人脚步离开的动静。

季暖忙站起身扑到门边，门已经被反锁。眼前的门是欧式高档实木门，很结实，如果手边没有坚硬的工具，根本打不开。

她抬起手，在门边的墙上摸索了两下，摸到灯的开关时，她啪的一声按了下去。房间里的灯光骤然亮起，虽然不是刺目的大灯，但也是足以让人看清一切的柔和灯光。

入目的是一间十分阔气的客房，生活用品一应俱全，卫浴也都有，房间正中央有一张大床，虽然整体看起来高雅精致，但从摆设来看，这的确只是一间客房。

正对面的窗帘后面有窗，季暖快步走过去，拉开窗帘，只见外面天早已经黑了，估计现在至少已是晚上七八点。

窗子并不是落地窗，是普通的方格窗，这里不知是哪栋跃层别墅的三楼，不算特别高，但窗子也是防爆破的，无法敲碎，并且唯一能打开的那一扇小窗格，同样已经被锁上。

季暖抱着双腿坐在窗边，一直盯着窗外的天色。

时间几乎是静止的。

直到隐约听见哪里传来由远及近的汽车声，她才倏地站起身，转身忙又跑到门边，将耳朵贴在门上。

这里是三楼，一楼的动静她听得不是很真切，但也听见一阵很响的门声，之后有脚步声像是从一楼向上，一点一点靠近。

季暖抬手，试探着在门上拍了两下，想提醒赶来的人她被关在这里。

“还有力气拍门，你以为来的人是景深？”

骤然，门外响起一道对季暖来说稍微有些陌生的声音。那声音有着中年男人的阅历与低沉，语气中夹杂了冰冷，甚至有些嫌弃。

季暖的手当即僵在门上。

“季小姐，我是墨景深的父亲，今天把你请到这里暂住一晚，并没有伤害你的打算，明天过后，你就自由了。”

墨绍则的这句所谓的“自由”，季暖真真切切听出了另一层含义。她先静默了片刻，然后扬声说：“您既然是景深的父亲，我在名义上也该称呼您一声爸，我们是一家人，为什么要把我关——”

“你这声爸，我可担当不起。”墨绍则冷冰冰地说，“景深今晚有更重要的事情要做，没时间来处理你的问题，你就安心住在这里。”

“墨景深现在在哪里？”季暖有种不好的预感。

“从今以后，他的行踪都跟你没有关系，你今天只能住在这里，别跑出去坏了他的事。”墨绍则冷冷地说完这句话，直接从门前离开。

与此同时，外面忽然又有车声传来。

季暖忍着心里那层层叠叠的不安，靠在门边仔细听，没多久她就听见像是有拐杖拄在地上的声音，接着就是墨老爷子带着怒意的吼声在楼梯口响起：“你把季丫头关在这里了是不是？马上把她给我放出来！”

是墨爷爷！

季暖忙用力拍门：“爷爷！我在这里！爷爷——”

外面有着短暂的安静，她在这一层，估计墨爷爷不一定听得到。

墨老爷子在外边再度扬声斥骂：“绍则！你如今在美国再怎么权大势大，也别忘了海城还有我和景深！想让你离开Shine，不过就是老头子我一句话的事！现在你是连亲爹的话都不听了，是不是？！”

墨老爷子赶来时太急，说话都喘着粗气：“季暖和景深的感情很好，你要是敢在今天晚上逼得这对恩爱的小两口余生都在煎熬里度过，这辈子都别想再进墨家的大门！我不认你这个心狠手辣的儿子！”

“父亲，您消消气。”墨绍则已经走了下去，语调不紧不慢，“都已经这个时间了，该布的局也已经布好，该入局的人也已经入了，您现在就算飞过去也没用。景深以后不可能一直留在国内，他多年前就在美国有着属于自己的成就，以后继承Shine更会长期留在美国，这偌大的海城，区区一个季家千金，根本就不适合他！”

“适不适合是景深自己的选择！你以为当初景深和季暖的婚事真的完全是由我来主张安排的？如果不是景深自己同意，我就算拿刀架在他脖子上，他也不会娶！”墨老爷子厉声说。

墨绍则冷淡地道：“父亲，您找来这里，就算能把季暖带走，又能阻止什么？我回来之前，景深和书言已经在房间里相处了半个多小时，现在过了更久，时间一点一点流逝。那种药，别说是景深这种血气方刚的年轻人，就算是您这种七老八十的，也一样受不住。”

听见这一句，始终静立在门里的季暖整个人像是坠进冰湖，从头到脚的血液都失了温度。

药？什么药？

“你混账！”墨老爷子骤然抡起拐杖，狠狠打在墨绍则身上，“我怎么会有你这种儿子！你马上叫那边的人把景深和安书言放出来！我不能看着景深就这么被你给毁了！”

“来不及了，药效很快，任何一个男人都受不了，现在去打开门，无异于打断景深的好事。”

墨老爷子气得用拐杖挥开他，又拄着拐杖匆匆忙忙向楼上走：“季暖被你关在哪儿了？”

墨绍则见老爷子已经上了三楼，显然他已经听见季暖不停拍门的动静。他非常不悦地冷着脸，但还是碍于老爷子已经找了过来，只能跟着走了上去。

季暖在门里，嘴唇已经被自己咬破。她双手用力在门上拍个不停：“爷爷，我在这里！”

拐杖的声音和匆忙的脚步声同时靠近，墨老爷子上前就用拐杖狠狠在门上砸了一下。他勃然大怒，回头瞪着已经上来的墨绍则：“你今儿要是不把季暖给我放出来，要是敢让景深和季暖其中一个出任何问题，老头子我直接死在你面前，信不信？！”

“父亲。”墨绍则凛着脸色。

“别废话！开门！老子今天要是救不了孙子和孙媳妇，就跟你这个亲儿子同归于尽！”墨老爷子怒意震天地转身向楼梯口的方向道。

墨绍则见他这次是来真的，当下沉声道：“季暖可以放，但就算您现在带着她去找景深，结果也是一样的无可挽回，您又何必多此一举？”

“放你娘的狗屁！景深绝对不可能会碰安家的丫头！”墨老爷子厉声

道，“你到底放不放人？非要我大义灭亲，打死你这个不孝子，搞得我们墨家鸡飞狗跳、家破人亡你才罢休？”

墨绍则沉默了一会儿，看向楼梯口的保镖。保镖点点头，拿钥匙打开关住季暖的房间大门。

清脆的开锁声响起，下一刻季暖就用力拧开门，疾步走了出去。一眼看见站在走廊里的脸色不怎么好看的墨绍则，她整张脸都有些发白。她转眼看向墨老爷子。

“季丫头！哪儿受伤了没有？快告诉爷爷！”墨老爷子拄着拐杖，颤颤巍巍地走了过来，满眼的心疼。

季暖冲出来，压抑着心里汹涌的情绪，尽量平静地问：“爷爷，您刚才说的那些，是真的？”

知道她这是听见了，墨老爷子闭上眼睛。显然不想让她太难受，他轻声安慰了一句：“别担心，我相信景深，他一定熬得过去。”

墨家。

回程时开始下雨，此时窗外已是大雨滂沱。

季暖被带回来后，一直坐在床上，怀里的抱枕因为她抱着的力度太大而变了形状。

上一次住在这里，还是墨爷爷生日的那天。那天夜里，墨景深说，安心做你的墨太太，一切有我。再一次回来，她坐在这张床上，听见的却只是外面的狂风骤雨。她无数次打墨景深的电话都是无法接通的状态，墨老爷子派出去的几批人始终都找不到他的踪迹。他们连墨景深的手机信号以及最后失踪地点都查过，也一样是没有结果。

时间在一点一点地流逝，已经是夜里十一点。按照墨绍则的说法，墨景深是从七点开始就已和安书言在一起，整整四个小时过去了……

房门被敲响，季暖坐在床上没有动。直到有用人推开门，看了她一眼后，转身对门外的墨老爷子点点头，老爷子的身影才出现在门前，走了进来。

“季丫头，你既然说相信景深，就该安心等着他回来。”墨老爷子看着她，温声安慰，“景深是我看着长大的，他是什么样的人，定性如何，克制力又如何，我非常清楚。”

季暖点了点头，没有说话。她知道被下了药后是怎样煎熬的感觉，毕竟她经历过，那一晚她是怎样的煎熬，身体是怎样的自然反应，那些场景和感觉都在她的脑海和身体里无限放大。

已经四个小时了。换成是她，那天夜里如果将她和一个男人关在同一个房间里四小时，她的情绪一定会崩溃。如果最后实在无法控制自己，她或许会一头撞在墙上。她宁愿去死。

那墨景深呢？他现在……会怎么样？

轰隆——

震耳欲聋的雷声再度响起，一道闪电划过漆黑的夜空，墨宅前院被刺眼的光芒照亮，又瞬间淹没在无尽的黑夜之中。

忽然，被闪电照亮过的墨宅前院传来车子急速行驶的声音。

“这个时间，怎么会有车过来？”墨老爷子的眼里忽然生出些希冀，他回头就对外面催促，“快去看看！是不是景深回来了！”

季暖已经在老爷子发话的一瞬间比所有人都快一步，跑了出去。

“哎呀，季丫头，你怎么不拿伞！快！快去给她撑伞！别淋着啊！”墨老爷子拄着拐杖追下来，却还是赶不上季暖的速度，眼见季暖不顾别墅门外的滂沱大雨，直接冲出门。

用人和管家连忙拿着伞追出去。季暖几乎察觉不到自己身上有多湿多冷，只盯着车灯的方向跑过去，却在靠近时，发现那并不是墨景深的车，而是一辆出租车。她脚步一顿，站在雨里。

车门打开，安书言的身影出现在车边，季暖瞬间敛起眉眼。

安书言下车后，撑着伞过来。她抬眼看见季暖，脚步当即顿了一下。用人和管家过来将伞举在季暖的头顶上方，但这个时候，季暖早已全身湿透。

安书言向季暖走过去，隔着雨帘，她轻声开口：“墨太太，我很抱歉。”

季暖站在那里，看着只身前来的安书言。从始至终她都没有看见墨景深的身影。她面色平静，又似是无声压抑着内心的波澜。她压低语调道：“你做了什么？要对我道歉？”

安书言垂下眼，双手握着伞柄：“这么大的雨，我们还是先进去说吧。”

“是啊太太，您身上都被淋湿了，快回去换件衣服吧！”用人在后边一边帮季暖撑着伞，一边伸出手拉着季暖。

季暖无声地看着安书言，看出她眼里像是有一闪而逝的某种情绪，季暖顿时似是明白了什么，便没再说话，任由用人将她拽回别墅里。

老爷子刚由用人撑着伞在后面走出几步，见她们都要进门，忙叫用人把别墅的两扇门都打开，让季暖和安书言快点进去。

用人手脚麻利地拿着两条厚厚的毛毯过来，披在季暖的身上。安书言一直举着伞，她并没有被淋湿。进门后，她将伞放下。

“书言？怎么会是你？这……你们今天究竟是怎么回事？”墨老爷子看见安书言一身整齐，不像是墨绍则说的那样被关在房间里过。

“墨爷爷，对不起，本来我应该早些来的，但是因为身边有些眼线，之前一直没能避开，所以这么晚才赶过来。”安书言对墨老爷子歉意地说，“今晚的情况我可以向你们解释，但是我现在能不能先跟墨太太单独说几句话？”

墨老爷子蹙了蹙眉，转眼看向满头满脸都是雨水的季暖。

季暖淡淡地看着安书言，嗓音里透着薄凉：“你要说什么？”

安书言直接向她走过去，以目光示意季暖到旁边去。季暖没吭声，转身走到别墅一楼靠近青花瓷高瓶的位置。

安书言站在她身边，声音低到只有季暖一个人能听到：“说实话，对我来说，今晚的确是个难得的好机会，我喜欢了墨总很多年，从十几岁开始，我父亲和墨叔就允诺过我，将来一定会让我嫁给他。”

因为秋雨太凉，季暖被冻到脸色和唇色都显得苍白，目光却仍旧又冷又亮：“所以呢？安小姐这个时间来这里，应该并不是为了跟我表明立场这么简单。”

安书言淡笑，却是笑得有些苦涩：“我喜欢墨总，就是因为真的太喜欢他了，也太仰望着这个男人，所以我没办法做到用这种方式去强行留住他。”

季暖无声地抬起眉眼。

喜欢是占有，而爱则是不敢轻易亵渎。

仿佛直到这一刻，季暖才真正感觉到安书言对墨景深的认真。

安书言语气淡淡地道：“今天的计划我一直都知道，虽然墨叔的手段是过了些，但我最开始是默认和接受的。只是在最关键的时候，我放弃了。

“为了避开墨叔叔派来的眼线，我把当时他们拿给我的那杯咖啡给了跟我同行的一个女秘书，咖啡里是类似蒙汗药那种会使人昏迷十几个小时的东西，在她昏迷之后，我和她对换了衣服，墨叔叔派来的人对我不算特别熟悉，他们直接将昏迷的女秘书带走，送进了指定的房间里。”

季暖看了她一眼，道：“既然你最开始是同意这个计划，为什么还要对自己下药？”

安书言轻笑道："你该是很容易想到原因。"

季暖冷笑。的确，安书言这种心有城府的女人，如果想借这样的机会和墨景深在一起，肯定会留一条后路给自己，如果她同样被下了药，就可以顺理成章成为无辜的那一方。

"其实，换作公平竞争，我也未必会输给你，就算输了，也是输在墨总对你的感情上，而不是输给你季暖。"安书言轻声强调。

季暖却是淡淡地勾唇，道："安小姐，在你最开始答应配合这样的计划时，你就已经输了。"

安书言的表情滞了滞，眼里的一丝狼狈没能逃过季暖的眼睛。

"但凡你有一点胜算，都不会同意这种龌龊又低级的计划！"季暖眼里的凉意上涌，"最后让你清醒的，不是因为你有多爱墨景深，而是因为你太了解他，知道这样的结果不仅不会得到他，反而会招惹出你不敢想象的后果。"

安书言笑了一下，道："墨太太，你可不像外界传言的那样，或许是我低估了你。"

"我不需要你的高估。"季暖语调拖长，"现在，反而是安小姐你的清醒才真的救了你一命。你很明白，墨景深根本不是任人摆布、受人威胁的人，你这一步，保的是你自己。"

安书言忽然两眼直盯着她，低声说："你现在说话这么不客气，不怕我现在一走了之，继续将墨总的行踪隐瞒到底？"

"现在我才是你的保命符，你敢走吗？"季暖眼里的嘲弄浅浅淡淡，却又尖锐无比，扎得安书言神经战栗。

哪怕季暖头上和身上的雨水都让她看起来狼狈至极，却仍然让安书言忍不住想要看透她的灵魂，想要看看这个平时看不出半点锋芒的季暖，究竟是哪里和别人不一样。

但话已经被季暖点破，安书言的确没法去反驳她。

"今晚如果你继续站在墨董那一方，后果会怎么样我并不清楚，但肯定是你无法承担的。"季暖语气淡淡地道，"你只有帮助我，才能为自己，也为你们安家避过一劫。安小姐，你在来之前就已经做好了打算，现在想拿一走了之来威胁我？"

安书言的脸色已经不是那么好看，却是勉强在嘴角挂了一丝笑："这种时候，你还能这么清醒，我真怀疑你究竟爱不爱墨总。"

"越是情势不明的时候，越应该清醒，特别是在面对安小姐你的时候，如果还自乱阵脚，那我恐怕也就真的配不上‘墨太太’这三个字。”季暖神态坦然地道。

墨老爷子在那边听不见这边她们两个究竟在谈什么，这会儿已经急得干脆直接向这边走来，要问到底是怎么个情况。

听见老爷子走近的声音，安书言不再浪费时间，轻声说：“那个女秘书不知道会昏迷多久，但的确已经被送进那个房间，毕竟已经四个多小时了，这种煎熬，我不知道墨总还能撑多久。”

季暖这才皱了一下眉，看向她。

“他在滨海路万里星辰酒店，33楼，3320房间，但是整个33楼都有墨叔的人在把守，直接从那一层是根本进不去的，我话只能带到这里，你自己想办法吧。”

话音落下，安书言转身面向刚刚走近的墨老爷子：“墨爷爷，今晚的事情让您老人家受惊了，实在是抱歉。墨叔向来都是很强势的，他想做的事情轻易没人敢去阻拦，您一定很了解他的脾气。”

之后安书言就拉着墨老爷子去那边继续说话，季暖没有走过去，只看向窗外的电闪雷鸣和狂风暴雨。

安书言刚才转身时说的那句话也提醒了季暖。墨老爷子虽然在海城坐镇一方势力，可毕竟如今Shine集团和墨家大部分的掌控权都在墨绍则手里，哪怕名义上有墨老爷子压着，可如果墨绍则真的畏惧老爷子的权势，今晚也就不会做出这种事来。

如果让墨爷爷现在派人去酒店，一方面不一定能及时将墨景深带出来，另一方面，墨爷爷很可能会和墨绍则这个亲儿子从此断绝关系，甚至被有心人乘机而入，引发墨家内乱。

十五分钟的时间，季暖回房间去吹干头发，换了身衣服，直接出门。她无视墨家上下的阻拦，直接开车冲出墨家的大门。

临走之前，她只给墨爷爷留下一句话：“爷爷，我去把景深找回来！等我！”

滨海路，万里星辰酒店。

这家是海城新开的一家七星级酒店，刚刚开业不到一个月，暂时没有录入海城的路段网，的确很容易被人忽略。

因为刚刚开业，酒店内外的安保设施仍然在建设中，还不算特别完善。又因为酒店价格太贵，还在滨海路这一带，入住的人不算多，酒店里的工作人员也不是特别多。

季暖一路开车赶了过去，将车钥匙扔给门外的保安，拿着包走进酒店的正门。她整体给人的感觉看不出是带着什么目的而来。她端庄温婉平静，就像是因为大雨而不得不暂时来这家酒店住一晚的客人。她的出现，并不会引起工作人员的怀疑。

递上身份证之后，季暖站在前台说："你们这是一家海景酒店对吧？能不能给我开一间楼层高一些的房？这样露台上的视野更好，价格无所谓，最好是三十层以上。"

"不好意思，这位小姐，今晚三十一层到三十五层都被人包下了，只有三十一层以下可以入住。3016号房间可以吗？就在三十楼。"酒店前台的小姐客气地问。

季暖淡笑着点点头："可以。"

"好的，这是3016号房间的房卡，请拿好。"

接过房卡，季暖直接快步走进电梯。

进门，关门，季暖甩开手里的包，冲到窗前。不顾外面仍然肆虐的狂风暴雨，她直接拉开阳台上的落地窗走出去，抬头向三十三层的方向看了一眼。

刚才她在这一层仔细看过，3020号房间与她的3016号房间只相隔两扇门，那墨景深现在所在的3320也就是右侧的那一间！

季暖盯着上面，试了试阳台四周扶栏的结实程度，再转身回去从包里拿出一双运动鞋。她将高跟鞋脱了下来，穿上运动鞋后，将鞋带系紧。

最后，季暖将包扔在床上，只把这一间的房卡带在身上，转身再度走上阳台。她用力向上跳起，再小心踩着阳台上的扶栏，同时将目光放向斜上方半米开外的空调室外机上。她探出脚，试着踩了一下。很好，这空调的室外机安装得很稳，周围还有一圈很坚固的护栏。

季暖不敢向下看，毕竟三十层的高度，她活了两世也没敢挑战过。她狠了狠心，手抓着空调外机上的护栏向上迈去，再一步步小心踩着高层建筑必备的防火墙和金属栏向上爬。

一步一步，三十一层，三十二层……三十三层！

3320房间里，淋浴头被关闭，冲了数十次冷水澡的墨景深拿过衬衫穿上，走出浴室。他用暗无边际的黑眸冷冽地扫了一眼床上始终昏睡的女人，肃杀之气在他周身蔓延。

墨景深随手将床上的被子扔到那个女人身上，将女人从头到脚全部盖住。他转身时忽然听见窗外传来奇怪的动静。他冷着脸看向阳台落地窗的方向——

微敞的窗帘缝隙间，一只手从下面伸了上来，那手紧紧抓住阳台的扶杆，奋力向上！

直到一颗被雨水淋得湿漉漉的脑袋从阳台那一侧露了出来，墨景深眉心一跳，快步走过去，唰的一声，打开了落地窗。窗外风雨交加，那一瞬间，窗帘如梦似幻地舞动。

季暖的身影渐渐在阳台上变得清晰。女人咬着牙从扶栏外跳了进来，却因为被雨淋到，腿早已抽筋。她整个人直接扑在地上，疼得轻叫了一声。她一边揉着正在抽筋的小腿，一边不经意地抬起眼向里望。

乍一看到窗前的墨景深，还没看清他的表情，季暖就下意识地噌的一下站了起来，结果抽筋的痛感让她又向前一扑，这回干脆直直扑进男人的怀里。

墨景深平生第一次震惊到久久没有动作。怀里的重量让他回过神，他下意识地将带着冰冷的雨水和寒气扑进来的小女人抱住。季暖的脸在他胸膛上狠狠一撞，他低低地闷哼了一声："唔——"

窗外雷声四起，墨景深感觉到季暖身上的冷意，二话不说直接将窗子关上。他再将怀里忍着不去呼痛的女人推开一臂的距离，低眸定定地看着她，像是在看怪物一样。他从上到下将她看了个清楚，发现她脸上有一块带血迹的擦伤。

"你怎么上来的？"他低声质问，手却已经在她冰凉的脸上抚过。他冷峻的眉目间不仅没有任何感动，反而气得像是恨不得要把她从三十三层直接扔下去。

季暖没解释。她身上是冷的，墨景深身上却是热得过分，她忍着腿上的疼痛，双手抓紧他身上的衬衫，目光又迅速在房间里转了一圈。她看见床上那个鼓起来的被子，毫不犹豫就要过去掀开。然而她刚要动，就疼得龇牙咧嘴，她差点一屁股坐到地上，要不是墨景深扶住她，她现在肯定倒下去了。

"啊……疼疼疼……"

眼见她疼到表情都快扭曲了，墨景深的表情才缓和了几分。他看向她的腿："哪儿疼？"

"抽筋了，左边的小腿。"季暖白着脸，手向自己的小腿指了指，"啊……你轻点，疼！"

墨景深摸到她小腿正在抽筋的地方，眸色一深，直接将她拦腰抱起。

进了浴室，调好水温，他将季暖放在浴缸边坐好，又将温暖的热水淋到她腿上。他一手用热水帮她暖腿，另一手在她小腿上轻揉，大概两分钟后，季暖的表情才终于有所缓和，腿也不再僵硬，人在他怀里轻轻动了一下。

“好了？”他问，目光依旧很冷，手下帮她按揉的动作却依旧温柔。

季暖用力点点头，又向浴室外的方向看了一眼，这个角度看不见床上被子里那个鼓起来的大包。她又看见墨景深身上虽然有些凌乱但仍旧完整的衬衫和西裤，她犹豫了两秒，伸出手摸了摸他的脸。

墨景深因为她这一动作而僵了僵，眸色更加幽深。他按下她的手：“别动。”

他将热水从她头顶向下淋，让她尽快暖和过来。

季暖看得出他现在很不好受，她眼睛一红，不管不顾就向他怀里一扑，他被她扑得向后退了两步。她紧抱住他的脖子不放，小声在他耳边问：“刚才那床上是不是有女人？”

墨景深抬手在她湿漉漉的长发上抚了抚，声音喑哑地道：“嗯。”

现在根本来不及说前前后后的事情，也来不及解释，季暖抱得更紧：“你碰她了没有？”

“没有。”是毫不犹豫的回答，男人的声音虽然低沉，却比季暖想象中清醒许多。

季暖心上的大石瞬间落地，更像终于放松下来，她整个人脱力似的贴在他怀里。季暖哽咽着抱紧他：“我就知道……就知道……”

听出这小女人在哭，墨景深放下淋浴头，抱着她。他身上的热度传到她身上，一冷一热的温度在此刻的雨夜如此契合。

“这房间门打不开，外面还有人在守着，是不是？”季暖哽咽着问。

“嗯。”墨景深的声音仍旧低沉。

季暖吸了吸鼻子，忽然从他怀里坐起身，瞪着通红的眼睛看他：“你现在是不是很难受？忍了好几个小时，你是怎么熬过来的？”

很明显，她这是什么都知道了。

墨景深没多说，只在她头上安抚地揉了揉，淡淡地吐出三个字：“我没事。”

“还说没事，你现在比正常人发烧的时候温度还高！”季暖的手贴在他的胸膛上摸了摸，听见男人因为她的抚摸而低低闷哼了一声，双眼越发深暗。她探过头在他唇角吻了一下。她的眼睛虽然有些红，却是亮晶晶的。她急切地说：“那你现在别忍了，我在这里，你现在想做什么都可以！”

墨景深低低地笑了，在她唇上吻了吻，道："傻瓜，这里不合适。"

"怎么不合适？你不是被下药了吗？外面的女人你肯定是不能碰！现在我在这里，你还忍什么？我第一次这么主动，你居然不给我面子！"季暖横了他一眼，伸手就要去解他衬衫的扣子。

墨景深按住她的手。刚才在意志上起码还能忍，现在季暖在这里，又全身湿透，主动往他身上贴，别说是被下药，就算是平时，他也不一定受得住她这种撩拨。他将她按在怀里，低声道："这里不行，有监控。"

季暖的表情一僵，双眼不可置信地看着他，这才连忙要从他怀里退开。墨景深却紧抱着她，没让她退，哑声警告："老实点，别动。"

"那我现在在你怀里，你不是更难受？"季暖小心地和他保持距离，可即使是这样，她仍然能感觉到他身上惊人的热度。

墨景深究竟有着怎样可怕的克制力，已经这样了，居然还忍得住。

"你现在这副模样，站在那里和坐在我怀里，对我来说，没什么区别。"墨景深搂着她的腰，呼吸着她身上含了雨水味道的淡淡冷香，"还不如让我抱一会儿。"

季暖坐在他怀里不动，可是他煎熬着，她心里也不好受。

男人就这么抱着她，头贴着她雪白的脖颈，滚烫的吻落在她的锁骨上，惹得她浑身一颤。感觉到她这敏感的反应，墨景深的身体更加紧绷，他干脆闭上眼睛不看她，选择用聊天来让自己分心："你怎么知道我在这里？"

"安书言去了墨家。"季暖如实以答，"她说她虽然想跟你在一起，但并不想用这样的方式，所以今晚被送到你房间里的人不是她，而是和她同行的另一个女秘书。"

季暖不需要撒谎，更不需要抹黑安书言。毕竟安书言的动机，连她都能察觉到，墨景深不可能不知道。

果然，听见这句话后，墨景深睁开眼，眸色寒凉了几分，抱着季暖的手却更加用力。他低声道："所以，你刚才是从下面爬上来的？"

虽然他是在她耳边低声问着，可声音里还是带了些危险的意味。

季暖想着要用怎样的措辞才能让他不生气："我是太着急了，怕你失身啊，所以才——"

"我问你，是不是从下面爬上来的？"墨景深的语气又沉冷了几分，他低眸盯着她的眼睛。

季暖想想刚才的惊心动魄，到了三十二楼的时候，因为太滑，真的是差点摔下去，她身上又没有任何防护措施，能保住命爬上来，真的只能说老天保佑了。

“也不算太高，从三十楼爬上来，也就只有三层而已。”她没什么底气地小声说。

“三层？”墨景深的目光寸寸冷下去，声调带着明显的怒意和呵斥，“你知道这是几楼？消防员爬个楼都要借助云梯和绳索，你就这么爬上来，不要命了？”

“可是三十一楼到三十五楼都被封锁了，我没别的办法，而且我这不是没事吗？”季暖伸手去扯他衬衫的衣袖，同时小声嘀咕，“我福大命大，没事的！”

墨景深此时的目光却冷得吓人，他盯着她脸上擦伤的地方，忽然将她的手甩开。季暖一愣，以为他是真的生气了，忙要站起身，结果男人却出去将浴室里昏暗的灯光调到最亮。季暖眯了下眼睛。顷刻间，他重新走回浴室。

不等她起身，墨景深面无表情地将她不再抽筋的小腿握住，向上一抬。季暖来不及惊呼就被他撩起了裤腿，看见她膝盖和腿上刚刚在外面被空调外机的尖角剐出的红痕，他的目光更冰冷了几分。

“我真的没事，这些都只是皮外伤，只是皮肤表面而已……”

墨景深一言不发地又将她的衣袖向上撩起，看见她的手腕和手肘上是比腿上还要严重的红痕。他再将她的手翻过来，看见她红肿的手指和满是伤口的手心。

季暖目光一虚，试着收回手，手却被男人紧紧握住。

“真的没事……我这只是……”

季暖想说话，却见墨景深的目光沉得吓人。她抿了一下嘴，忽然笑着说：“幸好这家酒店的安保设施还没那么完善，不然我刚爬出来估计就被发现了。每个楼层之间的距离都不算太远，中间还有那些固定的空调外机来当阶梯，其实真的很安全，我都没有在后怕，你就更不用——”

她的话还没说完，墨景深忽然扣住她的后脑，一把将她重重按进怀里。很重，很重的那种。

她一时间说不出话，整个人像是要被他按进身体里一样。

男人一句话都不说，只是抱着她。

季暖渐渐安静下来。她不再试图解释，也不再吭声，安静地任由他抱着，将脸贴在他滚烫的颈间。她闭上了眼睛。

一晚的惊心动魄！无论如何，至少他们都没有失去对方，这就够了。

刚刚从三十楼爬上来的时候，她什么都没有想过，只是一心想要上来找他，见他，哪怕粉身碎骨，她也不会放弃一丝一毫的机会。哪怕现在已经冷静下来，她也不后悔。

季暖老老实实地将脸贴在他的胸前，闭上眼睛，听着男人并不似平时那么沉稳平缓的心跳。但即使是这样，即使墨景深黑色的短发有些乱，他却依然俊美无俦，有着独属于他的冷静自持的魅力。

相比之下，刚刚几乎不要命地从三十楼爬上来的季暖，一身衣服都被淋透，还有些血丝挂在衣服上，脸上有着蹭出来的小块红痕，她整个人狼狈得不像话。

没想到，到了这样的地步，她居然还是比他更狼狈。

抱了很久，久到季暖感觉自己快要被他怀里滚烫的温度给焚烧了，她这一晚的情绪才刚有些放松。

忽然，男人沉声道："你先出去，让我洗个澡。"

季暖睁开眼，迷糊地问了一句："冷水的吗？"

"嗯。"

季暖点点头，十分配合地转身正要走出浴室，结果头上忽然被扔来一条干爽的浴巾。

"这里不方便脱衣服，你身上还湿着，把浴巾裹在身上。"

季暖又点点头，抱着浴巾就出去了。精神放松下来的后果就是实在很想睡觉，她把浴巾围在身上，下意识地正要去床上或者沙发上躺一会儿，结果刚一靠近床边，看见被子里那鼓起来的一个大包，脑袋里的睡意瞬间就散光了。她定了定神，打开床头昏暗的壁灯，然后慢慢伸出手去，将被子掀了起来。

一个年轻女人正安静地躺在那里，呼吸平稳，一直在睡。这种情况下还能睡得这么消停，果然是被下了药了。

女人身上的衣服完好，一点不该露的地方都没有露。而且这被子估计也是被墨景深给扔过来盖上的，因为她连脸都没怎么露。

好歹这也是墨氏集团的一位秘书，要不是因为和安书言一起喝咖啡，也不会莫名其妙被送到大总裁面前，终究也是个无辜的人。

季暖又将被子轻轻盖上，虽然将她的脸都盖住了，但还是在被角留出些许缝隙，免得把人给闷坏了。

窗外的雨仍然在下，但比之前小了些，雷声也已经远了一些。

季暖站在窗前，看向不远处的海面，直到现在她也不敢从这个角度直接向楼底的方向看，三十三层的高度，连楼下的花坛都看不清楚，路过的车辆都是指甲盖大小的影子。

爱之一字，果然是天时地利的迷信，会让人莫名其妙产生勇气，将生死置之度外。

浴室的水声停下，墨景深走出来，看见季暖站在窗前，望着正前方的海面。

天亮之前的几个小时，对季暖来说也是同样的煎熬。

两人是在沙发上睡的，墨景深将季暖搂在怀里。季暖在他怀里睡得很踏实，但是隐约中能感到他的身体一直异常滚烫。

凌晨四五点，天边渐渐泛起鱼肚白。季暖睡了一觉，睁开眼看着仍然黑暗的房间，同时感觉墨景深似乎终于睡着了。他身上的温度虽然比平时高了些，但没有昨晚那么严重了。他应该是把最难熬的阶段熬了过去，终于在身心疲惫之下睡着了。

季暖就这么靠在他怀里没有动。她听着他的心跳，缓缓抬起手，抱着他的脖子，闭上眼睛。男人不知是醒了还是无意识的动作，将季暖搂得更紧。温柔的吻落在她的头顶，似是无意的一吻，却又让季暖趴在他怀里忍不住笑了一下。

季暖大概又睡了两个小时，她睁开眼时天已经亮了。她抬起头，见墨景深终于睡得沉了些，而且他身上的温度已经彻底降了下来。她松了一口气，动作很轻很慢地从他怀里退出来，再拿过他的外套盖在他身上。

轻手轻脚去了床边，她拉开窗帘，看看天色，虽然昨晚电闪雷鸣，今天早上却是阳光普照，看起来该是清晨七点多。

门外有脚步声传来，季暖警觉地转身。听见是墨老爷子的声音时，她直接走到门边。

“你倒是把景深藏得很隐蔽啊！怪不得我派出来的人始终没找对地方！”墨老爷子在门外边走边怒气冲冲地骂道，“你小子现在也称得上是老谋深算了！”

墨绍则的声音在门外响起：“在父亲您面前，我怕是担不起这四个字。”

墨老爷子冷声道：“你算不过的是人心！就这一次，你终究还是败了！”

“您倒是对景深的自制力很自信，一大清早的，非要跟着过来，我也就不跟您卖关子了，这门打开后，您老还是认清现实，早点让书言嫁过来，也省去我继续操这份心。”墨绍则的语气里满是笃定。

“呵。”墨老爷子笑了一声，“那你就把门打开试试。”

季暖贴在门上，听见外面的对话，又听见有房卡在门外刷开的一道很短暂的音乐声。她眉心一动，伸手便先一步从里面将房门打开。

墨绍则的脸上本来还有几分冷淡的笑意，那种表情还真应了墨老爷子的那句话，有着老谋深算的味道。结果在季暖的身影骤然出现在门里的刹那，墨绍则面色一僵，目光很快冷了下来。他盯着她道：“怎么是你？”

季暖对他微微一笑，但笑得没什么温度：“墨董，早上好。”

墨绍则瞪着她，想要进门看看里面的情况。季暖却站在门前没有让开。一个五十多岁的男人，又是墨景深的父亲，总不至于伸手推她。

墨老爷子拄着拐杖走过来，对着季暖悄悄竖了一下大拇指，眼里满是欣慰赞赏。然后，他老神在在地看着脸色难看到极点的墨绍则：“怎么样？我说你败了，你就是败了，你老子终究还是你老子！在孙媳妇的这件事上，你动不了任何人！”

“你是怎么找来的？”墨绍则毕竟是经过风雨的人，面色沉了片刻后，他直接冷冷地质问季暖。

季暖淡淡一笑：“怎么找来的不重要，重要的是，昨晚和景深在一起的人是我。”

墨绍则眯起眼。

不待他说话，墨老爷子又在一旁帮腔道：“季丫头，都嫁进来这么久了，还叫什么墨董？爷爷在这儿给你做主呢，他是景深的父亲，你也是时候改口了。”

墨绍则脸色仍然很黑。他想看见的一幕没有出现，反而被季暖和老爷子将了一军，里子面子都丢了个干净。

季暖犹豫了一下，但毕竟还是要给墨爷爷面子，她微微一笑：“爸。”

墨绍则冷眼看着她：“季小姐的这一声爸，我怕是承受不起，你愿意喊就喊，终究也是喊不了几天了。”

季暖不以为然地笑了笑，没因为他话里的冷漠和威胁而乱了方寸，仍然站在房门前不让他进去。

先不说里面那个还在床上昏睡的女人是无辜的，不能被牵扯进来、不能被他看见，就只说墨景深，熬了一整晚，天亮才睡着，她总得让他多睡一会儿。

墨老爷子面色不豫地瞪着墨绍则：“季丫头喊你这一声，已经是给足了你的面子，你就不能把你这固执的脾气收一收？景深的婚姻是他自己的选择，你就算是他父亲，也没资格指手画脚！季丫头早就已经是墨家的人，何况她到底还是个二十岁的孩子，你就不能跟人家好好说话？非得这么横？”

墨老爷子又道：“俗话说，宁拆一座庙，不毁一桩婚。你也老大不小了，在美国待久了，连‘尊重’这两个字都不会写了？这么咄咄逼人，像什么样子！”

“景深的未来属于美国，属于Shine。”墨绍则冷声说，“这种话我不想再重复，书言是最合适的人选！”

“安书言哪里合适？论家世，季暖也没比书言差多少，只不过季家是在海城罢了！日后如果景深回美国接手Shine，季暖在他身边未必就比安书言做得差！你连比较都没有比较过，就这么否定季暖，真是个老顽固！”

被自己八十岁的老父亲骂老顽固，墨绍则黑沉着脸，冷冷地看着季暖。

墨绍则忽然对后边的保镖吩咐道：“把她给我拉开！”

保镖顿时快步上前。墨老爷子见状，狠狠地往地上拄了下拐杖，怒道：“谁敢动我的孙媳妇！”

墨绍则冷眼看向老爷子，继续冷声吩咐：“都聋了吗？把这个女人拉开！”

“够了。”一道清冷的声音在季暖身后响起。

墨景深面无表情地站在那里，眸色冷沉。

那两个正要伸手去拉季暖的保镖，额头和背部都沁出层层冷汗，没敢再伸手去碰她。

无论是房间内，还是整个酒店三十三层，顷刻安静得落针可闻。

这不是季暖第一次看见如此阴冷的墨景深，可他现在这几乎让人冷到骨子里的目光，还是让她的脊背凉了一下。

墨景深的目光从他们身上冷漠地掠过：“谁敢动她？”

“墨总，我们是听从墨董的吩咐，他担心您在房间里的状况，所以才会让我们……”那两个保镖一脸胆怯地解释。

墨景深眉眼沉冷，视线落在其中一人身上，唇畔带着讽刺：“听从吩咐？”

季暖在门边静默地站着。她从一开始就知道，墨绍则根本就控制不住墨景深，否则也不会用这种强制性的手段。而他昨夜的做法，只会将墨景深推得越来越远，这从墨景深此刻的态度就感觉得出来。他的眼里，不再有这个所谓的父亲。

墨景深走到季暖身侧，低眸看着她从始至终没有半点畏惧的小脸，他握住了她的手。

看见墨景深走到门前的这一动作，墨绍则瞬时冷起脸，满眼的不悦。

季暖以为墨景深是在用这样的方式来安抚她，她的手在他掌心轻轻动了一下，手指在他掌心剐了剐，想缓解眼前这太过肃然的气氛。结果下一瞬，她忽然被一股力量扯过去，整个人直接撞进墨景深怀里。她一时没站稳，墨景深有力的手臂反将她抱住，像是在宣示对她的所有权。

墨景深冷漠坚定的声音在她头顶掠过："季暖是我的妻子，有我在，没有人能动摇她墨太太的身份。"

墨绍则目光冰冷地道："书言在哪里？昨晚她没跟你在一起？"

就在这时，不远处的电梯门前传来一道柔和的声音："墨叔叔，很抱歉……"

墨绍则转过脸，看向安书言。

一切不言而喻。

墨绍则目光阴戾，锐利的眸子一眯："看来是书言不希望用这样的方式强人所难，我能理解她的犹豫，这么好的女人，处处为你着想，到了这种地步都会舍弃机会，可见她对你用情多深。这个季暖又算什么东西？景深，你最好看清楚！"

"我看得很清楚。"墨景深语调里有几分讥讽，"婚我不会离，书言我也不会娶，我一生只娶一个季暖足矣。"

安书言站在远处一直没有走过来，墨景深的声音虽然冷冷淡淡的，音调并不高，但足够让她听清楚。她垂下眼眸没再说话，眼角掠过一线苦涩。

从昨晚电闪雷鸣的时候，季暖一个人开车冲出墨家时，她就该知道了……

看见季暖始终坚信墨景深的那种目光时，她就该知道了……

墨绍则沉着脸，冷厉愠怒。再转眼看到安书言萎靡安静的模样，他更是锐利森冷地眯起了眼。

安书言对他客气地轻轻点了下头，转身走了。她不想再站在这里听下去、看下去。

墨绍则倏然转头看着季暖，双目泛着冷光："景深，你对这个季暖再上心又能怎么样？女人不过是事业上的附属品，如果不是墨家的权势，就季暖这个据说曾经眼高于顶的女人，怎么可能甘愿在二十岁这种年纪就结婚？在你们结婚之前，她怕是连你墨景深究竟是怎样的人都不清楚！至于现在，恐怕她也仍然不清楚！”

“放你娘的屁！”墨老爷子忽然在旁边骂了句，“女人是事业上的附属品？有本事你回美国对着景深的母亲也说出这句话来！”

墨绍则眉宇一蹙，目光冷冷地看了老爷子一眼，显然对哪里都有他而感到不满。

“你瞪什么瞪？几十年前要不是你老子我慧眼识人，让你抱得美人归，你能娶到景深的母亲？当初人家也是眼高于顶的大小姐，压根就没看上你这臭脾气的小子，最后你们两个不还是和和美美过了一辈子？还给我生下景深这么好的孙子！”

墨绍则怒火中烧，这会儿也懒得跟老爷子辩驳，只冷眼看向季暖：“怎么不回答？你了解景深的过去？知道他是什么样的人？”

墨景深脸上的表情淡得很，他将季暖拉到身后。

季暖却是忽然轻笑了一下，从他身后走出来，抬眼面对墨绍则：“景深的母亲知道您小时候是几岁断奶的吗？知道您几岁开始不尿床的吗？知道您七岁的时候掉了几颗牙吗？知道您第一次和某个小姑娘恋爱的时候是怎样牵手怎样接吻的吗？知道您在结婚之前是什么样的人吗？”

墨绍则脸色阴沉，对她怒目而视。

“她一定不知道！”季暖仍然面上带笑，目光清亮，没有丝毫的闪避，就这样对上他冷戾的视线，“既然她连您的过去都这么不了解，我看您这岁数也是可以离婚的，现在老少配也很流行，您自己把优秀得不得了的安书言娶过来，不也是很合您的心意？”

“你放肆！”墨绍则怒声呵斥，“年纪不大，脾气倒是厉害，你们季家就是这么教你对长辈不敬的？”

“身为您的儿媳，连一声爸都不能叫，我这对您已经是大大的不敬了，您还差这么几句不敬？”季暖反问。

“说得没错！”墨老爷子就差站到季暖那边给她鼓掌了。

墨绍则气得闭了闭眼睛，他指着季暖，再看向正笑呵呵的老爷子：“这就是您挑的孙媳妇儿！”

墨老爷子连连点头，笑道：“对呀，我挑的孙媳妇儿！”

“很好。”墨绍则恼怒地道，“我倒要看看，这个季暖究竟有什么本事，能让墨家的老小这么向着她！”

“她不需要任何本事，只要她是季暖就够了。”墨景深漠然回应。

墨老爷子跟着帮腔：“正好，老头子我也想看看安书言有什么本事，能让你连逼迫自己亲儿子的手段都用了出来！”墨老爷子斜眼瞪着脸色发黑的墨绍则，“萝卜青菜各有所爱，你喜欢安书言那根萝卜，非要强行按进景深的青菜坑里！每个人都是独立的个体，各有各的好，只要是景深喜欢，只要他们小两口的日子过得和和美美平平静静的，你就不该让任何人去介入他们之间。亏你还是景深的父亲！”

墨绍则冷笑道：“就季暖这种对长辈不尊不敬的人，这辈子也别指望我会接纳她。”

“你若是能拿出对待儿媳的态度，季暖也自然能表现出对长辈该有的尊敬。”墨景深的声音没什么温度，“这是人与人之间最基本的平衡与尊重。”

墨老爷子点点头，道：“没错，尊重都是相互的，单方面的挑刺，并不是长辈该有的姿态，这是蛮不讲理！”

墨绍则黑着脸，狠狠瞪了一眼戳在门前的两个一直没敢再动的保镖，想骂一句废物。他们昨晚连季暖什么时候闯进房间里的都不知道！他却又气到已经不想再开口，脸色阴沉地转身就走。

墨绍则直接甩袖走人，没有人拦他，楼层里归于安静。

墨老爷子看向墨景深，语气慈祥地道：“景深，昨晚没事吧？”

“没事，让您老担心了。”墨景深淡笑道。

老爷子点了点头：“你父亲的臭脾气，从小就是这样，昨晚这事既然没成，他那张老脸估计也是搁不下，他坚持不了几天，只要你和季丫头之间不要发生误会就好。”

“爷爷您放心，我清醒着呢！”季暖对老爷子眨了下眼睛。

“哟，现在你倒是得意起来了，昨天把自己关在景深的房间里，抱着枕头憋着眼泪缩在床上的那小模样转眼就不见啦？”老爷子笑她。

季暖脸皮一热，道：“爷爷，您居然取笑我！”

墨老爷子哈哈大笑道：“不笑，我不笑！哈哈哈……”

老爷子边笑边满面红光地看向墨景深：“景深，你这个媳妇儿，可得给我看紧了，不许把她弄丢，你要是敢对不起她，小心老头子我把你腿给打断！”

季暖看见老爷子举起拐杖的动作，立刻往墨景深的身前站了站。

墨景深笑了笑，将下意识地挡在他面前的小女人拉到身后，道：“我知道。”

墨老爷子这才满意地哼了哼，往季暖身上一瞟：“你昨晚究竟是怎么混进来的？”

季暖对着老爷子挤眉弄眼地一笑：“保密。”

终于离开了那家酒店，坐上车的时候，季暖觉得身心都跟着放松下来。

“你昨晚也没休息好，又淋过雨，回去好好睡一觉。”墨景深的手在季暖头上抚过，“直接回御园？”

听见“御园”两个字，季暖的脸上有着明显的情绪。

不需要她多说，墨景深直接从她的目光里看出她那一闪而逝的纠结。

“别担心，他为了限制我的自由，用绑走你的方式来威胁我，御园里的用人是被他支走了，没有人受到伤害。”

男人的声音淡淡的，却让季暖顷刻之间放松下来。

幸好，陈嫂她们没有出事。

“御园里的安保设施那么完善，如果不是陈嫂主动去开门，那些人根本没机会混进去，是不是？”季暖问。

墨景深看了她一眼，捏着她的小手，道：“算了，你还是跟我去公司吧，免得你回去之后担惊受怕睡不好。”

“不会的，我只是在想那些人是怎么混进御园的。”季暖深思，“该不会当时，墨董亲自去过御园？”

“如果不是他亲自去，陈嫂的确不会开门。”墨景深语调平静地道，“这件事怨不得她，我不会对她怎么样，你放宽心。”

又被看穿心思了！这男人真可怕。

季暖咧嘴一笑，道：“本来就不怪她，你不迁怒陈嫂就好……”

“你这点小心思，想维护陈嫂就直接说。”墨景深盯着她，声音低沉地道，“今天先跟我去公司，我去开会时，办公室的休息间归你。”

可以公然去睡他的休息间，季暖还是蛮期待的，她却故作无辜地问：“我在那里会不会打扰你？”

说起来，墨景深的确是比她想象中更懂她。知道她现在不想回御园，她一个人回奥兰国际的话，恐怕也睡不踏实。

墨景深眉眼微微上挑：“睡个觉还能打扰？你是会在梦游的时候脱了衣服跑进会议室钻到我怀里不成？”

季暖嘴角一抽。这怕是墨大总裁希望看见的吧？

墨景深一刻都没休息，到公司时已经是上午十点多，他便直接去开会。

季暖心疼他，但也知道他在工作上从来都这么严谨认真，她没去打扰他，径自先回了他的办公室。

今天的会议室，高管都发现墨总比平时稍显疲惫，虽然不太明显，但多少还是能看出来。但墨总看起来似乎心情不错，他的面色少了几分冷意，就连听各部门的汇报时，嘴角都有一抹淡淡的弧度。

众高管一惊一乍，毕竟这次的汇报，有两个部门出了问题。

墨总现在这态度，不知道究竟是暴风雨前的宁静，还是因为发生了什么，让他在公司里难得这么和颜悦色起来。

直到会议结束，高管们从会议室鱼贯而出，窃窃私语：“今天墨总好像心情不错啊！难得有一次高管会议结束这么快，才一个小时就放我们走了？”

“应该是因为墨总的办公室里有人正在等他吧……”

“谁啊？是哪尊神居然能让墨总忽然这么好说话，还破天荒提前半个多小时结束了每周例行的高管会议……”

“好像是墨总的太太……”

沈穆刚要去会议室收拾文件，见墨总已经出来，他连忙快步走了过去。

“墨总，安秘书刚刚发了电子辞呈过来，辞职审批程序是递交给人事部，还是我这边直接给她批准答复？”沈穆低声问。

墨景深语气没什么温度地道：“你直接批了。”

“好，那我知道了。”

“季暖吃过东西没有？”墨景深看了一眼时间，沉声问。

沈穆点头道：“刚才十一点的时候，我本来想派人去附近的酒店给她带一份营养午餐，但是她说她吃公司的员工餐就好，我就依着她的要求，帮她去员工餐厅打了份午餐送过去，估计现在她已经快吃完了。”

“员工餐？”墨景深眉宇一动，没再多说，直接进了电梯。

到了办公室门前，墨景深推开门。

只见办公室里，季暖静静地坐在沙发上，手里正捧着一次性餐盒，里面是简单的白米饭和荤素搭配的几道菜。虽然墨氏集团的员工餐也是营养标配的级别，但毕竟还是过于简单，比寻常的家常小菜更寻常。

看着她手里的餐盒，又看着她像是吃得很满足的表情，墨景深一向平静无波的眼底泛起温柔：“员工餐吃着感觉怎么样？”

季暖本来吃得正香，没注意门前的动静，乍一听见声音，她下意识地就要站起来，手里的餐盒差点掉到地上。她连忙用筷子按住餐盒，有些惊讶地看着突然回来的男人。她索性夹起一块小炒肉给他看："菜色不错！特别好吃！"

听见季暖的评价，墨景深走过去，到了她面前，目光落在她旁边的另一个餐盒上。季暖用筷子指了指："刚才我让沈穆又拿了一份上来，准备等你开完会回来让你吃，没想到你今天会议这么短，正好趁热吃呀！但是要小心，还有些烫。"

墨景深看着正坐在沙发上吃着简单的员工餐却一脸满足的季暖。

"真这么好吃？"他低笑着问。

季暖很认真地点点头，道："嗯嗯，怪不得很多人挤破脑袋都想进墨氏工作，连员工餐的水准都这么棒，可见其他方面的待遇也绝对是其他公司望尘莫及的！"

她边吃边抬起眼看他。男人一身黑色西装，没有了昨夜的颓废狼狈，此时，他站在明亮的办公室里格外醒目。

墨景深拿起餐盒，坐到她身边，转眼又看了一眼她的吃相，他淡笑着没说什么，坐在这里陪她一起吃。

办公室的门是紧闭的，否则任何人看见这一幕都会惊掉下巴。

墨氏集团的总裁放着几亿美元的项目不去谈，反而慵懒淡定地坐在办公室的沙发上陪墨太太吃员工餐，还不时将她喜欢的小炒肉夹到她的餐盒里，体贴地道："喜欢的话让沈穆再给你送一份。"

"不用，这些就够了，再这么吃下去真的要胖了。"

"胖也要你，怕什么。"

"不行不行，现在已经饱了，肚子要撑爆了……"

"土豆丝不要了？"

"呃，那我再吃几口。"

"素煎豆腐要不要？"

饭后，秘书室的人打内线电话进来，说有合作公司的负责人来见墨总。

季暖为了不打扰他正常工作，起身就推开休息间的门进去。刚向里走了一步，她就听见墨景深在外面说："你昨晚淋过雨，洗个热水澡好好睡一觉，我忙完后进去叫你。"

季暖抬起手向后比了个OK的手势，直接钻进休息间。

他办公室的休息间，她之前来过，还是那次她跑过来为了哄他回御园的时候。隔了这么久，季暖今天才分出心看看他的休息间，是和奥兰国际一样简约的风格，冷色调。

御园里的装修当时是由墨爷爷操办的，而奥兰国际和这个休息间，却体现出墨景深的风格——

简约，低调，沉稳。

因为是墨景深以前经常住的地方，偏冷的色调给季暖的感觉也莫名有些贴心温暖。

季暖昨晚淋过雨，她打开衣柜，想拿件墨景深的衬衫当换洗衣物，然后去洗澡。结果柜门打开的一瞬，她就惊见本来属于墨景深的个人衣柜，有一半的空间居然都挂着女人的衣服。都是新的！薄的厚的，长的短的，里穿的外穿的，都是女人的衣服！

季暖惊疑地拿出一件，发现是她能穿的尺码。她又翻了翻其他的，发现也都是她能穿的尺码。她找了件适合睡觉穿的偏薄的衣服，抱在怀里。知道墨景深正在办公室里忙，不好出去问他，她干脆拿起手机给他发了短信。

【你什么时候在衣柜里给我准备了这么多件衣服？刚打开柜子，吓我一跳。】

发完后，她等了大概一分钟，见他没回复，她干脆直接进了浴室。

她洗过澡吹干头发，穿着墨景深帮她准备的衣服走出来，带着一身香喷喷的沐浴露味道，直接扑倒在休息间的大床上。

拿起手机，她就看见墨景深几分钟前给她发来的回复。

【你那次穿过我的衬衫之后，第二天。】

季暖惊讶地看着手机屏幕。

确定他说的是那个第二天没错。

第二天？动作这么快？明明当时他还没打算搬回主卧，即使关系和谐了一些，但也还没那么亲密，他就已经做好她有朝一日会住在他休息间里的准备？

季暖很想再回一句，但考虑到现在是工作时间，而且他下午还有正事要忙，她忍了忍，还是将手机放下了。

翻了个身躺在床上，她不时瞟向衣柜，两只手交叠在自己胸前，随意动了动手指，心思却仿佛飞入云端，竟然有种不真实的感觉。她又拿起放在枕边的手机，看着他刚刚回复的十四个字，外加两个标点符号。

看了许久，她忽然会心一笑，将手机放下，把脸埋在枕头里继续偷笑。

怎么办？墨大总裁现在撩她的本事真是越来越厉害，几件衣服、一条短信就能让她心情难以平复。

季暖又翻了个身，觉得自己很可能就这么睡不着了。可毕竟昨晚那么惊心动魄，她实在有点难以承受。她干脆闭上眼睛开始数绵羊，强迫自己入睡。

一只羊，两只羊，三只羊，四只羊……

九十八个墨景深，九十九个墨景深，一百个墨景深，一百零一个墨景深……

季暖骤然抓起枕头，用力按在自己的脑袋上。

完蛋，睡不着！外面那个男人还在专心工作，她现在已经少女心萌动到无法入睡了啊啊啊啊……

墨氏集团某职员办公室，议论纷纷。

“听说沈特助今天送了两份员工餐去总裁办公室，你们猜，那两份员工餐是给谁吃的？”

“总不可能是墨太太吧？听说墨太太以前可是海城有名的季家大小姐，从小山珍海味，吃的都是高端的东西，再普通也一定是厨艺高超的用人啊厨师啊亲自做出来的，员工餐她是肯定不会吃的啊！”

“那也不一定，我们公司的员工餐又干净又好吃，就连墨总平时特别忙的时候也会偶尔吃一吃，墨太太也是人，跟墨总一起在办公室里吃员工餐也没什么奇怪的……”

“不可能，她肯定不会吃……”

“要不要打个赌……”

忽然，沈穆站在办公室门前咳了一声。他又清了清嗓子，严肃地道：“都站在一起瞎议论什么？手里的工作都做完了？都太闲了是不是？”

顷刻间，几个职员迅速闪人……

第十三章　锋芒·商战

合作方拿到满意的合约，又客套地和墨景深聊了十几分钟，终于离开。

办公室里归于安静，墨景深的目光落在休息间的方向。直到秘书助理汇报完全天的工作，他看了一眼时间，合上手边的文件。他起身走到休息间门前，里面很安静，可见季暖的确是睡着了。

休息间的门被无声地推开。

柔软的大床上，季暖睡得很香很沉，柔顺的长发铺满枕头，睡颜恬静安宁。手机就放在她触手可及的位置，仿佛能看出她在睡前还在纠结要不要再拿起手机回短信。墨景深笑笑，将她的手机拿起来，放在床头柜上。

季暖睡得很香甜。墨景深在床边坐下，看着她，没有任何动作。

狂风暴雨的夜里，小女人似从天而降，她从阳台爬进来，带着一身的伤冲到他面前，扑到他怀中的一幕，反复在他眼前出现。他凝眸看了她许久，季暖脸上被蹭伤的红痕已经淡到看不见。

墨景深牵起她的一只手，翻转过来。她手心的伤口虽然很细微，不算严重，但因为一直没有做消毒处理，边缘还有些泛红。他起身走出休息间，叫沈穆去买了几支伤药回来。

不久后，墨景深又转身回了休息间。

里面安静得没有任何声音，只能隐约听见季暖轻浅的呼吸，那呼吸有着温软的频率，让人听着就觉得这一室安宁似是人间难得的静好之境。

墨景深特地让沈穆买来的药粉，不像消毒酒精那样会让伤口有太明显的刺痛感，但季暖的手心忽然被轻轻撒上药粉，多少还是因为药粉的消炎成分而有微痒微痛的感觉，即使不明显，她仍然在睡梦中不安地皱了一下眉。

“嗯……”她想要缩回手，不太舒服地发出轻哼。

墨景深握着她的手，没让她缩回去。在季暖挣扎的动作加大的瞬间，他俯下身在她唇上轻轻亲吻，直到她因为唇上酥麻的感觉盖过手心的微痒微痛，皱起的眉心渐渐舒展，樱色的嘴角也若有若无地泛起一丝笑，像是做了什么美梦。

小女人睡着的时候有着别样香甜的诱惑，要不是因为两只手都被占着，还得继续给她上药，墨景深不介意现在就把她按在身下再狠狠亲一会儿。

他慢慢起身，握着她手的力度很轻柔，在她手心几处细微的小伤上慢慢撒着白色的药粉。伤口不算严重，不需要缠纱布，但简单的消毒消炎还是不能疏忽。

季暖穿的衣服很薄很宽松，墨景深轻易就能将她的衣袖拉开，将手臂也涂上药。

他又掀开她衣服的下摆，正要继续给她的腿上药，动作却顿了一下。

墨景深敛下眼底的火热，将她腿上的伤口处也涂上药，然后把药放在床边的柜子上，再度低眸。

昨晚两人都没休息好，本该让她多睡一会儿，但这一幕实在太有冲击性，墨景深的自制力在这一刻几乎全盘瓦解。他俯身拈起她的一缕发丝，洗发水和沐浴露的香气混合在鼻间，掺着她身上的淡淡冷香。

墨景深勾唇，一个吻落在她的发丝上。之后，他又侧首将唇瓣放在她白皙好看的眉间。唇瓣一点点向下，接着是她小巧挺直的鼻梁……

季暖睡得再沉，到底还是睁开了眼睛，只是没完全清醒过来。她有些迷茫地看着自己上方的男人，见是墨景深在亲自己，也就没抗拒。趁着两人唇间还有空隙，她含含混混笑着咕哝了一句：“你忙完了啊……”

“嗯。”墨景深的动作丝毫未停，落在她唇上的吻辗转深入，他一手搂着她的腰。

直到男人亲过她的腮帮，流连过她的唇瓣，又一点点向下，落在她颈间，因为季暖居然就这么在他身下又睡着了。男人忽然在她锁骨上咬了一下，惹得她浑身一个战栗。再睁开眼睛的瞬间，她才迷迷糊糊地抬起手按了按自己的脑袋。

“几点了？”她刚醒，哑着声音问。

“已经下班了。”男人依旧我行我素地在她锁骨颈间落下吻，只是比刚才吻得更炙热激烈。

季暖正要起身，结果没能起来，她这才反应过来，墨景深究竟在她身上做什么！

炙热的掌心抚过她的背，再向上，将她整个人牢牢按进他怀里。在她微诧的目光下，他捞起她的后颈便俯首在她唇上狠狠亲了两下："醒了？"

"嗯，醒了……"季暖怔怔的，意识到是在他办公室旁边的休息间，也就是还在他公司里，讷讷地在他唇边说，"你干什么……"

"你说我干什么？"他低笑，顷刻就把她吻得差点忘了今夕是何夕。

直到男人的动作越来越过分，季暖小声问："你昨晚都没怎么睡，今天直接来了公司，身体吃得消吗？"

她其实是担心他昨晚没睡好，又是熬夜又是折腾的，然后还要这么高频率地工作，她想让他好好睡一会儿。结果，这话在男人听来却不是那么回事。他低低地笑了，笑声里夹着几丝危险："我身体吃不吃得消，你很快就会知道。"

季暖在一阵轻微的颠簸中醒来，她睁开眼睛，发现自己在一辆房车里，与前面的驾驶位相隔。

记忆停留在他休息间床上神志都要涣散的瞬间，她仿佛还能记起之前那凌驾于理智之上的欲望。她骤然转过头，结果就对上了墨景深幽深无边的目光。

墨景深："你晕得还真是时候。"

季暖压根就没想到自己居然直接被自己的亲老公给欺压晕了，后来是怎么结束的，又是怎么洗的澡、怎么穿上衣服的她都不记得。

她横了他一眼："我以后再也不去你公司了！"

"墨总，到了。"房车的隔板外传来司机的声音。

季暖转头向外看，见居然已经到了御园正门外。

墨景深这才松开她，帮她将大衣的领口整理了一下。他开了车门，示意她可以下车了。

季暖被他折腾得手脚酸软，打开车门，她刚一下去，差点没腿软得跌下去，幸好墨景深在她身后，伸手扶住她。他不动声色地将她按向怀里，低眸看了她一眼。接到季暖朝他恨恨瞪来的目光，他的嘴角扬起一丝得逞的弧度。

季暖白了他一眼，站稳之后向里面走。

"太太！"陈嫂迎了出来。看见季暖的刹那，她当即满脸歉意地站在门前。

季暖看见陈嫂的表情，对她笑了一下，走过去亲昵地挽住陈嫂的胳膊说："不管之前发生过什么，都不能怪你。你别多想啊，你看我不是没事吗？"

陈嫂其实不太清楚究竟发生了什么，但是今天回来的时候调出了御园的监控，看见季暖被人挟持走的一幕，她才知道昨天自己究竟犯了怎样的大错。她居然就那么直接开了门，把对季暖有威胁的人放了进来！之后她还被支出去，害得季暖独自回家后就遇到了危险，真是太不应该！

后来她给墨家打了电话，在老爷子那里又是道歉又是询问情况，确定季暖没出什么大事，这才放心地在家里一直等着。

"我看过家里的监控，当时明明是墨董说要进御园看看你和墨先生现在住的地方，可在监控里忽然把你挟持走的人，究竟是谁啊？"陈嫂带着歉意和后怕拉着季暖的手，不停地追问。

"没事了，不管他们是谁，反正我现在平平安安地站在你面前。"季暖在她手上拍了拍，又关切地问，"你给墨家打过电话了是不是？爷爷没有责怪你们吧？"

陈嫂摇了摇头，又心疼地看着季暖："你就别关心我们了，赶快进去坐一会儿。这两天你肯定没休息好，也吓坏了吧？我去给你煮些安神汤压压惊！"

季暖抿嘴一笑，点了下头，转头见墨景深已经先一步进了门，她忙跟了进去，结果却看见男人正站在电视机前，眸色低沉地看着用人调出来的监控录像。

屏幕里，季暖回家之后遇到的一切都被他看在眼里。季暖感觉到他暗色的视线里有肃杀的情绪。他对着电视里的影像，凝视许久。

她走过去，将手伸到他的掌心，说："当时那两个人没想伤害我，后来也只是把我送到了墨董在海城的一栋私人别墅，除了把我关起来之外，他们没对我怎么样，后来爷爷就很及时地赶来把我带走了。"说完这些，她跟用人要来遥控器，果断地将电视关掉。

"真的，我那天除了有些担惊受怕，又一直担心你之外，一点伤都没受！"季暖温软的声音传来，手仍然贴在他的掌心，"这个监控删掉吧，以后都别看了。"

"但凡让你有一点担惊受怕，都是我做得不够好。"墨景深握住她的手，嗓音低沉。

季暖连拖带拽地拉着他回房，进了房就抱住他，脸蛋在他怀里蹭了蹭，低低软软地道："你哪里做得还不够好，这世上没有比你对我更好的男人！你一直没休息，别想这件事了，今天早点睡好不好？"

男人低头看着她，修长有力的手指从她的长发间穿过，另一只手搂上她的腰，将她锁在怀里。想到刚才在监控里看见的一幕，他淡淡地道："等会儿睡，先陪你一会儿。"

"不用陪我……"

他直接搂着她坐到床上。他将她的头按在他肩上，是拥抱依偎的姿势。

季暖干脆地将头埋在他怀里，之前还以为自己回御园可能会有几天睡不好，但是片刻之间，心里的那些阴影就全部消散。

其实只要不是墨家人来，平时真是连只身份不明的苍蝇都飞不进来，没有什么地方比御园更安全了。

墨景深不说话。她知道他现在的心情受到刚才那些监控录像的影响，也就没去打破这样的安静。她伸手拉起他的手，手指在他掌心摩挲着。

时间一点一点流逝，见墨景深仍然没有要睡的意思，季暖一边把玩着他的手指，一边开始找话题。

"你是不是真的对我以前的很多事情都知道？"她问。

墨景深看她一眼，道："你对这一点很好奇？"

"没有啊，我也没什么太黑的底牌怕被人翻，也就在季家有些上不来台面的事，但也都是以前针对我爸还有沈阿姨的事。"季暖靠在他的怀里说，"那你知不知道，我十几岁的时候在美国读过几年书？虽然当时学得不是特别认真，但也勉强考到了全A，要不是因为成绩好，估计我还得继续在美国多学几年，或许这样就错过嫁给你的机会了。"

墨景深看着她道："你在美国读书的那几年，我也在美国，该到的缘分早晚都会到，不会错过。"

"照你这么说，我们以前会不会见过啊？"季暖抬起头看他。

墨景深眉宇微动，他有些意味深长地笑了笑，又低头亲了亲她。

"忽然亲我干什么？"季暖生怕他现在不睡觉是还想继续压榨她，下意识地就要从他怀里跳开。今天要是再来一次，她绝对会没命！

墨景深没回答她前面的问题，只淡淡地道："之前说要带你见的人，明天会直接过来。你不用起太早，想出门的话，等人来了再出去。"说完，他终于放开她，起身去洗澡。

季暖躺在床上看了一会儿手机里的消息，他出来时，她刚要抱着电脑去书房，结果就被从浴室出来的男人捞上了床。

“你赶紧睡觉，我去书房。”季暖伸手就要拿掉床边地毯上的电脑。

墨景深将她放到床上，直接欺身压了上去，在她下午已经被蹂躏得红肿的唇上吻了吻。

“很累？”他吻着她。

季暖很认真地点了点头。是真的累，她就差抱住他的大腿喊一句好汉饶命了。

他低头吻上她的耳朵，改为从她的身上躺到身侧。他长臂一伸将她抱在怀里，低哑的嗓音伴随着温热的呼吸贴在她耳边：“陪我睡，嗯？”

季暖听话地放下了电脑，没再坚持要去书房。她转个身就埋在他怀里，两只手抱着他，乖巧地说：“好。”

翌日。

季暖起床时已是上午九点多。

洗漱过后，她换了衣服下楼，看见正在往餐桌上摆早餐的陈嫂，感觉真是好久都没有经历这种温馨平静了。

季暖吃完早餐就去工作室，她刚走出别墅门，一抬头，愕然看见一个身高足有一米七的高瘦短发女人站在她的车边。

季暖下意识地向后退了一步，回头问里面的陈嫂：“这是谁？御园现在什么陌生人都能进来了？”

陈嫂走出来，看了一眼，笑着道：“太太，是墨先生让她进来的，墨先生说以后让她跟着你。”

“啊？跟着我？”

季暖愣了一下才回过神，她转眼看向那个女人。

“墨太太，我叫封凌，曾在美国XI培训基地受训八年，从今天开始，我是您的私人保镖。”对方在季暖一脸的震惊疑惑下开了口。

话音落下时，她非常利落地打开车门，示意季暖上车，并且做了个请的手势。看起来还真是训练有素。

季暖暗忖，墨景深之前说让她见的人，该不会就是眼前这位？一位女保镖？

“真的是墨景深让你来的？”季暖问。她只见过男保镖，女保镖倒是第一次见到。

"是的，墨太太。"

季暖看了她好半天，但既然是墨景深安排的人，她也没什么可多疑的。她打开驾驶位那边的车门刚要进去，封凌忽然开口："墨太太，您应该坐这边，我来开车送您。"

"你开车啊？"

"是的，您以后出门，无论是开车还是坐其他车，我都必须跟在您身边，车也由我来开，这样才能确保您的安全。"

"好、好吧……"

这个保镖太严肃也太死板了，季暖估计她是完全听命行事，也不为难她，绕过车身坐到已经开了车门的副驾驶位子。

上了车后，她报了自己要去的地方，然后拿起手机给墨景深打电话。

电话接通，墨景深直接点明她这通电话的来意："怎么？问保镖的事？"

"你之前说要让我见的人，就是给我安排的保镖吗？就是这位……叫封凌的？"季暖转眼又看向正在开车的封凌。对方完全没受到她打电话的影响，仍然一言不发地开着车。

"南衡是美国XI培训基地的直系负责人，封凌是他那里身手最好、各方面训练素养也最高的一批人之一。最开始是打算由南衡给你引见，"墨景深跟她解释，"南衡今早有急事飞回美国，不打算继续耽误时间，所以派了封凌直接去御园见你。"

季暖对南衡没什么太多的印象，但也知道墨景深身边两个走得最近的兄弟，一个是秦司廷，一个就是曾经在海城闻名一时、后来在美国声名大噪的南衡。这个人的底细她倒不是很清楚，只知道他和墨景深走得比较近，好像是做边缘类的生意，在枪口刀尖舔血的那种。

"从今天开始，封凌就是你的私人保镖。她身手不错，又安静寡言，不会打扰到你，只会在必要的时候陪在你身边，其他时候不会让你感觉不自在。"

季暖又应了几声，挂了电话。她又转眼看看那位尽职尽责的保镖，想了想，给墨景深发了条短信过去。

【你千挑万选的，结果给我选了个女保镖，她性格好古板好严肃，我都不知道要怎么跟她说话。】

墨景深回复：【想让我派个男保镖陪你谈天说地？】

季暖：【嗯哼，这个可以考虑考虑！】

墨景深：【呵，你想都别想。】

到了墨暖工作室所在的金霖大厦，封凌将车停好后，真的非常自觉地从她面前消失了。果然是训练有素！

季暖进了工作室，工作室自从被墨氏投资后，许多事情都要正式提上日程，季暖可没忘记自己还背着两亿美元的流动债务。

“老大！”小八今天一大早就给季暖打过电话，见季暖来了，她忙过来将新的财务报表交给季暖，“之前许主管真的是故意在报表上做了手脚，昨天我去财务部重新审核了一遍，根据公司的流水收支做出来一份新的，和你预算的一样，分毫不差！”

季暖接过报表看了两眼，又挑眉看向小八：“你昨天在工作室加班，自己去重新做出来的？”

小八点点头，有些羞涩又想得到表扬似的，道：“嗯！现在工作室里留下来的人，很多专业都不太过关，财务部现在也像一盘散沙，我不确定自己能不能行，昨晚就试了下。”

没想到这呆萌的实习小助理倒是有一颗细致认真的心！

季暖笑了笑，道：“这两天开始对外招聘吧，让人事部剩下的几个负责人一会儿去我办公室。”

“好的！老大！”小八一脸兴奋地转身要走。

季暖忽然扯着她的领子问：“你这么兴奋干什么？”

小八回过头来，推着眼镜，咧嘴笑道：“因为我们工作室现在有了两亿美元的投资啊！所有建筑工程的进展都可以正常继续下去，而且还有墨氏这么大的靠山，想想都觉得我们以后会升级成为海城最大的房地产公司！到那时候，我就是公司元老级的员工了！我能不兴奋吗？！”

你哪知道，你老大现在身负两亿美元的高额债务，债主就是你口中的大靠山！

季暖坐在办公室里，看着桌上的电脑屏幕。

工作室现在处于蓄势待发的阶段，在外人看来，这里的财务状况只有支出，没有收入，并没有人知道季暖现在究竟打的什么算盘。更有人以为，墨景深财大气粗到随便扔给她两亿美元让她去挥霍，即使季暖得到这么大一笔投资，她的工作室也依然不被大多数人看好。

国内的房地产行情不断下滑，许多公司急于抛售曾经高价所得的地皮，季暖现在手中资金充足，不仅让工作室名下的几处在建工程能继续下去，她更将目标范围扩展到了海城周边几大城市及近郊。每一个在她心里有价值的地方都被她在电子地图上画上一个红圈。未来哪个城市会继续向外扩大，哪处目前不被看好的废弃住宅区或是荒芜的空地也都被她画上了一个蓝圈。

她在收购!

在外人看来，她是在疯狂收购。他们认为她不懂行情，认为她必会赔得血本无归。

忽然，办公室的门被敲响，小八风风火火地跑了进来，一副十万火急的表情。

季暖只瞥了她一眼，目光便继续回到电脑屏幕上。她慢条斯理地看着海城及周边的地图，标注出以后一定会进入城市规划范围的地方。

“暖老大，那个金总的老公……来了！”小八跑得太急，咽了一口唾沫才又忙说，“而且带了好几个人来！像是来上门找我们算账的！”

季暖放在鼠标上的手顿了一下。她转过头，道：“金总的老公？算什么账？”

她话音刚落，办公室的门砰的一声就被重重推开，小八吓了一跳。

季暖注意到忽然闯进来的几个人，走在前面的那几个人高马大的，看着很像持着砍刀四处要债的打手保镖。

在那几个人的开路下，随后走进来的男人大概四十岁，衣着光鲜，穿得也很得体讲究，却没什么好脸色。

那男人进门后，目光冷傲地在办公室环顾了一圈，最后视线落在办公桌后的季暖身上：“你就是季小姐？”

季暖坐在办公桌后，目光淡淡，不慌不忙：“我记得金霖大厦的保安还算尽职尽责，能这么硬生生带着人闯进来，你也不简单。”

似是没料到一个年纪不大的女人，气场倒是沉着稳重，那男人冷淡地挑了挑眉，笑了起来。那笑让人脊背发凉。

“没想到季小姐初出茅庐就这么有魄力。墨氏给你们投资的事我也听说了，我清楚季小姐背后有人，可就算你靠山再硬，也不该插手别人家中的闲事！”男人语气不善地道。

季暖好看的眉毛不着痕迹地扬了扬：“我当你忽然摆这架势是来做什么，原来是后院起火，憋了一肚子的窝囊气，跑我这儿发泄来了？”季暖低笑道，“金总前几天才来我这里闹过一次，你们真不愧是夫妻，一个带着律师来找我解约，一个带着打手过来堵门，不知道的还以为你们夫妻是开什么修罗场的，压根儿就不是哪家正规投资公司的负责人。”

男人眯起眼睛，道：“你也知道我是来堵门的？不想你们工作室刚刚建成就被砸到支离破碎，就劳烦季小姐现在跟我走一趟，把你上次弄到的那个什么视频跟我老婆说清楚！”

季暖没理他，随手在电脑里调出这家投资公司的资料。

上次来解约的金总是天盛投资公司的财务部负责人，眼前的这位是天盛投资公司的总经理，姓肖，也是这家公司的法人代表兼创始人。

季暖抬眼看他。她语调轻缓而冷静地道：“肖先生，你的家事我无心过问。你和我们工作室之前的财务部主管之间那些私下往来，跟我也没有任何关系。许主管是犯了挪用公款的罪名，才会被我交给警方。由我亲自交给警方的，全部都是关于她在工作中所犯下的罪行。我不管你今天来这里究竟是因为金总知道了你们那些勾当而跟你闹了起来，还是你要为许主管讨回公道，这一切都不该归咎于我们工作室头上。我是这里的负责人，将犯了法的员工依法交给警方，是我的权力。你一个将近四十岁的成功男士，有家室有孩子，这点小学生都懂的道理还要我来教你？”

肖总面色不悦地道：“你一个毛都没长齐的小丫头，是在对我说教？”

“当然不是。我这人还不至于对什么无关的人都能浪费口舌。”季暖冷淡地勾唇，“在我这里，只是许主管犯了法，至于她跟你之间那些龌龊的勾当，既然我能查出来，那么警方只要顺藤摸瓜也一样查得出。这事经过警方的手，最后会被你老婆知道，也并不奇怪。所以，你来找我耍狠有什么用？又不是我让你们在那么不安全的小旅馆开房，又不是我去安装的非法摄像头。你管不住自己的下半身，现在反过来迁怒到我们身上？”季暖脸上似是带笑，眼里却是无尽的嘲弄。

“少在这里跟我东扯西扯，我要是因为这事离了婚，公司股权变动，至少直接损失几个亿，是你现在说这么几句话就能解决的？仗着有靠山敢这么嚣张，我看你这小丫头是欠教训！”肖总忽然寒着脸给几个打手使了个眼色。

那几人骤然一脚踹翻办公室的茶几和备用椅子，上前就要将季暖拽出来。季暖愣住。她没想到这些人居然真的蛮不讲理到要在她这里耍横。她站起身，示意被吓住的小八赶快出去报警。结果，其中一个打手忽然一把揪住小八的衣领，把她拽了回来。

“啊！”小八低叫一声。

季暖脸色一变，几步冲了出去，正要将小八扶起来，那个打手忽然抬起手，就要来抓季暖的头发。

几乎就在同时，办公室的门一声重响，一道身影果断冲进门。季暖还没反应过来，就被骤然进门的封凌拉到身后。

只在眨眼之间，那几个无论是身高体重还是身手都绝对属于彪悍级别的打手已经被踹翻在地，捂着肚子翻滚着哀号。

封凌又一脚直接踩在其中一个人的裆下，然后狠狠一踝。地上的哀号声瞬间加剧。季暖想拉封凌都没能拉住。

眼前的短发女人身手利落到不可思议，站在一旁的肖总被一脚踢到脸，狼狈地倒在地上，半边脸直接青了。

还有两个打手在后边，见状直接骂骂咧咧地朝这边扑来。季暖手指用力攥着封凌的衣服，她担心打出人命。这下她是真看出墨景深究竟派了多厉害的人在她身边了。她现在担心的是肖总的这些打手还能不能活着出去……

季暖强忍住拍手叫好的冲动。她的工作室才刚刚起步，要是就这么见了血、发生了命案，那可是做生意的大忌。

此时，其中一个打手气冲冲地伸手就要抓季暖的头发。他想把她拖出去。他的手刚接近季暖，封凌上脚就直接踹人，仿佛无论对方是谁，敢来动季暖的，她绝对不客气。

眼见封凌将这两个人的腿给踢伤，隐约传来膝盖骨断裂的声音，季暖脊背发凉。旋即，她又看见那两个男人的命根子即将毁于封凌的脚下。

“等等！脚下留人！”季暖忙伸手，用力抱住封凌的胳膊，“大厦附近就有警局，打个电话叫警方过来把人带走，会有人狠狠收拾他们的！”

封凌这才停止动作。她又冷又狠地看了两眼倒在地上打滚的几个废物。她本来是想着季暖在工作室，这大厦里又有保安，只要不出去的话应该没什么事，便抽空去附近买了瓶水，结果刚一回来就听见办公室里传来惊叫，还有东西被踹翻的动静。她冲进来就看见季暖差点被那些人伤到。

封凌没说话，脚从那个人的下身移开，然后她退到季暖身后，保持不会妨碍她却又能确保她安全的距离。

季暖将刚刚被拽倒在地上的小八扶起来：“没事吧？”

小八摇了摇头，又一脸忐忑地看向季暖身后的人。她小声说：“老大，她好厉害啊！”

季暖笑了一下。之前她还怀疑这个女保镖到底有多大的本事。事实证明，她的怀疑真是多余。

警方很快赶到，把那几个打手带走时，肖总也一脸狼狈地被拽了起来。

季暖特地跟负责上次那件事的警官打听了一下，确定这个肖总和许主管在外面开房偷情的视频是他们后来调查出来的，而不是她工作室里的人多事将她电脑中的视频交了出去，这才放心。只要这些破事的确跟她工作室的人无关，她就懒得再过问一句。

肖总被带走时听见季暖和警官的对话，这才有些懊恼。他的脸色挫败难平，俨然是在家里已经被闹得不得安宁。一个本来长相不错身家也不错的男人，转眼就被一个女保镖给揍到鼻青脸肿。现在他根本抬不起头来，只能用目光不甘地扫了季暖一眼，结果下一瞬就被警方按住脑袋直接带走。

傍晚，季暖去工作室名下的建筑工地考察了一个小时后回来。

在车里，季暖坐在后排，一手支着脑袋，看着手中的文件。听见手机铃声响起，她接了电话听人事部的汇报。

她如今对国内许多行业和行情的走势都有所预知，也能保证未来将工作室扩大，假以时日，让工作室成为国内首屈一指的大型房地产集团。

但是，做生意赚钱和企业管理是两码事，现在由于工作室获得的投资远超出预期，她要加收的地皮房产也会越来越多，工作室规模需要扩大，人事部财务部等各个部门每天都有无数事情需要她去操心。

季暖妄图这一世能站在爱情事业双丰收的顶端，虽然她以前在美国求学，也有着不错的学位，可毕竟不是企业管理和商务经营出身，即使她的头脑和预知能力都足够，但在管理方面多少还是有些欠缺，这才刚刚开始，她已经有些焦头烂额。

夏甜这两天给她发过短信，说出院后就来她工作室帮忙。

但这样还是不够的。

季暖用手支着脑袋，将手机放到一旁，转眼看向车窗外已经暗下来的天色。

晚上，御园。

有了陈嫂做的晚餐，季暖怕是短时间内也没机会看到墨景深亲自下厨了。

餐桌上，墨景深的筷子刚伸过来，季暖的筷子无意间就碰了过去。他睨了她一眼，筷子向另一盘菜伸去，季暖的筷子也跟了过去。就这样“筷子打架”半天，墨景深把筷子放下，盯着季暖，眼里似乎还藏着若有似无的浅笑。

男人的手随意地放在桌面上，姿势悠闲，与对面有心事的季暖对比分明。

“有心事？”他拿起眼前的菜盘，往季暖面前摆了过去，免得她够不到。

季暖这才回过神，抬起眼看向他饶有兴味的目光。她低下头就看见那些爱吃的菜几乎都已经到了她面前。她直接将筷子放下，说：“我最近打算买些企业管理方面的书籍，在家里自学，你有没有比较好的书推荐？”

墨景深拿起桌上的玻璃杯，低头施施然喝了一口水。随即，男人慢条斯理地道：“不过就是两亿的投资，已经给你带来这么大的压力？还要买书自学企业管理？”

怎么感觉他在嘲笑她……

季暖重新拿起筷子，夹了一口青菜放在嘴里嚼了嚼，不满地说：“我感觉墨大总裁有点瞧不起人啊！就你能三年内把五千万融资变成三十亿，我就不能比你更厉害？”

墨景深笑着看她：“看书不如看人，有什么难题直接问我，不是比书有用多了？”

季暖撇嘴道：“不行，我只适合当你老婆，被你亲亲抱抱举高高什么的还可以。你要是给我当导师的话，估计没几天我就会被你骂出玻璃心来。”

墨景深清俊的脸上笑意渐深，他伸手给季暖盛了一碗汤放到她面前：“我怎么可能会骂你？”

对，他是不会骂她，但用行动来让她从晚上哭到天亮，那不是更残暴的惩罚？

“先吃饭，别坐着发呆。”墨景深提醒她。

季暖捧起碗开吃。她迅速果断地吃完后，直接跑上楼，进了墨景深的书房找书。结果找了半天，她也没发现他书房里有她想看的那些书，反而大都是国内外著名商业案例和不少有着各国语言文字的书籍，剩余的大部分是公司里的卷宗。

实在找不到，季暖放弃了他的书房。她转身正要出去，就看见男人正站在书房门边。书房里的灯本来就不是特别明亮，和窗外投进来的月光混在一起，显得他身上一派清风朗月，却又有些神秘。

“找什么？”他进来，伸手扣住季暖的背，把人拉到自己面前。他的手指轻轻摩挲着她的头发和纤瘦的脊背，温热的鼻息洒在季暖的脸颊边，气氛温馨而暧昧。

季暖心道，果然是不能让墨景深来给她当这个导师！否则估计找他学习的时候，他都能这样暧昧轻佻地把她扔到床上去温存一番，实在是会大大影响学习进度。

“我还以为你书房里有企业管理方面的书，结果一本都没有。”

“我不看那些东西，当然没有。”

所以，有些天才的确是天生的。管理着这么大的公司，仍然有条不紊，丝毫不乱。等以后墨景深接手美国Shine集团的时候，恐怕也是一样游刃有余，甚至更厉害。

墨景深的手机响了，季暖也不耽误他接电话，转身回他书房拿了一本有着经典商业案例的英文原著出来看。

等他接完电话回来，直接将正坐在床上看书的季暖抱到了腿上。季暖的目光从书上移开。她抬起眼，道：“你看我干什么？你书房里那些其他国家语言的书我都看不懂，就这本全英文的还能看一看。”

墨景深又看了她一眼，然后拿过她手中的书本，向后翻了几页，直到翻到整本书的一半时停下，将书重新给她。

“这页后面有几个国外房产营销的案例。”他淡淡地道。

季暖又认真地看了几眼，再抬起头看着他英俊完美的侧脸，她惊讶地道：“书架上那些书至少是七八种语言文字，你不会都看过吧？而且记得住每一本的内容？”

他低笑，从容淡然地抱着她：“过目不忘也是企业管理者必备的本领。无论何时何地，关于公司大小各处的细节都必须有印象，这样叠加在一起才能审时度势，做出最完善的分析和决策。”

季暖捧起书，道：“现在就给我上课啦？你要是能一直这样保持正人君子的态度，我还可以考虑让你做我的导师。”

墨景深忍着笑，摸了摸她的脸：“里里外外都被我看了无数次，现在让我做正人君子，自欺欺人可不是企业管理者该有的态度。”

说不过他！

季暖干脆低下头继续看书。

直到夜里她躺在床上还在盯着书，墨景深将她捞进被子里，轻描淡写地道：“爷爷刚才打电话过来，让我们后天回墨家住一晚。”

“忽然回去干什么？有事？”

墨景深把季暖带进怀里：“安书言和她父亲这几天在墨家做客，周末回美国的航班已经订了，爷爷虽然没打算跟安家扯上太多的关系，但于情于礼身为墨家之主，该有的客套还是要有。他让我们回去一起吃个饭，算是送别。”

“我怎么觉得这不像是爷爷能提出来的要求。”季暖频频抬头看向墨景深。

墨景深抬手在她头上揉了一把，道：“看破不说破，就你机灵！有我在，无论是墨家还是季家，也没人敢吃了你。”

季暖在他下巴上咬了一口：“我不把安书言吃了就不错了，谁能吃我啊……”

墨景深在她唇上反咬一口：“我能吃。”

季暖抬头继续去咬他。两人就这样或轻或重咬了半天，季暖的呼吸频率急促了许多，最后赶忙喊停。墨景深伸手握住她的脚。他的眉宇微微一蹙：“脚这么凉。”

“马上就中秋了，外面温度比较低，每年这个时候我的手脚都很凉。”季暖任由自己的一双脚丫放在他的掌心里，没有抽出来，“听老人说，手脚凉就是没有人疼的意思。”

墨景深亲亲她的嘴角，道：“我还不够疼你？”

季暖刚才也只是随便一说，她干脆将脚在他掌心里动了动，顷刻便再度被他握住。

“不折腾你了，早点休息，回墨家时去后山泡个温泉，对你体寒的毛病有帮助。”他淡淡地道。

季暖的眼睛亮了起来：“墨家后山的温泉？那不是轻易不让外人进的吗？”

“你是墨太太，不是外人。”墨景深话音落下，又以目光警告她赶紧把手里的书放到一边去，然后低声道，“睡觉。”

季暖立刻老老实实地将书放到床头柜上。

翌日。

封凌开车，季暖坐在车里用手机上网看新闻，她忽然看见关于海城天盛投资公司被撤牌的消息。

就算有警方插手，他们的动作也不可能这么快，何况有钱能使鬼推磨。如果肖总和金总两人都想保住公司的话，也就能互相隐忍将大事化小，警方也就难以继续插手。现在这家公司忽然被撤牌退市，等于一夜之间倒闭。

季暖的手指在屏幕上顿住，她转眼看向开车的封凌：“昨天的事，你告诉墨景深了？”

封凌边认真开车边回答："是的。"

怪不得！

墨景深实在太坏了！昨晚他一直不动声色，结果这家公司居然一夜间悄悄死于他手。

第二天傍晚，季暖和墨景深一起回墨家，看见前院停的几辆车。

只不过是墨董回了一次国而已，居然就有这么多车跟着。身为Shine集团的掌权人，果然不同凡响。

两人走进墨家，时近中秋，宅院里已经有了些节日的气氛。

前厅，墨老爷子和墨绍则正与安父喝茶慢聊，像是聊到什么开心事，三人脸上都挂着笑容。

安书言就坐在安父身侧，她抬眼就看见季暖和墨景深十指相扣地走了进来。

墨绍则看见这一幕，本来带笑的脸瞬间沉下。他看了一眼安父。安父亦在看见季暖的时候，目光里多了一丝疏离的冷意。他打量着季暖。

"爷爷。"季暖跟墨老爷子打招呼，神色自然，并没有被那些人的目光所左右。

之后，她又目光坦然看向脸色不怎么好的墨绍则："爸。"

墨绍则冷淡地收回目光，应都没有应一声。

季暖也不觉得尴尬，笑着看向安父："安老先生，您好，我是景深的妻子，我叫季暖。"

季暖的态度不卑不亢，让人挑不出毛病，安父再怎么不乐意也不能表现得像墨绍则那么明显，更何况还有墨老爷子正笑呵呵地坐在一旁。

"不必客气，季小姐快坐吧。"安父回了一句。

安书言也露出很有礼貌的淡淡微笑。她看看季暖，又看向墨景深。

墨景深将季暖刚刚在路上特意买的礼盒递给管家欧伯，道："季暖听说爸和安叔即将回美国，知道国外很少能喝到国内正宗的好茶，又知道爸和安叔多年来都有品茶的爱好，来之前特地选购了几盒碧螺春带过来。"

墨绍则脸上还有明显的不满，但现在毕竟不是私下说话的时候。季暖进门后始终保持着自然谦恭的态度，他实在也找不出什么把柄。他皱了一下眉，冷冷地应了一声："嗯，放着吧。"

欧伯刚要将他们带来的几盒茶拿到后边，墨老爷子忽然回头看了眼。他扬起眉道："是洞庭碧螺春？这的确是国外很难买到的好茶。我也很久没喝过碧螺春了，快，把季丫头带来的茶拿去泡上，我先尝尝！”

“好的，老爷子。”欧伯应声走了。

“季丫头，你别在那里傻站着，回了自己家还戳在门前干什么？来爷爷这里坐！”老爷子又对季暖招了招手。

季暖笑着走过去，和墨景深互相看了一眼，两人在老爷子身边落座。

“说起来，我也算是第二次见到季小姐了。”安父这时忽然开口，目光带着探究，就这样看着季暖，“那天在Shine合作的晚宴上，没机会与季小姐说上话，只记得是景深带着你上了楼，季小姐当时是身体不舒服？”

季暖那天究竟出了什么事，在座的人几乎都知道，始作俑者墨绍则就坐在旁边，安父却这样问，分明是在故意发难。

季暖坦然一笑，道：“那天是我不小心贪杯，酒喝多了些，在洗手间里睡着了，要不是景深发现我，估计我能在里面睡一整晚。我那天实在是太丢人了，安老先生，您可千万别取笑我。”

墨老爷子却十分配合地在旁边笑了一声，其他人自然笑不出来。

她这回答太过坦荡，倒像是个不小心喝多了酒的孩子在长辈面前吐舌头撒娇求饶，却又免于被教训，这让安父不由得眯了一下眼睛。

墨景深目光带笑，他语调从容地开腔：“夫妻间这点小事，实在不应该摆在台面上说。她平时没什么机会喝酒，酒量也确实差，那晚不过喝了几杯香槟就找个地方睡着了，害得我好找。”

“几杯香槟就醉了，季小姐的酒量果然不怎么样。”安父也跟着笑笑，笑意却不达眼底。

“安老先生，您果然是取笑我！我小时候经常吃药，那几年一直对酒精过敏，长大以后不再过敏了，我父亲却一直不让我喝。我脾气有点倔强，觉得别人能喝，我就能喝，所以经常找机会偷偷喝几杯，但每一次都醉得一塌糊涂……”她边说边笑，“景深也总是管着我，那天晚上我偷偷躲在旁边喝了几杯，结果差点闹出一场笑话来……”季暖又垂下眉眼，好像很不好意思，“景深这几天没少说我，估计以后一滴酒都不会让我碰了，他比我父亲管得还严厉呢！”

安父的笑意淡了几分。他目光冷冷地看着一直笑意盈盈的季暖，已是有些不悦，却并没有说出来。

一个男人会这么管着自己的妻子，就连喝酒这种小事都要时时刻刻盯着，言下之意，就是墨景深对季暖真的很在乎。

墨绍则听得出来季暖这头脑清明的小妮子是在故意将安父的军，他冰冷的声音骤然响起："酒量不好就少出来走动，毕竟头上还挂着墨太太的名号，若是哪天在公共场合沾几滴酒就要酒疯，丢的可不只你自己一个人的脸！"

墨绍则这话一出，其他人还没开口，墨老爷子当即先瞪了他一眼："说什么丢人？季丫头无论是在家里还是在外面，她的做派哪点都让人挑不出毛病来！"

墨绍则锐利的眸子一冷："大庭广众之下，被景深当众抱着回房间，这还不够丢人？"

"大庭广众之下，究竟是谁的做派最上不了台面……"墨景深淡淡地道，声音凉薄，"真要在这里说出个所以然来？"

明明听上去，墨景深的声音跟平常没什么区别，可在场所有人都敏锐地从中感觉到了压抑隐晦的气息，仿佛只需要一个分神的时间，就能被他这不动声色间的凛冽冻到结冰。

墨绍则的脸色含着怒意："景深，你这话什么意思？"

墨景深的薄唇勾起，他笑意冷然地道："就是字面上的意思。"

当众戳破这薄纸下的一切，墨绍则脸上已然有些挂不住，他勃然大怒。父子对视，顷刻间大厅里已是冷如冰窖。

坐在安父身边的安书言一直没说话，她抬眼就看见墨景深坐在那里。虽然他面色清冷，却仍然保持着与季暖十指相握的姿势。两条包裹在西装裤里的长腿散漫交叠，他整个人看似散漫随意，眉宇间却有凌驾于这片虚伪平和之上的戾气。

季暖那天被关在洗手间里的事情，他果然没打算就这么平平静静地算了。这话题本来就不该提，若是真的要挑明，最后吃亏的恐怕根本不是一直被他们咄咄相逼的季暖。

安书言在墨绍则正要怒意横生地开口时，适时温声提议："墨爷爷，听闻墨家后山有一处百年前挖出的泉眼，与海城的龙脉山根相连，是国内难以见到的纯天然四色温泉，不知道回美国之前，书言能否有幸去泡一泡这传说中的墨家温泉？"

听得出来，安书言这是想转移话题。

墨绍则面色不悦地看了季暖一眼，季暖却对他淡淡一笑，在外人面前，她到底还是有分寸。

别看这丫头年纪轻轻的，其实她始终头脑清醒。

这时，墨老爷子已笑呵呵地对安书言道："哎呀，就是自家的私人温泉而已，哪有你说的那么神。”

“墨爷爷，您实在是太谦虚了，墨家的温泉在国内可一直都是很有名的！”安书言顺着老人家的好心情继续说，“听说经常泡墨家的四色温泉，可以祛百病。”

“都是被外人传得过于神化了。所谓的四色温泉，也是经过墨家人这几十年研制出来的中药逐渐泡染而成的！”墨老爷子说着，干脆站起身，“正好，温泉池那边有不少被隔开的小温泉，也方便你们姑娘家过去。既然书言想去看看，那今儿大家就都去泡一泡！”

墨老爷子又道：“景深啊，带着季丫头一起去，经常泡温泉对身体有好处，季丫头现在身负让我抱上曾孙的使命，这种养生健体的事情，可不能少了她！”

老爷子这话分寸拿捏太到位，完全把安书言最后表现的机会都给阻截了，又是实实在在护着季暖。

安父不好表态。安书言仍然大方得体地笑着，然后向墨景深看了看。

墨家的温泉与外面的各种高中低档温泉的确不一样，它坐落于墨家后山被精心打造过的古色古香的石洞下。

虽然在墨老爷子的盛情邀请之下，一同来泡温泉的人很多，但幸好所谓的四色温泉是在正中央，而在石洞下还有几处被挡住的小泉眼和小温泉，正好方便安书言和季暖使用。

季暖被安排到最里面的药泉。路过旁边的一道石门里的玫瑰泉时，她看见安书言已经被墨家的用人带了过去。

药泉在整个温泉石洞的最里端，很僻静。

季暖坐进泉水里时还觉得有些烫，一点点适应温度后，脸上出了些汗，她觉得很舒服。她慢慢伸展身子靠坐在泉水里。她的头发高高绾起，露出的脖颈和脸渐渐溢出汗来。

就这样泡了大概二十几分钟，季暖舒服得快要睡着了。忽然，身后像是有人走近，她猛地醒过神来，回头就看见墨景深正朝她走过来。

季暖愣了一下，道：“你怎么不继续和爷爷他们一起泡？”

“总不能让你一个人在这里，温泉泡太久容易发昏，我来看看。”墨景深说只是来看看，人却已经慢条斯理地走了进来，进到她面前这一汪温泉的同时，带起水面上小小的波动。

季暖本来坐在温泉里没动，男人的手臂从水里伸来，直接将她揽了过去，问："感觉怎么样？"

"还好，就是有点热。"

墨景深笑笑，搂着她坐了一会儿，低眸见她被水熏到发红的小脸，他正要往她脸上亲一下，忽然，外面像是又有人走近。

季暖听见声音，怕被人看见，忙要推开他。男人却将她的腰箍紧，同时回眸，看向忽然走进来的安书言。

安书言显然没料到会在这里看见墨景深，更没料到会看见他们两个正在温泉里……抱在一起……她的第一反应不是马上离开，而是站在那里，像是有一会儿没有回过神来。

"抱歉。"十几秒钟后，她勉强回过神，看着他们，"墨总，我刚才一个人在玫瑰泉那里有些无聊，就想过来找墨太太说说话，没想到……"

墨景深语调淡淡地道："没什么好抱歉，但你和季暖若是在同一个温泉里，只会更无聊。"

安书言神情一顿。

季暖也似有若无地扫了安书言一眼。

墨景深的言下之意，是在讽刺安书言跑过来找季暖聊天，最终也不过是两个女人坐在一起没话找话互相尴尬。

所以，的确，她没必要来找季暖聊天，就算聊也不会聊出什么好话。

这男人的不动声色里暗藏着讽刺，真是够坦荡又够无情。

从始至终，墨景深都没和安书言有过逾越行为，哪怕是那次在Shine集团的晚宴上，他也是一样冷热有度。

季暖想象得到，像安书言这样一个向来站在高处的天之骄女，现在的心情有多压抑。

"很抱歉，打扰了。"安书言虽然受了打击，脸上仍挂着笑。她又深深地看了一眼与季暖在同一温泉里的男人，转身骤然向外走。

直到安书言的脚步声消失，季暖将下巴搁在墨景深的肩上："安秘书其实挺能忍的，以她的智商情商来看，她或许可以忍受失败和委屈，但很显然，你刚才伤到她的自尊了。对骄傲的女人来说，自尊才是真正的底线。"

因为那一刻，季暖看见了安书言眼里难以忍受的压抑。或许无论怎样听说季暖和墨景深的恩爱，都不如无意中撞见他们在温泉池里亲热更让她受打击。

墨景深将她湿漉漉的头发撩开，温热的水从他的掌心落在她的锁骨上。季暖转过眼，看向男人近在咫尺的脸。

墨景深的语气很平静："你希望我更顾及她的自尊，还是更顾及你的心情？"

季暖挑眉，张口在他肩头咬了一下："你怎么把这送命题抛回到我身上了？"

"一个是与我无关的女人，和那点与我无关的自尊，一个是我认定的妻子，会陪我走过一生一世的女人，是她自己认不清。"墨景深摸了摸她的耳朵，声音低沉平缓，"你也知道这是送命题，正确答案就摆在这里，还非要我给你说出个所以然来，满足你这点好奇心。"

季暖不再咬他，直接在他下巴上亲了一口："看来我应该给史上第一好老公盖个章！"

"盖章可以，只是亲一下这种太过简单的方式，无效。"男人在水下搂过她的腰，张口反在她唇角吻了一下，"回房间再好好给我盖章，随你怎么盖。"

"你别胡来啊！这是墨家，晚上抽空陪爷爷多说说话才是要紧事。"季暖一本正经地道。

墨景深的语调也是一本正经："陪你老公睡觉也是要紧事。"

泡了太久，两人打算离开温泉池，回房去休息。季暖先留在里面换衣服。墨景深先一步走出后边的小温泉池。

安书言仍然穿着那身温泉服，长发披在身后。她听见动静，回头便看向墨景深。

"墨总，"安书言盯着他仍然清雅的俊颜，"这里毕竟是墨家，我们正在这里做客，刚才幸好进去的人是我，要是换成墨叔或者我父亲，指不定会怎么想季暖。"

安书言的意思很明显，暗指季暖在这里勾引墨景深。如果他们两人在这里亲热，等于根本没把安父和墨父放在眼里。她就差把"伤风败俗"这几个字说出来了。

"寻常夫妻间偶尔亲热一下，没想到竟然碍了安小姐的眼。"季暖已经换好了衣服，从里面走出来，不等面色冷淡的墨景深开腔，便又淡笑着开口，"安小姐有着让人望而却步的家世和机警聪慧的涵养，必然是眼高于顶，但这种道貌岸然的评判，似乎不应该放在我们身上。"

季暖走到墨景深身边，又瞥了安书言一眼，道："我们是合法夫妻，别说我们刚才仅仅是亲一亲抱一抱，就算真做出点什么情难自禁的事情来，怕是也不会跟伤风败俗扯上关系。”

安书言本来想借机单独跟墨景深说上几句，没料到季暖出来得太快太及时。安书言静默了一瞬，又微微含笑道：“我和墨太太也算打过几次交道，对你仍然不算特别了解，明天我就走了，墨太太确定要给我留下这样的印象？”

季暖很想笑，看来这安书言是真的对墨景深中毒至深！得不到的永远是最好的，恐怕就算她回了美国，他也永远是她心里的白月光。

“我是怎样的人，安小姐你应该了解得够深了。早在第一次在公司里见到我时，你就早已经将我的底牌查得彻底。再说了，我给你留下什么样的印象，这很重要？”季暖挑眉轻笑，“安小姐，自负可以，但别骄傲过头，太把自己当回事。”

墨景深冷淡地开口：“墨家对季暖来说，就是她自己的家，她在家中是如何的做派，都是她的自由，不需要遮遮掩掩。”

安书言看着他，忽然笑了一下，道：“我以为你对季暖只是出于婚姻的责任和一时的热情，毕竟像你这样一个任何时候都冷静理智的人，在面对婚姻和感情时也一定会先考虑各方面的利益因素，却没想到你对她这么认真。”

墨景深不语，目光仍旧淡漠。

安书言仰着脸看他：“站得太高的人，并不适合付出全部的感情。你这么理智，竟然也会甘于这样的生活？”

墨景深没打算再和她继续多说，他拉住身旁季暖的手，向外走。安书言在他擦身走过的一瞬间，问：“你以为，你会跟她在一起一辈子吗？”

“我会。”墨景深转眼正色看了她一眼，语调平缓，却重重打在季暖的心上。

“你就这么肯定，不会跟她离婚？”

“肯定。”他没有丝毫的迟疑和犹豫。

安书言脸上的难堪已经无法遮掩。她看着他的目光很深。最后，她转身快步从他们眼前离开，脚步有些慌乱。

仿佛刚才的对话没在墨景深这里造成任何影响，安书言走远后，他牵着季暖的手，长腿迈开，向外走。还没走多远，季暖心念一动。她甚至不知道自己想的是什么，忽然借着他牵着自己的力道，快步向他走近，从后面抱住他。

墨景深的脚步顿住。他回身抱她：“怎么了？”

季暖在他怀里仰着脸，道：“在一起一辈子都不离婚啊？现在我还有点颜值可看，等我以后人老珠黄，你确定还不会腻？”

墨景深挑眉道：“你人老珠黄的时候，我只会比你更老。”

“那可不一定，男人四十一枝花，女人上了岁数就是豆腐渣！”季暖嘴上这么说，手却是紧紧抱着他，得意得不肯放开。

“嗯，就算是豆腐渣，我这朵鲜花也只插在你身上。”

见季暖被噎到开始瞪人，墨景深忽然屈指在她头上弹了一下：“想什么呢你？思想别那么不干净。”

“时间差不多了，来这里太久，空气很闷，先出去。”墨景深转身道。

就在这时，远处忽然传来墨绍则和墨老爷子的交谈声，伴随着两人向这边走来的脚步声。

“景深人呢？在四色温泉那儿聊了几句后，人就不见了，到现在还没回来。”墨绍则的声音冷冰冰的。

墨老爷子老神在在地回道：“景深小时候就不是很喜欢来这里泡温泉，估计已经出去了。”

“可别是进里面找季暖了？安家人还在，那个季暖就敢缠着景深，是有多不把人放在眼里！”墨绍则边说边向这边走，语气里是明显的不悦。

季暖在这边听见，下意识地忽然一把推着墨景深进了石洞旁角落里的石缝后。这里空间很小，只能容下两人，还得是紧紧相贴的姿势才可以站稳。

她整个人靠在他身上，在墨景深低眸看她时，她抬手做了个嘘的动作。

墨景深根本没打算躲，可见这小女人表情太生动，也就任由她将他按在石缝间。他的手搂在她的腰后，免得她的腰被旁边的石头硌到。

“现在还不能确定景深是不是已经出去了，季暖估计也没在里面，你还往里走什么？”墨老爷子边走边唠叨，“再说了，人家小两口喜欢腻在一起，也是因为感情好，你动摇不了他们的感情，还强行管上一把，到底是哪里看季暖不顺眼？这孙媳妇我一直看着，可是顺眼得很！”

墨绍则冷哼道：“就凭她背后的季家跟安家完全无法比拟，这最现实的一点她就不够格。”

“照你这样说，景深是不是还得娶个外国公主才算够格？”

“公主？呵，有身份没脑子也一样是废物！”

“哎哟，你还真是把安书言过于神化了。依我看啊，陷在爱情矛盾里的小姑娘都是一个样，没几个理智的。我看她也不是真的如你所说那么完美，人心贪婪，只是有的人掩饰得好罢了。”墨老爷子哼道。

老爷子和墨绍则已经走近，与他们隔了石缝后一道石壁的距离。

就在墨绍则即将从这里走过，转头就能看见这里时，季暖整个人向里缩了一下，但明显是把墨景深给挤着了。

墨景深低眸看着她刚刚明明想躲、现在躲不过而一脸懊恼的表情，笑了笑，以目光调侃她。

老爷子走在前面，刚往石缝这边扫了一眼，目光一顿，手中的拐杖骤然落到地上，向后滚落两米。

“哎呀，这手怎么还忽然滑了一下？”老爷子说着就转身，“我看景深和季暖该是早就已经出去了，别找了，咱们赶紧出去。”

墨绍则脸色狐疑，捡起拐杖给老爷子递了过去，同样瞟向那道稍微隐蔽的石缝，眯了眯眼，正要向前走近看一眼，刚接过拐杖的墨老爷子直接扑通一声坐到地上，拐杖又向后滚出好几米之远。

他骂道：“你老子岁数这么大了，在温泉里泡这么久，脚都泡麻了！手上没什么力气！你还没事找什么碴儿！越往里走越闷得慌，赶快扶我出去！”

眼见老爷子都摔在地上了，这戏演得也实在太认真。

墨绍则脸色难看，明知道是怎么回事，却还是没办法继续向里走，黑沉着脸捡起拐杖，再扶起故意疼得哎哟哎哟的老爷子向外走。

直到那二人走远，季暖才全身放松地靠在墨景深身上。

墨景深失笑：“躲什么？以为躲在这里他就不知道？”

“他肯定知道啊，这么明显，不知道就怪了，但也比直接被抓个现行要好吧？这不是免于遭受他的白眼吗？”季暖小心地将头向外探了一下，确定他们真的已经走了，感叹了一句，“没想到爷爷居然这么会演！”

“我也没想到你这么会藏，藏在这种地方。”墨景深带着她从石缝里走出来，言语间是明显的讽刺，这石缝根本起不到任何隐蔽的作用。

季暖反问道：“刺激不？”

男人盯着她，笑了。

“行了行了，赶紧出去，不然万一等会儿墨董又杀回来，就辜负爷爷那堪比奥斯卡影帝的演技了！”季暖说着挽起他的手臂向外走。

墨家后山的温泉入口，墨绍则扶着墨老爷子出来，看见安书言正站在外面，直接问：“书言，你出来多久了？看见景深了没有？”

安书言目色无波，只淡淡看了眼温泉的入口，嘴上说：“没看见。”

墨绍则没错过她刚刚向里投去的一眼，凌厉的眉宇皱了皱，碍于老爷子一直不停哎哟哎哟地呼痛，也没法再回去把人抓出来，只能脸色铁青地扶着老爷子离开。

直到墨景深和季暖出来，安书言仍然站在原地。

季暖的视线投到安书言身上，安书言只是对她不咸不淡勾了勾唇，再看向墨景深。

墨景深淡漠道："明早几点的飞机？"

安书言的脸色已经没有刚刚在石洞里时那么明显，回答："很早，大概天刚亮就得出发去机场。"

墨景深了然地淡淡点头，手始终搂在季暖的腰间，直接带着她走了，没再多说。

墨家的夜，无论前院还是后院，每一条小路上都有古典式样的小灯，哪怕已是中秋时节，小路两边仍泛着青草树木的清香。穿过必经的鹅卵石路，能看见不远处的后园小湖，湖面波光粼粼。

整个世界都是暗色的，却又被温暖的灯光照亮，一片静谧。

季暖好像从来没和墨景深在这样安静的小路上走过。此时此刻，来自曾经的戒心和孤胆，还有墨父的排斥，仿佛都不存在了。

风声从耳边擦过，季暖忽然反握住墨景深的手，很紧。

男人察觉出她的一丝变化，脚步顿住，低眸看她一眼。

季暖同时抬起眼，对他一笑。

小女人笑得眉眼弯弯，墨景深看着她："怎么了？"

季暖神秘兮兮地摇头。

女人很多时候都是情绪化的动物，无论活过几生几世都不例外。

她只是在想，他刚刚说过的话。

会在一起一辈子。

不会离婚。

季暖更紧地握住他的手。

第十四章　曾经·疑云

夜已深，毕竟晚上泡过那种加了中药的温泉，虽然对身体好，但会让人总觉得很渴。

季暖半夜十一点多还没睡着，墨景深躺在她身边，半靠在床头，正在看手机里的电子邮件。

季暖没打扰他，掀开被子下床，只说了一声“我去叫人烧点热水回来喝”，就在睡衣外穿上外套，脚步放轻地出了房间。

她对墨家还没到熟门熟路的地步，本来楼下应该有用人偶尔过来看看他们是不是有什么需要，但季暖下楼的时候，用人正好不在。

季暖走出去，远远地就看见前厅的灯还亮着，想着用人估计是在那边，直接走了过去。

结果，她刚走进前厅，并没有看见用人，只看见墨绍则脸色不怎么好地坐在沙发上，眉头微微蹙着。

“爸。”季暖见他脸色很差，像是不太舒服，尽管不想受他冷眼，还是走了过去。

墨绍则听见季暖的声音，冷冷看她一眼：“你怎么在这里？”

“我想找用人烧些水，没找到人，看见这边灯光亮着，就过来了。”季暖走近，“您是哪里不舒服？”

墨绍则没什么耐心地皱了皱眉，抬手按了按额头，语气不冷不热地说：“年纪大了，受不了太热的环境，在温泉里泡太久，头疼了一晚上。”

季暖回头看了看周围，仍然没见到有用人，问："就您自己在这儿？没让人拿药过来？疼得很严重吗？用不用看医生？"

"老毛病，用不着吃药。"墨绍则放下手，面色不善地又看她一眼，"你也用不着跟我假惺惺，要喝水去别的地方找，别站这里让人看着生厌！"

要不是看在他是墨景深的父亲的分上，季暖这暴脾气还真的不可能这么能忍，早就怼回去了好吗？

"您如果实在头疼到睡不着，不如让我帮您按一按？"季暖语调缓缓，平静中带了些对长辈的耐心与客套。

墨绍则眼皮朝她掀了掀，冷嗤："你会按？"

"我试一下吧。"季暖没多说，直接绕过沙发，站在他背后，不等墨绍则冷漠拒绝的话出口，手指已轻轻按上他的头部，找准头上的穴位，再一点点加重力道。

墨绍则静默了一瞬，没多说，也没让她滚开，只冷冰冰地坐在那里，片刻后才眯起眼道："你还会这个？"

"我爸也经常头疼，所以我简单学过，只是一直没机会帮他按。"

"不是都说，海城季家的大小姐很骄纵吗？你还有这份孝心？"

季暖笑意浅浅："别人嘴里怎么传，我怎么可能阻止？我承认自己以前确实被我爸给惯坏了，但并不是一点可取之处都没有，您一直身在高处，更应该明白，在上流社会这个圈子里，别人看见的只是他人身上的风光，发现任何黑点，都会无限放大张扬出去，巴不得撕开你的光鲜再把你踩进地里，谁会管你本性如何？"

墨绍则闭上眼睛，任由季暖帮他按着头，静默了一会儿，没再说话。

大概按了十几分钟，季暖的手虽然酸了，但仍然保持之前的力度，虽然她不算特别专业，但她穴位按得都很准。

"刚才在温泉那里，你和景深一直都在里面。"忽然，墨绍则说了这么一句，音调冷沉。

季暖给他按着头部的动作没停，坦然地回答："是。"

"你答得倒是很痛快，当时不是还藏着？"他冷斥。

"我知道您会发现，也无意冒犯，只是下意识地不想跟您发生任何冲撞，所以会躲起来。"季暖趁他现在态度不那么拒人于千里之外，又说，"您该看得出来，我和景深的婚姻很和谐，感情也很好，今天在后山的温泉，我们的确是一直在一起，但这难道不是理所应当的吗？"

“谁给你的勇气，敢跟我说理所应当几个字？我没同意，你这是哪门子的理所应当！”墨绍则仍然没拉下脸来，语气依旧不怎么好听。

季暖笑了下，手也渐渐放轻，一边轻按一边说：“我知道您有您的看法，我和安书言的确不是同一类人，她对她严谨有规划的人生已经习惯，而我是个很随性的人，该是怎么样的就是怎么样的，活得简单，并不等于盲目愚蠢。”

“你把话说得再漂亮也没用，景深也一样是严谨有规划的人，他从小就是墨家最被看好的继承人。”墨绍则冷哼了声。

季暖勾唇：“您始终没有真正拿我和安书言对比过，只坚信她和景深才是一个世界的人。”

“这难道不是所有人都看得出来的？你哪点比得上书言？”虽然头部被她按得的确舒服，墨绍则这会儿却似乎跟她杠上了。

“拿安书言的优点对比您从别人口中听来的所谓季暖的缺点，这公平吗？”季暖态度平静，眼中有笑，语气始终淡淡静静的。

“的确，是很不公平。”

一道清泉般朗澈的声音从前厅后门的入口传来，季暖回头看见墨景深不知什么时候竟然也出来了，也不知道他站在那里看了多久，又听了多久。

听见动静，墨绍则亦是骤然转过眼。

墨景深穿着柔软舒适的家居服，虽然没有平日里的严谨冷然，可偏偏是这副随性的模样，贴近了季暖口中那所谓的简单。

很明显，他是发现季暖没回去，连外套都没穿，直接下楼来找她了。

“呵，说来说去，还不是要靠景深来给你撑腰，你才站得住脚？”墨绍则看见墨景深的刹那，如同至高无上的权威被挑衅，神色再度转冷。

墨景深缓步走进门，淡漠地开腔：“从始至终都是我将她放在保护圈里，不愿意看见她太周折太辛苦，我是她的丈夫，给她撑腰难道不是应该的？”

“就为了这个女人，我几次三番叫你回美国接手Shine，你都没有同意，在海城守着你自己的墨氏，能有什么前途？墨家的基业都在Shine，你的未来也只属于Shine！”墨绍则像是被墨景深不冷不热的态度激怒，怒然呵斥。

墨景深不应，眸色很淡。

“你这是什么态度！是对父亲该有的态度吗？直到现在，我都不清楚你当初忽然离开美国的原因！回国之后，自立门户是你自己的能耐，你有这个本事，你可以，我不说什么！可你忽然娶季暖，甚至连声招呼都不跟我打，你到底有没有把我这个父亲放在眼里！”

墨绍则一对上墨景深淡漠的脸色，就气到边骂边拿起沙发对面茶几上的茶杯，重重向墨景深砸过去。

季暖几乎立刻跑了过去，果断上前挡住墨景深，疾速而来的茶杯在她大腿上狠狠砸了一下。

墨绍则是用了十成十的力气扔茶杯，这一下，瞬间疼得季暖整条腿都麻了，他扔这么狠，还真是对亲儿子下得去手。

墨景深本来站着没躲，季暖冲过来太突然，茶杯也是眨眼间砸了过来。

他一把将季暖拽开，蹙眉看了她一眼，再看向她的腿，季暖只是被砸了一下，没觉得怎么样，忍着腿上的痛麻感，抬起眼看他，摇了一下头，小声说：“没事，没事……”

“你倒是有勇气去挡！”墨绍则眯起眼睛冷哼。

墨景深眼中的墨色似是无边黑夜，看向墨绍则，英俊的脸上是清冽的冷漠，直接将季暖拉到身后：“我为什么离开美国，你不清楚？”

墨绍则目光冷冷地对上他的视线，明显怒不可遏，却又压着脾气。

“除了安书言，你在我身边下的功夫还少？我当年在洛杉矶重伤初愈，你做了什么？”

墨景深语调低沉冷戾，他此时的目光是季暖从未见过的肃冷。

墨景深曾经在洛杉矶，还身受重伤？

洛杉矶？

这个地方她曾经去过，在美国求学的那几年，她待得最久的城市就是洛杉矶。

脑海里仿佛有什么模糊的影像一闪而过，她却没抓住，更被墨绍则怒喝的话吸引了全部注意力。

“那件事跟你留在海城有什么关系？”墨绍则怒道。

然而，这话刚一说完，墨绍则忽然静止了一下，猛地看向被墨景深挡在身后的季暖，冷厉地盯了她许久，似乎想到了什么，冷冷问：“是她？”

季暖的眼皮瞬间就跟着跳了跳。

什么是她？

她刚想问，却被墨景深拉住，他的手在她的手腕上握得死紧，没有让她站出去。

墨景深神色仍然冷漠，缓缓开口：“我的人生，不需要任何人指手画脚。即使是亲生父亲，也一样。”

“你！”墨绍则瞪着他，又看向被他一直护在身后的季暖，忽然凛着眉、眯着眼冷声道，“你这是铁了心要跟我作对！”

墨景深仿佛没听见，只回头看季暖，手在她腿上刚刚被砸到的地方轻抚了一下：“还疼吗？”

疼，当然疼，估计现在已经发青了。

但毕竟有睡裤挡着，谁也看不见。

季暖面上没什么变化：“没事，都过了这么半天，早就不疼了，就是腿上挨了那么一下，你别担心。”

“是我的疏忽。”墨景深握着她的手，轻抚她的手指，“这种事以后都不会再有。”

季暖在意的并不是自己的腿现在究竟疼不疼，而是此时此刻才仿佛听出他们父子间的剑拔弩张。

墨景深这个男人真的太善于隐藏了，喜怒难辨，她居然现在才发现，他们之间存在这么大的问题。

“爸，”季暖忽然抬起头说，“季家的确不如安小姐的家族根基雄厚，但好歹也是海城有头有脸的，如果只是因为门第之见而让你心里有疙瘩，我可以努力去弥补这些不足，钱和权势这种东西，墨家并不缺，您想看见的不就是我的能力吗？”

墨绍则扫了她一眼，冷道：“你还算有自知之明，我知道你从别人手里盘来了两家公司，还合并成了什么工作室，先不说你这工作室是不是被景深投资了，就说你自己，现在有这么好的资源条件，也没见你赚回来一分钱，有什么资格站在这里跟我说话？”

听见这话，季暖笑了笑。

房产行业本来就在今年停滞不前，还需要一段市场观望期，她选择的是厚积薄发，现在不忍住一时，以后又怎么可能将资金翻番？

但听墨绍则这话，也算是给她指了一条明路，不知道是不是因为刚才她的态度可圈可点，才会让墨绍则的态度也不再像以前那样油盐不进。

“听起来，您这是早就有所打算了。也好，如果工作室能在Shine集团董事长的见证下一步步成长，这对我来说也算一种难得的荣幸。”季暖说道。

墨绍则瞥了一眼她夷然不惧的目光：“你知道Shine集团每分钟的流动资金有多少？”

“是一千万美元。”墨绍则径自冷声说，“几乎等同于七千万人民币，我给你一个星期的时间，赚得到？”

季暖用力将墨景深正欲抬起的手按住，大大方方地回道：“好，如果一个星期内我赚不到，不用您赶我，我主动签离婚协议，给您寄送到美国去。”

“季暖。”墨景深骤然冷声开腔。

季暖转眼看向他，对他笑：“我可以！相信我！”

墨景深盯着她，视线静默而清沉，一言不发，直接将她带出前厅。

墨绍则站在前厅里，冷眯起眼。

一个星期七千万，这条件未免太简单了。他仅仅讽刺了一句，就反被季暖将了一军，莫名其妙在这七千万上打了个死结。

意识到自己刚刚有一瞬居然被季暖故意绕了进去，墨绍则本就不好看的脸色更差了。

季暖被墨景深带了出去，刚出前厅，季暖直接说：“不用担心我，七千万而已，没让他给我开出七个亿的价码，对我来说已经算是最好的结果了！”

墨景深看着她，静默了几秒，道：“西民广场附近那块三十万平方米的空地，可以卖。”

季暖汗颜，他怎么知道她从一开始做的是这个打算？

男人没去看她眼中那明显的诧异，淡声道：“你工作室名下的几座在建房产和地皮都紧邻市政规划的广场和预建范围，处处都是商机，你对自己的工作室始终热忱，且头脑清醒，懂得厚积薄发，我怎么会担心？”

见她目光还有些蒙，墨景深只抚了抚她的头发，语调温和低语：“那块地，是一年前韩天远花了两个亿的价钱所购，现在就在你工作室名下，一年的时间并没有找到涨价的机会，很多人都以为这块地砸在了手里，注定赔本。”

季暖从男人的面前抬起头：“连这种事情你都知道，还有什么关于我的事，是你不知道的……”

墨景深抬起她的下巴，黑眸锁着她的双眼，似有若无地散漫道：“我也在想，你的身上，还有什么是我不知道的。”

季暖莫名被他看得脊背一耸。

曾经和现在的一切历历在目，她抬起手，摸了摸耳朵，避开他透骨的目光。

对于墨绍则的条件，季暖是欣然接受的。毕竟被墨景深和老爷子护着是一回事，在墨绍则面前讨到一个说得上话的机会，又是一回事。

没错，那块地一直不被看好，当初还在韩天远的手里，就因为那块地，本身就在银行负债一大笔资金，未结清的债务到现在还跟她的工作室挂靠，季暖一拖再拖，所有人都以为她是卖不出去。

“你是不是知道市政那边还没出台的城市规划？”季暖问。

墨景深勾了勾唇，弧度淡然地道：“我知道，这并不奇怪，墨氏本就与海城商政两界有着密不可分的关系。”

可这还没出台的城市规划，季暖竟然也知道，这不太合常理。

墨景深没有问，只是看着她。

季暖别开眼，又认真地说：“广场重建，市政厅的主建筑也要搬到那里去，那附近所有的地皮和楼盘都会一夜飞涨。”

所以，七千多万而已，季暖心里算得清楚，一个星期之内，她的确能赚回来，这些也在她原本的计划之内。

在不打乱计划的同时，又能借机去跟墨绍则讨价还价，也算一举两得。

她眼里隐约闪烁着微光，墨景深看着她，道：“过来。”

季暖本来正在心里筹划，不经意就往前多走了几步，听见他这两个字，回头看他一眼，转身走了回去。

大抵看得出来她的轻松和自信，墨景深搂住她的腰，将她捞进怀里，字字句句有些警告的意味：“以后出任何事都别再跑到我面前去挡，给我牢牢记住，听见没有？”

季暖笑了下，当时那种情况，别说是茶杯，就算是刀子，凭着本能意识，她也一样会冲过去。

墨景深带她回了房间，让用人找来药酒，再让她坐在床边，俯身帮她将腿上拳头大小的瘀青用药酒慢慢揉开。

季暖看着他，问：“你以前在洛杉矶生活过很久吗？”

墨景深的手在她大腿上顿了一下，但也只是眨眼间，便继续倒出颜色泛黄的药酒，帮她揉按。

“我之前在美国读书的时候，就在洛杉矶，在那边大概待了两三年。”季暖盯着他，“我们，见过吗？”

墨景深站起身，将药酒瓶盖上，随手放到一边。

他回眸看她：“你说呢？”

她说？

当年她在美国的那些事情，她是真的记忆模糊了，毕竟她在那个时空里已经过了那么多年，哪有心思回想十几岁时的经历？

现在回想，她也不记得自己什么时候见过墨景深。

像他这样的男人，任何女人只要看上一眼，都会印象很深，纵使季暖从小在上流社会对各种优质男人司空见惯，但墨景深这一款，如果她见过，肯定不会忘记。

“应该是没有。”季暖沉吟了一下。

墨景深看着她，眸色深邃。

季弘文白天去了公司，在家里被关了一阵的季梦然乘机溜出门。

御园她不能再去，季暖和墨景深现在其他住处，她也没能打探到，唯一知道的就是季暖的那个工作室是在金霖大厦，她干脆直接打车过去。

走进金霖大厦，到了墨暖工作室所在的楼层。

看见“墨暖工作室”几个字，季梦然面上平静，心里却怄得要死，正要走进去，却骤然被一个又高又瘦的短发女人给挡住了去路。

“你谁啊？”季梦然被短发女人冷漠的气势震了一下，向后退了一步，莫名其妙地问。

封凌不说话，满眼冰冷地看着她，没让她进去。

“你是这家工作室的前台还是什么小职员？敢挡我的路？知道我是谁吗？”季梦然遭受这样冷漠的无视，万分不爽。

封凌没什么表情地打断她：“墨总吩咐过，季家二小姐与狗，都不可接近墨太太十米之内。”

季梦然化着精致妆容的脸，瞬间铁青！

“你说什么？你敢再说一遍？”季梦然大怒。

封凌眸色冷淡，如她所愿，重复了一句：“季家二小姐与狗，不得靠近墨太太十米之内！”

“你好大的狗胆！”季梦然没想到她居然有这么大的胆子，气得甩起手中的包就要砸她身上。

结果，眼前的短发女人身手利落地挡住她的手腕，又猛地向后一折，季梦然的手腕差点被折断，疼得叫出声来。

“啊——”

为免这里发出的声音打扰正在工作室开会的季暖，封凌在季梦然疼到满脸发白的时候收了手，同时将人狠狠推出两米之远。

“滚。”封凌干脆利落地赶人。

季梦然刚来就吃到这么厉害的闭门羹，气得浑身发颤。

这个女人是墨景深给季暖安排的保镖?

不过就是在墨家发生了那件小事，墨景深居然连她靠近季暖都不允许了!

“既然你认得我，就该知道我们季家人在海城是怎样有头有脸的家庭，居然还敢对我下手这么重！不管你究竟是谁派来的人，信不信我去告你！”季暖揉着差点被折断的手腕，那里的皮肤有些发红，她对短发女人怒目而视，“还从来没有哪个保镖敢这样对我！”

封凌仿佛没听见，依旧站在那里，保持冷漠无视。

季梦然不信邪，又向前走去，还没走近，封凌冰冷的目光又扫向她，那一眼直接落在季梦然发红的手腕上，仿佛她再敢靠近一步，就真的会给她折断。

季梦然脸上没有软下来的表情，心里却一抖，脚步顿住，犹豫了一下，向工作室的玻璃门里远远望了一眼。

封凌面无表情地微微侧过身，挡住她的视线，连向里打量的机会都不给她。

季梦然气归气，到底还是留了个防心，没有直接去硬碰硬，气得扭头直接向外走。

自从那次被季暖打了耳光，季梦然心里多少有些发怵，一直没再跟季暖碰面。

她之前想借安书言从美国来海城的机会，在旁边煽风点火，最后仍然没讨到什么好处。

她倒要看看，季暖现在究竟是怎么回事。

难不成真的有高人在她身边指点?

这其中肯定有问题!

“暖老大，国土办的领导现在已经到西民广场去考察了！”小八跑进季暖的办公室来报告。

季暖看了眼时间，站起身拿起车钥匙：“走，去看看。”

小八拿着早已备好的材料，跟着季暖出了工作室。

就在季暖的车从停车场驶出百米之远时，一辆出租车跟在后面，季梦然坐在车里，对着司机说：“跟上，一直跟着她们，保持距离，别被发现。”

接着，季梦然就发现季暖好像很奇怪，平时季暖也没有什么要去的社交场所，她这车并不是回御园的方向，更不是去墨氏集团，难道要回她现在的新住处?

现在季暖防心太重，而且姐妹已经撕破了脸，季梦然不能明目张胆接近她，只能这样悄悄跟着，伺机而动。

前方的车里，封凌开车，同时仿佛不经意地向后视镜看了几眼。

车速加快，小八坐在副驾驶位，将手里的材料递给坐在后面的季暖："老大，这是一会儿要给国土办领导看的审批材料，你看一下，我都很认真梳理检查过了，应该没问题。"

季暖接过，低头认真翻看，仿佛对车后的情况一概不知。

封凌车技很好，在前方的路口以很巧妙的方式将车拐进旁边的路口，再迅速穿行而过，虽然开得很稳，但毕竟忽然飙到太高的速度，前面的小八不明就里地问："怎么忽然开这么快啊！"

封凌没说话，依旧冷淡地扫了一眼后视镜里的情况。

季暖也不动声色地看着手中的资料，一声没吭，问都没有问一句。

车在路上大概绕了一个多小时，本来离开工作室时已是下午四点多，现在五点半，海城周边被拆迁许久的废城区灰尘漫天，每条小路都暗得过分。

季梦然越来越觉得季暖有不可告人的事，一路猛追。

直到废城区附近，忽然，季暖那辆车驶进前面的拐角，等她搭乘的出租车追上去的时候，居然一点影都看不到了！

"哪儿去了？"司机一脸疑惑，前边有两个路口，根本分不清那辆车究竟去了哪边。

"这里面都是拆迁后的碎墙瓦片，越往里走路越窄，那辆车再怎么灵活，也不可能走太远。"季梦然说着，"我进里面去看看，你把车停在这里等我。"

下车后，季梦然觉得季暖真的太奇怪了，跑到这种地方来干什么？

天渐渐暗下来，周围越来越黑，正是适合做见不得人的事的地方！

季梦然从包里拿出手机，打算一会儿只要发现季暖有任何不对劲的地方，都要马上拍下来，拿回去给墨景深看。

然而，她往里走了许久，也没听见什么声音，再往里都是车没法开进去的地方，那车既然没有开出来，也不能继续向里开，现在究竟停到了哪里？

废墟里的小路迂回曲折，像小型迷宫，季梦然向里走了大概十几分钟，就没路可走了。

天色越来越黑，她心里不太踏实，转身开始往回走，正要打开手机上的手电功能，照亮前路，忽然，一道高瘦的身影神不知鬼不觉地从旁边一堵墙后闪身出来，挡住她的去路。

季梦然吓了一跳，僵住脚步，抬起眼，看见居然是今天在季暖工作室门外堵住她的那个女保镖，顿时感觉脊背一阵发凉。

之前在停车场她没注意到，季暖的车上居然还有其他人在！

“你……”季梦然被封凌冰冷的目光看得向后避开一步。

“梦然，你跟踪我？”她刚退了两步，就听见季暖的声音在后面响起，很近。

季梦然猛地僵了一下，身子一抖，几乎没勇气转过身去看她。

她又看看眼前的女保镖，才意识到自己居然被季暖给耍了！

封凌在她眼前，并不说话，只噙着没什么温度的冷笑，在季梦然慌张地僵在那里几乎没拿稳手机时，忽然手臂一伸，在季梦然的手腕上狠狠一敲。

“啊！”季梦然的胳膊顿时一阵麻木刺痛，手机从掌心落下，封凌手速很快地一把接住她的手机，随手揣进自己的口袋里。

“你干什么！把手机还给我！”季梦然大惊，上前就要去抢。

可她哪里及得上封凌的速度，刚扑过去，眼前的短发女人已经果断后退两步，害得她差点扑倒在地。

季梦然勉强站稳，强按下心里的不安，想了想，还是回头，看见面色平静地站在身后的季暖，下意识地捏紧自己的手。

见季梦然像是吓得不轻，季暖不冷不热地勾唇。

从工作室离开时，她就知道有车在后面跟着，之前听封凌说过，季梦然白天去找过她，想也想得到，是季梦然疑心过重，悄悄跟了上来。

季暖笑得没什么温度，冷然启唇：“你一路跟了我这么久，有什么发现吗？”

季梦然现在已经没办法将季暖当成原来那个她，谨慎地解释：“姐，你别误会，是爸说你自己弄了个工作室，担心你应付不来，让我过来帮忙，结果今天被你的人给挡在了门外。”

说着，季梦然又小心翼翼看了眼那个女保镖。

封凌冷眼看着她，季梦然目光一虚，忙回过身面对季暖。

“我刚才在你工作室附近，看见你的车走了，就一时好奇跟了过来，毕竟爸之前说过，担心你把投资进去的钱都赔掉，还怕你在尔虞我诈的商场上遇到什么麻烦，怕你给季家丢脸，所以我就跟过来看看……”

季暖双手环胸，淡笑着看她，却并不言语。

明知自己这理由找得有多拙劣，季梦然只能强撑着，尽管天色已晚，风也很冷，季梦然身上却是冷汗涔涔。

“一个巴不得我在墨家人面前丢脸的妹妹，现在只因为爸爸的几句话而特意来关心我？”季暖略略扬眉，笑道，“原来爸很担心我给他丢脸，看来今晚我应该给他打个电话，好好聊一聊，总得让他吃颗定心丸才是。”

一听见她要给爸爸打电话，季梦然的表情直接僵了。

“姐，上次在墨家，我知道是我不对，爸回去之后已经骂过我了，也把我关在家里好多天。”季梦然说得仿佛很委屈，“要不是沈阿姨给我求情，我可能到现在都没法出门，你就原谅我吧好不好？而且那件事，你不是也没受到什么伤害吗，我们两个毕竟是亲姐妹，这点小打小闹的事，何必揪着不放……”

季暖看着她，语调拖长：“原谅？就像小时候我最喜欢的裙子被你偷偷拿去穿，弄脏了之后求我原谅你，第二天你屡教不改，继续去偷拿我其他的裙子？”

见季暖还能提起小时候的事情，季梦然借机说：“姐，我们可是亲姐妹，我们在那么小的时候就没了妈妈，我们一起长大，我们——”

“够了。”季暖早就对她没了耐心，“我没心情跟你扮演姐妹情深！”

季梦然表情一震，知道季暖这是真的不打算再给她面子，气冲冲地喊了起来：“你这是嫁进墨家之后，就彻底目中无人了是吧？先是莫名其妙不让我再去御园，再一次一次防着我，回季家的时候你也针对我！我就是心里不痛快，所以那次在墨家才会想让你丢脸，你就这么记恨我！”

“季梦然，你贼喊捉贼的本事也是大得很。”季暖轻嘲，“我为什么不允许你再去御园，你自己心里没数？”

季梦然神情不变，却是戒备地看着季暖。

“你以为你发给墨景深的那些短信他会看？你以为从所谓的心理医生那里开来的药我吃过多少次？你以为自己那些小手段是有多神不知鬼不觉？”季暖边说边垂眼冷笑。

季梦然愣住，嘴唇动了动，却一时没能说出解释的话来。

季暖就这样走到她面前，很近地看着这所谓的亲妹妹，然后，嘴角露出高深莫测的冷淡笑意。

一看见她这样笑，季梦然防备地向后退去，结果那个女保镖忽然走近，惊得季梦然直接大叫出声：“你们要干什么？”

封凌非常利落地将季梦然推进旁边的废墟石墙后，不等季梦然再度尖叫，季暖面无表情地转身走了。

季梦然被重重推到石墙上，背部撞得生疼，脸色苍白又惊恐地盯着眼前的短发女人："我警告你，不许碰我！你们要是敢在这里对我做什么，信不信我起诉你！告到你祖宗十八代都不得安宁！"

封凌冷淡地斜了她一眼："我还没动手，你鬼叫个什么？"

季梦然脸色一阵红一阵白，两只手死死抓着自己的衣服，生怕会被揍一顿，紧张到手指关节都泛白。

"别害怕，墨太太没打算要你的命。"封凌噙着冷笑，"可季二小姐，你的求知欲太强烈，我们总不能让你白白跟过来，来都来了，就别急着走。"

"你、你什么意思……"季梦然被她眼里的冷意冻得嘴唇哆嗦了一下。

封凌将之前被揣进口袋里的季梦然的手机拿了出来，季梦然一看，伸手就要抢："还给我！"

然而她手还没碰到，就见手机从封凌手中滑落，完全来不及接住，手机重重摔到了地上。

季梦然心知不妙，忙弯下身要捡起来，手机却被封凌一脚踩上，屏幕碎裂的声音在她脚底传来。

季梦然看着这一幕，浑身都在发怵发寒，再缓缓抬起眼，强忍着哭出来的冲动，颤着身站起来，满是防备地向后靠了一下，一下子撞到身后的石墙。

"知道这是什么地方吗？"封凌开口时仍旧充满冷意。

季梦然下意识地环视了一圈周围，有些心虚地回答："这是很久以前就被拆迁的一栋小区。"

封凌个子很高，居高临下地睨着她："拆了这么多年也没有任何开发商来重建，季二小姐就没听说过原因？"

季梦然表情渐渐从恐惧转为更明显的惊恐，猛地抬起眼，看向封凌。

如果她记得没错，这里几年前还是一处新小区，很多人都顺利搬进来入住，结果没多久传出闹鬼还有频繁发生诡异事件的消息，导致许多人都迅速搬出了这里，因为当初无良开发商在这里占用的是海城百年前的乱坟区，只是经过时间的洗礼，很多人都忘记了这块地以前的用途，所以才会买下这里的房子。

当年这里经常传出闹鬼的消息，吓得没人敢靠近，后来因为所有人都搬走了，又因为那些诡异事件被传得越来越恶劣，所以这里就被拆了，到现在也没有开发商敢占这片地。

现在，在她们所站的地方，就是那片百年前的乱坟区，和这些被拆的石墙……

“天气预报说今夜有雨，季二小姐带伞了没有？否则一个人在这里，被雨淋感冒了可就不好了。”封凌说着，果断夺过季梦然手中的包，打开拉链，直接将包倒过来，里面的东西哗啦啦全部落在地上，她低眸看着那些化妆品和银行卡之类的东西，冷笑着随意踢了几脚，似笑非笑，“还真的没有带伞，看来你只能被雨淋了。”

“什么叫我一个人在这里？”季梦然脊背发凉，嘴唇也没了血色，已经顾不上心疼她包里的那些东西。

“也不算一个人。”封凌忽然笑得有些冰冷邪恶，瞄了她一眼，“今天晚上，兴许会从地里飘出很多人来陪你，所以季二小姐不用太害怕。”

“你到底要干什么！我不要在这里！滚开！让我走！”季梦然吓得浑身的汗毛都竖了起来，尖叫一声，伸手就要推开她逃走。

封凌避开她的手，反手直接捏住她的手腕，将季梦然重重推回石墙上。

“这是最简单的警告，以后再敢跟踪墨太太，恐怕就不只是被扔在这里一夜这么简单。”封凌冷冷道，“季二小姐，祝你今夜玩得愉快。”

“你干什么！你回来！你把你的手机给我！”季梦然怕真的被扔在这里，她现在手里什么都没有，这附近根本不可能打到车，便疯了一样扑过去要拽住封凌。

结果她被封凌毫不留情地反手甩回去，踉跄着向后摔坐到地上。

几分钟后，封凌回到车里，对着车中的季暖说：“墨太太，已经可以走了。”

小八始终不清楚是什么状况，但见季暖若有所思又冷淡的表情，没敢多问，只在封凌回来时，看了一眼时间，小声说了句：“暖老大，西民广场那边的人现在应该还在，我们还去吗？”

“去。”季暖合上手中的资料，“走吧。”

季梦然好不容易挣扎着站起身，一步一步向前，想回到之前她坐的那辆出租车，可这片废墟真的像迷宫一样，她找了很久才找到路，但那辆车早已开走了。

天色完全暗了下来，夜里的确有雨，夜空乌云密布，一阵阵阴凉的风从她身后吹来。破败的石墙缝隙里传出尖锐的风声，一声比一声可怕。

季梦然吓得脸上血色尽失，不停向外走，即使跑到宽阔的马路上，仍然看不见任何一辆车经过。

这里本就是海城最荒芜的地方，平时没有人会路过，海城的高速路口也不在这边，更很少有车辆走这条路。

一想到季暖故意绕了大半个海城，只为将她带到这里，季梦然就恨得大吼：“季暖，你给我等着！啊啊啊——”

周围安静到回音都没有，只有阵阵风声从她背后吹来。

冰冷的雨一点一滴落到她脸上，季梦然冷到双手紧紧抱胸，谨慎又害怕地回头看了一眼那片被拆迁的废墟。

以前听说过这里闹鬼的事，她不禁双腿发软。

季梦然死咬着牙关，缩着脖子不敢回头，只顶着越下越大的雨，仓皇地走着。身后的阴风呼呼刮着，忽然，那片废墟里一面早已倾斜的石墙轰然倒下，吓得季梦然一屁股瘫坐到马路上。

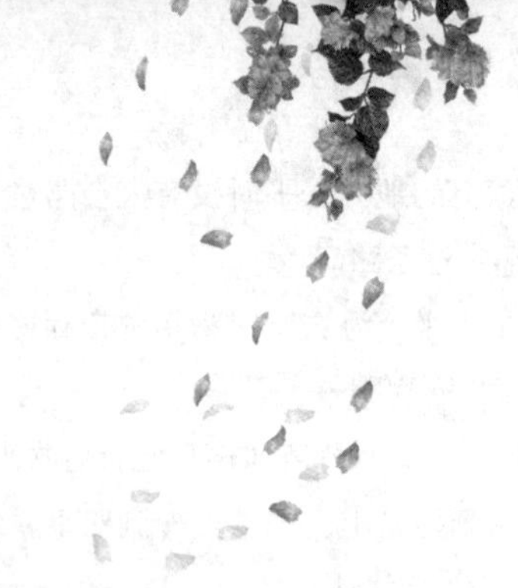

第十五章　忠贞·信任

回了西民广场，季暖很顺利地拿到那块地的审批文件。

“老大，趁最近这周围的地皮和房价都在攀升，我们要不要把这附近的几处房产也一并卖掉啊？”小八问。

季暖静坐在车里，看着窗外的雨帘，淡声道：“不卖。”

“为什么啊？好不容易等到涨价，再不卖的话，又该像之前那样亏在手里了……”

季暖轻笑，瞥了小八一眼：“你看我最近拿着墨氏投来的资金，又收购了几块贵到要命的地皮，已经担惊受怕到快睡不着觉了吧？”

小八咧嘴笑了笑，点了点头，嘴上还是说：“但我相信老大的直觉，既然你敢做，肯定有你的理由！”

“算你会说话。”季暖轻笑。

明知道一定会赚，当然是要赚的，但她也不能肆意妄为，如果仗着这种未来十年的预知能力而抢占所有先机，只会成为众矢之的。

在这吃人不吐骨头的商界，有多少人一夜之间暴富，又有多少人立刻被盯上，每走一步都被同行使绊子，如同走在刀尖。

季暖要做的，是在这个即将崛起的盛世，一步一步好好走，分走的每一杯羹都要稳稳装进自己的口袋，不被任何敌手蚕食分夺。

她要做的，是将工作室逐渐发展为属于她自己的房产品牌公司，一点一点将手中的资金变成几倍利润，她要拥有能撑起自己整个人的能力，也要有撑得起季家的能力。

她要做到更好，不必再被墨景深挡在身后，她要做到有朝一日，也能替墨景深遮风挡雨。

忽然，小八指着放在腿上的笔记本电脑，又叫了一句："老大，你快看公司邮箱！YJ集团说要买我们在西民广场旁边的那块地啊！出价两个亿！发了这么正式的公司邮件！两个亿哪，这是不是跟当初韩总买回来的价格一样？居然真的没亏本！老大，你怎么猜到的啊！太厉害了！刚才拿审批文件的时候我还一直担心你开的价格不可能有人接受，可居然真的有人要！"

季暖抬起眉眼，语调平静道："你也以公司名义回封正式邮件过去，礼数周全一点，别得罪人，告诉他们，两亿的价格我们不接受，如果有诚意的话，就来工作室找我面谈。"

"为什么不接受？那块地之前低于两亿都没有人买，现在好不容易可以回本，而且老大你不是正打算卖掉吗？"

"让你发就发。"季暖淡淡扫了她一眼。

小八见季暖气定神闲的表情，虽然不太明白，心里跟割肉似的痛，就怕这好不容易能回本的机会跑了，可毕竟季暖是老大，她只好依言照做。

瞥见小八像是在生闷气的表情，季暖只笑了笑，没再多说。

在季暖的印象里，十年之后海城西民广场最大的那片建筑群，就坐落于她手中的这块地皮上，开发商是国内知名的房产企业BGY集团，如果历史走向不会错，以BGY老总精准的眼光，必然不会错过这块黄金地段，肯定会出现。

价格，也不会只是两亿这么简单。

拿到批准文件之后，季暖自然而然参加了市政厅和商界联合举办的一场晚宴。

季暖穿的是一字肩的裸色晚礼裙，脸上是精致的淡妆，她本就颜值在线，此刻更是美得其所，唇红肤白，礼服裙摆之下是笔直细长的腿，穿着高跟鞋，褪去平日里的简单随性，有着小女人的妩媚味道。

她今夜难得以工作室负责人的身份出现在这里，引起了不小的轰动和惊艳。

一来是，季大小姐好像已经很久没有参加过这样的正式宴会，二来是，她嫁到墨家之后，低调非常，很少露面，上一次在墨氏与Shine的晚宴上，她更是被墨景深抱着离开，今夜在场的人虽然很多都没见过那晚的景象，但也听说季暖现在这个墨太太的身份好像很稳。

很多人都没想到，季暖居然真能在墨景深的身边站稳脚跟，甚至没有落魄地被墨家赶出来。

大部分海城的名媛千金，都巴不得季暖过得不好，然而，事情显然没有如她们所愿。

季暖美丽如初，甚至比曾经那个骄傲明艳的她，多了几分沉稳内敛，精致的淡妆隐去了她美得很有攻击性的容颜，款式低调的晚礼裙也让她更加淡泊，美则美矣，却不再高傲，而是稍显冷艳。

除此之外，还有她身边的女保镖，也是格外引人注目。

“墨太太，我在那边等你，发生任何情况，我马上过来。”封凌知道今晚的场合，自己不便一直跟在季暖身边，将季暖送到之后，很自觉地退开。

季暖让封凌去那边的休息区吃东西，一个人走向里面，无视周遭人的视线，始终以端庄客套的微笑示人。

只是没料到，在这种地方她居然又碰见盛易寒，远远看见那道穿着西装的高挺身影，季暖如鲠在喉。

“躲什么？”她从人群里走开，转眼被不知何时向她这边走来的盛易寒截住。

季暖没理他，也没应声，和几个曾经与季家有过交情的名流攀谈，尽量无视盛易寒的身影和他明晃晃向她投过来的视线。

看见她这明显刻意的回避，盛易寒笑笑，也不急着过去，等到那几个名流跟她寒暄离开后，又看着那个在人群里转了个身，一时寻不到其他熟人，而不得已回头瞟了他一眼的小女人。

她雪白的脖颈和手腕不像其他名媛千金那样戴着各种华贵的饰品，干净得连简单的细链子或钻表都没有，却别有一番美意。

季暖记得，上次Shine集团的晚宴，她就因为喝了些酒而坐过他的车，当时真是气糊涂也醉糊涂了，现在当然是能避则避，不想跟他再有任何接触。

她转身迅速从这一方人群里走出去，结果因为动作太干脆，一个不注意，碰到旁边一位手持红酒的美女。

那美女低呼了一声，红酒被泼了一身，直接怒道：“你走路不长眼吗？！”

季暖向来不怎么关注这种宴会上的人，但转眼看见那美女的脸时，动作顿了一下，本来有些歉意的脸瞬间淡了下来。

这美女曾经跟她结过梁子，是家具公司的掌上明珠，好像姓韩，这位韩小姐更是墨景深曾经的追求者之一。

不能说是曾经，或许现在也是，只是墨景深实在不是这些人能轻易见到的，特别是结婚之后，这些当初暗恋过他，甚至为了见他一面，连跳楼威胁这种事都做过的名媛千金，更是连他的背影都见不到。

这位当初为墨景深差点跳楼、上过海城新闻的韩小姐，因为长相美艳，对季暖第一名媛的头衔很不服气，几次在宴会上试着斗艳，结果都遭到季暖的无视，一来二去的，两人渐渐也就互相看不顺眼，算是结下了梁子。

更让她愤怒的是，季暖嫁给了墨景深，她何止输得一败涂地，简直就要气到吐血。

能在这种场合下再遇季暖，这韩小姐当然不可能错过挑刺的机会。

虽然季暖对这韩小姐没什么太大感觉，可瞥见她礼服上的那些红酒渍，到底还是淡淡暗讽了一句："你这高脚杯还在手里握得很稳，杯中的酒却洒了你自己一身，究竟是怎么洒的，还用得着我说？确定要用这种卑劣的方式在这种商政两界的晚宴里嫁祸找事？"

韩小姐怒不可遏："你什么意思？撞了人还有理了是吧？我这身礼服可是刚从国外订购的，价格究竟有多贵不说了，这刚穿上身就被你给毁了！"

季暖面无表情，但也不想费心跟这种人计较，淡淡地看了她一眼，没什么耐心地问："所以你想怎么样？"

韩小姐一脸傲然地看着季暖，又看看季暖身上的礼服裙，认出这裙子出自法国巴黎某知名设计师之手，当即就说："把你身上的礼服裙脱下来！给我穿！"

季暖略略挑眉："你确定？"

这边的动静本来并不大，但因为韩小姐故意扬起声音，周围顿时传来各种不友善的目光，众人看向季暖。

和韩小姐一路的有很多，在这海城，不服季暖，更看不惯季暖嫁进墨家的人更是不在少数，各路千金名媛看见这场景都走近围观，站在一旁指指点点，窃窃私语，目光不善。

"怎么回事？"另一位跟韩小姐关系不错的林小姐走过来问了一句，却问得很刻意。

韩小姐一脸不爽地说："某位海城第一名媛，现在头上冠了墨家的名号，走路都眼高于顶，不看人了，撞到我，害得我红酒洒了一身，结果不仅连道歉都不肯说一句，还反过来跟我嚣张。你们说说，这天下哪有这样的道理！把我礼服弄脏了，我还要看在她是墨太太的面子上，反过来跟她卑躬屈膝不成？”

旁边的林小姐和其他千金阔太更是将目光落在季暖身上，面对共同的情敌，她们自然而然站在同一战线。

能看见季暖当众出丑，当然是大快人心的事。

林小姐挂着要劝和的表情说：“既然这样，那墨太太还是跟韩小姐道个歉吧，毕竟你把人家的礼服弄脏了，虽说你如今地位高贵，穿的用的都不知道比我们好上多少倍，可也不能这么看不起人，别人的礼服就不是礼服了吗？弄脏了就是要道歉！”

季暖脸上浮着笑：“我道歉？”

韩小姐和林小姐都站在季暖面前，却莫名感觉气场无论如何比不上季暖，总觉得自己像是在她面前矮了一截。

到底有这么多人在旁边围观，而且不爽季暖的人很多，韩小姐对上季暖的眼睛，说：“你刚才不是问我想怎么解决这件事吗？我已经说了，你把自己的衣服脱下来，这件事也就这么算了！”

季暖微微歪着脑袋，似笑非笑地看着她：“韩小姐真是不拘小节，这么喜欢穿别人穿过的衣服？你没有洁癖，可我洁癖重得很，宁可把这身礼服扔进碎纸机，也不会随便让别人碰我的东西。”说着，她又顿了几秒，“另外，韩小姐手里的红酒最多剩下两口，杯子在手里握这么稳，我只是转个身，碰到了你，连撞都算不上，你这么一点点酒都能溅出来洒到自己身上，又这么巧妙脏到最显眼的位置，我究竟是否碰到了你拿着酒的这只手，还不能确定，你非要闹到尽人皆知？难道你是年纪轻轻就得了帕金森？手抖到别人只是碰一下，这杯里的红酒就能全部洒到你身上？”

“你……”韩小姐顿时不敢置信地看着季暖，气到脸色发白。

“现在礼服被弄脏的是我！”韩小姐气得咬牙，“墨太太推卸责任的嘴脸未免也太难看了！”

“我有推卸责任？如果你能证明这酒的确是我撞洒的，我马上赔你一件同款礼服，但想让我把身上的脱下来给你，你怕是还不够格，何况……”季暖目光淡淡地在她身上扫了一眼，“你比我矮五厘米，但体重还比我多几斤，你确定就算我脱下来，你也穿得上？”

季暖语速并不快，但根本让人插不进嘴，最插不进嘴的当然还是韩小姐，已经被气到手都在抖了。

季暖又顿了几秒，说道：“事实胜于雄辩，韩小姐，你也不用觉得丢面子，毕竟害你丢脸的人不是我，你若是想把自己的脸捡回来，建议还是赶快去洗手间把裙摆擦一擦，勉强把今晚的宴会扛过去，别在这里瞎胡闹。万事都被人看在眼里，在这里跟我玩栽赃嫁祸，你是以为这宴会厅里没有监控，还是以为我季暖软弱到被你瞪上一眼，就得脱下衣服给你穿？”

这么多年，季暖在名媛圈里不被这些女人待见，就是因为这张让她们不服气的脸，还有这张从来都不会吃亏的嘴。

无论当初还是现在，加上多了十年的人生经历，谁想从她这里占便宜，怕是还要回炉重造几年才行。

可这么一看，似乎真显得是她这位墨太太在欺负某些韩家小姐了。

林小姐见韩小姐已经气得说不出话，干脆挺身向前一步：“墨太太气势真是大得很，果然嫁给墨景深就是不一样，听说你上次在这种场合出现，还是假扮柔弱，被墨总抱着呢，我们当你怎么驾驭得了这种婚姻，原来就是在墨总面前装小白花啊？现在这是墨总不在，你又开始自带压人气场了吧？果然是个心机女！你敢说自己不是故意弄脏她衣服的？敢说你不是在针对她？”

季暖冷瞥她一眼：“我为什么要针对她？”

“难道不是因为你知道韩小姐一直喜欢墨总？又因为她曾经和墨总有过那么一点点关系，所以你怀恨在心，今天看见她，就想弄脏她的衣服，让她出丑？再说了，在场的谁不知道你以前是什么德行？高傲到不可一世的大小姐，欺负别人的时候多了去了，现在装什么无辜清高？”

季暖脸色一下沉了下来：“我除了从来懒得理会你们这些闲人之外，什么时候欺负过人？高傲这种事情，似乎不需要你来评判，比如说眼前这位韩小姐，她让我脱下礼服给她穿，我拒绝，她搬起石头砸自己的脚，自己丢了脸，就变成我在欺负她？”

“你本来就是在针对我！不然也不会来撞我！”韩小姐借机开口。

季暖眼睛一下子眯了起来：“一个曾经为了追求我丈夫，连跳楼装疯的手段都弄出来，结果没等到他多看一眼的女人，你哪里值得被我放在眼里？哪里值得我针对？嗯？”

当年的旧事忽然被重提，韩小姐脸色一阵发青，更因为季暖口中的那句“我丈夫”而扎心了。

“做人要有自知之明，自己泼出来的脏水，要是实在收不回去，就自己跪地上舔干净，别指望别人帮你擦。”季暖冷淡地说完，转身便走。

“季暖！你别摆出心高气傲的样子！能嫁进墨家，还不是因为你像狐狸精！这点狐媚的手段，我看你还能用多少年！现在墨景深是要你，谁知道再过几年呢，他要是看腻了，把你踹出墨家，到时候你这个二手货就只能周旋在一群老男人身边求睡！空有一张脸而已，你还有什么骄傲的资本！装什么装啊！”忽然，韩小姐像是气极，破口大骂。

季暖脚步顿了顿，转眸淡淡看她一眼：“空有一张脸？你连脸都没有，就敢站在这里跟我谈资本？”

韩小姐没料到自己被她绕了进来，更是气到咬牙。

韩小姐的父亲也在场，听见这边的风波直接过来了，看见是季暖，虽然碍于季暖现在有墨家做靠山，但见自己的女儿被气成这样，又看见女儿的裙摆脏了，不由得皱起眉，以长辈的姿态教训：“墨太太，这做人还是踏实些好，做错了事情就该承认。小女虽然不该在这里跟你吵，损了你的面子，可你既然弄脏了她的衣服，总该做出该有的态度才是。”

“听不懂人话吗？”季暖这会儿也没了耐心，更不愿意跟这些人打车轮战，觉得浪费时间，“她裙子是她自己弄脏的，跟我没关系，不信就自己调监控，看完再站出来说话。”

韩小姐的父亲顿时脸色难看：“墨太太家教未免太差了，这么跟长辈说话，你父亲就是这么教你的？看来我应该找时间跟季董还有墨老爷子谈谈。”

如果不是在众目睽睽之下，实在不能损了季暖的脸面，韩小姐的父亲现在真想直接给这季暖一个耳光，让她知道好歹。

韩小姐仗着大家都在给她撑腰，还有父亲在侧，当即神情傲慢又跋扈地看向季暖：“事实摆在眼前，毕竟你确实碰到了我，碰到我时的力度也是从监控里看不出来的，现在咱们大事化小也可以，我还是那个要求！你把衣服脱下来！我穿不上又怎么样？我又没说要穿！你当众把衣服脱下来，我就不跟你计较！”

就在这个时候，季暖身后传来一道慵懒含笑的嗓音：“韩小姐，你确定要让墨太太当众脱衣服？这在场的人没有数百也有数十，这么多人的眼睛，怕是不够墨景深来挖的。”

这声音是盛易寒的，明明是向着季暖在说，可这话还是让季暖心里万分不爽。

他的话里，明明白白藏着只有她一个人听得出来的讽刺嘲弄。

“盛先生，我听说你曾跟季家有过关系，这种时候站出来替墨太太说话，你就不怕引起误会？”韩小姐这会儿气焰已经压不住了，完全不给盛易寒面子，哪怕他现在是盛家继承人，身份不可小觑，她也完全不肯就这么算了。

“再说了，墨太太总不至于连备用衣服都没有，脱下礼服而已，她也不至于里面连内衣都没穿，海城第一名媛呢，不露出来让大家看看身材，谁能断定她一定配得上这几个字。”韩小姐瞪着季暖。

“韩小姐，盛家名下的百货公司就在附近，你如果想要，随时可以去挑选几件，全部算在盛某名下。”盛易寒仍然轻笑，“没必要如此为难人。”

韩小姐不依不饶：“盛先生这是要当护花使者？我今天若是偏要季暖把这身衣服脱了呢？”

“盛某言尽于此，盛氏百货公司的大门随时为韩小姐敞开，但你显然是不打算给我这个面子。”盛易寒似笑非笑。

韩小姐已经气到失去理智，冷哼了一声。

“盛先生的面子没什么用，那我的面子呢？”

一道清冽的声音骤然响起，低沉淡冷，却让众人目光一诧，惊愕地转眼看向不知何时出现在人群后方的墨景深。

季暖也惊了一下，今晚墨景深在公司有其他事情，抽不开身，他更是为了给她独当一面的机会，并没有表示过来。

没想到他竟然会出现。

明明自己没受什么委屈，不过是些口舌之争，眼下还有盛易寒在场，她下意识地觉得头皮紧了紧。

韩小姐听见墨景深的声音，脸色大变，不敢置信地回头，看见墨景深的刹那，只觉得腿都软了。

“墨、墨总……”

众人都看向那个方向，男人一身黑色西装，露出一截白色的内搭衬衫，黑色西裤笔直，脚上是意大利手工皮鞋，不急不缓地自人群中走来。

男人一出现在大厅中，一身冷冽的气息使得周遭的人屏住呼吸，向后退了一步，没人敢站出来多说一句，男人眉眼覆着一层薄霜，完美的轮廓溢出无人敢靠近的冰冷淡漠。

一对上墨景深的视线，季暖就慢慢抿起唇。

这些人就没个消停的时候，非要让他这种低调的人在这种场合不高兴，惹到了墨景深，最后吃亏的还不是他们自己，连她都不想看见这些人之后被虐的场面。

韩小姐看着由远及近的男人，比任何人都清楚，墨景深的目光从来没有落在其他人身上，从始至终他看的人都是季暖。

她肖想了这个男人这么久，却从来没有得到过他半分的青睐，哪怕是一个对视的时间。

在这海城，多少人都要仰仗墨家，所以，就算这些人不买盛家的面子，也绝对不敢得罪墨景深半分，否则不会有什么好果子吃……

只是，没想到季暖居然能得到盛易寒的维护，听说盛易寒当年跟季家的瓜葛不浅，而且分明也是结下了梁子的。

不过，现在更重要的是，墨景深来了。

墨景深居然会出现！这绝对是让人意想不到的结果。

早知道他会来，谁还敢往墨太太身上泼脏水，现在周遭的人都恨不得退到八百丈远，免得被波及。

墨景深径直走到季暖面前，停下，摸了摸她今天难得精心打理过的头发，低眸看着她身上的晚礼裙，嗓音低沉："很美。"

众人简直大跌眼镜，虽然听说过墨景深对季暖好像格外在意，却万万没料到这种场合，这种气氛之下，他出现后第一时间先是夸他老婆很美。

还真是，完全没把别人放在眼里。

韩小姐在旁边更加难堪，自己当初为了能跟墨景深说上话，连楼都要跳了，可这男人冷漠到看都不看她一眼，甚至连派秘书过来安抚都没有，哪怕她要跳楼的事都登上社会新闻了，记者去采访他，他依然没有回应，仿佛任何一个追求他喜欢他的女人，在他眼里都没有存在感，更不需要浪费一分一秒的时间给她们。

可他对季暖……却居然……

季暖刚才虽然没吃什么亏，但毕竟在这么多人面前，情绪还是有些紧绷，现在因为墨景深就在身边，整个人像是一下子放松下来，站在他身边没说话，只是笑了一下。

"走到哪都有人想欺负你，究竟是你太没有攻击性，还是人人都以为，墨太太是任谁都能欺到头上的？"墨景深眸色清冷，语调也没什么温度，却偏偏透着对季暖的维护。

周遭人因为他这句话而没敢大声喘气。

季暖笑起来，刚要说自己没被欺负，结果男人手臂一伸，直接将她拥入怀里，搂住她的腰身，让她靠着，又摸了摸她的肩膀，低眸看她一眼："不冷？"

季暖摇头："宴会厅里有空调，不冷。"

旁边的林小姐、韩小姐之类，看得眼红。

这个季暖，刚刚还嚣张得像是谁都不怕，墨景深一来，她转眼就像软成一只无害的小白兔，完全被男人护在怀里，哪还有刚才那跋扈的样子。

“墨总，你别被她这样子骗了，她刚才可是嚣张得很，她跟你相处的时候是不是一直都装得这么柔弱可怜？明明是她撞了我，不肯道歉，还——”韩小姐气红了眼睛。

墨景深拍了拍季暖的脑袋，转眼看向那位韩小姐，似笑非笑道：“刚才是你让她当众脱衣服？”

韩小姐本来还想借机好好抹黑季暖一把，可一对上墨景深的视线，心里瞬间涌上畏惧。

她强忍着畏惧，梗着脖子说：“我是礼服被她弄脏了，最开始只是要跟她交换一下礼服，是她不肯，还反咬我一口，更拿以前……以前……我和你之间的事情来讽刺我……”

韩小姐边说边放轻了声音，有些尴尬和不好意思。

墨景深却是目光冷漠地看她：“我和你？有过什么事？我们认识？”

韩小姐的脸色瞬间一白，周围的各位千金更是用同情鄙视的目光看向她。

不仅韩小姐现在脸上难堪，在场的所有人现在都不可置信地看着将季暖揽在怀里的墨景深。

韩小姐死死地咬着唇，自己当初为了他连命都豁出去了，跳楼的事情轰动全城，墨景深竟然连她的名字都没记住……

“墨、墨总，我……”韩小姐还想为自己争取些什么。

墨景深却是丝毫不理会她脸上像是藏着多大委屈的神情，他淡淡重复了一句：“是你让她当众脱衣服？”他的语调十分平静，可平静中却透着层层冷意和危险。

“其实没多大的事，她们压不到我的头上。”季暖在他怀里小声说。

墨景深却只抚了抚她的头发，温声道：“乖，有些人该教训就必须教训，你脾气好，不代表我会容忍。”

韩小姐的心都快碎了。旁边的人更是惊讶不已。

季暖脾气好？季暖的脾气什么时候好过？究竟是季暖演技太好，还是墨景深情人眼里出西施？

季暖也无语了一下，手轻轻捏着他的袖口，低声说：“今晚的宴会，我的目的是要在领导那里留下好印象，你帮我把面子挽回来就行，别被这种事情缠了身。”

墨景深安抚似的又在她发际落下一吻，道：“好，我知道。”

“墨总，我看今天这事就这么算了吧。”韩小姐的父亲硬着头皮站出来说，“小女也确实有不对的地方，她心爱的礼服被弄脏了，所以一时没能稳住情绪，得罪了墨太太，实在是……”

韩小姐的父亲还想说话，却被墨景深一个目光挡了回去：“我最不爱看自己的女人被当众欺凌，在场围观的各位，你们谁还想看她脱衣服？”

韩小姐和林小姐都情不自禁地哆嗦了一下。

盛易寒看着季暖被墨景深抱在怀里，他的目光在墨景深的身上掠过，接着脸上露出了意味深长的笑容。

眼见韩小姐吓到站在那里哆嗦，墨景深的目光扫过她：“既然你是第一个找事的，那就从你开始。不是要人当众检验身材？你先脱。”

韩小姐僵着表情，手指死死攥着裙摆。

季暖抬头看了墨景深一眼。男人低头看着怀里像是吃醋的女人，又看了一下时间，知道她没耐心在这里跟这些人继续周旋。

他再转眼看过去：“刚才起哄的几位，谁想看她们脱衣服，墨某不介意叫这家酒店辟个大厅出来，让你们去观赏。”

在场人数众多，却是一室安静，没人敢吭声。谁都听得出来，墨景深所谓开辟大厅，其实是要将这些挑事的人送到某个地方去，反正不会是什么好地方，而那些人也绝对不会有好果子吃就是了。

“不脱是吗？”墨景深又冷淡地看了韩小姐一眼，忽然冷笑，“那不如依盛先生刚才的建议，先挖一双眼睛来看看？”

韩小姐瞬间脸色青白，满眼惊恐：“我……”

墨景深目色冷淡地向人群中扫了一眼，当即有保镖冲了进来，包括之前因为季暖能搞定这一切而按兵不动的封凌。

墨景深语调低缓，却透着彻骨的凉意：“带下去，衣服脱干净，扔在酒店门前示众。”

“不要！”韩小姐瞬间尖叫一声，“我不要脱衣服！我不要！”

几个保镖已经上前将她架住，韩小姐疯狂地挣扎尖叫：“我不要……不要……墨总，你不能这么对我，我的衣服是被季暖弄脏的，我只是跟她开了几句玩笑而已，我没有真的要对她怎么样……”

墨景深的薄唇勾起一抹没什么温度的弧度，他看了她一眼，仿佛她才是个真正的玩笑：“所以，你是自己脱，还是要我的人帮你脱？”

“我脱！我、我脱……”韩小姐挣扎着抽出手，哭着一把将礼服的肩带向下扯开，虽然只扯开一点，却也还是觉得丢人，她哭丧着脸看着墨景深，企求他放过自己。

墨景深根本没看她。他转眼看向一旁已经傻住的林小姐："你是要我的人帮你，还是自己来？"

林小姐万万没想到自己也没能幸免，尴尬地站在原地。又见那几个保镖已经走近，她吓得低叫一声，抱着肩膀蹲在地上开哭，死活不肯脱。

韩小姐的父亲看不下去了，只好面向季暖小声说："墨太太……今天的事情是我们不对，可这事……今天这种场合，闹太大对谁都没好处……"他的意思是想让季暖求个情。他也清楚，如果现在季暖不开口，墨景深能把在场围观的所有人都清算一遍。

季暖想了想，她虽然没那么好心，但也实在不想墨景深为她大动干戈。她还是不希望自己的事情牵连到他，何况这种女人之间的事情……

季暖刚要从他怀里抬起头，却骤然听见墨景深的声音在她头顶响起："你这话说的，你以为墨某在这里只是个摆设不成？"

韩小姐的父亲顿时感到尴尬。的确，在场的人没一个敢在这种时候反驳墨景深，再厉害的人也一样要给他几分薄面。

韩小姐在旁边一边哭一边继续扯身上的衣服，动作很慢。

墨景深没有看那个方向，手在季暖头上抚了抚，他低声问："消气了没有？"

季暖点点头。虽然的确很爽，但她还是扯着他的衣袖小声说："让她们几个道个歉就算了吧，我以后还要在商界混，总不能给这么多人留下太大的阴影，不然以后这些人见到我都得绕道走。"

宴会厅里安静得落根针都可闻。

听见季暖的话，韩小姐忽然涨红脸看向她，她哭着道歉："墨太太对不起……我承认是我故意把酒洒在自己身上的，我不该没事找事，是我不对！"

韩小姐以为能借这个机会脱身，结果季暖只是看了她一眼，眼底有着似笑非笑的意味。

"虽然我没打算把事情做太绝，但如果道歉就能解决问题，还要警察干什么？"季暖面上泛着别样的美感，精致的眉眼笼着一层淡淡的嘲弄。她的嗓音轻软，掺着半分冷漠。

这个季暖不是刚才还在墨景深面前扮演小白花吗？现在这是怎么了？仗着有墨景深撑腰，她又装上了是吧？

韩小姐死咬着牙关，在她父亲的注视之下，她继续保持道歉的态度：“只是一杯红酒的事，用不着……用不着叫警察吧……”

刚才还蹲在地上死活不肯脱衣服的林小姐骤然站起身，她满眼含泪道：“墨总，你怕是不知道，这个季暖究竟有多目中无人！就算你不帮着她，她也一样能骑到我们头上！她就是看见你在场，所以才装无辜！她哪里有这么娇气！真是让人恶心！”

季暖眉梢挑起，语气嘲讽地道：“敢情你到现在还执着于我没给你们留面子呢？刚才韩小姐道歉的话你没听见？我是被冤枉的那个，力证清白时难道也要软着来？”

林小姐对她翻了个白眼，又转眼看向墨景深。她就不信他真的能被季暖的演技给骗过去。

到底也是没多少人喜欢见季暖这么春风得意，站在后面的几位千金见有林小姐当出头鸟，也附和了几句：“确实啊，没想到墨太太这么会演……墨总你一来，她就钻到你怀里，一副娇气的样子，这情绪转换还真是让人惊叹……”

这一下，大厅里又响起各种批判声。

韩小姐这时也趁势眼巴巴地看向墨景深，目光对上男人漆黑的眸子，她尖细的嗓音有些颤抖，甚至有些激动：“墨总……冤枉了墨太太的事情，我已经道过歉，可她刚才对我的种种嘲讽也确实太过分。我一直对墨总十分倾心，在你结婚之前，我还试图找机会跟墨总见个面。我那阵子情绪不稳，所以闹出跳楼的事。这事对我来说已经很丢脸，可墨太太却当众揭开我的伤疤、嘲讽我……喜欢一个人又没有错，何况还是墨总你没结婚的时候！难道她不应该也对我道个歉吗？”

墨景深波澜不惊地看了她一眼，开口道：“我是应该对你跳楼的行为鼓掌叫好，还是应该对每个倾心于我的女人都另眼相看？你的过去和你过激的处事态度，跟我有什么关系？”

韩小姐的表情僵住。她尴尬地开口道：“我是说墨太太刚才揭我的伤疤，我已经向她道歉了，所以她也应该……”

墨景深语调冷淡地道：“我看起来像是会替你这种人主持公道，还是闲到会为一个冤枉我妻子的人伸张正义？”在墨景深眼里，除季暖之外，所有人皆与他无关。

韩小姐咬着唇，手捂着刚刚脱了一半的衣服，面对喜欢了很久的男人，低下头。她委屈地哽咽了一句：“可她……”

墨景深却不再看她。他朝刚刚那群试图挤对季暖的人看去。他目光平静，没有丝毫变化。

“做我的太太是娇气还是独当一面都无妨，女人该柔软的时候就柔软，该硬气的时候也要不卑不亢。”

闻言，韩小姐深吸一口气。像是不甘心，像是痛恨，她的目光不时在季暖和墨景深身上转来转去。

忽然，有人在人群里低声说了句：“韩小姐，你的衣服还脱不脱了？”

宁静被打破，韩小姐脸上维持的最后一丝理智和自尊也在顷刻间碎裂。

墨景深没打算继续在这里浪费时间，他的目光淡淡地落在封凌身上，封凌心领神会地点点头。

刺啦一声，韩小姐身上的衣服瞬间被大力撕开。伴随着韩小姐的尖叫，季暖皱了下眉头，却没说话。顷刻间，墨景深已经带着季暖离开，没再向那个方向看一眼。

两日后，据说是南衡的生日，正好南衡这两天从美国回来。

墨景深提前打电话告诉过季暖，当晚会接她去紫晶城。

由于工作室这两天需要接待不少大型房产公司前去洽谈的人，季暖要忙到很晚。她知道紫晶城在哪个位置，没让墨景深来接，只让封凌陪着，等忙完之后和封凌一起过去。

紫晶城，海城最大的上流人士聚集地，只有持白金卡和钻石卡级别的人能进入，正因为级别分化严重，所以即使其中夜生活丰富，娱乐项目众多，却很少有闲杂人等混得进去，每一个高档包厢所在的区域都有waiter（服务生）和保安值守。

“季暖怎么没跟来？”秦司廷坐在包厢的沙发上，一脸好笑地瞥了眼坐在那里的墨景深。

南衡也转眼，俊美的脸上有几分戏谑：“我正想问，你就差把季暖挂在腰上每天带在身边，今天居然没让人跟过来？”

墨景深不咸不淡地回了句：“她在忙。”

秦司廷嘲弄道：“你女人比你还忙？”

“有问题？”墨景深冷淡地瞥他一眼。

秦司廷脸上荡出轻薄的笑，长腿一伸，向后随意靠在沙发上，冷笑：“敢情是你女人不甘在家当贤内助，想要插上翅膀往外飞？你也不拦着点，不怕真的做出什么成绩来，以后在她身后的男人越来越多？”

“贤内助？”南衡一脸莫名，“她什么时候跟这三个字成一挂的了？”

说到这事，秦司廷倒是有些嘚瑟地瞥了眼南衡：“是你没口福，前不久季暖去我家亲手做的蔬果沙拉和凉拌三丝，味道真不错，如果不是有个处处护短的人，估计我还能尝到她更多的手艺。那位大小姐现在会下厨，这三个字放她身上也不算太违和。”

南衡轻笑，懒洋洋道：“真的假的？”

墨景深看了眼时间，再开口时冷漠利落，又轻描淡写得很：“废什么话？约在这里就为了听你们两个关心我女人？”

秦司廷一脸高深莫测的笑：“习惯就好。”

南衡烟瘾极大，包厢里没多久已是烟雾弥漫。

墨景深刚也喝了不少，但没什么醉意，他看了眼时间，起身去了洗手间。

几分钟后，紫晶城里，几个小姑娘被刚从洗手间走出的男人吸引，醉醺醺地一路跟了过去，暗地打赌，看今天晚上谁能睡到这么难见的极品！

墨景深感觉背后有人跟着，见是几个喝得烂醉的女孩儿，没去理会。

直到进了包厢，看见茶几上又被送进来不少酒，红的蓝的黄的各种颜色各种产地都有，他顺手关了门，刚要走过去，忽然，身后的门被人用力撞开。

响动太大，墨景深目光清冽地向后看了眼，连带着包厢里的南衡和秦司廷也都挑起眉，看向门口几个醉醺醺的小姑娘。

一见这阵势，秦司廷立刻懂了，低笑着吹了声口哨：“哟，又被缠上了，这要是被季暖看见了，也不知道会不会打翻醋瓶。”

墨景深只当没听见秦司廷的话，眸色冷淡地扫了眼门前几个脸上明显写着“要睡他”的小姑娘。

“出去。”他声音没什么温度。

几个小姑娘带着一身的酒气，本来胆子都挺大，一看见他眼里的冷淡疏离，还有这男人凛冽冰霜般的气场，一时间没了底气。

其中一个小姑娘被人一把推出来，也不知她是脸涨得太红，还是喝了太多酒的关系，满脸羞红地望着他，好不容易挤出一句完整的话：“我……我觉得你好帅……我……我喜欢你……所以……你能不能……能不能……”

“不能。”

男人冷淡的声音依旧凛冽如霜，冷冰冰的，干脆而果决。

几个小姑娘瞬间挫败地盯着他，还以为能搞到一场极品艳遇，结果竟是一座冰山。

旁边已有保安闻声过来要赶人，几个小姑娘还想说点什么，却是直接被忽然关上的门给拍了出去。

门外一阵寂静，接着传来保安的呵斥声，门里却是一阵哄笑。

“真不愧是墨总，艳福不减当年。”南衡嘴里叼着烟，眯着眼睛笑。

“废话多。”墨景深没看他们，拿起电话给季暖打过去。

季暖此刻刚好正跟特地前来的BGY集团老总签了合约，本来应该把西民广场那块地要价三亿两千万，但是为了以后跟BGY这样的房地产企业保持长期合作关系，所以让了一个友情价。

正聊到兴头上，会议桌上的手机开始振动，季暖没看来电显示，随手按了挂断，继续笑着侃侃而谈。

紫晶城里，墨景深听见电话被挂断的声音，瞥了一眼手机屏幕。

南衡看着拿着手机还没来得及走出包厢的男人，一脸取笑地问：“你那是什么表情？难道是季暖挂了你的电话？”

墨景深不说话。

小女人还真学会挂他电话了？

二十岁的季暖还有太多需要学习和成长的空间，想到未来某一天，她若真的彻底成长起来，脱胎换骨，蜕变成他无法再掌控的所谓季总……

墨景深微微眯了眯眼。

秦司廷始终气定神闲地坐在另一边的方形沙发上喝酒，轻轻摇晃着玻璃杯中的白兰地，笑道：“敢挂你电话的，季暖还真是第一个，等她来了，我可得好好夸夸她，她真是好样的！”

话音落下片刻，秦司廷又道：“已经不早了，可别是出了什么事，要不要去她那里看看？”

南衡看了眼时间：“有封凌在她身边陪着，不会出任何问题，这电话绝对是她自己挂的。我把自己最得力的助手放在他女人身边，要是还能出状况，那岂不是太对不起我对封凌多年的栽培？”

墨景深走过去，回沙发坐下之前，一脚踢开南衡搁在水晶茶几上的腿，落座后，淡漠道：“再不把封凌从你身边弄走，你怕是会直接死在她手里。”

南衡骤然被一口烟给呛了嗓子，咳到眼底现出血丝才艰涩道：“什么叫我会死在她手里？”

墨景深凉薄嗤笑：“我看你最近真是闲得厉害。”

“怎么？我很闲，你要跟我打一架？”南衡叼着烟，眯着眼睛。

“你俩可别，要自相残杀就离我远点，大半夜的我不想拖两个重伤患者回医院，老子今天难得不值夜班。”秦司廷冷嗤。

半个多小时后，季暖终于出现。

她由保安引路，走到指定的包厢门前，推开门，看见包厢很大，沙发茶几、立式麦克风，还有不少只有高级的轰趴馆会有的设施，样样俱全。

里面只坐了三个人。

墨景深，南衡，秦司廷。

秦司廷现在也算熟人了，南衡对季暖来说，一直是只闻其名不见其人。

她刚一开门，墨景深沉冷的双眼便朝她看了过来：“暖暖，过来坐。”

季暖点头刚要过去，却骤然看见南衡一脸忍无可忍的表情，像是鸡皮疙瘩都起来了。

“我说你们，在家里怎么卿卿我我都行，在这公共场合能注意点吗？”南衡冷斥。

他们认识墨景深这么多年，没见他对谁这么主动过，更别说这么亲昵热情的方式。

墨景深冷瞥他一眼：“把脚拿开。”

南衡很想骂人，但还是忍了，转眼见季暖已经走了过来，南衡收回脚的同时，朝门外看了一眼。

封凌把季暖送到后，就尽职尽责地站在门外，转身打算和门前的几个保镖站在一起。

“站在外面干什么？进来。”南衡压着声音，冷冰冰的，又似命令。

季暖刚才也打算让封凌一起进来，但封凌始终没进，她刚走到墨景深身边坐下，抬眼就对门外的封凌说：“对啊，进来吧，又不是外人。”

封凌依然站在门外，没有说话，目光从南衡脸上掠过，只是平平淡淡一眼，没有对以前的上司打招呼，视线重新回到季暖身上：“这种场合不适合我，墨太太，我在门外守着，有事叫我。”说完，直接在外面将门给关上。

包厢里有一阵莫名诡异的静寂，季暖倒是对封凌这种又冷又硬的脾气习惯了，见门已经关上，也没再强求。

墨景深看着季暖的脸，将茶几上的酒水单递给她：“想喝什么？”

季暖低头看着酒水单，又看看茶几上那么多好酒，笑说：“不用那么麻烦吧，这么多酒呢，我跟你们一起喝就行。”

结果，墨景深将她手中的酒水单又拿了回去，按桌铃叫了waiter进来，给她要了一杯热果汁和水果拼盘。

直到服务员接了单子走了，墨景深才道："我说过，以后你都别想再沾酒。"

"我又喝不了多少……"

"一口都不行。"

自从封凌关了门，南衡的脸色就一直阴沉沉的，这会儿听见旁边两位依旧在丧心病狂地"撒狗粮"，他忍无可忍地侧眸瞥了季暖一眼，又冷笑着斥道："刚才这女人不是还胆大包天敢挂你的电话？转眼又成了小心肝儿？就连要杯果汁都得是加热过的，是有多娇气？"

秦司廷漫不经心地倒着酒："我是早已见识过了，你还得再适应适应才行。不过从医学上讲，女人的确应该少喝凉的，尽量多喝热的，对身体有好处。"

南衡冷斥一声，眯着眼睛嗤笑："你果然是被荼毒不轻，脑子不清醒到快为这两口子摇旗呐喊了。"

秦司廷依然笑得很是漫不经心："你以为兄弟我容易？我看自己八成是被他们两个给虐久了，被虐出了斯德哥尔摩综合征，他们两天不虐我，我都不适应。"

南衡身子往沙发上一靠，话锋一转，冷声道："你这么想被虐？行，我成全你。"

秦司廷抬眼看他一眼："成全什么？"

南衡朝门前瞥了眼，语调意味深长："很快你就知道了。"

季暖拿起手机看了一眼，果然有一个来自墨景深的未接来电。

她对坐在身边的男人小声说："我刚才跟BGY集团的人说话，没注意是你给我打的电话，直接就挂了，之后又着急赶过来，一直没看手机。"

墨景深看了她一眼，低声道："谈成了？"

季暖一脸开心地对他点点头，抬起手，一只手比出一个二，另一只手比出一个八，朝他眨了眨眼睛："卖了这个数，刨去成本，赚回来的钱足够在你父亲面前暂时交份满意的答卷了吧？"

墨景深目光深深，将她的手按了下去："这答卷就算交不上去，他也动不了你，不用这么拼。"

秦司廷听见这话，在那边笑："怎么？墨董不是已经回美国了？还没放过季暖呢？"

墨景深没看秦司廷，反而低头看季暖："晚上吃过东西吗？"

“没吃，我正想说呢。”季暖看着茶几上那些各式各样的酒，“今天不是南衡的生日吗？我这都进来半天了，怎么没看见有蛋糕？”

她还想着过来能吃几口蛋糕，毕竟忙完之后来得太匆忙，是真的连口饭都没吃上。

秦司廷挑眉，随口道：“我在医院刚结束一台手术，就直接开车过来了，哪有时间买蛋糕？”

季暖顿了顿，又转眼看向墨景深。

墨景深淡淡睇她一眼：“你看我像是会特意去买蛋糕给男人庆生的人？”

季暖嘴角一抽：“那怎么办？就算你们都不爱吃蛋糕，可既然过生日，总要有个形式啊，早知道我刚刚来的时候给你打个电话，刚才正好路过一家不错的蛋糕店。”

“哪家？让你那个女保镖去买。”秦司廷说。

南衡听见“女保镖”三个字，冷冷地扫他一眼，道：“不需要，等会儿还有人过来，她应该会买。”

“谁啊？今天不是就我们几个？”秦司廷向他一瞟。

南衡笑笑，向后随意靠在沙发背上，不言不语地瞥着秦司廷，那目光仿佛在说，小子，你就等着被虐吧。

秦司廷眉宇一动，默了一下，似是想到什么，忽然冷下了脸：“你该不会是——”

忽然，包厢门被推开，一道身影提着精致的蛋糕盒出现在门前。

季暖直接朝门前望去。

来的是个女人，身材窈窕纤瘦，皮肤白净，眼里透出冷静温婉，年纪和季暖差不多，长长微卷的头发散在背后，气质出众，却并没有太大的杀伤力。

“抱歉，我来晚了。”年轻女人走进门，笑意自然妥帖，目光在沙发上的几人脸上扫过，在秦司廷那瞬间沉冷下来的脸上停留得久一些，便又笑着看向南衡和墨景深。

同时，她对季暖笑道：“你好，你是季暖吧？我们见过，但你肯定不记得了，我是时念歌。”

“时小姐？”季暖听到这里，终于有了印象。

时念歌，海城时达国际集团的千金，比季暖大两岁，时家住在美国，国内的公司在海城，以前她跟季暖的确是见过，但也是几年前季暖和季弘文去参加一场晚宴时的事了。

曾经海城有过传闻，时念歌是唯一可以与季暖颜值媲美的一个，如果不是时家不在海城，她们两个绝对是在海城齐名的两朵花。

两人接触不多，时念歌在海城的时候，季暖在国外读书，季暖回来的时候，时念歌却已经回了美国，否则也许两人能成为很好的朋友。

季暖直接起身，过去接过蛋糕放在茶几上，由衷地道："真是好多年没见了，时小姐怎么回国了？以后是定居在海城，还是回美国？"

"时家在国内的公司总部在海城，我也许会留下，但也可能……会有其他变化。"时念歌说着看向南衡，"我这么晚才拿着蛋糕过来，没扫你们的兴吧？"

"没有，来得正好，墨太太刚还念叨怎么没蛋糕。"南衡说着，又意味深长地瞥向没有说过一句话的秦司廷。

季暖感觉气氛和她预想的不太一样，看了看南衡，再看了看秦司廷，感觉秦司廷周身像是聚着寒气，压抑着一种她从未见过的阴沉冰冷，再转眼看墨景深，墨景深眼眸都没有抬一下，照样喝着杯中的酒，明显事不关己。

"我是昨天去订的蛋糕，刚才要去取走的时候，才知道他们的甜品师傅临时请假了，下午才回来，蛋糕也是下午才开始做的，所以刚刚等久了些。"时念歌说着，便笑着打开蛋糕盒子，对季暖说，"季小姐什么时候结婚的？我都没能讨到一杯喜酒喝。"说着，就看向墨景深，"墨总连喜帖都没给我们时家发一张，会不会太不够意思？"

"坐下说。"墨景深示意她们两个坐下。

和时念歌一起打开蛋糕，季暖又把蜡烛拿了出来，然后拉着时念歌正要去旁边坐。

忽然，秦司廷站起身，拿起沙发上的外套，随口冷淡道："我还有事，先走了。"

时念歌动作一顿，站在沙发边没动，季暖却是转眼看向脸色冷沉的男人，也感觉到这气氛不太对，目光从秦司廷的背影落到时念歌有些僵硬和苍白的脸上。

什么情况？

秦司廷走得很果决，头都没回，在外面关门的时候动作很用力，门根本就是被他给甩上的，发出砰的一声。

正要端着热果汁和果盘进来的服务员被吓了一跳，险些没拿稳。

门外的封凌亦在看见秦司廷沉着脸出来时，站在一旁静默不语。

季暖转眼看向南衡和墨景深：“怎么回事？秦医生就这么走了？你们都不拦着？”

“拦什么？”南衡又从烟盒里拿了根烟，“早晚都要见这一面，他想走就走，这是他自己的事儿，没人会去拦着。”

季暖凭着女人的直觉，感觉时念歌跟秦司廷之间大概有点什么故事。

墨景深这时开了口，冷冷淡淡：“你怎么想的？把人给弄到这儿来了？”

“我跟时小姐在美国打过交道，毕竟是老熟人，我过生日，人家要过来送个蛋糕，虽然我明白她根本就不是奔着给我过生日来的，总也不能拒绝。”南衡吐了个烟圈，冷笑，“是她自己不死心，老秦什么脾气她比我们更清楚，今天来这里，会面对怎样的结果，她也该明白。”

南衡又瞥了一眼站在那里没说话的时念歌：“当初去招惹他的人是你，说走就走的人也是你，现在回来，明知道他会是什么态度，你也非要过来，现在看到了？人家压根连看都不会再看你一眼。”

时念歌没说话，在季暖关切地来拉她的手时，只是淡淡勾了一下唇，目光藏在包厢暗色的阴影里，看不出情绪。

没多久，时念歌就走了，显然今夜并不愉快。

南衡全程也只是看热闹，不置一词。

墨景深没看南衡，低眸看向季暖：“想回家还是想吃蛋糕？”

“吃蛋糕吧，时小姐虽然走了，可蛋糕毕竟也是人家特意买来的，不吃多浪费。”

季暖为了吃几块蛋糕，本想让今天过生日的南衡来切，南衡却将刀叉扔到她面前：“想吃自己切，我对这种甜的东西没兴趣。”

见墨景深也没有要吃的打算，季暖干脆自己动手切了几块，又将不小心弄到手指上的奶油放进嘴里尝了口。

很甜。

居然是樱桃口味的，奶油里甚至有樱桃酒的口感。

南衡和墨景深聊起一些生意上的往来。

中间偶尔有waiter进来送酒，又给季暖送果汁。

季暖晚上没吃饭，所以这整整十寸大的双层蛋糕被她一个人吃去一半，果汁也连喝了三四杯。

直到结束，时念歌也没再回来，秦司廷更是不知去向。

他们正要离开包厢，季暖也跟着走，结果站起来就贴在墨景深的身上，脚步虚浮，脸颊有着不太明显的红，目光醺然，慵懒地靠在他肩上。

墨景深见她明显就是浅醉的状态，直接将她搂住，免得她不小心倒下去，没想到她这样都能醉。

“她这是喝醉了？”南衡刚要出去，回头看了一眼。

季暖摇头，又抬起手随便挥了两下：“没，我一直喝的都是果汁，又没喝酒。”

南衡哼笑：“紫晶城这种地方，可从来没有纯正的果汁，所谓的果汁，也都含有浓度很低的酒，大概只有六度十度，基本尝不出来，但如果这样你都能醉，那季小姐，你的酒量究竟是烂到什么程度？”

季暖有些迷茫地睁眼看向墨景深：“是吗？”

墨景深没说话，而是将她扶稳，漠然看向茶几上还剩一半的蛋糕。

南衡亦是想到了什么，先看了看季暖浅醉的模样，又看了看那蛋糕，走了过去，切了一块放进嘴里，忍着那甜得要命的口感，咽下去。

他再回头看向门前的人，嗤笑：“这奶油里放了果酒，浓度不低，和果汁加在一起，她醉成这样也就不奇怪了。”

季暖努力睁开眼睛，挑着眉说：“啊，我想起来了，海城还真有一家很特别的蛋糕店，每天都人满为患，据说那家店的奶油里会放精心酿配的高端果酒，怪不得味道不一样，是真的好吃……”说着，她又笑嘻嘻地将脸贴在墨景深的肩上，小声说，“以后还要吃……等我过生日的时候……还要吃这家的蛋糕……”

千算万算，到底还是让她醉在蛋糕上了。

墨景深将她扶稳，把人牢牢按在身边，凉凉道：“你这种酒量，以后给我离那家蛋糕店远一点。”

“不要，我过生日的时候就要吃。”季暖抬起迷蒙的眼睛，再伸出一根手指头，对着他嘻笑，“还想再吃一次，不要双层的，就一层的好不好？少吃一点也行啊……”

墨景深没说话，她又贴在他手臂上，两只手都抱着他：“好不好啊……就过生日的时候吃……只是过生日的时候吃……”

墨景深被她用力地抱着，不得不微微弯腰。他看着醉眼蒙眬的小女人，低叹着在她鼻尖上吻了一下：“好。”

南衡按了按眉心，双臂环胸，倚在包厢的装饰柱上。他认识墨景深这么多年，从来没见他对谁这么温柔耐心过。

封凌从门外走了进来：“墨先生，我送您和墨太太回去？”

“不用，御园离这里很近。”墨景深漠然地道，“南衡也喝了不少酒，你送他回去。”

封凌表情不变，她沉默了几秒，才应道：“好的，墨先生。”

季暖被墨景深带到车上。她醉得并不是很厉害，只是整个人都慵懒地坐着，又将头贴在车窗上。意识到正在开车的是墨景深，而不是封凌，季暖又眯着眼睛朝驾驶位上英俊的男人看了两眼，然后倾身朝他靠了过去。

“坐好，我在开车。”墨景深想要将她推回去。

季暖却抱住他的手臂，凑到他身边，脸贴在他颈间，软着声音问：“我的酒量有那么差？”

墨景深瞥了她一眼。她酒量差不差，就她现在这状态，还用得着他说？

季暖看见他的目光，张口就在他颈边一侧咬了一下，好几秒钟才打算松口。结果男人骤然抽出方向盘上的一只手，一把搂住她的腰，向他按去。

“胆子越来越大了，在车上就敢直接引诱我，嗯？”

看着男人深邃的双眸，季暖眯着眼睛朝他笑，然后凑到他耳边小声说：“为什么不敢？”

墨景深眉宇一动，车速缓了下来，靠着路边缓缓行驶。他在她唇上吻了吻，用深暗的眸子盯着她，正要再度吻下去，季暖却忽然说：“可惜呀，‘大姨妈’再度驾临。”

吻向她的男人骤然一顿，眸色深深地看了她许久。就在季暖得意地朝他笑起来时，他在她唇上狠狠吻了下去。同时他停了车，将这小女人吻到嘤声求饶。

接着，他听见她说：“之前，我爸为了让我以后继承季氏，早在T市给我报了企业管理的进修课，但是我一直都没有去，拖了至少有两三年。”

墨景深听出她这话的意思，目光沉了沉：“你现在想去？”

季暖点了点头，道：“学校就是T大。T大商务系的那个教授很有名，现在国内很多知名企业的管理者都是他的学生，所以我挺向往的……”

小女人跟他商量时的态度本来就很软，加上有些醉意，她的声音更是软软甜甜的。墨景深在她红扑扑的脸上捏了一下：“这事我考虑考虑，等你明天清醒后再说。”

季暖嘿嘿一笑，忽然伸出手抱着他的脖子：“好……”

墨景深看了一眼车外的路灯，他将她的胳膊拉开，让她坐好，重新开车。

车还没开回御园，季暖就睡着了。

墨景深看着刚刚跟他提过条件、现在却先睡为敬的小女人，他气笑了。真是一点酒都不能让她沾了！

第十六章　别离·未知

车在御园别墅的停车场停下。

墨景深先下车，他绕过车身，打开车门，将睡得几乎不省人事的小女人抱下来。

停车场里光线不算太明亮，落在男人的身上更是半明半暗。季暖迷糊地睁开眼睛看着他。她朝他伸手，在他的怀里抱住他的脖颈，然后将脸埋在他颈间。

感觉到这小女人今晚似乎对他有着别样的依赖，墨景深眉宇微动。他低眸看着她，道："怎么？不睡了？"

"今天南衡说得没错，有些时候不能怪别人太冷血，只能怪当时的自己不够强大。"季暖窝在他的怀里，仿佛不经意地低声说。

季暖今夜有些醉了，墨景深看了她许久，没有多说什么，抱着她回了别墅。

进去后，她的双手仍然圈抱着他的脖子。她看着他清俊的脸，道："我需要更努力……更努力追上你的脚步……更努力支撑起我新的人生……"

"新的人生"这四个字让男人的脚步有片刻停顿，却也只是一瞬。他抱着她回房，俯身将她放在床上。看着醉眼迷离的小女人，他淡淡地道："以后不许再沾酒。"

看来以后就算吃蛋糕，他都要先替她尝尝味道。之前答应过她蛋糕的事，他收回。

“墨景深。”

“嗯？”

“我要变强。

“我要变得很厉害。

“我要强大到不需要别人的怜悯和帮助，也可以彻底支配自己的人生！我要强大到足以不畏惧任何生离死别，我还要——”

男人低头吻住她，将她嘴边那些宏大的愿望吻了回去。季暖本来就醉着，被吻了一会儿，她实在说不出话，干脆也就不说了。她闭着眼睛抱着他的脖子。

季暖半夜醒来，发现墨景深没在身边。她坐起身，揉了揉有些凌乱的头发，赤着脚下床。她推开书房门和阳台上的窗，都没见到墨景深的踪影。她站在阳台上向下望。御园别墅的停车场上，黑色古斯特没有停在它本该停放的位置上，不知何时车被开走了。

她今天本无意醉成这样，可蛋糕里的果酒和果汁里的酒精混在一起，让她睡醒后还是觉得头疼。站在阳台上吹了几分钟的冷风也没能清醒，她还是头疼得很。她揉了揉额头，转身回了房间。她将窗子关上，又扑倒在床上。随手抓起手机，她想给墨景深打个电话，结果打过去只能听见一道机械的女音：“对不起，您拨打的电话正在通话中……”

季暖将手机往旁边一扔，她实在头疼得很。她抓起枕头用力按在脑袋上，强迫自己继续睡。

黑色古斯特在路上飞驰，墨景深给南衡打了个电话。电话很快就被接通，南衡这会儿喝得有些高了，语气懒洋洋的：“哎呀，墨少居然又出来了。”

这个时间，他本来也没打算将季暖一个人扔在家里，小女人醉醺醺的，不时说着乱七八糟的梦话，又有“大姨妈”护体，帮她洗过澡换过睡衣后，他到现在仍然毫无睡意，如果不是这样，也不至于南衡一个电话，他就真出来了。

“晚上不是刚喝过，怎么又去秦司廷那里喝酒？”墨景深冷淡地问。

秦司廷的别墅里，南衡坐在沙发上，眯起眼睛看着窗外别墅区中的璀璨灯火。他又瞥了一眼站在落地窗前阴沉冷漠的秦司廷，笑道：“老子怕他想不开，过来瞧瞧，结果他木头似的戳在窗前半个小时了。我怀疑他这是已经老僧入定，什么话都听不进去。”

墨景深不温不火地道："他的事，你的确不该插手。"

南衡因为又坐在这里喝了几杯，这会儿也有些醉意，他用修长的手指揉了揉眉心，淡声道："我在美国欠了时念歌一个人情，否则你以为我愿意管她和老秦这点陈年旧事？"

南衡哪里是个喜欢管这种闲事的人，如果不是时念歌恰好选在他生日这天说要带蛋糕过来，又恰好南衡这几天很想找秦司廷的麻烦，他也没闲心插手。他更没兴趣去帮谁，不过是因为秦司廷这些年过得太孤寡清淡，为了给他平静如水的生活找点别样的刺激，他才顺手做了这件事。

墨景深边开车边淡声道："你还在他那里？"

南衡道："他这里最近添了不少好酒，我又喝了点，到现在算是喝透了。我懒得走，今儿就在这里住了。怎么着，你还真来啊？"

秦司廷那里最近新添的酒，当然全都出自墨景深之手。

墨景深道："等着。"

十五分钟后。

南衡叼着烟，回头看向出现在别墅里的男人。墨景深一身黑衣，他走进门，瞥了一眼仍然站在窗前的秦司廷。

秦司廷单手插在裤袋里，他俨然没打算理会他们两个。即便是墨景深在这么晚的时间忽然过来，他也只是冷淡地朝门前看了一眼，又冷淡地收回目光，没说话。

"他站多久了？"墨景深走了进去。

南衡转眼看着身形挺拔的男人。他用骨节分明的手指掸了掸烟灰，眉峰挑起："估计是回来后就一直站在那里，我来时他就这样。"

南衡又似笑非笑嘲弄地着看向墨景深："那么晚还出来，真舍得季暖啊？"

墨景深瞥了他一眼。

南衡眉眼一挑，笑着叼起烟。然后他伸手拿起茶几上的酒给墨景深倒了一杯。墨景深没去接酒杯，他冷淡地看向秦司廷。秦司廷从始至终都冷冷地看着窗外。

秦司廷所看的方向，是对面不远处的那栋别墅。别墅里黑暗无光，始终无人回来。

秦司廷这边的落地窗前只亮了一盏地灯，昏暗的光线下，没有人说话，有着片刻的寂静。

整个世界仿佛都是安静的，唯有对面别墅外高墙上跳出一只白色的猫，不时在夜色中轻轻叫两声。

墨景深单手插在裤袋里，他沉稳冷淡的声音在昏暗的光线里显得格外清晰：“当初爱得奋不顾身，接着恨得要死要活。人回来了，你始终避而不见，今晚也摆明要继续形同陌路，你还站在这里看什么？她一夜不回来，你还打算站在这里等一夜？”

闻言，秦司廷才有所动作，却也只是转眸看了墨景深一眼：“谁他妈说我站在这里是为了看她？”似是一晚上的压抑终于被打破，秦司廷眉目间尽是冷意，“你看我像是为了这种女人站在这里守到天亮的类型？”

墨景深凉凉地道：“她这套别墅在这里空置几年，你就搬过来几年，望着一套空别墅这么久，现在好不容易走了的人回来了，她怕是到现在还不知道你就住在她对面。你又究竟每天每夜地站在这里望过多久，自己心里没数？”

秦司廷骤然转身。他走到沙发边，拿起南衡刚扔在茶几上的烟，点燃。他抽了几口冷静下来，才语调冷然地道：“搬到这里住，也是几年前年少无知，还沉浸在爱恨纠葛里的决定现在早没感觉了。无非只是住惯了而已，懒得换地方。”

南衡边吞吐着烟雾边冷笑道：“是年少无知，还是你他妈活了二十几年，就对这么一个女人动过心思？到现在那群追在你屁股后边想泡你的女人都以为你对女人没兴趣，结果谁知道，你这颗纯情的少男心早被一个女人挤爆了揉碎了，到现在还没拼凑完整？”

秦司廷面无表情地道：“你们两个大半夜来老子这里，就是为了奚落老子当初那段愚蠢的过去？”

南衡笑道：“我确实有点这意思，就是不知道他这么晚怎么也会说来就来，说他是被季暖给踹下床了，他还不承认。”南衡边说边看向墨景深。

墨景深淡淡地道：“睡不着，过来看看老秦究竟有多不开心，他说出来，我或许还能开心开心。”

“睡不着？”秦司廷冷笑着将抽了几口的烟熄灭，“睡不着，你们两个就来这里围观我？”

南衡叼着烟发笑。

墨景深不咸不淡地冷冷挑眉。他确实睡不着。没有被踹下床，也没有吵架，是他的女人想去T市学习，从墨太太的身份转变成T大商务系的学生！虽然学习时间只是短短几个月，也算一种暂时的分离，这明显是那天宴会之后她才做的决定。

这小女人明显是借着醉意才敢说出这个决定。他能拒绝吗？可以拒绝，但又显然不能。他能感受到，季暖几个月前便性情有变，在她冷静成熟的外表下，藏着一种莫名的脆弱敏感。她极度害怕面对生离死别，更极度害怕无法掌控自己的人生。她的骨子里多了些执拗，多了些想要坚守的东西，却藏得很深。

翌日，墨暖工作室。

电脑屏幕上正在不停跳出夏甜在MSN上给她发过来的各种消息。

夏甜现在已经可以拄着拐杖正常行走，只是需要三个月的复健期。如果要来她工作室帮忙的话，夏甜住太远会不方便。

但毕竟夏甜曾经和她一起在美国读过书，读的是财经大学，在金融分析方面也具有专业知识，现在工作室财务主管的位子空缺，夏甜过来帮忙，季暖也能省去不少心力。

两人正聊得热火朝天，忽然，办公桌上的内线电话响起，季暖随手接起来："喂？"

"季总，你好，这里有一份你的快递。"

电话是金霖大厦一楼的收发室打来的，季暖又看了一眼来电号码，说："好的，我等会儿就下去。"

挂断电话后，季暖在键盘上敲了几个字：【是你怕出院之后东西太多，把自己的东西都打包寄到工作室来了吗？】

夏甜回复：【没有啊，我没多少东西，去的时候随便拎个箱子放到住处就好了。】

季暖眉梢微挑。那就奇怪了！怎么会忽然有她的快递？

现在这年头，国内电商才刚刚起步，季暖也没有在网上买东西的习惯。她平时很少跟别人邮寄东西，而且她这工作室里收到的一些信件或电话传真之类，都是由小八或者秘书负责。

怎么会有直接寄给她的快递？

季暖下楼，去了一楼的收发室。里面的人将一个不是很大的方盒子递给她。

季暖见盒子包得很严实，看不出来究竟是什么，而且上面只有收件地址和她的名字，并没有写寄件地址和寄件人。

"是谁送来的？"季暖留了个心眼，问了一句。

"不清楚，刚才整理这堆箱子的时候发现的。"

季暖听罢，将手里的方盒子掂量了两下，没听见里面有什么动静。

回到办公室门前，封凌看了她手中的盒子一眼："是什么？"

"刚收的快递，不知道里面是什么东西。"季暖说着正要走进去。

封凌却是脸色一变，当即起了疑心。她转身和季暖一起走进办公室，边走边道："我帮你打开，你站远点。"

季暖顿了顿。她刚想说没事，只是个快递而已。但见封凌已经抱着盒子，动作利落地去了办公桌边。她知道封凌平时有多尽职尽责，又有多谨慎。季暖笑了一下，打趣地说："行吧，那你拆，小心点，可别真是什么炸弹之类的。"

说话间，封凌已经拆开盒子外的防水袋。她将盒子打开，低眸看见里面的东西后，她顿了一下，又回头看向季暖。

"是什么？"季暖走过去，低头看见盒子里居然是一个不大不小的娃娃。娃娃身穿白色婚纱，很是漂亮可爱。

"哎？怎么会是娃娃？谁会给我寄这种东西？……嘶！"

季暖伸手直接将娃娃拿起来，结果手刚碰到娃娃，顿时一阵剧烈的刺痛从她手心蔓延开来。她极低地发出一声痛吟，血已经顺着她的手指一滴一滴落到娃娃的婚纱上。

"小心！"封凌忙一把将季暖的手拉开，再将快递盒子一脚踹到地上。

季暖转过眼震惊地看着地上那个瞬间支离破碎的娃娃。她顾不上手心的痛，只盯着那被放进盒子时已经肢解过的娃娃，还有随之掉出来的满地刀片……

娃娃身上的婚纱被季暖的血染红，那被分解的头和四肢，还有染血的婚纱，看起来触目惊心！

"没事吧？"封凌冷眼看着地上那个从可爱变成可怕的娃娃。她顷刻间拽起季暖的手，看见她的手指和手心被刀片划出不同程度的伤口。

"没事。"季暖摇了一下头。她手心的痛感不算很强，只是看起来伤口有些深，血流得稍微多了些。

季暖再转眼看向地上的娃娃。她眉梢微动，陷入深思。这是谁的恶作剧，还是哪个人的别有用意？

封凌拉着季暖又向后退了一步，免得娃娃身上还有其他问题。确定季暖站在比较安全的地方后，封凌这才走过去，俯下身，将娃娃身上染血的婚纱解开。她看见娃娃身上插着刀片，婚纱裙摆里也藏了不少刀片。刀片很小，但很锋利。

季暖盯着那些刀片，再若有所思地看向自己的手。

封凌检查后，起身说："你的手被割伤的几个地方，伤口都很深，先去医院止血包扎。"

季暖点头，又转头看了一眼那个快递盒子。封凌很懂她似的，过去将上面的快递单给撕了下来。

两人走出办公室，小八刚好路过。她看见季暖的手，顿时叫了出来："我的妈啊！暖老大，你的手怎么了？！这么多血！"

季暖示意封凌将快递单交给小八："你去这家快递公司查一下，要求他们必须查出这份快递是从哪里寄来的。如果他们不配合，直接打举报电话投诉。"

小八有些蒙地接过快递单，又点点头道："好，可是暖老大，你的手……"

"没事，出了点血而已，别声张。"季暖没多说，直接向外走。

"去秦医生的医院，离这里不远。"封凌在前面推开门时说。

季暖仍然在想那个娃娃为什么要穿着婚纱，她没有多说话。

上车时，季暖见封凌神情严肃，她想了想，还是道："怪我自己不小心，而且这都是一些皮外伤，你别告诉景深，免得他担心。"

封凌正要开车，闻言回头看着她道："是我的疏忽，不该打开盒子看见是个娃娃就疏于防备，这种事情墨先生早晚都会知道，瞒也瞒不住。"

"先去医院吧，等小八那边查出结果后再说。"季暖垂眸看着自己的手。

封凌没再吭声，转身去开车。

医院里，秦司廷一边帮季暖的手上药，一边冷嘲道："你们是真把我当成万能医生了？我这是内科，一个外伤都要跑我这里来处理！在工作室里好好的，你怎么会把手弄成这样，究竟是怎么弄伤的？"

封凌站在季暖旁边不说话。季暖亦是在刚才进来看见秦司廷的时候终于分了些心神。她特别注意了一会儿他的神情。他还是那副笑面狐狸的样子，仿佛之前在紫晶城会所里的事情都没发生过。

"啊，你轻点！"季暖的手心传来一阵钻心的痛，她骤然低叫，"你是要直接把酒精棉按进我伤口里？没看见我这手心的两道口子都很深吗？轻点行不行……"

秦司廷冷嗤道："忍着。"

季暖骤然抬起眼看向封凌。刚才她说直接去找外伤科的医生帮她消毒包扎一下就好，封凌却坚持要带她来找秦医生，仿佛除了秦医生，其他人都不靠谱。

“你不用看封凌。她以前在美国出任务时受过重伤，小命差点没了，是我从鬼门关把她给救了回来。她很认死理，这世上怕是除了我之外，别人在她眼里都称不上医生。”秦司廷不冷不热地说着，再用酒精棉去擦季暖的手指。在季暖又一次痛到咬住牙根时，他冷淡地问：“有这么疼？”

“我手受伤的时候还没觉得有多疼，你这酒精里别是放盐了吧，疼死我了……”季暖边说边要收回手，“好了没有？差不多就行了，用不着包扎。”

“手心伤得比较严重，必须缠上纱布。手指上的还好，消毒后涂些药就可以。”秦司廷淡淡地道，“这几天注意不要沾水，以免感染。”

季暖点点头。

秦司廷将其他医用酒精棉放到一旁的置物架上，再转眸看了她一眼：“手伤成这样，告诉你男人了？”

“我晚上回去再跟他说。”

“也好。”秦司廷说完，转身在电脑上点了两下。他又看向封凌：“我给她开了药，你去医院三楼的药房区帮她拿药回来，每天早晚在伤口上涂一次。”

直到封凌走了，季暖转眼看向秦司廷：“不都是自己人？怎么忽然把她支开了？”

“你们季家的事情，希望被更多人听去？”秦司廷不冷不热地看了她一眼，随手拿出一份比上一次更厚的药物分析报告递给她。

季暖刚要伸手去接，结果秦司廷又顿了顿，他将分析报告放到她身边：“算了，你的手还是别动了。”

季暖低头看着那份报告，再抬眼看他：“结果如何？”

“跟你最开始猜测的差不多，这所谓从国外拿回来的保健药品，每一样单独检测，根本查不出任何毒性成分，可见对方行事谨慎周全。若将这几种药混在一起吃，将变成一种使人肾脏器官逐渐衰竭的慢性毒药。”秦司廷淡淡地道。

季暖静默了片刻，道：“这种药，我爸应该还没有服用多久。我看过他抽屉里的那些药，他也只是偶尔想起来才会吃一吃。那他的身体现在会不会已经有了问题？”

“那就要看你父亲平时服药量如何，这种是很难被察觉的慢性衰竭药物配方，如果他服用时间不久，最多只会造成身体抵抗力减弱，有心火旺盛、容易生病等症状。只要中断服药，多调养一阵，排排毒也就没什么了。但如果服用时间过久，药物就会如同温水煮青蛙一样，不知不觉渗入血液，导致无力回天。”

季暖凝眸看着他，神情严肃。许久之后，她低声道：“谢谢，麻烦你了，秦医生。”

秦司廷笑笑，又瞥了一眼放在她手边的分析报告：“这种事情，既然已经被你发现，也是好事。对方是个心思缜密的人，你若是想揭穿这件事，还是要费些心思，否则很容易反中对方的圈套，把自己搭进去。”

季暖点点头，没说话。

秦司廷也就没再管她，任由她在旁边坐着，等封凌取药回来。

大概又过了两分钟，秦司廷坐在诊室的办公桌边喝了口水。他忽然问了一句：“你那个后妈的前夫，是盛家那个早死的病秧子？”

季暖对沈赫茹的事情也调查过一些，但她没料到秦司廷居然也知道。

“秦医生想问什么？”

秦司廷回眸瞥了她一眼：“盛易寒是她的儿子，就算多年前他母子二人因为季家的关系而断绝了母子关系，但你后妈毕竟曾经背靠盛家，她和她这个儿子，究竟有没有真的彻底断绝来往，还是个未知数。”

季暖看着他道：“你的意思是，给我爸弄来的这些药，也许和盛易寒有关？”

秦司廷淡笑道：“不是不可能，但盛易寒为人狡猾，又善于隐藏，让人难以捉摸。你后妈毕竟是个五十岁的女人，她这种甚少在外抛头露面的人，很适合在季家过安稳日子。如果你父亲出事，季家大权握在她的手里也没什么大用，除非她的背后有人。”

不言而喻，沈赫茹虽然聪明，但还没聪明到做事情能谨小慎微到这种程度。

秦司廷没再多说，话也显然只是点到即止。

封凌回来时，刚好有个专家会诊需要秦司廷过去。他又交代了几句关于季暖手伤的事，便直接走了。诊室里只剩下她们两个。

季暖正准备离开医院，忽然，她的手机响了。

“喂，暖老大，我查到了，快递是从洛杉矶寄来的，只能查到寄件地点，但是没有写联系人，其他所有信息都没有。”

“一点关于寄件人的信息都没有？”

“嗯嗯，一点都没有，根本查不到。快递公司的人说，有很多人在寄东西时都不写寄件地址，只会留下名字和电话。但是这份快递不知道是哪里出了问题，居然姓名电话都没有，他们也觉得奇怪。”

但既然是从美国寄来的，那就跟季梦然没什么关系。

安书言这几天虽然已经回了美国，可以安书言的性子，这个心高气傲的安家小姐就算很精明，也有些小手段，但绝不会做出这种事。如果安书言是个手段毒辣的人，在国内就会有所表现，她更不会这么轻易回美国。

究竟是谁呢？

晚上，封凌送季暖回了御园。她没料到墨景深今天居然几乎和她同一时间回来。她刚下车，他的车也在御园门外停下。

季暖下车时，下意识地将手背到身后。转眼看了看那辆黑色古斯特，不等墨景深下车，她就直接先往别墅里走。

墨景深正在车里打电话，瞥见季暖鬼鬼祟祟的样子，他挂了电话下车，然后关上车门走过去。

结果，季暖走得太急，到了别墅门前，她缠了纱布手没办法抬起来开门。感觉墨景深已经走近了，她顿时一阵头皮发麻。

“做了什么亏心事，头都不敢抬？”墨景深的声音从季暖头顶上响起。

季暖赶紧后退一步，从男人面前退到旁边：“没什么，就是今天有些累了。你怎么这么早就下班了？今晚没有应酬？”

季暖边说边不动声色地往门边靠，最后一个字落音时，陈嫂已经听见了动静，在里面打开门。

眼看着她再迈一步就能溜进门，可惜事与愿违，男人好像具有某种洞悉人心的奇特能力，也不管季暖表现得多自然多正常，他只是慢条斯理地说了两个字：“站住。”

季暖直接定在了原地。

上好的意大利手工皮鞋踩在地面上，声音平稳而有力，听在季暖的耳朵里却带了些不祥的信号。她刚调整好面部表情，就感觉到一根微凉的手指点在了她的肩上。

“手，伸出来。”墨景深平静地道。

季暖一动不动地看着他。男人的表情已经渐渐冷了下来。他盯着她许久，忽然冷冷地轻笑一声：“你以为自己能藏多久？”

季暖心里大叹一声。她实在是不想把自己今天因为疏忽而惹祸上身的事情告诉他，实在太丢人了！她下意识地又向门里退了一步，想借着陈嫂在门前先进去。

“过来。”墨景深的声音已经沉了几分。

季暖无奈，只好垂着脑袋走过去。墨景深低眸看着她。她先是顿了顿，又看见封凌还在御园门外，估计这事也没办法瞒下去，她只好将背在身后的两只手伸了出来。

墨景深低眸看了一眼她被纱布缠住的手心和微微红肿的手指，直接一把扣住她的手腕，大步流星地往别墅里走。陈嫂见他脸色沉冷，没敢凑过来说话。季暖就这么一路被他带上了楼，带进房间。

“我这就是点皮外伤，因为怕你担心，所以没让封凌告诉你。而且我已经去医院处理过了，这几天不沾水就没问题，你别生——”季暖不停地解释。

墨景深没回应。他推开卧室的门，直接将她带了进去：“进去，我现在心情很差，别让我说第二遍。”

季暖的千言万语都被这句话堵在喉咙里，她只好进了卧室。门刚一关上，她回头就见墨景深脸色的确很不好看。

“解释。”他冷冰冰地吐出这两个字。

“先说好，你别责怪封凌，她很尽职，一切都是我自己的疏忽，也是我让她先别告诉你的。”季暖有些无奈地说。

墨景深脱下身上的外套扔到一旁，又动作不算温柔地扯开领口的扣子，对季暖沉声说道：“你先别急着替别人挡罪，既然让她隐瞒我在先，你就自己给我把事情说清楚，怎么去工作室不到十个小时，手就伤成了这样？”

季暖只好如实把今天发生的事情都跟他说了。看见男人听见那个穿着婚纱被肢解的娃娃时愈加阴冷的目光，她语速很快地又将之后被封凌带去医院，去秦司廷那里处理伤口的事说了一下。目的就是让他知道，封凌对她是真的很尽责，他千万别因为这点小事迁怒封凌。

“快递的来源，查过了？”墨景深的语气缓和下来，可与其说是缓和，不如说是暗藏着某种说不清道不明的危险，“封凌现在这么听你的话，这种事情都敢瞒我，看来是该给你身边重新换个人了。”

“别！这事真的不怪她。她知道我晚上怎样都会回来的，你早晚都会知道这件事，我就让她隐瞒了几个小时而已。毕竟你白天在公司，我不想让你分心。”季暖解释道。

见季暖忙着维护封凌，又忙着考虑他在公司是否分心，却唯独对自己的安危没有太过在意，墨景深似乎笑了一下。可季暖无法确定他这究竟是真笑还是冷笑。

“先管好你自己。”墨景深看着她，音调很冷。

季暖顿了一下，只好说：“那是一份国际快递，能查到的也只是从美国寄来的，寄件人的所有信息都被隐藏了。”

“单号在哪里？”

“我手机相册里有，我拍下来了。”

墨景深直接拿过她的手机，打开看了一眼，然后将那张拍下单号的照片发到他的手机上。

“先去坐下。”墨景深又看了她一眼。

季暖见他这表情，莫名觉得还是别得罪他好，便依言转身去到床边坐下。

见她听话，墨景深的脸色才算缓和了一些。他关了门出去。

半个小时后，沈穆给墨景深回了电话：“墨总，查过了，这份国际快递的单号的确被人刻意隐藏，应该是寄件人给了洛杉矶那边的快递公司不少钱，一般从美国寄到国内的东西，通过美国海关的检查都不算特别严谨，加上人为因素，才能顺利寄到国内。”

“既然是被人为隐藏，说明还是有底可查。”墨景深冷声说。

“是，我联络了洛杉矶那边的人，经过特殊追查，最终只显示出一个寄件人的姓氏。”

“姓什么？”

“苏。”

听见这个姓氏，墨景深的眸子在灯光下骤然变得清冷。

手受伤这回事，倒是有一点好处。比如秦司廷交代她两天之内尽量不要弯曲乱动手指，伤口处五天之内不可以碰水。所以，季暖吃晚饭的时候，都是陈嫂将做好的晚餐给送上来。季暖坐在桌边，墨景深亲自喂她。

“张嘴。”

“啊。”

“张嘴。”

“啊……”

眼见她的手伤成这样，吃饭时她却一直挤眉弄眼地笑，好像被他亲手喂饭很得意，墨景深将筷子扔到桌上，又拿起汤匙给她喂了一口汤。

季暖噘起嘴巴喝了进去，再见墨景深认真喂饭的模样，甚至像是怕烫着她，她喝汤的时候他都在盯着她的嘴，本来汤已经被他吹过了，一点都不烫，但他仍然仔细得过分。

季暖笑起来，就差笑出声。她坐在桌边，将两只手放在腿上，像个听话的小学生接受墨总裁的喂养。

“还笑？嫌对方没在快递里放个炸弹，把你的手炸残废是不是？”墨景深又喂了一勺汤给她。

“我是觉得被你喂东西吃很开心啊！有老公疼，谁还不能高兴一下啊？”季暖心情不错地道。

墨景深冷嗤，没说话，继续喂。

季暖嘴里被他塞来一口鸡蛋，她嚼了嚼，含混地说：“这种体验多难得，你感觉怎么样？”

“不怎么样，感觉自己多了个女儿。”墨景深又给她夹了一小筷青菜，不等她说话，直接喂进她嘴里。

“以后我们要是有个女儿，你怕是会把她宠上天。”

墨景深的眉眼微微上挑：“不如现在就生一个？”

季暖喝了一口汤，才说：“等我从T市回来再考虑。”

说到T市，墨景深淡声道：“你父亲介绍的那位T大教授，的确资历很老，并且带出过许多企业管理者，但是慕名而去的学生很多，他在T大开的班里学生就有四五十个，你确定这种学习环境可以适应？”

季暖都不知道他是什么时候调查过那位教授的，她抬起眼睐道：“一个教授你都要调查，是有多不放心我？”

“T市距离海城并不近，我若是连那边的具体情况都没有了解透彻，怎么可能安心放你去？”墨景深见她已经吃饱，随手将餐具放下，拿过纸巾在她嘴角擦了一下。

“那你现在算是同意了吗？是不是等几天后，那位教授在T大新开了课，我就可以去了？”季暖一脸期待地道。

墨景深睨她一眼，道：“我可以将国内外的优秀讲师都请到海城来，给你进行一个月的补习，一个月不够就两个月，在家里学也是一样的。”

季暖就知道墨景深不会轻易同意她去T市。

“国内外再怎样优秀的讲师，只面对我一个人，这种感觉也不是特别好。T大是国内数一数二的商务大学，这种学府的学习氛围比较好。”

“你那位教授每一期授课，至少都要三个月，你确定要三个月不回海城？”墨景深语气很淡。

“才三个月而已，你就当是把我派到T市去深造学习嘛！你们公司不是经常有人需要出国深造，进行各方面的知识技能补充吗？三个月的时间一眨眼就过去了，何况近几年不是正流行异地恋？咱们两个结婚之前还没感受过异地恋的酸甜苦辣呢，正好这次可以体验体验。”季暖饶有兴趣地道。

墨景深却冷嗤道：“谁跟你异地恋？酸甜苦辣？你想得还挺多！”

季暖：“……真是一点都不浪漫！小别胜新婚嘛。”

墨景深没什么表情地道：“在我眼里，我们目前还算新婚，不需要用小别来衬托。”

季暖被噎了一下，正想辩驳回去，墨景深却已没再打算继续这一话题。他以目光示意她站起来：“先起来，刚吃过饭，在房间里多走一走，我去放水给你洗澡。”男人说完就转身进了浴室。

季暖都不知道是从什么时候开始，墨景深照顾她已越来越顺手。

晚上的争论过后，不，也不算争论，至少墨景深的态度还是模棱两可。她不确定他究竟会不会让她去，而且他对这件事情总是很冷淡。

季暖手上缠着纱布，她坐进浴缸里的时候，衣服已经脱光，被墨景深半扶半抱着坐在水里。她白天在工作室太忙，下午又因为那个快递而受了些惊吓，这一整天的精神状态都太过集中，导致刚一坐进这么热的水里，就控制不住地眼皮打架，昏昏欲睡。

后来也不知道怎么，她坐在浴缸里睡着了。她趴在浴缸边缘，身上不时撩过来的水让她睡得不太安稳。她不时睁开眼睛，看见眼前男人的身影。在墨景深身边特有的安全感让她干脆就这样闭上眼睛，不再睁开。

墨景深看着她被热水熏红的脸蛋，干净娇媚，他的心头已是说不出地软，眼底也添了一丝柔色，嘴角弯出浅浅的弧度。

“别睡，在水里睡着很容易感冒。”墨景深捏了捏她的脸颊，没打算让她就这样坐在浴缸里睡着。

季暖皱着眉将他的手推开。她干脆将头向浴缸外靠了靠，直接靠到他肩上。

墨景深没再强迫她，帮她洗过身子，拿过浴巾将她包住，把人直接从浴缸里抱出来。他长腿迈开，走出浴室。

看着怀里女人困倦的小脸，他轻声道：“累成这样，明天别去工作室了，正好手伤也需要在家里静养几天，给我乖乖在家里待着。”

季暖在他怀里蹭了蹭，含混地说："不行……工作室现在缺人手……我不去，大家就更忙了……"

"知道工作室缺人手，还要抽身去T市？"

"那不一样……如果我真走的话，夏甜会来帮我。"季暖将头在他怀里又蹭了两下，懒洋洋地低声说，"我真的很想去。"

"没说不让你去，先把手伤养好。"墨景深抱着她去了床边。

季暖一直都没有睁眼，她就这样腻在他的怀里，声音半梦半醒迷迷糊糊的："我要努力，比以前更努力。"

墨景深的眸色深了深，他看着怀里的小女人，将她放到了床上。

一沾到床，季暖就很自觉地在床上找了个舒服的位置，再抬起小臂放到鼻子前闻了闻，狗腿似的说："谢谢老公帮我洗澡，洗得我全身都香喷喷的……"

为了能让他同意，这小女人还真是无时无刻不在想办法哄他。

墨景深轻笑，将被子扔到她身上，道："手别乱动，放好，赶紧睡觉。"

季暖是真的困，她用胳膊抱住被子，舒服地睡了过去。

第二天醒来，季暖就发现自己起晚了，本来在工作室满满的行程安排都没了。

她打了个电话才知道，是墨景深从他公司调了个人过去，帮她整顿工作室的各项事务。确定所有本来安排好的工作都没有被耽误，季暖这才浑身轻松地躺回床上。墨景深这个男人，平时什么都不多说，却又什么都能安排好，关于她的一切，总是被处理得格外妥帖。

又躺了一会儿，她刚要坐起身，突然而至的疼痛让她顷刻将手抬了起来。她看着手上的纱布和手指上小小的被刀片割出的伤口。昨天那个穿着婚纱的娃娃让她心有余悸。

他让她休息，那她就休息，季暖干脆去医院接准备出院的夏甜。结果因为她现在手不能拿东西，夏甜给她翻了个大白眼。

"要你何用！"

季暖早就在工作室附近重新给夏甜找了住处。毕竟夏甜纯粹是来帮忙的，什么待遇都不要。这位夏家小姐虽然离家出走，手里却不缺钱，季暖能做的也就是帮她打点好一切，免得她的腿在康复期太过奔波折腾。

坐车去夏甜的新住处时，夏甜不停地数落她："你说说你，收个快递还能把手给弄成这样子，你们家墨景深不心疼啊？”

“心疼又能有什么办法，也确实怪我自己太疏忽。”季暖记得昨天秦司廷说过，纱布只缠一天就可以了，之后每天按时在手上涂药就行，于是她一边慢慢有些吃力地解开纱布，一边跟夏甜简单说了一下昨天收到的那份快递。

夏甜听了一会儿，先是因为出租车上有外人，一直没吭声。直到下了车，夏甜叫帮她拿行李的人先进去。她在外面看着季暖问：“快递这事儿，明显是有情敌在故意恐吓你啊！谁啊，胆子这么大，把这种东西寄到你工作室去了？这不是明目张胆地挑衅吗？”

说着，夏甜又转过身来，正色看着季暖：“你的情敌除了那个安书言之外，还有谁？”

见上升到“情敌”两个字，季暖不得不深思了一下。

“既然是美国来的快递，这事情该是跟季梦然没关系，而美国那边……”季暖犹豫了一下，“除了安书言之外，我也确实不知道还能有谁……”

夏甜一副恨铁不成钢的表情：“都有谁在盯着你老公这块肉，你居然都不知道？”

“墨景深在国内和国外究竟有没有过其他女人，这些你知道吗？”

“不太清楚，只有一些风言风语，但不能确定是真是假。”

夏甜朝天翻了个白眼：“这种事情你都不知道，暖暖，你对他究竟是有多放心？墨景深这种可遇不可求的极品男人，多少女人都在盯着啊，多少女人想睡到他？你都不防着点？”

“可我相信他啊！”

“相信顶个屁用！现在这情敌都直接把刀子扔到你面前来了。这一次是被肢解的穿着婚纱的娃娃和刀片，这就是在恐吓你诅咒你！下一次就不知道还有什么了！这件事你必须查清楚。墨景深曾经在美国那么久，那个安书言对他来说，只是他父亲想强行塞给他的一个门当户对的女人而已。他或许可以不把安书言当回事，但他难道就没有其他女人吗？或者其他对墨景深虎视眈眈的女人？对方寄来这么个穿着婚纱的娃娃，明显是对你们的婚姻抱有非常深的怨念！这不是情敌的挑衅，还能是什么？”

“行了行了，快进去吧，说得我鸡皮疙瘩都快起来了……”

夏甜不肯进去，继续在门外说：“墨景深对你再好，也是个成年男人，你们结婚之前他总不可能连初恋都没有过吧？”

“不知道。”

夏甜都要被她给气晕了：“墨景深本来就是海城甚至国内很多未婚少女的男神，他现在是墨氏总裁，是墨家独孙，以后要是再去美国继承Shine，那些女人更是会如过江之鲫一样往他身上扑！你要是不赶快防范，以后就算你举着苍蝇拍子挡在他面前，也赶不走那些人！

“情敌都寄来这种东西跟你叫嚣了，结果你连对方是谁都不知道，敌在暗你在明，这多吃亏啊！”

季暖一边拉着夏甜向里面走，一边说：“我很早就清楚，喜欢他的女人不会少。别说是美国，就是这海城，就有多少千金名媛早就看不惯我了，巴不得我趁早消失的也不在少数。”

“可是敢明目张胆来恐吓你的，绝对跟他关系不简单！暖暖，你可一定要记住啊，现在墨景深是你的，但想叼走他这块肉的人太多了，你一定要牢牢抓住他，别把他给弄没了。”

季暖白了她一眼，道：“我这还好好的，你没事唱什么衰？”

“我这是提醒你！小心自己的肉什么时候被狼叼跑了都不知道！”

三天后，季暖的手伤已经愈合。除了手心两道稍深的伤口不能沾水之外，现在她的手基本已经可以正常动作，只是手心的皮肤需要一段时间来恢复。

T大那边，教授下个星期就要开课，季暖必须先回去把沈赫茹的事情解决了。

之前，爸爸器官衰竭而亡，她无法阻止。现在，她绝对不能再让沈赫茹的奸计得逞。

季暖先是给季弘文打了个电话，说自己会回去。然后傍晚时分刚回季家，她就看见站在客厅门口气势汹汹的季梦然。

和季梦然视线相撞，季暖脸色很平静。季梦然一脸愤怒，甚至激动地走了出来，挡住季暖的去路：“季暖！你居然还有胆子回季家！你什么意思，上次把我扔在那种鬼地方，害得我差点没了半条命！你这么阴损狠毒，现在又跑到爸的面前装好人吗？当面一套背后一套的你，怎么这么恶心！”

“当面一套背后一套？”季暖迎着季梦然那写满痛恨和指责的眸子，笑了出来，“你确定说的不是你自己？

“阴损狠毒，你说谁？和你相比，我哪里配得上这几个字？买通心理医生给自己的亲姐姐开那种会导致精神衰弱的药，这种事情你都做得出来，谁能比你更阴损？趁着我情绪不定，每天在我身边怂恿我离婚，甚至唆使我以自杀的方式来逼走墨景深，谁比你更狠毒？”

季暖毫不留情地反驳回去，更因为季弘文这会儿已经走到季梦然的身后。

果然，听见这些，季梦然脸上已经一片惨白，但又马上理直气壮了起来：“你无凭无据，凭什么把这些事情都推到我身上？我哪知道医生给你开的是什么药，毕竟需要看心理医生的是你，有病的也是你，又不是我！谁知道你是不是脑子也出了毛病，有幻想症！”

季梦然怒气冲冲地又道：“而且你又没有自杀，我什么时候怂恿你自杀了？有证据吗？有证人吗？都是你幻想出来的事情，少来栽赃我！”

想起曾经自己倒在浴缸里，因为失血过多而无力起身的那一幕，季暖就恨不得直接一耳光打到季梦然的脸上。

季暖目光冷漠地道：“不想我打你的话，滚开，好狗不挡门。”

“你骂谁呢？”

“上一次在墨家，看在爸的面子上，我没当众直接跟你翻脸，现在我没心情跟你斗嘴，让开！”

季梦然站在门前不让：“你还想出手打我？这里是季家，又没有墨景深给你撑腰，我看你敢不敢打……”

啪的一声，季暖毫不犹豫地直接给了她一巴掌。

季梦然僵了一下，瞬间不乐意地伸手就要来抓季暖的头发。季暖闪身避开。要不是手上有伤，她刚才那一巴掌还能打得更重。

眼见季梦然疯了一般要和季暖打起来，已经在这里听了许久的季弘文骤然冷声道：“够了！在家门前闹什么闹？”

季梦然骤然僵住，回头看见季弘文，目光一慌：“爸……是季暖她……”

季弘文看都不看她，只看向季暖：“你先进来。”

进了门后，季弘文才问：“到底是怎么回事？你和梦然最近一直不对脾气，上次她做的事情的确过分，但你刚才说的那些都是真的？”

“爸，是季暖冤枉我，你别听她胡说……”季梦然慌忙解释，“而且那天我回来时的样子你也看见了，我在外面被雨淋了一夜，又冷又狼狈，差点死在外面！明明是她现在开始对我这个亲妹妹下狠手……”

“你闭嘴！”季弘文冷漠地看了她一眼。

季梦然不服气地咬住牙关，站在原地瞪向季暖。显然，那天晚上她在外面是真的吓得不轻。

季暖冷淡地瞥了她一眼："你也不用这么草木皆兵，你做过的那些事情，我会一桩桩一件件如实告诉爸，你防也防不住。"

"我什么都没做过！你别血口喷人！"

季暖没再跟她争论，只淡声道："爸，我今天回来是有事跟你说，梦然的事情以后再谈，我们先说正事。"

季弘文皱了皱眉，他见季暖这么认真严肃，问道："怎么？出了什么事？"

"我们去你书房说。"季暖说着就要上楼。

"季暖，有什么事你就在这里说，别想背着我去爸的面前说我的坏话！我做的事情我都承认，我没做过的事情你也不许诬陷我！"季梦然伸手就去推了季暖一把。

季暖现在压根没打算把季梦然的事情当回事，她被推了这一下并没有后退，反而抬起手，一把拉开季梦然的手腕，直接向一旁狠狠甩开。季暖转眼看她："你以为全世界都以你为中心？我和爸单独谈话就一定是聊你？你以为你是谁？脸上贴了几块膏药，就真以为自己是狗皮了？"

沈赫茹听见动静，从里面走出来。看见这么凌厉的季暖，她要笑不笑地走过来说："暖暖啊，你怎么刚回来就发这么大脾气？前几天梦然的手机被砸的事情是你做的吧？你这个做姐姐的也真是太不懂事了，你现在这是做了墨太太，真是有能耐了，跟自己的亲妹妹要横，脾气说来就来！如果这季家容不下你，也没有人求着你回来，干什么一回来就吵吵闹闹到了这地步？季家平时挺安静的，你进了门就搞得鸡犬不宁！"

季暖的目光冷漠疏离，她没去理会现在已是泥菩萨过河自身难保的沈赫茹，只看着季梦然道："你这副柔弱可怜的样子，也就能在家里蒙混过去，别在我面前恶心人，手机怎么被砸的自己不清楚？绕了大半个海城就为了跟踪我，我的保镖尽职尽责，她认为你对我有所图，只将你的手机砸了，却并没把拳头打到你身上，已经是看在你名字里有个季字的分上，你还好意思在家里跟我闹？"

季暖这段话是直接当着季弘文和沈赫茹的面说的，季梦然瞬间如临大敌，眼里是掩不住的慌乱："我那天只是顺路而已，你凭什么断定是我跟踪你？明明就是你看我不顺眼，故意让你的保镖恐吓我！如果你那个保镖敢打我一下，我要是不告得她全家坐牢，我不姓季！"

季暖冷笑道："看看你自己现在的嘴脸，做贼心虚，嘴上喊得大声，目光早已出卖了你。”

季弘文一直没说话，却是眉宇狠皱，双目盯着自己的二女儿。

察觉到爸爸的目光，季梦然这才收敛了几分。那天晚上真是被季暖刺激到恨不得杀了她！现在看见季暖，她的恨意更是不断增长！偏偏季暖始终淡然，甚至将之前一直摆在面上的客气都收了起来，这是表明跟她彻底开撕了。

“爸，你别信她的。”季梦然压低了声音。

“上一次墨家的事情过后，我不是早就警告过你，要么滚到国外去上学，要么就在家里闭门思过几个月，不许出门，更不许再去季暖面前找麻烦！你把我的话都当成耳旁风了是不是？”季弘文手里拿着沈赫茹刚刚端来的一杯茶，此时他骤然将茶杯狠狠砸到季梦然的脚下。

茶杯碎裂的声音吓得季梦然忙向后退了一步，滚烫的茶水溅到她只穿着拖鞋的脚上，碎裂的杯子在地面散成一片。

季梦然不可置信地抬起眼，道：“你只听季暖的话，都不肯听我一句解释？”

“还需要解释？”季弘文冷着脸道，“你是我亲闺女，你是什么样的性子，我会不知道？你当初就因为季暖嫁给墨景深跟我耍过脾气，从那时候起，我就知道你对你姐夫有想法！我看在你是我亲生女儿的面子上，给你留了脸面，一直没去戳穿你！现在是你自己胡闹，怨不得任何人！”

季梦然像是听到笑话一样，哭道：“你既然知道我是怎么想的，却还是把所有我喜欢的东西都给了季暖，有你这么偏心的吗？”

季弘文面色震怒：“从小到大，你喜欢的，或者季暖喜欢的，只要你开口，她都会毫无条件地让给你！你们这两个女儿都被我惯坏了，她在外面的确是性子高傲被人诟病，但她唯独对你这个妹妹格外纵容！你要什么她就给你什么！你还想怎么样？你是从季暖的手里抢东西抢习惯了吗？现在她不肯把自己的合法丈夫让给你，你就要跟她势不两立了吗？”说着，季弘文震怒地指着脸色发白的季梦然，“你还好意思站在这里把这件事吵起来闹起来，你个不孝女，给我跪下！”

“我？跪下？”季梦然红着眼睛瞪他。

“跪下！”季弘文脸上是不容否决的坚定和愤怒。今天看见季梦然和季暖之间这样恶劣的关系，他真是气得心肝肺都在疼。

“老季，你消消气，梦然还是孩子呢，你跟她说这些干什么啊？谁都有喜欢别人的资格，她也没做什么伤天害理的事情。女孩子喜欢一个男人，想要争取很正常，何况她不是也没怎么样吗？”沈赫茹见季弘文这次是真的发怒了，忙抬起手在他胸前轻拍了两下。

季弘文却是脸色难看，没理会沈赫茹。他仍然盯着站在那里咬着牙死活不肯跪下的季梦然：“我让你跪下！你聋了？听不见？”

“我不跪！我凭什么要跪？”季梦然气到大叫，转身噔噔噔就跑上楼。

眼见季弘文铁青着脸，正要上去把人揪下来，沈赫茹忙拉着他：“你别生这么大气，季暖还在这里，家里本来平平静静的，她一回来就搞出这么多事，你也别把责任都推在梦然的身上……”

“你给我闭嘴！”季弘文骤然看了她一眼，“你刚才说的都是什么话？季暖是我女儿，她怎么就回不得这个家了？”

忽然间被迁怒，沈赫茹也有些不高兴，手直接从他的手臂上离开，脸色不太好看地说：“我是见你一直在责怪梦然，心疼孩子，所以才帮她说了几句话，现在倒好，在你眼里除了季暖这个闺女，别人都不能多说话了是吧？”

季弘文皱眉，显然没打算给她什么好脸色。

沈赫茹憋着气不说话，抬眼看向季暖，却见季暖一副冷眼旁观的神情，沈赫茹更是气得牙痒。

这个小蹄子，之前回家时多少还有些收敛，现在居然回来就直接开战！又不是逢年过节的，忽然间杀回季家引战，她究竟是什么意思？

楼上又传来噔噔噔的声音，季梦然手里提着个行李箱，快步走下楼。季暖看见这一幕，只是冷冷地挑了下眉，没有说话。

季弘文眯起眼，怒道：“要走是吗？行，你今天敢拿着行李箱走出家门，以后就都别再回来！滚出去！我们季家没你这种女儿！”

季梦然赫然僵了一下，却是不看任何人，拿着行李箱走到楼下。最后朝季暖横了一眼，她拉开门就走了出去。

“哎呀，这孩子，走什么走啊。”沈赫茹嘀咕了一句，再看向季暖，小声埋怨，“哪有这么当姐姐的！梦然做得再不对，起码也没做过什么伤天害理的事情！你就这么容不下自己的妹妹，非要把人逼走才行？是不是看见梦然和家里断绝关系才满意？家破人亡才开心？”

“你少说几句能死？”季弘文转眼怒视着她。

沈赫茹刚要说话，却忽然听见季暖声音凉薄地道：“我回季家，季家怎么可能家破人亡？相反的……沈阿姨，你若是继续留在季家，可就真的不一定了。”

沈赫茹眉头一皱，猛地看向季暖："暖暖，你这话什么意思？"

季暖对她露出一抹很淡很淡的笑容。听见外面有路过的车声，季暖转身先向外走，没有对她多作解释。

季梦然从季家的车库里开了辆车出来，结果出来就看见季暖站在前院。如果不是有爸爸在，季梦然现在真是恨不得直接踩一脚油门去撞死她。

不行！她要忍住！她想得到的，绝对不会这么轻易拱手相让，也绝对不能就这样被季暖反过来牵着鼻子走。她一定会有办法制住季暖！

季梦然用力按了按喇叭，又落下车窗，喊道："不想死就滚开！"

季暖仿佛能参透她的内心，她站在原地没动，只冷冷淡淡地瞥着季梦然。

季梦然气得下了车，摔上车门，朝季暖走了过去："真以为有爸给你做主，你就可以这么嚣张是吧？季暖，我告诉你……"

"要去哪儿啊？"季暖仿佛没听见她的话，淡笑着问。

看见季暖这样的神情，季梦然几乎要抓狂，她狠咬着牙关瞪季暖："季家容不下我，当然有能容下我的地方！"

季暖笑了笑。她本来就比季梦然高一些，此时她微微向前俯低身子，季梦然莫名感到一阵压力，向后退了一步。

季暖附在她耳边，小声地一字一顿地道："去找你在海城暗黑酒吧里的那群狐朋狗友？让他们想办法把我弄进那种地方，给我灌酒，给我喂不干净的东西，然后毁了我，嗯？"

季梦然心口猛地一沉，她又向后退了一步，腿软得几乎站不住。她靠在身后的车上才能勉强站稳。她脸色发白，心虚又不可置信地看着一脸假笑的季暖。

她怎么会知道？她怎么连自己交过哪些朋友都知道？她怎么连自己现在究竟在想什么都知道？难不成这季暖是被什么妖魔鬼怪附身了吗？

季梦然整个人紧绷得厉害。季暖也只是这样似笑非笑地看着她。

忽然，季暖伸手在她的肩上拍了拍："梦然啊，这做人呢，还是安安分分的不要有太多想法比较好，千万小心别把自己给毁了……"

季梦然靠在车边，表情僵如化石，整个人几乎要从车门上滑下去。她抬手用力将季暖的手推开，避开她的碰触。

本来季梦然根本就不怕她的这些话，可是刚刚季暖的目光里像是有什么说不清道不明的东西，一种不知道藏了多少年的恨与千言万语都在里面，季梦然看不懂，唯一感到的就是怕。

事情已经发展到这种地步，季暖现在不打算再跟季梦然卖太多关子。

“好自为之。”季暖的目光从她的脸上掠过，嘴角又勾起一抹让季梦然很想亲手撕碎的笑容。

季暖进门后，别墅里早已因为沈赫茹的装模作样又恢复了平静。

“梦然真走了？”见季暖是一个人回来的，沈赫茹皱着眉问了一句。

季暖淡淡地瞥了她一眼，道：“沈阿姨，你这种人我可真是看不懂，当年为了能安稳地留在季家，你和自己的亲儿子说断绝关系就断绝关系，狠心无情到这种程度，现在却能对一个继女这么关心。”

“暖暖说的这是什么话，我刚才语气虽然冲了些，但不也是希望你们姐妹能好好的吗？”沈赫茹笑着将脸颊边的头发向耳后拢了一下，一副贤妻良母的样子，“当年的旧事就别提了，这么多年都是你和梦然在我面前，谁亲谁远，这我也是清楚的。”

季暖笑了笑，笑意却不达眼底。她看向到现在还脸色难看的季弘文：“爸，谈谈？”

从季暖刚一进门，季弘文就知道这孩子今天回来绝对是有事情要说。他道：“去书房等我。”

“这孩子，还神神秘秘的，我都嫁进季家这么多年了，又不是外人，有什么是不能在我面前说的？”沈赫茹再怎么忍着，语气多少还是有些阴阳怪气。

季暖正要走上楼，却在路过沈赫茹身边时，仿若无意地停了一下，用只有她们两个能听见的声音道：“沈阿姨，盛易寒当年的那笔账，我还没跟你算。别以为你当初跟他断绝母子关系，就能护住他，在季家潜伏多年，你也很累吧？”

沈赫茹神情一滞，猛地转眼看向她。

季暖对她微微一笑，道：“劝你以后在季家还是别戴着面具去活了，多累啊。”

说罢，不等沈赫茹有所表示，季暖直接上楼。

去书房等了没多久，季弘文直接进门：“回来得这么匆忙，是要说什么？”

“爸，沈阿姨嫁给您很多年了，这我知道，以前我虽然不懂事，在家里也没给过她什么好脸色，但也没有特别针对过她，这一点您应该很清楚。”季暖缓缓地开口。

季弘文点点头，道：“嗯。”

“前段时间，我将她在国外给你买回来的那些所谓保健品的药物都分别拿走了几粒，去做了专业的药物分析。”季暖说着，直接将包里的一沓纸拿了出来，放到他书房的桌面上，“这是检测出的结果，您看一下。”

季弘文走到桌边，拿起桌上的眼镜戴上，再拿起那些药物分析报告仔细看着。

看完之后，季弘文没有季暖所想的愤怒，他站在桌边，眯眼沉默了片刻，道：“这件事你先别声张，你是我的女儿，我是百分之一百相信你说的每一个字，但事情不能就这么轻易下论断，我需要确定过后再说。”

季暖刚要说话，忽然顿了顿，转眼看向身后的门。

门外有一道身影小心地站在那里，仿佛怕被发现，那人很安静地躲在门边，只露出很少一点影子，如果不是季暖站得离门比较近，又比较敏感，几乎察觉不到。

她看着门的方向，又转过眼看向季弘文，对他缓缓勾了一下唇。

季弘文也因为季暖的目光而注意到门外躲藏的人，他的脸色顿时一沉。

季暖没有故意压低声音，只笑着说了句：“爸，您还记不记得，我小时候有一篇作业，将做贼心虚和隔墙有耳放在一起组成句子，当时一直不知道怎么组的，现在看来，这道题终于有了答案。”

门外的人显然听懂了季暖的话里有话，抬脚想走，可又知道自己已经被发现。站在门外僵了僵后，那人忽然推开书房门走进来。

“暖暖，你可不能这么说话，这隔墙有耳是真，做贼心虚可就跟我没关系了。我刚才正准备回房拿东西，听见你和你爸在书房里说话，一时好奇才过来听了几句，结果就听见你在诬陷我！”沈赫茹一副很委屈的表情，转眼又看向冷着脸不动声色的季弘文，“老季，暖暖是你的女儿没错，但她现在说话做事，种种目的也太明显了，先是把梦然给赶走，现在又直接来对付我！”

沈赫茹会装委屈，季暖也会装。季暖也转眼看向季弘文，嘴角笑得有几分苦涩：“爸，你可以不相信我，但不能不相信这些药物的分析报告。作为您的女儿，总归不可能像外人一样在您的药里下手。您女儿希望您长命百岁，可有些人就不一定了。”

沈赫茹眼皮直跳。季暖现在可真是软的硬的都会啊！这分明就是在逼季弘文重视这件事。堵人的后路堵这么凶，果然不能小觑她！

“爸，如果您是念着和沈阿姨的旧情，不想将这件事情闹大，想要关上家门来和她单独解决，我就把话放在这里，这件事该怎么解决，我不参与。”季暖又一次退步。

听起来是退步，却又分明没打算真的大事化小。

沈赫茹看见这么有主意的季暖，真是恨得咬牙切齿，表面上却不得不撑起一丝笑来：“暖暖，你这话说得可就不对了。我分明是什么都没有做过，现在被你说得好像是你爸在存心包庇我一样。他是你爸没错，但他也是我的丈夫，谁会用这种手段去害自己丈夫的命？”

忍吧！必须忍，如果不忍，这季暖还不一定会使出什么让人措手不及的手段来。

季弘文的神色有些晦暗不明。分明就如季暖所说，无论这事是真是假，他也不打算闹太大。季家的生意一日不如一日，他每天操心劳力的，根本没心思管家里的事。他把家中的一切都交给了沈赫茹，如果事情真如季暖所说，他现在……为了自己这张脸，也不能就这么闹起来。

“暖暖，你先回你房间去休息。”季弘文忽然道。

他只字不提药的事，季暖抿着唇，先是没说话，又笑笑道：“好。”

回到自己的卧室，季暖进了门，表情仍然很淡然。她沉吟片刻，大概算是将爸爸此时内心的想法参了个透。她拿起手机随意翻看了几下，又打开手机里的一个隐藏的监控软件，将监控摄像头所拍的影像都看了一遍。看到自己想要的那一幕时，她的嘴角淡淡地勾起。之后，她不动声色地将手机放回衣袋里。

此时，书房中。

沈赫茹猜不出季弘文在想什么，但是书房里压抑的气氛让她一时有些发虚。她走过去，笑着说：“老季，我刚嫁进来的时候，暖暖就对我没什么好脸色，但起码也能做到在家里默不作声，平平静静的，现在可能是看我太好欺负了，所以……”

季弘文骤然扬起手，狠狠给了她一耳光，怒道：“别以为我护着你，就真是信了你那些鬼话！你儿子当初跟你断绝关系被赶出季家时，他那个目光我至今没忘！谁知道他跟你究竟有没有彻底断绝往来！你们母子二人早就已经对季家虎视眈眈了是吧？”

沈赫茹身子一抖，表情僵了好半天，才忙伸手去拉他的手臂：“老季，你可别真的被季暖的话给糊弄了啊！我真的没做过这种事情！你也知道我当初是下了多大的狠心，才和易寒断绝母子关系。你更知道这么多年，只要有人提到他的名字，我整个人都没法在状态。我这个做母亲的心里一直不好受，可你们不能拿他的事情来一再怀疑我啊！是，我承认，易寒现在回了盛家，当年的那件事是他不对，可这都是陈年旧事了。我发誓，易寒现在回盛家后所做的一切跟我一点关系都没有！无论是盛易寒还是盛家，早就已经跟我没关系了！”

季弘文冷笑道：“是吗？”

“天地良心啊！我在季家这么多年，一心为了你守着这个家……”沈赫茹红着眼睛道。

季弘文冷笑了一声，道：“药是怎么回事？就算是暖暖始终看你不顺眼，但如果没有证据，她也绝对不会乱说这种话！这药物的分析报告都摆在了这里，你还能解释？”

沈赫茹立即辩驳：“她这个分析报告是假的！”

“假的？”季弘文冷眼看着她，“你能拿出什么证据来证明这份报告是假的？”

“不就是拿着药出去检查吗，那就再查一次！当着我们大家的面去重新查！我就不信，她当着我们大家的面还能做什么手脚！拿着这种分析报告就要陷害我，指不定她究竟是从哪里搞来的药去做的假报告！”

季弘文没说话，依旧脸色不悦地看着她。沈赫茹一脸委屈地道：“你看，现在真相究竟是怎样还不知道，就因为季暖的几句话，你就已经完全不信任我，连个好脸色都不给我了，你这女儿现在还真是聪明得不得了，知道要怎么离间我们夫妻。”

季弘文窝了一肚子的火，听见这话，脸色更是难看。他一声不吭地快步走出书房。

沈赫茹见状，目光亮了亮，转身也跟着快步出去：“老季，必须重新把那些药检查一次，你得给我洗脱罪名，不然以后我还怎么在这个家里生活下去……”

季弘文正要往他的房间走，沈赫茹也跟在后边，结果两人路过季暖的卧室门前时，只见季暖不知何时已经出来了。

季暖站在门前，拿着手机放在手指间把玩，分明就是听见了沈赫茹刚才的那番话。季暖目光里带着笑，又掺了几分看透她似的嘲弄。

沈赫茹没再去看季弘文的神情，只看着季暖脸上那让人不寒而栗的笑。

季暖的这种表情真是让沈赫茹恨得牙根都在痒，她再也忍耐不住似的道：“暖暖啊，你刚刚不是坚持说我的药有问题吗？那不如我们拿去重新做一次检测，看看究竟是谁在说谎！”

季暖神色淡然地瞥了她一眼，又似笑非笑地看向面色不悦的季弘文："爸，您在商场也混了这么多年了，她现在这副态度，摆明就是有问题。这算不算是此地无银三百两？"

沈赫茹朝季暖皱起眉，尖着声音怒道："我能有什么问题？你坚持说药里有毒，还拿了什么分析报告出来，现在我说要拿出去重新检查，又说我此地无银三百两，怎么什么话都被你说了去？你这是存心不让我好过啊！句句都在堵我的路！我看你才是有问题！"

沈赫茹又眯起眼睛道："你说你年纪轻轻，就这么会撒谎，我的事情被你说成了这样，梦然的事可别也是你在存心诬陷吧？"

季暖淡淡一笑，没吭声。

见她不说话，沈赫茹又扫了她一眼。她观察着季暖的表情，确定季暖这是没话可说，才多少有些得意地挑起眉。

"暖暖，你是不是觉得，把梦然在季家拉下来太顺利，所以早早计划也对我下手了？梦然今天说离家出走就离家出走，转眼你就来针对我，你这是要把季家收入囊中啊？你爸可还活着呢，你这胃口会不会也太大了？"

"沈阿姨，你不用在这里煽风点火。我带着证据回来，你怎样辩驳都没用。用证据说话，我们不如来点实际的，你说我诬陷你，证据呢？"季暖反问，看起来仿佛天真单纯地在往沈赫茹的圈套里走。

沈赫茹笑起来："证据，我有！就是怕你到时候哭出来，毕竟我年纪这么大了，凡事想得也比较通透，只要误会解除了就行，有你爸了解我、懂我就够了。可你这种包藏祸心的想法若是被揭发出来，以后墨景深和墨家人还不知道会怎么看你……"说完，也不等季弘文发话，更不去看季暖的目光，她便直接转身快步去了主卧的方向。

见沈赫茹进去了，季弘文也若有所思地走了进去。

季暖却是不疾不徐地走在后边，进了主卧她就看见沈赫茹手脚利落地去开大床边的抽屉，将里面的一大堆药全都拿了出来。

那些被季暖指认为有问题的药，被她一盒一盒单独摆放出来，一盒不差。然后她回头看向季弘文："老季，我帮你买回来的就是这些药没错吧？"

季弘文皱眉不语。对这个娶进来多年的女人，他也许从来没有认真思考过，她是否存了其他的心思。

然而此时此刻，根本不需要季暖多说，他就看得出这其中藏着太多的问题。

这些药他虽然几乎每天都吃，但也没在她面前吃过。她居然知道这些药全在抽屉里！这药已经买回来这么久了，她居然还能把每一瓶都分得清楚。如果说这其中没有猫腻，真是谁都不信。

见季弘文冷着脸不说话，沈赫茹又将脸朝向季暖："暖暖，你确定你拿去做检查的就是这些药？"

季暖觉得可笑，问道："沈阿姨，你着什么急呢？我爸的抽屉里放了不少药，药瓶看起来也都几乎差不多。各种降压降糖的都摆在上面，你这说拿就都给拿出来，不知道的还以为你每天都在盯着这些药的摆放位置，每天都在观察这些药究竟有没有被吃呢！"

沈赫茹当然不会因为这句话而乱了方寸。之前季暖回来过两次，她就感觉季暖像是在怀疑什么。还有那次在墨家的反转，她更看得出来，季暖现在确实是不一样了。

沈赫茹一直心有余悸，怕万一真的被季暖发现了什么而自己没有防备，所以早就做过准备。

"药是我买的。在国外度假时，我路过一家药店，精挑细选了这些药回来。每一瓶都是我经手的，我当然很清楚。"沈赫茹一脸坦然无惧。

季暖要笑不笑地凝视着她手腕上那只翠绿的翡翠镯子，道："沈阿姨的日子过得可真是舒坦，说出去度假就能度假。你手上的这只镯子，也很特别，平时很难看见品相这么好的。如果我没记错的话，是很多年前我爸送给你的吧？价值上千万，这成色真是越戴越好看，也不知道有没有借给别人戴过？"

"当然没有，这镯子我一直宝贝着，从来没摘下来过。你爸送我的所有东西我都当成宝贝一样放在身边，怎么可能借给别人？"沈赫茹一时没明白季暖话锋一转是什么意思，满眼防备地看着季暖，却是在坚决维护她和季弘文之间老夫老妻的感情。

"这样啊……"季暖听见她的话，便直接将手机举了起来，在屏幕上一点。顿时，手机屏幕里放出一段清晰的影像。

从影像里能看见床边、桌子及附近，录像时间也是二十多天前。只见一双手很迅速地将抽屉里的药都拿了出来，一盒一盒用看起来一样的药做了替换。每一瓶里的药都被换掉，就连数量都是相同的。仔细看去，那些药粒没有色差，也没有特别的味道，就算被换掉，也不容易被发现。

虽然他们只能看见影像里的那双手的动作，但是那双手很白，并且戴着那只通体翠绿的翡翠手镯。

看见季暖手机里放出来的东西，沈赫茹的表情瞬间一僵。她猛地回过神来，才明白季暖刚才居然只是为了套她的话。沈赫茹慌张地将手背到身后，白着脸摇了摇头，想要开口解释，但她抬眼就看见季弘文怒火滔天的神情。

沈赫茹明知已经没了退路，却还是想要辩驳一句："随便拿了不知道从哪里录来的东西，就说是我换了药？季暖，你现在这高科技的东西玩得很厉害啊，想说什么就能说什么，想要捏造什么你就能——"

"这算是高科技？"季暖嘲讽地盯着她，"这都什么时代了，放个监控而已，有什么难的？"

"你居然敢在你爸的卧室里放监控，还好意思说……"

"这里毕竟是我爸的卧室，不该拍的地方我不会乱拍。"季暖声音薄凉地打断她的话。她走向桌边，从桌上的台灯灯罩下取下一个极小的监控摄像头，"虽然只拍到这桌上的景象，但是也足够了，不是吗，沈阿姨？"

证据确凿，又一环扣一环，每一环都能将沈赫茹逼上死路。

沈赫茹目光僵硬地看着季暖手里的微型摄像头，又看向季弘文："老季……你听我解释……"

季弘文的脸色已经不能用愤怒心寒来形容，他无力地道："解释什么？有必要解释？真没想到，当初看你们母子可怜，把你们接进季家，结果却要被你亲手送进鬼门关！你真是好啊，好一个心狠手辣的枕边人！"

沈赫茹急了："老季，药的事情真的跟我没关系！这毕竟都没拍到脸，怎么就能确定是我？上法庭还要讲证据确凿，她凭这么一只镯子就认定是我？"

"镯子是我送的，季暖认不出，难道我还认不出？我跟你夫妻这么多年，你的手是什么样子，在视频里刚一出现我就认得出来，还用得着季暖去认定？"季弘文满眼失望，怒不可遏。

沈赫茹不死心地道："我——"

季弘文本来就没怀疑过季暖的话，他也确实不想闹太大，但现在真相就摆在眼前，不仅是自己的脸面挂不住，他心里的火也是烧到快炸了。啪的一声，他给了沈赫茹一个耳光。这一巴掌又狠又重。

季暖将微型摄像头装进衣袋里，没再多说一句话。她面无表情地凝视着沈赫茹狼狈的样子。如果不是事关爸爸的性命，她不介意再陪沈赫茹玩一玩。但这些药的事如果再不揭穿，爸爸的身体只会每况愈下。

该做的她现在都做了，剩下的也不会去干涉。

沈赫茹捂着被打肿的脸，转眼就见季暖站在一旁，带着一副隔岸观火的神情。

因为太怒太恨，沈赫茹死咬着牙关，勉强让自己冷静下来。她看向怒火中烧的季弘文，低下头，委屈地小声说："好……我承认……老季，这件事情我都跟你说清楚……

"其实是，我以前嫁过的那个早死鬼的父亲，就是盛家现在的当家的，想借着我的手在季家吞一笔。那些药我最开始并不知道是有毒的，他们恐吓我，逼着我把这些药拿给你，后来我才知道……我换药的事情并不是为了给自己洗清罪名，而是怕你真的吃了这些东西而伤身体，所以我才偷偷换的，一来不想被你发现，二来也不想被盛家的人知道。老季，我真的是一心为了你，但是我在盛家生活过，那些人机关算尽，我根本斗不过他们，被逼到这种地步，我也不想的……"

她口口声声解释着，只想挽回一些颜面，可注意到季暖那边，她发现季暖仿佛看透了她的想法，一直在冷笑。沈赫茹心里咯噔了一下，不敢再看季暖，生怕被季暖看出什么来。

季弘文强忍住直接把她手上的镯子拽下来砸碎的冲动，冷声说："从今天开始，你哪里都不许去，只能在这个房间待着，一个电话都不许接，不许跟盛家人或者任何外人有往来！季家别墅的事情全交给管家负责！公司那些交由你手头的事情，也会全权交给别人，你别想从季家套走一分钱！"

沈赫茹的身体摇晃了一下，向后退了一步，一屁股坐到床上。她目光颤颤地看着他："老季，你不能这么对我……"

"你再多说一句，立刻滚出季家！别怪我没给你留最后的脸面！"季弘文没耐心地怒道。

沈赫茹立刻闭上嘴。被关在家里也好过被赶出去，现在她只是静待发落，起码还能有点转机，要是就这么被赶出去，别说里子面子全丢了，以后怕是再也没有在季弘文这里翻身的机会。

忍一时风平浪静！她噤若寒蝉地坐在床边，不敢再多说一句。

第十七章　隐秘·入学

两天后，季暖抽空去了一趟医院。

她本打算借着自己手伤已经好了，过来再见见秦医生，看看他有没有时间，如果有，她想请他吃个饭。毕竟她找他帮忙做药物分析，给他添了不少麻烦，不论这是秦司廷给了墨景深多少面子，在她这一层上，还是要正式说一声谢谢的。

刚进医院，她忽然看见一辆救护车停在医院门前，一个浑身是血的人被医护人员抬了进去。

季暖站在医院正门，眼角的余光忽然又瞥见随后从救护车里跟着跑下来的一道身影。万万没想到，居然是时念歌。

时念歌的手上和衣服上也有不少血，她脸色苍白地跟着医护人员向里走。季暖在她走过时，关切地问了一句："时小姐，出了什么事？"

时念歌的脚步顿了顿。她转眼看见了季暖，仓皇中也只是对季暖客气地点了一下头，没有多说，又继续跟着向里面跑。

直到那些医护人员分别走了进去，季暖才走近问道："时小姐，你没事吧？身上这么多血，如果也受伤了，就赶快去处理一下。里面是你的朋友还是什么人？我留下来帮你跟医生交涉，你快去检查一下身上的伤。"

"我没事。"时念歌转过头，抬起手让季暖看她手上和身上的血，"我没受伤，血都是他们的，受伤的是我的司机和助手，他们伤得很严重，我没什么事……"

这时，已经从医院外面跑进来不少记者，他们一边拍摄医院里的情况，一边过来问："请问，二位是伤者的家属朋友吗？远扬大路重大车祸的事有没有人能详细说一下当时的现场情况……"

急诊室门外因为记者的闯入而骤然乱成了一团。

时念歌没有说话。季暖正要将她和那些记者隔离开，忽然，从人群后方传来一道低沉的男声："滚开。"

那道声音实在冷得不像话，季暖骤然转头，看见穿着一身白大褂面无表情站在那里的秦司廷。

秦司廷一出现，整个医院一楼的医护人员都陷入安静。

那些记者愣了一下，回头看见竟然是一位医生，便直接举着镜头对上他。结果那些记者的话还没说出口，医院里的保安就已经从秦司廷身后冲了出来。保安将那些记者赶了出去，边赶边严肃地说："急诊室外不是记者可以随便乱拍的地方，赶紧出去，别堵在这里耽误医生给伤者治疗，快走！"

周遭终于安静了下来。

秦司廷的目光很冷淡地瞥了季暖一眼，又仿佛不经意地将视线落在被季暖挡在身后的时念歌身上。他见时念歌脸色苍白地站在那里，一直没有说话，便走了过来。

男人的嗓音低沉冷漠："伤哪里了？"

这话明显是问时念歌的。

时念歌显然没料到，情急之下被救护车载来的医院，居然就是秦司廷所在的医院。她静默片刻，有些发白的脸上没有特别明显的表情。她淡淡地道："我没受伤。"

秦司廷单手插在白大褂的口袋里，他用冷漠的眸子在她身上扫了一眼，嘴上是冷冷的薄笑："也是，时小姐向来命硬。"

时念歌这才倏然转过眼看他，对上秦司廷凉薄的目光，她淡淡地道："现在是我的司机和助手受了重伤，生死未卜，秦医生针对我可以，但请不要在这种时候雪上加霜。"

秦司廷冷嗤了声，道："真看不出来，时小姐对身边的人还挺有良心的。你那颗被狗吃掉的良心，这些年在美国，是一点一点长回来了？"

时念歌没再说话，两眼盯着他。

季暖没想插手别人感情的事，但还是听不下去了。她凑到秦司廷身侧，低声说了句："秦医生，时小姐刚刚跑进来的时候脚有些跛，可能是伤到腿脚的筋骨或者被碰伤了脚踝。她脸色这么差，虽说身上的血都不是她的，但应该也是受到了惊吓。你好歹是个男人，别在这种时候去扎人家的心，行吗？”都这种时候了，他居然还在时念歌的伤口上撒盐！

“惊吓？惊吓算什么？”秦司廷冰冷且意味深长地道，“铁石心肠的人就算被万箭穿心也不会有任何感觉，我几句话如果能扎了她的心，她就不是时念歌。”话音落下，他转身就走。

季暖虽然想在这儿陪一陪此刻无论是身体还是精神状态都有些狼狈的时小姐，但两人毕竟不算熟，何况她今天来的目的是找秦医生道谢，她犹豫了一下，还是转身走出了人群。

秦司廷率先进了电梯，电梯门关上之前，季暖连忙迈步进去。秦司廷不冷不热地瞥了她一眼，显然没什么心情开口。

电梯上升速度缓慢，季暖看着那个穿着白大褂的高挺清冷的男人，轻声调侃：“明明很在乎，却又非要装得薄情寡义，你们男人的心也算是海底针了吧？”

秦司廷沉着脸，没说话。

“你的诊室现在不是在医院的十六楼？这医院电梯速度这么慢，中间还经常有其他楼层叫停，你能用那么短的时间从十六楼下来，分明就是从步行梯一口气冲下来的。你以最快的速度赶到一楼，见到时小姐，确定车祸重伤的不是她，又开始装模作样，好像恨不得把对方冻成冰，这是何必……”

秦司廷冷冷地瞥了她一眼，道：“你们女人话都这么多？”

季暖的眉梢一挑，没再多说，毕竟她不了解具体情况，也没法再多说。

“你的手伤不是已经好了？忽然来医院干什么？”秦司廷直接转移了话题，没好气地看向她。

“来跟你道谢啊！上次帮我包扎的事，还有你给我开的伤药和去疤药都很有效果。另外，我爸的药物分析也是你帮我做的。最近真的是各方面都很麻烦你，所以想好好感谢感谢你。”

秦司廷不冷不热地哼笑：“感谢我就不必了，要感谢就回去感谢你男人。”

见季暖目光疑惑，他冷斥道：“我整天忙得要死，如果不是你男人一直把你的事情压到我头上，督促我尽快解决，估计那些药能在我的抽屉里放到天荒地老。”还真是够坦然够直接。

“话虽这么说，但毕竟也是麻烦你了，本来想说请你吃个饭，但既然你这么忙，那就等你有时间再说。”季暖目光一转，忽然又笑道，“哪天我和景深一起请你们，叫上南衡一起，再叫上时小姐……”

听见“时小姐”三个字，秦司廷直接拒绝道：“不去！”

秦司廷今天这态度就像是被蜜蜂给蜇了，完全不给面子，连基本的客套都懒得表现出来，季暖也没再继续火上浇油。

入夜，她回了御园别墅。陈嫂说墨先生已经回来有一会儿了。

季暖上楼回房间，推开卧室门，就听见浴室传来的水声。她刚走进去，忽然，墨景深的手机在卧室内的沙发上响起。季暖本来没打算接，估计墨景深也快洗完了，她打算等他出来后让他自己接，结果手机却响个不停。

都这个时间了，估计是公司有什么急事？

季暖瞥了一眼来电显示的号码，才发现是一通国际电话，号码所在地是美国洛杉矶。

浴室里的水声仍在继续，季暖看着那一串号码许久，直到手机在她手里继续执着地响着，她定了定神，接起电话：“你好，景深现在不方便接电话，如果有什么要事，过一会儿再打来吧。”她说完后，没有马上挂断，等着电话那边的动静。

结果对方没有说话。

“你好，听得见吗？”季暖淡声问。

电话里仍然安安静静的，对方不说话。

女人或许天生都有格外敏锐的第六感，季暖目光沉静地望着浴室的方向，门里一片雾气和水声交叠。

“不说话我就挂了，景深正在洗澡，等他出来后，我让他回个电话给你？”季暖语气清淡，出口的话仿若无意，但偏偏在平静的夜色下掀起无声的波澜。

电话骤然被非常不客气地挂断，接着就是一阵刺耳的忙音。

自始至终，打来电话的人都没有说一句话，却偏偏能让季暖感觉出，对方的心情似乎非常不好。

季暖坐在沙发上，拿着他的手机出神。

浴室里淅淅沥沥的声音和窗外的夜色相得益彰。她之前在季家没怎么睡好，睡意很快就席卷而来。

在她就这么靠在沙发上迷迷糊糊快要睡下去的时候，一只带着湿意的手臂从她的腰后伸了过来。她猛地一激灵，手机没拿稳，直接掉到了地上。

“你洗完澡啦？”季暖将脑袋自然而然地靠在他肩上，有些困倦地说，“刚才有你的电话，我接了，但是对方没有说话。”

“嗯。”墨景深的手落在她的腰间，下一秒就将她放到了床上。

季暖还没洗澡，没想这么早就睡，但实在是困得很。她蹙眉，最终还是忍不住又开口问："你不回个电话给对方吗？"

墨景深按下她正要起来的身子，掀被而入。他将她搂在怀里，亲了亲她的额头，低声道："不用。"

他出来之后，连手机都没有看过一眼。

翌日，季暖接到警局电话的时候，她正在赶去工作室的路上。

"季小姐你好，这里是城中区警察局，请问您是否认识夏甜女士？"

季暖愣了一下，道："认识，她是我朋友，也是我们工作室的人，怎么了，是不是她出事了？"

"她本人倒是没出什么事，是她把人给打伤了，又说自己是孤儿没有亲戚朋友，拒绝配合我们调查。我们在她的手机联系人上找到季小姐你的电话，麻烦你来警察局一趟吧……"

季暖听得有些蒙。夏甜不想跟S市的夏家再有任何联系，谎称自己是孤儿倒也不是第一次了。可夏甜把人给打伤了，这怎么可能？她才刚出院，腿脚还没好利索，怎么会有本事把人给打伤？

来不及多问，季暖连忙开车赶去警局。

到了警局，她快步走进门，一进去就看见夏甜正坐在审讯室里。她一脸无所谓，正跟在给她做笔录的警官大眼瞪小眼，像是已经对峙了很久。

"不好意思，夏甜是我的朋友，请问究竟是怎么回事？"季暖在外面拉着一位警察小声问。

那个警察看了看季暖，又转眼看了看还在审讯室里的夏甜，仿佛见到了什么奇葩："她把一个记者打伤，还把人家的摄像机给砸了，被带到警局后虽然不反抗，但也完全不配合，问什么都说不知道，还说自己没父没母，是从石头里蹦出来的，嘴巴硬得很！要不是刚才把她的手机抢过来，找到你的电话，估计她能坐在这里跟我们对瞪到明天天亮。"

季暖对那位警察尴尬地笑了笑，嘴上连声说着不好意思，再走进审讯室，跟里面那位警官又致歉地点了一下头。然后，季暖凑到夏甜的身边，压低声音问："你不是今天刚去我工作室报到吗，怎么忽然闹出打人的事情来了？"

夏甜一看见季暖，顿时气冲冲地对着门外那个小警察瞪眼，然后她不情不愿地说："他们有什么事情冲着我来就好了，把你叫来干什么！"

"到底怎么回事？"季暖瞪她一眼。

夏甜朝审讯室里的灯管翻了个白眼，低声说："我早上去你工作室报到，结果刚到就发现一个人在你工作室门口鬼鬼祟祟地转悠，之后他又下楼躲在金霖大厦外面。我看见他手里有个摄像机，就起了疑心，把他摄像机抢过来，翻看了几眼，发现里面拍的都是你的照片！而且不只是在你工作室附近，这个人好像已经偷偷跟踪你很久了，有很多你的照片！"

季暖眉心一跳，一脸莫名其妙地道："怎么会拍我？"

"谁知道他为什么要拍你啊。"夏甜低声说，"我当时就怀疑他有什么目的，威胁他说要把他的摄像机送到警局去调查，结果他忽然一脸凶相地就要来抢，争夺之下，摄像机就掉到地上砸坏了。他见东西坏了，才想起来要逃跑，我一看他就是有问题，直接举起手里的拐杖，朝他的腿上狠狠打了几下，就这么一来二去的，他一直反抗，我的拐杖就打到他脑袋上了！虽然他人好像没什么事，但头出了点血，有路人报了警，然后……就这样了……"

季暖压下心底对那个偷拍者的疑惑，开口道："既然打人是事出有因，那你就直接说啊，干吗一直嘴硬，不肯配合录口供？"

她这话不说还好，一说之下，夏甜顿时又朝审讯室里面那位警官翻了个白眼："我都说我腿上有伤了，他们还把我强行押上警车带走！更过分的是，还把我的拐杖没收了，说那是作案凶器！说我是在博取同情！明明是那个人有问题，把我关在这里审什么审！"

那位警官明显已经听见了夏甜的控诉，却仍旧没什么表情。他严肃地道："夏女士，录口供不等于定罪，无论真相如何，你打人是真，如果不将事实说清楚，警方只能以更强势的方式来对你。"

夏甜翻了个白眼，转头在季暖耳边以只有她能听见的声音小声说："刚才就是他把我给强行押上警车的！现在又想让我配合录口供赶快交差，我才不会便宜了他！"

季暖汗颜，大姐，现在的重点是跟警察置气吗？

在警局外的封凌看着里面的情况，转身拿着手机去了不远处打电话："墨先生……"

夏甜毕竟真的打伤了人，现在她们还得等医院那边的伤情鉴定。警察不放人，季暖干脆在警局一直陪着夏甜。但是，她万万没想到墨景深会忽然来这里。

看见墨景深的车时，季暖诧异地站起身向外看。

夏甜完全没把这警局里压抑的气氛当回事，得知墨景深居然纡尊降贵来这种地方，她八卦地笑眯眯斜了季暖一眼。

季暖刚走出去，听见警察正在谨慎地跟墨景深说明详细情况。她忙走上前。正与警方交涉的墨景深看见她，直接向她的方向看了一眼。

季暖凑到他跟前，压低声音说："夏甜是为了我，才会出这种事，是封凌把我在警局的事告诉你的？"

墨景深没回答。他看着季暖的神情，见她的确不像是在警局受了什么委屈，才瞥向审讯室里夏甜的方向。他目色沉静，伸手牵起季暖的手，淡声道："去车上等我。"

"可夏甜她还没——"

"她很快会被放出来。我既然在这里，你就放心地把事情交给我，嗯？"墨景深淡淡地道。

季暖没再多说，依言回到车上去等。

上车时，封凌也跟着过来。

季暖坐在车里，看着封凌道："我被人跟踪偷拍的事，你是不是早就发现了？"

封凌只迟疑了半秒钟，便如实回答："是。"

季暖目光很平淡地瞥着她："怎么没提前告诉我一声？"

"那个人已经跟踪你很久了，只是一直都小心翼翼，离得很远。他能拍到的东西也只是墨太太你的日常生活和工作时的照片，没有什么太私密的。"封凌冷静地说，"为了让他露出马脚，我才特意将工作室门前的监控，还有安保设施，假装弄出故障，好让他卸下防备。没想到，他这么快就坐不住了。本来今天确实要把他直接拿下，没想到被夏甜小姐率先发现，也没想到夏甜小姐的性子这么烈……"

"对方什么来头？"季暖的语气听起来不重，却又格外有分量。

封凌沉默了几秒，没有直接回答。

"不能说？"季暖开口时，敏锐地察觉到封凌此刻像是朝警局的方向看了一眼，那是墨景深所在的方向。

封凌收回视线，仍然没有回答。

季暖盯着她道："封凌，虽然墨先生才是你真正的雇主，但毕竟你和我在一起的时间最久，现在也算了解我的性子，我这人虽然不太执着于刨根问底，也不会太为难你，但我很希望你能对我更坦诚。"

封凌默了一瞬。她看着季暖平静的脸，片刻后低声说："对方的来头很简单，只是海城一个名不见经传的记者。但是不久前，他的账户忽然多出一笔六十万的汇款，汇款方所在地是美国洛杉矶。”

说到这里，封凌看向季暖瞬间眯起来的双眼：“墨太太，如果我的猜测没错，在背后指使他的人，跟上次寄快递的，是同一个。”

警局的事情解决后，她们回了工作室。季暖直接把小八叫去，让小八把之前调查来的洛杉矶那边的快递公司的资料拿给她。她要把那个人找出来！一定要查清楚，究竟是谁！

结果等季暖开完会，忙完后回到办公室，就听见小八说：“暖老大，那家快递公司居然倒闭了！”

季暖正要坐下的动作一顿，她抬起眼看向小八：“什么？”

小八将手里的资料举起来给她看：“就是你让我查的这家啊！这么大的国际快递公司，几天前忽然倒闭了！而且在美国的国际快递服务中心也被除名了，简直就是在一夜间销声匿迹！”

季暖从抽屉里拿出之前那张快递单，对照着看了一眼，又在电脑上查了查。果然和小八说的一样，这家国际快递公司真的在几天前以负资产的方式在美国洛杉矶宣布破产，整家公司被零零散散地拆卖，公司名也被注销。

这才几天而已，一家在国际上名声很大的快递公司说消失就彻底消失了。如此干净利落，是谁出的手？

她正想着，封凌忽然走进来。封凌手里抱着一大捧红色的玫瑰花，另一只手里还有个精致的小袋子，进门后她就将这两样东西放到了季暖的办公桌上。

季暖还没回过神来，她看见那一大捧花，问道：“这是什么？”

“刚才有人送来的，说是给你的东西，我检查过了，没有任何问题。”封凌看着她道。

“送我的？”季暖指了指桌上的玫瑰，目光诧异。

封凌又点点头，没有多说，转身走了出去。

“哇！这得好几百朵吧？”小八满脸羡慕地趴在季暖的办公桌上，“谁送的啊？这么浪漫！是不是墨总呀？”

季暖哪知道是谁送的。又不是过生日，也不是什么特别的节日或者纪念日，何况今天上午才闹出警局那件事，距离墨景深送她回工作室也没过几个小时，他怎么可能会忽然间送花和礼物给她？墨景深又不是精神分裂！

季暖疑惑地将那一大束花拿了起来。娇艳欲滴的玫瑰散发着香气，每一朵都像精心挑选的，一看就是顶尖品种，价格昂贵不说，就连包装都十分少女心，是粉色的花纸。

这个颜色……

季暖没来由地想起盛易寒那次特地为她准备的粉色礼服。

很多年前，十几岁的她每每跟随季弘文出席各大场合时，常常身着粉色系的服饰。无论是礼服还是鞋子或者是包，都是粉色居多。那时候的她，的确满是少女心，只是后来她渐渐不再偏爱那么少女的颜色。

这花里也没有卡片，看不见寄语和名字。她随手拿起旁边精致的小袋子，打开来后，见是个方形的礼品盒，再打开，里面是白色纯手工皮制的奢品名表的包装盒。

直到看见里面是Van Cleef & Arpels家最新款的粉色女士手表，季暖再看看那表盘里的图案，脸色就不怎么好看了。

盒子里面有一张卡片，翻过面就看见几行黑色的笔迹。

> *Van Cleef & Arpels*恋人之桥，世界上最浪漫的手表，男孩儿显示分钟，女孩儿显示小时，一分一秒在靠近，男孩儿心急地数着分钟，女孩儿冷静地数着小时，终于在接近夜里零点时，有那么一分钟的相拥机会。
>
> 祝好，我的女孩儿

卡片上没有署名，但这是盛易寒的笔迹，季暖认得。几年前在季家的时候，她曾看过他写字。后来夏甜住院，她也见过盛易寒亲笔所写的诊断书和病历。

“好漂亮的表啊！”小八在旁边连连惊讶，又看见标识，她更是满眼冒星星地说，“我的妈啊！居然是这个牌子！超贵的！”

小八的话还没说完，就惊见季暖随手将那一大捧玫瑰花扔进了碎纸篓，然后她又将那手表向外一推。

“你喜欢？送你了。”

小八额头上有三滴汗落了下来。这……这这这么贵的东西，她哪敢要？

季暖看着桌上那个表盒，沉吟着。她前几天才回去拆穿了沈赫茹，盛易寒今天就忽然送花和礼物给她，他是什么意思？是在用这种方式跟她隔空打招呼？还是宣战？是在提醒她，她破坏了他的计划，他很不高兴？送这种所谓恋人之桥的东西，是存心来硌硬她？

整个办公室里都充斥着玫瑰花的香气，季暖本来没受到这些东西的影响，但过了一会儿后，她还是骤然起身走了出去，打开门把小八给叫了回来。

“把里面的花拿出去扔掉，在办公室里喷些空气清新剂，味道消了之后再叫我。”说完，她直接走了出去。

小八一脸茫然。她到现在都不知道究竟是谁送的花和礼物，也不知道为什么季暖收到这些东西后居然一点也不高兴，反而像是吃了死苍蝇一样恶心。

小八没敢怠慢，回到办公室里，依照季暖的要求把花都收拾出去，又喷了空气清新剂，打开窗子通风。

回头看见办公桌上的表盒，她觉得这东西实在是太贵了，要是暖老大一个不开心让她来处理这东西，她都不知道要怎么处理。于是，她干脆将那个表盒放进季暖的包里，这才一脸轻松地拍着手从办公室撤离。

小八为图省心省事的结果，就是让季暖晚上回家时把表也一起带了回去，却并不自知。等她终于发现时，已经是洗完澡之后。

墨景深从隔壁卧室过来，看见被季暖扔在床边的包，里面露出一个白色的表盒，他的眸子暗了暗。他冷着俊脸走过去，伸手将表盒拿出来，看见上面印着Van Cleef & Arpels恋人之桥的标志，是法国珠宝名表世家的奢华品牌。

他将表拿出来看了一眼。浴室里的水声停了，季暖一边擦着头发一边走出来。看见他和他手中的表，她脚步一顿，眼里满是诧异。

这表怎么会在这里？她白天的时候不是让小八一并处理了吗？怎么又被自己给带回来了？季暖放下脑袋上的毛巾，忽然间觉得有些尴尬。

男人就站在床边，用沉冷的眸子与她对视了三四秒。

“谁送的？”墨景深声音低沉地问。

很明显，根本不需要她回答，他早已经知道了答案。毕竟封凌现在根本就不敢再隐瞒关于季暖的任何事情。季暖今天收到礼物的事，封凌肯定已经告诉过他。

虽然这表不是她故意带回来的，但在他这种目光下，季暖还是觉得当时没打开窗子把这块表直接扔到楼下去，是个天大的错误！

见墨景深仍在注视她，季暖抓了抓头发，说：“这种送礼物的事，通常都是对方单方面的意愿，而且这东西我本来也没想拿回来，当时想让人扔出去，结果……”

墨景深声音淡漠地打断她：“回答。”

季暖："……是盛易寒。"

果然，即使他明知道是谁，听见她口中这三个字时，男人的脸色也沉下来不少。

"东西我根本就没想收，这也怨不得我啊！估计是我助理见这块表太贵了，不敢扔掉，所以就塞进我包里了，我回来之前都没注意。"季暖无奈地解释。

墨景深又看了她片刻，没说话，直接将那块粉色手表扔进了垃圾桶。季暖看都没看那块手表，心想扔就扔吧，正合她意，反正她的确没想收盛易寒的东西。

墨景深这时接了公司的电话，转身进了书房。

十分钟后，书房的门再次打开，男人没什么表情地从里面出来，又面无表情地将那块手表从垃圾桶里翻出来，然后拿着表，走了出去。

"干什么？"季暖一脸疑惑地问。

季暖出去就看见陈嫂端了一杯开水上来，墨景深出门看见，随手一扔，直接将表扔进开水杯里。水杯中热气直冒，无声之间，那块表的时间定格在晚上九点，表盘里的男孩儿和女孩儿再也无法靠近。

陈嫂端着那个杯子，一脸惊讶，都没反应过来是怎么回事儿。

因为季暖有体寒症，所以每天这个时间她都会倒一杯开水送上来，等水不那么烫的时候让季暖喝下去。结果今天这是……

季暖站在门前，嘴角抽了抽。一劳永逸，这做法果然很墨景深！

这种价位的手表，不怕冷水也不怕摔，但就怕滚烫的开水。

"墨先生……"陈嫂呆呆地看着杯子，"这表……"

"扔出去。"墨景深的语气没什么温度。

陈嫂点了点头。反正这杯水也不能喝了，她便直接端着水快步下楼，打算换个杯子重新倒一杯送上来。

墨景深回房之前又看了季暖一眼："还在看什么？不舍得？"

季暖嘿嘿一笑，毕竟她想去T市的事情已经迫在眉睫，总不能在这种时候惹到他。

"当然舍得！白天我就想扔出去了！"她边说边跟着回房。

关了门，墨景深见她像是有话要说的表情，不冷不热地看了她一眼："笑得这么狗腿，是怕我不放你去T市？"

有必要总是这样一眼就看穿她？

季暖嘴角一抽："确实马上就要开课了……"

“既然打算去了，就安心去学，其他事情会有人帮你安排。”墨景深的语气仍然不善。明明已经为了她那所谓的宏大目标和愿望让了步，但盛易寒如此明目张胆的挑衅让他的态度缓和不下来。

“真的啊？那我赶快把工作室的项目都交付下去。我工作室里的几个手下和助理，今晚都去了夏甜那里，晚上我正好跟她们开个视频会，好好交代一下。”季暖面对墨景深仍然不怎么好看的脸色，一脸主动求和的表情，并伸手主动上前抱着他的手臂。

墨景深瞥了她一眼，见她压根就没因为盛易寒的事情有任何不该有的情绪。他淡淡地道：“电脑正开着，去吧。”

季暖看了一眼时间，距离跟夏甜她们约定的时间差不多了，又见墨景深这是打算放过她，不跟她计较，她忽然笑着上前抱住他的脖颈，向下一拉，强迫他低下头，在他唇角亲了一下。

亲完之后，又怕被他反手直接扔到床上，她从他怀里溜了出来，飞快地转身钻进了书房。

季暖坐在电脑前，跟夏甜她们开视频会议。

依照课程时间来看，她后天就要出发去T市。三个月的学习行程虽然一眨眼就过去，可工作室现在正处于发展阶段，一切都是她的心血，她必须交代清楚。

由于墨景深经常跟海外合作公司开视频会议，所以他书房电脑上的视频摄像头是高清的，从夏甜那边的屏幕上看，季暖几乎就像坐在她们对面一样。

会议进行中，夏甜拿着小八递给她的企划案说：“你就放心吧，这三个月，我一定帮你坐稳海城房产企业的销售首位。我看过你收购的那些地皮和房产，还有一系列即将进行的策划，眼光的确挺独到。你已经铺好了这些基石，我根本不需要太发力，只要安安稳稳守住工作室现有的这些，就可以了，你要对我们有信心。”

季暖单手托着下巴，看着她们：“信心是肯定有的，海城的地理位置也是得天独厚，销售方面我不急。现在最重要的是工作室的人事分布，后期人事部招进来的人，你都帮我仔细盯着点，不需要人太多，但必须每一个都能为我们所用。”

之后她们又简单讨论了下工作室的提升空间。正在夏甜家里的几个同事指出了工作室在运营和其他方面存在的容易被忽略的小问题。季暖也在和她们认真讨论，看怎样才能利用工作室名下的不动产和现有资源，提升流动资金的转换概率，又能保证没有任何损失，提升灵活度。

一番交谈之后，屏幕里的夏甜忽然目光诧异，小八也是一脸被惊到的表情。

季暖不明所以地看了她们几眼，下意识地回头，见墨景深不知什么时候进了书房。

男人手里拿着之前陈嫂送进来的开水。现在水温适中，他站在那里，手中的玻璃杯上折射出书房柔和的灯光。

结果，电脑对面的那几位双眼已经看直了……

小八忽然惊叹了一句："有生之年，居然看到了活的墨总！"

季暖平日很低调，从来不会特意让墨景深在工作室现身。

彼时，电脑对面的那几个人都如狼似虎地盯着他。

墨景深脸色平静，他走过来，将玻璃杯放到季暖手边，又看了一眼她电脑屏幕上同时显示着的策划案。

"你来得正好，帮我看看，这几个地方……"季暖忙指了指屏幕，"这几块都是我们正在考虑的开发范围，但是因为工作室的前身一直业绩不佳，现在很多友方公司都是看在墨氏的面子，才跟工作室展开合作，除了前几天的BGY集团之外，其余这些还在观望中，所以这几个开发项目的集中度和热度都不是很乐观。"

说到这里，季暖转眼看向墨景深："其实我也能理解，现在房产行情确实很不乐观，加上工作室以前的业绩，如果不是因为你插手，估计我们现在就是一群没人管的孩子，所以现在遭遇的隐形阻碍也是必然的。"

夏甜在电脑那边憋不住了，忽然说："墨总！要一步一个脚印走过挫折的是你家季暖，可不是我啊！她死要面子活受罪，很多事情都不愿意让你帮忙。你看看，现在不过是让你画几个重点，帮我们选几个项目，这点请求她都说不出口！"

夏甜在那边用手指敲着电脑桌。无视季暖向她瞪来的目光，她继续说："要知道，接下来的几个月，这工作室可是归我管的，我这腿还残着呢！墨总，您老人家就大发慈悲帮我们参谋参谋，让我们少走弯路，我们也能省省心！季暖也能放心！你也不希望她出去学习的这段时间，每天还要操心这边的事，是吧？"

墨景深扫了一眼坐在电脑前正捧起杯子喝着水又一脸尴尬的小女人。他开口，淡淡的音调里带着几分温柔："把你们刚才讨论的事项，简单说一遍。”

季暖正要放下喝了一口的水，结果对面的小八已经特别殷勤地拿着手里的资料简单叙述起来，因为已是讲过的内容，所以小八说得条理分明，并且可能对方是墨景深的原因，小八一句废话都不敢多说，每一句都简练干脆。

说完之后，小八抬起眼，一脸仰慕又小心地说：“墨总，需要我把这边的规划图细节部分再给你看一遍不？”

“辛苦了，不用。”墨景深淡声道，目光落在电脑屏幕上的策划案页面。他俯下身，将手放在季暖手上。她正握着鼠标，他就这样握着她的手，在鼠标上点了几下，将策划案向下翻了数页，看见里面的规划图。

片刻后，墨景深低眸看着季暖被电脑屏幕照亮的脸。见她此时格外认真，他低低地笑了笑，道：“把第三页第五项圈出来，接下来一个月，专攻这一个项目。”

季暖当即将策划案翻回到他说的那一页。她定睛一看，道：“果然，这块地是我上个月底收购的，现在海城旅游局打算将这附近开拓成旅游开发区，我本来还打算将这里再压一段时间，可旅游局那边出动了不少人来干涉这附近的地皮价格，所以这里应该会被调控。不能继续压了，应该见好就收。”

墨景深一边帮她在这个项目上画重点，一边将所有涵盖预测价格的地方都打上了上升的标识，意味明显，也给了她提示。

“是不是你在市旅游局那里有人，知道他们一个月后才会出调控政策，所以让我最多再压一个月？”季暖问。

墨景深说：“是。”

只是这么一个字，他说得轻描淡写，却又理所当然。而季暖即使拥有对未来十年的预知能力，也不能事事周全。所以，他这样的男人才是真正的可怕。

墨景深帮她画重点时，言简意赅地帮她做了分析，季暖一直认真地听着。书房里只有她们两人的声音。视频一直开着，对面的夏甜、小八和其他几位，简直可以用“安静如鸡”来形容……

传说中的墨景深，不是高高在上又不近人情？

可她们现在看见的墨总，他从进书房后就没有注意过电脑这边的任何一人，他只看着季暖，眸底满是暖意和耐心。当季暖的想法与他不谋而合时，他的眼底便有笑意。

这哪里是高冷的墨总？这分明是稀世珍宝般的极品暖男……

但是很明显，他只属于季暖一个人！

直到墨景深将几个重点画完，又分析过后，季暖干脆坐在电脑前，认真整理那些被重点画出来的资料。墨景深伸手在她头顶揉了两下，他没再多说，转身出去了。

“好羡慕……”

“好幸福……”

“怎么办，我想恋爱了……”

“这简直是皇家级别的狗粮……”

随着书房门被关上，电脑里终于响起此起彼伏的声音。

就连夏甜都忍不住啧啧赞叹道：“可以啊，季小暖！果然是今时不同往日，世纪狗粮都塞到我这儿来了！”

季暖一边认真地打字一边说：“刚才他提到的几个重点，你们都听见了吧？我把这边的文件删减一下，发给你们，我们继续说这事。”

见她根本没打算在这种时候说其他话题，几个被强喂狗粮的女人只好勉强忘记刚才被虐到内伤的痛苦，专心投入到会议中。

然而让人崩溃的是，这皇家级别的狗粮居然没有到此为止……

又过了一会儿，会还没有开完，加上已经是深夜，重点也都画完了，几个女人便开始一边聊工作室的事情，一边叽叽喳喳地讨论各种话题。

坐在夏甜身边的一个同事忽然调侃说：“老大，咱们工作室毕竟也是由墨氏集团投资的，什么时候请墨总去我们工作室视察啊！”

“就是就是！”

“对！我们不要隔着屏幕看墨总！”

几个女人又开始起哄。

就连夏甜也跟着闹了几句。

就在季暖努力整理表情，不肯配合她们起哄，一脸淡定地打算继续开会时，书房门又开了。墨景深的声音从门口传来：“要喝牛奶吗？”

随着墨景深的声音落下，电脑屏幕里的几个脑袋已经开始不约而同地连连点头。她们带着一脸期待，仿佛墨总裁刚刚问的人是她们一样。

季暖看了一眼刚刚就没喝过几口的水。她晚上要是不多喝些热的东西，估计墨景深也不会罢休。她点了一下头。没一会儿，墨景深将一杯热牛奶给她送了进来。他低声交代她趁热喝，喝完早些休息。说完，他便走了出去。

之后继续开会，季暖每每拿起杯子喝牛奶，电脑那边的几双眼睛便会齐齐地朝她看过来。

“我也想喝牛奶！”

“我不管，我现在就要下楼去买！”

“我也要我也要！”

“买来的牛奶怎么都没有墨大总裁亲手端来的好喝……”

“我为了减肥，晚上都没吃东西，结果现在白开水泡狗粮、牛奶泡狗粮，我已经要被撑死了……”

“羡慕嫉妒恨！”

“好想有个墨总这样的男人，每天亲亲抱抱举高高……”

季暖听着那边几个人的唠叨，干脆直接咕咚咕咚把杯子里的牛奶喝完。然后，她重重地放下杯子，表情淡定认真地说：“继续开会！”

季暖在海城生活了很多年，从小到大，除了几年前在美国读过书外，她几乎没有离开过海城。

准备出发去T市时，季弘文因为季氏集团最近琐事缠身，暂时没法抽空送季暖。他只派了家里的人过来给季暖带了些东西。他又打电话嘱咐了几句，得知是墨景深亲自送季暖过去，这才放心。

海城已经进入冬天，万物冰封。而T市地处南方，仅仅比夏季潮冷了一些。

他们下飞机时，T市已是华灯初上，天边正飘着小雨。

季暖想说自己打车去T大就可以了，毕竟墨景深这两天特别忙，他把后面几天的工作都提前到前两天完成。今天也是，他本来下午三点有个重要的会，定了好些天了，结果正好撞上要送季暖来T市的时间，昨晚墨景深通知了下面的人，硬是把会提前到上午十点前。

墨氏集团在T市有不少分部，季暖出了机场大厅才知道已经有车在外面等着了。

“你什么时候回海城？”上车后，季暖看了一眼时间，问道。

“明早七点。”墨景深应了一声，又淡淡地道，“我在T大附近提前给你安排好了住处。我们先把行李送过去，然后我再陪你买些必备的生活用品。你还有什么需要，记得给陈嫂打电话，让她给你寄过来。”

现在已是晚上八点多，距离分别也只剩下不到十一个小时。明早他的飞机七点起飞，那至少要提前两个小时动身，这样加加减减算起来，距离分别只剩下几个小时。

“封凌明天中午之前到T市，她会直接去住处找你。”见季暖一直在看时间，明显心里不舍得，嘴上却不肯说出来，他捏了捏她的脸，“确定要留在这里？”

“来都来了，我也没必要再想太多。我还以为这几个月要给封凌暂时放假呢！其实我在这边大多数时间都是在T大，不用她过来。”

墨景深面上带着淡淡的笑，语气却是不容拒绝：“留你一个人在T市？我看你是想现在直接跟我回海城。”

“你是什么时候提前帮我安排好住处的？听说T大的寝室环境还不错，我本来打算住在寝室呢。”

“你住在寝室，我怕是不能随随便便去给你暖床。”

季暖在T大附近的住处比她想象中好很多，是一套各种设施都很齐全的公寓，足有二百平方米。

“我一个人住这么大的房子，又是来学习的，平时能回来的时间少之又少，这也太浪费了。”季暖在公寓里绕了一圈，出来时见墨景深也进了门。

“哪怕你一个星期只能回来住一个小时，我也不能委屈了我的太太。”墨景深将手中她的行李箱一推，银色的拉杆行李箱顿时跑到墙边，恰到好处地立稳。

就连推个行李箱的动作都这么帅，这男人……面对即将到来的短暂分别，季暖忽然怀疑他是在故意引诱她。

她跑到厨房看了一眼，真是一切都准备好了，所有能用到的东西一应俱全，基本不需要她购买。

她又打开冰箱，里面也已经放了不少新鲜的水果和食材。她拿出来看了一眼包装袋上的日期，都是今天白天新送来的。

“你明天就要回海城，我估计好几个月都不能吃到你亲手做的大餐……”季暖忽然双手合十地看着他，并一脸期待地说，“要不要今晚再给我做一顿好吃的，来满足满足我的胃？”

墨景深的眼皮都没抬一下，他波澜不惊地吐出两个字：“不做。”

季暖：“……为什么？我现在饿了！”

男人眸色如墨，又瞥了她一眼。季暖走过去要拉着他进厨房，她想连哄带劝让他再大展一次身手。结果刚过去，她就被男人搂住腰，按在门上。他灼热的呼吸喷在她的脖子里。她听到头顶响起男人性感低哑的声音：“在满足你的胃之前，你是不是应该先喂饱我？”

里面的屋子没有开灯，透着一点儿淡白的月光。

季暖直接被他带了进去，她几乎是被推进卧室的。

新的环境，新的卧室，新的床，一切的陌生反而让人生出一种别样的敏感。她迎合着男人的吻，身体瞬间起了火。她双眼迷离地抱住男人，嗓音发颤地说了句："我还没吃饭……"

男人的动作没有停止，他沉声道："今天我先吃。"

有什么比被墨大总裁压榨近两个小时，又累又饿恨不得倒在床上睡个天昏地暗的时候，还要起床下楼到附近的超市买东西更让人崩溃的？

家里虽然有食材，但不够齐全，好在到了超市后，墨景深大发慈悲地让她在门前的一家中餐馆吃了些东西。

她住的地方就在T大附近，这大学附近超市里人很多，季暖推着购物车，检查还缺少什么东西。她抬眼就见墨景深正站在前面不远处，手里拿着暖宝宝。此时，他正在看着货架上几个不同品牌的暖宝宝，问导购员它们的区别。

季暖每次来'大姨妈'的时候都会肚子疼，本来她小时候就有体寒的毛病，所以每个月的那几天，肚子都疼得很严重，只是她时常忍着不说，也就靠多喝热水来缓解，没想到墨景深居然会在超市里帮她挑暖宝宝。

季暖推着购物车，向他那边走去。

这个男人始终拥有吸引异性的特质，周遭路过的女孩都是这附近学校里的学生，她们的目光落到他身上时，流露出不同程度的倾慕和好奇。

墨景深今天是很入时的休闲打扮，虽然低调温和，偏偏在人群中格外显眼。

季暖走近时，看见他正斯文有礼地跟导购员询问着，声音低沉好听。

这个男人，嗯，是真的好看。

季暖从来没觉得时间过得这样快，他们从超市回来已是深夜。

收拾了那些买来的东西，墨景深又成全了她的愿望，虽然晚饭两人在外面随便吃了些，但他还是给她做了夜宵。

吃饱喝足后，季暖看见男人坐在客厅的沙发上。她看了一眼时间，距离他去机场只剩下四个小时。她凑过去说："我们一起看电视吧。"

墨景深看了她一眼。这小女人明显已经困了，但还是坚持着不肯去睡。他眉宇一动，淡声道："过来。"

季暖坐到他身边，拿起遥控器给他："你想看什么？财经新闻还是体育频道？”

“我很少看电视，你喜欢什么，自己找。”墨景深将小女人搂在身边，抚了抚她柔软顺滑的头发，“困了就去睡，不用在这里陪我。”

季暖看了他一眼，终究还是不舍得睡。她坐在他旁边，打开电视调了几个台。她边调边说：“要不要看综艺节目？”

“都可以。”

究竟看什么，墨景深最开始的确是没有任何异议。结果，所谓的综艺节目就是几个国内当红男星在台上搔首弄姿，还不时放电眨眼露腹肌，季暖还看得津津有味。

墨景深随手拿起遥控器换了个台：“看其他的。”

“哦。”季暖不明所以地说，“那看电影怎么样？”

季暖又换了个放电影的频道，电影里的男主角正和女主角诉说绵绵情话。

季暖眼前一亮，指着屏幕里那张很帅的脸说：“哎呀，这个男的好像是我在美国读书时比我大两届的学长，当时就听说他以后想做艺人，没想到居然真的演电影了！还是主演！演技挺不错啊！脸也比当年又帅了很多！”

墨景深面无表情地道：“演技一般，换台。”

她侧眸看了他一眼：“我觉得挺好啊……”

“不好，换台。”

虽然季暖还想继续看，但见墨景深显然对这部电影非常不满意，以前也没见他对她的品位这么挑剔，可是电视台换来换去，没有一个让他觉得好看的。

她的整颗心都放在不停流逝的时间上。她总感觉每一分每一秒都快到让她的心一点一点收紧。她还大言不惭地说什么只是三个月而已，现在别说三个月，她怕是连半个月后的生日都嫌来得太慢。

电视里在演什么她也不知道，她只随便换了个台，就将头靠在墨景深肩上。

房间里很安静，灯都关了，只有电视里的光线和声音。

不知道过了多久，不知名的电影已经播完，墨景深把视线从电视屏幕移回到季暖脸上。他看着刚刚已经靠在他怀里睡着的小女人。

季暖之前在吃夜宵时说过，她最近格外能吃能睡，在T市如果继续保持这种状态，估计再回海城的时候，她就能变成一个圆润的胖子。

看她瘦成这样，指望她变成圆润的胖子怕是不可能了，但能吃能睡也是好的。

墨景深将她的头轻轻抬起，起身将她抱回卧室，放到床上。

T市。

季暖趁着开课之前，先去见过那位教授。教授姓林，他不仅在企业管理的知识方面很厉害，跟她父亲也算是旧识。

跟林教授打过招呼后，她也了解到，能被林教授收下的学生，个个都不同凡响。他这批学生，大部分是国内外华人企业的继承人，或是某些知名集团的高层管理者。

因为大家都没有太多时间，只能把时间挤在这几个月里，课程和各项考试的安排都很紧凑。为了节省时间，教授建议季暖尽量住在学校，T大有特设的VIP寝室。

墨景深回海城后，季暖一个人住在那么大的公寓里，虽然什么都不缺，但一个人睡觉时，她总会想起墨景深在这里的那一晚。她最终还是选择搬到学校的寝室去住。

商务系的VIP寝室在六楼，与普通学生寝室隔开，阳光温暖充足。但这里毕竟是学校，再怎么样还是资源有限，最好的房间也是四人间。

季暖推门进去时，看见一个和自己年纪差不多的女孩子正坐在床上打电话。各式各样的生活用品和手机、电脑都扔在床上，她只顾着打电话，什么都没有收拾，看得出来这是个养尊处优的大小姐。

季暖的大部分东西都放在公寓里。她带来的是最小的行李箱，里面只有简单的几样东西，反正缺什么，她随时可以回公寓去拿。

她刚在自己的床边坐下，又走进来一个女孩。这女孩二十五六岁，打扮得时尚得体又稍显成熟，行事作风很干脆。进门后，她跟季暖还有里面那位打了个招呼。她自报家门，说她是恒云集团的副总，名叫白微，是来这里进修深造的。简单做过自我介绍后，白微就拿着行李，去她自己的床边开始收拾，一句多余的废话都没有。

又过了十几分钟，打电话的女孩儿才放下电话。她朝她们两个看了一眼，对比之下发现自己的床好像真是挺乱的，这才懒懒散散地开始收拾。只见她把一堆价格不菲的化妆品、护肤品摆在公用桌子上。

“哎，你们怎么收拾得这么快啊？”那女孩儿一边整理她的化妆品，一边有些羡慕地看着她们干净的床铺和桌子。

季暖瞥向自己的小行李箱，道：“我东西少。”

那女孩儿看了季暖一眼，挑了挑眉，又转眼看向另一床的白微。见白微拿出来的护肤品也都价格不便宜，她直接问："你身上的味道好香！哎呀，你用的是C家上个月最新款的香水吧？！还是限量那款！我之前去法国叫人排了很久的队都没能买到，你居然有！"

白微看了她一眼，随便应了一声后，继续收拾东西，她显然没心情跟这种聒噪的富家千金小姐做太多沟通。

见她不理自己，那女孩儿只好转眼看向季暖："你的东西怎么这么少？对了，刚才她说她叫白微？她是哪家公司的副总来着？"

白微随口回了句："恒云集团。"

"哦对，恒云集团。这家公司我听过，是T市最大的科技公司，好像很久以前就上市了是吧？"那女孩儿又说，"我爸是凌氏银行的董事长，国内所有凌氏银行的股份有百分之五十都是我们家的，我叫凌菲菲。"

说着，凌菲菲转眼看向季暖："你呢？"

季暖愣了一下，回道："海城一家房地产工作室的负责人，季暖。"

凌菲菲一听，瞬间没什么兴趣了，她随口道："工作室？那注资应该没多少钱吧？"她就差直接把季暖这种上不了台面的小人物怎么可能会被林教授收为学生的话给说出来。

"不过你既然是从海城来的，那你知道墨氏集团吗？"凌菲菲对身份上不了台面的季暖没什么兴趣，但显然对墨氏集团有着莫名的向往。她说到这几个字时，眼睛里都放着光。

"不过话说回来，你们海城人哪有不知道墨氏集团的呀！"凌菲菲坐在那里说，"估计你肯定也只是听说而已，真是好可惜，难得遇到一个海城人，结果居然只是个小工作室的……"

凌菲菲意识到自己嘴太快，尴尬地对季暖笑了一下："哎呀，我的意思是，墨氏集团那种公司，一般不会跟这种小规模经营的工作室有合作。我只是这样一说，你别介意哦。"

季暖眉梢微动，笑道："我不介意。"

凌菲菲挑着眉，见季暖安安静静，很好欺负似的，她哼笑了一下。她将护肤品收了一半，又看了季暖一眼："你平时都不用护肤品的吗？怎么就那么一小箱行李？"

"我平时只用一瓶水就够了。"季暖指了指自己刚刚放在枕头边的几样小东西，其中就有一个浅绿色的透明玻璃瓶。

凌菲菲看了半天也没认出是哪个牌子："这是什么牌子的？多少钱？"

“忘了，好像是六百多块。”

凌菲菲惊讶地道：“才六百多块？”

凌菲菲看了看自己手里价值上万块的保湿水，她忽然彻底不想和季暖说话了。

刚才一直没插嘴的白微却说：“季暖这款水我也经常用，一般皮肤底子特别好的人，确实只用这个就够了。”

凌菲菲撇了撇嘴，没吭声，显然已经因为林教授把她跟一个没身份又没什么钱的人安排在一个寝室非常不高兴，她只是忍着没说出来。

季暖没说话，只对白微笑了一下。林教授说过，这次来的学生大部分都是家世好又眼高于顶的少爷小姐，而且学习进程只有短短三个月，等不到互相了解也就分别了。所以，她也没必要将自己的底牌透露出去。

凌菲菲的行李实在太多，她那里放不下，干脆将另一个行李箱放到旁边的空床上。

“咱们寝室应该只有三个人吧？”凌菲菲边放边说。

她话音还未落，寝室门便再度打开，又走进来一个年轻女孩。

女孩儿一身白色连衣裙，进门就向里面看了一眼，目光落在离门最近的季暖身上：“你们好，不好意思我来晚了，寝室里应该还有我的位置吧？”

白微和季暖同时看向被凌菲菲的行李箱占用的床位。凌菲菲面上是明显的不开心，但被她们三个同时注视着，她只好把行李箱拿了下来，然后扭过身，回了她自己的床边。

刚进来的女孩儿走到床边打量了一下，然后转眼看向邻床上正在看手机的季暖：“你好，我叫苏雪意，未来三个月，我们就要这样床挨床地睡在一起，认识一下，交个朋友吧！”

季暖的眼睛从手机上抬了起来。她看了邻床的苏雪意一眼，见她笑得很是明快，季暖点了点头。

这个苏雪意看起来和季暖差不多年纪，又一副不谙世事的天真模样，很容易让人卸下防备心。

明天才正式开课，寝室里的四个人都到齐了，免不了开始一次自我介绍。

苏雪意好像格外喜欢和季暖说话，她还特意坐到季暖那边的床上，跟她互留了电话等联系方式。

轮到苏雪意做自我介绍时，她笑着说：“我是从美国洛杉矶过来的，家里什么生意都做，比较有名的是在洛杉矶的一家华人企业SUAN集团，我父亲持有SUAN集团60%的股份。”

听见SUAN集团几个字，本来一脸高傲的凌菲菲忽然又看了苏雪意好几眼。她一改之前的骄傲表情，仿佛终于找到一个身份配得上她的室友：“居然是从美国来的！国外不是有很多优秀的讲师吗？你怎么跑到国内来学企业管理？”

苏雪意微笑着道：“毕竟家里是华人企业，还是需要了解国内文化的。我们家在T市也有些亲戚，他们建议我来这里，所以我就来了。”

之后几个人又简单聊了几句，季暖也偶尔应一两句。但因为季暖的“身份”太一般，所以凌菲菲那个话痨全程都在巴结苏雪意和白微。她对季暖爱搭不理，季暖倒也乐得耳根清净。

没多久后，封凌给季暖打了个电话，问她是在T大吃晚饭还是出去吃。

寝室里始终是凌菲菲侃侃而谈，太吵了，她当然选择出去吃。

季暖刚起身走出寝室没多久，苏雪意不知道什么时候也跟了出来。

“季暖，天都黑了，你要去哪儿呀？”

季暖看了她一眼，道：“吃个晚饭就回来，你有事？”

苏雪意一听，直接凑到她身边，挽上她的胳膊，亲昵地说：“那我们一起去吃吧！我们都是第一次来T市，人生地不熟的，有个伴也好！”

季暖嘴角一勾，笑意很淡。不是她冷淡，而是苏雪意的这份自来熟让她觉得不太寻常。

“改天再一起吃，我今晚和朋友约了。”

“那好吧，我们明天一起？”苏雪意锲而不舍地跟着她。

“明天再说。”季暖走出寝室楼大门之前，见苏雪意还在看自己，干脆转头又看了苏雪意一眼，问，“你刚才说，你是从美国洛杉矶来的？”

苏雪意微笑着点头道：“没错。”

季暖笑了笑，意味深长地道：“不错，真是个令人向往的地方。”

苏雪意的表情有一瞬间的怔愣：“向往？你没有去过洛杉矶吗？”

季暖不动声色地看着她的表情，道：“怎么？我应该去过吗？”

“没，我只是很意外。刚才听菲菲她们聊天时，说都去过洛杉矶度假，我以为你也去过。”苏雪意盯着她的眼睛，面上瞬间又挂上甜美无害的笑容。

季暖笑了，随即看了一眼时间：“不好意思，我朋友还在等着我。”

苏雪意只好点点头。见季暖要走，她忽然又问：“都这个时间了，还去吃晚餐，走得这么急，正在等你的人该不会是男朋友吧？”

季暖没有回答，眉梢一挑，笑意浅浅地看着她："你想吃什么？我帮你打包回来？"

苏雪意表情一顿，笑着答道："一份意大利面，谢谢。"

出了T大之后，封凌已经在门外等候季暖多时，两人在T大附近的一家西餐厅随便吃了些东西。

季暖切着牛排，同时看向坐在对面安静吃饭的封凌："问你几个问题。"

"什么？"

"听说过洛杉矶的SUAN集团吗？"

"听过。"

季暖握在刀叉上的手直接顿住："那SUAN集团和美国Shine集团有没有什么特别的关系？又或者说，这家公司跟墨景深之间，有没有什么关系？"

"没有关系。"封凌回答时看着季暖的眼睛。

四目相对，一如既往地坦然赤诚。

季暖顿了顿。没关系？如果这是封凌不方便回答的问题，封凌会说不知道，或者不吭声。她却直接说没有关系。以季暖现在对封凌的了解，她确定封凌说的是实话。

难道是她多心了？

"那你听说过苏雪意这个名字吗？"季暖又问。

封凌听见苏字时，目光有一瞬的诧异，但是听见后边的名字时，她又直接摇头。

"没有。"

"好，没事了，继续吃吧。"季暖没再多说。

季暖在想，要么那个苏雪意的确是个逢人就自来熟的傻白甜，看谁顺眼就想缠上去当朋友；要么，苏雪意并不是她的本名，她谎报了家门。可这一切都只是季暖的猜测。

看样子，这几天得找时间跟苏雪意拍个合照，然后拿给封凌看看，或许还能找到什么答案。

开课第一天，一切忙中有序。

林教授的确是资历老成的教授，教学方式也很适合年轻人。

这一批新生班里，男女加起来大概有四十个，其中女学生占了一大半。

傍晚，下了课，季暖拿着书本回寝室去复习。她是把工作室的一堆事情全都扔给了夏甜，才抽出空来T大，这三个月的时间对她来说很宝贵。

“这么用功啊？今天才第一天，大家都去T大对面的娱乐会所happy（开心）了，你不出去喝两杯？”白微回来时，见季暖居然正在复习。

白微和那些被娇惯的豪门千金不太一样，她是企业高管出身，说话做事很成熟。她也不怎么喜欢和凌菲菲走太近，但她对季暖的印象还挺好，偶尔会和季暖聊一聊。

“想去喝，但是也不能喝，我家里有人不让我喝酒。”季暖对白微笑了一下，又将手中的书翻了一页，奋笔疾书做笔记。

“酒都不让喝？管这么严？”白微随口说着，转眼也拿着书坐在对面的床上开始看。

季暖没回答，只抬眸看她一眼：“你怎么也不去？”

“没兴趣去参与这种活动，一群娇里娇气的富二代，处起来没意思。”白微答了一句。

寝室里一片安静，只偶尔有书页翻动的声音。

季暖又整理了一会儿笔记，放下笔休息时，她瞥了一眼桌边的手机。那个警告她以后一滴酒都不许沾的男人，也不知现在正在干什么。

她想了想，忽然拿起手机，对着自己刚刚写过的笔记拍了一张照片，给他发了过去。

海城，墨氏集团。

黑色古斯特从公司地下停车场出来，驶向前方的广场。

手机发出消息提示的声音，墨景深平日对这些短信大多无视，此刻却在听见之后直接拿出手机看了一眼。见是季暖发来的消息，黑色古斯特行驶到一处车流较少的地方，停下。

他打开消息，见是一张商务企业管理类的基础课堂笔记，工整的字迹彰显着那个小女人的认真和勤奋。

接着手机又响了一声，第二条消息进入。

李暖：【开课第一天，第一份学习笔记，墨先生请查收。】

墨景深眼底生出一股融融的暖意，他直接把电话给她打了过去。

季暖不知道他是不是在忙，所以没敢打电话。她正趴在书桌上准备再发一条短信，结果男人的电话直接打了过来，她一惊，回头见白微还在看书，怕接电话打扰到白微，便忙起身，做贼似的拿着手机跑出了寝室。

“下课了？”男人沉稳的声音自电话里传来。

他的语调与平时没什么区别，可季暖的心已如平静的湖水下涌动的暗流。她被他简短的三个字弄得心情起伏，恨不得马上飞回海城。

“嗯。”她低低地应了一声。

“怎么？情绪这么低？不高兴？”

“没有。你那天去机场时怎么没叫醒我？我早上惊醒的时候发现已经八点多，房间里空荡荡的……”

当时他已经在飞机上，她也不能给他打电话。等到心理落差渐渐平复，她憋着气，气他不打一声招呼就走了。

“叫醒你干什么？叫你起来抱着我哭？”

季暖：“……谁说我会哭啊。”

男人似笑非笑地道：“你不用哭，只要一个目光就够我受的，我怕是会当场后悔，直接把你绑回海城。”

墨景深能说出这句话，证明他一定能做出这种事。

但是，在当时那种情况下，如果让季暖看着他走，她估计不会有什么欢快的心情。

走廊里时常有其他寝室的学生路过，季暖放低了声音，跟墨景深简单说了说这边的课程。她正说着，忽然听见电话彼端有时来时往的车声，她问：“你在开车？”

“没有，车停在路边。”墨景深淡淡地道，“给墨太太打电话，我怕分心，早早就停了车。”

“我还以为你在公司或者家里……”季暖这才意识到，这会儿他正好下班，那边正在堵车的时间，他若是继续停在那里，也实在不方便，她便说，“你先开车回去，我继续去做笔记，晚一点再打电话。”

“嗯。”他没拒绝，声音清澈地道，“看书时间不要太久，注意保护眼睛。另外，不许熬夜。”

“知道知道，放心吧。就算你没在身边督促我，我的生活方式也规律着呢，绝对好好学习，健康生活！”季暖很皮地应了一声。

她挂了电话，放下手机，转身正要回寝室，转眼就见苏雪意不知道什么时候回来了。她正站在走廊前方的楼梯口，若有所思地看着季暖的方向。

一对上苏雪意的视线，季暖便收起了脸上的笑意。她将手机放进衣袋里，看了苏雪意一眼，道：“没跟他们一起去会所玩？”

“本来是去了，没什么意思就回来了。”苏雪意这才提了提手里的一个精致盒子，“我刚才在T大校门外买了好多甜品，一起吃啊！”

季暖点了下头，进了寝室。

寝室里这会儿少了凌菲菲，安静许多。

苏雪意将甜品盒打开，将里面的几样甜品分给她们。然后她自然而然地坐到季暖的床边，边吃手里的慕斯蛋糕，边找各种话题和季暖闲聊。话题大部分都是围绕季暖。

她一会儿问季暖为什么要开个与房地产相关的工作室，一会儿又问季暖除了自己开工作室外，家里是做什么的，一会儿又问季暖为什么要学企业管理……

最后，她才不经意似的问：“季暖，你刚才在跟谁打电话？看你笑得春风满面，电话那边的人肯定不是父母，一定是男朋友之类的吧？”

季暖手里拿着还没写完的笔记，她边看边平淡地道：“问了这么多，你究竟是对我这个人比较好奇，还是对我那位所谓的男朋友比较好奇？”说着，季暖这才往苏雪意脸上看了一眼。她脸上带着笑，却也带着让人拿捏不准的距离感。

苏雪意眨了眨眼，道：“反正也没事做，随便聊聊。我有个从小到大关系都很好的表姐，她跟你同岁，可能因为这样，所以我跟你比较亲。”

季暖眉梢一挑，道：“表姐？”

苏雪意点点头，却没继续说那所谓的表姐。她又道：“而且你看呀，我们几个都自报过家门，凌菲菲什么话都藏不住，白微所在的公司也是在网上随便搜搜就能查到的，就你只说自己在海城开了一个工作室，其他一概不说，我对你确实很好奇。”

听见这话，坐在对面的白微也看了季暖一眼。

“我确实只有一个工作室，身家简单清白，没什么可好奇的。”季暖语调不咸不淡，又看了苏雪意一眼，“说起来，你这位特地从美国来这儿的SUAN集团的千金小姐，不是更值得我好奇吗？”

苏雪意顿时腼腆地笑了一下：“我跟你们也没什么区别，只是住得离这里远了一些而已。”

“而已？”季暖挑眉，“那看来我们大家都很简单，又有什么可深挖的？”

“季暖，我也只是想跟你互相了解一下。我在国内没什么朋友，所以问得多了些，你不要总是这么拒人于千里之外……”

季暖没说话。白微忽然道：“每个人性格不同，季暖明显不想多说，你还一直问，怎么这点眼力见儿都没有？”

苏雪意的表情滞了滞。她想了想，忽然又拿了几个甜点给季暖：“行，那我不问了，我也看书去。”说着，她就起身回了自己的床上。

季暖瞥了一眼被苏雪意放到床边的甜品。她随手拿起，递给对面的白微：“你吃吧，我最近对甜品莫名其妙失了兴趣，吃几口胃里就不舒服，总觉得恶心。”

白微看了她一眼，打趣地说：“恶心什么？该不会是怀孕了吧？”

她们之间本就不算特别知根知底，随口的一句也只是玩笑话，季暖听了只是笑了一下。苏雪意却直接看向季暖。感觉到旁边的视线，季暖不得不分神看向她：“不是要看书？”

苏雪意顿了顿，又瞟了瞟她的肚子。她边拿起书本，边若有所思地问：“吃甜品会觉得恶心吗？”

“我开玩笑的。”季暖勾了勾唇，没再理她。

半个月稍纵即逝，季暖几乎要忘记自己过生日的事，等她想起来，又恰逢T大一年一度的篝火晚会。

篝火晚会就在她生日前一天，也是季暖本来打算订机票回海城的那天。据说篝火晚会不是所有学生都有资格参加，只有经过教授和校方领导筛选的学生，才有资格去。

季暖正准备订回海城的机票，忽然接到林教授的电话。林教授说他手下的这批新生里，只有十个去篝火晚会的名额，其中一个就有她。他还说这个名额很难弄到，确定下来后就不能变了。

季暖只好应下了。可这样一来，她生日那两天就不能在海城了。本来答应过墨景深，却遭遇变故，也不知道他会不会被气到。

季暖握着手机出神，然后又给墨景深打电话。墨景深接通后，见电话那边的小女人支支吾吾的，便问：“什么事这么心虚？连话都不能好好说了？”

季暖只好如实说：“刚才接到林教授的电话，他在T大一年一度的篝火晚会上给我安排了名额，我不能不去，所以星期六不能回海城了……”

“这星期不回海城？”墨景深在办公室里头也不抬地翻着文件，他平静地道，“林教授把你当成他这一届的得意门生倒也不错，但他不能这么明目张胆地跟我抢人。这个生日，你打算跟我天南地北分居度过了？”

“不是……”其实她也很想回去。她还是第一次跟墨景深分开这么长时间。这么久以来，她早已习惯了白天工作、晚上回家就能拥抱对方的婚姻生活。

墨景深放下手中的文件。他松了松衣领，静默了片刻道：“什么篝火晚会？不能缺席？”

“名额有限，林教授特意给我留了名额，这个真的不好推拒，定了之后就不能再变了。我想着，实在不行，今年生日就过农历吧，阳历的不过了，我下个月再回去。”

林教授给了她这么大面子，她总不能拂了人家的意。

“你们的篝火晚会，需要盛装打扮？”

“不用，又不是什么宴会，应该没那么隆重。”

“整个T大的学生都会去？”

“限定名额，加起来估计几百个人。”

“几百个？”男人忽然声音凉凉地道，“林教授这批新生班的纨绔子弟只有十几个，让他们跟你在同一个教室，已经是我足够有耐性，你还要和几百人去参加篝火晚会？”

第十八章　有惊·无险

星期六，篝火晚会傍晚六点开始，在T大学校不远处的江边举行。这条江贯穿T市。夜里岸边的风很凉，吹得江岸茂密的树林哗哗作响。

巧的是，她们寝室的四个人都在受邀之列。季暖穿的还是平时的衣服，其他三人倒是都简单打扮了一下。

“哇，没想到这条江这么漂亮，两边的灯也好看，我们合照吧！”凌菲菲提议。

季暖正好没找到机会拍苏雪意的照片，听见这个提议，她当即答应了。

几人拍过照后，季暖让凌菲菲也发她一份。她将合照保存下来，确定苏雪意的脸很清晰，她这才将照片发给了封凌。

当晚，九点。

墨景深站在T大校外的公寓门外，看着紧锁的公寓门和密码锁上落下的一层薄灰，足以确定这半个月季暖几乎没有回来住过。

他开了门进去。屋子里的灯没开，夜色早已深了，窗外霓虹闪烁。

篝火晚会，这个时间还没有结束？他拿起手机给季暖拨了过去，听到的却是对方已关机。

墨景深眉心一跳，双目看向远方。他再打一次，依旧是关机。他转身向外走，刚出门就看见忽然出现在电梯口的封凌。

“墨先生？”封凌显然很意外他会在这里，“您不是在海城？什么时候来的？”

墨景深见封凌居然没跟着季暖，他淡漠地问：“季暖呢？”

“墨太太今晚有篝火晚会，本来我要跟她一起去，但她是和学校的人一起坐大巴去了江边。之前她打电话跟我说她手机快没电了，让我回来帮她拿一下移动电源。”

墨景深冷冷地道：“她已经关机了。”

“是吗？”封凌心有疑惑，拿出手机看了看，“就在几分钟前，墨太太刚给我发过一条消息，这么快就没电了？”

“她给你发了什么消息？”墨景深瞥了她一眼。

封凌拿着手机的动作顿了一下。她刚想说自己刚才急着进电梯，还没看，手机便已被眼前的男人拿了过去。墨景深看见那条来自季暖的消息，他滑开屏幕，手机上直接显示出一张高清的四人合照。下面还附有一行字：

【封凌，这个穿白色连衣裙的女孩，你见过吗？】

墨景深的目光在穿白色连衣裙的女孩脸上定住。封凌还没来得及看清他的表情，男人便已目光冷沉地走向电梯。他那冷厉的眸子似是顷刻染上肃杀之意。

敏锐如封凌，拔腿就跟了上去——

此时，季暖正坐在江边，离热闹的人群稍远。白微拿了一把刚刚烤好的羊肉串给她。

“谢谢。”季暖接过，拿起一串吃了一口。

白微又给她拿了两罐啤酒。季暖还在犹豫要不要喝，白微正好临时接了个电话，去了另一边。

季暖拿起啤酒放在手里掂量着。喝点？算了，还是别喝了，毕竟她答应过墨景深。可她还是想喝点。

正纠结着，苏雪意从后边凑了过来：“我肚子不舒服，这江边人太多了，都看不清远处，哪里有公用洗手间啊？你陪我去找找好不好？”

季暖神情平淡地瞥了她一眼：“就在那边的树林里，你自己往那边走就能找到。”

“树林里太黑了，你陪我去吧，我害怕。”苏雪意捂着肚子，脸色发白，看起来好像真的不太舒服。

季暖又看了看在那边接电话的白微，转眼又见凌菲菲正在人群里嗨着，在这里，苏雪意最熟悉的也就她们几个，她也的确不好意思找别人陪她去。

虽然季暖并不喜欢和苏雪意有太多接触，她总觉得这个人浑身上下都奇怪，但毕竟两人在同一个寝室住着。

“走吧。”季暖将烤串和啤酒放下，起身拍了拍裤子。

两人走进旁边黑暗的小树林里，江边的灯照不到这里，前路实在太黑，季暖说：“我手机没电了，你把手机打开照着，不然看不清路。”

“我手机也没电了。”苏雪意的声音比平时低很多，像是故意压着声音说话。

季暖以为她肚子难受，不疑有他。她将手伸到后面扶住苏雪意，两人继续向里面走。直到人声越来越远，周围的光线暗到不可思议。季暖明明记得这里靠近公用洗手间的地方是有灯的，怎么这会儿灯都灭了？

“季暖。”忽然，苏雪意的声音在她耳边响起。

季暖还在想这些灯是怎么回事，苏雪意的声音又低低响起：“你怕黑吗？”

季暖刚想回答，却觉得不对劲。她和苏雪意一路摸黑走到这里，苏雪意怎么忽然问这么一句？

这里的灯不可能这么巧在这个时候都灭掉，应该是被人为损坏了……想到这里，季暖脚步一顿。她警觉地正要转身去看苏雪意，却又猛地听见旁边有人靠近。她正要疾呼出声，还没来得及开口，便被人狠狠按住，嘴上和鼻间也被微湿的布给用力捂住。刺鼻的味道灌入鼻间，季暖挣扎了几下便觉得天旋地转，所有的知觉渐渐消失，眼前漆黑。她昏厥过去……

季暖醒来后，双眼徒劳地睁着，她只能看见一片漆黑。她刚刚醒来时曾剧烈挣扎，直到渐渐没了力气。

她躺在一个较宽的长椅上，双手背到身后，在长椅下被绳子牢牢绑住。双脚在长椅另一端，也被绑得很结实，任由她如何挣扎也无法挣脱出来。她的嘴上被封了胶条，没有办法开口呼救。

忽然，杂乱的脚步声在外边响起，且越来越近，季暖下意识地闭紧双眼。

吱呀一声，厚重的铁门被打开。

有两个人的脚步声传来，空气里多了些陌生男人的汗味儿，那味道让人觉得恶心。季暖闭着眼睛不动。

“是不是在那块布上抹的药太多了？这小妞怎么还没醒？”

“不管她，苏小姐只说让我们把她绑来，等时间到了送出去，是死是活跟我们没关系！”

“要不先把她送到那家酒吧去？不把人送到地方，那一百多万的尾款我们一分也别想拿到！也不知道是谁走漏了风声，现在这周围已经被警车来回巡逻过很多次了！做事干净点！趁她还没醒，正好送过去，省得麻烦！”

季暖这时倏然睁眼。两个高大健壮的男人正拿着手电筒在她身上照来照去，骤然看见她睁开眼睛，那两人像是被吓了一跳。季暖被刺目的光晃得微微眯起眼，嘴里不停发出唔唔的声音。

“大哥，她这是想说话？”

那两个男人对视一眼，最后还是选择无视。

“醒这么快，麻烦！赶紧把人弄走！”

“唔唔唔……”季暖睁大双眼，一直看着他们。她的手无法动弹，嘴上的胶条也让她一句话都说不出来，她只能满眼希冀地盯着他们。

“大哥，她好像真的是在说什么……”

另一个男人这才看了季暖一眼。在季暖不停地挣扎时，他一把将她嘴上的胶条撕开。

唇上传来钻心的疼痛，季暖顾不上许多，在这种情况下她也不能大喊，否则只会招来杀身之祸。她深喘了一口气，说：“让你们把我绑走的人答应给你们多少钱？放我走！我可以给双倍！那些人还差你们一百万的尾款是吗？现在放了我，我马上就可以给你们！”

她的话刚说完，那个男的就将胶条重新封到她嘴上。

“唔唔——”季暖用力盯着他们。

“大哥，她这……”

男的脸上带着刀疤，他冷冷地瞥着季暖：“想活命是吗？”

季暖忙用力点头，目光诚恳。如果这两个人单纯是为了钱，也许一切还有转机。

“你有钱给我们？”那男人一脸将信将疑的表情。

季暖点头。

“苏小姐给我们的钱，是她的那一份，你想在我们手里买命，可不是双倍这么简单。”那男人忽然阴冷贪婪地笑起来，他用手电筒在季暖的身上来回照了一圈，最后又将刺目的强光打在季暖的眼睛上，逼得她闭上眼睛，扭头躲开，“苏小姐让我们把你送去T市最大的地下酒吧，以你这种姿色，在那里随随便便就能卖出一晚上二百万的价格。你要是再被买主转卖到去菲律宾的船上，我们还能继续赚一笔，光是拿到的分成就不少。你想在我们手里买命，还能出多少？”

季暖沉默片刻。这两个人太贪婪了！她尽量保持镇定，盯着他们的脸，思索他们的底线在哪里。

“大哥，她好像是在故意拖延时间。”

旁边的人一说话，那个男人就眯着眼睛盯着季暖：“别以为浪费时间就能等到人来救你！你的命现在在我们手里，我开价五百万，你给不给？”

季暖只顿了一下，便点点头，目光诚恳地道：“嗯！”

“怎么给？支票？”这个男的比旁边那位有主意许多，也更冷静，他不给季暖说话或开口呼救的机会，只观察着季暖的所有表情，看她点头或者摇头。

季暖点头道：“唔唔！”

旁边的男人顿时两眼放光地看着她，像是见了什么财神爷。两人互相交换了视线。忽然，与她对话的男人将她从椅子上拽起来。季暖两手刚得自由，男人便直接从口袋里掏出一张空白支票。

那人将季暖强行按在地上，又用力拽起她一只手，塞了一支笔给她：“想要命，就马上签了支票！五百万！账户、姓名和金额，现在就给我写！”

季暖被按在地上，她看着眼前的空白支票，忽然很想骂人。

这两个人一唱一和的，明显是绑架惯犯，也明显是对那些富家子弟的做派太过了解。他们来来回回就几句话，根本就没打算放过她，而是为了在她这里套出更多的钱！他们居然连这种不知从哪个银行套出来的空白支票都随身带着！

刚燃起来的生机和希望瞬间消散，季暖僵硬地趴在地上不动。她手里拿着笔，却死死攥着，一个字都不肯签。

在她面前的男人见她已经发现了问题，当即一脚踩在她的手背上，并开口阴森狠戾地警告她：“不想死就马上给我签！”

季暖的手骨都快被踩断了，她强忍着剧痛，盯着支票不肯动。

站在后面那个男人忽然掏出一把锋利的小刀，他压低声音威胁道：“你只有两个选择，签了支票，这把刀我们留给你，你自己找机会割断绳子想办法逃跑，用五百万买个逃生的机会！或者我们现在就用这把刀，在你的脸上一刀一刀割下去！签还是不签？你自己选！”

季暗皱眉。五百万买一把小刀？

她抬起眼，狠狠瞪向正踩在她手背上的男人。那男人看见她的目光，这才将脚移开。他把笔重新往她手边一扔，命令道："签！五百万，一毛钱都不能少！"

季暖又看向另一个男人手里的刀。那个人将刀往她眼前一扔，意思很明显，她敢签，他们就敢把这刀给她，后边能不能抓住逃生的机会，全靠她自己。

季暖犹豫了一下，缓缓动了动刚刚被踩到麻木的手，然后拿起笔在支票上签字。她一边签，一边想着之前的事发经过。

她对苏雪意的怀疑是正确的，对方确实来者不善，苏雪意装出傻白甜的样子来接近她，不是打探她的各种事情，就是观察她的一举一动，在她身边潜伏了半个多月，果然居心叵测。

眼见她在支票上把该写的都写了，两个男的才将她从地上拽起来。季暖站不稳，手再度被他们绑到了身后。尽管她的身体已经离开之前的长椅，现在却也是完全没有自由的状态。她一度怀疑，自己会不会遇到两个一点道义都不讲的无赖。

前面那个男的将她的手在背后绑住，又将那把可折叠的小刀折起来，塞到她的手心里。

"刀已经给你了，别说我们不讲江湖道义。"那男的将她捆得结实，一副被五百万满足的态度，又压低声音说，"苏小姐的人在外面守着，我们现在必须送你去酒吧，把你送到之后就离开。你手上的绳子，中指和食指间的这一根如果被割断，绳子就能解开。怎么样，这五百万是不是花得很值？"

季暖强忍着恐惧和怒火，死死攥着手里的折叠小刀。之后，她又冷冷地看着那两个男人。

"别瞪了，像你这么识相的也是少见！那位苏小姐来头不小，知道我们的窝点，换了任何一个哥们儿，都不可能为了区区五百万而出卖自己窝里的兄弟。"见季暖这会儿任由他们绑着，没再胡乱挣扎，那男人又说了一句，同时给旁边那位使了个眼色。

两人将季暖从里面带出来时，季暖还来不及看清眼前的一切，眼睛上便骤然被蒙上黑布条。再度陷入黑暗的恐惧让她心里没底，她挣扎了一下。但那两人已经将她带到一辆车边，车上应该有人。他们一改刚才绑她时的耐心，对她狠狠呵斥了一声，又用力将她一推。

季暖感觉自己像被推入其他人手里，这些人难道就是他们所说的苏小姐的人？那个苏雪意究竟是什么来头……

她的眼睛被蒙着，什么都看不到，忽然被那些人推进车里。

T市最大的地下酒吧外，车水马龙，霓虹闪烁。

在一排排车辆中，苏雪意坐在其中一辆黑色奥迪里，远远地看见季暖被那些人从一辆面包车上拽下来。又看见季暖踉跄着被那些人拽进酒吧，苏雪意这才缓缓勾起唇。

苏雪意看似天真无邪的面孔染着几丝锋利的狠意。确定季暖已经被带了进去，并且轻易不可能逃出来，苏雪意这才叫司机开车离开。

黑色奥迪开出酒吧附近的街头，在路上行驶。苏雪意的手机响起，她瞥了一眼屏幕，便一脸兴奋地接起电话："表姐，你这个时间打来电话，是要庆祝我帮你把事情办成了吗？"

听见电话那边的声音，苏雪意笑逐颜开地道："我做事你还不放心？我当然不会要她的命，我要做的，只是帮你毁了她。"

车里只能听见苏雪意得意的说话声。

"当然，如果她死了，墨景深只会永远记得她，你也就没机会回到他身边了。可如果她被毁了，肮脏不堪地活在这世上，早晚有一天，他会对她倒足胃口……

"那个季暖比我们想象中警觉，差一点就被她发现了……

"她听说我是从洛杉矶来的，好像格外敏感，我估计她很早就知道你的存在。

"呵，再怎样有防心，最后还不是落到我手里？如果表姐你现在不是被伯父禁足在家，亲自从美国过来的话，估计这场戏会更精彩……

"要不是墨景深之前对苏家发出警告，伯父也不会禁你的足。你错过了这场好戏，我都觉得可惜……不过你放心，这里的事情交给我，我一定会把那个季暖打击得体无完肤，让她从身到心彻底输给你……"

苏雪意仍在对着手机侃侃而谈，忽然，她所坐的车子传来急刹车的声音。她的手机骤然掉了下去。她抬起头，冷着脸想骂司机，结果目光却忽然顿住。

苏雪意猛地转过眼，看向车前。一辆黑色越野车不知从哪里开了过来，用阻挡她去路的方式疾驰而来，横在前方。车窗上一片黑暗，她莫名觉得周身有寒意袭来。

苏雪意正要去捡手机，忽然，她的手顿了顿，双目盯着前方。片刻后，她忽然说："开车。"

司机疑惑地说："可是苏小姐，前面那辆车……"

“我让你开车！快！绕开那辆车！”苏雪意焦急地命令道。

司机只好又发动引擎，将车迅速后退。然后，他又掉转了车头，准备向反方向驶去。

苏雪意捡起手机，双手紧紧捏住。盯着后视镜里的越野车，见它毫不留情地又过来了，她忙叫道：“开快点！”

司机继续加速，也看着后面那辆车，感觉像是有杀意逼近，司机继续狠踩油门……

他们加速，黑色越野车也加速，等他们将车开到空旷无人的路上，黑色越野车更是提速而来。眼见根本甩不开，苏雪意皱了皱眉，命令司机在前面停下。

然而车停的刹那，苏雪意以为后面那辆黑色越野车也一定会停下，至少不会来撞她。可那辆车非但没有停，更没有减速，反而再次提高车速，等苏雪意反应过来的时候，那辆车已经冲了过来——

“啊！”

砰的一声，苏雪意强自维持镇定的脸瞬间惨白。她吓蒙了似的坐在车里。她本来已经停在路边的车就这样生生被撞开两三米。路边的安全栏已经被车撞得彻底变形，只要对方再稍加力度，她的车会直接从安全栏这里滚落下去。公路两边是T市的河道，很高也很深，车要是滚下去，她必死无疑！

安静了数秒后，苏雪意才缓缓抬起头。她惊魂未定地看着对面那辆毫发无损的越野车。

撞得这么精准，驾驶这辆车的究竟是墨景深安排在季暖身边的保镖，还是……墨景深本人？

苏雪意受惊地看着前方，直到那辆越野车的车门打开，墨景深走下车，她浑身的血液都变得冰凉！

闷热的房门再次被打开，季暖已经憋得喘不过气，身上布了一层汗。门被打开时，她下意识地抬起头，虽然眼睛上蒙了黑布条，她却仍谨慎地听着对面的声音。

“就是她？”一道陌生粗犷的声音在前方响起。

周围有人附和，似乎还有人叫那个人老大。

季暖皱了皱眉。T市的地下酒吧她不是很了解，一般情况下，这种酒吧做的都是非法勾当，这些人大都游走在不法边缘，跟黑道有些关系。那个苏雪意，连这种人都能联系到！季暖不得不怀疑，她们家在美国洛杉矶究竟是做什么的。

“姿色不错，很久没遇到这么漂亮的了，这皮肤也嫩得出水，确实卖得上一个好价钱，把人带过去。”

之后有人过来将季暖脸上的黑布拿下来。季暖眯了眯眼睛，一时间不适应眼前的光线。她还没看清人，扎成马尾的头发就被解开，长发凌乱地散在肩前肩后。

“很好，这样看起来更美更娇弱。把她的脸擦干净，十分钟后开卖。”

季暖勉强睁开眼向前望去，她只能看见一个脸上带着刀疤的男人，那人穿着黑色风衣，膀大腰圆，嘴里叼着雪茄，正对她的身材和姿色做点评。那男人又吩咐了几句后，便转身出去了。

房间里只剩下几个类似保镖打手的人。他们拿冰冷的毛巾在她脸上狠狠擦了几下，擦得季暖的脸生疼。她瞪着他们。她嘴上的胶条到现在还没取下来。

“瞪什么瞪？老实点！”给她擦脸的人冷斥了一句，接下来又捏着她的下巴，流里流气地说，“小妞长得确实不错，等今天晚上卖个好价钱，也不知道老大能不能赏给我们玩两天再卖到菲律宾去！看看这小脸，果然是嫩得出水……”说着，这人又在季暖脸上摸了一把，作势就要亲一口，季暖一脸嫌恶地别开脸。

外面似乎有什么声音，那些人也不久留，骂了她两句后，直接走了。她的手心里始终冷汗涔涔。确定外面的声音远了，她才小心地将攥了很久的折叠刀转了个方向。

事实证明，她签下那五百万支票也不是完全没有用处，那个捆住她手的人确实捆得有些技巧。她用力转着手腕，渐渐地，两手之间真的撑开一点空间。她再将折叠刀慢慢打开。记起之前那个人说的话，她用锋利的刀刃在食指和中指之间的绳子上用力地来回割着。

手被捆着，动作实在不方便，光是做这些动作，她就已经花了很多时间和很大的力气，这会儿又一身汗，她只能用刀刃一点点去磨。

大概磨了两分钟，绳子断了。她仍然不敢放松，小心地一点一点解着绳子上系得很巧妙的结扣，将绳子完全解开。双手一得自由，她迅速将嘴上的胶条撕去。她忍着痛，屏住呼吸，弯下身，用刀去割脚上的绳子。

终于得回自由，她才小心地站起身。她的腿脚早已麻木。她踉跄着，轻手轻脚地走到门边，侧耳听着外面的动静。好像这些人笃定她根本逃不出去，外面并没有什么人把守。

她刚刚被带进来时，知道外边是一条很狭窄、灯光也很暗的走廊，穿过走廊尽头就是楼梯，上了楼梯是酒吧角落用音响挡住的暗门。

季暖试着推了一下门，发现被锁了，怪不得外面没有人守着。

她忙抬手将别在发顶的一根细细的黑色发夹拿了下来。前后两世，或许她只有此时此刻能感谢曾经那些狼狈的逃亡经历。那些经历让她学会很多，至少这种简单的门，她花点时间就能打开。

季暖试探着把发夹下较细的金属针戳进锁孔。她不敢弄出太大声音，只能小心翼翼地来回试几下。

时间一点一点流逝，季暖心里的焦虑越来越重。甚至每每听见外面传来的脚步声，她都会惊得握住发夹，转身想躲到门后，做出防备的姿态。这样来来回回不知道试了多少次，她终于用发夹找到位置。门锁打开的声音很低，她轻吐出一口气，将发夹重新别回到头上。然后，她伸手扭开门把手。

门一打开，属于酒吧的震耳欲聋的声音立刻袭来。

季暖将头探出去，观察周围。之后，她悄悄将门关上，身子贴着墙根，低着头，尽量不被角落里的监控拍到。好不容易走到楼梯口，忽然看见那边有人走近，她一惊，猛地回身。看见旁边另一个房间似乎没有上锁，她忙闪身进去。她背靠着门，心跳一下重过一下，她侧耳听着门外的动静。

眼前这个屋子里没有开灯，但是刚刚她匆匆一瞥时看到，这屋子和她刚刚所在的那一间，格局几乎相同，看来这个地下走廊里的每一个房间都是这样。她考虑着怎么逃出去。酒吧四周都有人，不知道哪些是客人，哪些又是酒吧里的人，她要怎么避开？

门外忽然传来脚步声，并且越来越近，听着那些声音，季暖周身的汗毛竖起。

那脚步声似乎向她之前所在的房间去了，里面一阵安静，让她心里渐渐发慌。

果不其然，诡异的安静之后，传来带着怒意又刻意压低的声音："人应该还没有逃太远，马上去找找！她身上居然带了能割断绳子的东西？是哪个孙子绑进来的？妈的！快去找！"

接着，外面的脚步声渐渐多了起来，同时周围的房间门一扇一扇被踹开。

季暖皱了皱眉，小心地躲到旁边黑色的陈列架下。然后，她蹲下身，屏住呼吸。

“每个房间都看看！”脚步声靠近，有人将这间房的门也踹开了。灯被打开，如同一路走来检查其他房间那样，他们匆匆看了一眼，便又关了灯，关上门，去检查其他的房间。

他们或许没想到季暖会躲在这种地方。

季暖轻吐了一口气，从桌下钻出来。她听着外面的动静，又跑到门边，将耳朵贴在门上。听见那些人走远了，她又在门里等了一会儿。之后，她小心地把门打开，慢慢走到楼梯口。

这酒吧里大部分都是他们的人，她要怎么逃出去?

上了楼梯，看见酒吧里的灯，季暖弯着腰小心地推开音响后方的门。她向外看了一眼，外面是形形色色的人。她低下头，用散开的头发遮住脸。她顺着角落贴着门向旁边走，待前方有侍者走近时，她忙蹲下身，躲到一个卡包的沙发后。

她转眼看向那边的侍者，见他手里拿着托盘和酒，正和旁边的侍者说话。显然这里灯光一闪一闪，让人看不真切四周，侍者并没有注意到季暖。

季暖转身，保持蹲着的姿势向前面的另一个沙发背后跑去。酒吧里的灯光一直不停地闪烁交织，趁这边的灯光暗下去，她顺利跑了过去，没有引起任何人的注意。

她沿着沙发背后一点点走到人少的地方。她向外看了一眼，打算一股作气跑出去。

偏偏酒吧门前有人把守！她的身影刚一出现，就被对方直接拽了回去！季暖挣扎不开，转眼间，人已被带回地下室，扔到地上。

她猛地抬起眼，看见那个脸上带着刀疤的酒吧老大竟然在这里！他上前一把揪住她的头发。季暖强忍着，没有痛呼出声，身体却因头发被拽起而不得不半倾。

那个酒吧老大脸色难看地拽着她，将她狠狠抛到床上。

“有本事从地下室里逃出去的女人，你还是第一个。”酒吧老大阴冷地看了她一眼，又命令身后的人，“看好她！等买主喝完酒过来！别让她再跑了！再跑一次，你们都别想活了！”

之后房门再度被锁，有人来把守。季暖瞪着房门，双手死死地抓着身下的薄被。

没过多久，那个所谓的买主，一个四十多岁、肥得流油的戴着眼镜的中年男人进来了。看见季暖的刹那，他脸上直接挂上猥琐的笑，一步一步向她走近。

季暖一惊。趁现在门前把守的人走了，中年眼镜男喝多了，她抓起床头柜上的台灯就朝他砸了过去。

“脾气不小啊！”中年眼镜男边说边脱下衣服。

季暖呼吸凝重。看见这人脱衣服，她忽然一阵干呕。

恍然间，似乎有警车的声音在酒吧附近响起。

就在中年眼镜男朝她扑来的时候，地下室房门发出砰的一声巨响，门被人一脚踹开——

季暖因为呕吐感而靠在墙边没动，她眼角的余光似是看见墨景深的脸。男人紧蹙着眉头，黑眸里凝着寒霜。她恍惚了一下。他不是还在海城吗？怎么会在T市？

可胃里翻涌的恶心感让她说不出话来。望着他的方向，像是在绝望的黑暗中看见唯一温暖的光，她终于得以呼吸。她几乎没看清他是怎么过来的，只听到中年眼镜男忽然痛叫一声，仿佛被人拧断了胳膊。她努力打起精神去看，只见墨景深就在她触手可及的地方。他冷漠得连眼睛都没眨一下，便将那猥琐的中年眼镜男摔到床下。

她身上一轻，顷刻感觉带有熟悉味道的外套盖到她身上。季暖将干呕时带出的眼泪收了回去。她闭了闭眼，耳边是那中年眼镜男一声连着一声的痛呼。她不知道墨景深在做什么，她也不想去看。

中年眼镜男倒在地上，又被踹了一脚。他被踹开两米的距离，身子撞到墙上，头也在鹅卵石墙面上重重一撞。中年眼镜男痛哼出声，涨红着脸，颤巍巍地指向忽然闯进来的男人。

房门再度被踹开。

封凌迅速进门，看见里面的一幕，她当即明白了什么。她刚要进去，忽然听见墨景深冷厉的声音：“关门！”

封凌看了一眼床上的季暖，然后赶紧将身后的门关上，隔绝了门外那些跟来的警察的目光。

待安然回到公寓后，季暖很快睡着了，只是一直噩梦连连，不到五分钟她就惊醒一次。哪怕墨景深一直抱着她，她也不断惊醒。每一次醒过来，她都要盯着房间里的灯许久，像是在确定自己究竟身在何处。如此反复，直到凌晨，她才睡得踏实些，两手紧紧抓着墨景深的衬衫袖口。

凌晨时分，万籁俱寂。

墨景深的手机在床边响起，他看了一眼在怀里难得安睡超过半小时的季暖。他伸手拿过手机，看了一眼，接起。

对方显然没料到他居然会接电话！这么久以来，她打过无数次电话都被他无视，可这一次，他居然接了。

“景深，”电话彼端响起一道清越的女音，“雪意的事情我很抱歉，她是——”

“快递事件后，我警告过你，别动季暖，你把我的话当成耳旁风？”男人的声音有着渗透人心的寒意。

电话那边的女人正要开口，又听见他冷漠地道：“无论是你，还是苏家任何人，既然已经放弃了我对你们最后的容忍，今天过后，你会知道招惹我的后果。”对方没来得及多说一句，电话已被他冷漠地挂断。

墨景深将手机扔至桌上，转眼见季暖在睡梦中又开始皱起眉头，她的手紧攥着他的袖口，像是在被可怕的人追逐，像是逃无可逃。

男人的手避开她头上的伤，在她头顶抚了抚。安抚她几分钟后，季暖的身体才渐渐放松，脸贴在他的怀里，眉头慢慢舒展。

如果只是今晚的事情，她情绪不安是正常的，可从她的种种表现来看，她所受的刺激，并不单纯是这一种。

季暖的确被吓得不轻。她梦到曾经的那个空间，在梦里怎么跑也跑不出去。她挣脱不开束缚，在黑暗的泥沼里拼命挣扎。

后来，季暖是从梦中惊醒的。睁开眼睛是满室的黑暗，她忙向身旁摸去。不算熟悉的环境，但也不算陌生。她的手刚一碰到床边的灯，房间便骤然亮起，同时窗帘被缓缓拉开。外面的阳光洒进来，一室的黑暗变成满室的温暖。待看清房间里的一切，她才慢慢松了一口气。

这是她在T大校外的那套公寓，不是那家酒吧的地下室，也不是记忆里那个贫瘠到连出路都找不到的山村。

她抬手按了按自己的头。想起昨夜的一切，她不确定究竟是梦还是什么。但是之前被那些人扔在床上、头撞在墙上的一幕却提醒着她。抬手在撞伤的额头上碰了一下，她立即目光一慌。卧室门被打开，她下意识地抬起头。

墨景深挺拔颀长的身影出现在卧室温暖的光线里，季暖紧绷的神经立马放松了：“我还以为你在海城……”

“你过生日不能回去，我总要过来。”墨景深目光温和，仿佛昨夜在酒吧地下室里看见的一切已经过去。

男人在她床边坐下，季暖抬手就去抱他的脖颈。她将脸埋在他肩头，呼吸着他身上的沁香。她闭着眼睛，小声说：“谢谢。”

墨景深的手在她头上抚了抚：“说什么傻话，头疼吗？”

季暖抬起眼，见墨景深的手臂始终环着她。看得出来他昨夜几乎没睡，一直都在照顾她。她万分庆幸自己逃过了一劫，否则她现在根本不知道怎么面对这个男人。

“我昨晚从医院回来后，是不是没洗澡？”她只记得自己回来就睡了，而且噩梦连连。她对回来之后的事情记得不太真切。

“你睡着后，我简单帮你擦过身上的汗。”说话间，墨景深帮她把头发向上束起来。

他费了一番工夫，才将她的长发都绾在脑后。他将她的碎发也都绾好，才开口耐心地道：“都过去了，别想太多，去洗个澡放松一下，这里别碰水。”他以目光示意她额头上的伤。虽然伤得不严重，但是破了皮。

季暖点点头。

见她情绪调整得不错，墨景深直接去浴室帮她放好水。等季暖走进浴室，里面已是热气蒸腾。她脱下身上柔软单薄的衣服，坐进浴缸里。浸在一汪温热中，她仿佛找到踏实的感觉。她终于可以静下心，仔细回想昨天的所有事。

酒吧地下室里发生的事情，她想起来还是后怕，还好没有走到最坏那一步。

事情的起因是苏雪意。

既然明知道她的身份来历，苏雪意还是想方设法靠近她，苏雪意的目的恐怕不仅仅是打消她的防心，叫人将她绑走这么简单。

这个苏雪意，究竟和墨景深有没有关系？

苏雪意大概十九岁，墨景深当初在美国的那几年，她应该才十四五岁，两人应该不会有什么感情牵扯，但季暖不能完全确定，毕竟苏雪意是从洛杉矶来的，又明显对季暖的墨太太身份十分仇视。

所以，这个人到底是谁？她是存心要用这样的方式毁了季暖？年纪轻轻的小姑娘，手段这么狠，这个苏雪意背后的势力绝对不容小觑。

美国，洛杉矶，藏在苏雪意背后的人……

季暖洗了很久的澡，忽然听见外面的动静，她起身换好衣服，走出浴室。她看见封凌正站在公寓门外，像是刚来没多久。

“都解决了，昨晚在那家酒吧所有对墨太太动过手的人和相关共犯，已全部落网，一个都没跑掉。”封凌跟墨景深汇报情况，看见从浴室里出来的季暖，忽然从衣袋里拿出一张支票，“墨太太，这是您签过的支票？”

季暖很意外，居然还能看见这张支票！她凝视了片刻，点头道：“是之前将我迷晕绑走的那两个人让我签的，为了保命，我不得不签了五百万的支票。”

“那就没错了。”封凌将支票放到茶几上，“那两个人想要兑换支票后连夜逃出T市，却被我们的人发现，直接在银行将人逮住，支票也落入我手里。”

季暖上前将支票拿了过来，她看着上面的字，索性直接把支票撕了，扔到一旁的纸篓里。

“没什么损失就好。”季暖道，“人都被警方带走了吗？”

“该落网的一个都没跑掉。”

闻言，季暖下意识地看了封凌一眼。虽然季暖受到惊吓，好在有墨景深在，一切都处理得干净利落。

见季暖没再多说，墨景深坐在沙发上，示意季暖过去。

“头还疼？”她走近时，男人的手在她脑袋上抚了一下。

“不疼，只是头在墙上撞了一下，没事。”季暖将他抚在自己头上的手拉下去，“我知道你是怕我有脑震荡的症状，昨晚确实有些晕，现在好多了。别担心我，我真的没事。”她现在已经冷静了，很多事情都需要细想。

季暖的手被墨景深反握在手心，她道：“那个苏雪意，究竟是什么背景？她的目的是要毁了我，还是另有打算？”

明知道墨景深就在她旁边，季暖却将目光对准封凌。她盯着封凌的眼睛，道：“出事之前我已经把她的照片发给你了，你查了吗？有结果吗？”

封凌的表情滞了滞，她的目光在季暖的脸上停留片刻，正要说话，季暖忽然感觉墨景深握在她手上的力度加重了一些。

“这里没你的事了，先出去。”墨景深的话是对封凌说的。

眼见封凌转身就走，季暖下意识地要将手从墨景深的手里抽出来，结果反被他握紧。

“想问什么？”他看着她，目光清澈坦然。

“你先放手。”她皱眉。

“不放。”

季暖气结。想生气但不是时候，她只能咬了咬牙。她到底还是憋不住：“苏雪意是不是你当初在美国时跟你有过什么的那个——”

墨景深盯着她。她苍白的脸上带着压抑的情绪，额头上还贴着一块纱布，她看上去极其纤弱，眼睛里却带着一丝倔强。

“不是。”他答。

“不是？”季暖表情一诧，“那她为什么要针对我？总不能半路出现个女人，看我不顺眼，就想对我下手？她做这一切总是有目的的！”

昨晚那种事，换谁谁能忍？她盯着男人近在咫尺的俊颜，闭了闭眼，深呼吸了一下，作势要将手抽出去，却仍然没能得逞。

“我没有所谓的过去的女人，至少现在，我只有你一个，墨太太。”墨景深借着两人交握的姿势，直视她的眼底，“美国那边的事情三言两语说不清楚，但你要相信，我从始至终只有你一个女人。我的过去虽然不算一张白纸，但也从来没有任何女人在上面留下不该有的痕迹。我是你的丈夫，现在是，以后是，永远是。”

季暖的脸色仍然没有缓和多少，她平静地道：“我不是霸道不讲理的女人，我甚至根本没去顾虑你的曾经。我很现实，只看眼前。可现在，那人一次一次挑战我的底线，又一次一次在我这里找存在感，我不可能容忍。”

“我知道。”墨景深攥着她的手，“我会处理。”

怎么处理？她到现在连那躲在暗处针对她的人是谁都不知道。

季暖深呼吸了一下，她压下情绪，凉凉地道：“我头疼，回房去睡觉了。”说完，她忽然从沙发上站起身，用力将手从他的手中抽出来。她不再说一句话，直接转身向卧室的方向走。

墨景深看得出她是真的动了气，只是忍着没有发作。此时，她不想搭理他，一句话都不想跟他说。

季暖进了卧室，砰的一声关了房门。想起上次带血的婚纱娃娃，还有昨晚那些惊险，她就恨不得挖地三尺，把那个藏在暗处的女人找出来。

想抢男人是吗？来啊！有本事正面来战，躲在背后搞东搞西是什么意思？离间？还是想让她不得安宁？一次一次做这些挑战她的底线吗？以为她会怕？

明知道现在应该保持冷静，绝对不能把墨景深推远，可她现在就是很气！气到不想理他！

没多久，敲门声响起。季暖没理会，径自坐在床上憋气地想着。算了算了，这块肉全身裹了金箔，太贵重太难守，谁想叼走就叼吧，她不要了还不行？

房门又被敲了几声，接着安静了几秒，随即男人的声音传来：“暖暖。”

季暖索性趴在床上，把被子往脸上一蒙。她不愿意听到他的声音。

墨景深知道她把房门从里面锁了，手徒劳地在门把手上拧了几下："暖暖，开门。"

季暖不吭声，把自己闷在被子里。

这女人的脾气说上来就上来，墨景深不可能放任她把自己关在房里，他的语调强硬了许多："季暖，把门打开！"

听出他的语气加重，季暖骤然从床上坐起来。她忍住把枕头扔到门上的冲动，喊道："不开！我头疼，想一个人静静！"

"头疼就去医院，把自己关起来干什么？开门！"男人声音低沉地道。

"不开，哪里都不去，我想睡觉！"

"季暖！"

"墨景深，我现在不想跟你说话！"

"你自己开门，还是我来开？"

季暖记得昨晚在那家酒吧的地下室，那道门是被他一脚踹开的，他能开门的方式有很多，她的确挡不住他。

她抱着被子躺在床上不动，干脆连话都不说了。随便他，反正这公寓是他买的，他想踹门就踹。

外面安静了一会儿，季暖忽然想到，这公寓既然是他买的，估计每个房间的钥匙他都有。想到这里，她忽然坐了起来。她跑下床，在床边桌子和抽屉里翻了翻，最后她在床头柜最下边的抽屉里找到了卧室门的钥匙。

见这钥匙没在他手里，季暖才放下心。将钥匙放回抽屉，她回到床上，继续蒙上被子。本来是在赌气，结果她在被子里闷了一会儿就睡着了。

等她醒来的时候已是傍晚，晚霞挂在远处的天上。房间里有些暗，季暖起身，向仍然紧闭的房门看了一眼。墨景深居然真的没进来！而且外面一点声音都没有。他这是出去了，还是被她冷落得一气之下直接飞回海城了？

她睡了好几个小时，真是一切皆有可能。

季暖在床上闷坐了一会儿，又仔细听着外面的动静，是真的没声音。她掀开被子下床，走到门边，又听了听。整栋公寓安静得仿佛只有她一个人。

季暖将反锁的卧室门打开。她先是缓缓开启一条门缝，看见门前的地上好像有什么东西，她愣了愣。她没看清楚，只能将门又打开一些。

就在卧室门彻底打开的瞬间，昏暗的房间里瞬间灯光大亮。那些灯光将铺在地上的玫瑰花衬托得格外醒目。

整个客厅的地板都被玫瑰花铺满了，中间的心形花路更是别具一格。花路之间，有二十一个蛋糕，第一个蛋糕是白色的，代表一岁时纯白无瑕的天使。然后蛋糕的颜色逐渐加深……最后一个，即第二十一个蛋糕，是红色。

季暖僵在门前。她只顾着发脾气，连今天是自己的生日都忘了。

或许她真的已经太久太久没有过生日，这种氛围对她来说格外陌生。

整个房间里只能看见玫瑰花路和那些围成巨大心形的蛋糕，她抬起眼，向周围看了看，没有看见墨景深的身影。

她刚路过第一个白色蛋糕，忽然看见窗外的天空爆起一片璀璨的烟花。季暖怔然望着窗外。她不受控制地又向前走了一步，路过第二个蛋糕时，窗外又是一片璀璨。她一边看一边走，直到走到最后一个蛋糕前。之后，她走回原点，窗外没再爆起烟火，落地窗外的露台上，有灯光缓缓亮起。一个身着白色衬衣的男人站在那里，他手里有火光，脚边有未燃放的烟花。

季暖看呆了，下意识地忙走过去，拉开落地窗。

“在找我？”墨景深笑着看了她一眼，用手中的火花引燃烟花。

直到璀璨的烟花在她面前爆开，季暖仍然看着站在烟火中的男人，她一动不动。

墨景深是什么时候走过来的她都不知道。男人牵起她的手，在她手上落下很轻的一吻。他轻轻地道：“一岁的季小暖，生日快乐。”

季暖还没反应过来，男人已将她抱住，又在她额头落下一吻：“两岁的季小暖，生日快乐。

“三岁的季小暖，生日快乐。

“四岁的季小暖，生日快乐。”

……

她的手，她的脸，她的鼻子，她的眉心，她的额头、耳朵、脸颊等地方，都被他一一吻过。

“二十岁的季小暖，生日快乐。”

眼前的男人终于将吻落到她的唇上，没有离开。他贴着她的唇轻声道：“二十一岁的墨太太，生日快乐。”

话音落下，他将失神的季暖推到落地窗上。这一吻并不似之前那些吻一样蜻蜓点水，而是充满占有欲与侵略性。他将她牢牢禁锢在窗与他的胸膛之间，愈吻愈深。直到季暖回过神来，抬起手忙要挡在他胸膛上，却反被他抵住，他的舌头往更深的地方钻去。

季暖推不开他，她睁着眼睛，忽然张口在他唇上咬了一下，虽然咬得不重，男人还是顿了一下，低眸看她。

季暖想说自己还没消气，但实在说不出来。还没消气就先被感动到快哭出来，她不要面子的啊？

眼前的男人盯着她，黑眸凝起丝丝缕缕的笑意，有着别样的性感。他的喉结滚了滚，俯首又覆上她的唇。

一吻稍歇，他握住她的腰，没让她躲开。他哑着嗓子道："生气归生气，生日总是要过的。如果零点之前没把这生日给你交代清楚，我不是又要多一条莫须有的罪名？"

季暖看着他十分无辜的模样，气到去推他："我才没那么不讲道理！"

"对，你是很讲道理。昨天我才上演了一场英雄救美，今天你就敢把我关到门外。"

"那也是因为你对我不坦诚！"季暖用力拍开他抚在自己脸上的手。明明她已经被感动了，却还是憋着气。她现在的脸已经说不出究竟是什么样的表情了，估计有些扭曲，她也懒得掩饰。

实在敌不过他的力气，季暖用力要去推开他的手，男人却将刀放到她手里。

"切蛋糕，或者干脆切我，选一样。"墨景深的语调淡淡的，却分明已经把她的小心思全盘收入眼底。

"不是还在生气？想切哪里？"他凑过来，看着她的表情，"这门关也关了，气也生了够久，与其你一个人生气，不如在我身上切几下？"

季暖紧握着刀柄，瞪他。一拳打在棉花上，真的内伤！

"谁说我要跟你冷战，我没那么无聊。"季暖转身捧起地上的一个蛋糕，切了下去。她又端起蛋糕放到旁边的桌上，切了好几刀。她一口都没吃，却是拿起另一个蛋糕，继续切。从始至终她都没抬头看他一眼。

墨景深站在一旁瞧着她，怎么看怎么感觉她是在用切他的力气去切蛋糕，那砰砰的几声，代表她确实心情不好。他没吭声，拿起蛋糕递给她，让她切。她切完一个，他再递给她一个。

切了好半天，季暖累了。她转眼见地上还有几个完整的蛋糕。墨景深一副任劳任怨的样子，又拿起一个给她。她站在那里，手里拿着沾满奶油的刀不动。男人眼里始终都是纵容。

有那么一瞬，季暖忽然不知道自己在气什么。明明他已经解释过了，她还想要他说什么？季暖不知道自己怎么就跟他较上劲了。忽然，她抚了抚眉心，将刀一扔，去浴室洗手。

这时，门铃声响起，墨景深去开了门。

南衡走进来，看见满地狼藉和墨景深的白色衬衣上或多或少沾了些奶油，他冷声嗤笑道："你们这是刚经历了一场奶油大战？还是实地解锁了些什么新姿势？"

季暖被他的话弄得耳根一烫。

墨景深看了南衡一眼，随即看向仍然站在浴室里洗手的季暖。他淡淡地道："身上都是奶油，洗好了回卧室去换身衣服。"

南衡看着季暖头上贴着的纱布和她微微红肿的半边脸，目光就没那么寻常了。

"下手这么重，你没当场把那龟孙子的命根子踩爆？"南衡嘴上嗤笑，神情却明显冷了许多。

季暖的动作顿了顿。难道南衡是为地下酒吧的事而来？又或者，是跟美国的那个人有关？

"还没来得及出手，人就已经被封凌废了。"墨景深极其冷淡地打断季暖的思考，又看向她，"回房间去换衣服。"

季暖确实不想再听关于昨晚那些事，她看了他们一眼，擦了擦手，直接回卧室。

见季暖踩着满地的蛋糕走进卧室，南衡总感觉季暖像是带着些火气，虽然她没说，但她关上卧室门时，动静还挺大。

南衡挑了挑眉，似笑非笑地看向墨景深："怎么着？你还把她给救出脾气来了？"

墨景深没理会他，随手解开衬衫上的两颗扣子，平淡地道："洛杉矶那边是怎么回事？"

"怎么回事？这不显而易见吗？苏老是碍于你的压力，把他的宝贝孙女给关在家里禁足了，苏雪意不过是被那位当枪使了而已，敢跑到国内来作祟，的确够有胆量。可苏家背靠什么势力，你也不是不知道。"南衡摊了摊手，"不过话说回来，你真舍得？那位当初在你重伤未愈时，可是守了你整整一年……"

空气中仿佛有暗流涌动，墨景深一贯温和的脸上露出凛冽的锋芒，他语调沉冷地道："若不是当年我父亲从中插手，趁我昏迷不醒时，把这么一个人安插到我身边，我也不至于连救命恩人都能认错，否则你以为她怎么会有守我一整年的机会？"

南衡的眉心狠狠一跳。他往卧室的方向看了看，又看向墨景深冷淡的脸。他嘴角一抽，道："该不会当初那个偶然捡回你一条命的小姑娘，是季暖？那苏家和你父亲……我他妈是不是知道了什么不得了的秘密……"

第十九章　迷途·冷战

南衡来的时候已经是傍晚，季暖从房间里再出来时，见南衡还没走，她随口那么客气了一下，问南衡要不要留下吃晚饭。结果，这位大爷居然答应了。

彼时，季暖望着满地还没收拾的蛋糕，怀疑自己是不是不用跟墨景深的两个兄弟太客气。

当晚，南衡看着桌上的几份外卖，嘴角抽了抽。

“敢情上一次你们去老秦那里，是亲手做了顿大餐，轮到我就只能吃外卖？”

墨景深将一次性筷子扔给他，不冷不热地道：“你看我现在像是有闲心给你做丰盛大餐的？”

南衡挑眉，视线直接转向秦司廷口中那位如今变成了贤妻的季暖。

季暖将额前的长发向旁边撩开，将额头上的纱布给他看。她用如墨景深一般漫不经心的语气说：“你看我现在像是有能耐给你做一顿丰盛大餐的？”

南衡轻笑。啪的一声，他将一次性筷子掰开，也不废话，直接尝了一口菜。他挑了挑眉，道：“得，怪我来得不够天时地利人和，好在这家酒店大厨的手艺不错，勉强能吃。”

这可是T市最知名的酒店做的菜，到了南衡这里，这些菜居然只是勉强能吃？

季暖也拿起筷子夹了一些，吃了一口后，她觉得男人才是口是心非的奇葩，明明这么好吃……

她刚坐下，墨景深也过来坐下了。她顿了顿，下意识地不停给南衡夹菜："来，多吃点！"

她来来回回不停地往南衡眼前的碗里夹菜。南衡一脸无语地看着碗里逐渐堆成的小山，他怀疑季暖的脑子摔出了问题。她男人就坐在旁边，她给自己夹菜干什么？存心怄她男人的？

南衡一边拿起高高堆起菜的碗，一边意味深长地睨了墨景深一眼。他果然看见墨景深神色淡漠地坐在那里，一副巴不得他赶快吃完赶快滚的神情。

"上次你过生日的时候，我切了你的蛋糕，还吃了那么多，今天我生日，礼尚往来，喜欢哪一个，随你来切！"季暖将之前的那把刀放到南衡面前，再将二十一个蛋糕里幸存的四个都堆放到餐桌上。虽然是渐变色，但最后那几个蛋糕，颜色由粉至红，都很明艳。

南衡看了季暖一眼，似笑非笑地拿起刀，在四个蛋糕上随便点了点。最后，他看着大红色的蛋糕，又看了看蛋糕上用黑白红三色巧克力制成的穿着婚纱与西服的一对人偶，拿起刀就要从中间切下去。

"你切一下试试。"墨景深淡淡地道。

南衡挑眉，讥笑道："季暖让我随便切。"

墨景深的目光随便往其他三个蛋糕上一偏，意思是要切就切另外三个，这带人偶的蛋糕他要是敢切，自己保证他会看不到明早的太阳。

南衡嗤笑，直接将刀放下了。

"得，我可不是寿星，何况我对蛋糕真没兴趣。"

"哦。"季暖不咸不淡地应了一声，"真巧，我最近对蛋糕也没什么兴趣。"

南衡嘲弄地笑笑："你要是实在不想吃，我一会儿走的时候帮你拿出去扔掉……"

他话还没说完，墨景深直接将外卖盒里一条鱼的嘴夹了下来，扔到他碗里，冷冰冰地道："吃！"

南衡看着碗里那指甲盖大小的鱼嘴。这是要他闭嘴？他强忍着笑，道："这蛋糕你女人根本就不打算吃，明显咱们两个对甜食也没兴趣，不扔掉，难道你打算放在家里封存起来当化石？"

墨景深抬起眸子，淡声道："我留下当化石，你有意见？"

"不管他，你多吃点。"季暖又夹了各种好吃的到南衡碗里，她扬着声音插嘴道，“还喜欢吃什么？我帮你夹！”

南衡要笑不笑地看着季暖，到底也没多说。即使他平时不怎么爱吃荤的，可碗里现在有什么，他倒也给她面子地吃了些。

他又给了季暖一个目光，不言而喻，她季暖敢跟墨景深闹脾气，他配合她给墨景深找点不痛快，还是可行的。

结果是，南衡这碗堆积如山的饭还没吃完，人就被直接赶了出去，他压根儿没吃饱。如此惨况还不够，墨景深还让他把外卖盒一并收拾出去。最后，墨景深还附赠了一个冷冰冰的滚字。

明天就是星期一，按理说，季暖该回T大继续上课，但墨景深至今没有回海城的意思，估计她明天还得留在公寓休息。

季暖坐在卧室的床上，手里捧着企业管理的课本，她打算将林教授明天会讲的内容先大概看一遍。

被褥质地柔软，房间里温度适中。T市虽然没有入冬，今夜却有飒飒的风声，这一刻，室内竟无端地生出几分宁静。

真正的安全感究竟来自这一室温暖，还是来自跟她住在公寓里的男人，她懒得去想。

男人推门而入，打破一室的静寂。他迈着稳重的步子，一言不发朝她走去。女人抬起头，一扫之前的不高兴，面色平静地道：“我明天要回T大上课。”

男人皱了一下眉，回答得干脆利落：“不行。”

“我就是头在墙上磕了一下，昨晚到现在也休息得差不多了，这边的课程只有这么三个月，耽误一天都能错过很多。”季暖抱着书坐在床上，看向他，“来T市本来就是学习，又不是游玩度假，一点小病小伤都必须在家休养的话，我得娇气成什么样子？要做好一件事情就不能半途而废，我已经在这里半个月了，你是想让我现在直接跟你回海城吗？”季暖的话里明显藏了几分强硬。

说完，她又神色淡淡地低下头，继续翻书。翻了几页后，她又淡淡地说：“那就订回海城的机票吧，我和你一起回去，我不学了。伤好之后，我每天在你身后当个游手好闲的阔太太。反正你也不缺钱，别说我是每天拿着卡四处乱刷败家，就算我拿几个亿几十个亿盲目投资，每天赔几个亿，你也一样养得起我。”

“你要是真想败就去败，我确实养得起。”

墨景深倒是对她带刺的话一点都不介意，这反而憋得她莫名其妙地暴躁。

“哦。”季暖硬生生地挤出一个足够冷淡的字。

墨景深低眸看着她仍有些红肿的脸，那里至少还要一天的时间，才能彻底没了痕迹。他将她手中的书拿走，在季暖抬起眼看向他时，他道：“乖，别气了，明天早上如果脸上消了肿，我就让你回T大。”

说话时，男人的手抚在她脸上。

季暖别开脸，不让他继续碰。她掀起被子盖在腿上，作势要躺下：“那我睡觉了，多休息对消肿有帮助。”

结果她人还没躺下，就被男人的手臂直接捞了出来。季暖挣了一下，反被坐在床边的男人直接揽到怀里。

“你想听什么？”他抱着她，没让她退开。

在季暖抬起眼瞪向他时，他看着她道：“关于我在美国经历过的所有？还是那个从来就没存在过的‘过去的女人’？你是认为我对你不够坦诚？还是我的哪句话触到你的底线，把你气成了这样？”

季暖觉得自己并没有资格要求墨景深对她完全坦诚相待，何况那些的确都是结婚之前发生的事情。他对她如何，她很清楚。以前，她信誓旦旦地说无论曾经墨景深有过多少女人，那些人在她眼里都是失败者。可真到了要去了解他过去的时候，她发现自己的度量狭小到可笑。

他说没有女人在他的那张白纸上留下痕迹，有没有痕迹是其次，关键在于，洛杉矶确实有这么一个女人存在。以前她不信，但到了现在，这个人已经一次又一次挑战她的底线，影响她现在的生活。

季暖很清楚墨景深的态度，而她去计较这些，也根本毫无意义。

那么痕迹呢？那个女人留下了吗？

季暖很清楚他对待与他无关之人时的铁石心肠，根本没有人能轻易影响他的任何决定和选择。无论是商场中的敌人，还是试图接近他的女人，任何人的任何行为在他这里都是以卵击石。

季暖觉得，自己在他的羽翼之下已经被呵护到辨不清方向。她确实是在他的羽翼之下，但这个位置距离他的心，究竟有多远？

其实，她保持冷静，以旁观者的视角去看事情也挺好的，一旦较真，才最可怕。

见她久久不说话，只是忽然不经意地看了一眼他的心脏处，墨景深捏起她的下巴，提醒她回神：“季暖，说话。”

季暖回过神，抬起眼，看向男人耐心凝视她的眼眸。

“怎样才能不生气，嗯？”他低声轻哄。

季暖也在思考，她究竟在气什么。

她现在本想问他为什么离开美国，又为什么回海城没多久就娶了她，可话到嘴边，却变成：“如果几个月之前，我没有要求你回御园，没有说要和你好好过日子，甚至继续每天为了离婚而作天作地，听信季梦然的建议，在家里做出割腕自杀的事……如果真到了那一步，你会答应跟我离婚的，对吧？”

墨景深听见她的“假设”，眸色暗沉如墨，目光也冷厉了许多。

“离婚之后你再回美国，身边肯定少不了安书言、季梦然之类的女人，我是说如果，如果没有了我，你会选择谁陪你共度余生？”

明知道这些话说出来，在墨景深听来肯定有很大问题，可她还是鬼使神差地问了。

美国，这两个字一直牵扯着她前后两世最敏感的神经，她不想去触碰，可还是没能忍住。

男人眸色暗沉地看着她，他突然松开她的手臂，将她从怀里放开。

季暖还没反应过来，墨景深已将她放到床上。他面无表情地起身，淡漠地道：“我去拿冰袋，今晚在脸上多冷敷一下，明早封凌陪你去T大。”说完，男人直接离开了卧室。

季暖蒙了。这是什么意思？她坐在床上回想了一会儿才反应过来，他好像生气了。本来在生气的不是她吗？怎么忽然间就变成他了？

季暖心里莫名有点慌。她在墨景深身边这么久，他对她总是格外地温柔与纵容，偶尔对她严肃，也都是蜻蜓点水般的警告。他始终让着她，连重话都不会说一句。

墨景深从来没有对她真正生过气，今天还是第一次。她甚至没法确定，自己刚刚那些所谓的假设，是让他听出了什么讯息，引起他的怀疑，还是她的那种假设触到了他的底线？

他不至于……真的生气了吧……

季暖一脸茫然地坐在床上。她强忍着想出去看看的冲动，硬是把自己关在卧室里。

第二天一早，季暖在浴室里洗了个澡，她脸上的痕迹几乎看不出来了，只有额头上的纱布有些醒目。

她打算去附近找家理发店，剪个刘海遮一遮，反正她发质好，头发长得快，等她额头上的疤痕消退，刘海也长回来了，一点都不影响美观。

客厅里很安静，季暖换好衣服走出去，打开卧室门的瞬间，视线对上一双眼睛。墨景深平静地跟她对视。

他就坐在客厅里，看起来应该又是一夜没睡。季暖站在门前，他完全没有出声的意思，要不是季暖走出来，都不知道他要在这里坐到什么时候。气氛第一次凝滞到让季暖屏住呼吸。

封凌从外面开门进来，显然她已经接到墨景深的通知。

封凌一进门就敏锐地感觉出两人之间暗流涌动，她在门前愣了一下，下意识地正要转身出去，墨景深却叫住她："送她去T大。"

封凌顿了顿，只好又转身走回去。

季暖已经换好衣服，状态还不错，只是整个客厅静得可怕。

最后，还是封凌开了口："太太，墨先生在T大商务系给我安排了个临时插班的名额，从今天开始我在学校内也可以跟着你。放心，我会尽力做到低调，不让其他人看出来我是你的保镖，不影响你的正常学习和生活。"

"临时插班吗？那你以后也跟我一起住在T大？"季暖看向封凌。

听见季暖仍然打算住在学校，没想回公寓里来住，封凌下意识地看向坐在沙发上的墨景深。男人却没有开口，仿佛她们此时的对话和他没有关系。

"你住哪里，我就跟你住在哪里。"封凌回答。

季暖没再说话，目光又仿佛不经意地瞟向沙发的方向。

以前季暖不理解，别人总说墨景深是个安安静静坐在那里就能将人冻死的"尊贵生物"，她总觉得言过其实，说他高冷矜贵她承认，但说他顷刻就能冻死人，实在太夸张，他哪有那么可怕。但现在，墨景深仅仅坐在那里，甚至一个字都没说，季暖就深切地感受到……她昨晚是真的惹着他了。那些在他听来非常莫名其妙的假设，仿佛无意中触到了他的逆鳞。

是不是自己昨天那些话真的太过了？她看着他，想张口，却听见墨景深的手机响了。他接起电话，没再看她一眼。

无数话语堵在喉咙里，季暖很想说自己昨晚不是那个意思，什么离婚什么质问都是她的假设，是她脑子抽了才在他精心为她策划的生日会上没事找事。她想道个歉，可是努力了半天，看他起身去接电话时冷漠的背影，她竟然一个音节都发不出来。

"公司还有事，我今天必须回海城。"墨景深放下电话时，回身见季暖还没走。他低头看了看表，语气淡淡地道，"八点之前让封凌送你去T大，你想住在寝室也可以，你的行李我叫人替你打包好，都送去T大寝室。这套公寓你如果实在不想住，随你出租出售都可以。”

“你现在就走吗？”季暖忍了忍，还是脱口而出。

墨景深看着她，季暖以为他起码还能再说些什么，但最终男人什么都没说，拿起外套转身走了。

“墨太太，林教授上课的时间快到了。”封凌见季暖想要追出去道歉却还硬憋着的表情，安慰似的在她身旁说，“墨先生应该只是公司那边有事，今天直接回去了，等他过几天再抽出时间，肯定还会来看你。”

见季暖站在那儿没反应，封凌又耐心地道：“要不要先去吃个早餐？”

季暖凝了凝神，转身走向厨房。她将厨房里的蛋糕拿出来，一边切一边说：“不用，还有这么多蛋糕，我随便吃一些就去T大。”

封凌看着蛋糕，诧异地说：“怎么就剩下四个了？”

季暖切蛋糕的动作一顿，她抬起眼看封凌：“你知道昨天这里有多少蛋糕？”

“知道啊，星期六那天晚上我看见墨先生来了，本来还很诧异，后来才知道他那天早上就到了，是连夜从海城飞来的。他专门包了附近一家烘焙店，花了一整天的时间，亲手做了二十一个蛋糕给你。昨天，是我和烘焙店的人一起把蛋糕和玫瑰送来的……”封凌见季暖站在那里，忽然间像石化了似的，她意识到自己说了不该说的，当即便收了音。

星期五晚上连夜从海城飞来，星期六晚上将她从酒吧带回来后照顾了她一整夜，星期天晚上又被她气到一夜没睡。也就是说，墨景深整整三天没合眼了。

季暖没说话。她将颜色最红的蛋糕切开，又将上面用巧克力做成的一对小人偶轻轻拿起来，放到一个盘子里，没吃。

见季暖一声不吭地低头吃蛋糕，封凌走过去：“墨太太，你和墨先生吵架了？”

结果刚走近，她才看见季暖低着头，一边吃蛋糕一边红了眼睛。

怕她真的哭出来，封凌手忙脚乱地将纸巾拿给她。季暖摇了摇头，避开封凌的手：“我没事。”

“那我现在送你去T大？”

季暖摇头道：“让我先静一静。”

“好。”封凌又看了她一眼，退了出去。

季暖想到昨天被自己一刀一刀切烂的蛋糕，想到当时墨景深将蛋糕递给她时的样子，她的心像被蜜蜂蜇了一下。她的心情很复杂，她恨不得现在马上就赶去机场，马上去找墨景深。可想到他刚才连看都没看她一眼，她便难过得没了勇气。

封凌送季暖去了T大之后，季暖一直在考虑要不要回海城。下午墨景深该是已经落地海城了，她更是急切，难得在上课时走神很久。

傍晚下课，一场突然而至的暴雨在T市肆虐，导致机场暂时关停，所有当天晚上的航班都延迟了。季暖不得不暂时放弃回海城的打算，她想着等墨景深消消气再回去也好。

当晚，季暖刚回寝室，就看见苏雪意的床已经空了。凌菲菲又将她的行李箱放到那张空床上，大有将其当成备用床铺的打算。

“季暖，你这两天都去哪儿了啊？”凌菲菲坐在床边，一边护肤，一边透过镜子瞥了一眼门前的季暖。

季暖没回答。

“哎呀，你剪刘海了呀？”凌菲菲又问了一句，然后她转过眼认真地看向季暖。

白微也朝季暖那边看了一眼：“还挺好看的。季暖，你本来就是仙女级别的颜值，皮肤又好，剪完刘海，显得更小啦，你不怕出门就被人拐走啊？”

听见这话，凌菲菲不乐意了：“季暖长得还行吧，用仙女来夸她，会不会太夸张了？”

白微无视凌菲菲的话。见季暖进门后就很沉默，像是有什么心事，她也噤了声，没再去打扰季暖。

“哎，对了，季暖你这两天没在，不知道苏雪意出事了吧？”凌菲菲的嘴闲不住，忽然又起了话题。

季暖这才看向她，明知故问地道：“她怎么了？”

“哎，没看见床上的东西都没了吗？”凌菲菲瞟了瞟之前苏雪意睡的床，“也不知道是出了什么事，昨天T大忽然进来不少警察，当时也没有人看见是怎么个状况，但是当天晚上苏雪意忽然走了，好像是因故休学，连个人影都没见到，林教授也没告诉我们原因，后来寝室里她的东西也被拿走了，就像咱们T大从来没进来过这么个人。”

季暖这才看了一眼旁边那个空着的床铺。

“苏雪意不是跟你关系很好吗？你知道她是为什么走的吗？”凌菲菲八

卦似的看向季暖，巴不得盘问出什么小道消息来。

“你明知道季暖这两天不在，还问这么多？她怎么可能知道？她和苏雪意还没认识多久。”白微不冷不热地道。

凌菲菲喊了一声。她很反感白微总是开口怼她。这寝室里的三个人完全不是一个世界的。也不知道苏雪意走了之后，她的床会不会就没有人睡了。但愿别再来什么人，不然她的东西都没地儿可放。

晚上八点。

凌菲菲刚要把自己的其他东西都放到那张床上去，封凌便出现在寝室门前。

三个女人同时看着忽然出现在寝室门口的短发女人。季暖也挺诧异，没想到封凌干脆直接住到她的寝室里来了。她还真打算二十四小时都形影不离？是那天晚上的事，把封凌吓出阴影了吗？

白微听说今天有新的插班生会来，所以并不是很诧异，但她还是被封凌的气场震慑到了。

凌菲菲不以为然地向门口瞟了一眼，她见封凌穿着黑色的T恤、黑色的牛仔裤、黑色的短皮靴，身上也只背着一个黑色的旅行包，看起来就不像什么家世显赫、受过正经家教的千金小姐，也就格外不在意，就连对面的床她也没打算让出来。

“怎么又来了一个？”凌菲菲冷嘲热讽地道，“林教授怎么什么人都收啊？小工作室的负责人也就算了，现在这是连黑社会的女混混也能跟着林教授学企业管理了？”

“你少说两句，林教授喜欢收什么学生，用得着你来评价？”白微皱眉，说了她一句。

凌菲菲朝门口翻了个白眼，道：“反正我们寝室已经满了，这个床位也空不出来，你换一间寝室去住吧。”

“人家来这里，肯定是林教授安排的，你又起什么哄？”白微实在听不惯她的话。

“白微，你说话怎么总是呛我？没看我行李太多，没地方可放了吗？”凌菲菲不高兴地道。

白微冷笑道：“我看不惯。”

“谁管你看不看得惯，反正这张床归我了。这寝室三个人就够多了，我得跟教授说说，不能再让人住进来！”凌菲菲一副死活就是不肯把床位让出来的样子。

封凌瞥了那边一眼。

季暖还在想封凌会不会不适应这种环境，想着要不干脆和封凌回公寓去住算了。结果这时封凌走了进来，将手里的黑色旅行包往之前苏雪意的床位上一放。在凌菲菲站起身要让她把包拿走的时候，她直接一脚将那床上的粉色行李箱给踢了下来。

“你干什么？！”凌菲菲吓了一跳，不可置信地看着从行李箱里散落出来的各种衣物，尖着嗓子骂道，“你敢踢我的东西？把我的箱子和衣服弄脏了，你赔得起吗？”

“占用我的床位，浪费我的时间，你赔得起吗？”封凌冷冷地反问，接着在凌菲菲勃然大怒的目光下直接坐到床边。封凌看都不看她一眼，冷声说：“封凌，二十三岁，200X年起连续三年全美武术冠军，跆拳道黑带，洛杉矶女子单人搏斗冠军，美国XI基地短程枪击教练，请多指教。”

话音落下，寝室里瞬间一阵诡异的安静。

白微和凌菲菲看着封凌，眼睛都要直了。凌菲菲更像吞了苍蝇似的，一句话也骂不出来。

所谓恶人自有恶人磨，大概就是这个道理。

凌菲菲气得下床去将地上的行李箱扶了起来。她又恶狠狠地朝封凌看去，封凌只是冷淡地看了她一眼。凌菲菲当下缩了缩肩膀，死咬着唇，不甘心地把行李箱拿回她自己的床边。

季暖笑意很淡，她没再管她们几个，拿着书坐在床上看，但她怎么都没法专心。

窗外，暴雨仍然在下，封凌为了不影响季暖在T大的正常学习和生活，始终没有主动跟季暖打招呼或表现得太熟络。现在凌菲菲和白微的注意力也都放在她身上，季暖正好可以安静地在床上坐一会儿。

“跆拳道黑带已经很厉害了，居然还有搏斗武术和枪击？”白微略有些诧异地看着一身黑衣的封凌，试图跟她聊天。

封凌淡淡地瞥了她一眼。她记得季暖说过，这寝室里两位室友的情况和性格。她对白微淡淡地点了一下头，没有很冷淡，却也没有多热络，算是简单打过招呼。

凌菲菲坐在床边小声嘀咕：“我们这是女生寝室，林教授居然让一个男人婆进来住，我都怀疑她的性取向，估计以后我洗澡换衣服都不能回寝室……”

封凌仿佛没听见，抬脚就将床边一个多出来的垃圾桶踢到旁边：“谁的？拿走！”

凌菲菲转眼一看，立马脸色铁青。她刚要骂人，抬眼便对上封凌的视线。凌菲菲当下狠狠咬着唇，将差点被踢翻的垃圾桶拽回到自己床下。然后，她又不甘心地小声骂了一句：“神经病！”

翌日。

因为昨天暴雨，导致今天有些凉，季暖下了课回校外的公寓取外套。直到开门前一刻，她还抱着一丝希望。她想着墨景深可能没走，可能换成了下午的飞机，也被暴雨拦在了T市，毕竟墨景深从没跟她生过气，只要再见面，她诚恳一些跟他解释……

门被推开，客厅中整整齐齐摆放着两个收拾好的行李箱。

除此之外，空无一人。

季暖站在门口，心也跟着沉了下去。

之前他说，如果她想住在寝室，他就会命人将她的行李打包给她送去，这套公寓她想出租还是卖掉都随她。他果然说到做到，她的行李昨天该是有人来打包好了，只是碍于暴雨，对方没给她送去。

她不死心地在各个房间又转了一圈，她发现墨景深给她过生日的痕迹也被一一抹去。阳台上烟花留下的痕迹，房间里飘散的浓浓奶油香味，厨房里几个还没吃光的蛋糕，包括她小心放在盘里的巧克力人偶，都被收走了，一样不留。

季暖一声不吭地坐到沙发上，看着这个对她来说半熟悉半陌生的房间。墨景深在这里陪她看电视的一幕，在这里将她按在窗边吻了二十一下的一幕，仿佛只是梦一场。温馨舒适的公寓里只有空气清新剂的气味。

封凌还在楼下等着，季暖收拾了心情，一个人将行李箱拿出去。行李箱很重，她拿得有些费劲儿，到了楼下，封凌看见她手里的行李，忙走了过来：“墨太太？”

“这些行李，也不知道寝室的柜子能不能装下。”季暖平淡地说。

封凌皱眉道：“虽然墨先生在跟你置气，但你也没必要真的为难自己。这公寓在你名下，你把行李留在这里也没关系，不需要都拿到寝室里去。”

季暖骨子里多少还是有些倔的。她是到现在才彻底醒悟过来，墨景深是跟她来真的。到底是哪句话惹到他了？离婚？还是问他会选择谁共度余生？

季暖有些吃力地将行李箱搬到车上。封凌见季暖也被激出了脾气，无奈地看了她一眼，转身过去帮她。

“不用，我自己来。”季暖将她的手推开，自己将东西抬进车里。

之后，季暖靠在车边喘了一会儿，脑子里只剩下各种翻腾的念头。最后她拿出手机看了一眼，在最近的通话记录里找到墨景深的私人手机号码，她看了很久，忽然将电话打了过去。然而电话打通后，手机里只嘟了一声，季暖的心像是被震了一下。她又转眼看着车里的行李箱，然后将电话挂断了。

封凌看得出来，如果季暖真把电话打过去，好好说几句，墨先生肯定就消气了。可显然，她此时已经乱了方向。

又过了十几分钟，她的手机一直安安静静的，没有回电，也没有任何消息。

封凌已经上了车，她见季暖靠在车后出神，问道：“墨太太，还走吗？”

“走吧……”季暖垂下眼，将手机放进衣袋里，回到车上。

封凌把手搁在方向盘上，转眼见季暖的脸上明显写着心情极差。

“确定要把行李拿回寝室？这公寓——”

“先拿过去吧。就算公寓在我名下，毕竟不是我买的。先这么空着吧，回头再说。”

“其实，墨太太你大可以和墨——”

“封凌，我头疼，睡会儿，到T大时你再叫我。”明知道T大距离这里很近，开车也只是几分钟而已，季暖还是闭上眼睛，将头靠在车窗上不再说话。

“又头疼了？会不会那天真的被撞出了脑震荡？去医院看看？”

“不用，我最近总是头疼犯困，可能是在T市水土不服，加上学业繁忙，才会这样。”季暖闭着眼睛，淡淡地说，“开车吧。”

海城，墨氏集团。

高管会议室里因为那声短暂的手机铃声而安静了一刻。墨总从T市回来后，整个人从骨子里透着让人心惊的冷漠。

会议有序地进行，墨景深面色冷然。他坐在上席听高管们汇报，直到放在桌上的手机响起，他始终没什么表情的脸才稍有变化。他却也只是看了手机一眼。铃声非常短促，只响了一声就停了。

沈穆站在墨景深身旁没敢说话，他看着墨景深的手机亮起来，显示的是季暖的号码。奇怪的是，墨总没有任何要接电话的动作，而对方也立刻挂断了电话。这是什么情况？难不成他们吵架了？

“墨总，要暂停会议，回个电话吗？”沈穆低声问道。

“不需要，继续。”墨景深冷淡地道。

当晚八点，季暖收拾着自己从公寓带回的东西。她没理会寝室里任何人的疑问。

封凌没说话，就这么看着季暖在那里收拾。季暖明显是在借收拾东西缓解心情、发泄情绪，现在这种时候，还是让她一个人做自己的事情比较好。

直到季暖收拾完了，又去洗了个澡回来，已是晚上九点。

时下的年轻人习惯熬夜，凌菲菲躺在床上，翻来覆去睡不着。她说：“林教授真是太严格了，平时晚上不允许我们出去，还安排保安在我们寝室外面守着，真是的，一到晚上，这里连只苍蝇都飞不出去。我怀疑自己根本不是来学习的，而是进了小型监狱……”

“林教授这是谨小慎微，企业管理班的这些人，哪个不是有身份的？大家背后都有庞大的家族，谁要是在这里出了问题，林教授担不起责任。他不允许我们晚上离校也是可以理解的。”白微应了一句。

凌菲菲哼了一声，道：“这样也太无聊了！我第一次来T市，都没什么机会吃些特色美食，要不这样吧，我们寝室四个人轮流请客吃饭怎么样？这星期六我请大家吃东西，星期日换白微请客，下个星期六季暖请，下个星期日封凌再请。我们也就只能在周末找时间出去吃喝玩乐了！”

凌菲菲说完这话，寝室里没有人回答，她自己给自己捧场似的说：“哎呀，那我就当你们默认了！就这么定了！”

白微这才懒洋洋地从床上抬起头，说了一句：“我看你真是来T大混日子的，果然一点心思都没放在学习上。”

凌菲菲的嘴角抽了抽，开口道：“我上课也很认真的好不好？”

说着，凌菲菲又看向封凌：“你看封凌才是一点心思都没放在学习上，今天上课时我见她根本就没听林教授讲课，直到现在也没见她拿出书复习过，要说学渣，她不是比我更渣？”

封凌不冷不热地瞥了她一眼。凌菲菲接到她的目光，下意识地别开了头，没敢和她对视。

“人家是武术冠军，你是什么？”白微嗤笑。

凌菲菲不说话，忽然瞟了瞟季暖的方向。封凌的武力值实在让人望而却步，还是少惹为妙。白微是在大公司经历过风雨的高管，真要比嘴上功夫，自己也确实比不过她。倒是这个季暖，总是安安静静的，一副事不关己的模样。

“我说季暖啊，你每天复习功课花的时间最多，又有什么必要啊？不就是个小工作室，能有什么大发展？你学再多管理，估计也就能管管手下几十个人，我觉得你来林教授这里实在是浪费时间。”

季暖本来打算睡了，听见这话，她也没翻过身去看凌菲菲，只随口说了一句：“小工作室也是工作团体，良好的企业管理方式用在上万人的公司和几十人的工作室，都是一样的效应。”

“我看你最应该做的，是想办法抱住哪条大腿，让人家给你的工作室做个几千万的投资，好好提升提升自己工作室的水准才是正经，不然就你这么一个小工作室，怎么拿得出手……”

封凌扫了凌菲菲一眼，道：“你很喜欢多管闲事？”

凌菲菲莫名其妙地道：“我管季暖的闲事，跟你有关系？”

“烦人！”封凌面无表情地白了她一眼，“现在是休息时间，保持安静，懂？”

“你！”凌菲菲骤然坐起身，朝她瞪了过去。

封凌却是脸色冰冷地拿起耳机戴上，看都不再看她一眼。

寝室里很安静，没一个人理她，凌菲菲想发脾气，又不敢对着封凌发，她又转眼看向一直没翻身的季暖。她感觉这个冷冰冰的难以接触的封凌好像总在维护季暖。季暖不过就是一个小工作室的负责人，没钱没权也没身份背景，人缘居然还挺不错。

季暖闭了一会儿眼睛，她实在睡不着，就又睁开了眼睛。

今天外面没再下雨，但T市的天气确实冷。寝室里有空调运行的声音，虽然不大，但在这样的安静之下又格外明显，那呼呼的声音让人难以入眠。

寝室里的灯也在九点半关闭了，季暖在黑暗中拿起手机，点开屏幕看了一眼，仍然一个电话都没有，也没有短信。

手机屏幕亮得有些刺眼，季暖打开最近的通话记录，看着自己白天给墨景深打去的电话。她确定这电话是真打过去了。但直到现在，已经过去几个小时，她的手机始终安安静静的。她确定手机没坏，也发了短信查询过话费余额，证明并没有停机。

季暖将手机屏幕摁灭，没多久后又摁亮，如此反复许久。

真的，一个回电都没有……

本来还有不少电的手机，被季暖不时打开看一看，电量终于全部耗光。

封凌虽然戴着耳机，但她一直注意着季暖这边的动静。她很想让季暖直接给墨景深打个电话过去，不要再这样冷战下去，可看见季暖这样子，她想了想，终究没说什么。

周末，凌菲菲坚持要请大家吃饭。她说要联络一下感情，就算只有三个月，她们也是住在一起的室友。

“你想吃什么？”凌菲菲见白微和封凌都不怎么理自己，干脆伸手去挽季暖的手臂。

季暖本想避开她，但凌菲菲缠人得紧，而且以后的确还要在一起住两个多月，再怎么样也不能闹得太僵，于是她没什么动作，只随口道：“随便，什么都可以。”

“T大附近开了一家意大利餐厅，据说老板是获得了米其林三星的世界名厨，我今天请你们去吃这家怎么样？”

“可以啊，反正你请客，吃什么你定，我无所谓。”白微比较随意地道。

封凌见季暖很能忍，也就没管这些事。季暖都没拒绝，封凌自然随口应了一声：“随便。”

见大家都同意，凌菲菲又说：“那说好了，这次我请客，你们也就不用跟我抢着付账了，就按我之前说的那样，轮着来，下次你们再请我吃更好的。”

来T大这些天，第一次寝室聚餐，大家虽然不算积极，但也还算互相给面子。

凌菲菲请吃饭的那家意大利餐厅，人均消费一千多，四个人吃下来就花了五千多块钱，这还是在大家都让凌菲菲自己随便点餐的情况下。她们几乎没吃多少，花费就已经很高了。

第二天是星期日，白微把客请了回来。她带她们去了T市一家非常有名的寿司店。近几年，寿司在国内很流行，价格和品质也是参差不齐，但这家确实很不错，几个人吃下来也花了六七千。

每一次吃饭，凌菲菲都很活跃，她总想找话题，但大家都不理她。她就总是把刺挑到季暖的身上，毕竟季暖在她眼里就是个小角色。但每次白微和封凌都会出声维护季暖。如果只是封凌一个人维护季暖，可能还让她们怀疑些什么，但连白微也总是站在季暖那边，凌菲菲就挑不出什么来。她只能有事没事地抽空嘲弄几句，又笑着说自己只是在开玩笑。

季暖现在根本没把凌菲菲当回事，她的心思也根本没放在她们身上。

隔了一周，星期六，季暖请客。

凌菲菲坐在寝室里，忽然问："这周咱们要吃什么啊？"

寝室里另外三人几乎快把这个约定忘记了，毕竟只是吃个饭而已，哪有人真的去记什么规矩。

凌菲菲转眼看向季暖："季暖，今天应该你请了！"

请客不请客倒是无所谓，季暖又不在乎这些。只不过整整一周多，她都没和墨景深有任何交流，也没打过一通电话，她看起来仿佛没什么变化，但心情其实挺沉重的，也提不起什么兴趣请客。

"你想吃什么？"她随口问了一句。

"意大利餐厅米其林大厨的手艺已经尝过了，T市最有名的寿司店也吃过了，我们这周吃海鲜怎么样？前段时间我看网上说，最近从海外运回国内的很多生蚝品质都超好，我们去吃海鲜盛宴吧！"

"你还真是狮子大开口。"白微在旁边讽刺了一句，"难不成前几天从别人嘴里听说了那家海鲜酒楼，你就动心了？一直打算让季暖去那里请客呢？"

凌菲菲不理她，径自说："就是上次听说的那家，我们去那里吃，怎么样？"

季暖淡淡地看了她一眼，道："随你。"

那家海鲜酒楼的价格确实不低，四个人吃上一顿，又是凌菲菲点名的海鲜盛宴套餐，起码也要一万块。

见季暖没异议，白微也摊了摊手："你们定，我都可以。"

封凌没说话，但也没拒绝。

最后，几人去了凌菲菲坚持要去吃的那家海鲜酒楼。一坐下来，本来大家说好只是点个海鲜盛宴的套餐，结果点完之后，凌菲菲又说感觉没有主食，吃不饱，她又拉着服务员点了好多东西。

"你行了，这些都够我们吃的了，几个女人能吃多少，你还要继续点？"白微说。

"我说了想吃生蚝啊！这里的生蚝虽然贵，但都是当天从海外空运过来的，特别新鲜。难得来一次，我总要吃个够啊！"凌菲菲才不管她，继续点自己想吃的。

封凌全程看手机不理人。季暖将手机放在桌上，也只是不时地和白微聊几句。她偶尔看看始终安静的手机，然后收回目光，看向仍然在和服务员说话的凌菲菲。

直到点完餐，所有的东西都送上来，白微忍不住道："点这么多，有本事你都吃光。"

"我们不是四个人吗？而且封凌还是练武的，吃得肯定多，是吧？"凌菲菲转眼看向封凌。

封凌眼皮都没抬一下。她冷声道："我海鲜过敏，你们吃，我随便点一碗面就可以。"

白微当即讥讽出声，看向有些下不来台的凌菲菲："记得吃干净啊，剩太多的话，可就过分了。"

谁都看得出来，凌菲菲是在故意坑季暖，她明明吃不下，还要点这么多。最后的结果就是，她真的吃不下。就连海鲜盛宴套餐里的那些，也才被她们吃掉了一半而已。

白微全程以嘲讽的目光看着凌菲菲。凌菲菲咳了一声，没说话。

"都吃饱了？"季暖作为今天请客的那个，吃得并不多。她喝了一口果汁，淡淡地问了一句。

"饱是饱了，这么多东西被剩下，多浪费。"白微说。

"没事，海鲜这种东西也不适合打包，剩下也没办法。"季暖淡淡地说着，起身便去结账。

凌菲菲果然没安好心，后来她加点的那些，比套餐里的任何一样都贵。谁能想象四个胃口不大的女人，在一家海鲜酒楼吃顿饭，能花两万多块钱？就连墨景深也没夸张到这种地步。他带季暖去吃东西时，从来只挑她爱吃的，不看价格，几十块、几百块或者上千块的都有，只要干净卫生、味道佳就是好的。

今天季暖也是长见识了，这家海鲜酒楼即使再贵，也不可能动辄出现这种价格，到底还是因为凌菲菲故意点了最贵的菜品，最后才会超过两万块。

季暖先去了洗手间，出来时她正准备结账，却见凌菲菲不知什么时候出来了。

见季暖居然没有马上结账，凌菲菲好笑似的说："今天好像真点了挺多的，应该花了不少钱吧？你钱带够了吗？卡里的余额够吗？"

季暖瞥了她一眼，道："你点餐之前也没想过我的钱够不够，现在这是打算替我付账？"

凌菲菲顿时一脸嘲讽地笑了："说好今天你请客，我都已经请过了，哪有我再请的道理？你要是实在请不起，就自己跟酒楼的老板商量商量，看看能不能赊账呗？”说完，凌菲菲便拎着包转身去了门口。显然，她不打算跟季暖站在一起，免得季暖真的赊账，她也跟着丢人现眼。

从后面走出来的白微听见两人的对话，问道：“季暖，你钱真的够吗？”

季暖笑笑道：“放心，你们去外面等我吧。”

白微想帮季暖垫付，但见季暖并不需要她的帮助，她也就没多事，只是关切地看了季暖好几眼。

柜台边的服务员听见她们的对话，这会儿也用怀疑的目光看着季暖：“小姐，你不会真的要赊账吧？我们这里是概不赊账的，要是你没钱，还是找你的朋友来付——”

她话还没说完，就被季暖随手放在柜台上的卡给堵住了嘴。

其实两万多块钱真的不算多，但是刚刚凌菲菲的冷嘲热讽让服务员以为，季暖真的没什么钱。结果现在看见她拿出的这张金卡，服务员愣住了。她认得这种卡，如果没有五百万存款，这卡是根本办不下来的。于是，她不敢再多话，动作利落地帮季暖结了账。

季暖最开始打算拿墨景深给她的那张黑卡，如果是平时，她也习惯用那张。可现在，她还是将放在黑卡下边的、属于自己的卡拿了出来。

结完账，封凌走过来看了季暖一眼：“凌菲菲这种人，就该找时间给她脑袋上罩个麻布袋，扔进角落里好好揍一顿，否则她永远拿愚蠢当单纯，不知天高地厚。”

季暖勾唇笑笑，道：“你想揍的时候我不拦，但最好等我的课程结束再说。林教授当初一再提醒我，不要跟这些纨绔子弟太计较。要不是因为林教授给我打过预防针，早在第一天我就让凌菲菲后悔跟我住在同一个寝室了。”

季暖是不可能受这种委屈的，她的手段也不简单，这一点封凌知道。最近见季暖这么能屈能伸，她怀疑季暖是因为和墨景深闹别扭，影响了情绪，所以才任由这种小角色在她眼前跳来跳去。

走出海鲜酒楼时，凌菲菲也没惊讶，她想着估计白微和封凌帮季暖垫了不少钱。凌菲菲仍然趾高气扬地向外走，仿佛跟在她后头的三人都是她的跟班。

回T大前，路过一家大型百货公司，公司楼下有家高定礼服形象店。凌菲菲忽然说：“对了，我们结业之前，正好能赶上T大百年校庆，你们的礼服都准备了吗？”

白微淡声道：“还有两个月才到校庆，急什么？”

“反正这里正好有家店，进去看看。”凌菲菲自作主张地往里走。

封凌已经对这位千金小姐没了耐心，她在门外皱了皱眉。但毕竟大家是一起出来的，这里离T大还有些距离，她还是跟着走了进去。

女人天生对礼服没有抵抗力，最开始白微并不想看，但进去后发现，这家店的礼服确实不错，她也就和凌菲菲一起走走看看。

有工作人员倒了几杯水放到沙发前的茶几上。封凌坐在沙发上没走。白微和凌菲菲去了里面的高档礼服观赏区。

季暖坐在沙发上向窗外看了一眼，一辆黑色古斯特从路边飞驰而过，她的目光顿了顿。但那辆古斯特并不是全球限量的车型，车牌号也不是她熟悉的那个。她最熟悉的那辆车，此时根本不会在这个城市里出现。

季暖喝了一口水，放下水杯，站起身：“我四处走走。”

封凌看了她一眼，下意识地要起身跟着，却见季暖只是随便在店里走走，她便继续坐在沙发上没动。

这家店算是T市高定礼服的旗舰店，礼服款式都很不俗，价位也不低。季暖看中一套由银丝线精心缝制的礼服，便抬手轻轻摸了摸礼服上的银丝线。

凌菲菲正好从里面走出来，她直接扬声说：“那件看起来就不便宜，季暖你别乱碰，弄脏弄坏了你都赔不起！”

季家在海城，无论财力还是其他，曾经都属于上等。季暖在上流圈中虽然锋芒毕露，但也始终信奉一个道理——在不了解的人面前，最好的自保方式就是财不外露。

此时此刻，她的手才贴在银丝线礼服的一角，旁边一个店员听见凌菲菲的话，便下意识地伸手将季暖的手给推开。

季暖看着这件并不算多么高端的礼服，沉默了片刻，然后她面无表情地看向店员：“礼服穿在模特身上难道不是给顾客看的？如果不能碰，又何必摆在这里？上面也没有写禁止触摸，谁给你的资格出手推顾客？你胆子不小！”

这家礼服店的店员都是经过专业培训的，此刻，店员看到季暖眼中的冷然，瞬间后悔。可当着众人的面被数落，店员还是有些不乐意：“小姐，这件可是我们的镇店之宝，价格至少百万起步。你刚才碰的这件也是这个系列里最贵的一款，当然不能随便乱摸，摸坏了摸脏了，你确实赔不起！这是法国巴黎年度走秀款，刚从法国送来，今天早上才摆在这里，还没来得及挂上禁止触摸的牌子。”

店员说这话时底气十足，她笃定眼前这个穿着简单素朴的女人买不起。

凌菲菲听见这话，当即走了过来。她一脸好奇地看着银丝线礼服，忍不住伸手摸了摸：“这件确实很好看，能让我试试吗？”

店员看见凌菲菲的动作，非但没有阻止，反而笑得一脸欢快：“好的，小姐，您请移步里面的VIP更衣室，由我们的店员帮您试穿。”说完，那店员不再理会季暖，殷勤地拉着其他店员一起伺候眼前的凌小姐。

白微冷淡地瞥了凌菲菲一眼，然后走到季暖身边安慰道：“这位大小姐估计天生眼睛长在头顶上，叫我们陪她吃饭陪她逛街，无非是为显摆自己的财力，你别理她。”

季暖瞥向朝她看来的封凌。封凌的目光明显带着调侃，像是在说：这你都能忍？

“刚才那件礼服，你觉得怎么样？”季暖不动声色地收回视线，转眼看向身旁的白微。

白微挑了挑眉，道：“还不错，确实很好看，但价位偏高。不过，如果是巴黎走秀的新款，而且是直接空运过来的话，也的确值这个价钱。”

“百年校庆你打算参加吗？”季暖又问。

“到时候如果时间允许，就参加吧。难得有机会回到学生时代，我以前上学的时候也没赶上过这种活动。这一次，就当是为自己简单到可怜的学生时代画一个完美的句号。”白微说着，笑了笑，然后看着季暖，“你呢？”

季暖没答，只淡淡地看了看其他几款礼服：“说起来，刚才那套礼服还挺适合你的，比较成熟优雅。凌菲菲身材太娇小，气场也撑不起那礼服，如果是你穿，一定很惊艳。”

白微听见这话笑起来：“还是算了吧，不过一场校庆而已，穿得得体大方也就够了。我就算在外资企业做高管，年薪也才几百万，没必要在这种时候花大价钱比美。凌菲菲一看就是被家里给惯坏了，我们跟她可不是一个世界的。”

两人你一言我一语随便聊着，从礼服聊到校庆，从校庆聊到林教授的教学方式如何如何巧妙。

没多久，凌菲菲穿着礼服出来了。果然如季暖所说，凌菲菲的身材根本撑不起这件礼服。虽然她刻意找了双十几厘米的高跟鞋穿上，看起来身材比例好了些，可仍然撑不起来。

“怎么样？好看吗？”凌菲菲站在她们面前，得意地转了个圈，“我打算买这件了！”

白微笑而不语，没说好看，也没说不好看。

季暖只是挑了一下眉，她没说话，目光却是不言而喻。

偏偏之前那个推过季暖的店员开口了：“凌小姐，你还是别问她们了，有些人天生就是只能羡慕别人的，你这样问也没意义。有些人啊，吃不着葡萄偏觉得葡萄酸，肯定不会说好看的。”

“就是就是！”另一个店员为了拿到丰厚的提成，也跟着帮腔，“自己买不起，还不想让别人买啦？凌小姐，你这交的都是什么朋友啊！”

“室友而已，算不上朋友。”凌菲菲欢喜得意地站在那里，任由两个店员不停地夸她，又在原地转了两圈，径自说了句，“这件确实还不错，还有其他款式吗？”

“你要是真喜欢，就买下来。”季暖不咸不淡地道，“我们去百货中心里的其他楼层逛逛，你好了打电话叫我们。”

说完，季暖和白微对视一眼，转身要走。

结果身后那个店员忽然尖酸地说了句：“买不起就不要到处逛，这家商场里所有的东西价格都不低，你有钱买吗？”

季暖的脚步顿住，她骤然用余光扫了一眼那个气焰嚣张的店员。

封凌这时已经站起身，她颇有些玩味地看看季暖，再看看那个不知死活的店员，感觉马上有好戏开场。

终于，季暖冷眼看向身后的店员：“你们店的主管在哪儿？”

“找主管干什么？”那店员一点都不怕她投诉，仍然讥笑着说，“我们主管可不是伺候你这种闲人的，就算把主管叫来，又能怎么样？”

这家店的主管本来正在旁边看热闹，一直没有过来，这会儿却不得不从收款台那边走了过来。

“小姐，不好意思，请问你有什么需要？”主管皮笑肉不笑地看着季暖，眼里没有半分对顾客的尊敬。

“投诉。你们店的导购员对顾客出言不逊，先是用手推搡顾客，然后又言语挑衅。”季暖面无表情地道，“更意图将同时进门的两位顾客进行对比，抬高一个贬低一个，这种狗眼看人低的行为，罪加一等。”

主管顿时笑道：“小姐，不是我说你，刚才我都是看在眼里的，我们的店员也没做什么。这件礼服确实不是什么人都能碰的，如果你像凌小姐一样买得起，我们当然不会说什么，但你明明买不起还要去摸，店员怕你弄脏弄坏了，才下意识地推了你一下。她下手又不重，你何必斤斤计较呢？

“何况我们店员看人的眼光也没错。小姐你全身上下没有任何起眼的东西，一看就是普通学生。想抱住凌小姐的大腿陪她逛街，一定要认清自己的身份才行。她能试穿的东西，你连摸一下的资格都没有，这就是人生啊！你有什么可不服气的？”那主管边说边将季暖从头到脚打量了一遍，对她的衣着和鞋包等东西都估了个价格。

“你们这家店难不成从上到下都是势利眼？”白微看不下去，冷斥了一句。

然而季暖只是冷淡地笑了笑，伸手就将正要为她出头的白微挡了回去。同时，她拿起手机，转身去打电话。

店员和主管，包括刚准备换下礼服的凌菲菲，都用看热闹的表情看向季暖。她打电话？她能给谁打电话？难不成因为被店员嘲讽了几句，她就怒气冲冲地报警，叫警察来抓她们不成？真是无知又幼稚！

几个店员冷笑着，争相转身，准备带凌菲菲进去换衣服。

等凌菲菲换了其他礼服出来后，店员们将之前店里最贵的那件银丝线礼服小心地整理好，重新穿在模特身上。

短短十分钟的时间，几个店员又开始包围着凌菲菲，你一言我一语地劝她今天一定要在这里买一件礼服。

店里的主管却在这时忽然看见商场的几位负责人出现在门前，见他们竟然推门进来，主管诧异一下，忙迎了上去：“陈总，张总，你们怎么有时间亲自巡查店面？是有什么大人物要来商场巡视，还是有什么其他情况？您二位打个电话知会一声就好，怎敢劳您二位亲自过来……”主管满脸堆笑地走过去，心里却莫名地开始打鼓。

这家商场是海城季氏集团在国内的连锁百货中心，也是除海城的季氏百货旗舰店之外，国内最大的一家季氏百货中心。平时这些经理、总监从不会亲自来店内巡查，今天这几个人同时出现，主管下意识地就觉得是哪里出了问题。

见主管已经迎了上去，又见居然真是商场的陈总和张总，那些店员下意识地忙跟着主管一起迎过去，凌菲菲身边忽然就没人了。她气得叫她们回来给自己拉上礼服背后的拉链，结果喊了两声，居然没人理她。

陈总和张总是这家商场的直接负责人，也是海城季氏集团分过来的管理人员，分任商场的总经理和总监，说是她们的顶头上司也不为过。

而另一个随后走进来的，是这家高定礼服店的品牌负责人，更是能决定这家店里所有工作人员“生死”的一位。

“陈总，张总，你们这是……”主管见他们一路板着脸进来，根本看都没看她们一眼，不安的感觉越来越重。

想到刚刚季暖去打的那通电话，主管下意识地朝季暖的方向看了一眼。这么多重中之重的角色，不可能真的是被她一个电话给叫来的吧？从凌小姐的态度看，她应该不可能有这种本事。可这些顶头上司忽然驾临，总不可能是巧合……

在店中一群人震惊的目光中，几位顶头上司直接走到季暖面前——

他们刚到季暖跟前，本来严肃的脸色变了变，马上转为恭敬客套：“季小姐，居然真的是您？请您放心，这家店的服务态度和其他一系列相关问题，我们一定马上解决！”

店里的几个人听见这话，瞬间腿软。什、什……什么季小姐？

之前推过季暖的店员也是一脸茫然。

还在跟礼服拉链做斗争的凌菲菲也抬起眼。季暖不就是个小工作室的负责人？怎么海城季氏旗下的连锁百货公司的老总，对她是这种态度？

陈总和张总很是殷切地将自己的名片给季暖递过去：“季小姐，您在T市有任何需要我们出面解决的问题，请随时联系我们，我们的手机绝对二十四小时为您开机！”

季暖面对这两位，脸上没有任何客气的微笑，她面无表情地扫了一眼他们递来的名片，道：“先处理好你们商场的问题。”

她这完全不给面子的举动，不仅没引起陈总和张总不满，反而让平日里高高在上的他们连连点头，满口称是：“是是是，好的好的，我们马上处理！”季氏集团的正牌千金小姐大驾光临，谁敢怠慢？这整个百货公司都是季家的！

“季小姐您请坐，您先请坐，这里交给我们！”陈总恭敬地请季暖去旁边的沙发上落座，然后又示意店员去倒些喝的过来。

店员虽然不清楚这所谓的季小姐究竟是什么身份，却还是吓得马上倒了杯咖啡送来。

封凌站在一旁，嘴角似有若无地勾了勾。白微虽然惊讶，但想想也觉得林教授能收的学生，肯定身份不简单。

这边，凌菲菲却是咬着牙，用了很大的力气去拉拉链。她忽然就把那拉链给拉坏了。

季暖拿着咖啡杯，低头慢慢吹着杯子里飘出来的热气。隔着氤氲的白雾，她看到凌菲菲和那些店员、主管等人脸上不同的表情。她又看见凌菲菲因为弄坏拉链而有些尴尬地站在那里，凌菲菲脸色难看地朝自己瞪来。但因为她不确定季暖究竟是什么身份，所以目光有些复杂。

然后，季暖又跟那已经察觉出大事不妙、脸色发白的主管对视了一眼。一接触到季暖的视线，那主管更是脊背僵直。她想跟陈总、张总打听季暖究竟是哪位，可话到嘴边，忽然看到陈总和张总投来的目光，她吓得腿都麻了。

“又是你！”张总忽然对主管厉斥了一声，“上次就接到举报，说你们店里的礼服定价不符合品牌标准价格！还说你们店的主管气焰太嚣张，气到有顾客直接举报到上头去了！之前就是你去了我们办公室写检讨书和保证信，保证以后规范店员作风，也配合修改品牌价格，才不过两个月而已，居然又是你们店里出了事！”

主管面如土色，想要解释，却被陈总接下来的呵斥骂了回去。

一旁的品牌负责人也跟着训斥了主管和店员。然后，他又一脸讨好地想要挽回他们品牌的形象，他担心他们的品牌会被这家大型百货中心除名。

不过最终，这家店因为破坏商场形象而遭到查封，季氏百货中心永远也不再与这家法国高定礼服品牌店合作，并命令他们两天之内将所有货品清走，将店面空出来。

万万没想到，今晚的事居然引发了这么严重的后果，即将失业的主管和店员都面临被扣工资和罚钱的结果，就连跟来的品牌负责人也慌了。他们想找季暖说说情，然而季暖只是安静地坐在沙发上，看都没看他们一眼。

品牌负责人可是负责这家高定礼服品牌在整个省内的形象和营销管理，眼见T市最大的百货中心要将自家品牌除名，品牌负责人厉声骂道：“还愣着干什么？你们影响了我们的品牌形象，还导致如此恶劣的结果，以为只是扣钱就能解决的？如果最后还是没办法挽回，品牌法务人员三天之内就会找上你们！因为你们的愚蠢行为而导致这样严重的后果，品牌法务不告到你们倾家荡产，都没办法回去交差！一群蠢货！还不快跟季小姐道歉！想办法求情！挽回品牌的损失！”

一听说不仅要被罚钱，还要被品牌法务提起诉讼，那些神情紧绷的主管和店员更是吓得连忙走到季暖这边，连声道歉。

主管和店员此时态度卑微，恨不能直接跪下，主管更是想要去拉季暖的手，想跟她“将心比心”谈一谈，求求情。

封凌在主管的手正要碰到季暖的手臂之前，出脚就将茶几上的一壶开水踢翻，开水溅到主管的手臂上，她顿时疼得叫了一声。她向后退了一步，一脸惊恐地看向仍然静坐在沙发上、表情波澜不惊的季暖。

白微站在旁边，终于看出这封凌跟季暖之间的关系不一般。怪不得她之前一直都觉得封凌好像总是在有意无意地保护季暖，现在看来，季暖的身份果然不同寻常。她忽然有种预感……凌菲菲的下场也不会有多好……

陈总和张总看不下去，走过来斥道："都站在这里干什么？季小姐不可能会在这里听你们的废话！你们品牌的事情，自己找品牌负责人和法务解决！"

商场里的保安被派了过来，将那些或跪或坐在地上哭天抢地求饶的店员给拉开，以免她们打扰季暖。

一直戳在那边的凌菲菲，抓着身后被扯坏的拉链，趁乱到里面将自己的衣服换了回来。她也顾不得去管礼服的事情，只站在门里看着季暖，深深怀疑季暖的身份。

"对了，那件礼服，"季暖指了指重新回到模特身上的银丝线礼服，"在你们的品牌从这家商场撤离之前，把这件礼服卖给我，价格多少？"

主管和店员都震惊地看着她。季暖将一张金卡拿出来递给张总："那件礼服我要了，帮我包起来，谢谢，小心别把裙摆弄皱了。"

她居然让张总跑腿帮她刷卡……

张总却像得到什么奖赏似的，马上命人将季暖要的礼服从模特身上小心地脱了下来。他又命人将礼服包好，给她送过来。

"季小姐，这件礼服的账挂到我们商场就可以了，您不用出钱。"张总回来就将卡放到季暖手里。

季暖淡淡地看了张总一眼，她给他这个面子，收了卡，也收了礼服。

一转眼，她便将包装好的礼服递给身后的白微："白微姐，这件礼服很衬你的肤色和气质，送给你。"

一时间，不仅白微被惊到，在场的其他人也是目光各异。

凌菲菲站在那里，牙都快咬碎了。明明这件礼服是她先试穿的，是她先看上的，可季暖居然买了！还当着她的面送给了白微！季暖就是故意的吧？！

待这家店的事情解决后，陈总和张总问季暖还有没有什么要交代的，季暖简单说了几句就走了，她不想再在这里跟这些人周旋。

见季暖她们走了，凌菲菲担心扯坏拉链的事被这些人追究，反正这家店出了问题，暂时也没人能想到她这件事，凌菲菲赶紧趁乱跑了出去，追上她们。

“季暖！你站住！”凌菲菲跟在后边，喊了一声，再快步走过去。她走到季暖面前，上上下下看了好几眼。

凌菲菲不甘心地问道：“你到底是谁啊？一家小工作室的负责人，请得动这种大商场的总经理和总监出面？”

季暖直视着她，淡淡地道：“不过就在T大学习三个月而已，身份家世很重要？你一定要问出个所以然来，再给你的室友分出三六九等？”

凌菲菲一时间无话可说，只瞪着她：“可你说谎就不对了……”

季暖懒得跟她多说，皱眉道：“还要看礼服吗？不看就回去，我走累了。”

“今天的风很大，也确实不是逛街的好天气。你如果想继续逛，就自己逛，我们先回T大。”白微也回道。

凌菲菲转眼看向白微，又看向她手里拿着的装着上百万礼服的盒子。她到现在都不敢相信，一件上百万的礼服，季暖居然就这么慷慨地送给了白微！

“季暖！”凌菲菲忽然气冲冲地说，“你姓季，刚才那家百货中心是海城季氏集团旗下的，你该不会跟季家有什么关系？”

季暖瞥了她一眼，没说话。她想去路边拦一辆出租车回T大。

凌菲菲又说：“你是季家的亲戚？能在海城开得起工作室，该不会就是抱了季家的大腿？否则海城那种寸土寸金的地方，怎么可能有你容身的地方？”

封凌看不下去了，在旁边揉了揉眉心。凌菲菲真是个欠揍的白痴！

当晚，白微和季暖一同去寝室内的浴室洗澡，出来换衣服时在更衣间遇到。

白微边换衣服边说：“季暖，你是海城季家的千金，对不对？”

季暖拿起吹风机，转眼看向她，微微一笑。她用只有她俩能听见的声音道：“看破不说破。”

果然，季暖只是低调而已。

周末。

这是季暖过完生日的第三周，T大企业管理课程也快过半。

之前季暖将所有行李都拿到了寝室，她带来的笔记本电脑的电源适配器却留在了公寓的书房里，忘记拿来。

季暖昨晚用过电脑后找了半天，才想起是落在了公寓里。趁着周末她和封凌一起回去取。

到了公寓楼下，时间正是傍晚，公寓楼层已经有灯光亮起。

“墨太太，”封凌走在季暖的身后，轻声道，“我之前和沈穆联系过，他说墨先生上个星期在日本出差，这两天已经回国了。你和墨先生快一个月没联络了，还是不打算……主动给他打个电话吗？”

季暖的脚步顿了顿。如果不是封凌告诉她，她都不知道墨景深上个星期是在日本。

这么久以来，季暖在墨景深身边已经习以为常，习惯是个可怕的东西，可怕到她以为墨景深是永远站在她身边的人。

可到了今天她才知道，如果某一天墨景深不要她了，或者选择从她的生命里消失，她其实真的找不到他。

季暖没说话，直接进了电梯。

走出电梯，她赫然发现那间公寓大门居然是开着的，有温暖的灯光从门缝流泻出来。

封凌脸上一喜，正想说是不是墨先生来了，季暖已经打开门，快步走了进去——

季暖推门而入，看着公寓亮堂堂的客厅。

封凌在门外犹豫，既然墨先生来了，那她今晚是不是不用一直陪着季暖？在门外犹豫片刻后，她决定先不进去。

这间公寓真的很大，从门前到卧室的距离并不短。但卧室的门关着，里面也没有光线，除了客厅之外，只有厨房的灯是亮着的。

为什么会是厨房？墨景深真的会来吗？季暖莫名有种近乡情怯的感觉。她准备了一肚子的话，想说自己其实是相信他的，当时说那些话，并不表示她对他们的感情和婚姻存在质疑，只是她的情绪一时卡在那里，把想说的话直接说了，却忽略了他们之间始终存在的信任。

这些日子，她每天盯着手机发呆，手总是在通话键上顿住，就是按不下去。

他消气了吗？终于来了吗？

季暖在厨房外面站了一会儿，想进去又怕太突然。她打好了腹稿才迈步而入，结果刚一走进厨房，就看见一个五十多岁的阿姨正在冰箱边。阿姨一手拿着印有超市标识的购物袋，另一手正打开冰箱门。

季暖戳在原地，眼中的希冀一下子消散了。她藏在袖口的手紧紧握了一下又松开了，像是有什么东西想握却又无从握起。

正在冰箱前的阿姨听见脚步声，回过头来。她先是诧异了一下，然后又一脸殷切地问："您好，您就是季小姐吧？"

季暖敛着情绪，道："是，请问您是？"

阿姨笑了起来："季小姐您好，我是一个多月前被墨先生请来的私人保姆，每隔两天会来您这里收拾房间，顺便把厨房里的食材换成最新鲜的。我看冰箱里的东西很久没动过了，最近一个月我买来的各种食材您也没有吃过，但毕竟墨先生很早就把钱付过了，所以我还是每隔两天来一次。"

封凌在外面觉得很奇怪，难道里面的人不是墨先生？她快步走进去，见季暖戳在厨房门口，看起来好像很寻常，但她的脊背明显是紧绷的。

封凌犹疑着走上前去，再抬眼看见里面的阿姨，结合刚才隐约听见的对话，她瞬间明白了。

"怪不得这里总是干干净净的，原来是有人来收拾。"封凌低声说了一句，又见季暖脸上也挂了一丝淡淡的笑容，只是那笑意不达眼底。明显，她是失落的。

"对了，季小姐，我每隔两天买来的东西您都没动过，您是因为吃不惯，还是最近没有回来住？我看浴室里的很多用品，也像很久没用过了。"阿姨将冰箱门关上，回头问，"如果吃不惯，您可以给我列个清单，以后我只买您喜欢吃的……"

"不用，我确实很久没回来住了。"季暖语气平淡地道。

然后，她垂下眼眸，看着被打扫得一尘不染的地面。

"哦哦，那怪不得。"阿姨点点头，"这样实在太浪费了。如果季小姐最近不来公寓住，用不用我以后把各种吃的送到T大去？您现在是住在寝室里吗？"

"在寝室也不方便做饭，我吃东西也很随意，不用那么麻烦。"季暖淡淡地道，"阿姨，您以后按时来这里打扫就行了，东西也不用再买。"

"可是墨先生给了很多钱……"

"没关系，只打扫就可以。"

"季小姐，那这钱……"

见季暖现在情绪不高，封凌直接出声："季小姐怎么说，你就怎么做，她说不用买就不用买。"

阿姨愣了一下。自己收了那么多钱，结果只需要过来打扫打扫？她实在于心不安。但见她们坚持，她也只好点点头："那好，我把我的电话写给季小姐，这三个月里，如果您有什么需要，随时打我的电话。"

季暖点了一下头，没再说话，转身出去了。

封凌接了阿姨写的纸条，她看了一眼电话号码，便让阿姨继续收拾。然后，她看向站在客厅落地窗前的季暖。封凌静默片刻，正想过去跟她说说话，但阿姨难得见到这里有人，一直在找话题聊天，封凌便站在原地，随便回了几句。

直到半个小时后，阿姨走了，季暖仍然在窗前站着。

“墨太太，你是回来拿电脑配件的吧？”封凌开口打破沉默，“还记得放在哪里吗？我去帮你拿，免得一会儿走的时候又忘记。”

“在书房。”

“好，我去拿。”封凌又看了她一眼，转身向书房走去。

在书房里找到季暖要拿的东西后，封凌再走出去，看到刚刚还站在窗前的季暖，不知什么时候已经蹲了下去。季暖蹲在窗前，一点声音也没发出来。

“墨——”封凌刚要开口，又因为眼前的这一幕犹豫了两秒。她忽然拿出手机，悄悄从这个角度拍了一张季暖的照片。

这个角度看不见季暖的表情，只能看见她脸颊边垂落的头发。她的背影消瘦而安静。她像个被大人抛弃在马路边的孩子，那么不知所措。

拍完之后，封凌盯着照片好一会儿。然后，她在手机里找到墨景深的私人号码，直接将照片给他发了过去。又过了两分钟，她看见照片后边显示已读的字样，这才将手机放回去。

第二十章　在乎·至深

海城，墨氏集团。

办公室门打开，墨景深刚走出去，就听见手机发出声音。

“墨总，其他地方的合作方最近在暗中有不少小动作，果然不出您所料，他们想借与墨氏集团的合作，与其他投资者悄悄进行——”沈穆从助理室走出来，脚步很快，到他跟前低声汇报。

墨景深看了他一眼，同时拿起手机，手机上显示的是封凌发来的消息。男人修长的手指在屏幕上滑动，上面顷刻跳出一张照片。

接着，沈穆看见墨景深忽然在办公室门前站住。不知道他是在手机上看见了什么，沈穆正要走上前去，好奇地看一眼，结果还没看清，墨景深的手机屏幕已经暗了下去。

“你刚才说什么？”墨景深开口，声音不冷不热，听不出什么情绪。

最近墨景深忙得不可开交，天南海北四处出差。他本就冷漠的性子也更让人猜不透，就连平时跟他走得最近的沈穆，说话时都不得不更加小心翼翼。

“我刚才说，其他地方的合作方仗着与墨氏集团谈成了合作，正在当地大肆笼络各方投资人，而且是以我们公司的名义去进行的。您一直对这个合作方不太满意，而且早就料到他们私底下会非常不老实，我们要不要趁这次机会去截下那些投资，以免给墨氏集团带来不良的口碑？”

墨景深沉默片刻，开口道：“派副总去，你跟着一起过去。”

"这件事您一直在注意，现在不亲自去吗？"沈穆诧异地道。

墨景深又将手机按开，看了一眼屏幕上的照片，又重新将屏幕按灭。

"给我订最早的航班，飞T市。"

男人用深邃的眸子看向窗外。窗外对着的方向，千里之外，正是T市。

翌日下午，T大校外来了很多车。

学生们窃窃私语，说是T大校内的两座百年图书馆即将重修。今天来的人是国内某知名企业的总裁，据说他要为T大投资，重新修建图书馆。

在国内，历来这样的投资人最后都会成为名誉校长，这次估计也不例外。

毕竟T大图书馆有近百年的历史，翻新重修的话，需要很大一笔资金，这不是一个寻常企业投资得起的。

"哎，你们听说了吗？要为T大重修图书馆的人，好像是从海城来的……"

"海城啊？海城可是国内数一数二的城市，那边有钱人确实蛮多的，国内很多知名集团的总部也都在海城，对方能有这么雄厚的财力，也就不奇怪了……"

"确实，也不知道是哪家公司的总裁。投资修建T大的百年图书馆，这件事几乎可以载入史册了，而且还是无偿修建，真好奇是谁出手这么大方……"

"出手大方是真大方，可说无偿修建也没那么简单。T大在国内也是排名靠前的学府，因为工程浩大，所以图书馆一直没被重修，现在一经修建，肯定会被大肆宣传，这其中会带来多少利益，都是我们无法预计的！"

"也对，站在高处的人究竟在想什么，哪是我们能轻易猜出来的啊……"

在T大，今天随处可以听见这种低声的讨论，特别是商务系和企业管理的学生，更是讨论得如火如荼。

季暖中午着急看林教授发下来的测试题，没来得及吃东西。下午，她趁着课后休息时间去食堂简单买了些吃的。她一路上听着这群人的讨论，更在听见投资方是从海城来的后，下意识地透过食堂的窗子，向T大校外的方向看了一眼。

这个距离看不清楚外面停的车，她只扫了一眼，就拿着刚买的吃食走了出去。

海城的确是国内最繁华的都市，也是群龙齐聚之地，有名望也有财力的集团不在少数。T大又是国内知名学府，哪个投资集团忽然对教育行业有兴趣了，也不是不可能。

傍晚，一天的课程结束。白微说晚上有以前合作过的朋友要见，请季暖和封凌一起出去坐坐，顺便散散心。

三人先将书拿回寝室，换了衣服正准备出门，凌菲菲忽然跑了进来。她开始四处翻找衣服，又急急忙忙找各种护肤品和化妆品，像是急着去哪里约会，或者要见什么重要的人。

“都看着我干什么？”凌菲菲一边迅速往脸上扑粉，一边斜了她们几个一眼，“你们也都回来换衣服了？也想跟墨总来一场邂逅？平时个个看起来不怎么样，到了这时候，居然比我的动作还要快！”

季暖和封凌听见“墨总”两个字，表情微变。

白微却是看神经病似的看着凌菲菲：“什么墨总？什么邂逅？今晚降温，我们出门之前回来换个外套而已。”

凌菲菲摆明不信白微的话：“骗谁呢？以你们的本事，估计也打听到了图书馆的投资方是海城墨氏集团。人家墨氏集团的总裁驾临咱们T大，很多自诩漂亮的女生，今天下课后都回来又换衣服又化妆的，就想趁墨总晚上离开的时候，能在校门外看他一眼。那可是墨氏集团的总裁啊！要是能跟墨总来个浪漫的邂逅，要是能坐上墨总的车，或者一起吃个晚餐……想想都激动死了……”

白微愣了一下。她当然听说过墨氏集团。她们公司几番申请，想与墨氏集团合作，都被驳回。

墨氏集团虽然在国内有很多合作方，也有不少子公司，但墨氏集团的发展重心并没有放在T市，而且向来和教育产业没什么联系，怎么这次忽然斥巨资重建T大图书馆？虽然这样做也会为其带来教育产业的多重赢利，可以墨氏集团雄厚的实力，加上墨家的根基，国内的教育产业再怎么样，也及不上墨氏本来的各项投资前景……

白微还在出神，忽然听见寝室门发出砰的一声响，转眼她就见季暖快步走了出去。

“季暖？”白微以为出了什么事，忙打开门向外看。季暖走得很快，头也不回，像是有什么急事。

“她这是……”

封凌神情平静地走了出去，道：“我去看看。”

季暖出了寝室楼，直奔教学楼而去。她脑子里不停响着那两个字——墨总。

平日里T大的教育管理层开会或有重要事情时，都会在教学楼顶层的校长会议室。季暖跑得很快，封凌好半天才追上她。

教学楼共有十几层，走廊尽头的电梯不允许学生擅自使用，季暖在楼梯上一步一步向上走，好不容易走到顶层，转眼就看见校长会议室里的灯光果然亮着。

“你们是T大的学生？谁让你们到学校办公区来的？这一层禁止学生上来，你们不知道？”旁边办公室里走出来的是T大的教导主任，看见季暖和封凌时，他当下便皱起眉头，一脸不满地斥道。

季暖却是直接看向校长会议室的方向。

“在这里看什么？还不赶快下去？”教导主任冷着脸催促。

那间会议室的门紧闭着，她只能看见里面的灯光。

“请问里面的会议大概什么时候结束？”虽然教导主任的态度不怎么样，季暖还是尽量礼貌地问了一句。

“不知道，校长和校内各位领导都在，很多事情需要权衡讨论，具体会议结束时间我也不清楚。”教导主任莫名其妙地看了她一眼，“你问这个做什么？”

恰好这时林教授从会议室里出来，他看见季暖，很是诧异：“季暖？你怎么在这里？”

季暖回过头，就见林教授匆匆地走了过来。

“正好，我打算回办公室去拿企业管理和商务系管理的备课资料，校领导和投资方要针对我们系进行考察，你去帮我拿来。资料都放在我办公桌上，你仔细翻一下，拿来之后直接给我送进会议室去。”林教授对季暖很放心，他说完便匆忙回了会议室。

季暖只迟疑了一秒，便转身下了楼。

封凌是临时来这里的插班生，而且心思没有放在学业上，对林教授需要的备课资料不是很了解。季暖一个人在办公室里找了大概十分钟，她将林教授需要的东西都整理好后，放进文件夹里，带到教学楼顶层。

教导主任见她真拿来了，也就没有阻拦。他上前打开会议室的门，在季暖进去之前，又警告了一句：“进去后别乱说话，里面都是平时难得聚在一起的校领导，还有图书馆的投资方。记住了啊！千万别乱说话。”

季暖回道：“知道了，谢谢。”

她进去后，校领导果然正在侃侃而谈。

季暖刚进去就看见坐在会议桌首位的男人。男人今天穿着最简单的衬衫西裤，但依旧十分醒目。他安静地坐在那里，气质内敛又疏离。

季暖看着忽然间让她感觉有几分陌生的男人，她的心生生疼了一下。她太习惯墨景深对她的疼爱和让步，这样的墨景深，是真的有那么一丝陌生。

“墨总，这是我们T大近年来与国内各大教育机构合作的项目，其中涵盖的教育行业的……”校领导正站在巨大的屏幕前，指着PPT上的数据报告，详细地说着T大的各项指标。

T大不仅是百年图书馆需要重建，校领导还很想抓住机会，与墨氏集团展开更多教育方面的合作，所以他们必然要使出浑身解数吸引墨景深的注意。

正在进行中的会议没有因为季暖的出现而停下，前面的校领导也只是看了季暖一眼。见林教授站起身示意季暖过去，他们也明白了她的来意。

“季暖，来这里。”林教授对季暖招了招手。他在T大的身份是特约教授。此时，他坐在会议桌左侧中间的位置，离主位有七八米的距离。

季暖拿着备课资料去了林教授那里，她将文件夹递给林教授，林教授翻开看了几眼，一脸赞叹地点了点头，又赞许地看了她一眼：“不错，果然你平时学得最认真，我的这些备课资料你是一页不落地都拿来了，要是换成别人，还不知道要给我搞丢多少页。”

季暖认为自己的任务结束了，以目光询问教授，自己现在要不要出去。林教授还没回答，正好这时校领导跟他说话，他就转头进入开会状态，也没说让季暖走还是不走。

季暖站在教授身后，抬起眼，看向会议桌首位的方向。从她进来后，墨景深只看了她一眼，是很寻常的一眼，然后他就没再看向她。

她现在再向他看去，只见他正看着校领导殷切拿给他的一本T大的卷宗，他的神色很平淡。他那波澜不惊的态度，很快让季暖意识到，他没把注意力放在她这里。

这男人真是很冷淡，不像季暖，表面平静，心里却像被猫挠了似的，又疼又痒又刺得慌。

似乎对她的目光有所察觉，墨景深看了几眼卷宗便放下。他仿佛又不经意地看向她。四目相对的瞬间，季暖准备离开会议室的脚步直接顿住。

她对墨氏集团今年的规划并不是很清楚，也许墨景深今天出现在T大，甚至涉足教育投资，本就在他们公司原本的计划之内。他都一个月没管过她了，他忽然出现在这里，总不可能是因为她。

当时她的确说了不该说的话，因为她的不信任触到了他的底线。可是整整一个月了，这一个月他究竟在做什么？

“林教授的学生是进来送资料的？送完了就出去吧。”见季暖还在那里站着，而墨总似乎被她吸引了部分注意力，校长忽然开了口，催促她赶快离开。

林教授这时也回头对季暖点头致谢，以目光示意她可以先出去了。

季暖静默地点点头，转身向外走。

她身后传来某位校领导的声音：“对了，墨总，您之前说之所以投资T大的百年图书馆，是因为这里有个对您来说很重要的人？无论是对您，还是对那位，这可真是一件功德无量的事。不过不知道究竟是谁，能被墨总您如此看重？”

季暖已经走到会议室门前，听到此话，她停下脚步。

有时候，她很想问，自己有没有在他这张白纸上留下痕迹。现在，这算不算一种侧面回应？她很重要？

与此同时，季暖感觉到身后投来一道熟悉的目光。她站在原地呆愣片刻，想起这里是校长会议室，还有很多校领导在，她屏住呼吸，快步走了出去。

封凌一直在外面等她，见她出来，便直接迎了上去。封凌用目光询问她，里面的人究竟是不是墨先生。季暖只点了一下头，就下楼了。

天色已黑，T市华灯初上。

季暖说想一个人待一会儿，封凌在远处找了个不会打扰她的位置站住，眼见季暖在校园后方的操场上来回地走，也不知道她在想什么。

大概又过了一个小时，天色越来越黑，教学楼里也只有顶层的灯是亮着的。

忽然，季暖瞥见会议室那边的灯熄灭了，她快步从后门走了进去。眼见几个校领导刚好下楼，又见林教授在后面，她上前问道：“教授，会议结束了？”

“这都八点多了，你还没回寝室？”林教授惊讶地看她，“今晚风很大，早点回去休息，可别感冒了。”

“所有人都下楼了吗？”季暖没看见墨景深的身影。

“投资方先走了，我和几个校领导又单独将会议延长了几分钟。现在会议室里已经没人了，怎么？你是要找谁？”林教授上上下下打量了她几眼，“我和你父亲是旧识，但这些年我毕竟太忙了，对你们季家的事情了解不多。墨总也是海城人，你们该不会是……”

“他已经先走了？”季暖皱了皱眉，没有否认林教授的猜测。

林教授当即又看了她一眼。想到刚才墨景深特意点名要看看T大的企业管理进修专业的相关事项，看来并不是偶然……原来他是为了季暖这个丫头。

林教授笑了笑，道：“他刚走没多久，你现在要是想追，估计他人刚出校门。这会儿校门外正堵车，他的车应该还没开走。”说完，林教授直接走了。年轻人的事情他无权过问，但季暖为T大拉来这么大一个投资方，也实在是她对T大和百年图书馆立下的一个大功。

季暖迟疑了两三秒，拔腿就向外跑。她一路跑到校门外，看见外面停的那些车，却不知道究竟哪一辆才是墨景深的。

他的古斯特没有开到T市来，T市有墨氏集团的子公司，公司的车或者他在这里的备用车，她也不知道究竟是哪辆。之前她见他开过一辆黑色的越野车，但现在那辆车并不在。

季暖望着校外的停车场，她终于忍不住拿起手机，直接打了墨景深的电话。电话打通，却久久无人接听，直到最后自动挂断。

好半天季暖也没听见附近哪辆车里传出手机铃声。也就是说，墨景深已经走了。他就这么走了？

季暖不死心地又打，仍然是无人接听。她将手机狠狠握在掌心里，然后睁大眼睛瞪着停车场里的每一辆车。很好！墨景深，你脾气真是够大！

季暖转身就往回走。封凌见季暖似乎没找到墨先生，她从远处走过来，看见季暖不怎么愉快的表情。

“季——”封凌见周围没有其他学生，当下又小声道，“墨太太，今天来的人确定是墨先生吗？他人呢？”

“不知道！”

听见季暖这愤懑的语气，封凌无语。

白微今晚独自出去了一趟，她和几个在职场中打过交道的朋友一起聚了聚。回来时心情好，她顺便拎了几罐啤酒回寝室。

知道季暖不喝酒，白微本来是打算找封凌一起喝几罐。结果，季暖破天荒地从她床上拿了两罐啤酒，坐下去直接就喝，大有跟啤酒较劲的架势。

“这……她怎么了？”白微诧异，转眼疑惑地看向封凌。

封凌平静地道：“估计是被气着了。”

“谁这么有本事，能把她气成这样？而且她不是说自己不能喝酒吗？要不要劝一劝？”

“算了，让她喝吧，喝完直接在寝室睡个好觉，现在拦也没用。”封凌又看了季暖一眼。只要今晚不出寝室门，随她怎么喝。

白微见季暖已经两罐啤酒都喝了下去，这会儿季暖正转过眼，眼巴巴地看着袋子里的另两罐啤酒。

“你们不喝吗？”季暖的酒量确实不怎么好，这才喝了两罐度数不太高的啤酒，她的脸上已经有不太明显的红晕。

“我刚才顺路买的，只买了四罐，你要是真想喝个过瘾，不如去T大对面的那家清吧一起喝点？”白微见凌菲菲今晚没在，正好她们三个可以一起喝酒聊天，“那家清吧管理得还不错，没有什么乱七八糟的人，只有两个驻唱歌手唱各种伤感的小情歌。我去过两次，歌手唱得不错，环境也很好，酒的品种也很多。”

“好，我们去。”季暖拿起第三罐酒，边打开边说。

见季暖这情绪明显是因为酒意而高涨，封凌直接道：“不行，已经九点多了，还是在寝室喝这几罐算了，喝完直接睡觉。”

季暖却仿佛没听见封凌的话，已经拿起外套穿上。她又坐到床边换鞋。她一边系着鞋带，一边说：“走走走，我请客。”说着，她又看向明显不打算放她出去的封凌，“一起去啊，你跟着我，怕什么？”

封凌哪里是怕出事。季暖真要出去，她跟着，也确实不会出什么事。而且这一个月来，也不知道墨先生对美国苏家做了什么，那边现在消停了很多，应该不会再把手伸到季暖这里。封凌担心的不是季暖的安危，而是季暖现在已经喝了酒，如果墨先生就在附近，根本没走……如果墨先生知道季暖喝了酒……她怕是要面临人生中的第一次失业。

“心情不好就出去散散心，不喝酒也一样，散心而已。”白微见她们两人僵持着，干脆打了圆场，“女人嘛，万事总要对得起自己，什么事别太想不开，出去走走也好，总比憋在心里舒坦。”

季暖闷头系着鞋带，没再说话。

封凌即使记着墨总的吩咐和交代，可她也确实觉得，季暖现在需要放松心情。她的确已经憋了一个月，今天算是被触到情绪的某个开关。

“那就去吧。我陪着，你千万别再喝了，都已经喝了三罐了。”封凌微叹。

结果是，封凌低估了清吧这种地方的waiter。哪怕白微和季暖坚定地只要了一个果盘，只要了一瓶度数很低的果酒，最后还是架不住这些人的推荐，买了好几瓶据说是水果口味的洋酒，度数也不算特别低。几种酒掺在一起的结果，可想而知。以季暖那种酒量，不到一个小时她就闭着眼睛靠在沙发上不动了。

封凌去扶她，白微坐在一旁感叹："怪不得季暖说家里有人不让她喝酒，她果然酒量太差……"

"酒量差算是她一个弱点。明天等她醒后，你别嘲笑她，否则以她最近的心情，很容易心碎成渣的。"封凌见季暖烂醉如泥的样子，半调侃半无奈地将她扶了起来。

白微也是一脸调侃地笑道："她这是感情问题吗？呵，我也是见多见惯了，平时在职场里多威风八面的女人，一旦遇到感情问题，都这么抽风。我能理解，绝对不嘲笑她。"

封凌也没再跟她多说，扶着季暖转身向外走。

季暖是真的醉了，而且是第一次醉到这种地步。

这家清吧位于地下一层，需要坐电梯才能上去。刚到电梯前，季暖就捂着心口，头靠在封凌的肩上，凄然道："我就没见过……这么有脾气的男人……"

封凌无语。

"他要是不想管我了，就别来T市啊！"

封凌依然无语。

"来了T市还是不理我，我都已经给他打电话了，可是他不接！他不接啊！当时他肯定就坐在哪一辆车里！"

封凌还是无语。

"有本事直接吵一架啊！这么冷着我，真以为我一直觉得自己理亏，就会缠着他不放是不是？他以为自己是如来佛祖吗？我季暖是他掌心里的猴子，这辈子都跳不出去？我告诉你，我上辈子就跳出去过了！"

封凌现在没办法接季暖这语无伦次的醉话，她只能默默无声地看着眼前已经开启了足足有半分钟的电梯门。她头皮发麻地看着里面挺拔高大的男人。

季暖发现电梯门开了，封凌却还没拉着自己进去，于是她眯了眯眼睛，恍惚看见里面像是站着一个男人。她凑近看了一下，封凌下意识地忙扶着她进去。季暖还是踉跄了一下，整个身子差点摔在电梯里。封凌忙拽住她："墨太太……"

季暖却在被扶住的同时，抬起眼看着电梯里的男人。是她真的喝太多了？明明之前死活都不肯理她、也不见她、更不接她电话的男人，现在好像就站在她面前。

季暖看着眼前的男人，冷峻的眉眼，高挺的鼻梁，完美的轮廓……他穿着纯白的衬衫，衬衫最上面两颗扣子没有扣上，隐隐露出锁骨，性感又透着禁欲气息，让人着迷。

他就站在那里，冷漠、矜贵、疏离。

男人冷淡地抬了抬眼皮，目光在季暖穿着的外衣上扫过，最后停留在她的脸上。

季暖的外衣是封凌刚才将她从沙发上拽起来的时候帮她套上的，现在看起来有些凌乱。她的头发也散着，发丝缠绕在颈间，显得她的皮肤更加白皙细腻。

“墨先生。”封凌有些尴尬地扶着季暖。她没想到第一次陪季暖放纵，就被墨景深抓了现行。

看来，季暖的一举一动从来都没逃过墨景深的眼睛。这一个月来，无论季暖在哪里、在做什么，就算封凌没有汇报，他也一样知道。

男人冷淡地站在电梯里，没有说话。

“墨太太已经压抑一个月了，今天好不容易等到您，但您的态度把她压在心里的难受都激了出来，她今天喝酒的事情，我……”

封凌正在解释，季暖却转眼看向封凌，她歪着脑袋，不高兴地说：“封凌……你要不要扮成男人……我从墨景深的五指山里跳出来之后，嫁给你怎么样？反正你这么帅，身手又好……要不然我们两个凑合凑合算了……”

季暖顷刻就被封凌“扔”到电梯中那个男人怀里！季暖脚下不稳，鼻子在男人的胸前撞了一下，她顿时疼得皱起眉。然后，她抬起手，扒拉着男人的衣服，勉强站稳。她又抬手揉了揉鼻子，同时看向封凌：“封凌，你推我干什么……”

封凌看着醉得一塌糊涂的季暖，她压低了声音说：“墨太太，你要是醉了，就赶快闭上眼睛睡觉，别说话了。”

“我醉了吗？”季暖莫名其妙地看着她，然后脑袋向前一歪，直接靠到男人怀里，又低声道，“也许真醉了吧……怪不得感觉这人像墨景深……我现在怕是见到谁都感觉是墨景深……呵……醉了醉了，真醉了……”

季暖一边说着，一边又将手向后伸了伸。她嘀咕着：“我现在站不稳，封凌你快来扶我啊！总靠在别人身上，也不是那么回事……”

什么叫别人？她现在靠着的，可是她老公墨景深……

“封凌？”见封凌不说话，季暖只好支撑着身体，转身要去拉她。

刚一转身，她腿一软，直接向旁边栽倒，撞到男人。几乎是一瞬间，她的腰被男人的手臂揽住了。灌入季暖鼻间的气息，是她熟悉的清冽干净的味道。她勉强抓着他的衣服，低头看着他白色的衬衫和笔挺的西裤，喃喃了一句：“对不起……我喝多了……没站稳……”说着，她就要从他怀里退开。

男人却没放手，他用冷冽的目光看着她，将她牢牢按在怀里。

“先生……很抱歉……”季暖以为自己撞疼了他，所以他才不放开自己。她又连忙致歉。

然后，她又转头对封凌道：“封凌，你今天晚上是不是没喝酒啊？我们直接回寝室吧。白微怎么没跟我们一起走？她是不是在沙发上睡着了？”

封凌心想，您还是先操心操心自己吧！

“白微没醉，她一会儿就回去。”为免季暖锲而不舍地追问，封凌回了一句。

季暖点了点头，没注意电梯门什么时候关了。只是在电梯门又打开的时候，封凌忽然转身就向外走，居然没有陪她回去的意思。

“哎，你干什么去……”

还没等季暖跟着一起出去，她就被身后的男人捞了回去。在他怀里撞了一下，季暖一脸茫然地回头，又下意识地对他笑了一下：“谢谢哈……”说着，她就要推开他。她得赶快跟上封凌，最近封凌跟她形影不离，这大晚上的，封凌忽然急匆匆一个人走了，肯定有什么事，她必须得跟上去看看。

可是，她挣扎了好半天也没能从他怀里退开。她刚要说话，却听见男人不温不火的声音在她耳边响起：“站稳了！”

季暖怔了怔，转眼看向他。还没等她看清楚，男人便直接带着她出了电梯。季暖有些愣神，只一门心思想着，这个人跟墨景深未免太像了。

清吧外面，夜风有些凉。季暖被男人带进车里，无力地靠在车窗上。车门已经锁了，她徒劳地扒着车窗，徒劳地嘀咕：“我告诉你，绑架是犯法的……你赶快放我下车……否则我家封凌不会放过你……”

男人没说话，已经开车了。

季暖半闭着眼睛，她头疼，想睡，可又怕自己再被什么人给绑架了。她努力撑着一丝意识，注意车外的环境，但是眼前模模糊糊的，她什么都看不清。

直到车在T大附近的公寓小区里停下，她才诧异起来。现在连人贩子都对她这么知根知底了？连她不经常回来住的公寓在哪里都知道？

“我要回寝室，我不要回这里。”季暖皱着眉，手在车窗上用力拍了几下，“我不回这里……我不……”

可车门已经开了，车上的男人将她的安全带解开，低眸看着她。几秒钟后，他冷漠地道：“不回这里，你还想回哪里？”

“反正我不回这里！”季暖一想到那天回来看见的行李箱，就从心里往外冒着火气。

“你是要让我直接带你回寝室？”

“我自己回寝室！”

“由不得你，下车。”

季暖刚想说不下，男人已经下了车。他绕过车身过来，打开门直接将她抱了出去。季暖抬起手要将他推开，男人却像完全知道她接下来会有什么动作，无论她是忽然抬胳膊，还是抬腿，他都能精准地避开，同时将她按住，最后牢牢将她锁在怀里。

季暖抬起眼瞪着他。风一吹，有些凉，她的脑袋有那么一秒钟的清明。于是她看清了男人的脸，又因为人靠在他怀里，属于男人清冽冷峻的气息扑鼻而来，她就这么不动了。他不是不接她的电话吗？

季暖看清眼前的男人，抬起手就去推他：“你走开……”

男人低头，一手托住她的后脑，免得她站不稳一直向后仰，另一只手穿插过她的头发，似温柔轻哄又似不悦地警告：“你给我老实点。”

季暖只当没听见，又去推他。结果她整个人被他拦腰抱起，脚下悬空的瞬间，她低呼了一声，两只手死死攀住他的脖颈，接着就听见男人仿佛自胸腔里发出一声低笑，这笑声听不出喜怒，偏又像永远都清楚她的底牌。他根本不需多费力气，就能轻易将烂醉如泥的她制伏。

“宁可自己委屈得像猫似的蹲在窗前，也不肯打电话说想我，墨太太，你可真是倔强得很。”男人深邃冷静地看着她，要笑不笑地冷声道，“下午还站在学校会议室里偷瞄我，我去子公司探视的这一会儿时间，你就能把自己灌成这样，是真仗着我打不得你骂不得你，连生气到最后都不忍心继续晾着你，吃定我了，是不是？”

季暖双手圈着他的脖子，是下意识地怕自己摔下去，听见这话，她顿时横眼看着他，也顾不得他是幻觉还是真的，愤怒地道：“谁说我委屈？我在T大吃得好睡得好，一点都不委屈。”

夜凉风大，墨景深没再跟怀里瞪着一双醉眼的小女人多说，直接将人抱进公寓。

季暖被扔在沙发上，她在沙发上打了个滚，挣扎了一下，却没能站起身。她转眼看向居高临下的男人，心底莫名有些发怵。

到底是真的墨景深，还是怎么回事？这梦未免也太真实了……

她几乎摇摇晃晃地起身站在沙发边，仰头看着高出自己一个头多的男人："那个……是、是梦吗？"说着，她就伸手要去掐男人的脸。

墨景深没躲开，却在她的手不规矩地刚要碰上他的脸时，直接伸手握住，没让她倒下去。

"嗯，是梦。"男人声音低沉冷淡，听不出情绪。

季暖戳在他面前，努力睁大眼睛看他。看了好半天，她忽然笑了下。算了算了，管他是梦还是幻觉，反正不是真的墨景深，她想怎么骂就怎么骂。一个幻影而已，肯定不会介意的。

"墨景深！"季暖的脾气一下子就上来了，她打算对着眼前的幻觉好好耍耍威风，把这一个月的恶气出一出。她指着他的鼻子，用迷蒙的眼睛瞪着他，"你个乌龟王八蛋！"

男人清俊的眉峰微挑："会骂人了？"

"什么叫会骂人？老娘以前跟别人吵架骂街的时候，你是没看到！为什么海城那些名媛千金都对我那么仇视？还不是因为当初跑来挑衅我，结果被我骂到红了眼睛！我曾经是什么性子，你也不是不知道！"

季暖努力踮起脚，再抬起手，去扯他的衬衫衣领，然后开始她漫长的抱怨："为了你，我几乎把自己全身的刺都拔光了！为了我们的婚姻，我努力去做好一切，我也从来没有不信任你！

"一个月前，我前一晚才在地下酒吧里担惊受怕，恐慌绝望，后一晚我就知道，一切都是因为你那个曾经的未婚妻！我难道要笑着说没关系，我不介意？

"你觉得我没有良心是不是？我告诉你，我季暖如果没有良心，这辈子才不会这样黏着你！离婚又怎么样，我可以远走高飞！可我孤注一掷，将全部赌注都放到你墨景深的身上，我给予你的是全部，我的全部！你的确对我很好，可除此之外，你是我根本摸不到底的深渊！我连自己距离你的心还差多少步，都不知道！"

季暖额头上的伤早已愈合，此刻，她遮在刘海下的额头光滑洁白，几乎看不出一个月之前她曾在地下酒吧里经历过什么。

男人用手撩开她微微汗湿的刘海。她忽然发狠地侧过头，一口咬在他的手指上。她一边咬一边想，反正是梦，自己不疼，他也不疼。她把这些怨气发出去了，爽也爽了，骂也骂了，明天又是一条好汉。

他没挣扎，反而伸出手臂，将她几乎站不稳的身子扶稳，然后任由她咬。

嘴里溢出些血腥味儿，季暖收了口。她忽然嘀咕道："我从一开始就应该换一种生活方式。我一定是脑子进水了，否则为什么一定要在你划出的围城里臣服，被你拦住所有去路……我错在越来越没办法收住自己的心，错在太在乎你了，是不是……我……唔……"

季暖的后脑勺被扣住。男人的唇压了下来，堵住她的唇。季暖蒙了一下，正要向后退开，扣在她后脑勺的手却牢牢地将她束缚住。男人禁锢她的动作并不轻柔，虽然说不上粗暴，但力道也比往日重了许多。

她实在醉得太厉害，挣扎了几下就虚脱了，唇上又痛又麻的感觉也没能让她反应过来，做梦怎么会有如此清晰的触感。再之后，她是怎么迷迷糊糊睡着的，她自己也不知道。

季暖睡得并不安稳，还不到半个小时，她就做了一堆乱七八糟的噩梦。她皱着眉头，忽然就惊得睁开眼睛。房间里刺目的灯光让她又闭上眼睛。然而仅仅是刚才的一瞥，也足以让她看清楚男人俊美的脸。她意识到自己好像躺在沙发上，梦里的墨景深居然还在！

"醒了？头疼吗？"男人的声音落在她的耳边。

这个声音真实得可怕，季暖的睫毛颤了一下，又一次睁开眼睛。她恍惚间看向男人的脸。她伸出手想摸一摸这个"幻觉"，看他会不会忽然消失。

在她伸手过去时，男人忽然托住她的腰。季暖整个人被带到他的腿上。她的脑袋贴在他肩上，她想坐直身体，脑袋却还是一点一点在他肩上垂了下去。

"墨景深……"她低低地开口。

"嗯。"

"我们以后……不吵架了……好不好……"季暖将脸埋在他颈间。她的声音有些低，也有些软。

男人的手停在她的头顶。顿了片刻后，他淡淡地看着她："是清醒了，还是仍然醉着？我是幻觉，还是你老公？"

季暖将脸在他脖颈间埋得更深："不知道。"

墨景深眯起眼，神色不善地看她。他抬手将小女人圈在怀里，不咸不淡地道："那就等你清醒了再说，我不和醉鬼说话。"

闻言，季暖就要从他腿上离开。男人却按住她，没让她动："醉成这样还有力气折腾，看来给你一个月的冷静时间还不够。刚才说不吵架了，现在又臭着脸，要跟我保持距离？”

“你放开我，我要下去。”

“理由？”

“你……”季暖抬起八分醉两分醒的眼睛，有些凌乱的头发粘在她的脸颊上。刚才还愤懑的表情里多了几丝尴尬，她唇瓣动了两下，从嘴里吐出几个生硬的字，“你硌着我了！”说着，她就在他腿上试着挪一挪屁股。

墨景深低头看着怀里女人的脸，眸色暗沉，绵密的吻落在她柔顺的发上：“一个多月不见，你要是再乱动，可就不只是硌着你这么简单了。”

话都说成这样了，她要是再动，那她纯粹就是个二傻子了。

见她乖了，墨景深才心情不错似的揉了揉她的头发：“气也撒出来了，以后再也不吵架的话你也说了，现在你觉得舒坦了吗？”

季暖没说话。

“小没良心的，你还知道我是气你没良心！现在你倒是借着酒劲，跟我喊了那么多话。你以为这是在比嗓门？声音大就有理了？”

男人修长的手指在她发间穿梭，最后落下来，搭在她的肩上。她不得不抬起头，正视他的脸。虽然他的声音压低了几分，带着几丝哄她的意思，可他的目光如火，又让她明确意识到，如果不是自己喝了酒，实在不够清醒，估计他会把她压在床上，好好“讲一讲”道理。

季暖的脑袋一阵发晕。除了眼前的男人格外清晰，她是真的东南西北都分不清了。不过，他这是不打算再跟她计较了吧？看来喝酒也不全是坏事。

季暖再醒来的时候，窗外天色大亮。她坐起身，掀起被子时才发现，自己睡在公寓卧室的床上。床上的两个枕头只有她这一边有被睡过的痕迹，被子也只有她这一侧被掀开过。

昨天晚上……季暖的印象有些模糊。她抬手揉了揉脑袋，又抓了抓头发，努力回想。她想不通昨晚在这里发生的一切究竟是幻觉还是真的。

她起身下床，打开衣柜拿出衣服换上。然后，她走出卧室，看向一如既往空荡荡的客厅。

看窗外的天色，现在至少七点多了。

如果只是幻觉，那她昨晚究竟是怎么回到公寓的？封凌知道她最近不愿意回来住，根本不可能自作主张地把她送来这里。如果不是幻觉，整个公寓里为什么现在仍然只有她一人？

季暖有些饿了，她去厨房打开冰箱，看见里面是前两天阿姨送来的吃食。她拿出一瓶酸奶，关了冰箱门，面无表情地向外走。

回到客厅的沙发时，她的脚步忽然一顿。她看见茶几上的一个玻璃杯，那里面还有小半杯液体。她把杯子放到鼻间闻了闻，是醒酒茶的味道。她再转眼看向沙发上的一件衬衫，是男人临走前换下的白衬衫，看着很干净，但拿起来仔细闻一闻，上面留有被她沾上的酒味儿，以及墨景深身上才会有的如晨间草木的清香。

是墨景深的衬衫！

也是墨景深在她睡前喂她喝过醒酒茶，现在还剩半杯。

她回头，看见门前多出的一双室内脱鞋，灰色的，这双鞋之前分明被阿姨收起来了。

另一双粉色的室内拖鞋正在她的脚上穿着。

某些醉酒后的回忆一点一点重新涌现。

季暖在公寓里走了一圈。虽然公寓里一如既往地安静空荡，可她看见浴室里多出来一套男人的剃须刀和薄荷味的须泡水。

绕了一圈后回来，季暖坐在沙发上，身体向后靠去，头枕在沙发背上出神。所以，昨晚的一切都是真的？！她昨晚都对墨景深说过什么话来着？她好像扯着他的衣领，对他气冲冲地骂了些什么！究竟骂了什么？

他在公寓里重新留下了属于他的痕迹，是不是代表他真的不计较了？可一大清早，他人却没在，总不可能是因为昨晚她骂了什么过分的话，又把他给气走了？

季暖按着额头，盯着茶几上的小半杯醒酒茶。她想了想，忽然拿起手机看了一眼。没有电话，也没有短信留言。

季暖从公寓出来的时候，已经八点多了。林教授每天的课都是八点开始，她来不及买早餐，直奔T大而去。赶到教室后，林教授正在上课。林教授只看了她一眼，什么都没问，示意她赶快坐下。

平日里，林教授对这些学生的管理非常严格，谁都不能迟到，迟到过三次就别想再在他这里待下去。但今天，他破天荒什么都没说，竟直接让季暖坐下了。

“你昨晚醉到那种地步，我还以为你今天会睡一整天。”白微在旁边低声说了一句。

“昨晚喝过醒酒茶，酒解了一些。我生物钟很准时，到点就醒了。”季暖没多解释，平淡地说了一句。

“封凌昨晚不是和你一起走的吗？你们两个昨天都没回寝室，你现在来了，封凌怎么不见了？”

季暖向封凌平时坐的位子看了一眼，果然那里是空的。难道封凌以为她这两天会一直和墨景深在一起，所以没继续跟着她？

“不知道，我一会儿给她打个电话问问。”季暖将目光从位子上收回来，心下却是有些犹疑。

在她的印象里，封凌做事向来有始有终，也很靠谱，就算她以为自己会在墨景深那里，也会打个电话或者发消息跟自己说一声。可从早上醒来到现在，季暖都没有收到过封凌的任何消息。

第二十一章　私藏·甜蜜

公寓里。

墨景深看到季暖临走前帮他叠好的衬衫、洗好的玻璃杯以及浴室里被放进日常洗漱柜中的剃须刀，嘴角微微上扬了一分。

季暖昨晚还仗着酒劲一副要找他算账的架势，今天就乖乖将他留下的东西整理好。这小女人真是越来越口是心非！

墨景深扯开衬衫领口处的几颗扣子，看了一眼窗外的天色，低声笑了。这时，手机上收到一条短信，他瞥了一眼。

南衡：在T市？

墨景深回了一个字：嗯。

南衡：在那套公寓，还是哪里？

墨景深：公寓。

几个小时后，南衡开车到达。

墨景深看他风尘仆仆的样子，明显是连夜开车跨省而来。他整个人透着一股子阴鸷与颓废的气息，进了门就自己去里面找水喝。

“怎么来得这么急？有事？”墨景深淡淡地看了他一眼。

喝完一杯水之后，南衡放下手中的玻璃杯：“封凌当初在美国完成XI基地的任务时，得罪了那边的不少人，他们这两年一直在追查她的下落。我手下的人查到他们最近在国内有些动静，并且这两天正在向T市移动，恐怕封凌的行踪已经暴露了。”

墨景深冷淡地抬了抬眼皮，看着他。

“都是当初跟XI基地结下的陈年旧恨，跟纽约和洛杉矶的那些交易有关。他们的目标是封凌，波及不到你的女人。”南衡连夜开车赶过来，一夜没睡，脸色阴沉地咳了一声后道，“不过，这几天最好让封凌别跟着季暖，如果他们发现季暖和她走得近，也不是什么好事。”

墨景深眉宇微动，开口道：“那群人向来只针对某个人，以他们的本事还没法在国内惹事，谅他们也不敢牵扯更多人。”

南衡点头道：“封凌的事情只跟她当初完成的基地任务有关，和你几年前在美国涉及的那些没有关系。你看好季暖，这边的事情不需要你帮我，我自有分寸。”

“注意安全。”墨景深波澜不惊地道，“等有合适的时机，就让当初那些在美国频繁设障的人归西吧。这些年他们也做了不少恶贯满盈的勾当，时机一到，总该亲手送他们一程。”

南衡静默了片刻，道：“你前些日子是不是回了美国？”

墨景深没什么表情，他只听，不应。

“根据我得来的前线消息，苏家的老爷子被你气得不轻。怎么着？一个月前季暖出的那事，真把你底线给碰着了？”南衡凉而性感的目光里夹了一丝讥笑，“要说当年这苏老爷子跟你父亲没有任何约定我都不信，结果他以为自己这盘棋下得很大，却根本不知道背后的操盘手早就换成了你。你当初不仅和他的宝贝孙女解除婚约，更一直对苏家各方面都有所牵制，他这两年也是傻得很，苏家的势力在美国牵连甚广，但明显不打算跟你硬碰硬。

“我倒是好奇，你上个月回美国究竟做了什么，才让苏老爷子一气之下当晚被送进了医院。幸好他命硬得很，在医院住了四天就回去了。但我看苏家最近大有严防死守的架势，你不会是为了给季暖报仇，真要对他的宝贝孙女赶尽杀绝吧？”

墨景深淡淡地笑了笑，仿佛南衡说的幕后操控者并不是他。

“我什么都没做，只是让他看清整件事后权衡利弊。如果他打算拿苏家的命运开玩笑，我不介意好好陪他开这一场玩笑。”

南衡挑眉，看了看这空荡荡的公寓，这里明显不常有人住。他笑道：

“都这么久了，总不会季暖还没消气呢？”

墨景深目光冷淡地道：“你可以滚了。”

南衡看了一眼时间。

墨景深是个兵不血刃的高手，从开始到现在，除了当年因为墨绍则的插手，他身边多了一个仅仅存在了一年的“未婚妻”，他的每一步都没有错过。对他来说，或许只有从一开始就进入他的生活、又在他的生命里横冲直撞的季暖，才是唯一一个意外。

公寓楼下，几个在门前值守的保安站得笔直。南衡走过去，掏出手机，将一张单人照片放到他们眼前：“这个短发高瘦的女人经常在这里出入，昨天晚上之后，你们见过她没有？”

保安看见那张照片，当即认出她是经常陪同那位季小姐出入这套公寓的人。

“前两天还看见她和季小姐一起回来过，但是昨天没有，一整天都没有见过。”

听见这句话，南衡的目光凉了凉，他脸色森寒地向外走去。

第二天，季暖照常留在T大。

昨天一整天，她都没有收到封凌的消息，给封凌打电话也没有人接听。如果不是最近会有一场林教授对学生的抽查测试，季暖昨晚就回公寓附近找她了。

之前封凌没和她住在一起时，在T大外的公寓附近有一个很妥善的住处，那是一个人口不太密集的小区。

上完一天的课，季暖给封凌打电话，还是没有人接。这次她直接离开T大，去封凌之前住过几天的小区找人。那处小区距离季暖的公寓不远，大概隔了一站的距离，她是走着去的。不过，从这边的路口去往小区，要绕过一排大厦，中间有一条小胡同可以穿过去，封凌曾带季暖走过。

季暖走到胡同口，忽然听见里面传来激烈的打斗声，间或夹杂着男人流利的美式英语，是非常粗暴的叫骂声。季暖当即便站在胡同口，小心翼翼地侧过头向里看。她一眼就看见封凌站在里面。封凌靠墙而立，面前站着两个外国男人，那两个男人又高又壮，像是将她堵了起来，其中一个人拿着切西瓜用的刀，另一个人拿着黑色的电击棍。

季暖看见这一幕，骤然将头缩了回去。她屏住呼吸，生怕惊动那两个人。

封凌虽然站得很稳，但衣衫不整，短发微乱，脸上还有些血迹。她一定受了伤！

封凌手里没什么武器，身手再好也不占上风。那两个男人还在继续叫骂，之后，忽然又传来打斗的声音。季暖听了一会儿，整颗心都提了起来。她抬眼看向胡同对面停着的一辆车，不知是不是那两个外国男人的同伙开来的。

封凌和美国XI基地的关系相当复杂，如果季暖现在报警，也许会给封凌带来其他麻烦。

季暖捏着手机，手指在报警电话上顿了一下。她忽然看向旁边一家棒球装备店，眼睛一亮，快步走了过去。

封凌正与那两人对峙，从昨天到现在，她一直在躲避这两人，结果还是被堵在了这里。她的两条手臂都在刚才的打斗中受了伤，虽然不严重，血却顺着手臂往下滴。

其中一个男人又骂了一声，封凌目光一厉，一个回旋将其中拿着刀的男人踢翻在地。她正要迎战拿着电击棍的那个人，但顾虑到他手中的电击棍是十分厉害的武器，一旦被电到，她怕是半个身子都会麻上两天。

对峙间，刚被踢倒的男人举着刀朝她头上砍来。封凌利落地攥住他的手腕，凌厉地扭转，接着便传来手腕脱臼的声音。那比她高出不少的男人顿时痛得不停叫骂。封凌面无表情，抬脚便是一个飞踹。

就在这时，另一个人举着电击棍向她的腰间戳去。封凌半边身子痛麻一下，转身避开，正要反击，动作却多少还是因为电击而迟钝了半分。那人趁机踹在她肚子上，封凌弯身避开，却被那人猛地抓住头发。

封凌的头皮被扯得生疼，她正要想办法从这人手中挣脱，眼角的余光忽然注意到胡同口出现的一道人影。封凌忽然对那两人笑了笑。她嘴角染血，笑得有些冷又有些狠。

在封凌成功引开这两个男人的全部注意力时，只听砰砰两声，那两人脑袋上各挨了一棍子，他们还没来得及转头看，就被棒球棍打倒在地。封凌趁势起身，将他们两个制伏，按倒在地。

“谢了。”封凌顾不得身上的血迹，只侧过头，看向手里举着一根棒球棍的季暖。

季暖双手紧握着棒球棍，快步上前，关切地去看封凌脸上和身上的血。她伸手去拉封凌的手臂：“怎么样？伤得严重不严重？”

“没事，小伤。”封凌没挥开季暖的手，只用另一只手分别狠狠地在两个男人的颈后又敲了一下。

两人被打得昏了过去，趴在地上不动。封凌这才借着季暖的搀扶站起身。

见封凌没受太重的伤，季暖紧绷的心终于放松了一些：“这两人怎么回事？你在美国时有仇家？”

“仇家？”封凌瞥了地上那两人一眼，“算是吧！当初还在XI基地时，的确出过不少击杀恐怖分子的任务，还有一些紧急救援任务，结下的梁子也不少。”

“你伤得不轻，我们先离开这里！”季暖又用力去扯她的手。

封凌痛得蹙了一下眉。季暖骤然放手。她看见自己的手心里有一片血迹。季暖又看向封凌的黑色上衣，那里看不出血的颜色。

“手臂上的伤很严重？”季暖将棒球棍向旁边一抛，用双手去扶她，“走，先去医院止血。”

两人刚从胡同里跑出来，前面停着的车里，一个又高又壮的男人忽然打开车门下车。他拿着黑色的电击棍，一脸凶相地朝她们冲来，嘴里是粗俗难听的叫骂声。

“小心！”季暖和封凌几乎同时出声。

季暖正要将已经受伤的封凌拽开，封凌却本能地将季暖拉到身后，但封凌手臂上的疼痛无法忽视，刚才被电击的痛麻感还在。对方抓住时机，眼看就要伸出另一只手制住她。季暖手疾眼快地拽着封凌转身就跑：“受伤了还打什么，快跑——”

胡同是肯定不能再进了，季暖拉着封凌向另一侧跑。结果男人一点时间都没打算浪费，没有追过来，而是回了车上，打算开车来追。

他是来追她们，还是来撞她们？一切都是未知。

“墨太太，你先走！”封凌忽然顿住脚步。她不打算连累季暖。

“我走什么走啊？！我不是你们训练基地出来的兄弟，不知道什么是牺牲，什么是道义，可在我眼里，你已经是和我关系不一般的好友，我怎么可能走？！”季暖一边跑一边用力拉着封凌，不让她挥开手，“先跑！前面还有胡同，他这辆车没法开进去，我们进去后再想办法！”

忽然，一辆黑色吉普车疾驰而来，在她们面前吱的一声刹住车。封凌和季暖抬起眼，看见车门被自里向外打开。驾驶位上的南衡一句解释都没有，只看了看封凌的脸，冷声道：“都上车！”

封凌的表情滞了一下，季暖已经动作很快地扶着她上车。封凌在车里坐稳时，见季暖还没上来，忙去拉季暖：“墨太太，来！”

季暖也上车后，车门砰的一声关上。这一声，隔绝了外面那辆车追逐而来的引擎声。紧张的气氛终于有了一丝松懈。

来不及去问究竟是怎么回事，季暖坐在封凌身边拉开她的衣袖：“你流了不少血，去医院止血，还是去哪里？”

“她不能去医院。”不等封凌开口，正在开车的南衡已经冷声说，“先去我那里。我那里有止血药和纱布。季暖，你帮她包扎。”

“你在T市有住的地方？”季暖这才转眼看向南衡，“远不远？我的公寓离这里近，直接让她去我那里包——”

“你那里还是算了，现在不能去，免得惹祸上身。”南衡冷淡地吐出几个字，又通过后视镜看了季暖一眼，“你刚才怎么会在那里？以后再发生这种事，记得先跑，知道吗？否则你出了什么事，你男人怕是会把我追杀到太平洋里去，我这辈子都不得安宁。”

季暖没跟他解释，只关切地看着封凌，见封凌脸上没什么异色，也似乎对刚才被人追杀的事情并不很惊讶。季暖将手在她身上又轻轻抚了几下：“还有哪里受伤没有？你别一直不说话啊！哪里疼直接说，要是太严重，只是回家包扎可不行，还是得去医院缝针！”

封凌对季暖摇了下头，意思是自己没什么事，不需要她这么担心。

季暖忽然注意到，旁边有几辆车正逆行而去，顷刻就将那个外国男人所开的车包围。

现在也没法多注意车外的情况，季暖从包里拿出湿纸巾，将封凌脸上的血迹擦了擦。见封凌脸色苍白，她当即皱了皱眉，道：“居然有人在国内持刀行凶，这其中有没有什利害关系？能报警吗？”

“这事国内警方管不了，也跟国内没什么关系。”封凌简单地说了一句。同时，她抬起眼看向前面正在开车的男人。

南衡的车技不比墨景深逊色，显然他很习惯开这种吉普越野车。在他的掌控下，吉普车成功地在警车赶来之前载着她们离开。

南衡在T市还真有住的地方，是一间酒店的顶层被他单独包下的房间。平时，这一整层都不允许不相关的人踏入。

进了房间后，季暖扶着封凌去沙发上坐下。她催促南衡拿医药箱，再按着封凌的肩，说："封凌，我帮你把衣服脱下来，不然等会儿血凝固了，再脱衣服会很疼。"

封凌见季暖好像真的很紧张自己，本来冷静的表情微微恍惚了一下。从小到大，封凌从来没有感受过和同性之间的纯粹友情。以前在基地里，她一直像个男人般活着，无论受什么伤，也是一个人躲在别人看不见的地方，独自包扎处理。

"手抬不起来是吗？我帮你脱，你别动啊！"季暖说着就去帮她脱衣服。

封凌没拒绝，好在她里面还穿了一件比较保守的运动款式的黑色内衣。季暖被封凌肩上和手臂上的刀伤吸引了注意力，她心疼地跑去浴室，打湿了毛巾，帮封凌擦拭伤口周围的血。

南衡拿了医药箱走出来看见的就是这一幕。他目光在封凌的运动内衣上顿了顿，还没开口说话，季暖已经快步过来，一把将他手中的医药箱夺走，给封凌消毒止血。

房间里非常安静。有季暖帮封凌包扎，南衡也不方便一直站在旁边，他咳了一声，出去了。

半个小时后，封凌身上的伤口被处理得差不多了。季暖再去里间，打开柜子，找出一件应该是南衡穿过的黑色宽松T恤，帮封凌穿上。

没过多久，南衡进来，见季暖蹲下身在给封凌处理腿上的伤。他眉宇一挑，低笑道："你这伤口处理得还挺专业，果然季大小姐比以前有用多了。"

季暖无声地翻了个白眼，懒得理他。

这时，忽然响起门铃声，季暖顿时愣了一下。之后，她猛地抬起头，向门的方向看去。她诧异地道："是谁？你这里还有其他人知道？该不会是刚才那些追杀封凌的……”

南衡瞥了她一眼，道：“别想太多。我刚才出去跟墨景深通了个电话，他刚好就在附近，你说现在来的人会是谁？”

季暖听见这话，转眼直盯着南衡身后的房门。

“你男人来了，这门是你开还是我开？”南衡要笑不笑地看着季暖。

既然墨景深在门外，这门谁开还不都是一样？总不可能把他关在门外。

门铃又响了一次，是很悦耳的和弦铃声，声音不是很大，并不刺耳。可这声音在季暖的耳里却如同平静海面上席卷而来的海啸声，让她无法忽视。

南衡明显有调侃她的意思，没去开门，只站在那里，似笑非笑地看着季暖。

季暖手里还拿着药水，一时间没有马上起身。

封凌看了他们两眼，忽然说：“要不然还是我去开吧。”

南衡顿时冷眼扫了扫封凌：“别多事。”

封凌神色一滞。很久没听见南衡用上司的冷厉语气说话，她顿了顿，坐在沙发上没有行动，却是转眼看向季暖：“墨先生肯定是来找你的，去开门吧。我腿上的伤不严重，我自己处理就好。”

门铃没再响，季暖放下手中的消毒药水，擦了擦手，起身走到门前。开门的刹那，季暖的手在门把上握得很紧。门外的男人身形颀长，仍然穿着低调干净的白衬衫，气质内敛优雅。

季暖抬起眼看向门外的男人。墨景深亦将目光落在她的脸上。整整一个月没见，他们这才算真正意义上的“重逢”。

季暖开门之后跟他对视一眼，还没看清男人眼中的情绪，便放开门把，转身向里走，并扔下一句话：“我先把封凌腿上的伤处理好。”

她这话也不知道是说给墨景深听的，还是说给南衡或者封凌听的，总之季暖没再看门外的男人，径自去了封凌那边。

忽然成为季暖最大借口的封凌此时内心的想法是：她果然像个刚学会恋爱的小女人。

想想季暖平时万事都有分寸的样子，再对比现在这种状态，封凌莫名觉得她有些可爱。

南衡当即用同情的目光笑着看向被扔在门外的墨景深。墨景深气定神闲地进了门，无视南衡嘲弄的神情。看见沙发边沾了血的毛巾和封凌腿上的伤，他也就猜到刚才她们经历了怎样的惊险。

“怎么回事？这么快就被人截到了？”墨景深直接看向封凌，“季暖怎么会跟你在一起？”

季暖怎么会跟她在一起——他当然问的是今天。

季暖之前究竟为什么会去那地方，封凌也的确没来得及问，她低眸看向正蹲在沙发边帮她伤口消毒的季暖。

“从昨天到今天，你一直没有消息，以前没发生过这种事，所以我怀疑你出了什么事，就打算去你之前住过两天的小区看看，结果就撞见了那么一幕。”季暖认真地帮她处理伤口，说话时头也不抬。

没想到季暖还会担心她，明明自己才是季暖的保镖！封凌一时间有些惭愧：“抱歉，墨太太，以后这种事情不会再发生。如果误伤到你，就是我的失职，今天的事我实在很……”

“被仇家跟踪围堵，这又不是你控制得了的，跟我道什么歉？”季暖仍然低着头，仿佛借着这个机会，她就能成功忽略身后不远处注视她的男人。

封凌忽然抬头，道：“说起来，如果今天不是墨太太帮了我，我也不能逃得那么顺利。”

南衡挑眉，乜了她们一眼，道：“是吗？那你这个保镖不是就快失业了？要不要跟我回美国的基地？”

封凌道：“不回。”

季暖抬眼看向封凌，见她拒绝得很干脆，顿时笑了起来：“对，不回。封凌在我身边好好的，回什么美国的基地啊？和一群男人在一起吃苦受累有什么好？而且，我身边就算不需要保镖，也需要一个好姐妹。你说是吧，封凌？”

封凌看向季暖，微扬了一下唇角。

南衡眯起了眼睛，感觉封凌跟季暖待久了，难得地多了那么一丝女人味儿和以前从来没有过的柔和……

“疼吗？”季暖看见封凌脚踝处有一块红肿，用手碰了一下。

“不疼。”封凌笑着道。

眼见她们上演姐妹情深的戏码，完全被晾在一旁的两个男人无声地互看一眼。

直到帮封凌将伤口都处理得差不多了，季暖站起身，边收拾医药箱边说："南衡，你这里有水吗？"之前一直拉着封凌跑，季暖现在真有点口干舌燥。

"能喝的水？"

"嗯。"

"冰箱里，酒店每日准备了矿泉水，你自己去找找。"

虽然这里是酒店房间，却是家庭式套房，厨房、书房应有尽有，冰箱里也有工作人员按时送来的酒水。

季暖放下手里的东西，转身进了厨房。她打开冰箱门，从里面拿了一瓶水，正要拧开，却发现瓶盖紧得过分。她微微用力，还是没能拧开，刚要将瓶子放回冰箱里，再换另一瓶，手中的瓶子却忽然被拿走了。身后伸来一条手臂，她手中的水已经到了那人手里。

不需要回头，她就知道站在她身后的是墨景深。季暖在冰箱前静默了一瞬，转眼看向轻而易举帮她将瓶盖拧开的男人。

已经打开的矿泉水瓶被递到她面前，墨景深淡淡地道："喝吧。"

季暖的手顿了一下才抬起来。接过水的时候，估计脑子还没转过弯，她鬼使神差地说了一句："谢谢。"

男人的面色平静无波，似乎他从来都没有跟她有过任何争吵，又似乎之前那一个月的消失根本就没有发生。因为季暖这么一句不知有意还是无意的疏离的话，他深深地看着她。

"谢谢？"墨景深淡漠地开口，双目看着她，"你是在跟谁说话？"

"跟你啊。"季暖喝了一口水，平静地回答。

他没再多说，却在季暖正要拿着矿泉水从他身前绕开走出厨房时，直接将她揽住。他将女人向前一推，季暖被逼到冰箱对面的墙上。

见男人这是被她的话给气着了，季暖才确信，原来他并不是真的如表面上这样，可以无动于衷地掌控她的喜怒。原来这男人也不是时时刻刻都那么淡定。

她抬起眼看他："你干什么？南衡和封凌都在外面。"

"给他们一百个胆子也不敢进来。"墨景深的嗓音依旧低沉冷漠，

"把你刚才的话重说一遍，你在跟谁说谢谢？季暖，我是你什么人？"

季暖仍然脸色如常地道："以前是我老公，后来忽然一整个月没联系，谁知道你是我什么人？"

墨景深挑眉道："你喝酒前和喝酒后的状态，除了撒泼之外，基本一致。所以，你对自己瞒着我喝酒的事情，不打算做出任何解释？"

"我为什么要解释？"季暖很平静地看着他，"我该严防死守的，不是喝酒不喝酒，而是我的这颗心吧？"她对自己醉酒那晚说过的话，没办法完全回想起来，但有几句还是有印象的。

明知道好不容易等到他出现，明知道这一个月有多难熬，可她现在就是放不下心结，就是挤不出笑容。

墨景深的眼眸里渐渐蓄起浅淡的笑意，看着她板起来的脸，像不听话的小猫，明明等待他来抚摸，却又非要做出禁止触碰的样子，他低头便向她唇上凑去："怎么？清醒了也还是这么不讲道理？"

季暖忙要向后避开，男人却已经亲了下来，但也只是在她唇上亲了一下便移开。在她双眼瞪着他时，他将按在她肩上的两手移开，撑在她身后的墙上，低眸凝视着她。

"还在气什么？一个月了，还没想通？"男人站在她面前，遮住她身前的大部分灯光。

"我哪敢气什么？发个脾气就能被冷落一个月，我要是因为你没接电话而生气，你怕是要直接跟我划清界限了吧？"季暖冷眼瞥着他，"你别站在这里挡着我，让我出去。"说着，她就要把他给推开。

结果她推了几下都没能让他移动分毫，他看着她的目光越来越深。她干脆别开眼不去看他，皱着眉说："封凌还受着伤，我现在不想跟你说任何关于——"

"不接电话？和你要面子故意给我打电话却只响一声就挂断比，哪个更过分？"墨景深盯着她的脸，低声道，"我那天刚到海城，和子公司提前有过联系，临时有紧急会议，出了T大后直接有公司的专车来接，手机静音放在一旁。等我看过公司文件再拿起手机时，才看见你的两个未接来电。"

季暖没说话，目光依然不善。

"说起来也是有趣，"男人的手撑在她的颈侧，"这一整个月，你第一次打来电话，只响一声就挂了，第二次打来电话已经是一个月以后，我没接，你就借酒浇愁。仔细算来，你的确过得很潇洒，开心与不开心都这么肆意坦荡，连跑去喝酒的理由都这么无懈可击。”

这话一听就知道他是故意的，里面有几分讥讽，偏偏直击她的要害。季暖一时无话可说。南衡和封凌还在外面，她实在不想闹出什么动静来，而且两人在厨房里的时间已经够久了，应该先出去。她正要再次抬手去推他，男人却道：“还有什么怨气，直接说出来，别在心里憋着，直接说。”

他目光太深，也太浓烈，她根本逃不开也避不掉。季暖看着近在咫尺的墨景深，恍惚想起这一个月看不到他也摸不到他的感觉，咬牙切齿地道：“我刚才不是已经说了，我哪敢有怨气？论起脾气，我的脾气没你的大；论起狠心，我也没有你狠。”她一边说着，一边将身体往墙上靠，刻意拉远一些距离，人却还是在他怀里。

墨景深看着她，又见她下意识地抗拒与他亲近，眸色淡然，没给她继续拉远距离的机会。他俯低身子，以绝对压迫的姿势剥夺她的自由。他沉声道：“你要冷静，我就让你冷静，一个月的时间很长？之前你不是还说要跟我分居三个月，来一场所谓的异地恋？”

一个月的时间，不算长。可一个月见不到他，也没有他的任何消息，那这一个月就真的很长很长了，长到她怀疑人生。

季暖憋不住了。反正话已经说到这儿了，再压抑也没必要。她说：“就算我那天说的话触到了你的底线，你可以不高兴我对你不信任，可你就这样走了一个月，这一个月，你就这么晾着我，晾得很是心安理得？”

“我没晾着你。”

“那你为什么一个月都没消息？”

“抽空去解决了一段不该存在的过往。”

解决过往？虽然他说得不算特别直接，但季暖大概听懂了。一个月之前，她质问过他关于他那个所谓的未婚妻的事，他说，他会处理。所以，原来他是去……

季暖盯着他，捏着水瓶的手一下子松了下来。墨景深手疾眼快地将她差点没拿住的水瓶接过，放到旁边的橱柜上。

原来之前那个月，他是去解决那些事了吗？他是怎么解决的？这个男人做任何事情都是这样不动声色。

她忽然垂下眼，连自己究竟在气什么都不知道了，这一个月，她冷静了吗？的确是冷静了，还冷静得过头了……

她又看了墨景深一眼，道："我过生日那天，是你亲手做的蛋糕，你怎么都没告诉我？"

她一边说，一边不高兴地鼓起腮帮，但这种不高兴不是因为生气，而是懊恼自己由于曾经的遭遇，现在有着太主观的意识和防备心，反而忽略了一些温暖的细节。

"你还知道那些蛋糕是我做的？你一个一个切它们的时候，也没见你心疼过。"男人半调侃似的说着，手在她手上抚了抚，"不气了，嗯？"

还气什么啊！季暖又没那么不可理喻，放着好好的男人不要，难道真的要把这块肉让出去让别人叼走？她又不是有受虐倾向。

季暖忽然拉下他撑在墙上的一只手，攥着他的手掌。她实在难以想象，那天他究竟哪来的精力给她做那么多蛋糕。而且，无论是奶油蛋糕还是基层蛋糕，都特别香甜特别软。这个男人真是事事都无可挑剔。

她将他的手抓在手心，握着他的手指，小声说："那你想要什么补偿？"

墨景深看着她，眼底凝聚起层层笑意。他反握住她的手，低头在她手上亲了亲，又俯身在她唇上亲了一下。他贴着她的唇，低低哑哑地开口道："你认为，我需要什么补偿？"

季暖一下子就被他亲得发软，抿了一下唇，说："要不然，我今晚给你做二十一道菜？做完之后，你当着我的面一盘一盘倒掉？"

"我有这么幼稚？"

"你的意思是我幼稚？"

季暖已经很久没下厨了，来T市后更是从来没有，她现在想方设法弥补自己犯下的错误，让他爽回来，但他不领情，这可就不怪她了。

忽然，厨房墙的外侧传来咚咚几声，南衡在外面道："你们两个，别太过分！进去这么久了，用不用我把封凌带走，把整个房间都让给你们？"

季暖下意识地拉了一下墨景深的手，忙要出去。

墨景深却没动，又将她拉了回去。他顺势将刚才还紧贴在墙上跟他保持距离的小女人抱在怀里，在她耳边低声道：“把房间让给我们，倒是个不错的选择。”

她将手抵在他胸膛上，开口道：“封凌刚受了伤，而且明显是被不明势力追杀，她好歹也是你雇来的人，你总要对她表示几句关切，哪有你这么冷血的老板？”

“有南衡在，她不需要我的关切。”他说得简单直白，接着似警告又似命令地道，“以后，但凡与那些不明追杀者或者异国他乡的人有关的人，你都不许靠近。封凌虽然身手不错，但她的背景并不简单。风声正紧的时候，你要做的是照顾好自己，记住了？”

“知道了，冷的时候不见人，好的时候又像管家公一样管着我。”季暖嘀咕了一句。

季暖走出厨房时，封凌已经把那件黑色运动外套穿上了。封凌穿着外套坐在沙发上，好像刚刚受伤的不是她，除了脸色苍白了些，她与平日并无什么不同。这是接受过训练的原因？连痛都不能喊，什么都要忍着？

“终于舍得出来了，我还以为你们两口子要在我的厨房里待到天荒地老。”南衡一脸冷笑地倚在厨房外的墙边，开口道。

季暖的脸色柔和了许多，不用猜也知道，这小女人已经被哄好了。

墨景深将手搭在季暖腰上，将正要去沙发那边的小女人圈在自己怀里。他又看向封凌和她脚边的药箱，最后将目光落在南衡那边：“他们绕这么大圈子，目的是她还是你？”

南衡不以为意地笑道：“都是XI基地共事的人，最大的目标非我即她，有什么区别？”

墨景深看着他，语调淡淡地道：“自己的女人被伤成这副德行，明明现在恨不得亲自去把那几个废物的老巢连根拔了，却没事人似的靠在这里笑，季暖都没你心大。”

“墨先生，我不是他的女人。虽然您是我现在的老板，但请别给我乱扣帽子。”封凌不怎么愉快地抗议道。

墨景深却仿佛没听见她的话，只冷淡地瞥着南衡。南衡静默了几秒，暂时收了懒散的态度：“这年头女人不好养，轻了重了都是错，留在身边是错，放出来也是错。”

他这话季暖听得不明所以，坐在沙发上的封凌表情冷了。

南衡扔掉刚要拿出来点燃的烟，再抬眸时，神色已然冷了几分：“你知道的，那伙人打算借着洛杉矶的那层关系成功洗白。当初封凌去截的那几辆走私车，跟他们要洗白的事有很大关系，等于封凌将能直击他们死穴的证据掌握在手里，他们无论做什么都会碍于封凌的存在，所以才会几次三番试图对她下手。但封凌的身手和警惕心向来不错，他们既然有胆子把手伸到国内，也等于把自己的退路堵死了。”

季暖虽然被墨景深圈在怀里，却还是默默地向他身边又挪了挪。尽管她不能精准地捕捉到他们对话的含义，但几不可察的硝烟味她还是能闻到的。她早就知道南衡的背景不简单，只是没想到，事情似乎比她想象中要严重一些。

她依稀记得秦司廷说过，他在美国时救过封凌的命。那墨景深呢，他在他们之间扮演着怎样的角色？

相比南衡的冷厉和季暖的无声，此时的墨景深则显得波澜不惊：“死路是他们自己的选择，临死前拉着你们一起，也不算付出多大的代价。”

听得出来，墨景深这是在提醒。南衡自然也清楚。

南衡勾了勾薄唇，带出冷漠的弧度：“我把封凌带到国内，总不可能只为让她给你的女人当保镖。她留在国内，我自然已经设置好了埋伏，保证他们来一个死一个。”

墨景深有一下没一下地拍抚着季暖的腰，神色淡淡地道：“让自己的女人当诱饵，这种冷血无情的事，倒真的只有你南衡做得出来。”

“墨先生，在基地时我已经知道所有任务和过程，一切都是我自己的选择。”封凌插了一句嘴。这大概是封凌第一次在他们面前为南衡说话，但语气没什么温度。

“让女人去维护你，这是你身为男人该干的事？”墨景深无视她，仿佛在刻意激南衡，又将一句狠话扔了过去。

南衡：“你们这一唱一和的，差点让我怀疑封凌被你女人给洗脑了，她什么时候学会这么配合你了？”

季暖忽然幽幽地开腔道：“南衡，人家封凌明显是向着你，才帮你说了一句话，你良心不痛吗？”虽然不太了解情况，但见墨景深这么怼南衡，好像挺爽的，季暖一时忍不住，也跟着怼了一句。

南衡没说话。他眯起眼，意味深长地朝封凌的方向看了一眼。

封凌没再说什么。

从酒店出来时已经很晚了，季暖知道，她今晚应该回不了寝室了。

被墨景深带回在T大校外的公寓，在车里时她就问：“你之前说的解决……你上个月是回过美国吗？”

“答应你的事，总要做到，不亲自去一趟，又怎么能给你一个完美的交代？”男人的声音平静低沉。

她猜到是一回事，从他口中听到又是一回事。季暖的心一下子乱了：“我也没有太斤斤计较，只是那次发生的事情让我受刺激了。在那种境况之下，如果我还能保持冷静，一点都不质疑和发泄，恐怕我也不是正常人了，或者，你甚至可以认为我根本就不在乎。但我没有逼你去做什么的意思，也没有要为难你——”

“不为难。你更不需要为这件事多心，我说我会处理、我会解决，必然就不再留后患。”

季暖看了他一眼。他的意思是，现在要从她嘴边抢肉的人，已经不是最大的问题了吗？

虽说墨景深亲自出手，的确可以快刀斩乱麻，但对她来说，连敌人的面还没见到，对方就被咔嚓掉了，会不会太没挑战性了？

回到公寓，墨景深下车后直接牵住她。男人的手正好将她的手完全握住。她转眼打量着他，道：“我那天晚上之所以放心地去喝酒，也是因为有封凌在我身边。”季暖瞟着他，“那天你不会真的是在我喝酒的地方，直接把我带走了吧？”

“你是不想让我看见你被封凌扶出来时烂醉如泥的样子，还是不想让我知道你醉到连我的脸都认不出来？”墨景深听见她提喝酒的事，扯着她进了电梯，向她投来不冷不热的一眼。

不用问了，很明显，他的确是在那家清吧里找到她的。所以，她当时连他的脸都没认出来吗？不对，她当时只觉得自己看错了，以为他是个幻觉，她怎么可能认不出墨景深的脸？

进了电梯，墨景深去刷电梯卡。

季暖答应过他不再喝酒，结果自己却故意借酒浇愁，墨景深不想在刚把她哄好的时候跟她计较，但对她喝酒的事仍是不满的。

季暖就这么站在他身边，看着电梯门上映出的两个人的身影。与他向她投来的视线碰撞时，她靠在他手臂上，道："以后就算喝酒，也只喝开心的酒、庆祝的酒，我再也不借酒浇愁、跟你生闷气了。"

男人这才抬眸看了她一眼："你这是根本没打算滴酒不沾！开心的酒？你倒是把喝酒也能找出好几条理由。"

电梯在公寓楼层停下，季暖撇撇嘴，跟着他一起出了电梯。

回来之前，在南衡那里吃了些东西，季暖现在不饿。她进门后开了灯，刚换下鞋子，就看见墨景深拿过那双灰色的室内拖鞋换上。消失了一整个月的男人就这样回来了，她空落落的心瞬间被填满，一时半会儿也说不清是什么心情。她莫名地松了一口气。

季暖最近在学校的作息时间太健康，到点就习惯性犯困，毕竟已经快十一点了，她脱下外套，直接钻进浴室，打算洗了澡赶紧睡觉。因为太困，她都没泡澡，直接站在淋浴的喷头下冲洗。

忽然，浴室门开了，她困倦地抬起头，一时没反应过来。穿着衬衫、西裤的男人踩着地上的水渍，就这么走了进来。男人的手臂圈住她的腰肢，一手关了淋浴开关，然后直接将她拦腰抱起来。

季暖困得有些发蒙，开口道："我还没洗完，你干什么？"

"等会儿一起洗。"

第二天，早晨。

墨景深的生物钟比季暖的更早更准时，虽然季暖在他怀里睡得很踏实，但男人起身时，她还是醒了，只是懒得睁眼。

男人轻轻掀开被子，像是看了她很久。两个人在一起久了，哪怕不睁眼，季暖也能感觉到男人的目光是落在她脸上的，并且很专注，很久没有移开。

就在她考虑要不要直接起来的时候，男人在她脸上亲了亲，然后下床。

这种踏实的感觉，让季暖抱着被子，安心地翻了个身继续睡。

等他洗过澡换好衣服，又去厨房帮她准备了早餐后，已经是八点多。他再回到卧室时，床上的女人已经坐了起来，却还是一副没睡醒的表情，头发凌乱地散在肩后，身上穿的是昨晚他抱她洗过澡后给她换上的睡裙。

季暖是真的没睡饱，但她现在也确实饿了。

墨景深随手扣着衬衫的扣子，快步走到床边：“睡醒了？起来洗洗，吃早餐。”

季暖抬起惺忪的眼睛，开口道：“我可不可以吃完早餐后再回来睡一会儿啊？”

“先起来吃饭，吃完之后在房间里走一走，消化一会儿再睡，免得积食。”男人没强行要求她起床，沉声道，“早餐还热着，你是想等凉了再吃？”

季暖这才掀开被子。

“今天真的停课啊？”她走到餐桌边时，看见久违的墨景深牌爱心早餐。她一边打着哈欠一边依依不舍地去洗漱。

“嗯，停课，所以你可以继续在家里睡一会儿，不需要考虑会不会错过林教授的课。”男人将餐具放到桌上。

洗漱过后，她开始吃东西。墨景深对她的食量很了解，所以做得不多不少，正好是两人的分量。

季暖吃完之后，坐在餐椅上没动。她看向正要将碗拿去洗碗机里的男人，仰着脸说：“我还没吃饱，还想再吃一碗面，一小碗也行……”

墨景深摸了摸她的脑袋，道：“你确定？”

季暖点头道：“确定！”

如果墨景深没记错，刚才那些早餐的量是刚刚好的，但她这副根本没吃饱的神情……

“想吃什么面？”

“随便，只要是你煮的就行。”

“确定你还吃得下？”

“嗯！”

他没多问，只道：“等着，我去煮。”

季暖还真的不是故意撒娇，昨晚被男人折腾了一整夜，现在要点利息也是应该的，而且最近她的饭量确实增加不少，虽然体重没见长。但墨景深的爱心早餐能多吃一碗是一碗，毕竟是那么可遇不可求。

三天后。

“季暖，你已经好几天没回寝室住了，今天林教授的早课你千万别迟到啊！听林教授说，给T大图书馆投资的那位，现在已经正式成为我校的名誉校长。今天上午校领导会给全校师生开会，名誉校长应该也会讲几句话。不知道今天是什么样的情况，但现在我身边的同学情绪都很激动，你记得千万别迟到啊……”白微在电话里不停地催促。

季暖：“知道了，我很快就到。”

“快点，今天不能缺席。”

“好好好，马上，我马上就到。”季暖一边挂了电话，一边看向正闭目养神的这位T大新晋的名誉校长。

白微打电话当然是提醒她别缺席，毕竟墨氏集团在国内地位不低，对商务系和企管系来说，能有机会接触到传闻中的墨总，确实非常难得。

“你今天会去T大？”她看着男人，有些纠结地问。

墨景深看了她一眼，长臂一伸，将她揽了过去。他亲了亲她的脸，温声道：“被你们校领导强烈要求去讲几句话，我对这种场合没兴趣，但既然已经为了你给了T大这么大的面子，好事总要做到底。”

“嗯。”没错，毕竟墨景深答应了会投资，这事就不是开玩笑。

经过红绿灯路口的时候，墨景深的手机响了。他拿起来看了一眼，是南衡的号码。

车过了路口就到T大了，季暖看快迟到了，又见墨景深在接电话，便对他使了个眼色，然后又对司机客气地点了一下头，直接下车。

墨景深听着电话那边的声音，片刻后，他静默了一瞬，然后淡淡地道：“他们现在在哪里？”

听见电话彼端的回答，他面色沉静，语调波澜不惊：“我知道了。”

全校师生已经陆续进入T大最大的体育馆。沾林教授的光，林教授班里的学生都坐在前三排，可以将台上的人看得很清楚。

没一会儿，后边传来几个学生的议论声——

“不知道传说中的墨总是什么样的，据说很帅啊！”

“你没见过墨总的照片吗？本来就很帅！”

“啊，他的照片你们有吗？我一直没有找到！在网上查到的也大都是他的侧面照或者商业记者抓拍的不太清晰的照片，根本没见过正面，估计颜值nice（棒）！”

“必须超nice！你以为人家海城的‘南秦北墨’是浪得虚名？”

“那快把照片给我看看呀！”

几个人仍在小声交谈，季暖向台上的几位校领导瞟了一眼，嘴角也若有若无地向上扬了扬。

就连向来沉稳淡定的白微，这会儿坐在季暖旁边，都明显有着强烈的期待。坐在旁边的凌菲菲就更不用提了，眼睛都快穿过幕布看向后面，想钻进去看看传说中的墨总究竟到了没有。

T市不比海城，再怎么样，这里的人与墨氏集团的接触也是有限的。

校领导还在讲话，大家悄悄地聊了一会儿，便觉得索然无味。也不知道墨总什么时候出来。

白微转眼看向凌菲菲，闲聊似的问：“你说丢了好几天的那块钻表，找到了吗？”

“还没有。”凌菲菲回答时，忽然仿佛不经意地朝季暖瞟了一眼。

季暖迎着她的视线，冷淡地看着她。凌菲菲这才迅速别开头，不再跟季暖对视。

雷鸣般的掌声过后，全场一片寂静，没有人敢发出任何声音。

直到墨景深终于出现在台上，台下的少女们几乎个个倒吸一口冷气。他站的地方，前有演讲台，后有大屏幕，他却没有被大屏幕的白色吞噬，反而格外显眼。她们以为他会穿严谨高冷的黑色西装，以为他会像其他校领导那样，手持话筒神情严肃，可是他没有。他很随性地穿着衬衫、西裤，衬衫领口处的扣子没有系，袖子挽至小臂处。

“我的妈啊……好帅……”

周遭又是一阵很低的感叹声，甚至有人在议论墨景深的年纪。

“各位，初次见面，”墨景深一手随意地撑在演讲台上，一手轻轻举着话筒，淡色的唇角有着三分笑意、七分疏离，“我是墨景深。”

台下再次掌声如雷，季暖也跟着一起鼓掌。她莫名其妙地想起昨天夜里自己被他按在床上欺压的一幕。

他到底是个什么样的男人？他可以在公司里冷静地操控大局，又和南衡这样背景复杂的人走得很近，现在更以T大名誉校长的身份站在这里演讲。

“感谢T大各位同学来到这里，与我进行一次愉快而简单的会面。”

台下的每个人都很安静，男生们仰望着这个站在高处的男人，遥想自己未来某一天会不会也有这样的成就；女生们仰望他的同时，又怀着害羞与心动。

“众所周知，T大是国内知名的高等学府，为经济行业和各大企业培养出了各类高端人才。此次墨氏集团不仅投资重建T大的百年图书馆，更与T大达成共识，未来在国内院校招聘时，墨氏会优先选择T大毕业生。”

墨景深面带笑意看向坐在前面第三排的季暖。季暖的位置不算特别显眼，但男人的目光偏偏准确地落在她的脸上。

校领导也因为他刚才那一瞥，下意识地朝那边看去，但台上灯光太暗，从那里看过去，基本看不清那些学生的脸，实在看不出来他刚才是在看谁。

在所有人都在好奇时，墨景深却淡定地收回目光，唇角弯起一抹完美的弧度。之后，他抬手示意大家不要分散注意力，也让季暖提到嗓子眼的心缓缓落回原位。他将手中的话筒放回到演讲台上，好整以暇地把袖口又向上挽了一圈，显得更加平易近人。

坐在季暖旁边的凌菲菲心里已经翻出水花，刚才墨总看的好像是她这里……心动的感觉说来就来，凌菲菲害羞地抬起手，按着自己的脸颊，激动得手都在抖。

“各位同学，想必你们早已听腻了所谓的‘外交辞令’。”墨景深的嗓音里透着清澈与淡然，“非常好，你们不愿意听，我也不愿意讲。”

台下的一群学生顿时笑了。

“我是商人，游走于商界，近两年曾被国内几所商业大学邀请做企管系或商务系的客座教授，但我都回绝了，实在是没时间也没精力。教书育人是伟大的事，我这种在血雨腥风的商场上混迹的刽子手并不适合去做这件事。”

台下每个人都屏着呼吸在听。

“这里是T大，在座大部分人都是奔着商务系而来，以后也会有很大一部分人涉足商界。我之所以用‘血雨腥风’几个字，当然不是危言耸听。你们在这里学的是各方面的知识，各位能考进来，都是奔着什么去的，不用我多说。这里不是游乐场，而是战场之外的备战兵营，”墨景深话锋一转，“是国内商业人才的储备基地。你们以为，进入T大，就有国内各大知名企业向你们招手了？你们错了，进到这里，一切才刚刚开始。”

台下，女生们的笑声渐渐弱了，男生们的眼神也变了。

“你们以为毕业后就可以展翅高飞？”他又笑道，“在商场这个杀人不见血的大熔炉里，能站得住的，一百个人里，能有一个吧。”

台下彻底没人笑了。

“在这里，你们要做什么？除了学习基本功之外，更要锻炼内心。不想做被淘汰的那一个，就要从今天开始努力，抓住一切机会。”

这是激将法，毕竟考进T大的学生，每个都自认为很有能力，也很骄傲，很多商务系的学生都眼高于顶、不可一世。

最开始，几位校领导听得心惊胆战，以为墨总是来拆台的，听到最后，他们脸上总算挂上佩服欢喜的笑。

台下一片静默，唯独季暖笑了。她又见识到了墨景深的另一面。

墨景深的目光忽然落到她脸上。男人唇边笑意不减，眸色却深了许多。停顿片刻，他微微笑着，嘴巴对准话筒，吐字清晰地问：“第三排靠右、与林教授相隔五个位子的女同学，能告诉我，你在笑什么吗？”

寂静的体育馆内，几千名学生顷刻将目光投向第三排。离季暖最近的几个人，更是直接盯着季暖的脸。

季暖望着台上面带笑意的男人。

他在笑，她却恨得咬牙切齿。

他是故意的！故！意！的！

第二十二章　不识·本尊

墨景深这番并不很官方的讲话，从最开始的打击，到最后的振奋人心，真是很精彩。

最后，墨景深放开话筒，转身下台。有很多学生希望他多说一些，可校领导上了台，又开始讲起各种套话。大概又过了半个小时，大会才终于结束。

学生们纷纷拥出体育馆。季暖本来正要和大家一起向外走，凌菲菲却在这时回头，眼尖地看见正在幕布后与校领导交谈的墨景深。见墨景深居然还没走，凌菲菲当即悄悄地转身回去了。

“哎，季暖。”白微小声叫着季暖，用手轻轻敲了敲她的胳膊。

季暖：“怎么？”

“看后边。”白微压低声音道。

季暖挑了挑眉，回过头，看了一眼便懂了。

“她这几天明显又想在你和封凌身上挑刺。今天封凌没来，就怕她趁着校领导都在这里的时候，跑去说你的坏话。她这人做事太不靠谱，脏水说泼就往外泼。走，跟过去看看。”白微拉着季暖的手，转身往回走。

季暖倒是不介意，凌菲菲还不值得她操心。但见凌菲菲明显是奔着墨景深而去，季暖也没拒绝，和白微一起过去了。

到了幕布前，凌菲菲看见快步走来的白微和季暖，顿时乜了她们一眼，压低声音问：“你们跟过来干什么？”

“你干什么，我们就干什么！脚长在我们身上，还不许我们过来？”白微淡淡地呛了她一句。

凌菲菲不乐意地转眼看向里面的墨景深。

幕布和屏幕已经被完全撤下来，学生们要么已经走了，要么还在走道那里排队向外走，只有季暖、白微和凌菲菲三人站在台下，看起来鬼鬼祟祟的，瞬间引起了校领导的注意。

“你们几个，还不离开体育馆，在这里看什么？”校领导不满地回头看向她们，“赶快走！别在这里偷看！”

凌菲菲忙开口道：“主任，我们对刚才墨总说过的话有些疑问，想和墨总探讨一下……”

本来应该自称“我”，结果凌菲菲说成了“我们”，将被骂的机会同时分给了季暖和白微。

白微默默地翻了个白眼。

季暖淡淡地挑眉。

墨景深回过头来，瞥见季暖也在其中。他不动声色地转过身，道：“要探讨什么？”

凌菲菲当即兴奋极了，不顾校领导的目光，快步走了过去：“墨总您好，我是林教授带的企管系的学生，我叫凌菲菲，我们家是凌氏银行的……”

墨景深听她说着自我介绍，看向没有走过来的另外两人。

见墨总在看她们，凌菲菲心里自然几万个不乐意，却扯着笑脸说：“那两个是和我一个班的，也住在同一个寝室，她们和我一样，都是林教授的学生。”

校领导正要上前阻止，却被墨景深一个眼神给逼退回去。

“哦？都是林教授的学生？”墨景深微笑着道。

凌菲菲脸上笑意更浓。忽然，她甜甜地说：“墨总，我确实对您刚才讲的话有不太明白的地方，如果您不忙，介不介意一起吃个饭？”

这也太明目张胆了！季暖遇见过的情敌不少，还从没见过谁这么直接，敢在她面前找墨景深一起吃饭。

相比其他人一脸无语的表情，墨景深却是漫不经心地看了凌菲菲一眼。之后，他淡淡地道："有什么话直接问，为什么要吃饭？"

"现在已经快中午了，墨总也会饿的，我们一边吃一边聊！"凌菲菲笑得一脸甜美。

季暖没说话。她看着这一幕，大有看墨景深热闹的意思。

"说得也对，现在确实快到中午了。"校领导忽然在旁边插话，"墨总，我们已经安排了用餐地点，其他校领导和市教育局的领导都会来，您跟我们一起吃点吧。"

见校领导在旁边干涉，凌菲菲想拉长脸也不敢。她想了想，忽然伸手，一把将身后的季暖拉了过来，说："墨总，我室友也是你们海城人，她在海城只是个小工作室的负责人，一直也没什么机会见到您，如今在距离海城千里之遥的T市见到了，这是不是也是难得的缘分？墨总，您给个面子，一起去吃饭吧……"

季暖被她拽过来，本来要挥开她的手，听见她的话，嘴角抖了一下。她不着痕迹地将凌菲菲的手推开，视线落到墨景深的身上。

只见男人意味深长地看向她，又用调侃的语气道："海城人？"

"墨总问你话呢，你吓傻了？快答啊！"说着，凌菲菲又要去拉季暖。

季暖刻意跟她保持距离，直接退回到白微那边。

凌菲菲笑着转眼看向墨景深，道："墨总您别介意，我室友害羞，其实她们很想和您说说话呢！"

闻言，墨景深又似笑非笑地看了季暖一眼。

这时校领导过来说："墨总，教育局的领导和校长已经准备出发去用餐地点了，您要不要一起去？"

"我最近会在T市停留一段时间，和校领导吃饭的机会多着呢，不急于一时。"墨景深淡淡地道，"我多年前在国外读书，对国内的大学食堂早有耳闻，既然已经是午饭时间，几位同学又盛情邀请，不如我跟你们去T大食堂走一走，在这里吃个中饭，如何？"

"啊？T大食堂？"凌菲菲梦想中和墨总坐在某西餐厅用餐的场景破灭了。

一直没说话的白微开了口："墨总，您如果真有这个打算，T大食堂当然是不二的选择。T大食堂的厨师水平真的很高，您要和我们一起去尝尝他们的手艺吗？”

校领导已经快崩溃了。墨景深是怎样的人，放着学校领导安排的七星级酒店不住，现在连学校安排的最好的酒楼也不去，竟然要和一群学生挤在食堂里用餐？

闻言，墨景深淡淡地勾唇，然后开口道：“好，几位同学，麻烦带个路。”

凌菲菲自从来T大之后，就从没去食堂吃过饭，可现在……

“墨总，我带您去吧，T大食堂就在女生寝室楼对面！离得不远！”凌菲菲一脸欣喜地要带路。

校领导生怕怠慢了墨景深，本来打算和他一起去，可刚一抬步，就听见墨景深道：“有这几个学生带路就够了，你们该忙就去忙，不用一起来。”

墨景深这是根本没打算让他们跟着，校领导也不傻，看出他的意愿，也就没跟着他。

食堂里人很多，墨景深的忽然出现让学生一片哗然。校领导虽然没敢跟过来，但还是派了保安维持秩序，那些本来向他们这边拥来的学生都被保安呵斥着，继续排队。

墨景深进门后，看了一眼四周，之后便站在人群后。

见堂堂墨总来了食堂，而且居然在排队，有人便主动让位，墨景深道了谢，没有过去，仍然站在原处。

现在是季暖和白微站在凌菲菲后边，凌菲菲站在墨景深身后，而且故意站得很近。

季暖和墨景深之间隔了两个人。

前面想要让出位置的人不在少数，见墨景深没有换位置，他们就都自觉地向后站。

此时，已经快排到的人也没太注意后面，便没有让出位置。凌菲菲看着这些人，认为他们不自觉，于是便不客气地走过去要赶他们到后面。

墨景深淡漠的目光从学生身上掠过，之后，他用毫无情绪的语调对凌菲菲道：“如果你在哪里都没有排队的自觉，至少在我把意思讲明后，少在这里替我决定是站在前面还是后面，你也没资格驱赶按规矩排队的任何人。”

刚才还得意地对所有人显摆自己跟墨总站得最近的凌菲菲，此刻重重地咬唇，眉眼里也有一丝不高兴："墨总，我也是为了让您赶快吃到食堂的饭，而且您时间宝贵，排队实在是太浪费时间了，所以我才想让大家都自觉让开。"

墨景深冷漠地道："那你最好收起你那些自以为是的为我着想。"

凌菲菲还以为墨总是对她有一点好感，才会答应一起吃饭，没想到他居然这么不给她面子。凌菲菲非常难堪，毕竟四周那么多人在看着。不过，墨景深是名誉校长，学生被校长教育几句，仔细想想也不算太难看，凌菲菲很快平复了心情，低下头主动道歉："抱歉，我以后会注意，不自作主张了……"说着，她自觉站回到队伍里。

白微和季暖离得近，季暖听见白微低声说："活该。"

凌菲菲的确活该，但季暖的注意力一直都没放在凌菲菲身上。

刚刚离开体育馆，她就不时想找机会和墨景深交流，想问他是不是真的要去T大的食堂，可男人没再将目光放在她身上，她没能找到机会跟他的目光有任何碰触，现在中间隔了两个人，她更是没机会问他究竟想干什么。

好不容易排队买了食堂的套餐，又有学生主动将干净的空桌子让给他们。墨景深落座后，凌菲菲急忙要坐到墨景深身边去，白微却先一步坐到墨景深身边，并保持了适当的距离。

凌菲菲气结，端着手里的餐盘去墨景深的对面，结果她刚过去，就见季暖已经先一步在墨景深对面坐下。虽然她想骂人，甚至想直接赶她们起来，可现在墨景深坐在这里，她要维持形象，只能忍着。最后，她委委屈屈地坐在了墨景深的斜对面。

"今天的套餐里没有汤，你们要喝水吗？"白微问道。

"好啊，那你去买几瓶矿泉水吧。墨总之前讲了那么多话，现在应该还没喝过水吧？"凌菲菲开口让白微去买，自己仍然坐在那里没动。

白微乜了她一眼，开口道："食堂的内设超市就在你身后十米处，我从这里绕过这么长的桌子，要比你多走很多步，你回个头走几步就能买了，你确定要让我去？"

凌菲菲回头看了一眼超市的方向，说："季暖，那你去吧。"

"我不渴，你想喝就自己去买。"季暖用筷子将一块鱼的刺挑出来，耐心地说着，眼皮都没抬。

凌菲菲顿时白了她一眼，然后放下筷子，起身去了超市。

“墨总，我们刚才在体育馆，没有唐突到您吧？”见凌菲菲咋咋呼呼地走了，白微才客气地问了一句。

墨景深瞥了季暖一眼，见有根很小很细不容易被发现的刺也被挑了出来，确定她不会卡到喉咙，他才移开视线，淡声道：“没有。”

安静还没维持三分钟，凌菲菲拿着水回来了。她只买了两瓶水。很显然，她一瓶，墨景深一瓶。她将水直接放到墨景深面前，甜笑着说：“墨总，请喝水！”

季暖吃的那口鱼有些咸，顿时咳了一声，墨景深没什么表情地将矿泉水推到季暖面前，不动声色地说：“你喝。”

季暖也确实被咸到了，她拿起水，拧开盖子喝了一口。

凌菲菲的脸一下子拉长许多：“墨总，这水是我给您买的，我这室友刚才说过她不渴，您根本没必要让她喝您的水啊！”

“刚才是刚才，现在是现在，你没见季暖被咸着了？说起来，今天这鱼确实有些咸了。”白微边说边乜了凌菲菲一眼，“还有，你别总是你室友你室友这样称呼，我和季暖没名字还是怎么着？”

“我是怕墨总一时间记不住这么多名字，没说而已。”凌菲菲不以为然地解释着，又不满地看了季暖一眼，见季暖这水喝得心安理得，她更不高兴了。

“谢谢墨总的水。”季暖喝完后放下水瓶，抬起眼对墨景深道，同时旁若无人地笑了一下。

这个小女人!

“不谢。”墨景深亦是微微一笑。

见季暖和墨景深因为一瓶水都能说上话，凌菲菲心里更不是滋味了，她忽然很后悔拉着白微和季暖去找墨景深。心里不乐意归不乐意，墨景深就坐在斜对面，凌菲菲控制着自己，没再纠结这个问题，只说：“墨总，要不然我再去给您买一瓶吧？”

“不需要。”墨景深也用筷子挑起盘中的鱼刺，开口淡声拒绝。

每天午休时间，T大食堂绝对人声鼎沸。今天却因为墨景深的存在，许多同学吃饭时都没有大声说话或者打闹，吃完后就安静地离开了。

凌菲菲几乎没怎么吃东西，她实在觉得这食堂的饭菜不怎么样。但是看见墨景深居然真的一点都不嫌弃，而且吃相优雅，真是越看越觉得他有魅力。凌菲菲将就着吃了几口，忍不住嘀咕："墨总，别怪我话多，您真的好帅啊！"说完，她又意犹未尽地继续道，"墨总，您结婚了没有啊？"

季暖忽然咳了一声，又一次拿起那瓶矿泉水。墨景深看了她一眼。季暖避开他的目光，忍着咳嗽，喝了好几口水。

凌菲菲对于季暖这种故意吸引墨景深注意的"卑鄙"行为非常不满："季暖，你咳什么啊？没看见人家正在说话？"

"鱼太咸了。"季暖放下水，开口道。

"咸你还吃？"

"咸鱼嘛，不咸怎么能叫咸鱼？"白微道。

凌菲菲干脆不理她们，又执着地看向墨景深："墨总，我刚才的问题方便说吗？"

墨景深目光冷静，从容地开口道："我结婚了。"

凌菲菲脸上那又忐忑又期待的表情瞬间垮了下去。没想到他居然结婚了！没想到他居然答得这么直接！

"好可惜，墨总这么早就结婚了……"

"结婚早有什么可惜？"墨景深冷淡地道，"我很庆幸娶到现在的妻子，一成不变的生活因为她而变得不同，她在我眼里是最重要的人。"

季暖吃饭的动作渐渐慢了下来，抬眼看向坐在对面的男人，他的眼底凝聚起一抹暖色。她竟不知道，墨景深在外人面前提起她的时候，会是这样。

"看来墨总真的很爱您的妻子，好羡慕……"凌菲菲有些牵强地扯了一下嘴角。她忽然很想知道，能被墨景深这么用心对待的女人，究竟是什么样的。

听见"很爱"两个字，季暖握在筷子上的手紧了一下，心里像是塞满某种滚烫的情绪。如果不是努力保持冷静，她现在怕是要直接扑到这男人怀里了。

好巧不巧的，林教授班里一位男同学走进食堂转了一圈，买了一瓶水准备走人时，忽然看见季暖。他对季暖笑着，露出一口白牙："季暖，我说怎么四处找不到你，你怎么忽然跑到食堂吃饭了？"

季暖一直很低调，林教授班里的好几个男生都对季暖有好感，平时也会找机会跟季暖打招呼。今天这位也不例外。

但在墨景深看来，就不是那么回事了。

季暖笑着回头，也打了声招呼。她再转回头时，直接对上男人淡淡的目光。

几分钟后，季暖起身去洗手间，洗手间里很干净。

这会儿很多学生已经离开食堂，季暖走进洗手间，拧开水龙头放水，慢悠悠地搓着手。

洗完之后，她刚关了水，一道白色身影闪身进来。她回过头，看见了墨景深。

"这里是女——"季暖刚要说话，却见他顺手将洗手间的门关了。

季暖手上还有水，怔了一下，忙将手放在风干机下吹了吹。呼呼的风声传来，男人长睫垂下，眯眼看着她，往前走了两步。

"刚才的男生是怎么回事？"

话音还没落，男人已经走到她面前，将她整个人圈入怀中，以绝对压迫的姿势，直接在她唇上咬了下去。

季暖却在笑，男人捏着她的下巴道："你还挺高兴？"

季暖装傻道："什么？"

男人情绪莫辨，睨着她坦然的表情："果然从一开始就不该让你来T大，这里真不是个明智的选择。"

"你别误会，那就是个同学，平时在一个班里，抬头不见低头见，见了总要打招呼。"

"是吗？他怎么不跟你另外两个同学打招呼？"

"可能，我比较好看吧。"季暖说的是实在话，反正谎话在他这里没用。

难得见小女人自恋，墨景深坏笑道："你很得意？"

"我哪里得意啦！刚才都要被你感动了，我可是一直忍着才没说话。"季暖靠在他怀里。反正洗手间的门都关了，该撒娇的时候得撒娇，免得墨总裁化身"醋王"，否则就不好收场了。

小女人整个贴在他怀里，男人似笑非笑地看了她一眼，道："是吗？那你感受到我的杀意了吗？"

洗手间的门被敲响，季暖表情一肃，转眼望向门口，见门已经被墨景深反锁了。

"哎？这门怎么打不开？"外面有女同学的说话声。

"可能又坏了吧！上个星期这个洗手间的门锁好像坏过，学校说已经找人修了，也许是又坏了。"

"那算了，去教学楼的洗手间吧。"

两个女同学在门外又推了推，实在打不开，最后直接走了。

季暖刚松了一口气，腰后的手将她向上一提，她还没反应过来，男人便又吻了下来。他一手按着她的后脑，另一手搂住她纤细的腰肢，把她整个人往前带。

这种场合……这种地方……

她因为动情而激烈地回应。男人动作一顿，目光一点点暗下来，毫不留情地咬过她的舌尖。甜蜜感胜过痛麻感，季暖抬起手，环抱住男人的脖颈。她顷刻被他抱了起来，放在洗手台上。直到她呼吸急促，他从她背后的镜子里看见她红透的后脖颈与耳根。

墨景深的双手撑在洗手台边缘，将她整个人圈在他与镜面之间。他俯身看她，黑眸里是毫不掩饰的占有欲。

"你还有一个多月结业，看来我短期内不能离开T市。"他开口道，声音低哑而迷人，"让那些找死的人离你远点，嗯？"

她坐在他面前，目光清澈无辜。她的领口被扯开了些，露出锁骨，藏在衣下的柔软随着呼吸而起伏，唇瓣也格外诱人。

看着这样的她，墨景深喉结滚动了一下。他缓缓开口道："一定要在T大保持这样的距离和关系？"

"也不是一定要这样，但你也看见了，这里的学生对你都很崇拜，凌菲菲那样的女生不在少数，我至少还要在这里学习一个多月，不想被她们打扰。反正也没剩下多少日子，你就配合配合我……"季暖抬起手，用力抱着男人的脖颈，"要知道，墨景深的太太这个身份，会让我顷刻变成众矢之的。"

"有我在，你会怕？"

“当然不会怕，从小到大那些羡慕嫉妒恨的目光我见多了。可墨先生总要给我些面子，让我玩得开心嘛！”季暖将嘴巴凑到他唇边亲了一下，得意地说，“你来T市，总不可能一直在我身边，这里还有墨氏的子公司，有些公司的管理层需要你去见一见。”

墨景深哼了一声，笑道：“你的林教授并没有被瞒住。”

“林教授没关系，他老人家双商高，知道什么该说什么不该说，至于其他的校领导和同学，还是算了吧。”

“你那个室友是怎么回事？”墨景深将季暖从洗手台上抱下来。

“她就是那天晚上打电话过来找碴儿的人，都二十岁了，还一直像个不懂事的小孩，估计是被家里惯出来的。我一般不怎么跟她计较，你也无视她就好了。”

“她一直针对你？”

“算不上吧。只是她觉得我是小工作室的负责人，跟她这位貌美如花的某连锁银行千金住同一寝室，心理不平衡，所以总是想欺负我。”

男人挑眉道：“有本事欺负到你头上的人，倒是少见。”他盯了她片刻，俯首在她唇上辗转厮磨，用又哑又撩人的嗓音说，“只有我能欺负你。”

季暖的手机响了，白微打来电话催促：“怎么去洗手间这么久还没回来，下午林教授的课一点开始，这都十二点四十五了。”

“我马上来。”季暖说完，挂了电话。

本想直接离开，但是被男人抱在怀里，季暖仰起头，亲了亲他的下巴。

“老公，你今天在演讲台上特别帅。”季暖笑盈盈地说，“和平时不同，今天的你在一群年少气盛的学生面前，像是浑身都在发光。”

墨景深视线微顿，看着她。

“这世上恐怕没有比你更适合穿衬衫的男人了。”季暖又在他下巴上啃了一口，“你站在那里讲话，让人有种很想把你的衬衫撕开，再狠狠扑倒的感觉。”

男人眉峰微挑，眸色深深地道：“我今晚就给你这个机会。”

一句话让她瞬间破功，季暖脸上发烫，从他怀里逃出来，直接开门向外走。

刚打开门，她就看见不知从哪里冒出来的凌菲菲正一脸不高兴地盯着她。

“墨总是不是在这里？”凌菲菲瞪着她。

季暖走出来，慢悠悠地将洗手间的门关上：“不在。”

“不在？”凌菲菲走上前，“刚刚我还看见他往这边来了，这里又不是食堂出口，他怎么可能不在？”

季暖淡淡地道：“刚才他好像是从这儿走过，但人上完洗手间肯定是要走的，不走难道还留在这里吃饭？”

墨景深：“……”

本以为封凌养两天伤就能回来，季暖打电话去问时，封凌却哑着声音说可能还要休息几天。

季暖不放心，直接去了封凌的住处。她敲了半天门，门才被打开。门开的一瞬，季暖的眼皮一跳，她还是第一次看见这么憔悴的封凌，封凌的短发也有些凌乱。

季暖迟疑了一下才走进去，道：“怎么了？伤好些了没有？这是又生病了还是……”

“我没事，你怎么来了？”封凌转身，仿佛在刻意避开季暖的视线。

然而，封凌转身的时候，季暖还是看见她领口处的脖子上，有两块特别明显的红痕。

季暖直接走过去，一把将封凌拽了回来，更加清楚地看见了她脖子上的痕迹。不仅脖子上，封凌的锁骨周围也布满点点错落的痕迹。

“怎么回事？”季暖拉住她的手，没让她避开。见封凌脸色很差，她当下直接推着封凌去沙发上坐下。

季暖冷着脸，严肃地看着封凌：“你这两天不是在家里养伤？你说，是谁？”

答案已经浮现在脑海里，可季暖又觉得，南衡这人虽然背景复杂，但他和墨景深一样，都是骨子里极端冷静又极端理智的人，他应该不可能……

封凌看着她的眼睛，没有吭声，也没有解释。

“真的是南衡？”季暖难以置信地抬起手就要去扯封凌的衣服，却被封凌轻轻拉开。

“别看。”她哑声说。

“什么时候的事？昨天晚上？还是今天白天？他究竟要干什么？明知你受了伤，怎么还这么对你？”季暖气得差点飙脏话，强行控制住情绪，免得再刺激状况不太好的封凌。

封凌没回答，沉默了片刻，才开口道：“是我自找的，是我的话激到了他，否则也不会走到这一步。是我太高估他和我之间的相处方式，怪我自己……”

“到底怎么回事？不管你和他之间是怎样的关系，他也不能这样对你！这算什么？”季暖指着封凌脖子上那像是被咬出来的痕迹，那根本就不是单纯的吻痕，“这太过分了！”

封凌的脸色差极了。房间里仿佛还残留着那个男人离开之前的味道，淡淡的烟草味儿。

季暖抿着唇沉思，转眼见封凌要起身，像是要去给她倒水。

“你不用倒水，我不渴。”季暖淡淡地说，“封凌，我和墨先生才是你真正的雇主，无论你和南衡之间是怎样的关系，又或者有怎样的纠葛，我都不管。你是我的人，我的人被欺负成这样，我怕是不能这么眼睁睁地看着。”

封凌还是去倒了水。她将水杯放下，然后站在沙发边，抬起眼看向季暖，像是有什么话想说，可是嘴唇动了动，最后什么都没说。

“你想说什么？”封凌的状态实在是太差了，她似乎想让自己帮忙。

封凌的嘴唇又动了动，好半天她才勉强说出一句：“墨太太，能不能麻烦你，帮我买盒避孕药？”

季暖盯着封凌片刻，最后轻轻地点了点头。

避孕药这种东西，季暖还真是第一次买。

站在药店里的时候，她一时间不清楚要买什么牌子，直到药店的理货员帮她拿了一个粉色盒子，里面只有一粒药的那种。她端详了盒子几眼，然后又往旁边的医药柜台瞟了瞟。

“小姐，还需要什么其他的吗？”

“有没有试孕纸？”

"有的，您稍等，我给您拿。"

前段时间，她虽然不完全像怀了孕，但有时又有点妊娠初期的症状，因为她有体寒症，所以没想过自己会那么快怀孕。

她回到封凌的住处，见封凌已经洗过澡，也换过了衣服。

"你这几天要不要搬到我那里去住？"季暖把药递过去，本想进卧室帮她把地上的衣服收起来，结果进去就看见，地面和床都已经被收拾干净了。

"不了，你和墨总有一个多月没好好在一起了，还是享受你们难得的二人世界吧。我这里没事，再休息几天就回学校陪你。"

"我不需要陪，但你不能再一个人住这里，万一南衡……"

"他刚才已经飞回美国了，暂时不会回来。"封凌脸色平静地道。

"回美国？他刚把你欺负成这样，转眼就直接飞回美国了？"

封凌没解释，只淡淡地叹了口气，道："墨太太，这件事情我不希望墨先生知道，否则他可能会将我辞掉，而我又不打算回美国，所以……"

"你安心休息，我不会说出去。"季暖半点都没犹豫地道。

封凌感激地看着季暖，想对季暖笑一笑，却发现自己根本做不到。

季暖在封凌的住处待到晚上七点多才走。走前，她帮封凌将脖子上的痕迹做了冰敷处理，又提醒封凌每隔一个小时冰敷一次。最后确定封凌的心情和状态都很稳定，她才离开。

晚上，墨景深进门时，季暖也才刚回家没多久。

他回去的时候，季暖坐在沙发上，手里拿着抱枕，人缩成一团。她用手捂住眼睛，只留了一点缝隙看着电视屏幕。

男人走过去，手落在她的脑袋上。

小女人顿时一个激灵，嘴里啊了一声，猛然抬起头看他，眼里的惊恐这才渐渐消散："你怎么这么晚才回来？"

"在看什么？"墨景深用手在她头顶安抚地揉了揉，然后侧眸看了一眼电视屏幕。电视上正放映着最近新上映的某部恐怖片。

"刚才到家，发现你还没回来，我最近住寝室习惯了，一个人无聊，就随便找电影看，结果电视上正好在放恐怖片，我就看了一会儿。"

"就你这点胆量，什么时候对恐怖片感兴趣了？"

“以前总听别人说好看，我也没机会看，刚才换台的时候看见了，就多看了几眼。”季暖仍然抱着抱枕，脸贴在枕头上，歪着头看他，“你来T市后，果然比在海城还要忙。”

“我至少要在T市停留半个月，尽量白天在公司结束当天的工作，晚上早点回来陪你。”见小女人被吓得不轻，墨景深将电视关了。他把她抱起来，坐到沙发上，又将她放在腿上。

“你不回来的话，我去寝室住也可以，反正住了一个多月，早习惯了。”

“你的室友有很严重的脑部问题和心理障碍，你还是少去那里住。”

季暖差点笑出声来。很严重的脑部问题和心理障碍？他这是在委婉地说凌菲菲是个脑残吧？她眉眼弯弯地笑道：“人啊，总归什么‘奇葩’都会遇见，这种人对我一点威胁都没有，有什么可担心的？”

“是没有威胁，但容易被拉低智商。”墨景深伸手在她脸上捏了捏，“我在T市多陪你几天，之后回海城，会有些国外的合作项目要忙，可能要频繁出差。”

季暖仰着脸，眨了一下眼睛，开口道：“你身边最近没有多出来什么女秘书吧？”

男人撇了撇嘴，道：“怎么，怕我不在你身边的时候，又出现未知的情敌？”

室内很暖，季暖穿着柔软的家居服，头发绑成丸子头，袖子挽起两三层，露出白皙的手腕，手腕上没有佩戴任何首饰。

她抿着唇，双手抱着男人的脖颈，强迫他低下头与自己贴得更近。她凑到他耳边说：“只许你对我们学校找我打招呼的男同学不满，不许我打探你身边的女人？”

自从安书言的事情之后，她对他的秘书一直都很介意。

男人的手放在她的腰间，他在她唇上亲了两下，低笑道：“秘书的职位还空着，墨太太实在不放心的话，不如等你企管系进修结业，把工作室全权交给你那个闺密来管理，你来墨氏上班怎么样？”

“那夏甜怕是会以重色忘义的理由，跟我绝交好几天。”

过了一会儿，季暖要从他怀里下去，忽然头顶响起男人低沉的声音：“那是什么？”

季暖抬起眼，看向墨景深目光所及之处，再转眼看向沙发旁边的纸篓。那里面有试孕纸的粉色包装袋，很小，她刚才扔的时候还特意藏了藏，结果还是被他看见了。

“我前段时间胃口不好，总是恶心头晕，后来又忽然胃口大开，能吃能睡，今天路过药店就买了试孕纸，看看是不是怀孕了，结果刚才检测发现并不是，应该是刚来T市的时候水土不服。”季暖靠在男人怀里，“看来爷爷想抱曾孙的梦想，有的等了。”

墨景深看了一眼她的表情，随手将试孕纸包装袋拿了出来。他低头看着上面的使用说明和相关事项，看完后，将季暖从沙发上抱起来。

“干什么？”季暖被他放到地上，双腿落地，站稳。

“去医院查查。”他道，“在家中测试，只有百分之五十到百分之九十的准确率，还是要去医院检查才能确定。”

“不用啦！我这两天也没那么嗜睡了，也没怎么恶心，应该是没怀孕，而且都这个时间了，去医院也只能看急诊。妇科和产科的医生都不在，去了也不会有太细致的检查，连抽血化验都做不了。”

墨景深对这件事很上心，她看得出来。她笑着在他跟前踮起脚，双手捧起男人俊美的脸，重重地亲了一口：“我一定好好注意自己的身体，一旦有怀孕的迹象，马上乖乖去医院。”

墨景深又看了一眼试孕纸。季暖干脆拿出刚刚用手机拍下来的只有一道红线的测试结果给他看。

墨景深看了一眼时间，没再多说，转身进了厨房，帮她熬红糖水。季暖来T市以后，没有陈嫂在身旁督促，确实很久没有在晚上喝热水或者红糖水了。

见墨景深在厨房忙碌，季暖将纸篓收拾了一下，又重新打开电视，才换了几个台，手机就响了。

她看了一眼，来电号码属于季氏集团的经理秘书，也是她爸季弘文平时最得力的秘书。季暖来T市之后，和家里没怎么联系。季弘文很久没来过电话了，怎么他身边的秘书会忽然打来电话？

季暖接起电话，轻声道：“你好。”

安静了几秒后，电话那边响起熟悉的声音，带着几分客套和惯有的官方语气：“季小姐，你好，我是周秘书。”接着，对方又道，“季董最近和几位旧友约了去T市采风，因为季小姐您在T市，所以让我安排一下与您见面的时间。季董已经有些日子没见到您了，不知季小姐下个星期哪天有空？”

“我爸要来T市，怎么不亲自给我打电话？”季暖不急不缓地道，“以前也没听说他与T市的哪个老友走得近，而且现在这季节来T市采风？寒风落叶有什么好看的？”

“季董刚去开会了，开会之前，跟几位合作方和友人做下了这个决定，然后让我尽快把T市这边都安排妥当。我第一时间给季小姐打电话，毕竟季董去T市，也是因为季小姐你在那里。”周秘书温声笑道，“季董是在T市新谈了几项合作，顺便邀了几位附近的老友。”

周秘书跟在季弘文身边很多年，今年三十四五岁，做事一直很干练。只是周秘书和季暖接触不算多，偶尔见过几次，也都只是点个头而已。

“好，我知道了，谢谢周秘书，具体时间等我定下来再说。”

挂了电话，季暖坐在沙发上，望着地面出神。

上次沈赫茹的那件事，也不知道爸最终有没有下狠心处理。她是理解他的，所以没有催促他。但是沈赫茹这种人对季家来说，绝对有很大的威胁。现在爸爸忽然要来T市，或许自己可以跟他好好谈谈。

几分钟后，季暖的手机传来短信提示音，她下意识地转眼去看。短信来自周秘书，只有简单的一句话：“下个星期三，季总在T市尊悦会所订了位子，晚上六点之后，季小姐如果时间充裕，可以直接过去。”

“好的。”

之前，她刚想给季弘文打个电话，问问他具体什么时候来T市，她好提前去机场接他，但刚才周秘书说，季弘文去开会了，她只得作罢。

季暖正想着，墨景深已经将熬好的红糖水端了出来。

“试试温度，不烫的时候再喝。”墨景深把水杯放到她眼前。

季暖端起杯子抿了一口。大约墨景深已经帮她把红糖水凉了一会儿，温度刚刚好。

她又喝了几口，正要放下水杯，男人瞥着她道：“都喝了。”

季暖只好举起水杯，一饮而尽。

这红糖水里放了姜末，季暖喝过之后去洗澡，感觉胃里暖暖的。

睡前，她正准备关窗，男人却长臂一伸将她揽了回来，然后直接将她抱回床上："以后睡前别吹风，我去关。"

等他躺下来，季暖靠在他怀里，一边把玩着男人的手，一边说："你熬红糖水的水平比陈嫂还好，是特意学过吧？"

墨景深睨了她一眼，道："没有。我母亲喜欢研究养生之道，我从小耳濡目染，对这些东西有些熟悉。"

床头的灯光落下来，足够季暖看清男人的脸。

她把玩着他的手，手指在他掌心戳来戳去："我还是第一次听你谈起你母亲，她是个怎样的人？能和墨董生活一辈子，又能得爷爷的喜欢，一定是个情商很高的女人吧？"

墨景深挑了挑眉，似笑非笑地道："爷爷最喜欢的人难道不是你？"

"那次听爷爷谈起你母亲，口气很是欣赏。我一直没有接触过她，才好奇问问。"季暖将自己的手放在他的指间。他们掌心相贴，十指交叉相握。她抬起眼看着他。

男人神色很淡，没什么犹豫地说："她的确是个很好的母亲。不过，我离开美国的时间太久，在她身边的时间也很短，长大以后接触太少。"

"那……她会喜欢我吗？"

"会。"墨景深揉了揉她的头发，"我母亲很开明。"

墨景深边说边将被子盖在两人身上："我有多在乎你，她就有多喜欢你。不用想太多，睡吧。"

季暖转过头，认真地问："墨景深，你很在乎我吗？"

"季暖，我在乎你。"

季暖嘴角的笑意更深，开口轻声问道："那你最喜欢我什么？"

墨景深伸手摸了摸她的头，又在她唇上亲了亲："你这是看我在你室友面前随便夸了你几句，就尝到甜头了，还没满足啊？"

季暖顿时就向他怀里用力拱了拱："以前也没听你夸过我，现在想听还不行？"

他看着她，轻声道："可能我这辈子注定要栽在你手上，看见你撒娇，我的心就软了。"末了，他摸了摸她的脸蛋，低笑道，"我以后得多抱你宠你，无论何时何地。"男人说完，又在她唇上亲了几下。

季暖亲回去，直到气喘吁吁才连忙叫停："我明天真的有测试！我需要养精蓄锐，让我早点睡！"

"行吧，今天放过你。"

季暖睡着后，一直靠在他怀里。

墨景深看着怀里的小女人，手指抚过她鬓间，最后落在她的耳郭上。

喜欢她什么？

秦司廷当年说过，与时念歌在一起时，只觉得这辈子怕是要跟这个女人纠缠到底、至死方休了。墨景深对季暖，怕不仅仅是至死方休这么简单。

自从几年前的深夜，在洛杉矶的河边，他被一个十几岁的小姑娘死命拽上岸，在她为他动作生疏地做人工呼吸时，他这一辈子就注定要与她纠缠。

意识模糊的他听见她低声嘟囔："你可别死啊！我这辈子第一次做好事，也是第一次做人工呼吸，你看我连初吻都奉献了，你千万别死，快活过来……"

当时他实在无法开口说话，否则他一定会告诉她——

小朋友，人工呼吸不是单纯地拼命向里吹气，初吻也不是这样单纯地嘴对嘴。

三天后，T大。

测试结果出来了，果然功夫不负有心人，季暖是林教授班中的第一名。

季暖从小到大都是这样，每一科都拿A，只要稍微努力学习，她就比别人记得更牢，也领悟得更透彻，所以考试通常难不倒她。

星期三。

季暖从出租车里下来，走进看上去高档豪华的尊悦会所。

来之前她给季弘文打了个电话，但他没接，她又给周秘书打电话，周秘书说季董的手机放在外衣口袋里，他正在和几个老友打牌喝酒。

季暖到的时候，看着这家相当不错的会所，有些错愕。平时她爸虽然不是特别低调的人，但应酬场所他一般会选择相对安静的主题会所或者古色古香、看起来非常气派的酒楼。这还是他第一次选这么……年轻的地方。

不过，这里是T市最大的会所之一，她爸如果想来这里谈合作或是请客见老友，也不是不可能。

季暖到的时候已是晚上七点多，会所里的气氛还没有完全热起来，只有三三两两的客人向里走。

看见站在里面的侍者，她正要问十八号包厢在哪里，还没等开口，旁边忽然伸来一只手，握住了她的手臂。她猛地转过头，见对方是个三十岁左右的男人，穿着西装。

“是季小姐吗？”对方问道。

季暖谨慎地打量着他：“你是？”

那人客气地微笑道：“我是季董派来接您的。季董正在包厢等您，您跟我来就是。”

从一开始，联系季暖的就不是季弘文本人，就算周秘书可信，那其他人……

现在来接她的更是个陌生人。

季暖眉头一皱，道：“你是季董派来的人？他来T市是带了新的助手，还是怎样？周秘书人呢？”季暖心下的警惕越来越重。

对方彬彬有礼地微笑着，语气平静从容，没有任何破绽：“季董喝多了，周秘书在包厢里看着。我是季董身边新来的助手，季小姐不信我，总要相信周秘书。何况，我与季小姐也是初次见面，对您没有任何企图，您这是……不放心？”

季暖没说话，看了一眼旁边不远处的洗手间：“怎么会呢！不过，我刚才来的时候太匆忙，妆都没化好，能让我去洗手间补个妆吗？”

“见父亲也要补妆？”

“当然！在场的不是还有我父亲的老友吗？简单修饰一下自己的妆容，是最基本的礼仪。”

那人只好对她点了点头，道：“好的。”

季暖握着手机，快步走进洗手间，进去后第一时间给墨景深打电话。

电话很快接通。她知道他在子公司开会，昨晚他就说过，今天有子公司的考察项目需要临时决策，晚上有个会。

季暖很少有这种明知他在开会依然打电话过来的情况，墨景深看见便直接接了。

“有事？”男人低沉的声音从电话里传来。

季暖压低声音道：“我在尊悦会所，我爸的秘书约我来这里，但现在我还没看见我爸。我现在暂时不确定会不会有其他事，但如果过二十分钟后，你打我的电话我却没接，那就是真的有事。”

不等墨景深再开口，外面的人已经走到洗手间外了。季暖倏地将电话挂断并放下，拿起一支口红随意涂了一下，然后转头对门外等候的人说：“走吧，请带路。”

搭乘电梯到达十八号包厢所在的楼层，那人带着她去了最里面的包厢。到门口时，他打开门，转头示意季暖进去。

包厢里面并没有声音，季暖站在门口没进去：“不是说我爸和几个友人正在喝酒，周秘书也在里面看着？怎么没声音？”

“季董是在隔壁的包厢。他想季小姐了，知道您不喜欢这种应酬场合，如果您去了，肯定免不了被劝酒，所以让您先在这里等他。季小姐别急，我去问问周秘书，看看季董什么时候能过来。”

季暖觉得这事很有意思。周秘书虽然在季氏多年，看来也并不是很可靠。她向后退了一步，离那道门远了一些，听见隔壁确实有人在唱歌，还有酒杯碰撞的动静。

“没事，从小我爸就不让我喝酒，这事很多人都知道，我就算进去也没关系。”

那人犹豫了一下，说：“好吧。”

他转身去了隔壁，打开门后说：“季小姐，请。”

季暖这才走进去，刚一进门，就见里面根本没人，墙上的液晶电视里放着某酒会上觥筹交错的影像。她猛地转身，身后的门却砰的一声关上了。她拿起手机看了一眼，果然，手机没有信号！无论是刚才旁边的房间还是这个房间，都是了解她谨慎性子的人为她专门设计的。

包厢里只有她一人，里面灯光大亮，茶几和沙发上干干净净的，一瓶酒都没有。只有一杯冒着白气的茶放在茶几中间，说明之前在这里的人刚离开不久。

季暖没有伸手去碰茶杯。她又四下看了几眼，然后转身走到窗前。这里楼层不算特别高，但是外面没有任何物体可以借力，她没办法从这里出去。

周秘书跟在她父亲身边多年，轻易不会动摇本心，究竟是谁有这么大本事买通了周秘书?

忽然，困意阵阵袭来。季暖不自觉地打了个哈欠，脑袋越来越沉。她用力摇了一下头，从困倦中惊醒，下意识地摸出手机看了一眼时间。

她才进来五分钟就这样了！果然有问题！

季暖转身，正要去打开窗子，还没走到一半，身子一软，直接跌倒在沙发上。她抚着自己的额头，越来越明显的眩晕感袭来。她的头很重，视线也有些模糊。季暖攥着手，指甲嵌入掌心，才能勉强保持清醒。

经历过这么多事，这种情况她怎么可能不清楚？这房间有问题！

季暖头晕得厉害，几次想站起来，还是倒回沙发里。她挣扎了一会儿就放弃了，一手摁着眉心，一手拿起手机看时间。

她刚才打的那通电话，墨景深应该听见她说什么了吧？她把声音压得很低，而且他正在开会，会不会没听清……

季暖咬着唇，努力保持清醒。

不知过了多久，一分钟，两分钟，还是十分钟？就在季暖的意识越来越混沌时，包厢门发出一声巨响，惊醒了她。

季暖抬眼就看见墨景深走了进来。男人神色凛然，看见倒在沙发上的季暖，目光更是一厉，在包厢里扫视了一圈，最后看向茶几上的茶杯。

季暖看见墨景深的脸就松了一口气，感觉男人靠近，带来让她放心的清冽味道，她有些混沌的大脑瞬间清明了许多。

男人用手抚上她的脸，确定她没出事，又见她有些迷糊，顷刻又站起身。

包厢外，几个季暖没见过的人不一会儿就倒在了门前。

季暖转眼见墨景深已经将包厢的窗子打开，让外面的风吹进来。她呼吸到窗外的新鲜空气，觉得好了很多，支撑着坐起来。此时，手机响起短消息的提示音，果然，门窗都开了，就有信号了。

刚才短短的十几分钟里，墨景深打来的电话没有停过。

季暖清醒了许多，看见门外跟来的人，又听见墨景深冷如寒霜的声音："我对你们会所的幕后负责人是谁不感兴趣，不过我想，你们老板并不希望我知道他是谁。"

随即，跟着墨景深来的几人直接去这层楼的洗手间找了几块抹布，将地上几个人的嘴堵上。

这时，季暖的手机又响了，是季弘文打来的电话。

接通后，季弘文的声音带着惯有的严肃："暖暖，你之前打过我的电话？"

听他这语气，明显不知道T市这边发生了什么事。

"爸，您在海城还是在T市？"季暖问道。

"你怎么知道我在T市？公司最近有来自T市的合作方，我过来看看，但是行程太匆忙，就没时间去看你。是谁告诉你的？"

"那您现在在哪里？"

"我在合作方安排的酒店，现在抽不出时间去看你，合作方的车已经在酒店楼下等了。回海城之前，如果能挤出些时间，我会去T大看看你。"

"那，爸您先忙，我没事。"

"真的没事？你这丫头平时很少打我电话，我的手机之前一直放在衣袋里，没注意什么时候按了静音，刚看见未接电话。"

"嗯，没事。"

说完，不等季弘文再问，季暖迅速挂了电话，免得他担心。

她之所以相信周秘书的话，是因为她周末晚上和夏甜发短信聊天时，顺便给季弘文身边的助理发过短信，问过季弘文最近的行程，助理说的确有T市的行程，她才确信。她没料到背后的人居然比她还了解季家的一切，更知道季暖平时经常接触的和信任的人都有谁。季氏集团的关系网一直很简单，一直以来，周秘书的行事也让人很放心。

头顶忽然一凉，季暖被刺激得瞬间清醒了不少。她抬起头，看见正将裹着冰袋的毛巾放到她头上的男人。她下意识地抬起手，扶住头顶的毛巾。

刚才她接过电话就一直坐在沙发上，没力气起来，也没注意之前在门前被控制住的那些人是什么时候被带出去的。

"好些了？"墨景深将手从她的头上移开。

季暖点了点头，道："幸好提前给你打了电话，不然还不知道会发生什么。"

门外又传来动静，好像是会所负责人被墨景深带来的人叫了来。

墨景深看着她，又在她头顶摸了摸，开口道："没事了，清醒了就离开，回去再说。"

季暖嗯了一声，简单将自己之前接过周秘书电话，包括今天来这里后的事情说了一遍。墨景深看着她，不温不火地道："有人买通了你父亲身边的周秘书，借你父亲的名义骗你过来。季梦然、周秘书、沈赫茹或者其他人，我会查清楚。"

"你觉得会是谁？"

外面的声音已经远了，季暖不知道墨景深的人究竟是怎么处理的，但想必不会那么简单结束。

墨景深摸了摸她的额头，将她手中的毛巾和冰袋拿了回来，扔到茶几上："季家就那么大，不是老的就是小的，还能有谁？你安心在这里等我，我先解决这家会所的问题。"说罢，他让她在沙发上坐好，将西装外套脱下来盖在她身上，又安抚地拍了拍她的肩，然后带上门出去了。

几个穿西装的男人是墨景深的手下，他们已经从会所负责人手里调出今天包厢预约人的名单，看见墨景深出来，便直接将名单交给他。

没多久，躲在不远处包厢里的年轻女孩儿被带了出来，被拽出来的时候，她还在谩骂和挣扎。转眼看见那个一边解着衬衫的袖扣一边踱着步子而来的男人，她的表情瞬间僵住了。

季梦然万万没有料到，只是这么短的时间，墨景深居然会来！

男人阴冷的目光落在季梦然脸上，分明对她的出现没有任何惊讶。

一对上墨景深的目光，季梦然整个人都愣住了，十几秒后才回过神。

"景深哥哥？"季梦然的脸有些发白，"你怎么会在这里？"

明明她得到的消息是，墨景深今晚有个重要会议，根本不能轻易走开，可他居然在这里！

墨景深把西装外套给了季暖，此时他的上身只穿着一件黑色衬衫。他冷淡地看了季梦然一眼，转身与他的手下说话。

"叫你背后的主谋出来。"

墨景深终于看向她，语气很冷淡，分明不打算跟她多说一句废话。

早已习惯他的冷漠和高高在上，季梦然瞪着他道："什么背后主谋？我和季暖有过节儿也不是一天两天了，我还能有什么主谋？！主谋不就是我自己吗？你们平时不就是这么看我的吗！"季梦然情绪有些激动，这几句话几乎是吼出来的。

对面的男人却依然冷漠，没有丝毫反应。她觉得自己在他这里永远都是跳梁小丑，更是恼羞成怒地道："我就是看不惯季暖！我就是不喜欢看见你们在一起！既然被你给抓到了，那你想怎么处置我就怎么处置！"

墨景深淡然地扫了她一眼，开口道："能把你放出来当枪使，那个人究竟是在季暖这里无从下手多久了，才会让你这种智商的女人站出来惹事？"

"墨景深！"季梦然怒道，"你知道我有多喜欢你吗？！我喜欢你有错吗？可你从来都吝啬向我多看一眼！我差在哪里？！"

墨景深笑意冰冷地道："你差远了。"

季梦然气得咬着下唇，对着距离她几米的男人道："呵，差远了？她确实比我差远了！如果当初只是季墨两家联姻，季暖根本就不配，她根本就不是我爸的亲——"

忽然，墨景深身后的包厢门开了，季暖直接走出来，三步并作两步上前。

啪！响亮的巴掌声响起。

周围那些穿西装的手下都向季暖看来。

墨景深波澜不惊的视线落在季梦然红了的半边脸上，没有半点温度。

季梦然几乎不敢置信，自己居然又被季暖打了！

季梦然死瞪着季暖，道："季暖，你打过我的耳光，我绝对会十倍百倍还给你！你这辈子都别想安宁！"

季梦然泼妇似的，用力要从那些男人手里挣扎出来，那架势分明比在海城季家时还凶。

她挣扎得太狠，又被几个男人按住脖子，瞬间痛得尖叫。

此时，走廊的电梯那边出现一道身影。

见那身影走近，季暖眉心一蹙。

第二十三章　身世·缘由

季梦然被那个走来的人向后一扯，整个人跌进后面男人的怀抱里，同时，男人的目光利落地从走廊里扫过，在季暖脸上掠过时也没多停留。

果然是盛易寒！

刚才看见茶几上那杯茶的时候，季暖就已经猜到。

盛易寒做医生多年，平时不喝咖啡，也不喝添加任何香精的饮料，他偏爱喝茶，特别是茶味并不浓郁的茶。

对上墨景深的视线，盛易寒唇角噙笑，手上更是使了力气，将还在拼命向季暖这边扑来的季梦然束缚住。

这个男人几乎将季梦然的肋骨勒断，没让她再去碰季暖分毫。这刺痛感让季梦然根本承受不住，她红着眼睛尖叫："盛哥哥！你放开我！季暖打我也不是一回两回了！她凭什么？！她不过是个连自己亲爹是谁都不知道的杂种！你放开……啊……"

季梦然的手腕忽然被掐住，疼得她几乎掉下眼泪。

盛易寒虽将季梦然抱在怀里，但明眼人都看得出来，季梦然真是被他攥得生疼。他对季梦然的哭叫无动于衷，循着走廊的灯光，看着墨景深。

对于盛易寒特意的驻足凝视，墨景深只神色淡淡地扫了他一眼，然后不紧不慢地开口道："自己选的刀刃不够锋利，只能怪自己没眼光，就算你要把她的手当场折断，也是一样的结果。在我面前溅血也就算了，但在季暖面前，劝你还是收着点，别吓到我太太。”

季梦然茫然无助地看着墨景深。那晚她被季暖和封凌扔在“闹鬼”的废弃城区，是盛易寒开车停在她面前。可墨景深这话是什么意思？

盛易寒缓缓地笑道：“墨总，”他的眉宇染上一层嘲弄，“我还以为季暖身边仍是那个女保镖。”说话间，他已经毫不怜惜地放开怀里的人。

墨景深扫了他一眼，随即看向若有所思的季梦然。

季梦然缩着肩膀，有些不满地道：“盛哥哥，我知道是我莽撞，没有按你本来的计划去做……可我和季暖之间的事不是三言两语就能说清的。我本来想借爸的名义把她骗过来，我知道你刚才没料到她会来……我本来也不想拖你下水……可是……”

盛易寒看着她道：“这种时候，你说这些替我脱罪有什么用？”没什么起伏的声音，听不出情绪。

一开始，盛易寒虽然有心帮她，但是绝没打算对季暖用迷药，或者用这么简单的方式将季暖引过来。

季梦然的确急功近利，盛易寒是个极有耐心的人，可季梦然等不了了。

季暖拉长语调道：“所以大晚上的，叫我到这个地方的人，除了这个一直看我不顺眼的妹妹，还有另有图谋的你？”

面对季暖的冷声质问，盛易寒抬起眼皮，没什么表情地看着站在灯下那个优雅的男人。

季暖在Shine晚宴上的那夜，盛易寒就已经与墨景深打过照面。

“我和你之间，还需要图谋吗？”盛易寒淡笑着反问，那神情叫人琢磨不透又心生厌恶。

季梦然不甘被无视，忽然侧过身，目光倨傲地看向季暖：“我刚才的话你应该听到了，季暖，你根本就不是季家的女儿！当初妈是怀着你嫁给爸的！即使他们之间的婚姻是真的，即使你戴了季家大小姐的帽子很多年，但你身体里流的，压根就不是我们季家的血！你以前有多骄傲，现在就有多可笑！”

季梦然的眼睛有些红，她说出这些话时，却是用极为不屑的语气。此刻，她带着深入骨髓、真正属于季家正牌小姐的傲慢，冷眼睨着季暖。

墨景深没看季梦然，而是将神色不明的季暖带到自己身后，再转向盛易寒，语气很淡地道：“季弘文藏了这么多年的秘密，当年被你轻易发现，如今这算不得秘密的秘密，也就只能被季梦然借来当撒手锏。”

盛易寒嗤笑一声，笑意却不达眼底：“既然称不上秘密，又怎么算得上是撒手锏。”

墨景深盯着他片刻，随即看向季暖。

季暖听到季梦然的话后，没有吭声。

曾经在海城各个名媛之间乱传的她是私生女的话题，以及后来她渐渐发现，自己和季家任何一人五官都没有相像之处，早在她心里打了底。现在，她虽一时无法消化，但起码不算特别震惊。墨景深说得没错，季梦然以为这就是撒手锏，真是太蠢了！

如果季暖还是曾经那个依赖着季家的季暖，或许还会难以接受。

但，今时不同往日。

季暖对季家根本不存在依赖，有的也仅仅是对季弘文的感恩和割舍不下的父女之情。

再度对上季梦然倨傲的目光，季暖眼底弥漫起浅淡的笑意：“可能是你向来看重的东西，在我这里从来都没有被刻意留意过，所以，梦然，你的这些自以为是，除了能让你内心得到安慰，还能有什么作用？”

季梦然目光一凝，扬声问：“这么说，你对你的婚姻也从来没有刻意去保护过？”

季暖瞥了她一眼，目光清淡地道：“正因为我唯一保护过的就是这段婚姻，我唯一争取过的就是你一直想要却得不到的男人，所以你才恨我到这种地步，不顾二十年的姐妹情，明里暗里算计我，甚至几度要置我于死地？”

“你连自己的亲生父亲是谁都不知道，又是谁给你的自信站在这里说——”

季梦然正要反呛一句，墨景深已经握住季暖的手，向身后的包厢走去。

包厢门开了又关，季暖被他带进门。她抬眼看见男人的薄唇抿成一条线，低声唤她：“暖暖。”

季暖的情绪一下安稳下来。她的嗓音淡然平静：“我的抗打击能力比你想的要好一些，我没关系，只是有些事情需要时间消化。”

墨景深盯着她道："身世问题不要听任何人胡言乱语，找机会和你父亲好好谈谈，真相总归不会像别人说的那么简单。"

季暖点点头。

墨景深抬手摸了摸她的头发，温和又淡然地道："你刚才中了迷药，现在不适合跟他们说太多，这事回去再说。"

季暖又一次点头。她虽然没有太大的感觉，但身子还是有些发软。

墨景深走出包厢，见他出来，除去盛易寒，其他人都神色小心地打量着墨景深。

过了十几分钟，墨景深回到房间，将她带走。

走廊里的人已经撤了大半，墨景深将他的西装外套披在季暖身上。她只听男人在她耳边低声道："什么都不用说，直接走。"

季梦然站在那里，死咬着唇没再说话，目光分明对季暖痛恨到极点，但这终究是在墨景深面前，她不敢妄动。

季暖和她擦肩而过，忽然停下脚步，平淡地看着她："所以，梦然，我们连亲姐妹的这一层关系都不存在了，是吗？"

季暖脸上没什么表情，但那目光让人不敢直视。

"你什么时候把我当亲妹妹过吗？"季梦然本就很心虚，但还是挺直了脊背。

见季暖不说话，季梦然正要开口，却被盛易寒不冷不热投过来的目光制止，她当即死咬住唇。

季暖勾了勾唇，笑得冷漠无情："确实，你也从没把我视为亲姐姐。这世上，最亲的人都可以说散就散，血缘也说变就变，那么，从此以后，梦然，我就不客气了。"

"你……"季梦然没明白季暖这句话是什么意思，又担心盛易寒真的生气，不敢当着他的面做得太过分。她注视着季暖的背影，莫名地心底发寒。

墨景深看着季暖向外走去，黑眸眯起，然后极冷淡地开口对身后的人道："把季二小姐送到季董那里。这种家庭琐事，盛家人还是少插手为好。"

走廊里很安静。

"不，我不去爸爸那里，我要跟盛哥哥走……"

“闭嘴。”墨景深低沉地说，冷眼掠过她，震慑力十足。

季梦然的肩膀缩了缩。

墨景深的手机响起，他面无表情地拿出来看了一眼，很快接了：“什么事？”

那端不知说了什么，他的声音平淡得听不出情绪：“我知道了。”

季暖已经在会所外的车上等着了，墨景深打开车门，看见的就是小女人裹着他的西装外套坐在副驾驶座上的场景。她一直盯着手机，手指却在手机屏幕上来回滑动，一直没有认真看什么。

“需要我陪你去见季董吗？”墨景深盯着她的脸，淡淡地开口，“你心里的疑问只有他能给你答案。”

“算了，我爸来这边也是有合作方的邀约，如果他抽得出时间就会来见我。这些陈年旧事他不愿提，我也不会去逼问。但无论如何，他对我的感情是真的。有没有血缘关系又怎么样？他终究把我当亲生女儿看。我现在去问他，只会伤他的心。”季暖将手机放下，到底没有给季弘文打电话。

墨景深的手落在她的头上：“想得开是好事。这些都影响不了你未来的人生，别想太多，真相总会浮出水面，一切有我，嗯？”

季暖忽然瞥了他一眼，道：“那你要娶的究竟是季家的小姐，还是——”

“是你。”墨景深直接打断她的话，“跟你姓什么没关系。”

虽然知道他会这么说，但可能女人就是这样，非要听到他说出来，才觉得开心。

季暖咧嘴一笑，满足得像个孩子。

回去的路上，季暖看着窗外闪烁的霓虹灯，说：“我之前还在想，季梦然怎么可能买得通周秘书，就算她能跟周秘书联络，以她的本事也不可能买通T市这家势力颇大的会所，她的手更不可能伸得这么长。现在看来，盛易寒当初离开季家时，就已经盯上了季家，他回到盛家之后，第一个要吞下的就是季家。现在季梦然估计已经被他严重洗脑，被他卖了还喜滋滋地帮他数钱。”

“被卖的不是你，现在的季家走势如何，与你无关。”

听见男人的话，季暖下意识地转眼看向他。

墨景深注视着前方，认真开车。他单手掌控方向盘，另一只手将她的手握住："不想看到季家就这么被盛氏生吞？"

"别人我不管，可我爸没亏欠过我，从小到大，他虽然是严父，但始终都是一个好父亲。"季暖没有深说，但心里还是之前那个想法，无论季家如何，她都不可能眼睁睁看着季弘文出事。季弘文是个好父亲，这就够了。何况，还有很多事情没问清楚，她不能就这样轻易下定论。

车在红绿灯路口停下，墨景深看了她一眼，平静地吐出一个字："好。"

尽管只是很简单的一个字，但季暖像是吃了定心丸一样。若是墨景深不允许季氏出事，那么就算有十个盛家，也不一定吃得下季氏。

车子停在T市一家医院门前。

"下车。"

季暖在车上快睡着了，听见男人的声音，才抬起眼向外看。

"你带我来医院干什么？"

男人边解安全带边回答她的问题："上次的试孕纸已经过期了，你自己不知道？"

季暖一下子就清醒了。她坐正身子，又诧异地向路边的医院看了一眼。

过期了吗？她只注意到检测的结果是一条线，一条线就代表没怀孕，她还真的没看日期。

医生谨慎地问："季小姐，你这个症状并不是遗传所得，我很好奇，究竟是什么原因造成你受过严重寒气？也许找到原因，我们就可以对症根治，节省时间。"

她是怎么受的寒？季暖其实不太愿意在墨景深面前提起当年那些事。她转眼看向身旁的男人，静默一瞬后回答："我十五岁那年的冬天特别冷，快到春节那个月更是冷得出奇，夜里大概有零下二十摄氏度。我当时来了例假，因为一起突发事件穿着睡衣光脚跑了出去，一个人在雪地里蹲了一夜，后来被冻到神志不清，为了保持清醒，就在地上抓了些雪，吃了下去……"

不等医生再问，男人已经向她看了过来。

四目相对，季暖看见男人眼底掠过无数情绪。她知道，这件隐瞒多年的事早晚都会被他知道。

医生又让她躺下，重新检查了一次，等到走出诊室，季暖还在看诊断书。

这不是什么大毛病，但大概需要吃两个月中药调理。

墨景深带她去药房取药，药房工作人员煎药时，他带她去了无人打扰的VIP候诊室。

他帮她拉过椅子，又将她之前脱下来的外套放到一旁，声音里是无限的包容和关切："冷吗？把外套穿上？我去买杯热饮过来。"

季暖摇了一下头，道："我不冷，也不渴。"她顿了一下，又说，"你怎么什么都不问？"

男人嗓音淡然地道："你不想说，我又何必问？回忆里的东西就让它腐烂掉，该清理的，不需要重新捡起来。"

"你是不是知道？"

他淡淡地笑道："季梦然那张嘴会严到什么程度？"

这样说来，她也确实没什么秘密了。季暖单手托着下巴，小声说："她的话有太多都是添油加醋，但既然你都听过，那我也确实没什么好藏着掖着的。"

"所以，都是真的？"墨景深看着面前的小女人。

"我十五岁那年，冬天真的特别冷，我这辈子都不愿意想起那种冷。"季暖低低地说，"那年，我爸刚把沈赫茹带进家门，盛易寒跟着他母亲一起进了季家。虽然那时候我心高气傲，不怎么合群，在家里对他们也没有好脸色，但因为爸爸坚持让沈赫茹和盛易寒留在季家，我一个小孩子也没办法说什么、做什么，最多摔了几天东西，就不了了之。

"盛易寒比我大四岁，我十五岁的时候，对感情懵懂无知又很好奇。我甚至不知道他是什么时候把注意力放到我身上的，用他后来的话说，大概是情窦初开，结果开到我这个继妹的身上了。"

季暖看着墨景深隐隐皱起的眉宇，知道她这样剖析自己那算不得初恋的荒唐过往，在他听来是刺耳的。

"我对他越不理不睬，他对我越好，几个月下来，他给我买过的礼物不计其数，大多是哄我开心的。后来我对他戒心少了些，也不再那么拒人于千里之外，他又送给我一个从国外寄来的纪念品，我很喜欢，就以小孩子的方式跟他讲和了。季梦然说家里的一些东西是盛哥哥给我的，就是指那些。后来，用人把它们收起来，却被季梦然当话柄，试图挑拨离间。

“那年春节，爸爸和沈赫茹带着季梦然去邻市走亲访友，我因为来例假没去，一个人在家，用人也提前回了老家。”季暖说到这里，攥紧自己的衣袖，“我没想到，盛易寒那天晚上也会回来，我当时刚洗完澡，换了睡衣，他忽然进门，身上有酒味，很重的酒味。”

墨景深看见季暖的动作，握住她的手：“可以了，别说了。”

季暖感受着他掌心的温度，道：“没事，我现在说出来，也是想把烂掉的根都剪掉。”

她又抬起眼，看向墨景深道：“谁能想到，表面光鲜让人羡慕的季家大小姐在十五岁那年，差点被后妈的儿子按在家里强暴？虽然我当时抓起茶几上的烟灰缸把他砸晕了，但还是吓得不轻。我怕他醒过来，就跑到了外面。天很黑，我穿得太少，也不敢跑出季家院子，就光着脚躲在后边的老槐树下，在那里躲了一整夜。”

季暖淡淡地勾着唇道：“零下二十摄氏度，真的不是开玩笑，幸好我爸回来得早，发现我躺在院子里，亲自开车连闯几个红灯把我送去医院，不然我根本活不到现在。

“后来盛易寒清醒过来，守在我的病房门外整整三天，从我病危的四十八个小时到后来昏迷不醒的数日，他几乎不吃不喝地守着。对我来说，他给我造成的伤害是不可磨灭的。就算他当时醉了又怎样？这都不是理由。”季暖平静地道，“这件事让我爸震怒。最开始我爸很欣赏这个继子，也不介意他是盛家的私生子，但这件事之后，季家就彻底没了盛易寒的容身之处，沈赫茹也表示要和他断绝母子关系。

“我在医院住了两个月才回家，我爸为了替我做主，当着我的面，让盛易寒滚出季家。当初梦然还哭着说盛哥哥只是喝多了，他不是故意的，还要帮他求情。但我爸警告沈赫茹，以后如果她再敢跟这个儿子有任何联系，就连她一起赶出季家。

“从那天开始，盛易寒的名字就是季家的大忌，谁也不敢提。后来我去美国读书，眼界开阔许多，那些事情可以不再去想，如果不是因为当年受的寒气过重，我现在也不至于这么怕冷，本来我一直很健康的！”

墨景深看着她委屈的表情，抬手在她脸上捏了一下：“我又没说你怎么样，十几岁的事情，没给你的人生造成太大阴影，已经很值得庆幸了。”

“季梦然除了说我十五岁时跟盛易寒有过暧昧期，还跟你说过什么？”

“还能说什么，如你所想，将真相添油加醋。”

“你怎么都不问我？”

“你不说，我怎么会问？亲自剥开你的伤口，问你疼不疼吗？你觉得我有这么闲？”

季暖不高兴似的鼓起腮帮子，靠在墨景深的肩上说：“怪不得季梦然每次都振振有词的，怪不得她总是因为你对我太好而不服气。”

墨景深挑眉道：“我从来没有单独见过她，你绝对不能再胡思乱想。”

说到这里，季暖想起上次盛易寒送她手表的事，抬起眼看他：“所以上次那块表，你早就知道我没有主动收下，是吧？”

男人注视着她道：“明知道你不会接受，他还是送了。表是恋人之桥，你以为他是在恶心谁？”

“也对……”

“以后他再跟你碰面，或者有任何让你怀疑的地方，你直接告诉我，不要一个人去面对。”

“今天你们在外面都谈了什么？他还会来找我？”

“只是让你记住，以防万一。”

季暖看着他俊美的脸，忽然在他下巴上亲了一下：“我小时候差点被强暴的事，你怎么听得这么平静？按理说，你不是应该愤怒到极点，恨不得杀人吗？电影里都是这么演的。”

“就算我已经在心里把他千刀万剐几百回，发生过的一切也是不可改变的。”墨景深在她头顶拍了拍，声音里仿佛藏着几丝淡淡的寒意，“别着急，我会一样一样替你讨回来。”

季暖笑起来，两只手抱住他：“亲爱的老公。”

“嗯？”

“爱你。”季暖特别认真地贴在他的怀里说。

男人笑了，伸出手臂抱着她，随后又摸了摸她的脑袋，道：“让你跑来T市上课，倒是学会表白了。”

四个小时后，已是半夜，他们终于拿到煎好的药，开车回公寓。

回去以后，季暖又被男人哄着喝药。凌晨一点多，她迷迷糊糊地捧着碗喝药，那药苦得她几乎流泪。季暖抬起眼时，见墨景深在看她，仿佛她敢吐出一口，他就能再拿出一袋药让她重喝。

墨景深见她捏着鼻子，认命地将整碗药都喝了个干净，眼底才暖了几分：“这才乖，去洗澡睡觉。”

季暖爬到床上，掀开被子就睡。

睡梦中，她感觉自己的脚底似乎传来一阵暖意。她迷迷糊糊地醒来，见男人将她搂在怀里，一只手将她的两只脚都握在掌心。他的掌心很暖。

“干什么？”她含混地问了一句。

“我抱抱你，嗯？”

“嗯……”

“以后手脚凉直接告诉我，家里会为你准备暖手暖脚的东西。”男人目光深深地看着她半睡半醒的样子，俯首在她眉心吻了吻，“睡吧。”

墨景深会在T市停留半个月，这半个月里，季暖完全没机会回寝室住，当然也可以说，她根本没打算回寝室住。

墨总裁下班后回公寓的第一件事就是给她做饭，这可是她在海城时都没有的待遇。食材都是他之前请来的那位阿姨每天如约送来，拿到厨房洗干净的。

“要盘子吗?

“还有要洗的菜吗?

“姜要不要帮你切……

“蒜呢，要吗？”

她现在干的完全是这些活，还是她强行要求来做的，因为墨景深都是让她坐在沙发上看电视，什么都不让她碰。

吃饭时，墨景深看着季暖享受美食的表情，道：“周末有几个T市教育局的领导和你们T大的校领导约见，这个饭局我推了几天也没推掉，你要不要一起去？”

“校领导？我去了不就露馅了？”

“校领导不等于你那些同学。他们知道你是墨太太后，更会守口如瓶，这一点你不需要担心。”

“我考虑考虑……”

“还要考虑？你们校长已经准备带着硕士毕业的女儿去这场饭局，他向我推荐他女儿好几次了，你确定不去？你瞪我干什么？”

“墨景深，你的烂桃花会不会太多了点？”

“我多看过哪朵烂桃花一眼？”

季暖用力嚼着饭，意识到如果不是她坚持来T大，墨景深也不会跟T大校长走这么近，对方也就不会妄想着把自己的亲闺女介绍给他。

不过，说来说去，还不是他太招女人喜欢？

“如果我去了，是不是还要自我介绍？”

“你以为是新生入学？”

“那万一校长看见我，把我当成学生赶走怎么办？他们问我是谁，我怎么说？”

“我妻子。”

“要这么直接吗？”

墨景深瞥了她一眼，道：“你以为我让你去是干什么的？”

“让我去和校长的女儿大战三百回合？”季暖挑眉笑道，“你也太看得起我了。”

墨景深笑道：“你们校长只是有这个心思，但没有明说。见面而已，他看清局势后也不会强求。就是个普通应酬，墨太太这是不好意思去？”

“我有什么不好意思的？”

“所以你去不去？”

季暖放下碗，吐了口气，道：“去吧，自己找的老公，怎么也得揣在自己口袋里，不能给他一点出轨的机会。”

“嗯？”

“我是说，不能给别人觊觎的机会！”

数日后，季暖接到琴姨的电话。琴姨是季家的用人，看着季暖和季梦然长大。

“大小姐，季董要把二小姐送到国外去，连机票都已经订好了，不让她继续留在海城，任何人求情都不允许。你和二小姐感情最好，季董平时也会听你的建议，你快给求求情吧……”琴姨的声音自电话里传来，有些心疼和急切。

季暖没有明说，只道：“我会打电话找我爸了解一下情况。对了，琴姨，我正想问你些事情。”

“什么事啊，大小姐？”

“二十多年前，我妈嫁进季家的时候，你就已经在季家做事了，对不对？”

“是啊。”

“那我妈嫁进季家前，有跟什么人频繁往来吗？比如，男人？”

“这……”琴姨那边支支吾吾半天，季暖察觉到她像被吓了一跳，“大小姐，这我不知道，也没听说过。夫人刚嫁到季家的时候，我也刚到季家，很多事情都不太清楚……”

“知道了，谢谢琴姨。”季暖没再多问，挂了电话。

墨景深淡淡地开口道：“你父亲打算送季梦然去国外？”

“嗯，他不希望看见姐妹相争，把她送到国外，也算一举两得，一方面可以眼不见心不烦，另一方面也避免我对季梦然做什么。站在父亲的角度，我能理解，毕竟梦然才是他的血脉至亲，能做到这样，他已是很顾及我的感受了。”

“谁说她在国外你就动不了？如果你想动她，随时可以。”墨景深波澜不惊地道。

三天后，海城航空事务局发出一则消息。

从海城飞往英国伦敦的BA168次航班经过太平洋上空时，由于不明原因发生空难，机上有57名中国公民、108名英国公民，包括几十个其他国家的公民不幸遇难。中英两国已派遣海上救援队前去搜救，但据当日天气情况和出事的海上环境估计，遇难者生存希望渺茫。

得知这一新闻，季暖下意识地给季弘文打了个电话，然而电话久久无人接听。她站在T市公寓的落地窗前，望向太平洋的方向。

她前天又给琴姨打过一次电话，知道季梦然就是搭乘这趟航班。今日上午飞机自海城起飞，飞往英国伦敦。

她的第一反应就是，季弘文一定会受不了！

季弘文的电话久久无人接听，季暖又给琴姨打了电话。接电话时，琴姨一直在哭，只说季董状况不太好，得知空难消息后，他就一直把自己关在公司的办公室里，已经好几个小时没有出来了，公司里也没人敢闯进去。

墨景深进门就看见季暖穿戴整齐，正准备出门。

“已经晚上六点了，你要去哪里？”

“我今晚回海城一趟，明早不知道能不能赶回来，让封凌去林教授那里帮我请个假。”季暖急急地说完，就要出门。

墨景深看了她一眼，握住她的手腕，将人带了回来，同时将她手里的包放下：“现在这个时间，你就算赶去机场，能搭乘的最早回海城的航班也是后半夜起飞。这时候去机场没用，你先冷静下来，告诉我，你回去干什么？”

“梦然今天去伦敦，她乘坐的航班出了事，我怕我爸一时受不了，我得回去看看他！”季暖不信这么大的新闻墨景深会不知道。

“海城飞伦敦的航班的确发生了空难，我下午得知消息后特地派人去航空公司查过，季梦然本人并没有登机，仅仅是被暂时列入失踪者名单。”墨景深盯着季暖因为担心而发白的脸，淡淡地吐出这句话。

季暖看着他，张了张口，平静了许多。她又拿起手机给季弘文打电话，对方仍然没有接听。

“可我爸现在不接电话，他公司的人也不敢进办公室找他，我担心……”

“季董久经风雨，心理承受能力不会那么差。我派沈穆开车赶到季氏看看，让他把季梦然没登机的消息告诉季董。”墨景深按住她的胳膊，“别慌，交给我。”

对，沈穆没有跟着墨景深来T市，沈穆还在海城！身为墨景深最得力的助手，他一定有办法进季氏去见她爸。

季暖点头，看向墨景深。

墨景深知道她有些着急，便没多说。他在她手背上安抚地拍了拍，拿起电话致电沈穆。

亲耳听见墨景深交代过一切后，季暖又看了一眼自己的手机，手机上跳出一条搜救船打捞出遇难者遗体的新闻。

可能真的早已没了感情，从听闻季梦然搭乘的航班失事到现在，季暖内心毫无波动。没能亲手让季梦然经历一遍她曾经走过的路，她有些不甘，也有些失落。

现在得知季梦然也许并没在飞机上，她也毫无感觉。感情这种东西，不存在了就是不存在了。冷却的东西，再也暖不回来。

季暖是被墨景深抱回沙发上的，她一直盯着手机，在想季弘文什么时候回电话。

墨景深将她身上的外套脱下来，俯身看她："你难过的是，季董没有接你的电话？"

季暖坐着没动，墨景深也没再多问。他坐到她身边，将她的头按到他肩上。

季暖闭上眼睛，好半天才说："无论梦然是不是真的出事了，我感觉这起事件之后，我爸都会回避我。"

墨景深抚着她的头，亲吻她的额角："暖暖，"他的嗓音低低的，带着几丝怜惜和理解，"他对你们这两个女儿的处理方式不是很妥当，也因为太忙而对季梦然疏于管教，但你不能因此认为他会疏远你。"

"也许是我想太多……"

墨景深在她耳边温声说："从很小的时候开始，你就是他的骄傲，也是他重点栽培的女儿，这证明他从来没有考虑过血缘问题。他认定你是他的女儿，这就够了。今天出了这种事，他暂时需要安静的环境来平复心情，并不是在回避你。这世上什么样的意外都可能发生，唯独长久真心付出的爱不会说没就没，我对你是这样，季董对你也是这样。"

季暖将脸埋在他怀里："我希望我一直都是他的女儿，哪怕有一天季家没落，我也愿意做他的女儿。"

男人沉默了几秒才淡淡地道："如果季董知道你的想法，他会很欣慰。他二十年来对你的栽培没有被辜负，这就是你对他最好的回报，这比打电话送去关切问候实际许多。"

她抱着他，将脸在他颈间埋得更深。

这样的信任依赖，足以让墨景深宽慰。他抚了抚她的肩，低声道："沈穆见到季董后，会让季董给你回电话，安心等一等，别着急。"

季暖两手紧抱着墨景深的脖子，低声说："人生真是太无常了，无常到很多东西今天不抓住，明天就会彻底错过和失去。"

男人捏了捏她的脸，道："至少你不会失去我。"

季暖没说话。

"相信我，无论人生有多无常，我一直都在。"

季暖点点头，将脸在他颈间埋得更深。

墨景深低头，回以深吻。

T大。

课间，季暖去了洗手间。

墨景深在T市的半个多月，许多工作已进入收尾阶段，再过一两天就可以回海城了。季暖虽然不舍得，但距离她回海城也没剩多少日子了，总不能真的耽误他工作。毕竟墨景深为了她，已经将T市这边的工作量扩充到最大，时限也尽可能延长。

凌菲菲进了洗手间，见季暖正站在那里。她走过去象征性地洗了一下手，又挤了些洗手液，然后看向季暖身上的浅蓝色高领薄衫，脸上露出看似无害的笑："季暖，你和封凌不会真的认识吧？之前在寝室的时候，你们之间的关系就神神秘秘的，最近不见封凌，你也半个多月没回寝室，我和白微怪想你们的。"

季暖看了她一眼，抬起手放在烘干机下不紧不慢地吹着，同时淡淡地道："你怀疑我和封凌的关系，我倒是不意外，但是你说想我们了，还是算了吧。我们不在，你的那堆行李不是正好有地方放？"

"我哪敢放啊！别说行李，就是一件衣服扔到你们床上，白微都忍不住说我几句，还说你们只是最近没回寝室，床还是你们的。这寝室里虽然没有你和封凌，但还有白微这么一双眼睛盯着呢！"凌菲菲边说边搓手，又故意瞟了一眼季暖的衣服，"T市也不像你们海城那么冷，怎么在这里还穿上高领衣服了，你不热吗？"

季暖脸上露出淡淡的嘲讽之意："你是又想打听什么了？"

凌菲菲抽了张纸，边擦手边说："刚才我在教室里看见你脖子那里有块红色的东西，我没太看清楚，你别是在学校外面住的时候，出过什么事，受过什么伤吧？我看看，伤得严重吗？"

说着，凌菲菲忽然抬起手，就要去扯季暖的衣领。

季暖扬手将她的手挡住，似笑非笑地道："你什么时候这么关心我了？连我脖子上这点小小的痕迹都能被你注意到，还特意跟到洗手间要扯开看一看？"

凌菲菲听她说完，嘴角也勾起一丝不友善的弧度："季暖，你果然做贼心虚。"

季暖甩开她的手，随手整理了一下衣服，转身向外走去。

凌菲菲气不过，直接跟了过去。

季暖听见她的脚步声，没理会，边走边慢慢将身上几乎不存在的灰尘拍了拍。

"你不就是找机会抱上墨总的大腿了吗？怎么着，背着墨总的太太在外面和墨总厮混，觉得很爽是吧？"凌菲菲一副吃不着葡萄说葡萄酸的语气，凑在季暖耳边道，"我可都看见你上他的车了。你这些天是不是跟墨总在一起？他真看上你了？"

季暖看了她两眼，不屑地冷笑。几秒钟后，她继续向教室的方向走去。

快到教室门口时，季暖淡淡地开口道："像你这种只相信自己愚蠢的内心、死活不信自己眼睛的人，真是不多了。"

凌菲菲腾地蹿到季暖面前，盯着季暖，微微拔高声音，激动地道："你也真够虚伪的！那天在体育馆，要不是因为我，你能跟墨总走那么近吗？我只是站在事情参与者的角度，问你是不是背着我去引诱墨总了，你还好意思理直气壮？"

季暖抬眼，冷淡地看着她："你参与什么了？"

"在体育馆那天，你连话都没主动跟墨总说，要不是我说你是海城人，估计你这辈子也没机会跟他说上话！"凌菲菲瞪着她，"好歹我也是在中间牵过线的，你就这么对我？"

季暖努力将自己看白痴一样的目光收回去，静静地看着她，道："所以，如果我这些天真的跟他睡在一起，你想怎么样？"

凌菲菲瞪着一双眼睛，一脸不可思议。

季暖不再看她，直接进了教室，坐下后将桌上的书收了起来。

凌菲菲跟进来，站在她旁边，压低声音警告道："季暖，人家墨总可是结婚了！你这是第三者插足！你还要不要脸？！"

季暖将桌上的笔记本和书一一收起来，瞟了她一眼："所以，你是在跟我讨论你的三观有多正，还是在气愤你自己比我晚一步？怎么？你觉得抓到了我的小辫子，要来威胁我了？"

真正的心事被戳穿，凌菲菲有些难堪。

季暖得意、嚣张、嘚瑟，还有一种有人在她背后撑腰的底气。

可是，如今能在季暖背后给她撑腰的是谁，可不就是墨景深？

季暖拿起桌上的保温杯，打开盖子，透过杯子上氤氲的热气，静静地看着走进教室的林教授。

凌菲菲回到自己的位子上坐下，却是不时看向季暖身上的高领衣服。

墨总那种冷漠低调又不近人情的人，会……这么激烈吗？

晚上，季暖没有和白微逛街。她出了T大就看见封凌将车停在外面。

季暖好些天没看见封凌，她仿佛什么都没发生过，头发又剪短了些，依然穿着黑衣，十分干练利落。

季暖说要去商场买些东西，封凌陪她一起去。封凌没有多说一句话，仿佛又变回刚到季暖身边时的状态。

既然封凌回避，季暖也不会去揭她的伤口，没有多说，只偶尔问一句自己买的东西好不好看，其余一概不提。

六点，封凌送季暖去墨景深子公司楼下的餐厅。

等她到的时候，墨景深已经坐在那里，似乎等了很长一段时间了。

不知是听到动静还是心电感应，她还没走过去，墨景深就看了过来。四目相对，季暖看到男人墨色的眸底似乎漾出星星点点的笑，接着他就起了身。

她走过去，他替她拉开椅子，又将她脱下的外衣和包放在一旁，声音里带着宠溺的笑："不是让你五点半过来，怎么这么晚？封凌休息了一阵，看来她复工之后，工作效率有待提升。"

季暖抬头看着男人好看的下颌："我刚才和封凌去商场买东西，看见几件好看的衣服，就多试了一会儿。”

“新买的衣服在车上？”

“没买，觉得和自己平时穿的衣服样式没差多少。”季暖接过服务生递过的菜单，边看边说，“你来T市这么多天，几乎每天都在家里下厨，怎么今天想起来在外面吃了？外面餐厅里的东西偶尔吃吃还行，我还是喜欢你做的。”

季暖点完菜，捧着热饮喝了一口。男人声音低沉地说：“有人跟着你。”

“你怎么知道？”季暖没有马上转头向外看，从T大出来之后，她就感觉到被跟踪了。猜也猜得到是谁在跟踪，她也没去理会。她和封凌闲逛到现在才开车过来，结果对方居然还在跟着。

“这么低级的跟踪方式，车就停在封凌的车后面，是谁？”墨景深淡淡地问。

季暖放下杯子，微微抿唇，开口道：“应该是凌菲菲。她怀疑我勾搭你这个有妇之夫，估计想拍些证据来威胁我。哦，对了，兴许还会逼你答应些平时你不会答应的条件。”

墨景深好笑地看着她，道：“你倒是能忍。”

“不忍还能怎样？你上次说得没错，跟小孩子太认真，完全就是拉低自己的智商。”季暖看着男人带笑的眼眸，抿唇道，“再坚持两个星期，熬过T大校庆，再熬过最后一场测试，我就可以回归海城的怀抱了。”

墨景深挑眉道：“你打算参加校庆？”

“学生时代没参加过，这回既然遇上了就参与一下。刚才就是准备买校庆时穿的衣服，我不想太高调，也不想太随意，选了半天也没有合适的。”

男人注视着她，淡笑道：“我明晚回海城，今晚陪你去看衣服？”

“不用，不着急，到时候我在衣柜里随便选一套。”季暖眼角余光看见凌菲菲的那辆车还停在外边，车窗落下了一点缝隙，估计凌菲菲是在偷偷拍照片。

季暖没有回头去看，只握着杯子，问道，“我爸那边怎么样了？”

前天季弘文见过沈穆后，的确给季暖打过电话，但也只是简单关心几句，没有多说。现在季梦然究竟是失踪还是遇难，还不能确定。如果没有遇难，她怎么会到现在还没有消息？可墨景深查到的消息是，季梦然的确没有登机。

人不可能说失踪就失踪，还恰好在飞机失事那天。

现在这种情况，季暖也不好频繁打电话去问，毕竟让季梦然登上出国航班的人，也有她。

“他还在等消息，情绪比你想象的稳定，不需要担心。”

“我爸是个很善于克制和隐藏情绪的人，如果不是这样，我也不会这么大了，才从别人嘴里知道自己的身世有疑。”

服务员将一碗罗宋汤放到餐桌上，墨景深将汤盛出一些放在季暖面前，眼底浮着一层淡淡的温和：“凡事不要追根究底，稳住心态最重要。”

季暖看着他俊美的脸片刻，又向外瞥了一眼：“如果外面那个脑子有问题的小姑娘拿着今天偷拍的照片去威胁你或者威胁我，我该怎么做？”

男人长臂伸过去，摸着她的脑袋，低低地笑道：“你会让她后悔这三个月的狗眼看人低，还是打算拿正牌墨太太的头衔打她的脸？”

季暖喝了一口汤，淡淡地道：“那就要看她作死的程度了。”

墨景深微微挑眉，声音低沉地道：“回海城后不会再像在T市这样轻松，既然还在这里，就好好珍惜最后一个月的校园生活，跟朋友散散心，别太委屈了自己。”

上次墨景深说过，他离开的时候不会叫醒她，否则难道要看着她起来抱着他哭？他们最长也不会再分开超过一个月，季暖现在又开始舍不得了。

回去的时候，封凌没再跟着。季暖系安全带的时候向车窗外看了一眼，见封凌打车离开时，身形依旧利落。

或许是自己多心了，封凌这种从男人堆里摸爬滚打出来的女孩，或许心也比许多女人坚韧，又或者，封凌只是比许多女人更懂得掩藏心事，将不该有的情绪封死在心底。

一片阴影压过来，等她反应过来，墨景深已经帮她扣好了安全带。

黑色越野车停在T市一家高定礼服店门前，这家店比季暖曾经和凌菲菲她们逛的那家高端几十倍。

墨景深将车子倒进停车位，瞥了一眼女人似是不解的表情，解释道：

“国内著名的高校有百年历史的不超过十所，既然决定参加T大百年校庆，就别太敷衍。这是我一位法国设计师朋友在国内开的分店，里面许多礼服都很适合你。你进去看看，有合适的就买下来。这里的礼服都会在你试穿后，针对你的尺寸做好，直接空运过来。如果有任何不满的地方，可以直接送回巴黎重新修改。”

季暖本来没想穿礼服，但墨景深话都说到这里了，她想了想，也就同意了。

墨景深下车，帮她拉开车门，然后牵着她进门。

里面的店员立即出来迎接，完全不需要打电话找他们老板确认身份。

店员面带笑容打招呼：“墨先生。”

店里的人不多，还算安静，只有零散的几对正在试穿礼服的年轻人，他们一进去就受到了关注。

季暖的手被男人温热的手握着，他无视那些人艳羡的目光，带她去看各式各样的礼服。简单的、繁复的、古典的、现代的、低调的、奢华的，水晶橱窗里的礼服果真式样繁多。

季暖的视线落在最里面的一款镏金色抹胸礼服上。这件礼服好像是巴黎秋季走秀的新款。今年十分流行这种有点亮晶晶但不会太奢华的镏金色。

礼服裙摆放得很开，几乎呈A字形，柔软的纱上散布着细小的星星，有点俏皮，也有点浪漫，整体很适合季暖。

见她喜欢，一旁的店员忙笑道：“这件是吗？我们马上帮您拿出来。”

季暖没点头也没摇头。她确实喜欢，但又感觉在校庆晚会上穿成这样，身边连个陪伴的人都没有，会不会太华丽又太孤独了？

“不喜欢？”看出她眸底的一丝犹豫，墨景深在她身侧问道。

“我不知道T市居然还有这么好的礼服店，以前都没来看过。”季暖抬起眼道。

墨景深看着她道：“喜欢还是不喜欢？”

“喜欢啊，但会不会太华丽了……”

“你那些同学要么年少无知，要么盛气凌人，校庆时只会穿得更华丽，这已经算很低调的了。”

墨景深说这话时的模样很正经，季暖从他眼里捕捉到明确的信息——他对这件也很满意。

店员已经小心翼翼地把礼服取了出来，微笑着请季暖进去试穿。

季暖点点头，进了里间。

更衣室里有很多镜子，店员帮她穿上礼服后，在一旁由衷地赞叹。

试衣间里的灯光很柔和，季暖摸了摸自己的头发，看着镜子中的自己。白净的脸蛋稍显端庄，仿佛让她找回当初海城第一名媛的风采。礼服上半身是抹胸式样，将她的锁骨完美地展现出来，稍微往下，白皙的胸部若隐若现，并不暴露，却又显出适度的性感。这款礼服很合身，连修改都免了。

季暖看着镜子里的自己，好像当初结婚的时候她就是这么美，只是那时候她没有仔细欣赏过。

试衣间外，墨景深坐在沙发上等她出来。他手里翻着一本杂志，气质优雅沉静。

他听见声音，回过头，眼底带着温情，不似在场的其他男顾客那般惊艳。

季暖有多美好，墨景深再了解不过，只是看见她这样美好的瞬间，他恨不得将这个小女人藏起来，免得被人觊觎。

“好看吗？”面对墨景深，季暖还是忐忑了一下。

“好看，非常。”男人依旧没有吝啬对她的夸赞。

季暖顿时笑了起来，开口道：“那就这件，我也不试其他款式了，校庆时随便搭配一双同色系的鞋子就好。”

旁边的店员仍然不停地夸赞着。季暖对店员说就要这件了，然后又对墨景深说：“我现在回试衣间把礼服换下来。”

“嗯。”男人低低地应了一声，起身向她走近一步。

季暖怔了一下，下意识地向后退。结果这一动作被男人的目光捕捉到，他直接一手握住她的腰，把她带进了试衣间。

门被男人关上，一股熟悉的气息扑面而来，季暖条件反射地向后退。等她反应过来的时候，男人高大的身躯已经直接将她压在身后试衣间的门板上。

这里的空间虽然很大，但是现在只有她和他。季暖脸上热了一下，目光在四周搜寻了一圈，不知道这试衣间有没有监控。

“你进来干什么？我要先把礼服换掉……”

男人的手指在她背后的长发间穿梭，他看着她黑白分明的眸，在她唇上亲了亲。

“太美了，想先亲一亲。”男人在她唇边声音低哑地道。

开车，回家，进门。

客厅里的灯还没来得及开，墨景深便单手扣着她的脸蛋，低头狠狠吻住她的唇，继续之前在试衣间里一直克制而未完成的事情。

吻了一会儿，季暖伸手抵在他的胸膛，借着唇间的一点缝隙来呼吸。然而下一秒，她的脸又被男人扳了过去。他从她的唇角吻过，双眸中是无尽的暗色，他几乎要将她吞噬。

“还躲？”

季暖眨了一下眼睛，道：“我怎么觉得你是因为明晚要回海城，所以今天特别急切，像是要直奔主题。”

以前无论哪一次，墨景深都对她格外耐心，每一次都是水到渠成。

而现在……

换下礼服后，她就被他强行带出那家店，强行带上车，回来后又强行按在墙上……

墨景深低眸看着她，淡淡地道：“你还真说对了，我的确是打算直奔主题。明晚我要回海城，今晚还不能先把你‘啃’干净？”

季暖低声道：“那未免也太凶残了。晚上请我吃饭，带我去买礼服，回到家就这么直接，我都怀疑自己不是你老婆，而是和你一起偷欢的小情人了。”

男人声音低哑地笑着，却无视她的话，手伸到她的腰下，将她的半身裙拉链往下拉，动作利落地剥掉她的裙子。

季暖连忙去按他的手：“墨景深！”

他低头亲着她的脸颊，哑声低笑道：“刚才在试衣间里，你自己都快忍不住了，现在回到家，还需要我重新撩拨一次？”

季暖红着脸低叫：“墨景深你闭嘴，我刚才那是急着换衣服，才没——”

她话都没说完，裙子已经被脱下来，男人手一扬，半身裙被抛出一条弧线，落在沙发附近的地毯上。男人的手又来脱她的上衣，季暖忙抬手，死死地抓着他的手。

墨景深眼睛一眯，用沙哑的嗓音在她耳边低低诱哄："松手，嗯？"

季暖抬起眼，看着他清俊的脸，看着他墨色的眼。从他眼里蔓延出的专注灼热，带着某种在他身上很难见到的急切，让季暖心里生出难以言喻的成就感。

他只属于她！这个想法刚一钻入脑袋，季暖就踮起脚，主动去吻他。

男人毫不犹豫地将她打横抱起。

季暖低呼一声。

男人俯首封住她的唇，直奔卧室。

墨景深还有太多公务要处理，第二天临走前烦琐的事也不少，自然很早就醒来。睁开眼时，靠在他胸口的白净脸蛋映入眼帘，小女人闭着眼睛，海藻般的长发铺散在枕头上。

季暖睡得很沉，起床时已经是中午。

厨房里有墨景深离开之前帮她做的早餐，她起床就能吃。

季暖洗漱过后去吃早餐。吃完后，她将碗筷餐具都送回厨房，刚刚打开洗碗机，忽然听见放在餐桌上的手机响了。她忙洗了洗手，擦干手后走出去。她拿起手机，见是封凌打来的，便直接按了接听键。

半个小时后，季暖下了楼。

封凌已经在等她了。

"墨太太，"封凌站在她跟前道，"墨先生今天回去？"

"嗯。"

"好，那我从今天开始继续陪你去T大。"

"你手臂上的伤全好了吗？"

"早就好了，没事，如果我还有任何问题，墨总也不会安心让我跟着你。"

回T大的途中，季暖仿佛不经意地说："之前就发现你又把头发剪短了，前段时间稍微留长了一些，还挺好看的。你忽然又剪这么短，不知道的还以为我身边跟的不是女保镖，而是一个皮肤白净的小帅哥。"

“这样不是正合墨总的意？让别人以为你身边有个小帅哥跟着，谁也不敢轻易招惹你。”封凌轻笑道。

“你不说还好，你这样一说，我才意识到他把你安排到我身边，或许本来就是抱着这种想法。”季暖的嘴角抽了抽。

“不然你以为墨先生怎么可能让我一直跟你到T市？”封凌微微挑眉道。

墨景深这男人，果真老谋深算！

第二十四章　归程·等我

T大这边，整整三个月的学习已近尾声。

距离T大的百年校庆还有三天，学校内的校园网忽然出了问题，几乎一整天，无论是通信公司的网络，还是校内的有线和无线网络都无法使用。

当晚季暖才知道，有人匿名将那天偷拍到的季暖和墨景深的照片发了出去。虽然只发出不到五分钟就被封号屏蔽，但为了不让这些八卦消息传播出去，远在海城的墨景深居然直接命人将T大整个通信网络都封了。

那些照片倒是没什么，只是一些季暖从墨景深的车上走下来的画面，还有两人在墨氏子公司楼下餐厅里用餐的画面，没有任何不可见人的东西。

但发布者在照片下写的话十分不堪，用婊子、引诱、不要脸、第三者插足、风骚、见钱眼开等词汇来形容季暖。

封凌查清照片来源后，带着照片冲进寝室。

凌菲菲刚进门，要不是她躲得快，差点就被封凌一脚踹断了腰。

“啊！你干什么？”看见对自己出脚的封凌，凌菲菲吓得向后躲开。

“干什么？你很快就知道了！”

封凌冷笑着一把拽住凌菲菲的头发。在凌菲菲痛得尖叫时，她使劲将凌菲菲向旁边一拽，再伸出另一只手将凌菲菲的床单扯了下来，床上的所有东西都哗啦啦掉到地上。

“啊——”

季暖刚推开门走进去，就听见惨叫声。她抬眼就看见了这一幕。

封凌一脸冷酷地踩着地上属于凌菲菲的东西，大到手机，小到护肤品。后来封凌从凌菲菲的枕头下发现了相机的内存卡，顺手就将内存卡拿起来，再将叫到失声的凌菲菲狠狠推到墙角。

“封凌！我不告得你祖宗十八代都陪你哭出来，我‘凌菲菲’三个字就倒着写！”

凌菲菲气得涨红了脸，来不及心疼自己的东西，见封凌将相机的内存卡拿走，喊道：“你们就算拿走内存卡也没用！季暖自己不要脸，被拍到这些照片就怕了？以为我没有备份吗？校园网总不可能一直被封下去，就算网上发不出去，只要你们不弄死我，我还有这张嘴可以说出去！”

她刚说完，被封凌骤然一脚踹在腿上，瞬间疼得蹲了下去。她白着脸，难以置信地看着封凌。

“想弄死你还不简单？”

“你……你就不怕坐牢吗？”没料到封凌居然连威胁都不怕，凌菲菲眼里的嚣张劲瞬间就没了。

“需要考虑会不会坐牢的人，恐怕不是封凌。”季暖看了一会儿，走过去，语气很冷淡地道，“网络诽谤罪，虽然今年还没有设下明确的量刑标准，但也已经入法，就以你今天发的那些偷拍的照片和文字内容来看，只要我不想放过你，你随时可以去牢里转一转。”

“那你勾引已婚男人，第三者插足，是不是也有罪？”凌菲菲抬起眼瞪着季暖，“睡到墨总那样的男人，你很骄傲是吧？明知道人家已经结婚了，你还死不要脸地往上贴！你自己不要脸，还怕别人说吗？季暖，你别以为自己可以心安理得地跟他睡在一起！”

季暖看着她一副明明因为自己没得到而嫉妒得发狂，却偏要站在道德制高点找寻别人污点的模样，扑哧一声笑了：“那可真是不好意思，我和墨景深何止最近才睡在一起，我们很早就睡在一起了，而且是每天一起睡、一起醒、一起吃早餐，我还真就是心安理得得很。”

凌菲菲睁大眼睛，难以置信地看着她，几秒钟后脱口而出：“不可能！”

她才不相信！这怎么可能！季暖明明说自己和墨氏集团没接触过，怎么可能会和墨总……季暖一定是心虚，怕她真的把这种事情说出去，才吓唬她的。

凌菲菲看着眼前这张冷艳精致得无可挑剔的脸，心里更加看不起她。

季暖虽然漂亮，但凌菲菲不相信墨总那样的人会真的喜欢她，会跟她保持长久的关系。而且，凌菲菲还听说，墨总的感情生活一直很单纯，他甚至从来没有过绯闻。

季暖看着她，懒洋洋地笑道："不可能？有什么不可能？难道你以为海城大到容不下我？还是墨景深的床容不下我？你看见的那个正人君子，就不能有正常的床笫生活？"

凌菲菲说不出是嫉妒还是愤怒，大声道："这么不知羞耻的话你都说得出口！季暖，你究竟是下贱到什么程度，才能把墨总搞到手，你……"

之前季暖不屑于理会凌菲菲，但现在，那些照片和那些诽谤的文字还是彻底惹毛了她。

季暖的唇角勾得越发深了。她轻描淡写地道："论下贱，我怎么比得过凌小姐你？主动跑到体育馆后台找人，又拉不下面子，把我拽了过去，以我是海城人为由试图接近他。你这点隐晦的小心思，连他的一片衣角都碰不到。结果知道我和他睡了，你气得发疯发狂，恨不得撕了我、毁了我。"

凌菲菲越听脸色越差，听到最后，气得手都在颤抖。

"季暖，你不就是爬上他的床了吗？那又能怎样？墨总怕是早就已经离开T市了，他走之后你还算什么？要不是有封凌在，你一个不知廉耻的'小三'，有什么资格站在这里欺负我？"

闻言，季暖冷笑道："我可真是佩服你这种不撞南墙不回头的性格。"

凌菲菲正要不服气地站起来，封凌再度一脚踹在她的膝盖上，凌菲菲顿时疼得一屁股坐到了地上。

"蠢货，知道我是谁吗？"封凌冷斥道。

"我管你是谁！"凌菲菲痛得红着眼睛瞪她。

封凌冷冷地挑眉道："我是墨太太的私人保镖。"

"哈，我就知道你这种人也就是保镖的命，上不了台面！还什么私人保镖？呵，什么墨太——"凌菲菲正要继续骂，脸却一白，为封凌的身份，更为她口中所谓的“墨太太”。

私人保镖？墨太太？封凌一直不动声色地护着季暖，季暖有任何大事小情，绝对有封凌在场。

凌菲菲僵坐在地上，抬起眼看向季暖。季暖的目光始终淡定。

一瞬间，各种难堪和委屈都上来了，凌菲菲深吸一口气，红着眼睛道：“你们在撒谎！”

季暖怎么可能是墨太太！

可仔细想想，墨景深出现在体育馆里直接点了季暖的位置，又因为季暖而去了T大的食堂，后来季暖吃的鱼太咸，他直接将水给了季暖，那么自然的动作……

还有后来发生的一切……

凌菲菲看向封凌，想寻求真正的答案。封凌只冷眼以对。凌菲菲再转眼看向坐在床上没有插过半句嘴的白微，平时白微最清醒，她一定也会认为季暖在撒谎。

白微接到凌菲菲的目光，才说：“我不太清楚季暖和墨总的关系，但季暖是海城季氏集团的千金，那次在季家百货中心你就该知道，但你一直钻牛角尖，不肯相信。”

晴天霹雳！

凌菲菲坐在地上不动，目光僵在季暖的身上很久。

季暖歪着脑袋，语调慵懒地道：“话说凌小姐，你既然一直这么看不起人，我也就配合你那点心高气傲，在这里两个多月，我也没有试着压你一头。眼看就要满三个月了，我们即将各奔东西，你还非要往我的枪口上撞，就凭你那些胡编乱造的言论和这些照片，我随时可以告你。”

凌菲菲被气得大脑充血，吼道：“你……我不管你是真‘小三’还是假千金，在寝室里唆使保镖对室友动手就是你不对！你要告我，好啊，那我们互相告！你也别想占到我的便宜！”

“你有什么便宜可让我去占吗？就算我让保镖对你动粗，也是先跟你讲过道理的。你呢？照片是我让你拍的，还是我求着你让你跟踪我的？就这些下个车、吃个饭的照片都能被你编出故事，你想象力很丰富啊！我从一开始就没有针对过你，你却狗眼看人低。是你自己素质有问题，我也不需要费心教导你。这两个多月，你不是不动脑子瞎嚷嚷，就是拿照片到网上瞎嚷嚷，我一而再、再而三地放过你，现在这些也是你自找的，懂？”季暖顿了几秒，唇角的弧度勾得更深，“再说，你口口声声说我插足墨景深的婚姻，却连我是谁都不知道，你不觉得可笑吗？”

凌菲菲嘴唇动了动，想说什么，却又说不出来，只能委屈地红着眼睛坐在寝室角落里。

她想说不相信季暖真的是墨总的妻子，可怎么都说不出来。

封凌给她抛了个活该的目光，将相机内存卡扔给季暖。

“你说这些照片还有备份是吧？”季暖问，“那我和封凌可就要对你的电脑和其他电子产品都不客气了。”

“没有备份，唯一的一份就在这内存卡里……”凌菲菲哽咽着说了一句，目光有些怯懦。

季暖直接将内存卡折断，然后给封凌递了个眼神。封凌将凌菲菲的笔记本电脑拿起来，凌菲菲刚要站起身去抢，结果膝盖一疼，立马又跌坐下去。封凌将电脑打开，确定电脑里的照片已经被删除，才将她的电脑一键格式化，再扔回她床上，这件事算是了结了。

然而，那些照片和帖子到底在校园网里存在了五分钟，因此还是被几个人看见了，这两天，T大的一些女生都在私下谈论这件事。

两天后，T大百年校庆，到场的除了T大校领导和全部学生，还有国内许多有名望的教育界人士。

凌菲菲不敢招惹季暖，连寝室也没敢继续住，直接搬了出去。当晚，她穿着礼服，和林教授班里的其他女生站在一起。

当她注意到季暖、白微和封凌一起进来时，只往她们的方向看了眼，目光便落在季暖那身镏金色的礼服上。一切的一切都证明，季暖的确不只是个小小工作室的负责人。

已经有不少女同学在悄悄议论季暖是不是真的被墨总包养，不管怎么样，反正季暖的脸上不会太好看就是了。

季暖刚一出现，那些议论声就被压低了，那些三五成群站在一起的女生，都用质疑和看不起的目光盯着季暖。

庆典开始，学生们安静地站在宽阔的会场上，直到校领导致辞完毕。酒会开始后，白微、季暖、封凌三人在二楼楼梯下比较安静的地方边喝香槟边聊天。

忽然，跟凌菲菲比较要好的许瑶从她们身边路过，她故意将杯子里的酒往季暖漂亮的裙子上洒下来。

幸亏封凌手疾眼快，将季暖向旁边一扯，才没把礼服弄脏。接着，封凌冷眼看向许瑶："你找死？"

"哟，我不过是手滑，酒又没真的洒到她身上！人家'季小三儿'还没急呢，你急什么？"许瑶一脸冷笑道。

显然，凌菲菲碍于面子，对于自己误会季暖的事，一直没敢跟其他人说。

许瑶的声音不小，顿时引来周围不少人的注目。现在校领导都在台下喝酒，也没有人主持大局。

"我说季暖，你这身衣服一看就价值不菲，是墨总给你买的吧？果真是抱上墨总的大腿了？你前些日子没少卖弄风骚吧？插足别人婚姻的感觉如何？我可真是看不起你这种……啊！"

头上忽然一阵冰凉，阻止了许瑶的得意与谩骂。

一杯香槟直接从上面洒了下来，一滴不剩都泼到她头上，然后溅在礼服裙上。许瑶震惊地抬起手，摸了摸头上的酒。四周的人更是被惊到了。

众人抬头向上望，只见会场二楼的金色雕花扶栏后，是一截墨黑色的西装袖口，一道颀长挺拔的身影在会场闪烁的灯光下若隐若现。

许瑶意识到自己被人泼了酒，气得抓了一把湿漉漉的头发，仰起头就开骂："是谁？！居然敢拿酒泼老娘？！"

会场里的保安听见动静，已经围了过去。

凌菲菲赶忙上前。她跑到许瑶身边，正要说话，许瑶却是怒道："人还在上面！不知道是哪个胆大包天的，敢在这种地方泼人！你们这些保安都干什么吃的？马上去把人给我带下来！我倒要看看是谁——"

她的话音还没落下，楼梯上的男人已经开始往下走。看见男人笔挺的西裤和笔直的双腿，许瑶愣了愣，再向上仔细一看，只见男人边走边解开西装外套的扣子，白色的手工衬衫干净得让人移不开视线。男人的目光极其淡定，极其冷漠。

墨景深！

现场一片哗然。

看见墨景深的刹那，凌菲菲整个人下意识地向后退了一步。

别说场上其他人被惊到，就连季暖都有些惊讶。她转眼看向缓缓走下的男人。他不是一个多星期前就回海城了吗？他不是这几天都很忙吗？

昨晚她还和他打过电话，挂电话之前，她恋恋不舍地说想他，当时他根本没说今天会来陪她参加校庆。季暖还以为这身礼服也就穿给自己看看，没料到他居然来了！

那些照片被凌菲菲发到网上的时候，封凌就知道，墨景深不可能再让季暖被这些小姑娘欺负，校园网被禁一整天只是最轻的惩罚，该算的账，都在后头。

所有人都看着墨景深，包括闻声而来的校领导和在场的各界名人，之前他们几度邀请，都没得到他的正面回应，没想到他居然真的到场了！

墨景深走到季暖跟前，缓缓开口道：“泼回去。”

季暖表情一滞，转眼看向浑身一震的许瑶和白着脸向后躲的凌菲菲。

许瑶并没有将酒泼到她身上，但若不是封凌刚才手快，估计也就真的泼过来了。

许瑶张了张口，喃喃出声：“墨总，您未免也太向着她了，你们上流阶层的人，难道连出轨都这么高调吗？”

墨景深用修长的手指摩挲着已经空了的高脚杯，嘴里逸出冷漠的低笑声。之后，他将杯子放下，道：“出轨？我婚姻与感情的轨迹始终沿着季暖的方向在走，从未偏离过，又何来出轨之说？”

许瑶一时没听懂，有些莫名地看着始终气定神闲的季暖，又转眼看向白着脸躲在人群后的凌菲菲。

凌菲菲已从墨景深这句话里得知了真相，她现在是真的不敢说话。

季暖果然是他的妻子！

一位校领导在旁边看不下去了，皱着眉说：“你们这些女生，脑子里整天都在想什么？！人家季小姐从始至终都是墨总的太太，她只是不喜欢游手好闲，所以自己做些生意，又抽空出来学学企业管理而已，到底是哪里碍着你们了？你们呀，在这里闹什么闹？”

也就几秒钟的工夫，不仅许瑶脸色大变，在场所有质疑过季暖的人都不可思议地看着季暖。

怪不得墨景深会忽然跟T大合作，原来因为季暖在这里……

一时间，那些此前不明真相的学生不敢再多说，只用羡慕崇拜的目光向墨景深他们看去。

凌菲菲和许瑶芒刺在背，恨不得马上消失。

“你真的是……墨太太？”许瑶还是有些蒙。凌菲菲这会儿躲得老远，许瑶根本没法求证。可从凌菲菲的态度来看，她应该早就知道真相，不然怎会躲得这么远！

“无论我是谁，就算我真的只是一个不起眼的小工作室负责人，也轮不到你们对我指指点点。”季暖红唇微动，语调缓慢平淡，“若我不是墨景深的妻子，就能任由你们诽谤胡扯、损毁名誉？”

“我这都是……听凌菲菲说的……还有那些照片，上次学校论坛里的照片也都是凌——”

“她做过什么，我比你更清楚，可你和她难道不是一类人？你们走得这么近，又在背后议论他人是非，还摆出无辜的样子，没有人会认同你这种低劣的演技和人品。”季暖冷声道。

许瑶被噎住了。她自知理亏，不敢再多说什么、多做什么，只死咬着嘴唇，有些发虚地看向季暖手中的高脚杯。她担心季暖真的把这杯酒向她泼过来。

季暖瞥了她一眼，道：“本来没想闹这么大，不过呢，我这人该低调的时候低调，该报仇的时候，也会以牙还牙。”

许瑶顿时僵住，不知道季暖究竟要做什么。

季暖轻轻晃着手中的高脚杯，缓步走到许瑶面前。她将杯子微微抬起，直接从许瑶的腰间开始倒酒，直到半杯香槟顺着许瑶的裙摆一点点淌下去。许瑶只是站在那里，一动都不敢动，嘴唇却是咬到发白，两只眼睛也不敢看季暖。

季暖瞥着向下流淌的酒，忽然，抬眼看向躲在校领导身后的凌菲菲：“这酒就这样淌下去也蛮可惜啊，凌小姐不过来喝几滴？”

这来喝几滴的意思，明摆着是要凌菲菲过来，趴在地上喝从许瑶裙摆上淌下去的酒。

众人正疑惑季暖怎么会这么针对凌菲菲，只见季暖红唇微动，缓缓地道：“你不是很喜欢偷拍我们的照片，然后发到网上去，再在背后行诽谤之事吗？你这么有胆子，现在躲在校领导身后算什么？”

众人疑惑的目光瞬间变为了然。原来始作俑者是凌菲菲！

凌菲菲一直缩着脖子不说话，见墨景深在场，她更是一声都不敢吭。她咬唇站在校领导身后，在所有人都将目光向她这里移来时，将脑袋向下埋得更深。

校领导皱眉，回过头质问道："你真的做了这种事？"

凌菲菲用力摇头，却又不敢撒谎，求助地看向季暖身后的白微，希望她看在室友的面子上，多少帮自己说两句话。然而，白微目光不屑地在她脸上停留几秒，只是对她冷淡地勾了勾唇，像是在斥她活该。

毕竟是T大百年校庆，这种小插曲只是学生之间的摩擦，闹了一阵也就散了。活动仍在继续，校领导们满面红光，争相在墨景深面前引见介绍。

最后的活动是校领导和T大学生玩室内游戏，有室内跳绳、室内拔河、室内抢玩偶、击鼓传花、真心话大冒险，笑声在会场内此起彼伏。

林教授班里的学生先玩了室内拔河，季暖这一方赢了一局，接着就是室内长垫短跑。季暖脱下鞋子，在按摩长垫的一边踩了一脚，顿时疼得把脚收了回来。这玩意儿比十年后的指压板还厉害，布满了各种小石头堆砌在一起的小尖角！

裁判的口哨声骤然响起，季暖当即忍着疼冲了出去。她提着裙摆，无视脚下的疼痛向前奔跑。全程不足六十米，但脚下真是疼得要命，她好不容易才跑到终点。五人一组，季暖是第二名。

到了终点，季暖脚下不稳，向前一扑，却赫然扑进一个怀抱里。她抬头一看，是墨景深。

刚才玩游戏太尽兴，她都没注意他什么时候从校领导的包围圈里走了出来，也没注意他什么时候到了这里。

季暖这会儿脱了鞋，光着脚穿着礼服，有点不伦不类。玩了半天的游戏，额头上布满了细汗，她对他笑了一下，借着他的力道站稳身子。她感觉周围的女生都用羡慕嫉妒的目光凝望着这个方向。

"很疼？"墨景深见季暖疼到咬牙的模样，关切地看了一眼她的脚。

"没事没事，这东西是用来按摩脚底穴位的，跑起来有点疼，现在不疼了。"季暖忙穿上鞋子。

玩了半天，又是拔河又是短跑，她现在的心跳比平时快很多，脸颊也在发热。她直接在他身边站好，不再参与其他游戏。

"口渴了吧？"白微很有眼力见地拿来一杯香槟和一瓶矿泉水，递给季暖，"要喝哪个？"

季暖没说话。墨景深从白微手里接过矿泉水，并对她点头致谢，拧开瓶盖，将水塞到季暖手里："今晚你已经喝了三四杯香槟，接下来只能喝水。"

季暖也知道自己的酒量，再喝下去她估计又要出糗。她喝了一口水，长吐一口气，抬起手扇了扇风："这会场里虽然有空调，但是人太多了，跑了这么几步，居然这么热。"

墨景深看着季暖红扑扑的脸，勾唇轻笑。

下一秒，大家只听见一阵尖叫声，转眼就见传闻中高冷的墨氏总裁将身边的季暖半圈在怀里，俯首吻住她的唇。

季暖还没反应过来是怎么回事，会场中的灯光忽然打到这里，她下意识地抬起眼，唇上传来柔软的暖意。

人群里传来尖叫声，无论是学生还是校领导，情绪都激动起来。大家闹着叫着，将他们彻底包围，纷纷举起手机拍下这一幕。

季暖脸上一烫，下意识地要将他推开，结果根本推不开！

要疯了！墨景深平时可比她都低调！他们虐虐秦司廷、夏甜也就算了，现在可是T大校庆！几千人都在场！等等！大屏幕上是什么？！怎么大屏幕上都能看见他吻她？

季暖实在推不开他，周围人又实在太多，等男人终于放过她时，季暖干脆将脸埋在他肩膀上，不敢再抬头。

封凌看见兴致缺缺的凌菲菲这会儿脸色灰白，冷笑着移开视线。

墨景深将害羞的季暖抱在怀里，搂着她的腰道："不是口口声声说新婚缠绵期已经过了？你害羞什么？"

季暖在他怀里红着脸道："人太多了……"

墨景深："腿软了？"

季暖："有点……"

墨景深："我抱你回去？"

季暖怕的就是校庆结束后，被一群墨氏集团的粉丝半路拦截。果不其然，等她换掉礼服，准备和墨景深离开的时候，会场正门前已经有不少人等着，包括前来参加校庆的记者。

季暖只好选择拉着墨大总裁从会场侧门溜出去，与其说是溜，不如说是她硬拽着他从侧门离开。男人好笑地看着她做贼似的样子。季暖却一直猫着腰，悄悄向外走。

侧门不如正门宽，外面是T市最繁华的夜市。

季暖刚从侧门出来就听见有人喊她。她当即拽着墨景深，拔腿往人群里跑，一边跑一边用力抓着墨景深的手腕。

跑了几分钟，她忽然停下，两手撑在膝盖上，气喘吁吁的，然后又抬手将外套的扣子解开。季暖轻吐一口气，转眼就见墨景深一只手被她死死地抓着，另一只手随意插在裤袋里，正似笑非笑地睨着她。

“运动细胞这么不发达，还拼命拽着我跑？”

季暖喘了好半天才顺过气。她站直了身子，向后张望，并乜了他一眼：“还不是因为之前在会场里做了游戏，当时人太多，太热！你还搞那么一出！就你厉害，陪我一起跑这么快，结果连喘都不喘一下！”

墨景深用只有她能听见的音量沉声说：“就你这种体力，再不好好锻炼，以后在我面前只会越来越吃不消。”

瞬间就明白他话里的隐含的意思，季暖瞪着他道：“你今天究竟是专门过来帮我救场的，还是故意整我的？”

墨景深似笑非笑地道：“得了便宜还卖乖，是谁说礼服太华丽，一个人去参加校庆，会觉得有点孤单？”

“啊？我说了吗？”

“你用你的目光说了。”

“我专门抽了一晚的时间飞过来，明早还要飞回去，你连感谢都没有就算了，现在连一个吻都要跟我追究？”

“那是一个吻吗？会场里那么多人，我——”

她话还没说完，男人的唇再度迫近：“你是想在这里再亲一次？”

季暖向旁边一偏，忙向后退开，抬起手，捂着潮红的脸，害羞得不行。

两人回到家，季暖换下鞋子，这才觉得脚下轻松了许多。

墨景深洗过澡，低头亲了亲她的脸：“暖暖。”

“嗯？”

“我明早飞回海城，后天要飞去国外。”顿了几秒，他又淡淡地补充了几句，“我很快就会回来，你下个星期结束课程，我直接到T市接你。”

季暖点点头，半晌才迟疑地哦了一声。墨景深最近忙得大多数时间都不在国内，而且她很久没听到南衡的消息了，封凌那边也一直嘴巴很严。

“你一个人回海城我不放心，这几天乖乖住在公寓，让封凌把你的东西都收拾好，等我下个星期回来，我来接你。”

季暖没多问，只道：“好。”

“乖一点，让封凌跟着你。这几天我不在国内，别让我担心。”男人把玩着她的头发，低声道，“我不在的时间里，别再跟寝室的那些人接触，不用理会无关的人，安心等我回来。”

季暖依言点头，莫名觉得墨景深今天交代的话比以前每一次都多。

“你这次要飞去哪里？美国还是日本？”她下意识地问。

墨景深摸了摸她的头发，低声道：“等我回来你就知道了，我给你带当地的礼物。”

几天后，季暖接到季弘文的电话。

自从季梦然失踪，已经过去十天的时间，季弘文的声音比往常低沉苍老许多，季暖知道他最近没吃好也没睡好。

今天是季暖母亲的忌日，已经过去太多年，那些悲伤也早已被时间覆盖。

“暖暖，爸知道你最近因为梦然的事情不愿意问我太多，有很多真相，爸本来打算瞒着你一辈子的。你永远都是我的女儿，那些事到死我也没准备告诉你。”

“您如果不想说，我不会强求。”季暖应道，“我也没有去找生父或认亲的打算，而且现在梦然的事情压在您心上，您现在不需要对我——”

“没关系，已经到这一步，刻意隐瞒只会造成伤害。你母亲也走了很多年了，当年她交代的事情我没能瞒住，也没想到梦然居然会知道，又跑到你面前去说。”季弘文沉声叹了口气，“你母亲嫁给我之前，曾经有过一段过去，那是一段被强迫的过去，她并不爱你生父。我当初也是为爱情而肝脑涂地的年轻人，哪怕你母亲怀了孕，我还是义无反顾地娶了她，更承诺把你当成亲生女儿看待。暖暖，你是我看着长大的，这份父女之情在我这里，和我与梦然之间的感情没有区别，你懂吗？”

“我懂，爸。”季暖没料到季弘文打算将真相告诉她，她心里轻快许多。

“至于你的生父是谁，也许你这辈子都不会再遇见他，就算遇见，他恐怕也不认识你。我不打算把这些陈年旧事复述太多次，暖暖，现在梦然生死未卜，爸希望你回海城后，还是一样把季家当成自己的家，季家永远都在你身后。”

季暖眼眶热了热，开口道：“爸，我从来没有否定过您的存在，我们还和以前一样，我不会变，您也不会变，对不对？”

“对。”季弘文的嗓音因为激动而有些沙哑，“好孩子，爸知道梦然做得不对，她的确大错特错，我也从来没有刻意偏向哪一个女儿。但她现在没有消息，爸的心情还是受了影响，爸爸并没有忽略你、冷落你的意思，你始终都是我疼爱的好女儿。”

“我知道。”季暖鼻子发酸，抬手揉了揉鼻子，努力让自己没有哽咽出声。

她知道季弘文是特意选在这天跟她说清楚，好在他们父女之间没有什么隔阂。人和人之间，最怕什么都不说。

季弘文又说了几句才挂断电话。

季暖拿着手机，站在窗前，往窗外看了很久很久。

结业前夕，林教授班里的学生难得聚餐，封凌虽是插班生，但也一同去了。

季暖没喝酒，只坐在沙发里和白微聊了很多，关于这三个月的经历、关于以后在国内或许会和白微的公司有所合作等等。封凌以前没有参与过这样的场合，全程只是看手机，偶尔看着季暖，不让她喝酒。

凌菲菲一直躲着季暖，坐得离她很远。封凌还时不时挑眉看凌菲菲一眼，故意用目光唬她，吓得凌菲菲没多久就以身体不舒服为由早早溜了。

季暖拿着最后一次测试的成绩单离开T大，第二天，她和封凌一起在公寓收拾行李。

墨景深说今天会来接她回海城，也不知道他是直接从国外飞到T市，还是先回海城，然后再过来。

季暖的行李不多，但也收拾了很久。她从天亮等到下午，却一直没见墨景深来，也没有接到墨景深的电话。

“几点了？”季暖将两个行李箱锁好，起身时，边拍着手边问客厅里的封凌。

“五点多了。”封凌回答。

季暖看了一眼已到傍晚的天色。她手机上只有夏甜和小八发来的短信，问她是今天回海城还是明天回，说要给她安排接风宴。

此时，收件箱里热热闹闹，很多人发来各种消息，唯独没有墨景深的。

六点。

墨景深没出现，也没打电话。

七点，墨景深依然没有踪影。

晚上十点，季暖的手机很安静，门外也始终没人。

季暖给墨景深打过电话，却只听见冷漠的机械女音提示对方不在服务区，无法接通。

如果墨景深这两天太忙，没时间飞过来，季暖和封凌直接飞回海城也没关系。可他怎么连电话都没有打？

一直等到零点也没消息，季暖想，可能墨景深正在从国外飞回国的飞机上，航程久了些。

等不到电话，也没等到人，她只好洗澡睡觉。

第二天一早，六点，忽然，封凌的手机响了。

季暖听见手机铃声，骤然坐起身。

封凌睡在隔壁客房，季暖推门进去时，她已经在接电话，只是表情有些严肃深沉。平时，封凌很少会把喜怒放在面上。顷刻间，季暖就觉得出事了。

接完电话，封凌放下手机，抬眼看向正站在客房门口的季暖。

“墨太太，怎么起这么早？”封凌的目光定在季暖身上，静了两秒后，她冷静地问。

“睡不着。听见你这边有动静，就过来看看。”季暖走进去，顺手帮她拉开窗帘，又仿佛不经意似的问，“这么早是谁打来的电话啊？”

“以前在XI基地的一位兄弟。”封凌的目光隐在晨光里，她又看了一眼时间，“墨总应该有事暂时不能来，我们现在直接去机场，今天回海城。”

季暖的手停在窗帘上。她静默片刻，转眼看向封凌：“封凌，说实话，是不是出什么事了？”

封凌没回答，只掀被下床道：“先吃早餐吧。墨先生交代过，你必须每天按时吃饭。我们是点外卖，还是叫阿姨过来做饭？反正我是不会做饭，煮出来的东西估计你也吃不下去。”

“告诉我实话，无论发生什么事情，我都不该是被隐瞒的那个。”季暖盯着封凌的背影，声音拔高了一些，一点避开的机会都没给她。

封凌顿住脚步，看向季暖：“墨太太，我相信墨先生一定会回来，你现在要做的只是平平安安地回到海城。”

“他出什么事了？”

听见这句“我相信墨先生一定会回来”，季暖心沉了一下。封凌不会轻易说这种话。

封凌看了她片刻，道：“墨先生前些日子飞去柬埔寨，那边最近不太平，还有一些当初就在美国结下梁子的团伙潜伏。墨先生目前与我们的人断了联系，查不到他所在的方位和信号，只知道出事前，一批国外军火商也去了那里，不知道他是不是碰上了……”

季暖目光平静地盯着封凌许久，才将她这些话消化掉，并且在心里又理解了一遍。

“墨景深是墨家人，根基那么稳，创业史从来都是干干净净的，也根本不需要走不正当的途径，他以前在美国究竟是做什么的？好端端的怎么会去柬埔寨？他去那里干什么？”

“墨太太，很抱歉，这要等墨先生回来后亲自回答你，我不方便说太多。”封凌轻声道，“但请你相信，墨先生的确如你所说，从来都是干干净净的，没有任何黑历史。但是，多年前在美国发生了一些事情，情况有些复杂，在那些团伙和XI基地的竞争对手眼里，墨先生的命价值百亿。他们不会轻易要他的命，但如果真的设下埋伏，也不会轻易放了他……”

“所以，你说他现在不能回来的意思是？”

封凌顿了一下，看着她道：“墨先生失踪了，基地的人现在已经展开紧急搜救，但目前墨先生遭遇了什么，没有人知道，他出事前已经中断了联系信号……”

“这都是什么跟什么啊？不可能的！他说他只是去国外出个差。”季暖忽然转身，回卧室拿起手机就给墨景深打电话。

无法接通。

季暖微微皱了一下眉，继续打墨景深的其他号码。工作的手机号、私人手机号甚至不常用的手机号，她每一个都打了一遍，不是关机，就是无法接通，要么就是不在服务区。

见季暖仍然在打电话，封凌走上前去道：“我们的人已经去找了，墨先生一定可以平安地回来。墨太太，我们先回海城，我陪你回去。”

季暖努力稳定情绪，抬起眼看她：“他说让我等他回来，他说回国之后就来接我。墨景深从来不会食言，我要留在这里等他。他也许正在回国的飞机上，也许现在已经落地T市机场了，我再等等他。”

封凌想劝她一句，但见季暖明显在克制所有情绪，只好说：“好，那我们等等，我陪你一起等。”

季暖不再说话。她握着手机坐在沙发上，却是一直盯着房门。

半个小时后，门外忽然有动静，接着传来门铃的声音。季暖霍然起身，快步走到门前。她打开门的刹那脸上挂着喜色，结果看见外面站着个陌生的中年男人。

“小姐，这是你们刚刚打电话叫的早餐外卖。”那中年男人对她客气地笑了一下，将手里两个装着餐盒的袋子递给她。

季暖的表情瞬间僵住。

封凌快步走出来，接过外卖，又付了钱，然后拉着季暖回了屋里，将门关上。

“这是我刚才点的外卖，墨太太，你想在这里等也可以，但是你得吃东西。”

“我不饿，你吃吧。”季暖走回沙发那边，坐下。

“这是墨先生交代的，你必须吃早餐。”

“我真的不饿……”

“墨太太，如果墨先生回来发现你没好好吃饭，一怒之下把我辞退，那我就失业了。你知道的，我没打算回美国，失业了在国内很难找到新工作。”

季暖看了她一眼，只好起身走到餐桌边坐下。

封凌打开袋子，将餐盒里的豆浆和小笼包拿出来：“知道你很可能没胃口，所以我买了两种馅儿的，一个是牛肉洋葱，一个是素角瓜鸡蛋，你多少也吃一点。”

季暖没说话，喝了一口豆浆，又随手拿起一个包子咬了一口。

刚咬一口，香浓的牛肉味就溢满口腔，季暖忽然一阵反胃，骤然站起身，冲进浴室，对着马桶一阵干呕。

“墨太太？”封凌一惊，放下手中的餐具，起身跟了过去。

见季暖吐了半天也没吐出多少东西，但明显胃里不舒服，封凌忙去倒了杯水，等季暖吐完站起身，将水递给季暖。

“要不要去看看医生？”封凌关切地盯着她。

“没事，我刚来T市的那段时间经常胃不舒服。”

季暖漱口后，用冷水洗了脸，再回到餐桌边。她看着小笼包，实在没胃口，牛肉馅的味道闻着就恶心，素馅儿的她也不想吃。拿着豆浆喝了半杯，她又捂着翻江倒海的胃，说：“实在喝不下去了，再喝估计还要吐。”

见季暖真的吃不下也喝不下，封凌不再勉强她：“那你回卧室躺一下，我去给你买点胃药？”

“不用，一会儿就好了，回海城的时候再说吧。”季暖又回到沙发边坐下。

她固执地坐在那里望着安静的房门。

从上午到下午，墨景深始终没有出现。

季暖靠在沙发上，拿着抱枕，再一次拿起手机打电话。依然关机，依然无人接听。她长吐了一口气，看着始终安静的房门。

“墨太太，你的胃现在好些了吗？”封凌避开关于墨景深的话题，坐到她身边轻声问。

季暖没回答。她沉默了半晌，平静地道：“封凌，我们回海城吧。”

封凌的神情顿了顿。她看着季暖看似平静的脸，点头道：“好，我去订机票。”

季暖没再说话，只靠在沙发上，仰头看着这套住了三个月的公寓。

从公寓到机场，从登机到降落海城，季暖全程一言不发。

走出海城机场时，一辆银灰色的保时捷已经停在外面，是来接她的。

季暖回来的时候没有特意叫车，也没告诉季家和墨家自己究竟坐哪趟航班回来，怎么会有车来接？她转眼看向封凌。封凌道：“墨先生的事现在不方便通知墨家，我在登机之前给秦医生打过电话。”

秦司廷？季暖只顿了一下，便没再多说。

她刚走到车边，驾驶位的车门已经打开。秦司廷穿着浅色的衬衫和长裤，下车后看了她一眼，仍是一副吊儿郎当的样子。

秦司廷对她挑了挑眉，道：“哟，墨太太学成归来，这气质看起来都不一样了，大有未来企管骨干的架势，以后秦家公司的那些老头儿要是跟你的工作室抢生意，怕是敌不过墨太太你了。”

“秦医生，你在医院那么忙，还过来接机，真是麻烦你了。”季暖客气地对他点了点头。

“麻烦什么，行李放那里，上车吧。”秦司廷没再多说，示意季暖上车，然后绕过车身和封凌一起将她们的行李放进后备厢。

季暖本想自己提行李，但这两人动作利落又迅速，她也没强求，直接坐进后排。

见季暖明显提不起兴致，秦司廷关上后备厢，瞥了封凌一眼：“她都知道了？”

封凌道：“没办法隐瞒太多，但墨太太看起来还算冷静，就是不知道她现在心情究竟怎么样。”

“冷静？”秦司廷叹了一口气，道，“冷静才怪！不过这种时候，如果她不能控制住自己的情绪，谁又能帮她呢？这世上也就墨景深一人能完全顾及她的情绪和感受，现在墨景深不在，她也只能靠自己了。”说着，秦司廷走到车边，敲了敲后面的车窗。

季暖降下车窗，转眼看他：“秦医生？”

“封凌说你今天早上吃了一口包子就吐了，怎么回事？”

“没事，现在已经好了。”

“反正送你回御园也顺路，中途路过我们医院，我先带你回医院检查看看。”

“不用那么麻烦，直接回御园就好……”

秦司廷没再说话，打开车门坐进驾驶位。

封凌也坐进车里，转眼看着她说：“去医院查查也好，不然我实在不放心。”

以前吐的时候，季暖还以为自己是怀孕了，现在她连这个可能都没考虑，觉得最多就是肠胃不舒服而已。

季暖到底没再多说，毕竟是秦司廷来接机，他要先带她去医院，那就去，自己总不能逼着他赶快把她送回御园。

车里，秦司廷看了一眼时间，又透过后视镜看了季暖一眼：“他会回来的，你不用太担心。南衡已经派人过去了，你别自乱阵脚。”

季暖沉默了一下，片刻后才道：“我连他曾经在美国究竟是做什么的都不知道，我想自乱阵脚都不知道该往哪里乱。”

秦司廷笑道：“不知者不畏，这是好事。”

“不知者不畏？意思是情况比我想象的还要危险、还要紧急？”季暖抬眼看他。

秦司廷挑眉，随手转动方向盘，驶下高速，没有回答。

到达医院，秦司廷示意封凌先陪季暖去验血。

此时已经是晚上九点多，医院里的医生都下班了，只有几位值班医生在。看见秦司廷穿着便装进门时，他们都有些惊讶，平时秦医生很少会在休息时来医院。

季暖拿着几张化验单走去秦司廷的办公室，忽然听见秦司廷打电话的声音。

“还是没有消息？人已经失踪一天了，以他的性子，不会发生这种情况，一定有什么我们暂时没有料到的意外。最好二十四小时内赶快找到人，否则他恐怕真的有生命危险……”

季暖在门外听见这句话，手在门上顿了一下，没有马上推门进去。

接着，秦司廷语调放缓许多：“国内有我照应。季暖已经抵达海城，她还算冷静，封凌也会陪着她。”

之后便是一些嘱咐和交代，直到季暖敲门，秦司廷才挂了电话。

“我让你检查的几项，都出结果了？”秦司廷转眸看向走进门的季暖。

季暖嗯了一声，走过去将几张化验单给他，同时问："这上面的HCG（human choionic gonadotophin，绒毛膜促性腺激素）值是什么意思？"

秦司廷还没看到她说的那页，听见季暖的话，俊眉一挑，骤然将那一页抽了出来。他瞟了一眼数值，又抬眸看了季暖一眼。

"你上次例假是什么时候？"

"大概一个月前。"刚回答完，季暖的表情忽然僵了。按理说，她的例假前两天就该来，这次居然晚了，她的例假一般都很准时的。

"HCG值阳性的意思是，你怀孕了，墨太太。"

季暖诧异地看他："啊？"

"啊什么啊？你的HCG值很标准，不偏高也不偏低，可以排除宫外孕的情况。一会儿你再去妇产科看看，没有任何问题的话，你的呕吐就只是妊娠初期的反应。"秦司廷又看了一眼其他几张化验单，转身去电脑上帮她挂妇产科诊室的急诊号。

季暖戳在那里，像是没反应过来。

"愣着干什么？"他挑眉道。

"我真的……"季暖不可思议地看向他，"怀孕了？"

秦司廷似笑非笑地瞥了她一眼，道："你以为医院的化验室是摆设？你现在刚怀孕没多久，以最后一次例假结束的时间来看，也才三四周，只能用验血的方式查出来，但的确是怀上了。"

"我明明三个多星期前才去医院检查过，当时还开了不少中药。"

"三个星期前当然什么都看不出来，怀孕要从最后一次例假算起，并且那些暖宫的中药对你起了作用。另外，在你喝中药的这段时间，和墨景深应该同房过不止一次。"

确实不止一次同房，甚至同房得很频繁……

这明明是足以和他分享的喜悦，此刻她的身边却没有那个人与她分享。

季暖去了妇产科的诊室，又做了几项相关检查，确定她已经怀孕，并且妊娠反应比很多人来得早，孕吐反应也比较严重。

季暖走出诊室，封凌在外面关切地看她："墨太太，真的怀了？"

是啊！她真的怀孕了。可墨景深在哪里？她孩子的爸爸在哪里？

离开医院，回到久别的御园，陈嫂迎了出来。见是季暖回来了，陈嫂顿时一脸喜色地叫上其他用人，帮她拿行李，再前呼后拥地陪她上楼，问她这三个月在T市过得怎么样。

三个月而已，仿佛一切都没有变，御园还是那个温暖的御园，陈嫂还是那个热情的陈嫂。卧室里的陈设也没变，她的衣柜和离开的时候一样，没有多大变化。

“墨太太，怎么选在这个时间回来？这都半夜了，你饿不饿？要不要我给你做些夜宵？”陈嫂笑眯眯地问。

“不饿。已经不早了，陈嫂，先去睡吧。明天再说。”季暖温声回答，然后走到窗边，打开窗子，看向窗外的落雪。

御园内，两千多平方米的园景被皑皑白雪覆盖。

陈嫂以为季暖乘了一天的飞机，太累太困，也就没再打扰，交代了一声就出去了。

封凌在门外，等陈嫂走了才进卧室。

“我留在御园陪你，这里有不少客房可以住，你有事随时叫我。”

“你也累了一天，去休息吧。”季暖的声音很淡，她站在窗前没有动。

房间里归于安静，季暖看着窗外好半天，直到被风吹得发冷，才关上窗子。她转身回到床边，坐下的瞬间直接向后躺下。被子上仿佛还留有墨景深的味道，足以证明他出国前只要在公司忙完后，都会回御园住。

季暖翻了个身，将脸埋在被子里。她深深地吸了一口气，闻到很淡很淡、干净清冽的味道，仿佛墨景深就躺在她身边。

明明困倦，却不想睡，季暖拿起手机，给墨景深发短信。

季暖：“说好我等你回来，说好你接我回海城。”

季暖：“你在哪儿？”

短信发出去便如石沉大海。她和墨景深的手机都有已读和未读消息设定，整整半个小时，这两条短信都没有接到已读回执。

季暖鼻子一酸，刚将手机放下，忽然，手机响起来——

她骤然低下头，看着屏幕上显示的号码。居然真是墨景深的号码！她直接从床上蹦起来，迅速接电话：“喂？”

电话通了，那边却很安静，她仿佛听见低浅的呼吸声，他离电话似乎有些远。

“喂？景深！”季暖紧握着手机，“你在哪里？你现在是——”

嘟——

电话由接通到挂断，一共不超过五秒。

季暖动作僵住，看了一眼手机，通话时间，四秒。

不知为什么，季暖的心跳忽然加快。她快步冲出卧室，跑到封凌所在的客房门外，开始用力拍门。

封凌以为出了什么事，目光锐利地向门口扫了一眼。打开门，看见季暖焦急的表情，封凌下意识地向她身后看去：“怎么了？发生了什么事？”

“电话，封凌，墨景深刚才给我打了电话……”季暖指着手机，“就在刚才，一分钟之前！”

封凌诧异地看了她一眼，拿过她的手机，看见那条通话记录。之后，她果断地转身回房，拿起自己的手机拨电话。

季暖跟着她进去，见封凌将墨景深刚刚给季暖打过电话的事通知同伴，接着她的手机上忽然被传来一个季暖从没见过的软件。她将手机连上电脑，安装软件，再迅速拿过季暖的手机，同样连上电脑。

季暖站在一旁，盯着电脑屏幕上的地图，醒目的红点在一下一下地闪烁，直至对方信号逐渐微弱，红点也消失。

封凌看见红点的刹那，又打了个电话：“已经查到墨先生几分钟前所在的方位，是柬埔寨洞里萨湖向东五千米左右的区域，坐标准确，信号目前已再度消失。”

打完电话，封凌再抬眼看向季暖：“幸亏你反应快，在墨先生的手机信号重新被覆盖之前，让我们查到了他最后所在的地方。现在我们的人马上就会赶过去，墨先生一定会平安回来。”

“他刚才打来电话，却什么都没说，只有几秒就挂断了，你确定……他是平安的吗？”季暖盯着封凌的脸，“如果他是平安的，为什么会忽然打电话却不说话？为什么信号这么快就消失了？”

“墨先生所在的地方是一片雷区，是柬埔寨政府都管不了的地方，那里常年被各国贩毒团伙占领，上面覆盖着屏蔽网，任何信号在那里都无法显示。墨先生会忽然给你打电话，是不是因为你做了什么？或者——”

封凌话还没说完，季暖又看了一眼手机，之前她发给墨景深的两条短信，文字后面均显示为已读。

“我给他发了短信，他看见了！”季暖抬起眼看她。

封凌再度拿过她的手机，看了两眼后说：“也许墨先生恰好在你刚才发短信的时候，暂时离开了可屏蔽信号的屏蔽网，但现在他究竟会去哪里，或者被带去哪里，还不能确定。我们必须马上找到他。现在柬埔寨那边就有我们的人，很快，相信我，你今晚好好睡一觉，安心等我们的消息。”

安心，她怎么可能安心？

季暖稳定情绪，拿着手机转身回房。

“墨太太，先把你的手机放在我这里，如果墨先生还能与你联系，我可以第一时间检查信号方位。”

“好。”季暖将手机给她，然后走出客房。

再回到卧室时，季暖看着空荡荡的房间，耳边仿佛还回荡着刚刚接通电话的四秒钟里，那似有若无的呼吸声。

他究竟是在怎样的环境下打来的电话？

季暖靠在门上，闭上眼。

既然他能看见她的短信，既然他能给她打电话，就证明他还活着。

季暖回到床边，耳边总是响起电话彼端安静低浅的呼吸声。

入夜，窗外的树叶被冷风吹得沙沙作响。季暖翻了个身，仍没有睡着。

天还没亮，季暖忽然听见外面有动静。她掀被起身，走到卧室门前，正要开门出去，却听见外面刻意压低的对话声。

“封小姐，外面来了一辆车，是来找你的，他们特意交代，让我们不要吵醒墨太太。”这是陈嫂的声音。

“知道了。”封凌的声音也不高，“我这几天可能不在，你好好看着墨太太，多叫两个人陪着她，不要让她乱走，最好让她一直在御园等我们的消息。”

“你要出去？这么紧急，是发生什么事了吗，封小姐？”

“没什么事，不过，墨太太现在怀孕了，你记得别让她四处乱走，她需要补充营养。已经这个时间了，我先出去一趟，你赶紧给她做早餐吧。”封凌嗓音低低的。

“墨太太怀孕了？天啊！我居然现在才知道。昨晚墨太太回来的时候并没有说这件事。好！我马上去给她准备孕期需要的补品。”

“嗯，今早外面来的那辆车，你别声张。墨太太要是醒来发现我不见了，你只说我临时有事出去了，很快就回来，别让她担心。”

“好，我知道了，封小姐。”

接着，外面便传来两人同时下楼的声音。

封凌要去哪里？还特意交代这些，显然她最近不会留在海城。她要去哪里？美国？还是……柬埔寨？

季暖果断穿上衣服，跟了出去。

下楼时，封凌已经离开，陈嫂恰好进了厨房，没看见下楼的季暖。

“墨太太？”其他两个用人不知道封凌之前交代的话，见季暖下来，殷切地打招呼。

季暖示意她们别出声，趁着陈嫂暂时没发现她，悄悄走了出去。

用人丈二和尚摸不着头脑，但季暖毕竟是御园的女主人，他们也不敢多问。

季暖躲在御园的院子里，见封凌上了门外黑色的车。季暖特意看了一眼车子离开的方向，又瞥了一眼车库里的其他车。

半个小时后。

季家曾与海城交警大队的领导有过一些交情，季暖让他们帮忙追踪封凌乘坐的那辆车的方位，最终确定那辆车是直奔机场而去的。

季暖果断开车赶去机场。她赶到时，比那辆车晚了半个小时。

进了机场后，她从包里拿出大得足以遮住半张脸的墨镜。戴好墨镜后，她将衣领高高竖起，迅速在人群里搜寻，走向搭乘国际航班需要经过的通道。

果然，封凌是要出国！

季暖远远地看见封凌正与几个穿着黑色劲装的人办理登机牌。

季暖看了一眼办理柜台上显示的航班号，用手机查了一下，是两小时后从海城直飞柬埔寨的航班。

季暖站在离人群很远的地方，等封凌和那几人进了安检通道，她才快步走去办理柜台，询问这趟航班还有没有空位。接着她买了同班机票，悄悄过了安检，进入头等舱休息区。

封凌和那几人买的是商务经济舱的票，正在外面的候机大厅休息区等待登机，那里正好与季暖所在的休息区隔开一段距离，从季暖这里向外看，可以清楚地看到外面来回走动的人，但从外面的休息区是无法看见里面的情况的。

“你好，需要喝些东西吗？”休息区的工作人员走过来，殷切地问。

季暖又向外看了一眼，见封凌他们随便买了几个面包和几瓶矿泉水。

季暖摆了摆手，示意不需要。她没有发出任何声音，毕竟封凌太敏锐，她担心自己发出一点声音都会被发现。

工作人员没再多问，将新鲜果盘和一些小饼干放到她面前。

季暖简单吃了些水果和饼干。登机之前，趁封凌去洗手间，她快步走出去。因为是头等舱，加上怀孕，她可以先登机，不用排队，因此成功地避开了封凌的视线。

五个小时的飞行时间里，季暖一直老实地待在头等舱中。直到飞机平稳降落到柬埔寨首都的金边国际机场，大家排队向外走时，季暖忽然干呕了一下。她抬手捂住嘴。

路过的乘务员注意到她的情况，特意交代让她先下飞机。

封凌和那几个人走在前面，此时，他们刚好停在头等舱的通道里。听见对话声，封凌用眼角余光向旁边扫了一眼，接着表情一滞，发现了正迅速戴上墨镜的季暖。

第二十五章　纷乱·不离

“封凌……你慢点……”

季暖一路被封凌拉着，从机场出口走向候机大厅。她的手腕被封凌攥得死紧，挣脱不开。

封凌边走边板着脸说：“这里太危险，你不能跟着我，马上回海城！今天傍晚还有直飞海城的航班，你直接回去！”

“墨景深在这里，我不可能回去！”

“墨太太！”

“封凌，我不会添乱，也不会拖你们后腿。如果你是我，你能安心留在海城吗？”

封凌的表情僵了僵，目光缓和了些。她放轻声音道：“我不是怕你添乱，柬埔寨的首都虽然看起来安全，但近来这个国家的整体形势不太乐观，洞里萨湖附近更是有些危险。别说你现在怀着孕，就算没怀孕，也不能来这里！”

季暖没说话，只看着她。

封凌皱了皱眉，又道：“我知道你没办法安心在海城等，但是墨太太，这种地方和国内根本是两个世界，是和平美好与血腥杀戮的区别，你懂吗？”

“可是墨景深在这里。”季暖声音不高，却字字清晰。

封凌就这样看着她，看了很久。封凌皱起的眉心缓缓舒展，似乎不忍心赶季暖走，但又实在不能让她待在这种危险的地方。

“墨先生不会希望你踏入这种地方。而且，你要保护好你们的孩子。这里随时都可能有危险……”封凌轻声说，“虽然我应该听命于你，但这次请你听我的话。回去，好吗？”

季暖静静地看了她片刻，没再多说。之后，她转眼看向机场外的天空。她现在和墨景深站在同一片土地上！

她没想为难封凌。早上跟过来时，她也只是想确定封凌是不是真的要来柬埔寨。当时已经在机场了，证件恰好也都带在身上，季暖只是想在找不到墨景深的时候，离他近一点，更近一点，所以就跟着飞了过来。

她想早点见到墨景深，至少要确定他平安。

“怎么回事？”忽然，一道冷漠的声音自封凌身后不远处响起。

季暖听见那道声音，骤然抬眼，看向走过来的南衡。

封凌听见南衡的声音，表情有一瞬的僵滞，但也只是一瞬，她便敛去所有的情绪。

封凌转眼看向走过来的南衡：“抱歉，我没注意到墨太太居然跟着我们上了飞机，我会尽快送她回海城。”

南衡转眸扫了季暖一眼。

季暖知道南衡背景不简单。他所拥有的势力，恐怕不是寻常人能知道的，实在深不可测。

季暖还是第一次看见他穿着一身与封凌同样的黑色劲装，看来这是XI基地的作战服，这样一身黑衣给他平添几分冷酷神秘。

“你来做什么？”南衡的俊眉冷冷地挑起。

“墨景深在这里。”季暖直视他，语气平静地道。

南衡看了她一会儿，又瞥了封凌一眼：“能在你的眼皮底下顺利登上飞机跟过来，也是不容易。”

他明显是打趣，封凌却笑不出来。

“这样看来，论骁勇，季暖肯定不如你；但论机灵，季暖比你略胜一筹。”

闻言，几个手下面面相觑。这世上怕也只有南衡老大敢同时贬损封凌和季暖，要知道封凌在基地这么多年，可是屡立战功。

要真论起智谋来，封凌在基地那么多年，却一直没被发现是女人，与她接触最多的南衡老大才是最蠢的那个，不是吗？

封凌冷着脸，转开头不看南衡：“我让阿K送墨太太回去。”

“人都来了，还怎么送回去？她今天落地海城，明早还会想办法飞过来，到时候失踪的恐怕就不只是墨景深一个了。”南衡冷淡地道，“她想方设法避开我们的视线留在柬埔寨和安安稳稳地站在我们面前，哪一个更省心？”

封凌眉宇一蹙，开口道：“可是这里太危险。”

“她在飞来之前，比你更清楚要面临许多未知的危险。她又不是小孩子，自己做出的选择，就得有承担的能力，你担什么心？”南衡说着，又淡淡地看了季暖一眼，“我们时间不多，回海城还是留下，我给你最后一次选择的机会。”

“我留下。”季暖毫不犹豫地道。

封凌皱起眉，道：“可是，墨太太你怀孕了！”

听见“怀孕”二字，南衡瞥了季暖一眼，又看了看她的肚子。

季暖抬起手，放在自己平坦的小腹上，语调平缓地道：“我会保护好自己。”

“可——”

南衡抬手示意封凌闭嘴，然后看了一眼时间，叫其他兄弟和封凌先走。最后，他看着季暖，严肃地道：“季暖，怕死吗？”

季暖看着他的眼睛，坚定地道：“不怕。”

怕死吗？一个已经死过一次的人，又怎么可能会怕死！

闻言，南衡不由得眯了眯眼，轻笑出声。他拿起烟放进嘴里，转头道：“跟着。”说罢，他转身就走。

在这种地方，没有人会分出心思照顾季暖的身体和感受。这里没有千金小姐，没有豪门太太，她要是有本事，跟得上大家的脚步就跟，跟不上就自己滚回海城。即使南衡没有说，季暖也明白他的意思。

季暖二话没说，直接快步跟上。

南衡他们已经在柬埔寨洞里萨湖附近驻扎了一天一夜，封凌作为基地最有作战经验的一员，必然会参与这次行动。

季暖从车上下来时，看见基地的人员在这里临时租用了大型仓库，并在外面搭了防御工事。她这才明白，封凌说的这里跟国内不是一个世界是什么意思。

此时此刻，季暖看见基地里的人几乎人人腰间别着枪。他们神情严肃，穿着黑色作战服。季暖的心忽然狠狠提了起来。

“仓库里面已经分出一些隔间，让封凌先带你去休息。”南衡对季暖简单交代了一句便没再管她。

两人向里面走时，旁边不时有人用打量的目光看向季暖，那目光里明显含着诧异。

“这位是墨先生的妻子，季暖。”封凌路过里面几个拿着枪的人时，简单介绍。

一瞬间，那几人看着季暖的目光从诧异变成尊敬。他们对她善意地点了点头，又主动指向里面，道：“第三间房间最干净。”

季暖发现，这些人似乎对墨景深有着别样的崇敬。

“墨景深和你们究竟是什么关系？”季暖走进房间，问道。

封凌知道，季暖早晚都会了解这些。她沉吟了片刻，低声说：“南衡的身份不用多说，他是美国某市兵器库的幕后老板。墨先生虽然没有参与这些生意，但他曾在南衡最危难的关头极力相救，不仅让南衡和他的军器交易渠道被保住，还保住了我们XI基地所有人的命。简单来说，墨先生是是我们最信赖、最尊敬的人，也是敌人最痛恨的人。所以，那天我说，墨先生的项上人头在那些人眼里，价值百亿。”

季暖狐疑地道：“为什么我从来都没有发现这些？”

“因为墨先生的确没有涉及这些交易。他的手很干净。他也的确不需要用这些方式打开经商的路，但墨先生随便一个决策都能让那些人一夜间损失几十亿，面临被警方围剿的危险。美国大部分警局与墨先生有联系。这次的柬埔寨之行，应该有人为墨先生设下了重重埋伏，就连信号都屏蔽得这么及时，明显是刻意针对他。”

封凌走出仓库，看见南衡正在外面部署搜救人员。一群兄弟见封凌出来，都盯着她看。

“都看什么看？没见过女人？”南衡神色冷然地瞪向众人。

众人："没见过这么女人的封凌……"

其实封凌也没有太多改变，她依然留着利落得让人分不出她是男是女的短发，依然穿一身黑衣黑裤，脚上穿着黑靴。

不过，这几个月在季暖身边待着，她皮肤比以前白净了许多，目光也不似以往那么冷漠犀利。

南衡皱眉，漠然地看了封凌一眼，道："你站在那里干什么？归队！"

封凌平静地将目光从他脸上移开，面无表情地走进众人之间。

柬埔寨，旧称高棉，位于中南半岛，西部及西北部与泰国接壤，东北部与老挝交界，东部及东南部与越南毗邻，南部面向泰国湾。柬埔寨境内有湄公河和东南亚最大的淡水湖洞里萨湖，首都是金边。

这里是世界上最不发达的国家之一，更是世界上治安最难管理的国家之一。

十二月的柬埔寨本应凉爽一些，但今年的冬季却似夏季般炎热，靠近洞里萨湖边的密林里酷暑闷热，因为潮湿，遍布蚊虫、蛇蚁和其他有毒的热带昆虫。

这已经是季暖到柬埔寨的第二天。

南衡带来的XI基地的成员大多住在密林外的大型仓库隔间里，还有一部分人每日每夜在外面的防弹棚里值守。

这里吃的东西不多，只能偶尔去河对岸贫瘠的小村里用钱换些米面之类的，菜就是大家统一带来的各种蔬菜干、肉干、水果干，用开水煮一煮就吃。

一天的搜查结束，确定了密林深处团伙所在地，大家整装待发，只等南衡一声令下，好冲进去围剿那些人。

目前唯一不能确定的是，墨景深是否还在这片区域。

封凌明确禁止季暖离开大家的视线，季暖能自由活动的区域是仓库里和防弹棚之间，再远一些是密林边有他们的人把守之处。

"墨太太，你昨天吃了一整天肉干、果干，今天我们的人在外面捉了些鱼虾，打算烤河鲜，你也吃些鱼吧。你需要补充营养。"封凌推门进来，发现季暖将仓库里每一个隔间都收拾得干干净净、整整齐齐。

季暖坚持要做些事情，不想成为拖后腿被保护的那一个，封凌答应让她随便收拾一下，没料到才一上午的时间，季暖居然把二三十个隔间全都收拾干净了。

就连那些兄弟脱下来的袜子也不见了，封凌转眼就看见仓库后门外，不知什么时候拉起了一根长线，一双双袜子被洗干净挂在那里。

“你……怎么连袜子都洗了？”封凌的嘴角动了动，双目看向季暖的手，“都是用手洗的？”

“不然呢？你们来得这么匆忙，什么生活用品都没带，难道还能指望这里有洗衣机？”季暖一边扫地一边说。

地上都是一些被杀虫剂熏死的热带虫子。幸好他们带了不少杀虫剂，不然这些从密林里爬来的虫子很可能会爬到大家的床上。

季暖可是海城季家的千金，收拾屋子扫扫地就算了，居然还亲手洗了这么多双袜子！

“墨太太，其实你什么都不用做。墨先生是我们最尊敬、最重要的人，你在这里更应该享受优待，你并不需要去做这些……”

“我不做些事情让自己忙起来，心里只会更乱。”

“你是在担心墨先生……”

季暖握在扫把上的手紧了紧，抬起眼看她：“虽然担心，但我相信你们，也相信他不会有事。”

封凌勾了勾唇，道：“他们不会舍得要墨先生的命，也暂时不敢动他，目前我们已经确定了方位，只需要等待时机。”

季暖点点头，道：“我知道。你们有事就去忙，不用过来陪我，我自己找点事情做就好。”

“去吃鱼吧，他们已经在烤了。”

季暖想了想，将门前扫干净，又洗洗手，和封凌一起走了出去。

基地里多是年轻力壮的男人，行事作风简单干练，烤鱼就是烤鱼，一点油盐调料都不会放，他们也不会做饭。季暖端了一盆刚刚捞来的活鱼回仓库，一个小时后，基地的兄弟们闻见清蒸鱼的味道，个个探着脑袋，向仓库的方向使劲看。

直到季暖将蒸好的鱼端出来，再用一次性餐碗分给大家，兄弟们看着季暖的目光都直了。

“墨太太……这是你做的？”

“对啊，尝尝吧。”季暖淡笑着，继续拿出碗给大家分鱼。

封凌和南衡闻讯赶来时，看见的就是这一幕。

季暖给每个兄弟都分了一碗鱼，还细心地用鱼汤泡了米饭给大家。

南衡接过旁边兄弟递来的一碗汤，喝了一口。他眉宇一挑，又瞥了一眼季暖。

“看来当初秦司廷说季暖已经变成贤妻良母是实话，这季大小姐居然真会做饭！”南衡放下碗，嗤笑道，“就是没想到，第一次尝到季大小姐的手艺，却是在这种环境里。”

季暖走过来道：“我看大家平时在美国吃得不错，这两天实在太敷衍了。既然河里可以捞鱼，村庄里可以买主食和调料，我想加上你们带来的各种肉干，只要好好煮一煮，就能做出不错的饭菜。”

“所以，你留在柬埔寨是给大家做饭的？”南衡似笑非笑地看着她。

“有什么不可以吗？”季暖反问道。

南衡挑了挑眉道：“你确定受得了这委屈？”

旁边留守基地的小兄弟一边喝着鱼汤，一边说：“墨太太今天上午把我们所有人的袜子都洗了，应该没有什么比洗几十双臭袜子更委屈的吧？”

南衡的目光直接定在季暖身上。

“我看还是让墨景深自生自灭吧，别救了。”他忽然低声道。

季暖瞪着他道：“什么意思？”

“把他救出来，让他知道他老婆在这里帮我们做饭、洗袜子，这后果怕是不太妙……”

季暖没再理他，转身走回仓库，继续去盛鱼汤，说：“之前你们去买这些主食和干粮，带回来的盐太少了，所以鱼汤可能有些淡。今天再去买的时候，记得顺便买些油盐调料。”说完，她直接进了仓库。

南衡站在原地，转眼看了封凌一眼：“难得有个女人，确实不太一样。”

封凌面无表情地道：“你们只要不怕被毒死，我不介意以后回基地做饭给你们吃。”

南衡皮笑肉不笑地睨着她：“基地里有当地的五星级主厨，还用得着你显身手？但是这野外行动，确实需要女人。”

封凌转身正要走，手腕忽然被南衡握住。她目光一凛，冷眼看向自己手腕上的那只大手：“放开。”

“还疼吗？”南衡声音很低地问了一句。

封凌的目光瞬间变得锐利，她正要反手将他甩开，结果旁边那位喝汤的兄弟莫名其妙地看向他们，问：“什么还疼吗？封凌受伤了？能让我们冷面老大亲自慰问，估计是不轻的伤吧？哎呀，封凌你是伤到哪儿了？”

南衡对着他的肩就是一脚：“滚！哪儿都有你！”

小兄弟吓得直接捧着碗，转身躲进防弹棚里。不知道老大这是发的哪门子火，就许他关心封凌，他们这帮兄弟就不能关心了？

“我让你放手！”封凌冷冷地道，同时极力要将手从南衡手中挣脱。

南衡毫不费力地捏着她的手腕，侧眸看着她：“老实点，嗯？”

“滚开！”封凌不耐烦地抬腿向他踹去。

季暖刚盛了鱼汤出来，就听见密林那边传来奇怪的声音。过来帮她端碗的几个兄弟压低声音说：“墨太太，你别去那边，老大和封凌打起来了，别伤着你。”

季暖开始专心为基地成员的伙食着想，除了买来的主食和能在河里捞出的鱼虾，她还去密林边寻找可以吃的青菜。

这里随处可见蘑菇，但大家不确定哪种是有毒的，哪种是无毒的，所以一直没来采过。

季暖特意用手机查了一下这里的植物分类，背着从村庄里一户人家那儿买来的竹篮，进了密林。

南衡特意让封凌和阿K陪她。

“墨太太，这种蘑菇可以吗？”阿K个子很高，据说是基地里最擅长近身搏斗的成员，性格耿直也很听话，对季暖很是热心。

季暖刚摘了野菜放进竹篮，回头看见阿K手里的蘑菇，嘴角一抽：“这种有毒。”

阿K表情一窘，直接将蘑菇扔了，继续跟在她身后。

封凌在前面用竹竿在草丛里来回敲打，将虫蛇之类的动物赶走，以便季暖安全地采摘野菜。

晚上八点左右，夜色如墨，繁星挂在天边。

今晚大家吃得很丰盛。

季暖和基地里的兄弟们聊了一会儿，起身出去，封凌和她沿着河岸散步，但明显避开了关于南衡的话题。等两人回过神，已经离驻扎的地点有数百米远。

两人准备往回走，忽然，封凌目光一顿，向远处狭窄漆黑的河道看去。

季暖也转过头，那边的黑暗里有一丝光透过来，忽明忽暗。

"是村庄里的渔民？"季暖低声问。

封凌目光很冷，拉着季暖向后退了一步，仿若无事地说："应该是，我们先回去。"

两人刚要从另一个方向离开，不远处忽然有声音传来，说的是柬埔寨当地的语言，季暖听不懂。

封凌却在听见那些人的对话后，动作麻利地将季暖推到河道边的草丛里，低声警告她："蹲在这里，别出来！"

难道那些人不是渔民？

这时，从对面河道跳出来两个黑影，封凌迅速冲过去，季暖疑惑，条件反射般蹲下来，藏在齐腰的草丛背后，就要拿起手机给南衡打电话。

将手机捏在手里，她又顿了顿。这个地方虽然有草丛，不容易被发现，但一旦她的手机屏幕亮起，一定会引起那些人的注意。如果她被发现，封凌为了保护她，反倒会受牵连。

季暖悄悄在草丛后一点点向基地所在的方向移动，这里离封凌的位置有些远，离基地也有些距离。季暖看清周围的环境，在黑暗中小心行走。忽然，背后有沙沙声和脚步声传来，她心口一紧，来不及做出反应，便被人从背后掐住了脖子。

几分钟后，封凌气喘吁吁地去而复返，脸上已有血迹。她冲进季暖所在的草丛，却已不见季暖的踪影。

"墨太太？"封凌狠皱起眉，"季暖？"

她压低的声音散落在风中，远处洞里萨湖的河道平静而黑暗。

没有人回应。

草丛里只有一只手机，安静地躺在那里。

自己被掳走了，这是季暖醒后的第一个念头。

事实证明，她此时的确被扔在地上，屋子里几乎看不见光，空气潮湿咸腥，充满腐朽的霉味。

她试着动了动，两只手腕早已被反绑在身后，双腿也被捆得结实。

短短几秒，季暖大脑还没反应过来，门外传来对话的声音，但她听不懂。

季暖深吸一口气，强迫自己冷静，转了转眼睛，打量四周。

这是一间在柬埔寨很常见的木头房子，很空，什么都没有，只一盏煤油灯挂在头顶，灯光几乎等于不存在，有飞蛾扑附在灯罩上，投落一片阴影，看起来诡异骇人。

就在季暖猜测自己究竟是被什么人给绑来时，门被人从外面推开。

看见两个猥琐黝黑的男人走进来，季暖往后挪，背抵着木墙，一双清亮的眼睛警惕地看着两人。当发现他们手里拎着一条被剥了皮的死蛇时，她强忍住胃里汹涌的恶心感，死咬着牙关，才没有发出声音。

一人拎着蛇，另一个矮胖的男人拿着一把看上去质量不怎么好的枪，看了她一眼，咧嘴就笑，转头跟拿着蛇的男人说话。

他们讲的是高棉语，季暖听不懂，但是能看见他们的笑容，她紧紧抵着墙，说不慌不怕是假的。

那个矮胖的男人忽然走过来，在她面前蹲下，看着她，伸出肥腻肮脏的手去摸她的脸。

季暖想也不想便别过头躲开。

矮胖子忽然低骂了一声，抬手就要给她一耳光，耳光落下的前一秒，从门外走进一个佝偻着背的六七十岁的老妇人。

老妇人咳了一声，两个男的顿时站起身，回头看了一眼，虽然对老妇人不怎么恭敬，但还算客气。接着他们向后退开一步，没再继续对季暖做什么，也没有继续放肆。

那老妇人手里拿着一只水瓢，盯了季暖一会儿，从水瓢里弄了些水出来，洒到季暖的脸上，用手在她脸上用力抹了抹，直到将季暖脸上那些灰尘和脏东西都洗掉，又仔细地看了她一会儿，然后对季暖说了一句话。

她说的仍然是高棉语。

季暖担心这些人跟最近的事件有关，而自己是中国人的事一旦被发现，也许将面临更多危险，于是闭着嘴，假装畏惧地缩着脖子摇头，表示自己听不懂。

老妇人想了想，用蹩脚的中文问了一句："你是……中……国人？"

季暖仍然一脸茫然地摇头，嘴里没有被塞东西，原本可以说话，但她还是唔唔出声，表示自己是个哑巴。

老妇人觉得季暖是个标准的亚洲美女，但一时间也不知道她究竟是哪个国家的，毕竟亚洲人的样貌和习惯大都相仿，又看了她一会儿，见季暖一直说不出话，指了指季暖的嘴巴，用目光问她是不是不能说话。

季暖又唔唔出声，用力点头。

老妇人转身用高棉语对两个男人说了两句话，两个男人顿时不情不愿地把季暖拽起来。季暖不明所以，见他们扶着她跟老妇人向外走，便定了定神。

季暖被带出木屋时，眼睛上蒙着黑布，什么都看不见。

到达目的地后，两个男人将她放下，老妇人过来帮她解开眼睛上的黑布，再低头打量她一会儿，用手指了指密林的方向，又双手展开做了个爆炸的动作，意思是如果她随便向外跑，会踩进雷区被炸死。

季暖已经了然，这里应该就是南衡他们准备围剿的密林中心，也就是那伙人目前所驻扎的区域。

她居然误打误撞被带进来了。

墨景深会不会就在这里？

季暖控制着自己的表情，没有四处乱看，只是一直看着眼前的老妇人。老妇人将季暖脚上的绳子解开，拉着她向正中间最大的木屋走去。木屋里面有几个中年人和年轻人，他们看见老妇人带着季暖进来，皆是一脸警觉地瞪着季暖，又非常愤怒地用柬埔寨语指责老妇人，似乎在埋怨她随便带陌生人进来。

老妇人跟他们交谈了几句，又指了指季暖的身上，意思是她身上很干净，什么危险物品都没有，然后拉起季暖的手仔细闻了闻，又说了一句话，那几个人才用狐疑的目光看向季暖。

其中一个五十岁上下的中年男人，头发花白，方脸狮鼻，眉心到左脸横着一道疤，他冷眼看着季暖，忽然用英文问了她一句："你会做饭？"

原来刚才老妇人是闻到了她手上食物调料的味道，以为她是个厨子。

季暖依然假装自己什么都听不见，只是恐惧又愣怔地看着那个男人。

那中年男人继续冷眼盯着她，又用英文问了句：“你是哪国人？怎么会被我们的人从外面带进来？手上没有枪支弹药的味道，只有食物的味道，你究竟是什么人？”

季暖无助地看向身旁的老妇人，惶然躲到老妇人身后。

这时，木屋外忽然响起一阵异动，有警报声在林子里鸣响。

中年刀疤男又冷冷地看了季暖一眼，转头用柬埔寨语吩咐了两句话，木屋里的几个人忽然冲了出去，去外面探查情况。

没几分钟，那几个人跑了进来，显然这里的人并不完全是柬埔寨人，大部分都是世界各地贩毒、倒卖军火的人，他们进来时说的话里，时而夹杂高棉语，时而夹杂不算特别流利的英语。

但季暖大概听出来，这些人称呼那个中年刀疤男为阿吉布，并且用很尊敬的语气对他说话，看来这个阿吉布就是这个团伙的老大。

“是附近的渔民进林子里捕猎，踩到雷区，所以刚才响起了警报，那些人已经被炸飞。守在密林外的那些XI基地的人暂时没有动静。”

阿吉布沉着脸，没再理会刚才进来报告的人，转眼看向跟着进来的那一高一矮的两人：“这个女人是被你们抓来的？”

一高一矮两人忙恭敬应道：“是的。”

阿吉布不悦地皱眉：“怎么回事？”

矮胖子忙说：“这个女人没有和XI基地的人在一起，但是在洞里萨湖附近鬼鬼祟祟，我们怀疑她有问题，所以把她打晕抓了回来。”

“XI基地从来都不允许女人进入，查清楚她的来意了？是哪里派来的？”

矮胖子窘了窘，支吾半天才说：“看起来应该是洞里萨湖附近村庄里的游客，这两年柬埔寨的游客不少，这女人白白净净的，身上又没什么东西，跟XI基地不可能有关系，可能是被我们误抓了……”

阿吉布冷哼一声，弯腰坐在椅子上，又看了季暖一眼，皱眉，用柬埔寨语问了老妇人几句话。

老妇人一边拉着季暖，一边对他又说了几句，他才对季暖是个哑巴这件事将信将疑，仍然目光不善，忽然冷声吩咐了一句，有人过来一把将季暖拽走，带了出去。

那些人带她出去的目的是，搜身！

那些手粗脚粗的黝黑男人将她拽进一顶帐篷，就要撕扯她的衣服，季暖拼命挣扎。老妇人走了进来，瞪了他们几个一眼，说了句话，那些人才不甘心地退了出去。

老妇人过来，亲自给季暖搜身，把她从里到外都查了个遍后，满意地看了她一眼，帮她把衣服穿好，再将她手上的绳子解开。

季暖手脚彻底得到自由，但在这种地方也不能贸然闯出去，也许这个老妇人觉得她有些用处，才会护着她。

逃不了，她只能静观其变了。

果然如季暖所料，老妇人似乎是阿吉布从哪里带来的阿姨，照顾阿吉布和他的手下很多年了，平时给这些人做饭送水缝补衣服，因为年纪大了，又足够细心，深受这些人信任，所以大家对老妇人还算尊敬。

老妇人身体不好，干活没什么力气，见季暖会做饭，就打算让季暖跟着她一起做饭洗衣服。

季暖在这里度过了不算安稳的一晚，第二天，老妇人又带着她去阿吉布那里。当时季暖已经被老妇人强迫着换上一身柬埔寨农庄里的女人常穿的蓬纱白裙，这裙子从上到下一个口袋都没有。

老妇人用柬埔寨语跟阿吉布说了什么，大概是建议他们先留季暖在这里干活，并且随时派人跟着她，保证她不会做任何威胁到他们的事。老妇人还提到季暖是个漂亮的女人，留着她至少吃亏的不会是他们，于是那些人看着季暖的目光越来越让她难以忍受。

季暖低着脑袋不说话，仿佛看不懂他们的表情，也听不懂任何话，只是捧着刚和老妇人煮好的饭菜放到桌上，然后很紧张地捏着白裙，安安静静，仿佛不存在一样。

阿吉布冷冷地看她一眼，忽然用英文对手下说："暂时留下她的命，让她在这里做事。达利，你从现在开始跟着她，如果她有任何可疑的举动，直接杀掉。"

叫达利的年轻力壮的黝黑男人直接点头。

阿吉布明明可以用柬埔寨语吩咐这句话，却偏偏说英文，明显是说给季暖听的。

这个人的疑心并没有打消，看来季暖想从这里顺利脱身并不容易。

季暖仿佛什么都没听见，仍然低着头。

直到阿吉布尝过季暖做的饭菜，若有所思地看了她一会儿，转头用英文对手下的人说："Control先生是不是已经三天没有吃过东西了？让她去给Control先生送饭，这个味道不错，他也许会吃。"

Control先生是谁？

季暖下意识地觉得，这个能让阿吉布用"Control"这个代号来形容的人，绝对不会太简单。

老妇人显然没想到，以阿吉布对季暖的不信任程度，居然会让季暖去给那人送饭，当即疑惑地问了一句。阿吉布却瞪了她一眼，转头吩咐："达利，带她去给Control先生送饭。"

达利应了一声，以目光示意季暖跟着他出去。

季暖不明所以，但眼下只能乖乖听命。她拿上之前做好的饭菜，小心地放进托盘里，跟着达利一路向密林后面格外隐蔽的区域走。

他们来到一处四周都有人把守的十分坚固的木屋外，达利冷眼看着她，打开门，让她进去。

季暖端着盘子向里走，这木屋里也有潮湿的霉气，但她一踏进来，便闻见其中夹杂着熟悉的清冽气息。

她表情怔了怔，下意识地抬起眼，看向木屋里面。

木屋里站着一个人，背对着门，面朝钉了几十根细钢条的窗子静默伫立，遥看着窗外。

一双黑色的意大利手工皮鞋映入她的眼帘，上面沾了泥和少许暗红色的血迹。

他的腿一如既往地笔直修长，裹在黑色长裤里，黑色的手工衬衫有些褶皱，更似藏着血迹，却因为衬衫的颜色，几乎看不出来。

男人只是安静地站在那里，依然干净、清俊、矜贵、冷漠，以及绝对的、高高在上。

他就站在那里，他依然是他。

墨景深！

季暖嘴唇下意识动了动，却因为那个叫达利的人就跟在她身后，距离她只有一米左右，她只能无声地将手中的托盘和饭菜摆在门前的桌上。见窗前的男人始终冷漠地站着，没有回头，她暗暗咬着牙，没发出声音。

达利在她身后，注意着她的一举一动。

见她将饭菜都放下，达利忽然用英文说："Control先生！我们抓来了一个女人，她做的饭菜味道比较符合你们中国人的口味。你已经三天三夜没有喝过一滴水、吃过一口饭了，还请Control先生别再跟我们缠斗下去，你要是死了，那些军火交易的机密也不一定守得住……"

窗前的男人仿佛没有听见他的话，没有回头。

原来墨景深就是他们口中的Control先生。

达利见墨景深不回应也不急，冷笑着用英文说："Control先生，我们刚抓来的这个女人也不知道来自中国还是日本，抑或亚洲其他国家，长得很漂亮。我们阿吉布打算让她在这里干活，等到行动结束，再把她送给我的兄弟们好好享受，Control先生如果喜欢，阿吉布也许可以让你第一个碰她，这女人目前还是干净的……"

季暖一直低垂着头，听见这句话，死死握紧手中已经空了的托盘，又盯着放在桌上的饭菜。

他已经三天三夜没有吃过东西、喝过水了吗？

"但是可惜啊，这女人是个哑巴……"达利又补充了一句。

窗前的男人显然被达利的聒噪烦扰，不悦地转过头。

墨景深转身的瞬间，季暖的心一下提到嗓子眼。

窗前的男人亦在看见她时掀起眼皮，淡淡的视线自她身上扫过，最后落在她的白裙上。

那目光极其平淡，像是在看无关紧要的物件，又像从未见过她一般陌生。他俊美的脸波澜不惊，但瞳眸里有一瞬的幽深，仿佛还有薄纱般的冷意，只是这情绪一闪而过，没有被任何一个人捕捉到。

就连季暖都被他的冷眼看得心头一紧，如果不是确定他的的确确是墨景深，她几乎都要怀疑他是哪个和墨景深长得一模一样的人，一个根本不认识她的人。

她飞快地扫了他一眼，便移开目光。

墨景深看着她，目光充满审度，甚至冰冷非常。

"滚出去。"从他口中吐出的这句话，是一句浅显易懂的英文。

季暖浑身一震，只觉汗毛都被冻得竖起来，达利亦在一旁眯起眼，打量着不动声色的季暖，又看了看墨景深，打消了对季暖的些许怀疑。

“Control先生何必跟自己的命过不去，寻常人饿上三天，早就没力气了，Control先生还能熬多久？一天？两天？还是十天？”达利讥笑着说。

墨景深漠然以对。

达利又阴冷地笑了起来，以目光示意桌上的饭菜：“你确定不吃？这女人做的饭菜味道确实不错。”

墨景深面无表情，依旧冷淡地道：“她做的？”

达利一脸警惕地看着他。

墨景深移步过来，在桌边停下，掀起眼皮，又看了季暖一眼：“哪国人？”

季暖抿唇不语。

达利嘿嘿笑了几声：“我都说了，她是个哑巴，皮肤这么白，估计不是中国人就是日本人，或者可能是韩国来的。”

墨景深意味不明地勾了下唇：“哑巴？”

“怎么？Control先生不信？”达利忽然伸手在季暖的手臂上狠狠一掐，季暖疼得死咬着唇，却始终一声不吭，僵白着脸，别开眼不去看墨景深的表情。她怕自己对上他的视线，就会暴露身份。

达利一边掐她，一边注意着墨景深的脸色。

墨景深却连看都没看季暖一眼，道：“阿吉布倒是越来越了解我，知道我嫌你们这群废物话多，送了个哑巴过来。”

达利顿时扫了他一眼。

墨景深语气冷淡：“可惜，我没兴趣。”

达利愣了一下，手从季暖的胳膊上移开，还没说话，就见墨景深将手微微一抬，毫不留情地把桌上的饭菜打翻，饭菜汤汁洒了一地，他看都没看一眼，冷淡地转身，明显对他们极为厌烦。

眼见墨景深和前几天没什么区别，达利没办法，拽住季暖的领口，将她扯了出去，砰的一声关上木屋的门。

木屋门刚一关上，季暖的心就沉入谷底，却也燃起希望。

墨景深还活着，前一刻，他就活生生地站在她面前。

刚才如果他表现出一点反常的痕迹，她现在怕是已经成了达利的枪下亡魂。

可她好不容易找到他，却连一句话都不能说，还要遭受他的冷漠以对，就连饭菜都被打翻了……

季暖心里有些难受，更难受的是，他已经三天三夜没有吃过东西了。

达利一边向外走，一边冷着脸，显然被墨景深的态度气到了，回过头催促季暖快点走，语气很不善。

季暖跟他走着，距离墨景深所在的小木屋越来越远，中途不曾回头。墨景深刚才的态度非常明显，在这里，无论是他还是她，一旦有疏忽就可能牵连甚广，或者命丧当场。

他已步步为营，她更该谨慎行事，无论自己能不能救出他，至少别拖他的后腿。

季暖当然不知道，她离开木屋后，周遭的密林里就有十几支枪对着她，一旦她有回头或观察木屋所在方位的举动，马上就会被乱枪打死。

老妇人还在阿吉布的木屋里等着，听见外面的动静，见季暖居然安然无恙地回来，顿时高兴地对面无表情的阿吉布说了几句柬埔寨语。

阿吉布显然没想到季暖真的不是被派来营救墨景深的人，再看向季暖时，目光虽然依然阴冷锐利，注意力却不再放在她身上，挥了挥手，示意老妇人先把她带出去。

季暖跟着老妇人出去，瞥见这四周有些白色小花，在国内不常见，距离很远仍然能闻到浓郁的香味。如果她没记错，这应该是柬埔寨的国花，隆都花。

见季暖一直在看那些花，好像很有兴趣，老妇人笑呵呵地拉她过去，佝偻着腰，摘了几朵递给她。

季暖诧异地看着老妇人，见她指了指花，又指了指自己，意思是自己可以拿这些花。

老妇人点点头，刚想说话，又记起她听不懂，只是笑了一下，将花都塞到她手里，然后拉着季暖回煮饭的帐篷去了。

老妇人住在煮饭的帐篷旁一座十分简陋潮湿的木屋里，她让季暖跟她一起住。

季暖已经见到墨景深，惶惶不安的心稍微安定了些，于是表现得更加稳妥，很听老妇人的安排。进屋后，老妇人给她找了条白裙，用来换着穿，又拿了床很薄的被子给她。

看得出来，老妇人身边常年没个伴，是真的希望季暖不会被这些人杀死，也希望季暖能留下来帮她一起煮饭。

傍晚，季暖和老妇人又忙来忙去准备了晚饭，将饭送到阿吉布的屋子。

阿吉布每次看见季暖都会打量她一会儿，季暖低着头，表现得太淡定反倒引人怀疑，所以她捧着碗的手一直隐隐发抖，整个人无助又可怜，像对这里的每个人都十分畏惧。

之前将季暖抓来的矮胖子也在屋里，见她进来，忽然笑了下，转头对阿吉布用柬埔寨语嘀咕了几句话。阿吉布没理会，旁边一个人却忽然用英文说："这女人的皮肤可真白，在亚洲都是少见的，像是以前在雪山上看过的雪，脸蛋儿也很小，眼睛又大又亮，星星似的，身材好，细腰丰臀，看着就带劲儿……"

接着，屋里的人不约而同开始用英语讲话，说的都是些让人听了就恼火的淫词艳语，非常难听。

季暖缩着脖子站在老妇人身边，仿佛什么都没听见，仍是害怕又畏首畏尾的模样。

忽然有人在阿吉布旁边说："洞里萨湖附近农庄不少，女人也多，但这么白嫩的上等货真是不好找。咱们为了Control先生，可是好久没享受过，也好久没开荤了，让这女人再伺候我们几天，等行动结束，直接扔床上给大家解馋。"

屋子里的人瞬间哄堂大笑，那些落在季暖身上的目光更加不怀好意，已经不能简单地用猥琐来形容。

这些人见她好像真的听不见，顿感无趣，又换回柬埔寨语交流。

用过晚饭后，阿吉布一边擦嘴一边忽然用英文说："达利，让这个女人继续给Control送饭。你直接告诉Control，如果他不肯吃，就说明这女人做的饭不合他口味，是个废物，留着她的命也没用，他不吃，我们就杀了她。"

季暖脊背瞬间一寒。

这表示阿吉布对她的试探还没有结束吗？

无论墨景深吃她送的饭，还是不吃她送的饭，她要面临的都是个死。

哪怕她用自杀的方式反抗，也一样会拖累墨景深。

达利很快应了，笑得咧开嘴，露出黄牙：“好，我马上让她过去。”

说着，他走过来，在季暖面前站住，阴冷地瞥着她，以目光示意她跟他出去。

季暖不能表现出太多情绪，装作不明所以地跟着他向外走。走着走着，她忽然呜咽了一声，引起达利注意的同时，指了指自己的肚子，可怜兮兮地看着他，意思是自己还没有吃东西，现在很饿，走不动了。

达利见她这副样子，嘴里低咒了一句，季暖听不懂。

季暖去了做饭的帐篷，达利在外面一脚踢翻帐篷外支起的水壶，以目光警告她快点，他现在很不耐烦。

季暖对他点了下头。这里的人多数穷凶极恶，她每一步都必须走得异常小心，不能轻易触怒他们。

达利很冷漠地在帐篷外看她，季暖缩在里面，捧着小碗，“颤巍巍”地给自己盛了汤，小心地喝了一口。

见她真的饿了，达利才不再看她，任由她喝着，但还是不耐烦地催促了一下。

季暖假装听不见，一边喝着汤，一边不时往外瞟，然后低头看着锅里沸腾的汤汁，狠了狠心，用手将锅打翻，汤汁泼洒出来，淋到她的手背和手腕上。她痛苦地啊地尖叫一声，整个人向后一倒，坐到了地上。

达利听见声音，瞬间冲了过来，掀开帐篷帘子向里看，就见火堆上的那只锅被打翻，汤洒得满地都是。

季暖一脸痛苦地颤抖着瘫坐在地上，手背上被烫起一片水泡，红红一大片，惨不忍睹。

达利骂了几句，一把提起季暖的领口，毫不手软地将她拽起来，季暖几乎是被他拖着出了帐篷。

出来后，他正要一脚踹到她身上，老妇人恰好回来，喊了一声忙走过来，一把将季暖从他手里救了下来，一边心疼地看着季暖的手，一边问了她一大堆话，像是在关心，又像是在指责。

季暖真的听不懂，红着眼睛，又害怕又委屈地看着老妇人，指了指自己的肚子和嘴巴，又指了指帐篷里落在地上的碗。

老妇人知道她从昨天被抓来到现在一直没吃过东西，见季暖的手被烫成这样，别说是去送饭，现在怕是连动一下都难。老妇人对达利说了几句话，达利不悦地冷眼看着季暖，显然没有放过她的意思。

阿吉布让她去给Control送饭，转眼她的手就烫成这副德行，无论是巧合还是她故意的，这个女人都留不得。

老妇人一直维护季暖，达利冷着脸转身，回了阿吉布所在的木屋，将情况上报。

老妇人扶着季暖起来，不停地说着高棉语，听语气像是在心疼季暖的手，又像在问她究竟怎么回事。季暖没有发出任何声音，只是一直垂着脑袋，跟着老妇人进了旁边破旧的木屋。

季暖的手背碰一下就疼得厉害，老妇人强行按着她的手，用针将水泡一个一个挑破，疼得季暖浑身发颤，却死咬着嘴。这回她的眼睛不是假装害怕委屈红的，而是真的疼红了，眼泪都蓄在眼眶里。

她两辈子都没受过这种钻心的疼，嘴唇被她咬出了血。

之后老妇人不知道拿了什么药来——好像是东南亚国家特有的植物药末，灰白色的——撒到她的手背上，然后将季暖白裙的下摆剪下一条，缠到她的手背和手腕上。帮她包好后，老妇人又拍了拍她的手，意思是让她今天晚上先休息，不用再去干活。

季暖感激地对老妇人点点头，出于一个“被抓来的无辜人”的本能，季暖指了指密林外的方向，又一脸渴求地看着老妇人，意思是想知道自己什么时候才能离开这里。

老妇人有些同情地看着她，摇了摇头。

被抓到这种地方的女人只有两条路，要么像她一样长年都在这里照顾这些人的衣食住行，要么死路一条，根本不可能被放走。

老妇人没多久后出了屋子，季暖在里面坐着，等到老妇人走远才起身，有些吃力地动了动手腕，疼痛感让她更加清醒地知道自己现在是怎样的处境。

她站在窗前向外看。

这里是密林最深处，四面绿植环绕，占地面积不小，夜色下视野模糊，看不清那些屋舍的具体状貌，只有大致的轮廓，中间空地上生着一堆火，旁边围了一圈人，拿着酒和肉吃吃喝喝，放声大笑，还不时用淫邪的目光向她所在的地方瞟，仿佛将她扔到床上好好尝尝味道这件事，已经被他们正式提上日程。

季暖看见那些人腰间的枪，心越来越凉。

密林外。

封凌换上更贴身的黑色劲装，腰间别了两把消音枪，正蹲身系鞋带，同时将闪着寒光的匕首放在靴子旁边的刃鞘里。

“你干什么？”就在她系完鞋带准备起身时，忽然，眼前投来黑影，一双黑色皮靴停在她面前。

这是南衡的声音。

封凌没有抬头，固定好靴子边的匕首，又摸了摸腰间的枪，站起身，面无表情地看向神情冷然的男人：“季暖被抓走一天一夜了，我必须进去找她。”

“你怎么进去？踩着雷区进去？”南衡冷眼看着她，“这密林四周布满几十年前大战时遗留的雷区，还包括那些人在里面新增的雷区，怕是你还没找到她，自己先被炸得粉身碎骨！等着我们进去给你收尸？”

封凌冷着眉眼道：“她是跟我在一起时被抓的，责任在我身上，就算知道会粉身碎骨，我也必须把她安全带回来！”

“怕是你被炸死了，也没能找到她。”南衡冷斥道。

“墨先生的手里握有他们想要的机密，那些人一直畏惧墨先生给他们施加的压力，轻易不敢对他下手。但是季暖不一样，她对那些人并不了解，不知道他们有多残忍，杀人不眨眼是他们的常态，何况她现在还怀着孕！”

“以季暖的智商，不至于看不出来这种地方的情况。她那么机灵的人，有了孩子更会保护自己。你现在冲进去，也只是以卵击石。”南衡冷声道，“我知道季暖出事，你比谁都着急，经过这么久的相处，你们两个已经产生了感情。但是封凌你给我记住，你是XI基地的一员，你把基地的准则忘到脑后了？”

封凌冷眼看着他，没说话。

“不冲动，是第一准则！”南衡出其不意地在她小腿上踢了一脚。

封凌正要避开，南衡伸手就将她腰间的两把枪夺下来，在手中转了一圈，然后放在他自己的腰间。

“你……”封凌怒视着他。

“你先给我老实待在这里！如果不是密林里布满雷区，老子早就进去了，还用得着你在这里着急？”南衡面无表情地道，“我已经通知国内边防救援和美国那边与墨景深交情甚好的特警侦察队，他们很快会驾着直升机过来，你再耐心等等。”

“我们也有直升机，我可以自己开进去！”封凌皱眉道。

“放屁！”南衡骂了她一句，“里面这伙人跟我们基地的人抗衡了多少年，不是还没被剿灭干净？现在他们有本事把墨景深制伏，足以说明这里早已设下一层一层的关卡，就等着我们的人进去。你现在飞进去，直升机会先被下面的人射到熄火！出过这么多次任务，向来最冷静谨慎的你，这回是冷静不下来了？”

封凌抿唇，眉头始终皱着。

“你要是没法冷静，就滚回海城去等消息，这里不需要你！”南衡又冷斥了一声，没收了她的枪，不再理她，转身就走。

季暖睡得不是很安稳，在睡梦中忽然惊了一下，翻身的同时感到脊背发寒。她猛地睁开眼，最先看见的就是一支黑洞洞的枪管，正对着她的头。惊恐慌张之下，她连忙坐起身。

枪口一直对着她，她缩在木板床的床角，死死地抱着双腿，看着举着枪的男人。

阿吉布手指摩挲着扳机，目光阴鸷地看着她，同时用英文质问：“说，究竟是谁派你潜入这里的？你以为故意把汤汁打翻，就可以躲过去？呵，自作聪明！”说着，他将枪口直接贴上她的额头。只要他食指轻轻一扣，季暖的脑袋就会被子弹打穿。

季暖睁着茫然的眼睛看着他。她抬起裹着白色纱布的手，指了指自己的耳朵，又一脸委屈地摇头，意思是什么都听不见。

阿吉布就要扣动扳机，季暖见木屋里没有其他人，就连一直护着她的老妇人也不在，心想这次可能真的死定了，但是幸好没有拖累墨景深。她心里阵阵发寒，缓缓闭上眼。鼻尖溢出的汗明显透露了她的害怕和紧张，这并不是一个训练有素的线人或者基地人员该有的反应。

阿吉布又迟疑地瞥了她一眼。这个人还是不能留！他正想把人杀了，忽然，达利从外面跑了进来。

达利不知道说了些什么，语速有些急。

阿吉布举着枪的动作顿了顿，将目光从达利那边收了回来，又冷眼看着季暖。他用英文说："Control是我们'请'来的贵客，他已经四天不吃不喝，再强大的心志和身体都撑不住，现在人已经倒了，随时会死。"

季暖仍然一脸茫然地看着他，像什么都听不见似的。

见她始终是这副被吓傻的模样，阿吉布一脸不耐地收了枪，回头用柬埔寨语对达利说了几句之后，直接走了。

季暖的心里一直在打鼓，她没想到自己能死里逃生，而她死里逃生的原因是墨景深四天没吃没喝。他用倒下去的方式，将阿吉布放在她身上的注意力引开了一部分。

阿吉布说，墨景深已经倒了。

倒了是什么意思？是晕倒了还是……

季暖不敢将担心摆在脸上，只是害怕地看着站在屋子里的达利。

达利以目光示意她下床跟他走。

季暖咬了一下唇，指了指自己还缠着纱布的手，意思是她现在这样没办法送饭或是做什么。

达利却是不耐烦地一脚踹在她身下的木板床上。他知道她是个聋哑人，什么都听不见，骂了几句，便非常不耐烦地催促她跟他走。

再次来到墨景深所在的木屋附近，阿吉布以目光示意她将一碗水送进去。

不送饭，改送水了？什么意思？

木屋门这会儿正开着，她记得之前看见墨景深的身上没有任何捆绑的痕迹，但他现在并没有走出来，该不会是真的晕倒了？

季暖慢慢地移到木屋门前，向里看了一眼。

墨景深靠坐在窗边的木墙下，闭着双眼，脸色苍白，嘴唇也有些干裂发白，显然是缺水严重，已经处于半昏迷状态。他没有躺下，而是坚持坐在那里，闭着眼睛休息。

原来他们的目的是让她进去给墨景深喂水。

季暖看了一眼后，目光转向外面石桌上的一碗水。在达利的冷眼注视下，她走过去捧起水碗。

她不知道墨景深拒绝他们的食物和水，是不是因为担心他们下毒，或者他只是在反抗，但她现在也不能确定这碗水里究竟有没有毒。

季暖一边捧着碗往木屋走，一边装作没拿稳，让里面的水“不小心”洒出来一些，溅到她昨夜才被烫伤的手背上。

达利见她笨手笨脚的，正要过去踹她一脚，甚至想掏出枪崩了她，随即又想起阿吉布交代过，Control对他们这里的所有人都拒绝得彻底，但这个被抓来的女人不是他们的人，而且女人比男人细心，现在让她照顾Control，让她想办法给他喂水，想办法让他吃东西，保住他的命，才是正事。

如果Control就这么死了，别说那些机密，他们手中这张足以威胁XI基地和美国警方的王牌也就不存在了。必须让他活着！

达利忍着脾气，骂了一声，让季暖再去打一碗水。

季暖颤巍巍地起身，对他连连点头，然后小跑着去了煮饭的帐篷附近，那里有一口人工挖成的水井，她从井里弄了一碗干净的水，再小心地捧了过来。

达利瞪着她，警告她别磨蹭，让她赶快喂水。

她进去后，达利和几个人守着门口和窗，同时盯着里面的情况。他们一直注意着季暖和墨景深的表情，不错过任何蛛丝马迹。

季暖走进去，快步到了墨景深跟前，努力让自己手上的颤抖不那么明显，让他们以为她只是在害怕。

她小心地将水送到墨景深干裂的唇边。

即使四天不吃不喝不洗不睡，男人的呼吸仍然是暖的、清冽的，独属于墨景深的。

季暖举着碗，试着将水喂给他，可男人紧闭着嘴，她没办法喂进去。她不能说话，只能用手轻轻拍他的肩。

墨景深清俊的眉蹙了蹙，没有睁眼。感觉到嘴边的水碗，他别开了头。

季暖这回真急了，用力将碗往他嘴边贴，手在他肩上拍来拍去，又在他脸上拍了拍。换作平时，墨景深一定会闻出她身上熟悉的气息，一定会察觉到她是谁。

季暖见他始终不睁眼也不张嘴，用力将他的腿压住，再一屁股坐在他的膝盖上。终于，墨景深察觉到腿上的轻盈柔软，缓缓睁开黑眸。

第二十六章 为你·无惧

四目相对的瞬间，季暖盯着他，用手指着碗里的水。

墨景深的所有知觉仿佛在这一刻才慢慢恢复，他闻到一股久违的香气，来自季暖，类似清晨沐浴后的冷香，有海城黎明时分让人安心的味道，又带着隆都花的芬芳。

屋外的几个人正死死盯着他们的表情。季暖没有说话，只是以目光示意他赶快喝水。

墨景深没有动，也没有接过水碗，只冷淡地看着她。

那冷淡的目光使人不寒而栗。哪怕季暖知道，他在这种时候不可能对她表现出任何亲昵或者友好，还是被他的目光“冻”了一下。

她刚要将水喂到他嘴里，男人却重新闭上眼，拒绝她喂水，也拒绝与她目光碰撞。

季暖又急了，坐在他腿上不起来，另一只手在他肩上用力拍了几下。妈的！她当时装什么不行，非得装哑巴！现在不能说话，真要急死人了！

男人就这么静默地坐着，一言不发，眼也不睁，拒人于千里之外。

季暖手上被烫伤，想狠狠掐他一下都不行。她只能这样徒劳地拍他的肩，直到男人因为她不停骚扰他的动作而皱起眉，又睁开眼。季暖抬起被烫伤的手在他眼前晃了晃。

墨景深，你这个傻子！我都跟你一起被困在这里了，我都把自己折磨成这样了，还在想办法活着！你的命这么重要，你不能死！

季暖不能说话，只能瞪着他。

墨景深看见她手上缠着的白纱布，也看见了白纱布之外的烫伤痕迹，被挑破的水泡有些感染，已经红肿溃烂。墨景深的目光缓缓从她手上移开。

季暖红着眼睛看他，目光逐渐变成企求，求他赶快喝些水。

然而，男人仅仅看了她两眼，复又闭上眼，仍然是一副冷漠的态度。

达利见她进去这么半天，居然连一口水都没喂进去，再次握住腰间的枪。留着这种废物，实在没必要！

季暖眼角余光看见达利碰枪的动作，心狂跳的同时，再看向墨景深苍白的唇。她骤然举起碗，喝了一大口水，俯下身扑在他身上。男人还没反应过来，她已将水喂到他口中。

男人皱起眉，猛地睁开眼，深邃的黑眸与她近在咫尺的清亮双瞳对上。季暖伸出舌头，挑逗似的故意在他口腔里舔了一下。他瞬间沉着双眸死死地盯着她。

季暖迅速向后退开，一脸“屈辱”，仿佛她只是为了活下去，迫不得已才用这种方式喂他。她低下头又喝了一口水，照旧扑在他身上，将水喂到他嘴里。

这回男人没再闭嘴，更在她的舌头仿佛无意识地探进去时，感受着她唇间的柔软，不动声色地含了一下。季暖浑身一震，盯着他，许多话不言而喻。

即使季暖明白他一直这么冷硬是为了什么，心里还是感到酸楚。

要是再这样用嘴喂下去，也太刻意了，她正想着要怎么办，男人深邃的目光一冷，伸手在季暖身上毫不留情地一推，将她整个人从他怀里推出去，并且力度很大。季暖没有防备，整个人向后跌坐在地上。

季暖反应很快，顷刻一脸惊恐地看向眯着眼睛走来的达利。之后，她忙捡起地上的碗，慌慌张张地起身，无声地指了指墨景深嘴角的水渍，意思是自己完成任务了，求达利不要杀她。

达利冷冷地看她一眼，侧了侧头，让她出去。

季暖连忙点头，转身向外跑。

达利没错过她的任何一个表情，直到她出去，他才将目光又移回墨景深的身上。

“Control先生，你果真是个毅力非凡的人，但是只要我们不让你死，你也死不了。等你真的昏过去，我们就算是灌，也会往你嘴里灌东西，就像刚才那个哑巴女人那样。我看你也很享受这样的方式，不如下一顿饭，也让她用这样的方式喂你？”

墨景深冷冷地勾唇，唇上的水渍已经干了，唇色仍然苍白。他漠然看着达利得意的双眼。

“我还没饿死，就要被你们恶心死。”男人吐出一句带着冷漠甚至厌弃的英语。

达利挑起眉道：“恶心？刚才那女人虽然是个哑巴，但是长得还不错，哪里恶心？我们的人可都准备过些日子拿她开开荤！Control先生是不喜欢亚洲美女？那看来最近我们应该抓些西方美人取悦你。这两天，你还是委屈委屈，就让这个亚洲女人给你送送饭。”

墨景深的目光更冷了：“你可以滚了。”

达利冷哼道：“已经四天了，你以为自己还能坚持多久？”

墨景深眼皮都不抬一下，漠然道：“别再让那些恶心的女人进来。”

“哦？你这么讨厌女人？”达利阴冷地笑道，“可惜，从现在开始，给你送饭送水的任务都会交给刚才那位，如果你仍然不吃不喝，她这种没用的废物也就可以被我一枪崩了。”说着，达利将枪放在手里把玩了一下，又在指尖转了一圈，然后冷笑着看墨景深的表情。

晚上，照旧是躲不开的送饭。

这一次，季暖没法再用烫伤手的方式逃过一劫，阿吉布叫达利从早到晚跟着她，季暖唯一能做的就是观察达利的习惯。

达利每天中午和晚上吃饭时都会喝些酒。不过，他不会喝太多，也不会睡午觉。这么谨慎自律的人，怪不得阿吉布这么信任他。

老妇人已经帮季暖将手上的纱布重新处理了。季暖手背上的烫伤混合着草药的颜色，看起来更加惨不忍睹，幸好有白纱布包着，不然她自己都看不下去。

季暖刚在墨景深的木屋出现，就见白天还坐在墙边的男人这时正站在窗前。他背靠着木质窗台，冷冷地瞥了刚刚走进门的她一眼。

还能站起来，看来早上她强行给他喂下的水起了作用。

达利和那群人照旧在外面监视。

季暖一声不吭地端着木质托盘进去，再将里面的两个碗拿出来。她看向墨景深，用目光示意他吃东西。

墨景深站在那里，只是看着她。他的眼瞳里有一种清浅的黑，目光冷而亮。达利死死地盯着季暖时，墨景深的目光又很深，那目光里带着警告。季暖大概懂了，他是让她老实一点，别再试图想办法从这里救出他。他在告诉她，要先自保。

季暖平静地看了一眼桌上的饭菜，拿起筷子和碗，向他走去。

墨景深看着她，没有动。

季暖端着碗走近的刹那，墨景深的目光越来越冷。

她用筷子夹了一口米饭放到他嘴边，男人仍然抿着唇，静默而立。

季暖努力对他比画了几个手势，其实是做给达利看的。墨景深看着她，忽然冷笑一声，拿过椅子坐下，落座后依然一言不发。

房间里仿佛在上演默剧，无声无息间暗藏无数锋芒，一旦演不好，就会戏毁人亡。

季暖吃了一口饭，嚼了嚼，像真的哑巴那样啊了一下，仿佛在告诉他，这饭很干净，是她亲手做的，没有毒。

墨景深在木椅上坐定，抬起手，正要将桌上的另一只碗打翻，却被一股极微弱的力道牵制住。他侧头，季暖用被烫伤的手拽住他的衣角，有些用力。他视线冷淡地往上移，看向她。

季暖动了动唇，又小心地护着碗，免得被他打翻。她听见达利和那群人在外边用柬埔寨语说话，时不时还能听见一些讥讽的笑声。

他们手里有枪，掌握着生杀大权，可以在外面肆意围观。

而季暖和墨景深却是稍有不慎，便万劫不复。

要怎么样才能把这一幕演到极致？要怎么样才能顺理成章地逼一个男人合理地心软一下，然后吃东西？

季暖忽然将手中的碗放下，在墨景深极冷的目光下，缓缓跪下。

男人坐在椅子上，看着她跪下的身影，目光似有若无地闪了一下，只是一瞬之后，便仍没什么表情地看着她，手却在任何人都看不见的地方握住椅边的扶手，五指越收越紧，直至骨节泛白。

季暖又是哭又是求又是跪，达利在外面看得正爽。墨景深这样都没肯吃东西，他果然跟她半点关系都没有，可能这女人连中国人都不是，如果是同胞，或许墨景深还能有些恻隐之心。这样看来，墨景深不仅毅力过人，心也是狠得可以，这么漂亮的女人都不能让他动摇。

见他不为所动，达利干脆走了进去，将枪直接贴在季暖的头上。

季暖跪在地上没敢动。

达利用枪指着季暖的头，讥笑着用英文道："Control先生真的不肯吃？看来这个女人没什么用！你这么讨厌她，我在你面前了结了她，怎么样？"

墨景深极淡地笑了一下，然后毫不关心地开口道："是吗？"

达利看着墨景深始终薄淡的表情，问他："杀，还是不杀？"

墨景深眼眸微垂，看都没看季暖一眼，只面无表情地道："那就杀了吧。"

闻言，达利眯了一下眼睛。

季暖僵硬地跪在地上，黑洞洞的枪口对着她的额头。

她不动，达利也没动，坐在木椅上的男人亦连眼皮都不抬一下。

屋子里有几秒钟的死寂。

忽然，达利嘴角一弯，低声笑了起来。他把枪放回腰间，道："Control先生可真是不懂怜香惜玉，这么漂亮的女人都没法打动你。"

达利忽然又俯下身，用不怎么干净的手指狠狠捏住季暖的下巴："没用的东西，要不是婆婆最近手脚没力气，需要你来帮忙煮饭，你怕是根本活不到今天。"

墨景深看着这一幕，目光毫无波澜。

达利又笑着放开季暖的下巴。

直到被屋外的人带出去，季暖才反应过来，她好像又躲过一劫。看来在这种地方，比的不仅是智商，更要比谁稳得住。

墨景深完全摸准了敌方所有的想法，甚至把对方的心理拿捏得十分精准，刚才达利在他面前，已经输了。

墨景深早就看透他们的打算，季暖无非尽力配合，真正掌控大局的，还是墨景深。

由此，季暖心里平静了许多。她相信，只要她多活一个小时，或者多活一天，他和她一起活着走出去的希望就多了几分。

就这样，季暖又平静地度过了一夜。

木屋里的煤油灯已经燃尽，季暖坐在屋子里发呆，然后去床上躺下。老妇人年纪大了，睡眠比较浅，稍有一点动静就会被吵醒，所以季暖放轻了动作。

夜深人静，营寨里值守的人也都坐在地上打盹休息，但每人手里都抱着一杆枪。

季暖忽然想上厕所，这两天上厕所，都是老妇人陪她去密林里找个安全的地方，而且不远处还有人守着，非常尴尬。

现在老妇人正睡着，季暖小心地从木板床上起身，蹑手蹑脚出了木屋。见木屋外两个值守的人靠在树下睡得正香，季暖屏住呼吸，一路绕出去，花了十几分钟，险些迷路，才找到适合上厕所的地方。

这段时间，她还顺利躲开了营寨里另外两个正在巡逻的人。

外面丛林茂密，树木遮天蔽日，挡去大片月光，闷热的空气里传来虫鸣鸟叫。

她被抓到这里后，还从来没有一个人出来过。即使这里离营寨不算远，好歹也能让她感受到自由。她漫无目的地向前走，小腿上忽然一阵刺痛，猛地低下头一看，原来是不小心绊到了荆棘。还好不是蛇！

季暖没有停，忍痛继续走。来到距离营寨更远的地方时，她忽然发现前方的草丛像是被人翻起来过，地面也没有那么密实。她脚步一顿。那里该不会就是他们所谓的雷区吧？

就在这时，季暖仿佛听见远处哪里响起奇怪的动静，像是直升机螺旋桨转动的声音，渐渐由远而近。

直升机？！是封凌和南衡他们？季暖的目光亮了一下。她猛地抬起头，但密林上空树叶太茂密，什么都看不到。

营寨里巡逻的人一定也能听见这声音，那些人现在暂时没办法顾及她的踪迹，可墨景深还在那里！季暖想也不想地转身往回走。

刚回到营寨附近，她就明显地察觉，所有巡逻的人和值守的人已经站了起来，整个营寨的守卫比白天更森严，巡逻和放哨的人手也增加许多。

季暖回去的时候，老妇人正好匆匆忙忙地出来找她，见她回来了，又问了她一大堆话。

季暖无辜地指了指之前去的方向，那里是老妇人带她去过的上厕所的地方。老妇人记得她晚上睡前喝了不少水，也就明白了，拉着她赶快回木屋，免得被外面那些人怀疑。

这一晚，营寨里已是风声鹤唳，直升机的声音响过一次后忽然就没有了。隔了一个小时，又有直升机的声音靠近，所有人都起身防备，可直升机的声音再度消失。

营寨里所有人一夜没睡，且高度防备，然而守了一整夜，也没看见任何一架直升机进来。

阿吉布是个非常狡猾的人，手下这些人堪称悍匪，个个五大三粗，无一例外是狠角色。

阿吉布知道外面的人是在故意打断他们休息，不给他们养精蓄锐的时间，但他的人身体素质非常好，一夜不睡不会影响太多。但一次一次被“耍弄”，难免让他们不满，几次之后，再听见声音，有部分人干脆连动作都没有，继续坐在原地闭目养神。

不过，这次行动涉及他们跟XI基地的新仇旧怨，再加上墨景深，众人即使有情绪，也不敢掉以轻心。

季暖借给墨景深送饭的机会，一个人向营寨深处的木屋走去。

外面值守的人见她又来了，知道她是负责送饭的，便直接将门打开，并不耐烦地催促了一声，让她快点，别磨蹭。

季暖点了点头，快步走了进去——

她进门的瞬间，木椅上的那道身影没有任何动作，只在她走近时，他才睁开眼，深邃的目光落在她的脸上。

趁着外面那些人没有马上过来监视，季暖匆匆跑到墨景深跟前，将托盘里的水递给他，小声说：“封凌和南衡他们估计很快就到，这里即将一片硝烟，那些人被直升机骚扰得自顾不暇，现在没人看见，你需要体力，快喝一点。”

两天多没有开口说话，季暖声音有些沙哑，但足以让他听清。

墨景深眼眸微垂，看了看季暖手上缠着的白纱布。看见她比昨天还要红肿的手指，他眉宇间有一抹森寒掠过。

忽然，墨景深目光一冷，声音低低地道：“有人来了。”

季暖正准备喂他水的动作顿了一下。然后，她向后退开一步，两手捧着碗，唯唯诺诺地站在那里，想求他吃饭。

达利听说季暖按他的要求一大早就来送饭，便抽空来看了一眼。他站在门外，看着季暖畏惧颤抖的样子。随后，他又瞥了墨景深一眼。

墨景深坐在那里，面无表情。

碗里的水和食物仍然未动分毫。

今天没时间一直监视这个女人，达利对木屋外的几人交代了两句，便冷着脸转身回了阿吉布那里。

这时，外面的人已经将目光落在这边了，季暖不动声色地抬眼看向墨景深。

直升机的声音越来越近，营寨里这会儿乱哄哄的，屋外只留了两个人，但那两人实在看不出什么名堂，便不再特别关注里面的动静。

季暖盯着墨景深，直到男人无声地点了一下头，她骤然推开门出去，慌慌张张地啊啊叫着，一边跑一边指着天上那些直升机，像是吓着了。

在外面把守的两个人看见她拼命向外跑，打算直接把她杀掉，以免留下后患。

就在他们将注意力放在季暖身上时，身后木屋里走出的男人拿着两只坚硬的石碗，直接砸在他们颈后最脆弱的部位。那两人回过神来，忍着痛正要举枪向后，却还是晚了一步，转眼枪就被对方夺走了。男人以手肘狠狠击打他们的眼眶和腹部，两人来不及反抗，被按倒在地。

季暖跑出去没多远，留意到墨景深那边的情况，又转身跑了回去。幸好她今天特意在煮饭帐篷里拿了两个打磨成形的石碗过来。这里用的都是些粗糙的木头碗和石碗，之前达利监视她的时候，她拿的都是木碗，今天趁达利没跟着，老妇人也没注意她，她才偷偷拿了石碗，结果居然真的派上了用场！

刚冲回去，她就看见墨景深将枪口抵在那两人的脑袋上。男人的黑色衬衫有些褶皱，头发凌乱，胡楂若隐若现，可他的目光似刃，森寒冷厉。

季暖还没见过墨景深拿枪的样子，一时间呆住了。但在这种环境下，谁有枪，谁才能自保。她顿了顿，用力拿起地上两块手掌大的石头，再跑过去狠狠地砸在那两人的头上。眼见他们被砸晕，她才长长地吐出一口气。她再抬眼时，却见墨景深没说话，就这样注视着她。

“应该……只是晕了吧……”季暖有些不确定地开口。她没杀过人……但这两块石头的打击力应该不小……何况是砸在头上……

墨景深收回目光，见这两人确实已经不动了，才站起身。毕竟四五天没吃过东西，他起身的瞬间踉跄了一下，季暖手疾眼快地抓住他的手臂，扶住他。

男人检查着手中两把枪里剩余的子弹，之后将其中一把枪塞进季暖的袖口。季暖身上的白裙没有口袋，只有宽大的袖口能勉强装些东西。

“你怎么样？”季暖顾不得其他，盯着他苍白的脸。即使他几天没有进食，她仍能感到男人的身体里积蓄着力量。

墨景深没回答，深深地看了她一眼。听着天边越来越近的轰鸣声，他问道：“你怎么会来这里？”

季暖忍着眼泪，含怨似的瞪着他，道：“你说让我等你回去，你说会接我回海城，可你根本就没有遵守承诺，我只好来找你了。”

她说得轻松，这种地方，哪是说来就来说走就走的。

“季暖，”男人有些严肃地看着她，现在他没时间跟她计较，也没时间问她怎么会被抓来这里，“从现在开始，牢牢跟着我，等南衡他们到了，你立刻跟他们离开！你必须听话，不能任性，懂吗？”

季暖很想说，如果自己跟他们走的话，他怎么办？难道他想留下来跟这些亡命徒周旋？可话到嘴边，她还是点点头，盯着他的脸，吐出一句话：“好！为了我肚子里的孩子，我会保护好自己！”

墨景深正欲带季暖走向后方的密林，听见她这句话，他赫然转头看她。

季暖怕他以为自己在开玩笑，用力抓着他的手臂，字字清晰地说：“你没听错，墨景深，我怀孕了。”

男人立在她面前没动。

季暖本想让他心情稍微放松些，但此刻看到他凛冽的目光，她觉得他现在不仅没有感到愉悦，反而可能想骂她。明知自己怀孕，居然还往这种地方跑，她确实是欠教训！季暖很有自知之明地在心里想着。

在他开口之前，她踮起脚抱住他的脖颈，将他的身子向下拉：“你不要生气！别说是刚怀孕，就算快生了，我也不可能在海城心安理得地等着你回去。我不会送死，你也不会！”

墨景深的眸色浓得像墨，他抬手将信誓旦旦、跟他站在同一片土地上的女人抱住，手臂越收越紧。

没有太过外露的惊喜与欣慰，只有相顾无言的怀抱，他将她抱得很紧，很紧。

她终于在他怀里了。

她终于找回归属感了。

“你来都来了，我还怎么赶你走？”男人的声音贴在她耳畔，呼吸掠过她的发间，最后唇瓣吻在她的鬓角，“但是你必须听话，随时听我安排，不可以逞强，听到没有？”

季暖在他怀里点头。

直升机的声音越来越近，墨景深果断地拉起季暖的手，将她拽向木屋后的密林。

“站着别动，等我回来。”

等我回来。

又是这四个字。

季暖下意识地伸出手，抓住他的手腕：“我跟你一起去！”

“刚才我说过什么？”墨景深转眼看她，“随时听我安排，不可以逞强。”

“墨景深，龙潭虎穴我都跟你闯了，再躲还能躲到哪里去？与其让我一个人在这里，面临不知道要等你多久的恐惧，不如让我跟着你！”

男人淡淡地向外看了一眼，这里虽然不会被直升机投下的东西波及，但距离雷区不远，营寨里的那些亡命徒一旦逃到这里，也许很快就会发现她。

在这密林之中，没有绝对安全的地方。她跟他走或者单独留下，都有未知的危险。

男人迟疑了两秒，握住她的手腕，带着她向外走。

季暖表情一松，手里拿着刚刚在水洼里浸湿的布，和他一道往外走。

营寨里，阿吉布和达利正在冷静地布置任务。没想到美国警方居然会来支援，他们真是低估了墨景深的影响力。如果只有XI基地的人，他们还能放手一搏，现在这么多直升机有备而来，并且从昨晚开始，他手下的人就没有得到休息，他们的胜算从百分之百降到了百分之五十甚至以下。

季暖和墨景深在他们巡逻的区域之外，她一直被他挡在身后。她很担心墨景深的体力。他究竟还能坚持多久？直升机虽然多，但不能马上降落，等待的时间里，他们的处境是最危险的。

两人向另一间木屋移动，一个巡逻的人发现了他们，正悄悄地给手枪上膛。墨景深一把将季暖推到木屋的草堆里。

“趴下去，不许出声！”

墨景深握住腰间的枪，以最快的速度与季暖所藏的草堆拉开距离。

顷刻之间，对面的人已经绕了过来，举枪对准墨景深。

墨景深不动声色地看着他，对方长枪的威力明显比他手中这一把大许多。

对方见墨景深独自站在这里，有些惊喜，用英文问道：“Control先生以为我们真的不敢杀你吗？现在我们已经陷入你们的人的围剿，你不再是我们手中具有威慑力的王牌，我随时可以要你的命！”

就在这时，那人觉得像是少了些什么，明明刚才在木屋对面，他还发现墨景深身后有一抹白影，怎么这会儿只有墨景深一个人？

那人在四周搜寻了一下，看向木屋后堆得高高的草堆和后面足以容下一人的缝隙。

墨景深从腰间取出枪，扔到地上，同时将一只手半举过头顶。

对方的注意力又回到墨景深身上，见他老实地扔了枪，当即笑了一下。但墨景深向来危险，他们这里的人都清楚他究竟有多深不可测，因此，即使这样，那人也不敢轻易向他靠近，只是举着枪，对着他的头，只要他有任何动作，随时就一枪崩了他。

就在这时，又一个巡逻的人察觉到了动静，走过来看见这一幕，与之前那人交换了视线，也拿着枪站在那里。

季暖趴在草堆里，脸色煞白地看着几米开外的这一幕。

墨景深始终镇定地站在那里，看都没看她的方向。

这些亡命徒虽然对阿吉布忠心，但亡命徒就是亡命徒，他们现在考虑的是该把墨景深杀掉，还是把人带到阿吉布面前去邀功。

墨景深太清楚他们的想法，他没有动。何况不远处的草堆里还有季暖。无论怎样周密的计划，都比不过她的安危和那句“墨景深，我怀孕了”。这一刻，他赌不起。

忽然，后来的那个人发现了草堆下方的一角白裙，那人眯起眼睛，直接将枪口对准草堆。

眼见他要开枪，墨景深的脚在地上一勾，刚才被扔在地上的枪瞬间被他勾了起来，重新落入手中。

“把枪放下！”看得出来，草堆里的人对他很重要，先来的那人扬声威胁道。

后来的那人低声说：“要不，干脆先把他杀了，以防万一。”

“OK，冲我来。”墨景深再度扔下枪，这次是直接将枪扔向他们脚边。

两人顿时得逞似的笑了。其中一人一脚踹在墨景深膝盖上。墨景深单膝跪地。

同时，那人将枪托砸在他后脑上。刹那间，墨景深面色一变，却为了不让草堆里的女人害怕而一声不吭。

墨景深将声音压得很低，却依然让季暖听出了危险的意味：“这里已经被包围，随时有被轰炸的可能，与其在这里效忠阿吉布，跟他做亡命徒，不如放了我，我会为你们争取一线生机。”

冷冷的枪口抵在墨景深的头上。

先来的那人目光里充满犹豫。后来的那人目光里却满是杀意，他并不信真的放墨景深走后自己还能有生机。

同一时间，季暖知道自己藏不住了，从草堆里摸到一根结实的木棍，估计是被砍伐来的还没有劈开的柴火。她将木棍紧握在手，趁他们注意力没放在这里，噌的一下钻出草堆，将离草堆较近的人打倒在地。冲过去的同时，她又在前面那人的手腕上狠狠敲了一棍，将他手中的枪打落。

墨景深在第一时间捡起枪。他抬起头时，见最先倒地的那人已经跳了起来，将手中的枪抵在季暖的脑门上。那人一把抓住季暖的胳膊，死死地将枪口贴在她的太阳穴处。

那人眯着眼睛，盯着墨景深道：“试试吧，看我俩谁的速度快。”

抵在季暖太阳穴上的枪冷冰冰的，是又长又冷的黑杆长枪，泛着刺目的光泽。

他威胁墨景深把枪扔了，墨景深紧握着枪，瞄准他的脑袋，没有松手。

那人忽然冷笑着在季暖耳边说：“看来Control先生也不是那么怜香

惜玉，你装成哑巴在我们这里潜伏了两三天，结果他连你的命都这么不看重。”

咔嗒一声，他手中的扳机被微微扣下，季暖浑身紧绷。

墨景深目光一动，心脏几乎停跳，终于在此刻松手。他缓缓地俯下身，将枪放到地上。

这时，另一个人也站了起来，借机上前，再度将枪拿了起来。然后，他一脚把墨景深的手踩在地上，又转身一巴掌狠狠地扇在季暖的脸上，同时开口骂了句“臭婊子”。

他下手极狠，丝毫没因为她是女人而手软半分。季暖的头猛地偏向一侧，浑身颤了颤。她的脸颊迅速肿起来，疼到麻木。她能感觉口腔被牙齿磕破，咸咸的液体在舌尖蔓延。她的头发也披散下来，遮住半边肿起来的脸。

她咽下血沫，一声没吭，任由头发遮住脸。

这样墨景深就看不到了。他看不到就好。

墨景深浑身肌肉紧绷，用尽全力才克制住一跃而起的冲动。他的眼睛通红，趁眼前这人也看向季暖时，他伸手够到之前被季暖扔在地上的木棍。

那两人将注意力都放在季暖身上，露出了些许破绽。

墨景深强忍着怒火，几乎用尽全力重重地挥动木棍，敲向其中一人，将他彻底敲昏。那人连叫都没叫出声，便直接闷声倒在地上。

没有丝毫停留，墨景深跃步上前，朝季暖身后的男人又是一棍，那人脑袋被打中，满头是血地倒在地上。

季暖狼狈地抬眼，看见曾经高高在上、冷静自持的男人，此刻凶狠如困兽。只因为他们打了她！

见他要杀人，季暖忙冲上去，用力按住他的手：“封凌说你双手干净，没有欠过人命！你不能为了我而杀人！”

就算这些人该死，可双手沾了血腥的人，不应该是墨景深！她不能让这个男人为她坠入尘埃泥泞之中。

满地的鲜血，看不出究竟是谁的，墨景深身上的黑色衬衫也看不出血迹，但她知道，他刚才已经受了伤，而且伤得很严重。枪托后面的每一处都很坚硬，也很尖锐，他的背部和头部肯定已经伤痕累累。

墨景深一言不发地将她揽进怀里。

前方传来喧嚣声，直升机终于将这里包围，如墨景深所说，有不少东西投了下来。

墨景深放开季暖，握着她的手腕，拉着她往不会被烟幕弹击中的地方走。

烟幕弹投落，被彻底包围的那些人四处逃窜。

墨景深感受到掌心里她被烫伤的皮肤，缓缓放开她的手，不忍心再看她通红的双眼。

“你站在这里别动，”他顿了顿，语调沉冷地道，“我不会走太远。”

季暖站在原地没有说话，如他所言站在那里，一步都没有跟过去。

她看见墨景深捡起地上的枪，面上有一闪而过的痛楚之色。他的背上、他的头上、她看不见的地方，哪里都是伤。

很快，直升机落在距离季暖最近的一片空地上，墨景深仿佛早就知道这里是最好的直升机降落地点。一位穿着美国警察制服的中年男人迅速下了飞机，看见并没有刻意躲藏起来的季暖，拿着枪向她走去。

“你是什么人？”那人谨慎而严肃地看着她。

季暖抬手擦了一下脸，冷静地用英文说：“我是中国人，是墨景深的妻子。”

听见“墨景深的妻子”几个字时，美国警察迟疑了一下，显然并不相信。

就在这时，后边同时降落的一架黑色直升机的舱门打开，封凌冲了下来，向这边疾步而来：“墨太太！”

听见封凌的声音，警察才犹豫着慢慢放下枪。

封凌已经快步上前，一把抓起季暖的手：“墨太太，你怎么样？对不起，我们来迟了！我们一直在等这批直升机的救援，毕竟这里埋伏很深，如果我们没有万全准备，很可能会失败。拖延的这两天，你一定受苦了，我们——”

她话没说完，看到季暖的手背，当下便狠皱起眉。来不及多问，她拉着季暖就要回直升机上：“手怎么伤成这样？飞机上有药箱，我帮你处理一下！”

"我没事。"季暖一边被封凌拉着走，一边转眼看向营寨里墨景深离开的方向，"墨景深在哪里？"

"墨先生现在应该是去和南衡他们会合了。你放心，南衡的直升机比我们早到，现在前面的局势已经被控制住。这密林里的雷区很可能会被那些四处逃窜的人引爆，你怀着孕，不能闻这些硝烟的味道，容易伤到孩子，快点先上飞机！"

季暖本来要去找墨景深，听见硝烟会伤及孩子，她才顿了顿，没再抗拒，听了封凌的话，上了那架黑色的带有XI基地标识的直升机。

直升机起飞后，季暖抱着马桶吐了半天，吐到身子发软，跪在马桶边，彻底没了力气。

"墨太太！"封凌已经将医药箱找了出来，见季暖趴在马桶边不动，忙伸手扶她。

季暖无力地被她扶了出去，坐在机舱里。封凌又拿过软垫，放在她背后，让她靠着。

"还坚持得住吗？这架直升机是专门来接你的，现在马上就送你出去，落地之后就好多了，你再忍一忍。"

"孕吐而已，又不是什么病。"季暖有些虚脱地向后靠着，微睁着眼睛看她，"这架飞机也不用特意把我送出去，我和你们一起等他们。你和基地的人该做什么就做什么，我一个人也可以。"

封凌看着她，没说话。之后，她拉起季暖的手，迅速帮季暖上药："这是烫伤？怎么会烫成这样？"

"我故意的，他们让我给他送饭，并且设了个死局，他吃与不吃都是最坏的结果。我为了避免他面临这个抉择，就把整锅沸腾的汤都洒到自己手上了。"季暖低声说。

封凌正给她上药的手顿了顿，然后皱眉道："或许你应该直接让墨先生去抉择，他一定有办法做到不波及你，同时也能保全他自己。"

季暖静默了一瞬才说："的确，把这个难题抛给他，他可能会处理得很周全，可我当时没想那么多，就用了最蠢的方法……"

"这不是蠢方法，墨太太，你已经做得很好了。"封凌边说边拿出纱布，帮季暖将伤口包扎好，"先简单处理一下，你怀着孕，也不能随便用药，等安全回去后，再好好处理。"

季暖抬起眼，感激地看了封凌一眼：“谢谢。”

直升机在密林营寨中心的上空盘旋，没有离开，也没有降落。季暖闭眼平静了片刻，转身和封凌一起，靠着敞开的舱门向下望。忽然，她瞥见了倒在帐篷边的老妇人。老妇人一动不动，不知道是晕了还是被乱枪扫射时中了弹。

季暖心头一跳。这个老妇人跟在阿吉布身边很多年，虽然她不清楚老妇人究竟是保姆还是阿吉布的亲人，但至少这几天这个老妇人给她衣服穿，帮她包扎手上的伤，也很护着她。如果不是有老妇人的偶尔帮助，季暖可能早就被凌辱，或者置身更困难的境地了。

“封凌，你看见帐篷边的老人了吗？”季暖开口道。

封凌向下望了一眼，道：“看到了。”

“她怎么了？”

“死了。他们自己的人乱开枪，她死在他们自己人的枪下。”

空气里有一瞬间的静默。

季暖转身靠在机舱里，不再向下看。沉默片刻后，她哑声说：“如果这些人还能留全尸，麻烦你交代一下，把这位老人好好地葬了吧。”

封凌没有多问，转眼看向季暖身上沾了不少血迹的白裙，大概猜到它应该是那个老妇人的。

“好。”

过了一会儿，下面一阵骚动。

季暖抬手捂着翻滚的胃，安静地坐着。

“墨太太，我们回去？”

“我在这里等他。”季暖坚持道。

对于下面发生的一切，她尽量不去听，只当是在看一部战争片，否则直面这种血腥场面，她真的会做噩梦。

时间一点一点流逝，季暖猛地睁开眼，转头的瞬间听见封凌说：“墨太太，我们现在降落了。”

“嗯。”季暖应了一声。

机舱门不知道什么时候关上了，怪不得她睡得这么消停。

就在这时，封凌骤然打开机舱门，说：“墨先生回来了。”

季暖猛地转眼看向机舱门，起身扑了过去。扑过去的瞬间，封凌还没来得及扶住她，从外面进来的挺拔的身影便将她抱了个满怀。入鼻便是男人身上清冽的味道，夹带着星星点点的血腥味，她却一点都不觉得难闻。

季暖死死地抱住男人的腰，不肯放开。

封凌对刚刚进来的墨景深恭敬客气地点了一下头，便转身下了直升机。

机舱与飞机驾驶室之间有一道金属挡板，这里看不见前面，驾驶室内的驾驶员也看不到后面。

墨景深一声不吭地抱着她向里走，身体一颤，险些没站稳。

“你有伤……”季暖紧紧地抓着他染血的衬衫。那些血已经干涸，衬衫粘在他背部的皮肤上。

墨景深低眸看着现在才知道害怕的小女人。这女人到现在连衣服都没换，除了手上被重新包扎过之外，仍然是灰头土脸的模样。白裙上的泥土和血迹混在一起，很狼狈，她的一双眼睛却干净明亮。

“怎么没让封凌送你回去？”墨景深开口道。

清冽的嗓音因为多日的折磨而低哑许多，可此时在季暖听来，这声音犹如天籁。

他还活着。他们都还活着，平平安安的。

“我不想离你那么远。封凌说这里很安全，你不会有事，既然安全，我当然不走。”季暖抱着他，手却不再去碰他伤得很严重的背，“你的伤需要看医生！”

男人将她死死搂在他腰后的手轻轻扯开，低眸见她还有力气哭，眉间的温情也就转为严肃：“以后，无论我在哪里，你都不许再冒险。我让你等我回去，你就给我乖乖等着。柬埔寨这种地方是你说来就能来的？”

果然，该来的教训还是来了。

季暖抿着唇不说话，只红着眼睛看他，仿佛又变回前两天给他送饭的可怜兮兮的小哑巴。

怀孕了还敢往柬埔寨跑，这女人真是胆大包天得可以！

“怎么不说话了？”他控制着情绪，才没有太过心软。

“等你教训我啊！这几天确实挺惊心动魄的，等你骂完，才能有从龙潭虎穴逃出来的真实感，这样我还能舒坦些……”

墨景深目光沉沉地道：“你非要我的心从胸腔里跳出来才甘心？”

季暖盯着他，双手揪着他染血的黑衬衫："我只要你活着。"

闻言，他的心一阵刺痛。

二十六年来，除了在牙牙学语的年纪掉过几滴眼泪，三岁之后，他连半滴眼泪都没掉过。此刻，他却觉得鼻子酸酸的。

"墨景深，我只要你活着，就算你没有如约去T市接我，我也可以来找你啊！只要你活着，我去哪里找你都行。天上地下，只要有你的地方，我都可以披荆斩棘，我只要你活——"

男人吻了下来，口中有咸腥的味道，是血腥味。之前他受伤时，为了不让季暖担心而硬生生咽下的血沫都藏在喉间。

她闷哼一声，在他怀里挣扎，男人却吻得更深。他死死地按住她的后脑，几乎要将她揉进身体里。墨景深脑中最后一根理智的弦，几乎被她亲手掐断。理智与责任，婚姻与恩情，日渐升温的浓烈感情都比不上此时此刻的女人。他这辈子真的彻底栽在她手上了。

渐渐地，季暖不再挣扎，整个人靠在他怀里，是妥协，是臣服，是不想抗拒……她反手紧抱住他的脖颈，主动回吻。直到她去抚他的头发，手指从他后脑处擦过，男人一顿，松开她的唇，低哼一声，显然痛到极致。

季暖下意识地放下手，低头看见手指上沾了些血。

墨景深按下她的手，语调沉静地道："没事，都是外伤，回去包扎处理下就好。"

季暖努力克制着情绪，没让自己哭出来，不想成为他的负担。她吸了吸鼻子，抬起眼看着他，镇定地说："封凌把医药箱留在这里了，我帮你清理一下伤口，好不好？"

她拉着墨景深坐下，用力扯开他的衬衫的时候，才看见他何止是背上和头上有伤，身上各处也都隐约可见伤痕，颈后和脑后还有血珠慢慢滚落。她的眼泪瞬间掉了出来。原来那些人不仅是将他关在那里，从他第一天被关进去，他们就开始严刑相逼。

但他们最终失算了。

墨景深正要将她的手推开，季暖却固执地站在他身后，帮他脱衣服。他的后背上都是血，布料已经粘在背上无法顺利脱下。见此，季暖的心生疼。

"疼就喊出来。"季暖抬手抹了一下眼泪。

“喊出来就不疼了？”男人的声音里像是夹着浅笑。

季暖忽然起身，去机舱洗手间拿了条干净的毛巾，叠成方块后递给他：“那你先咬着。”

墨景深瞥了一眼她哭得红红的鼻子，淡淡勾唇。他伸手将毛巾接过去放到旁边，同时将季暖拉过来，让她坐在他腿上。他抱着她，抚着她披散的长发。之前不畏生死的小女人，这会儿却因为他身上的伤哭成这样。

男人修长的手指穿过她的发间，停留在她背上，温柔地摩挲。

“暖暖。”男人温和的声音响在她耳边。

季暖知道自己失态了，抬起手抹了一下鼻子，微湿着眼睛看他。

“疼是在所难免的。我也是人，我也会疼，但是这种疼痛比不上这么多天看见你所经历的一切带来的痛苦。”他抚着她的背，温声说，“在这种地方，有过这样的经历，人会体会到生命的脆弱，会更珍惜眼前的安宁。这些外伤只需一段时间的治疗就会康复，可人心一旦受伤，就很难恢复。”

季暖抱住他的脖子，埋在他颈间不说话。

“这些天，你以身犯险，只为保我安全离开，这种事我不希望再发生第二次，永远都不希望。”他的手搂在她腰上，稳妥有力。

季暖乖乖地坐在他怀里，轻轻嗯了一声，没再反驳。

现在他是伤患，他说什么就是什么。她不跟他辩驳，也不在他面前逞强。

“好了，外伤而已，擦擦眼泪。”男人又在她头上拍了拍，“去弄些温水过来，顺着背后的伤口一点点向下擦，这样衣服就可以脱下来了。”

季暖擦了擦眼睛，去洗手间弄了温水。帮他处理伤口的时候，她犹豫了一下，道：“伤成这样，再碰水还得了？”

“都已经这样了，碰不碰水没什么区别，先把衣服脱下来，过后再消毒。”墨景深冷静地道。

季暖刚要去碰水，墨景深忽然看了一眼她手上的纱布：“算了，回去再弄，你的手不行。”

“我没事，封凌帮我处理过了，我右手指尖这里没有伤到，只用这里抓着毛巾就行，不然难道你要让封凌进来帮你脱衣服？”

墨景深又看了一眼她的手，确定她有分寸，便没再抗拒。

季暖蘸着温水，在他背上轻轻淋了一些。男人只是背部微微紧绷，除此之外，他一声不吭。

季暖帮他将伤口一点点润湿，然后将打湿的衬衫一点点撕扯下来，这样可以避免过多的皮肉和伤疤被拉扯。之后，她帮他将伤口周围清洗干净，再涂抹消毒药水。

“墨景深，疼你就咬着毛巾，千万别忍啊，我又不会笑话你。”

刚才封凌帮她把消毒药水弄到手上的时候，她疼得冷汗都出来了。墨景深这可是伤到了皮肉里。

男人没说话，但她明显听见他低笑了一声。

她心疼他，他还有心情笑。

季暖本来沉甸甸的心情渐渐平复，速战速决地帮他消毒，涂些简单的药，再从医药箱里拿出纱布，在他身上缠了一圈。

“后悔自己当初没学医了。”见墨景深低头看了一眼，却没说什么，季暖有些不好意思地嘀咕了一声。

墨景深微眯起眼，笑道：“趁早了解初吻和人工呼吸的区别才比较重要。”

季暖的手顿了一下，她睁大眼睛诧异地看着他：“什么人工呼吸？”

男人又笑了一声，道：“行了，现在不是说这些的时候，你的手确定没问题？”

“没问题，至少先帮你把伤口消毒再说，不然很容易感染。”季暖继续专心地上药。

他刚才那句什么初吻、什么人工呼吸的……她怎么觉得好像有点印象，却又一时想不起来这话究竟在哪里听过。

舱门再度打开，封凌正要走进来，却看见墨景深那件黑色的衬衫被扔在一旁。她果断地向后退了一步，没有进去，在外面说：“墨先生，负责指挥的恩特警官正在找你。”

季暖忙要按住他，不希望他出去。

墨景深却安抚似的拍了拍她的手，同时对外面道：“知道了。”

说完，他转眸看了季暖一眼：“恩特警官曾经和我有些交情，这次能从美国特意飞来柬埔寨，不可能只是救援这么简单，他有他要的利益。我们去谈谈，你在这里休息，让封凌陪着你。”

季暖将手从他的身上拿开："在哪里谈？"

"不远，这营寨腹地里的人已经被控制住，周围也被基地人员和警方包围，很安全。只是去谈些纸面上的事情，不会动刀动枪，我很快就回来，嗯？"他捏了捏她的脸。

她好不容易才把他拉回自己身边，结果还有这么多后续问题需要他亲自出面。明明伤成这样，他却不能好好休息。

季暖心里不愿意，可还是点了点头："好。"

墨景深拿起染血的黑色衬衫，穿上后随意扣了几颗扣子。除了下巴有浅浅的胡楂，脸色稍显苍白之外，他看起来并没有太大的变化。他一身是伤，却并不狼狈。

相比之下，季暖这身白色纱裙就惨不忍睹了。

眼见男人走出舱门，季暖跟了过去。她脚都没踏出去，就被外面的封凌给堵住了。

"墨太太，在里面休息，别出来。"封凌道。

大概过了两个多小时，天都黑了，封凌拿了些干面包和矿泉水过来，让季暖先垫垫肚子。

见季暖手里拿着干面包，却一直定定地看着手上的纱布，封凌知道她需要时间沉淀，毕竟这些天的经历会让她毕生难忘。

封凌没说话，开门下了飞机，去外面检查基地里的其他兄弟的伤情。

直到周围密林里响起虫鸣声，墨景深终于回来了。

墨景深进了舱门，看见季暖手里完全没动的面包和没有打开的矿泉水，问她："怎么不吃？"

听见他的声音，季暖猛地回过神，起身就将手里的两样东西朝他的方向举了举："给你吃。"

墨景深盯着她半晌，缓缓地勾唇笑了。他走过去，将一脸期待他吃东西的小女人搂进怀里："我下午就已经喝过水，也简单吃了些东西，现在不饿。"

"可你都好几天没吃过饭了，就吃那么一点，能饱吗？撑得住吗？"季暖一想到他这几天不吃不喝，心就一抽一抽地疼。

"后来基本已经没有饿的感觉了，这种情况下一次也不能吃太多，胃会受不了。我明天恢复正常饮食，你乖乖吃你的，不必担心我。”说着，墨景深摸了摸她还有些灰白的小脸，“你现在一个人要吃两个人的饭，这些天营养都没有跟上，现在连面包都不舍得吃，不知道的人还以为墨太太被我欺负了。”

季暖将脸埋在他胸口，低声道：“幸好你最严重的伤都在后背，不然我连你的怀里都没法靠。”

因为XI基地这边有跳伞时被乱枪扫射到的伤员，所以配合警方拍摄取证结束后，他们便乘直升机火速从密林里飞了出去。

目前，伤员的情况不稳定，幸好还有一起前来的医生。

飞机落地时，季暖才知道，为了照顾伤员，他们要在之前的仓库和防弹棚那里暂时休息一晚。伤员伤势稳住后，会被直接送回美国，接受更好的治疗。

季暖在这里住过两天，不算陌生。

墨景深刚到这里，就直接和南衡出去了。

直到深夜，季暖拿着封凌帮她捡回来的手机看了一眼时间，已经快零点了。伤成这样还不休息，这么晚还有事情谈，他是不要老婆也不要命了吗？

过了没多久，墨景深进了季暖所住的隔间，看见小女人一脸不高兴。

“怎么了？”

“没怎么，刚才只顾着看手机，忘记时间了。我要换衣服，你先出去。”季暖不看她。

这小女人居然给他摆脸色！墨景深看了一眼她手里的衣服，那是封凌特意去洞里萨湖对面的农庄买来的白裙，比季暖身上那件合身，比较适合年轻人。

墨景深似笑非笑地道：“换衣服？”

季暖还没反应过来他是什么意思，就站起身，要把他推出去。

“你出去。”

“我为什么要出去？”

“我不只换衣服，我还要洗澡。”季暖指了指房间里的一桶热水，“好几天没洗澡了，都要臭死了。”

本来她想等墨景深回来让他先洗，结果等了这么久他才回来，她等出了一肚子的气。

“先不说你洗澡时我根本没必要出去，就你这手能自己洗？”墨景深的嘴角噙着几分笑，低眸瞥了一眼她裹得粽子似的手。

意识到这个问题，她脸上一阵尴尬：“那我不洗了，就这么熏着你算了。”她边说边要向外走。

她刚打开门，身后的男人长臂伸过来，直接又将门关上。

季暖转眼看他，忽然心里一紧：“要不还是你先洗吧……”

他瞥了一眼她的手，抬手将她身上的裙子由肩头向下剥。

“又不是没帮你洗过，现在才想起害羞？”男人脱下她的衣服，再以目光瞟了瞟那边的木桶，“这洗澡方式够原始的，这么小的木桶，就算我帮你洗，也没多余的空间对你做什么。”

季暖道：“就算有空间，你现在也不能对我做什么，怀孕前三个月你什么都不许做。”

墨景深挑眉，目光深深地看着她：“这是秦司廷告诉你的？”

“不是，我看了一些孕期常识。”

“你看得倒是很及时。”

“不然你伤成这样，还想怎么样？几天没吃东西，你的体力是无穷无尽的？”

“体力这种东西，也要看是在什么事情上用。”

坐进小木桶的时候，季暖有些恍惚，这种原始到不能再原始的洗澡方式，一度让她疑惑柬埔寨当地的人究竟过的是怎样的生活。明明之前离开机场时，她看见周围有不少现代建筑群，也有很多衣着时尚的人路过，他们的生活似乎很平静。估计洞里萨湖附近的村庄，生活方式与城市有很大不同吧。

眼见墨景深挽起袖口直接过来，季暖隔着水雾看着男人的脸，忽然说：“要不然，还是让封凌来帮我洗吧……”

说这话的时候，她犹豫了一下，虽然她和封凌都是女人，但也没有赤身以对过。她确实不喜欢别人碰她，墨景深除外。

男人的手已经探入水中，试了试水温，然后撩起水淋在她露出水面的肩上。之后，他轻描淡写地开口道：“我不允许别人碰你，女人也不行。”

季暖靠在木桶里，一边任由男人帮她洗澡，一边说：“对了，T大旁边的那套公寓，以后可能没什么机会回去住了，要不要卖掉，或者是——”

话还没说完，她忽然感觉眼前一暗，男人正低下头来。她的呼吸里满是他的味道。她怔了一下，道：“你……干什么……”

男人的手指托起她的下巴。他看着她消瘦的脸颊，低语：“等会儿再洗，先亲一会儿。”

话音刚落，他便俯首吻了下来。

第二十七章　安然·相拥

眼睁睁地看着墨景深从染血的颓废大总裁，变回一身白T恤的墨总，季暖坐在床上，几乎失神。

墨景深以前都是干干净净的，形象好，气质佳，随便一站就是风景，他这些天不修边幅，却是另外一种感觉。

不过，她很快回过神。刚才帮他洗澡的时候，她就注意到他背后的伤需要基地医生重新处理一下。于是，她迅速将地上那件染血的黑衬衫收了起来。

“幸好南衡的身材跟你差不多，他的T恤你穿起来一点都没有违和感，不过……”季暖在他身后走过时，心怦怦跳着说，“你穿着T恤的样子，比穿衬衫的时候平易近人多了……”

墨景深听见这话，意味深长地看了她一眼。季暖转身抱着他的衣服，快步走了出去。她找到刚刚空闲下来的基地医生，请他给墨景深的伤口消毒上药。

基地医生从情况比较严重的几个伤员那里过来，正准备去看看墨先生，见墨太太来了，便对她客气地点了一下头，然后直接向里面走去。

“洗过澡换过衣服，又见自己男人平安归来，神清气爽了？连走路都像飘着。”一道声音自门外传来，冷冷淡淡的，又带了些许调侃的味道。

季暖侧眸就看见叼着烟站在门前的身影，南衡将嘴里的烟拿下来，冷淡地朝她看过来。

“紧张了好几天，这才刚放松一点，还不能让人飘了？”她笑道。

南衡淡笑道：“我那件T恤是新的，还没穿过，你男人穿着应该合身。”

“挺合身的，你们两个身高一样。”季暖随口应了一句。

“合身就好。”南衡又瞥了她一眼，“不过这基地里也就你和封凌是女人，封凌比你高一点，她也只有基地的作战服，你穿着不合适，只能买这种裙子应付一下。”

季暖扯了扯裙摆，笑着道：“我这身也很好啊！难得穿这么宽松的长裙，挺民族风的。”

她正要将怀里的黑衬衫拿出去，南衡看了一眼，道：“你准备洗这件？”

“对啊。”

“这上面都是血，后面也坏了不少，洗了也不能穿，还洗什么？”

“洗一洗带回去，留着做纪念啊！”

南衡嗤笑，像看神经病似的看她：“纪念什么？纪念你男人和你同生共死，还是纪念这破地方满地的血腥？”

这话真是让人倒胃口……

季暖撇了一下嘴，正犹豫要不要把这衬衫扔了，南衡像是想起了什么，又瞥了她一眼，问道：“你给我们洗过袜子的事没告诉他吧？”

“没啊……”

季暖话音还没落下，忽然听见墨景深的声音在身后响起：“什么洗袜子？”

南衡眯着眼睛抽了一口烟，然后将烟蒂扔在地上，踩熄。之后，他不咸不淡地道：“阿吉布和达利还在密林里，身边一直有一队人护着，那里应该是他们进去前就已经设好的埋伏点，就等我们过去。他们逃过这一晚也没用，明早我和恩特警官再进去搜一圈，看看他们是不是已经被地雷炸飞了。你好好养伤。”

墨景深还没说话，季暖就转眼看着他道：“基地医生刚刚不是进去了吗？你怎么伤口没处理就出来了？”

“医生正在配药，五分钟后回去上药。”墨景深看着她，又瞥了一眼她手里的衬衫，“扔了吧。”

季暖想想也是，这衣服上沾的不只是墨景深的血，还有那些人的血……想到那些人已经命丧黄泉，她就一阵恶寒，干脆果断地将衣服扔了。

南衡忽然啧了一声，道：“我让你扔，你不扔，还说留着做纪念；你男人就这么随便说了三个字，你就扔了？”

“对啊，不然怎么是我男人呢？”季暖瞟了他一眼，又笑眯眯地看向墨景深。

墨景深因为季暖的话心情不错，唇角微微扬起。

南衡皮笑肉不笑地道：“就这种强塞‘狗粮’的方式，真怀疑什么人能在你跟前心平气和。”

“有啊，封凌就很心平气和。”季暖又不冷不热地瞟他一眼，“而且无论我怎么秀恩爱，封凌内心都毫无波动，她对爱情和男人似乎完全没有兴趣。”

一时间，南衡沉默不语。

当晚，季暖终于再度安睡在墨景深身旁，并死死抓着他的手不放开。

经过几天的风波，季暖变得很敏感，她怕万一有什么事，他会忽然从她面前消失不见。

一夜下来，相安无事。

清早，季暖翻了个身。这种仓库的隔间，每间都有人，条件也不会多好，没有窗子，太过闷热，只有一台小风扇放在地上，呼呼地吹着风，将床单吹得来回摆荡。

手边有些空，没有摸到墨景深，季暖下意识地睁开眼，向身旁看了一眼。他果然不在！

季暖心头一慌，忙下了床，却因为隔间太小，风扇离得太近，脚下绊到电线，整个人直接扑到了地上。幸亏她在身旁的床沿上按了一下，才没有摔得太严重。

风扇倒在了地上。

听见声音快步走回来的墨景深看见半跪在地上的季暖，赶紧将她扶起：“怎么还摔了？没注意到地上的电线？”

见他好端端的，季暖一时忘记了膝盖上的疼，呼出一口气："我看你不在，还以为你……"她顿了顿，又看了一眼地上的电线，"我下次会注意，以后不这么毛毛躁躁了。"

知道她现在还是后怕，墨景深没有戳穿，拉起她的手又看了看包扎过的地方："今天记得换药。在这种热带地区，一直包着对伤口也不好，叫基地医生多注意点，别把你这手伤忽略了。"

"知道了，我这点烫伤算什么，基地医生有空时我再去找他。"季暖将手放下，却还是贴在他怀里，不舍得退开。

墨景深知道季暖不想给人添麻烦，也就不再多说，只捏了捏她的小脸："去洗漱，吃些东西。"

这时，外面有人叫了他一声。墨景深又看了季暖一眼，见季暖已经转身去拿封凌帮她准备的牙膏牙刷，才转身出去。

季暖出了仓库，正对着旁边的草地刷牙，忽然听见密林里传出巨大的声音，惊得她手一抖。

墨景深刚去帮她拿了一碗粥过来，闻声将手中的东西放下，往密林的方向走。

季暖刚想叫住他，但嘴里塞着牙刷，白色泡沫沾在嘴角，她忙用水漱了两下口，再转身时，墨景深已经走远了。

"墨太太，你别过去。"见季暖要跟上去，封凌快步过来，按住她的肩，"是密林里的大片雷区被引爆，才会有接连的爆炸声响起，你不用管。"

"那他们这是去干什么？"季暖着急地问。

接着，她就看见基地里二十几人正急匆匆往密林的方向跑去。他们都穿着统一的服装，腰间有刀有枪，神情严肃，前面几人还穿了防弹背心，配了防爆盾，看起来和昨天在营寨腹地一样严肃紧张。

南衡已经不知去向。

季暖道："里面是不是出什么事了？我昨晚听说他们的头领，就是那个叫阿吉布的逃了？"

"是逃了，但他们也逃不出密林。"封凌现在尽量做到不去隐瞒季暖，免得她胡思乱想，"没想到阿吉布老谋深算，早就在洞里萨湖另一边的村庄里绑走了八个孩子，把他们关在密林后方的一处雷区附近。现在他们的人逃不出来，就用那些无辜孩子的性命相威胁，要求我们放他们安全离开密林，否则那几个孩子就会……”

“八个孩子？”季暖皱眉道。

“是。那些孩子平均年龄不超过六岁，已经在里面关了几天了。我们暂时不知道那些孩子现在的情况怎么样，但是刚才南衡有消息传过来，说有一个孩子为了逃跑而误闯进雷区，导致一整片雷区都炸了。”

“那孩子呢？”

“死了。”封凌的声音沉了沉，“死了一个，还有七个……”

平均年龄不满六岁的孩子！这些人究竟是有多丧心病狂！

季暖正想着，墨景深已经回来，目光掠过她，落在封凌身上，最后又看向季暖：“洗漱完就去吃东西。”

看见他凝重的神色，季暖直接道：“你要和他们一起进去？”

“嗯。”

“可你还有伤，不能乱动！何况南衡还有基地的人，包括恩特警官带来的人已经够用了，你没有必要去——”

“阿吉布的目标是我。”

季暖的声音一下子哽在喉咙里。

现在他已没时间多说，只示意封凌带季暖回仓库的隔间。

季暖身体紧绷地道：“你身上有伤——”

墨景深看了她一眼，道：“很快，那些孩子的命就要没了。”

季暖耳边似乎响起刚才那阵爆炸声，想到那个无辜的孩子被活活炸死的景象，她只觉得全身的血瞬间逆流。她有些呼吸不上来，虽然知道那些无辜的孩子是因为他们而被牵连的，虽然知道墨景深不可能坐视不管，可她心里还是有个自私的想法，她想开口，求他不要去。

季暖顿了顿，道：“我跟你去——”

“你留在这里。”他斩钉截铁地打断她，“封凌，看住她。”

“可你现在伤成这样，我跟着你去，也许还能——”

“你给我老实待在这里，哪儿都不许去。”短短一句话，语气里含着前所未有的严厉。

季暖僵在原地，没动。

墨景深给了封凌一个眼色，封凌拉住季暖的手。

季暖开口想说什么，最后也只是闭了嘴，一句话也说不出。

墨景深转头向那群人走去，走了几步，忽然侧首道："好好待在这里，不要受伤。"

距离墨景深他们乘直升机飞进密林，已经过去一个多小时。

接连的爆炸声响起，不知道是哪里的地雷被踩到，也不知道是哪一方开了枪。

在这里，季暖只能听见密林里的各种轰鸣声，其他的一概不知。她不受控制地跑出仓库，向密林望去。

封凌这会儿也比较沉默，没像平时那样一直安慰她，显然阿吉布在雷区附近设下了埋伏，再厉害的人，都难免受伤。

季暖最担心的是墨景深，而封凌要担心的除了墨先生还有南衡，还有与她出生入死过的那群兄弟。

季暖想起昨天墨景深睡觉之前，帮她将电风扇调到最低挡，他直起腰来的时候，疼得身子一颤，险些没站稳。都这样了，他还坚持进去，他要怎么救那些孩子？

她忽然转眼看向封凌："自己最在乎、最担心的人在里面，哪怕一起粉身碎骨，也比一个人在外面担心要好。"

封凌顿了顿，明显被季暖说到心坎里去了，却还是淡声道："墨先生吩咐过，我必须看着你，你哪儿都不能去。"

季暖看向停放在不远处的一架小型直升机，又看了一眼封凌腰间的钥匙，忽然勾了勾唇，意味深长地道："我车技还挺好的，对方向的掌控向来不错，听说这种直升机的驾驶方式不像民航客机那么复杂，你说，我能不能把它开起来？"

"墨太太，你别冲动。"

"封凌，我男人在那里。"

"不行。"

"你男人也在那里。"

事发地点是洞里萨湖的密林中心雷区，达利和几名手下护送阿吉布到了这里，早早就劫持了附近农庄里的孩子。的确如封凌所说，八个孩子，已经死了一个。

爆炸声响起时，那七个幼小的孩子满脸惊恐地望着小伙伴被炸得腾空而起，鲜血四溅，又像是烧焦的黑木头一样摔落在地上。

警方要求他们放过孩子，可以谈条件，而阿吉布唯一的条件，就是要墨景深亲自过去面谈。

要么拿墨景深来换这七个孩子的命，要么这七个孩子就陪他们葬身这片雷区，这雷区附近已经埋好地雷，一旦没有谈妥，进入这个区域的人，一个都逃不出去，而洞里萨湖方圆几里都会被爆炸波及。

季暖和封凌赶到现场时，四周已经被恩特带来的警员和XI基地的人员拉起了警戒线。

阿吉布和达利等人被包围其中，但因为七个孩子的命都在他们手里，所以警方不能贸然闯入。

见是封凌带来的人，恩特警官没过来质问，现在他也没空搭理任何人。他甚至有些恼怒地推开手下，看着七个满面惊恐的孩子，绞尽脑汁。

季暖没去打扰警官。几架直升机停在后边，她没看见墨景深，心里实在不安，便向XI基地的人走去，试图了解情况。

孩子的确死了一个，剩下的七个很可能根本救不出来，但也不能就这么放弃这些无辜的生命。

柬埔寨当地警方听说消息，说是立刻安排支援，但到现在也没到，估计打算等这里的雷区被引爆后过来善后，没打算送命。

那七个孩子满身是血，这些天不是被打就是被骂，还有饿晕过去硬被他们打醒的，现在几个孩子被强行推到阿吉布身边，无论采取什么措施，都会伤及孩子。

另一边，墨景深看着眼前死守着机舱门的几人，他们都是南衡的手下，已经在机舱门外阻拦许久，不许他去阿吉布那里。

直升机周围，密林深处，本该平静的绿地如今尽是焦黑，充满肃杀之气。

“南衡，”墨景深瞥了一眼刚走回来的南衡，“让你的人撤开。”

南衡还来不及说话，就在这一刻，层层包围的警方忽然大批向后撤退，步伐仓促。

原来其中一个孩子忽然又向外冲，其他几个也慌张地跟着一起跑，七个孩子哭声凄惨。阿吉布的手下对着空中连续开了几枪，吓得那群孩子跪在地上不敢再动，场面一度十分混乱。他们又将孩子们扯了回去，毫不留情地将枪口贴上他们的脑袋。

孩子们在哭。

警察不停地喊话，试图安抚那些孩子，同时安抚暴躁愤怒的阿吉布的手下。

阿吉布的手下大声叫那些孩子蹲下，不许他们乱跑乱动。那些孩子吓得浑身发抖，蹲了下去，小小的身子缩成一团，满脸脏污的血迹。

那些人还在与恩特警官对话，恩特警官看着那群孩子满是惊恐和绝望的目光，示意包围圈再向外退。

墨景深所乘的直升机离包围圈的外围不过几十米，机舱门被南衡的人把守得很严。就在那些人举着枪对着那些孩子的脑袋，正要扣动扳机时，墨景深想也不想，直接出了舱门要过去。

他并不知道季暖就在直升机后不远处，也不知道他走出直升机的这一幕，已经落入她的眼里。

当阿吉布的手下朝一个孩子的腿开枪时，季暖看见墨景深猛然推开挡在他面前的人。

她只听见枪声，只看见墨景深的身影在那边一闪而过，只看见他白色T恤后面开始渗血。

想必他背后的伤口又裂开了！

恩特警官正拿着对讲机与南衡这方的人说话。

季暖没办法靠近，但也大概知道了里面的情况。

阿吉布是真的不耐烦了，将枪口对着那些孩子的后背，脚在地面慢慢移动。一旦警察有所动作，他就可以引爆这里的炸弹。他们一个都别想活！

所有人都在向后退，只有墨景深在向里走。当墨景深的身影终于出现时，阿吉布的表情才镇定了几分。

“墨先生！”恩特警官正要上前阻拦，却被墨景深略略抬臂的动作挡住。

“我过去。”墨景深语气很淡地道。

另一侧的南衡知道拦不住他，给基地里的兄弟使了个眼色。所有人都高举手中长枪，随时准备动手。

但两方僵持下，任何一方都不敢妄动。

墨景深的现身，吸引了阿吉布这一方所有人的注意力。

季暖眼见墨景深走进危险圈，又转眼看了看周围的人。她小心地躲在人群之后，一点一点慢慢移动。

封凌正准备去后面偷袭，转眼就见季暖已经绕着人群走远了。她表情一怔，放轻脚步，尽快追了过去。

当所有人都在盯着墨景深时，阿吉布看了达利一眼。达利冷笑一声，准备把墨景深当成最终筹码。

但他们都没察觉背后居然还有人！

所有的警察还在向后移动。阿吉布眼见墨景深即将走入自己触手可及的范围，并未察觉出异样。

就在这时，墨景深与南衡同时发现那道白色的身影。墨景深的脚步霍然顿住，南衡忽然举起手来。

砰——

一声枪响，南衡向天开了一枪。阿吉布以为他们要行动，正要举枪对上墨景深，又有出其不意的枪声在后方响起。

砰——

不似南衡那把长枪的重音，这声音却是瞬间破空而来。

阿吉布还没反应过来，肩上就中了一枪。举枪的手一时不稳，他整个人向前晃了一下。

千钧一发之际，南衡与恩特警官分别朝阿吉布等人的头部开枪。

封凌疾步赶过去，难以置信地看着居然真的开了一枪的季暖。封凌一把按下她的手，拽着她躲到树干后，免得她被阿吉布的人回身举枪扫射。同时，封凌看了一眼季暖手中的枪："墨太太，你怎么会有枪……"

季暖目光发直地看了封凌一眼，好一会儿才慢慢回神。

"昨天，景深在我衣袖里塞了一把枪，刚才我就把它带来了，但我没想到真能用上……"

封凌忍住笑，道："好样的！"封凌将枪拿了过来，在手中摆弄一下，才又递给她，"我把保险扣回去了，免得走火伤到你自己。"

季暖忽然有点心虚地道："算了，我还是不拿……"

“离开柬埔寨之前，留在身上，防身。”封凌二话不说，将枪放回她的袖口，然后拉着她转身就走，“先跟我走，这里不安全！”

就在这时，人群里爆发出一声厉喝，逐渐逼近的警察用英文大喊：“达利身上绑了炸弹！他要发起自杀式袭击！”

一旦有人开枪击中达利的身体，谁也不敢想象会引发什么后果，毕竟下面是炸弹，四周是雷区，达利身上也有炸弹。

难道要任由达利扑进人群，引发爆炸？

刹那间，与达利只隔了几米的墨景深用力拨开人群，在达利冷笑着就要朝自己身上开枪时，那道白色的身影猛地朝他扑去，并且一举成功，将达利压倒在身下。

达利猛地被撞倒在地，手中的枪掉在地上，又向前滑了几米。他忙要伸手抓回来，背上的人却死死制住他。达利反身就跟扑在背上的人扭打起来。

那人正是墨景深！

季暖在人群后方正被封凌拽着走，转眼看见里面的一幕，几乎要尖叫出声。

达利身上绑着炸弹，墨景深上身的白色衣服已经渗出大片血迹。

警方震惊地看着这一幕，有那么几秒，他们不敢上前，只有XI基地的人准备冲进去救墨先生，却被恩特警官警告不要过去，达利身上的炸弹随时可能被引爆！

起初墨景深还占上风，可当达利发现他背部在流血时，便抓住这一点，用手肘疯狂攻击他背部的伤处。墨景深一下子半跪在地上，吃痛地闷哼出声，达利则乘机伸手去捡枪。

南衡受不了恩特警官谨小慎微的性子，几乎想也不想，骤然拔枪，直接朝达利的腿上开了一枪。

与他的枪声同时响起的，还有对面的一声枪响。开枪者是站在季暖身边的封凌！她精准射击，几乎与南衡同一时间扣下扳机，子弹也同时打在达利的另一条腿上。

达利疼得脸都扭曲了。他的手距离地上的枪只剩下半米，他挣扎着要过去。

墨景深忍痛起身，飞快上前，而达利还在地上爬。

墨景深拿起枪的同时，目光一动。只迟疑了半秒钟，他便直接扣动扳机，让子弹射入达利的额头。

南衡眉宇一蹙，纵身上前。

砰！

一声。

南衡一枪打中达利的额头。

砰！

又一声。

他再度打中。

砰！

再一声。

这是墨景深在达利将死之时，对着他的额头精准地补了一枪。

达利闭上双眼，彻底死去，鲜血顺着他身下的草地流淌。

“你……”南衡的手僵了僵，目光很是诧异。

墨景深当年在墨老爷子面前承诺过，不涉黑，不手染血腥，不背负人命。

可无论南衡怎样阻止，他还是亲手杀了达利……

墨景深没解释，扔下枪的同时，目光冷然地看着地面上已经死透的人：“来拆弹，别废话！”

南衡转眼看向还在犹豫要不要靠近的恩特警官。恩特警官反应过来，忙要叫人过来，XI基地的人已经率先冲了过去。

季暖站在人群外，手被封凌牢牢地抓着。看着那个背部浸染了一片血迹的男人，她心里是说不清道不明的滋味，眼眶顷刻就红了。

只有她知道墨景深刚才为什么要亲手杀了达利。她被困在营寨的那几天，是达利在打她、踹她、威胁她，也是达利逼得她在墨景深面前不得不以跪下的方式保命，更是达利说要拿她开荤。这个人已经成了季暖难以忘记的噩梦！

季暖趁封凌的手终于松开几分，骤然抽出手，快步朝他冲了过去。四周都是警察，也都认得她，没有人打算阻拦。

“墨先生，你的伤，现在……”基地的人正要让他回去包扎。

“没事，先把这些孩子带走。”墨景深满身是血，目光冰冷，就这么站在那里。

直到季暖跑到他身侧，一把扶住他，神情焦急地询问："你怎么样？"

他仿佛才意识到，刚才打破僵局，忽然在阿吉布背后开枪的那人，真的是季暖。

季暖把手贴在他手臂上，正要继续说话，手上忽然一痛，骤然被男人拽开。同时，她的手被他死死握在掌心，疼得她脸上一白，诧异地看着他。

"我走之前，跟你说什么来着？

"我是不是说过让你在原地等？"

男人目光锐利，看着她的目光没有半点温情。

季暖僵在了原地，嘴巴动了动，却说不出话来。

说担心他还是说些能哄他别生气的话？说什么也没办法止住他背后的血！

季暖用力架着他的胳膊，死命撑着，不让他推开自己。她冷静地说："你背上的伤现在不能再忽视了，我们回去，去找医生。"

警察和基地的人都在忙碌。天空阴沉，有雨滴落下。

季暖抬头向上看了一眼，扶着墨景深往直升机的方向走去："下雨了，这里还会有爆炸的危险吗？"

"有，这里大部分都是几十年前大战时期埋下的地雷，密林上方枝叶茂密，这种雨下不大，根本淋不透。即使雨势加大，该炸的地方还是会炸，但不至于连成一片，会缩小爆炸范围，这片密林也不至于起火。"墨景深说完，忽然咳了一声。

季暖忙扶着他道："那些孩子已经被救出来了，其他的事情交给警方就可以了，我们先去找医生——"

她的话音还没落下，忽然，身后传来砰的一声。是枪声，很近！

季暖浑身一震，还没反应过来，人已被墨景深按在了怀里。子弹几乎擦着他们的肩飞过，重重地打在直升机上，在坚硬的钢制机身上留下一个深凹的弹痕。

季暖在墨景深怀里抬起眼，看见装死很久的阿吉布浑身是血地倒在地上，仅留一口气。他居然趁警察处理达利身上的炸弹时，向他们这边开了一枪！

幸好封凌离得近，手疾眼快地开枪，打中了阿吉布的手腕，导致本来朝着他们致命处开的一枪打偏了几分。

接着，封凌便面无表情地一步一步走向阿吉布，一枪一枪地往他身上各处打。阿吉布浑身抽搐，终于咽下了最后一口气。

季暖看着满身都是血窟窿的阿吉布，整个人愣住。

直到将她护在怀里的男人忽然身子一软，朝地上跪下去，季暖才反应过来，抬起手猛地抱住他。因为两人身高和体重的差距太过悬殊，她一时没站稳，向后倒去。

“景深！”季暖紧抱着倒在她身上的墨景深，摸到他背上流淌下来的血。他应该是因为刚才抱着她猛地转身避开子弹，伤口被扯得更严重了。

封凌森寒的目光一顿，之后，她猛地转过眼，收了枪快步走过来。

“墨先生，我们马上送你回去，基地医生已经在等着了。”封凌快步过来，正要帮季暖一起扶他。

季暖却已经稳稳地站住，低头看着他，声音清晰地说：“墨景深，你要是敢有事，我就带着肚子里的孩子改嫁，让你的孩子叫别人爸爸！”

身上的男人忽然笑了。他靠在她肩窝，用气音说话，语调却仍然充满威胁：“你敢。”

“你敢有事，我就敢改嫁！不信你试试！”季暖忍着鼻子上的酸意，用力地抱着他。

季暖给封凌递了个眼色，然后，跟封凌一起，将墨景深扶到直升机里。

“我马上叫人过来，先把你们送回去，这里我们善后。”封凌和季暖一起帮墨景深在里面坐好，然后又快步走出去。

季暖看着墨景深身上的血，一声不吭。她正要掀开他的衣服看一看，手却被男人握住，拉了下去。

墨景深坐在软椅上，喘了口气，头也不回，只眯着眼说了一句话：“你刚才说什么来着？我还没死，你就想着改嫁了？”

她是第一次看见墨景深伤成这样。他这么虚弱，她真的怕他有事，一时急坏了，才想用威胁他的话让他坚持住。

男人忽然杀气腾腾地看着她：“你敢嫁谁？”

季暖抿了一下嘴，轻声道："前提是你不要死，你得好好活着，天天盯着我，这样我就跑不掉了啊！"

说不出的滋味压着她。他伤成这样，她的情绪根本提不起来，但又不想让他太操心，她只能努力稳住心态。

墨景深侧头看着她，开口道："我不会死。"他有些艰难地抬起手，在她柔软的头发上抚了抚，"我人是你的，命也是你的，不会轻易撒手，你别胡思乱想。"

他靠在座椅上，慢慢松了一口气，又道："告诉封凌，不用着急送我们回去，先拆弹。刚才周围的地雷没有被引爆，应该是基地的人已经找到了引线，率先将其掐断了，现在危险已经解除了大半。记得跟柬埔寨当地警方交代清楚，这四周还有许多地雷，让他们务必小心，别太冒进……"

季暖认真地听着，一边听一边点头，打算一会儿去跟封凌说。

只是他的声音越来越轻，越来越轻。

到最后，已然无声。

她侧过眸，见墨景深闭着眼，脸色苍白。可他即使昏睡过去，也仍然握着她的手，没有放开。

众人终于动身前往美国。

这架飞机上只有四个人——季暖、封凌、南衡和墨景深。

南衡一身烟味儿，上飞机之前才刚掐灭一根烟，他最近几天抽的烟比以往多好多。

封凌坐得离他们有些远，正和季暖有一搭没一搭地聊天。

比起两个女人，机舱里的两个男人安静许多。南衡老神在在地靠在座椅里，大爷似的双臂环胸，闭着眼睛准备睡一觉。墨景深半转着身子，懒洋洋地靠在机舱的窗边，看着外头，睫毛在眼睑处投下一小片温柔的阴影。

季暖险些要忘记才经历过一天的惊心动魄，差点以为自己刚刚和墨大总裁去某个热带国度度假归来。这个男人总让人有安心的感觉。安全感、归属感、稳定感……一切都来自他。

季暖不知道自己什么时候睡着的，醒来时脑袋昏昏沉沉的，耳边仍有螺旋桨的声音。既然依然在飞机上，她应该是没睡多久。

机舱外已经透出刺眼的光，说明至少飞过了大半个地球。几个小时的飞行，便穿过了白昼与黑夜。

本来她一直因为妊娠反应而不太舒服，这会儿却感觉格外惬意。

她醒了醒神，这才反应过来。

她正躺在墨景深的腿上，他身上还有伤!

季暖忙窸窸窣窣地爬起来，转眼就见男人的目光落在她脸上。墨景深将她睡得稍乱的头发拨到耳后，温声道："怎么不多睡会儿？"

"你身上有伤还让我靠着，你倒是叫醒我啊！"季暖边说边检查他身上的伤口，见他的伤口处没再渗血，才松了一口气。

"没事，别担心，我又不是全身都碰不得。"墨景深正要伸手将从她身上掉下去的毯子拿起来，季暖怕他扯到伤口，按下他的手，自己将毯子捡了起来。

这会儿机舱里有些安静，南衡不知是真的睡着了还是在闭着眼睛小憩，估计就算听见声音，他也懒得理会。

封凌一直没睡，也没有说话，只靠在机舱上，不知道在想什么。

季暖放轻声音道："封凌，你不睡吗？"

封凌这才看向她，道："不睡了，已经快到了。墨太太，你这些天也没怎么好好休息，怀孕的人本就嗜睡，也容易累，你一直这样陪我们熬着不好，到美国后，你先去医院好好检查一下身体。"

快到了？季暖下意识地向外面看了一眼。热烈而夺目的夕阳此时光芒正盛。

许多年没来过美国，她神情恍惚了一下，忽然开口问："我们是去XI基地，还是去恩特警官那里？"

"先停在洛杉矶的临时备降机场，我们的人会跟恩特警官的人交涉。你和墨先生都必须马上去医院，他后背的伤深入皮肉，头上的伤也不轻，还需要一系列检查和后续治疗。你的身体也需要进一步检查，其他的你不用管，安心在医院休息，这里不会再有那么多可怕的事情，安心就好。"封凌说着又看了一眼时间，"估计再有半个小时飞机就要降落，墨太太，你如果有任何不适就告诉我，我让他们降落时尽量稳一些。"

"我没事，正常降落就可以。"

墨家在美国的公司——Shine集团在这里，XI基地也在洛杉矶远郊，她曾经出国读书也是在洛杉矶。对季暖来说，这个地方也算是熟悉。只是真的过了很多年，加上她记忆里的那十年，横跨过来的年头就更多了，在这里经历过的事，她已记不太清楚。

手上忽然一暖，季暖转眼看见墨景深将她的手握住。

飞机即将降落。

下降途中，飞机经过洛杉矶河上空，河上的第一街古桥是进出洛杉矶的重要桥梁。

季暖看着洛杉矶河，忽然，墨景深的声音在她耳边淡淡地响起："你当初在美国读书时，经常来洛杉矶河附近？"

不明白他怎么忽然问这个问题，她想了很久，才说："学校离这里很远，所以我很少会到洛杉矶附近。但有几次和朋友、同学出来聚会，晚上无聊就到河边走了走。我当时还和他们走散了，大半夜的，河边的路灯坏了，那天晚上特别黑。"说到这里，季暖眼睛一亮，像是想起了什么，"对了，我当时还在河边救了一个人，那人身上都是血，也不知道是怎么受的伤。要不是我手疾眼快在河边把他抓住，他很可能会被冲到下游去。下游那边是瀑布，还挺危险的……"

她话音未落，感觉男人正注视着她。季暖表情一顿，目光与他的对上。许久之前的某段记忆忽然冒了出来。

人工呼吸和初吻的区别……

她愣了半晌，才猛地反应过来，不敢置信地瞪着眼前的男人。

她还没来得及多问，飞机已然降落。

机舱门迅速打开。封凌不知在给谁打电话，外面来了许多人。

即使下了飞机，墨景深也一路牵着季暖的手没有放开。季暖没找到机会问他，两人就被这帮人推推搡搡地带去了医院。

墨景深背部的伤口在柬埔寨的医院处理得不大好，这边的医生给他安排了专属通道，刚到医院便直接去做手术。

手术从美国时间晚上六点半持续到夜里十点才结束，因为全身麻醉，墨景深一整个晚上都没有醒来。

警方与基地的人在手术结束后离开。南衡也在确定墨景深彻底没问题之后，被季暖劝着回了基地。

季暖本来打算留在病房里照顾他，但因墨景深需要在无菌病房里休息一晚，她不能进去，只好站在病房外，隔着巨大的玻璃窗，看着男人苍白的脸。她脑海里不停浮现墨景深在飞机降落之前，看着她的目光。

是他吗？当初那个满身是血、在洛杉矶河边被她无意间救起来的男人，是墨景深吗？

封凌出去买了些日用品，回来时见季暖靠在玻璃窗上一直没走，便上前劝了她几句。封凌说墨先生恢复了很多，只是因为打了麻药，所以还需要睡一天。

然后，封凌拉着季暖去妇产科做检查。

季暖的身体状况不错，只是近几天她情绪波动太大，需要卧床休息。她手上的烫伤也需要妥善处理。于是，医院给季暖安排了舒服的病房，让她既能休息，又能陪着墨景深。

好不容易安心躺在床上，耳边不再是随时可能响起的枪声或爆炸声，生命也不必再受威胁，季暖却睡不着了。翻来覆去许久，她拿起手机才看见夏甜一天前给她打来的几个电话，还有发来的几条短信。

"人呢？打电话不接是怎么回事？"

"还不打算回来，柬埔寨那地方连土特产都没有，值得你玩得这么尽兴？赶快回来，这边有几个亿的单子等着季老板呢！"

季暖刚回海城就去了柬埔寨，中间只抽空跟夏甜打了个电话，说自己要到柬埔寨度假。夏甜以为她是前几个月在T市学习压力太大，也就准了她的假，放她开心地出去玩了。

这场所谓的"度假"，还真是让人永生难忘的经历。

季暖笑了一下，给夏甜回了个电话。

国内已经是上午，夏甜正在工作室开会。季暖简单地跟她说了一下最近的行程，夏甜就急吼吼地说正在开会，然后便直接挂了电话。

将手机放下，躺回床上，季暖拿起放在床边的彩超化验单，看着上面一小团模糊的影像。刚才去检查的时候，医生说中间显示的椭圆小点，就是小宝宝还是胚胎时的样子。

季暖看了许久，心渐渐静了下来，也终于有了些睡意。

清晨。

这个季节的洛杉矶如海城一样被冬日的冷空气侵袭，即使医院走廊里有空调，视觉上也让人觉得冰凉入骨。

得到医生的允许，季暖轻轻地打开病房门，借着淡色的灯光走了进去。

这间病房窗帘紧闭，安静得能听到男人的呼吸声。

她走到床边。

他苍白了许多，消瘦的下巴上有浅色的瘀痕，眉骨处不太明显的瘀青还未消退，那张脸依然俊美，无人能及。

美国的繁华都市的洛杉矶河旁。

年轻男人乖巧地躺在白色的床上，睡得很沉。他面容平静，手放在被子两侧，手背上有上药处理过的血痕。

他就这样活生生地躺在这里。

这一刻，季暖才真真切切地意识到，从柬埔寨到美国，眼前的男人当真平安地回到了她身边。季暖俯下身，亲吻他的眉角，又亲吻他的眼睛、鼻梁，最后唇瓣落在男人淡色的唇上。

她不敢太用力，只碰了碰他的唇，就要起身。她刚有退开的动作，男人闭着的双眼便缓缓睁开。他微启薄唇，道："一大早被你亲醒，这是对我四肢健全、平安归来的奖励？"

男人的声音温润低缓，却字字敲在她心上。

季暖的面色一红，人却没有退开。她看着男人近在咫尺的脸，看着他深海般的眼睛："你什么时候醒的？"

墨景深看着她，低声笑道："刚醒。"

"现在才六点多，医生说麻药的效果起码要十几个小时后才消退，你怎么现在就醒了？"

俯身在病床边的小女人比在T市的时候瘦了不少，下巴尖了许多，有明显的黑眼圈，哪怕灯光不算明亮，她的神情也无处遁形。

他微挑了一下眉，哑声道："别说已经过去十个小时，就是刚刚打完麻药，你这样来亲我，我也一样会醒。"

季暖笑了一下，正准备将病房里的椅子拿过来，忽然听见墨景深说："别坐着，过来，躺下。"

季暖见他微微一动，像是要让出些位置给她，忙转头道："你别动！

本来伤口就反复折腾过几次，现在好不容易做完手术，要静养，几天之内你都不能再动！”

“黑眼圈大到藏不住，六点就跑来我这里，你以为自己是神仙，不需要睡觉休息？”男人的语气里带着惯有的严厉，以目光示意她过去。

季暖只好走回床边，在床沿坐下，道：“我睡过了，只是会做噩梦，可能需要一段平复期。你还说我呢！你几天不吃不喝，不是也活下来了？我只是睡少了一点，哪里是神仙？”

墨景深没理会她的强词夺理，他很清楚季暖最近的心理变化，她需要时间消化那些惊吓。

“现在还早，你也需要休息，一个人睡会做噩梦，就在我这儿睡，嗯？”他平躺着，依她所言没有动，只是耐心地哄她一起躺下。

她看了看窗外的天色，又看了一眼墨景深：“那你保证不要动，万一因为我而让你背后缝好的地方又出什么问题，我就再也不来陪你了！”

男人似是笑了一声，没去戳破她想躺又不好意思躺的想法，只应了一声：“嗯。”

季暖掀开被子侧身躺下。墨景深握住她的手，季暖却小心地将他的手拍开：“说好了不动的！”

“手也不行？”墨景深的声音就在她耳畔。

“不行。手指动的话，指骨就在动，指骨动了，手臂也会动，然后肩膀，然后就会扯到背部和头部、颈部的伤，你一点都不能动！”季暖边说边小心地躺着，没敢碰他。

“你以为我有多脆弱？牵个手都能扯到背上的伤？”这话听着像是调侃，还夹了一丝想抱媳妇却不能抱的委屈。

季暖望着天花板上的水晶灯，感叹这家医院不仅医疗水平很高，就连专人病房也如此豪华。她在床上轻轻翻了个身，面朝着他道：“我这样看着你睡，行了吧？”

“你这么看着我，我还怎么睡？”男人似笑非笑地道。

季暖道：“我这么影响你？那我回自己的病房去？”

墨景深顿了顿，慢慢收回手，认真地回答：“还是躺这儿吧。”下一句，“你做噩梦的时候很容易受惊吓，在这里我还能随时安抚你。”

季暖沉默了两秒钟，开口道：“我以前经常做噩梦吗？”

墨景深瞥了她一眼，道："你的记忆力还可以再差一点吗？你几个月前发烧生病，抱着我的手求我不要走。当时你浑身发抖，却一直醒不过来，不记得了？"

好像真有这回事！

"我好像很久没做过那些噩梦了。"她靠在他身边，小心地将脸贴在他没有受伤的一侧肩上，闷闷地小声说。

墨景深凝视了她两秒，道："睡吧，我在。"

"嗯。"

即使不能动，他还是在被子里慢慢将手覆上了她的。

"这世上并不只有和平的国家，抽时间多看些战地新闻，你就不会因为这些亡命徒的死亡而做噩梦了，那些血是他们该流的，命也是他们自己丢的。人的生命的确脆弱，生活在和平世界，更应该珍惜。"

"嗯。"季暖知道他是在为她做心理疏导。

墨景深将手移过来时，动作幅度不是很大，季暖没有推开他的手，乖乖地任由他与她掌心相贴。这感觉像是两人连成一体，牵一发而动全身，他的疼就是她的疼，他的伤就是她的伤。

走道里有些凉，但病房里很暖。季暖盖着被子，头发刚刚洗过，还没有干，有些湿漉漉地在脑袋下压着。她微微拉开被子，把手臂伸出来，再小心地将头发散开，不再枕着。

透过病房里淡色的灯光，墨景深看见她两只手手背上的烫伤，淡蓝色的住院服遮住了她手腕上的伤，纱布将她的手缠绕了一圈又一圈。

"南衡认识不少出生入死的朋友和医生，我叫他弄来一些祛除烫伤疤痕的药，你以后每天都要涂。"他低声说着，看似平静，语调里却藏着心疼。

季暖瞥了一眼自己的手，笑道："没事。看起来好像很严重，昨天这边的医生帮我上药的时候，伤口就已经掉下一层皮了，里面的皮肉没有烫得多严重，只是可能会红一段时间，养一养就好了。"

墨景深收回视线，被子下的手与她的交握。

季暖提醒他道："轻轻握着就好了，别太用力，会牵扯到手臂和肩胛骨的。"

"知道。"他淡淡地道。

这是他们同生共死后留下的痕迹，比任何婚戒、纪念品都有意义。

麻药的药劲还没有完全消退，他有些疲惫地闭了闭眼。季暖躺在他身边，转移话题，想让他安心休息。

“你之前为什么问我是不是经常去洛杉矶河边？”

“我问了吗？”

“你明明在飞机降落的时候问过！”

“嗯，那应该是问了。”

“做个手术全身麻醉，连脑袋都被麻醉了？居然连昨天问过我的话都忘记了。”

“你没做手术，不是也把很多事情都忘记了？”

季暖气结，着急地道：“所以，我十六岁那年，我在和朋友因为周围路灯坏了而走散的那天晚上，从洛杉矶河里捞上来的那个人，是你？”

墨景深笑了笑。

看来她不是失忆，只是并没意识到她当年做了一次好事，救了他的命。

他闭上眼，握在她指尖的手紧了紧：“我那时伤得比现在严重，XI基地的直升机在洛杉矶河上空一千米处爆炸，我负伤掉进了河里，如果不是你，我会直接被卷进下游的瀑布，这世上就此再无墨景深。”

居然真的是他？！她起了好奇心，看向男人近在咫尺的脸。

当时路灯坏了，河边黑漆漆的，她只注意到他身上有很多血，那时她年纪尚小，也有那么点英雄情怀，胆子很大。

后来跟她走散的朋友打电话催她去桥上会合，一起回学校，她才小心地将他扶到岸边一处安全的地方。没等他醒来，她便匆匆忙忙地跑了……

却没想到，那个人居然是墨景深！

那些记忆对季暖来说真的很久远了。

“这样说起来，当初墨家和季家联姻是你的意思？你不会……是为了报答我吧？”季暖的语气酸了一下。

啧，可千万别是报恩啊！她不喜欢！

墨景深笑道：“不至于，要报答你可以有很多种方式，不需要卖了自己。

“联姻的确是爷爷的提议，可选择权在我。知道是你时，我对你只是多了一些关注，但和季家联姻的真正原因，跟报答没有关系。”

“那是什么原因？”

男人瞥了她一眼，开口道：“你确定要让我这个伤患躺在这里给你讲那么多？”

“只说这一件……”

“忽然很困。”

“就说这一件还不行吗？你这样我睡不着啊！”

“真的困。”

以前不知道就算了，现在季暖的好奇心都被勾了出来，他却留了一手，不继续说了。

“长话短说还不行吗？”

男人没再说话，握住她的手，抚过她手背上缠绕的纱布，闭着眼睛，像是真的快睡着了。

季暖还想追问，但他昨晚才动过手术，一大清早又被她吵醒，她的唇瓣动了动，虽然不甘心，还是闭上嘴没再吵他，只躺在他身边看着他。这会儿，她除了满脑子的问号和好奇，其他的情绪仿佛都被挤了出去，此前的惊慌失措也没了。

她盯了他好一会儿，渐渐也有了睡意，将手慢慢从他掌心抽出来，轻放在他胸前，感受他平稳的心跳，一下又一下，她彻底找回了久违的安全感。

想到她这辈子唯一做过的一次好事，就是救自己的老公，季暖抬起手放在嘴边，一时没忍住，孩子似的笑了起来，又怕打扰墨景深，于是侧过脑袋偷偷地笑。

洛杉矶医院。

早上八点多，南衡和封凌自黑色越野车上下来。

封凌二话不说，直奔季暖的病房。

南衡站在原地瞥了一眼她的背影，又挑了挑眉，站在医院门口抽了根烟才进去。

结果，他刚要去墨景深所住的病房，就见封凌脸色发沉地快步走来，说：“墨太太不见了。”

“不见了？医院外有我们的人守着，她怎么可能不声不响地走出去？”

“我去找找。”

“等等，先不急。”南衡说着，人已经到了墨景深的病房门前，推门而入。

他前脚刚迈进去，后脚忽然顿住，猛地向后退出一步，将病房门半掩，看向表情莫名其妙的封凌。

南衡迟疑了两秒，又推开门，往病床上扫了一眼，果然见季暖正和墨景深躺在同一张病床上。

“不用找了。”南衡一脸嘲讽，以目光示意封凌向里面看。

封凌向里瞄了一眼，表情滞了滞。

季暖侧着身子小心地躺在墨景深身边，手隔着被子贴在墨景深胸前。墨景深平躺而眠，看起来格外平静。

第二十八章　前尘·故事

医院里的时间过得很慢。

几日后，病房里，南衡将手机扔到墨景深床上，手机屏幕上的一则私人消息映入墨景深眼帘。

“苏家人昨晚就得了消息，你刚进手术室，他们就来人了。有恩特警官在，他们倒是没进医院。不过上次苏雪意被强行带回美国后，应该是真的被基地那帮人的惩罚方式吓着了，据说她最近一直被关在家里，精神状态很不好。苏家人对这件事耿耿于怀，要向你讨个说法。”

墨景深冷漠地扫了一眼手机屏幕上的消息，道：“精神出问题了？”

南衡冷嗤道：“我看八成是真的被吓着了，心理医生每天都会去苏家，据说她经常一整夜一整夜不睡觉，一点风吹草动都会吓到尖叫，医生说她是惊吓过度。”

墨景深略一勾唇，冷冷地道：“精神出了问题，找我讨什么说法？我倒是认识一位洛杉矶的精神科医生，如果他们需要，你派人把她送到精神病院去，好好治一治。”

当初苏雪意去T市对季暖所做的一切，如果不是墨景深看在苏老面子上，这苏雪意怕是连命都要没了。

“苏老已经知道你回美国的消息。”南衡道，“他的电话，你要接吗？”

墨景深神情很淡地道："不接。"

深夜的洛杉矶，比国内北方更冷。

位于洛杉矶的苏家，别墅上层的卧室窗子大开，年轻女人坐在窗边，迎着冷风，手里拿着一杯红酒喝了一口。她望着天边的星月，耳边回荡着白天下楼时偶然听来的对话声。

"墨景深回美国了，人在医院，但是我们进不去，警方和另外一批人将医院把守得十分森严。

"我们雪意也是为了帮她表姐讨公道，才会跑到T市做那种事。她的确很荒唐，的确得罪了墨太太，但不管发生了什么，医生说雪意大脑被重创，精神问题很严重，她还这么年轻，总不能真的被他们赶尽杀绝！

"苏老，雪意好歹也是你的侄孙女，她可是为了知蓝才做出这种事的，现在墨景深拒而不见，您总要出面帮忙说一下。墨太太既然毫发无损，他们又何必毁了雪意？她现在还不到二十岁，比知蓝小几岁，苏家和Shine集团有这么多年的交情，又和他们基地的人有渊源，而且知蓝当初也和墨景深有过婚约，你们总说得上话，我看这事还是你们出面解决比较好。"

苏知蓝轻轻摇晃着手中的红酒杯，又慢慢喝了一口酒，没多久便脸色泛红，潋滟如水的眸子缓缓转向屋内，看向床边白色摆设架上的相框。

这两年，为了不让她去找他，爷爷一直将她禁足，不允许她离开洛杉矶，不允许她离开美国。

终于，他回来了吗？

在墨景深的病房里待了一整天，傍晚四五点，有医生来给墨景深打消炎针，季暖才回了自己的病房。

再醒来已是半夜，并且她是被手机短信提示音惊醒的。她刚才又梦见一片血腥，只是这回受伤的不是墨景深，而是她自己。

季暖猛地睁开眼，坐起身。病房里漆黑安静，她看见床边的手机屏幕亮着，立即拿起手机查看。发件人并不是她熟悉的号码，而是一串异地号，她收到的也不是短信，而是照片。

季暖迟疑地盯着那几张照片，又将照片点开放大。

照片有三张——

第一张是洛杉矶著名的比弗利山庄，欧式建筑下停放着一辆黑色限量款保时捷，男人打开车门，不知是在将什么东西扔回车里。年轻女人站在他身边，耐心等待的同时，将头轻轻靠在他的背上，看起来甜蜜感仿佛都要溢出来了。

季暖认得出来，那男人是墨景深。

年轻女人的笑脸明媚又张扬。她靠在他背上时，好像知道有人在拍照，还伸手开心地比了一个“V”字。

第二张不是照片，应该是从某监控视频里截出的画面。

墨景深刚从电梯里出来，看场景应是洛杉矶某私人公寓的电梯，对面的门开着，年轻女人穿着浴袍出来，手挽在男人的臂弯里，大半个身子靠在他手臂上，看起来极为亲昵。男人的脸没有入镜，他穿着黑色长裤和黑色衬衫，像是刚刚从外面归来，回到和爱人同居的家。

第三张是一场订婚典礼的照片。

照片像是由酒店或哪里的工作人员远距离拍摄的。在鲜花与红毯的尽头，一辆加长劳斯莱斯车门打开，红毯之上，男人穿一身黑色西装，静默而立，看不清表情。年轻女人从车上下来，提着裙摆向男人的方向走去。女人手上的订婚钻戒折射出光芒，这个瞬间正好被抓拍到……

这三张照片……如果季暖没理解错，照片里的女人就是墨景深曾经的未婚妻。

给她发来这些照片的人有什么目的？

很早之前墨景深就针对美国的这件事做出解释，也出面解决了，季暖从来没有不信任墨景深。

给她发来这些照片的人究竟是谁？是照片里的女人，还是哪个好事者？

照片里，看起来仅是女人单方面表示亲密，墨景深的脸从来都没有正对镜头过。

但季暖承认，她的内心还是有点小小的波动，停在手机屏幕上的手指也有些凉意。

是因为他们现在回了洛杉矶，那个给自己寄过刀片的女人准备出现了吗？

季暖还在看照片，手机忽然响了，是墨景深打来的。

她接了电话。

“怎么不过来睡？一个人不怕做噩梦？”男人的声音淡淡的，仍有些低哑。

季暖的手在手机上慢慢摩挲了一下：“你刚做完手术，我还是不去你那里睡了吧。等过几天，你伤口好一些了，我再过去。刚才医生特意告诉我，你的伤口和手术创口需要愈合，不能有任何剧烈动作。”

“陪你睡个安稳觉而已，哪有什么剧烈动作？”男人低笑道。

季暖道：“医生也就是提醒我一句，不希望我打扰你休息。”

“嗯，你不过来，那我现在过去陪你？”

“别别别，你现在不能动，也不能下床！”季暖连忙掀开被子下了床，一边向外走一边说，“我现在过去。你等一下，我穿上外套就来。”

得到满意的回答，男人才挂了电话。

季暖放下手机，转身拿起外套，正准备出病房，脚步却顿了顿。她低下头打开照片页面，将那三张来源不明的照片删了。

夜深人静，由于墨景深的病房区有XI基地的人守着，不需过多的医护人员值守，所以季暖避开自己病房区的护士后，蹑手蹑脚地去了墨景深所在的病房区。

XI基地的人不会阻拦她，虽然这么晚了，季暖跑来这里，他们觉得有些奇怪，但也只是对她客气地点了一下头，便直接放行。

季暖推开病房门进去时，见男人的病床不知何时再度被摇了起来。男人穿着与她一样的浅蓝色住院服，干净的头发比平时蓬松一些、凌乱一些，被子上放着银色的十二寸手提电脑，一看就知道是海城墨氏那边有文件需要他看。

“刚做完手术一天，你就开始工作？”季暖轻轻关了门，溜到男人的床上。

这会儿，墨景深已经打完针，手背只有一块透明医用胶带留下的痕迹。

墨景深看了她一眼，正要抬手将爬上床的她揽进怀里，季暖却手疾眼快地先将他的手按了下去：“别抱了，手臂别乱动。”

小女人现在对他的任何动作都留意得很，墨景深不置可否，笑了笑：

“不早了，今晚在我这里睡，别回去了，嗯？”

“我刚才是避开医生和护士悄悄跑过来的，现在你赶我回去我都不回去。”季暖说着就将被子稳妥地盖在两人的身上，躺在他身边看着他电脑里的那些公司文件。

他前段时间一直在柬埔寨，虽然公司有副总，也有许多靠谱的管理人员和助手，但需要墨景深亲自处理、决策的事依然很多，从那些未读邮件的数量来看，季暖就知道他真的积压了不少工作。

“批复这些文件需要打字吗？”季暖问。

墨景深的手轻抚在她的发间，季暖话音落下的同时，他正好看见一处需要打字批复的地方。他刚收回手准备碰电脑，季暖忽然坐起身，将电脑从他面前拿走，两手放在键盘上，再转过眼认真地看着他：“要怎么批复？我帮你弄。”

见她这么主动，墨景深也不忍心拂她的意，以目光示意她看屏幕上其他几份已经批复过的文件：“在这里写同意，同时将部门需要重点注意的事项圈出来，让他们自行安排。”

季暖一边听着，一边手速很快地打字和画重点。

半个小时下来，十几份文件，有的需要批复同意，有的需要批复暂定或者否决，她都一一完成。之前在工作室的时候，她虽然也需要处理下属提交上来的策划案，但面对墨氏集团的各种文件，她总有一种指点江山的感觉……

病房里很静，电脑屏幕上偶尔闪过新邮件刷新时的白光。

两人一个用电脑批文件，一个在旁边指点如何应对，季暖觉得这样的默契来之不易，平时在海城，墨景深忙得几乎连周末都不休息，现在却有机会手把手地教她。

第二天一早，南衡进病房时，又看见季暖睡在墨景深的床上。

南衡刚来，季暖就醒了。她一脸不好意思地溜了出去，说要回自己的病房去洗漱。

眼见季暖跑了，南衡直接走进去，拉过椅子坐到病床边道：“苏老昨晚把电话打到了我那里，苏雪意的父母跑到他们家去闹了，让苏老替他们女儿求求情。你现在是关了手机，住在医院里逍遥自在，每天陪老婆亲亲抱抱玩浪漫。苏老知道我跟你的关系，现在找上我了，半夜几通电话，害得老子一晚上没睡好！

“话说回来，这苏雪意的父母好歹也是SUAN集团有头有脸的人物，现在为了自己的女儿几乎要跑断腿，苏老也时常对他们避而不见。现在你回了美国，事态发展到了一定地步，如果他们见不到你本人，估计会来医院闹。”南衡玩味地看着面色平静的墨景深，向后靠在椅背上，又将旁边桌上的一只苹果拿了过来，咬了一口，“我看苏家人是不会轻易罢休的。”

“苏雪意的父母之所以会闹，纯粹是为了保住他们的女儿，但是苏老这种从来不惹是非的人现在会将这种事揽在头上，显然是醉翁之意不在酒。”墨景深淡淡地道。

南衡若有所思地道：“的确，苏老是冲着你来的，你前前后后压了他这么久，不久前才针对苏家做出一个限制他们势力的硬性方案，结果苏老从头到尾连你的面都没见到。这么一个在美国华人商界叱咤风云多年的老者，肯定不会服气，何况他还有个对你念念不忘的宝贝孙女。”

“叱咤风云？”墨景深微微一笑，“百年来，在美国华人商圈，非黑即白，苏家产业背后的势力是哪一方，你也不是不清楚。在这种地方，能站稳的也并不是只有苏家一家。”

“苏老该是看得出来，你对他们的容忍一直在减少，近来他和你父亲走得很近，当年一手促成你和他宝贝孙女的婚约，不也是经由你父亲之手？我看他现在八成知道斗不过你，打算借你父亲之手再来一把。”南衡似笑非笑地道，“以这个老油条惯有的手段，他该是清楚你的弱点在季暖身上，怕是已经准备调查季暖了。你不怕季暖留在美国，被苏家人给吞了？”

“那就各凭本事。”墨景深头也不抬地看着从昨晚到现在一直都没有关闭的电脑，眸色说不出地深，“我的人，他怕是想吞也吞不下。”

“吞不吞得下不知道，但苏家肯定不会让占着墨太太这个位子的人太清净，毕竟那可是苏知蓝梦寐以求的位子。”南衡似笑非笑地道，“在国内时，封凌的手机上已经安装了与季暖手机相连的信息软件，一旦有来源不明或陌生号码打进的电话、发来的消息，封凌都能看见。昨晚季暖收到了几张照片，她倒是很淡定，直接把照片删了。如果我猜得没错，她应该到现在也没跟你提过这件事。”

“什么照片？”墨景深将电脑放到一边，视线投到他身上。

“苏知蓝当初跟在你身边的时候，她助理喜欢拍你们的照片，这些照片抓拍的角度看起来很容易让人误会，能从那么多照片里找出很有混淆意义的几张也是不容易。季暖到现在还不动声色，连问都不问一句，更是不容易。”

墨景深冷淡地扫了他一眼。南衡脊背发凉。

“照片。”墨景深语气不善地说。

闻言，南衡也不再兜圈子，很爽快地把手机扔给他：“就这三张。如果我没记错，当初苏知蓝跟她爷爷闹矛盾离家出走时，单独住在公寓里，晚上打电话说家里热水器坏了，让你过去帮她看看。那天晚上她就是准备把你留在那，结果你不到半个小时就回来了。这件事我可真是好奇了很多年，一直也没找到机会问，你那天晚上究竟是根本没碰她，还是……太快了？”

南衡说这话时眼里带笑，明显是调侃语气。

墨景深却是看着手机上的那几张照片，冷冷地吐出两个字：“没碰。”

“她能把监控录像截图保存到现在，真是一片芳心还没冷却。这三张照片换成是季暖来看，估计内心该是刚经历过十级大地震。她昨晚来你这里睡的时候，真的什么都没有说？”

墨景深想到昨晚季暖在这里帮他处理文件直到深夜，目光寸寸冷下去。他将手机屏幕关掉，瞥了一眼季暖刚刚走出去时关上的门。

季暖没回墨景深的病房，洗漱过后，她直接叫了封凌到医院对面的商业街散心。

虽然医生交代过，让季暖在医院静养休息，但如果只是逛街散心也是被允许的，毕竟季暖也没受什么伤，偶尔出来走走，对身体和孩子有好处。

何况，封凌昨晚就看见了季暖收到的几张照片，季暖打电话给她时，她二话不说直接过来带季暖出了医院。

两人路过一家奶茶店，季暖现在不能乱喝东西，奶茶、咖啡之类的更是不能碰，看见这家店里也有热牛奶，两人拿着大包小包就进店里坐下。

季暖坐在奶茶店靠窗的位子。封凌排队帮季暖买了牛奶过来后，又去另一侧排队买小蛋糕。

季暖喝着牛奶看手机，没过多久，就感觉有人一直注视着她。她转眼向外看，只见路边靠近天桥的地方，有个穿着蓝色高定大衣的年轻女人站在那里，目光精准地落在她的方向。

季暖回去的时候，医生正准备给墨景深换药。

墨景深坐在床上，衣服已经脱下。季暖犹豫了一下，考虑是现在进去，还是等医生离开之后再进去。

医生站在床边说："墨先生，麻烦您转过身。"

男人没有动，甚至充耳未闻，没有给出任何回应。

医生又重复了一遍："墨先生，您的伤口需要处理，请您转过身去。"

他还是没动。

医生顿了顿，忽然转眼看向门口的季暖，知道她是墨先生的太太，刚想向她求助，季暖已经走了过来。

季暖到了床边，将墨景深的衣服穿在他身上，只将肩膀和前身遮住，露出伤痕累累的背部，然后轻轻推着他转身，再慢慢将他肩上的衣角抚平，免得碰到他背上的伤。

墨景深任由她摆弄，只侧眸看着女人平静的脸。

医生看了他们一眼，便满意地准备过来上药，可墨景深又很快侧回身。

季暖看见他这动作，眉头立即拧了起来："你干什么？"

男人侧首看向她，然后伸手去拉她，完全不顾背后的伤。他手臂抬起来的刹那，季暖眼睁睁看见他背部最大的缝合处渗出了一点血珠。

"墨景深！"季暖眉毛皱得更紧，正要说他，男人揽过她的腰，将她拉到他的腿上坐下。

他刚刚已经因为抬起手臂而牵动了伤口，现在圈抱着她的腰，季暖完全不敢挣扎，偏偏男人的另一只手也将她死死地扣在怀里，让她更加无法动弹。

他的唇贴在她的鬓角，嗓音低沉地道："药等会儿再上，你先出去。”

这话是对医生说的。

“你先上药，有什么话不能等会儿再说？”季暖到底还是想挣扎。她不能让他的伤口再有任何问题，但又实在不敢挣扎太过，只动了两下，便被他牢牢按在了怀里。

她转过眼瞪着他：“墨景深，你是真的不把自己的身体当回事是吧？万一你伤口一次一次撕裂发炎感染出了什么事，你是想在医院里住一辈子，还是想让我在医院里陪着你一辈子？”

他锁住她身体的手撤了下去。季暖趁势起身，他却像反悔一样，又抬手将她圈抱回去。

接着，男人便在她脸上吻了吻，又低低淡淡地笑道：“这么大火气？”

季暖很想翻个白眼。

“你先上药，我就坐在旁边，我不走，也不打扰医生。”季暖看着他仍然苍白的脸色，还是狠不下心回自己的病房，妥协了。

两人僵持了不到一分钟，男人放开手。她收回视线，起身板着脸坐到旁边，对医生说：“换药吧。”

医生点点头，悄悄对季暖竖了个大拇指。这墨先生可不是简单人物，他们这些医生都不敢大声对他说话，如果墨先生不配合，他们也不敢强行上药。结果墨太太只是几句话，就让他乖乖地转过身去配合了。

医生上药的同时，季暖才有机会看清楚他背上那些伤。手术缝合得很好，伤口却太深，中间脊柱那里的创面也又深又大，虽然不会留下疤痕，但估计要几年才能消退。

她的眼前仿佛又浮现出墨景深被那两人用坚硬的枪托狠狠砸在手背与后脑的一幕。之前他一直穿着衬衫，后来医生帮他处理的时候，她也没勇气看他背上的伤，现在这样看着，她的心就像瞬间被挖出了血淋淋的一块。她是真的心疼。

墨景深面对季暖坐着，看得到她眼里一闪而过的心疼和微微泛红的眼睛。

女人眼中的柔软让男人心头一动，他伸手将她拥入怀里，不深不浅地亲吻她。季暖有些不好意思地偏开头，躲了一下。结果男人的吻直接落在她的耳朵上。那是她的敏感点，她险些一个激灵，在他怀里悄悄地抬手推他。他却根本不顾有第三人在场，越亲越重，最后更是直接捏着她的下巴，在她唇上狠狠地吻了一下。

医生也不敢多看，视线一直停留在墨景深的背上。匆忙做过换药的工作后，医生拿起纱布包扎，然后一声不吭地出了病房，没敢打扰。

季暖被男人亲到最后放弃了挣扎。病房的门开了又关，她知道医生走了，虽然有些不好意思，但人都走了，不好意思也来不及了。她放任男人亲吻自己，只蹙着眉问："你刚才为什么不好好上药？"

"因为看见你回来了，想让你留下。"他低哑的嗓音贴着她的唇瓣传出。

季暖顿了顿，忽然抬起手推开男人环在她腰间的手。起身见他背上已经换好药，她迅速将他的衣服脱下来，重新穿好，又一颗一颗帮他系着扣子，一边扣一边抿唇道："我昨天不是还在你这里住的？不过刚才出去转了一圈，买了些东西而已，又没说今晚不过来住，你忽然留我干什么？"

他低眸看她，淡淡地勾唇道："不是因为生气才忽然出去逛街？"

季暖心头一酸，真的不想因为某个人来她这里刷存在感而影响心情。她道："你好端端的在医院里，我能生什么气？"

男人深深地注视着她："我还以为你为那些抓拍角度刻意的照片而泡进了醋坛子里。"

她诧异地道："你怎么连我手机里收到过什么照片都知道？"

"封凌的手机里安装了与你手机相连的软件，正常信息她不会收到，但来自陌生号码或不明来源的号码的信息，她看得见。"墨景深没隐瞒。

"怪不得……"

"没有什么话要问我？"男人看着她的眼睛问道。

"你刚刚都说了，只是几张抓拍角度过于刻意的照片，那我还有什么可问的？"季暖转身去拿不知道又是哪个人送来的果篮，找出水果刀削水果，没再多说。

她削完水果后回头，发现男人正在看她，目光淡得看不出情绪。季暖不明所以，又将水果切成小块放进盘子里，用水果叉叉好，拿过去递给他："吃点水果。"

男人没有接，也没有动，用漆黑的眸子沉静地看着她："确定什么都不问？”

季暖叉起一块水果放进嘴里，一脸不以为意的表情：“你一个男人，又不是十几岁的少年，难免有些过去，我除了让自己想开一点，不去追究不去胡思乱想，还能问什么？难道我要问你第一次订婚的感觉怎么样？还是跟苏小姐谈恋爱的时候，有没有亲过抱过或者……睡过？”

“你倒是大度。”墨景深的音调听着莫名有些凉意。

季暖不知道墨景深现在忽然摆脸色给她看是什么意思，她现在连自己的心情都没来得及收拾，哪有精力去安抚他墨大总裁。

她又将一块水果放进嘴里，用力嚼了一下，感觉不太解气，胸口闷得慌。她说是不介意，但还是无法完全忽视吧。呵，女人啊！

季暖觉得自己还是该先回病房一个人静一静，于是放下果盘和水果刀，转身要走。结果因为动作太快，水果刀直接掉到了地上，她听见声响了也没回头，反正现在也不用，掉了就掉了，一会儿别人进来自然会捡起来。

“我先回病房，晚点再来。”季暖不看墨景深，直接要向外走。

“你走吧。”墨景深语气很淡，刚才拥抱亲吻她时的温柔与炙热不见了，他又成为别人口中冷漠矜贵的墨总。

她顿了一下，人已经走到病房门口。她刚碰到门把手，忽然听见一点动静，转眼就见墨景深在床边站起，动作很慢，有些吃力，苍白的脸上依旧是冷冰冰的表情。眼见他是要把水果刀捡起来，她皱了一下眉，快步走了回去，先一步捡起刀子放到桌上。

男人动作滞了滞，抬眼看着去而复返的她。

“我刚才只是心情不太好，不想影响你。你在床上好好休息，不要下床乱走。”季暖说了一句，直接转身。

“心情不好就把想问的问出来，有话藏在心里，为什么不问？”男人幽深的目光落在她脸上，强迫她停下脚步，“只是心情不好？”

“也不是心情不好，就是不想太钻牛角尖，想自己先想清楚。”

墨景深向后退回到床边，慢慢坐下，显然坐下的动作牵扯到了背部的伤，有些吃力。他眉宇微蹙，看向她：“钻什么牛角尖？说出来，我听听。”

“现在最重要的是你的身体，没必要顾及别的事。”季暖不太自在地笑了一下，“这种乱吃飞醋的情绪，我不想发泄到你身上，你先让我去平静平静还不行？”

听见“乱吃飞醋”几个字，墨景深嘴角才不可遏制地勾了起来：“过来。”

季暖不想过去，但见他又要站起来，忙走了过去。

刚一走近，他便一只手扣住她的腰，将她重新揽入怀里。季暖想起身，他却不动，手臂收紧，同时将吻落在她的眉心。

“暖暖，”墨景深又在她唇角浅吻了一下，声音里的笑意似有些藏不住，“你在吃醋这种事情，我既然看见了，总不能当成什么都没发生过。你刚才那满不在乎的态度是故意的？在乎就在乎，装什么无所谓？”

“我总不能说，我真的会去吃一个前女友的醋，而且那些照片也确实没什么太大问题。”

“确实不该吃。”墨景深坦言道，“我和她之间什么都没发生过，没有恋爱，没有亲吻，就连订婚的一切事宜也是由Shine集团安排的，我只是走了个过场。而且没多久婚约就取消了，我和她之间从来都不是你想的那样。”

季暖还没从他的话里回过神来，又听见男人低沉地道：“你刚才说，不介意我有过所谓的过去，不介意我跟别人亲过抱过，甚至睡过，嗯？”

季暖不吭声。

“季暖，你可真是大度得很。”墨景深忽然笑了，语调里藏着说不出的危险，“所以，我是不是应该想办法找点惊喜给你？万一我真的有过这么一个女人，真该让你们好好会一会，看看谁更厉害。”

“不行！”她在他怀里僵了一下，坚定地摇头，“绝对不行！”

“为什么不行？”墨景深似笑非笑地道，“你刚才不是还很大度？”

“我刚才那是随便一说……”

“随便一说就可以把话说得这么绝对？”墨景深看着她，淡淡地道，“你希望有一个女人像你一样靠在我身上，拥有支配我的心情和我身体的权力，我也会尽己所能地满足她的一切要求，你希望有这么一个人？”他凉凉地道，“或者，我也可以给她安排一个像御园一样的地方，我们共进三餐，生活在一起，像跟你一样，在沙发上、在床上、在地毯上、在浴室里，在房间的各个角落亲密无间，你依然会说你不介意？”

这男人是故意用刀子来割她的心吗？原来一个人的占有欲真的可以这么强大，强大到他只是打个比方，只是做个假设，那些尖锐的疼痛都仿佛瞬间蔓延在她的四肢百骸。

“季暖，你可以很大度地接受这些吗？”

死要面子活受罪，说的是不是她自己？季暖忽然像泄了气的皮球，将头靠在男人肩窝里，小声地说：“我不愿意，你只能属于我一个人。”

去他的理智，去他的自尊。自己的老公自己藏着，谁想跟她抢，她都不可能让出位子！

她抬手用力抱紧他的脖子，将脸埋在他颈间，呼吸着他身上的气息。然后，她声音闷闷地道：“你要是敢对别的女人也这么好，我会想不开的！墨景深，我告诉你，我跟你之间，只有百年之后的死别，绝对不会有生离！”

墨景深狠狠地吻上她的唇，在她唇瓣上反复吮吸，又在她舌尖一咬。她颤抖了一下，听见男人声音低哑地道：“记住你刚才的话。”

“哪、哪句？”

“最后一句。”

下午，季暖趁着墨景深打消炎针的时候，回病房洗了个澡。

最近几天，她在医院里过得真是相当清闲，吃饭睡觉洗澡陪老公，不需要面对任何狂风暴雨，也不像在海城那样，睁眼就是无止境的工作在等着他们。

不过，季暖洗澡的时候倒是不知道有一位不速之客忽然来了医院。

墨景深的针已经打了一半，XI基地的阿K和几个兄弟一直在病房区外面值守。

没多久，阿K忽然敲门进来：“墨先生，苏大小姐来了。”

墨景深的眉宇间是一片冷淡：“南衡没有告诉过你，苏家的人一概不允许放进来？”

“我知道，所以没有贸然让苏大小姐进到您的病房区，她在外面等了一会儿，见我们始终不放她进来，刚才走了。”

墨景深重新闭上眼睛休息。阿K这时却像想起了什么，又说：“对了，刚才苏大小姐离开后，我们的人看见她去了墨太太的病房区，那边现在虽然有人值守，但那几位以前跟苏大小姐有些交情，可能会放她进去……”

墨景深刚刚闭上的双眼复又睁开，目光骤冷，看向阿K。

一对上墨景深冰冻三尺般的视线，阿K预感事情不太妙，当即闭上嘴，没敢再多说。

墨景深霍然坐起身，在阿K错愕的目光中，迅速拔下手背上的针头，直接掀被下床，却因为背上的手术创口，疼得脸色煞白。

阿K忙要上前阻止，墨景深却面无表情地向外走。

眼见墨景深脸色难看地出了病房，阿K忙跟上：“墨先生，您不能出去——”

苏知蓝会找来医院，这一点季暖并不奇怪。奇怪的是，她难道就这么坐不住？才在奶茶店见面多久，转眼就直奔医院来了？

季暖刚从病房内设的浴室出来，身上的住院服有些松松垮垮的，襟口还没完全扣上。她正擦着头发，就看见推门走进来的苏知蓝。

“苏小姐？”看见对方的一瞬，季暖有些诧异。

苏知蓝站在病房门口，瞧见季暖襟口处一块红色的暧昧痕迹，目光闪烁，又硬生生地移开了视线，平静地道：“我之前还以为谁病了，没想到季小姐居然也有一间病房，你这是感冒了，还是哪里不舒服？刚才听说你在这里，我就过来看看你，没有打扰到你吧？”

“当然没有，不过如果你提前几分钟的话，我可能还在浴室里。”季暖又擦了擦头发，然后将毛巾放下，一边将身上的衣服随意整理了下，一边语调淡淡地道，“苏小姐来医院的目的是？”

“我听说，景深受伤了？”

季暖抚在衣服袖口上的动作没有停顿，眼皮都没抬一下：“谁告诉你的？”

苏知蓝勾了勾唇道：“毕竟苏家在洛杉矶也有些地位，XI基地和苏家也算有过联系，我从这些熟人的口中打听一些消息，并不难。”

季暖没应声，继续抚平袖口上的褶皱。

昨晚墨景深几乎压了她一晚，不知道的人还以为她这衣服穿了多少天都没换。

苏知蓝见她仿佛对什么都不太在意的样子，忽然笑道：“季小姐应该知道景深的伤势吧？他伤得严重吗？这么多XI基地的人在医院里守着，听说就连恩特警官都被惊动了，我很担心景深。”

“担心你就直接去探望他啊！来我这里做什么？”季暖似笑非笑地看着她，“苏小姐既然跟他们基地的人混得这么熟，就像自己人似的，想必在他病房区外面守着的人也不敢阻拦你。你该去探望就去，这种礼节性的行为并不需要向我解释说明，我还不至于连一个探望我老公的老朋友都介意。”

苏知蓝看着季暖，沉默了片刻后才道：“他们基地经常招新人，总有几个不认识我的，我就这样贸然过去也不太方便，万一被拦住，那多尴尬？”

季暖的心头涌上冷意。

言下之意就是，苏知蓝早就去过了，但是被挡在门外，根本连墨景深的面都没见到。

该尴尬的也早就尴尬过了，跑到她这里刷什么存在感？

在墨景深病房区外值守的人，明明是和封凌一样的基地里的老人，阿K等人都跟在南衡身边多少年了，怎么可能不认识苏知蓝？

“也对，被自以为关系很熟络的人阻挡在门外，确实挺尴尬。”季暖淡淡地说着，直接走到病床边，坐下并拿起手机，心不在焉地说，“我这里也没什么可探望的。再说我和苏小姐也不是很熟，现在看也看过了，医院里空气不好，你还是早些回去吧。你来过的事我会跟景深说一声，你的心意我们夫妻心领了。”

季暖压根没有要跟她客气的意思，甚至连让她坐一下的客套话都没有说。

偏偏苏知蓝根本没打算走，她移步到床边，指了指对面的椅子：“我可以坐吗？”

季暖依然看着手机，眼皮都未抬，只淡淡地应了一声：“想坐就坐。”

“季小姐似乎很忌惮我。”苏知蓝看了她一眼，边说边自顾拿过椅子坐下，就这么堂而皇之地待在季暖对面。

季暖闻言笑了出来：“我是不想说太多，免得一不小心伤着你。”

苏知蓝秀眉微动，正想开口说话，季暖已经将手机放下，抬起眸子看着她。

这样的场面，让苏知蓝一时难以猜测季暖的心境。她亲自探过季暖的底线，也从苏雪意那里得知，季暖是个看起来简单却一点都不好拿捏的女人。事实证明，季暖的确没有因为那些照片和戒指而受到半点影响。

苏知蓝犹豫了一下，开门见山地道：“季小姐，你说在收到那些照片之前，从来都不知道我的存在，那么现在你知道我是谁了吗？”

季暖瞥了她一眼，懒懒地道：“你那天在半路拦住我，也算自我介绍过了，没必要重复说，我对你的名字和身份并不感兴趣。”

苏知蓝见她波澜不惊，顿了片刻，忽然扯了扯唇角，道：“季小姐，虽然我确实没怎么安好心，也承认自己的目的是景深，可是，自己心爱的男人成了半路杀出来的女人的丈夫，这换了是谁都不可能接受吧？你这态度，是摆明根本不介意他有没有过其他女人？”

她接着道：“既然你不是一个有耐心的女人，很巧我也不是，我可以明明白白地告诉你，墨景深对你好，只是因为你是他的妻子，换了别的女人也一样会如此。别以为你自己是例外，也别太看得起自己在这段婚姻里的地位，刨去‘墨太太’三个字，你什么都不是。”

季暖本来以为苏知蓝打算继续跟她玩一段时间的迂回套路，却不想，这种大小姐果然都有个通病，那就是没有足够的耐心。

“我是不是例外，苏小姐怕是没资格说。”季暖面上带笑，眼底却没有一丝笑意，“再说起上次你拦住我时，刻意给我看过的那枚戒指，我顺手在网上查了一下，是美国一位著名珠宝设计师的大作，价格确实不低，但我听说，那戒指当初是由苏家在慈善晚会上竞拍所得，后来被苏家拿去，在戒圈里刻下了‘S’和‘M’两个代表你和墨景深的字母，但它们似乎不是真正意义上的订婚戒指。”季暖微微歪着脑袋，声音慵懒地道，“身为女人，看见另一个女人这样执着地爱着自己的丈夫，将并没有意义的戒指当成宝贝，细心珍藏多年，真是不得不感慨，我老公魅力无边。”她顿了几秒，继续道，“但结婚了就是结婚了，哪怕苏小姐曾经爱得轰轰烈烈，也毕竟是过去式，何必抓着根本够不到的影子不放？”

苏知蓝面上带着不动声色的淡笑，精致的妆容与眉眼间笼着一层刺目的嘲弄之色：“你说说，你一个连亲生父亲都不知道是谁却霸占季家大小姐名分多年的人，到底有什么资格站在墨景深身边？哦，你现在挂着墨太太的头衔就可以挥霍你的自信吗？你确定景深看得上你？如果不是有其他理由，他怎么可能会刚回海城就娶你？”

季暖仍然清清浅浅地笑着，让人看不出她究竟在想什么。

苏知蓝盯着她，目光里的攻击性十分明显：“我和景深在一起之前，他从未和任何女人有过密切交往，我才是那个成为他所有第一次的女人。你呢，只是在恰好的时机里捡到了联姻的机会。我还是刚才那句话，他的妻子换成任何一个女人，他都会对她很好，你并不是特别的那一个，所以，不要太自信，一个男人心里总会住着一个女人，但他心里的那个女人显然不是你。”

季暖眉梢挑起，声音清澈地道：“你站在一个男人名正言顺的妻子面前，跟我讲感情，跟我讲过去？你究竟是穷途末路到什么地步，才会来我这里说这些？”

苏知蓝目光冷了冷，开口道：“我是在提醒你，让你知道好歹。”

闻言，季暖想冷笑，却听见苏知蓝冷声说：“景深在多年前曾受过一次重伤，我在医院里陪他照顾他很久，我们的感情一直很稳定。你如今这样日夜相陪，就没有想过也许他只是把你当成我的影子吗？”

季暖忽然就笑了：“我是一个连他的病房区都进不去的女人的影子？你这个人是不是一直就站在影子里？”

苏知蓝一见季暖这样笑就浑身不舒服，一字一字试图往她心上戳：“他是碍于责任，娶了你就不会跟任何女人有过多接触，我对他的这一点很了解。墨景深是个非常有原则的男人，他的自我约束力也不是寻常人能比的，婚姻是他的枷锁，他自己进了这道牢门，就将这份责任扛到身上了，但他内心究竟是否愿意一直这样，你也根本猜不透，不是吗？”

“我不需要猜透。”季暖完全没被戳到，一脸无所谓地笑道，“在我的世界观里，甜的东西足够甜就好，没必要考虑放多了糖会不会变苦。我的想法比较单一，谁也没法在我这里灌输任何负面情绪。苏小姐，我劝你放弃在我这里下功夫，有时间你不如想办法让阿K他们通融一下，让你进去找墨景深单独聊。当然，前提是你进得去。”

苏知蓝盯着季暖，藏在包下的手指渐渐收紧。

季暖看得出来，苏知蓝是真的很急，急着想要借他们回洛杉矶的机会做些什么，去抢回些什么，或者在墨景深与她毫无牵连的生活里留下些什么。

留下什么呢?

苏知蓝想一步一步成为季暖心里的疙瘩，然后像滚雪球一样在她心里越滚越大，直到变成她无法忽视的存在。只要季暖自己选择退出，墨景深没有了婚姻的枷锁，一切就好办许多。

“据我所知，你们季家现在在海城的地位已经大不如前。”苏知蓝站起身，漫不经心地迈着步子，在病房里慢慢走着，又转眼看向季暖，“对苏家来说，想要国内区区一个季家破产，就像捏死一只蚂蚁那样简单。现在国内很多行业都有些重复，而我们苏家想要取代一些东西，非常容易。那要取代什么呢?比如几家看起来前景不大好的百货中心，比如一个正处于负债状态的上市公司，比如——”

“比如，什么?”

忽然，一道低沉冷淡的声音自病房门口响起。

第二十九章　吾妻·唯爱

听见这声音，苏知蓝身形骤然顿住。然后，她猛地转过眼，看向不知何时出现的墨景深。

季暖也没料到墨景深会来。他现在根本不能轻易离开病房，而且他刚刚不是还在打针吗？他怎么会来这里？！

阿K进门后就没敢说话，只站在墨景深的身后。

墨景深目光冰冷，病房里的温度仿佛顷刻降到冰点，苏知蓝的脚底冒出一股凉意，从下到上，蔓延全身。

季暖收了笑，开口道："谁让你出病房的？"

"景深……"阔别几年，她终于不再只能通过各大财经新闻看见他，苏知蓝的镇定一下子有了很小的裂痕，目光黏在他的身上。

男人身穿浅蓝色的住院服，脸色苍白，眼底的冷意几乎渗出来。他沉静地看着她，没有半点故人相见时该有的热络。

季暖眼见墨景深的脸色极差，又见他手背上隐约出现的血丝，大概猜到他是怎么过来的，心口顿时揪紧。她正要起身去扶他，苏知蓝先她一步朝他走去。

"景深，你的伤怎么样？你们究竟是从哪里回来的？怎么会伤成这样？"

苏知蓝一脸关切，人已经到了男人跟前，正要扶住他，男人却目色薄凉地瞥了她一眼。

苏知蓝刚要碰到他手臂的手顿了顿，然后犹豫着将手放下，却是紧握着手中的包，眼中的关心藏也藏不住，语气也不似刚才面对季暖时那样冷傲："我听说你已经住进这家医院几天了，过了这么多天，脸色还这么差，是伤在哪里了？很严重吗？比那一次还严重吗？"

"你刚才说什么？"墨景深没有回答她的问题，只沉声反问，眼里有很深的疏离感。

在苏知蓝看来，他的冷漠扎得她的神经都在战栗。

"我能说什么？我来看看季小姐，顺便关心一下她和你之间的感情，毕竟我也是过来人。"苏知蓝静默片刻，嘴角勾起一抹自然的笑。她执着地盯着男人的脸，不肯放过他的任何表情，哪怕是冷漠。

墨景深根本没打算跟她多说，只冷淡地道："苏老最近心思是又不正了，明知道我的地方对你们苏家来说是禁地，他还是睁一只眼闭一只眼，任由你闯进来？"

就这么当着季暖的面被彻底冷落，苏知蓝就算脸上挂不住，也必须稳住情绪。她看了看他，忽然笑了一下，又转眼看向因为墨景深的出现而脸色臭了半天的季暖："毕竟你也难得受伤住院，照顾你，我比季小姐还是多了不少经验的。当年你昏迷不醒时，我就一直守着你，现在听说你在这里，我总要过来看看。"

墨景深先是不吭声，对她冷淡地瞥了一眼，再开口时，声音冷如冰霜："如果我记得没错，当年我在昏迷时，一直由南衡手下的人照料，苏小姐偶尔出现几次，都恰好是在我苏醒的时候。你是否有照顾人的经验我不知道，但你口中的季小姐是我的妻子，照顾我这件事由她来做是理所当然的，你操这份心未免太过多余。"

闻言，苏知蓝没说话，听见墨景深亲口说季暖是他的妻子，她的目光定格在他身上。沉吟几秒后，她才道："景深，我现在最关心的是你的身体状况，至于你的妻子是谁，刚刚季小姐已经跟我强调过了。她无时无刻不在提醒我，她如今胜券在握。你伤成这样，我也没心思去想其他的，最重要的是你——"

男人仍然语气淡淡地道："我的妻子是谁，这一点还需要她向你一再强调？这不是摆在明面上尽人皆知的？"

“我的意思是，季小姐可能怕我给她带来什么威胁，才会不停地强调她的身——”

“是吗？可我怎么听见你刚才在我妻子面前列举了几个比如？”墨景深的黑眸冷厉地扫向苏知蓝的脸，“比如，拿出你的惯有手段，以权制人，以财压人？你以为她的脾气是有多软，能任由你欺到头上？苏雪意的下场你是没看见？还是折损了这么一个表妹不要紧，你还想把自己也搭进去？”

苏知蓝盯着男人冷淡的面色，开口道：“你不会动我。”

病房门这时忽然打开，不知在外面听了多久的南衡挑着眉站在那里。

“不好意思，发现人都没在上面的病房，就过来这边看看，结果听见这么一场大戏。”南衡似笑非笑地向里瞥了一眼，目光落在苏知蓝身上，“我劝苏大小姐还是少往季暖面前凑，墨景深对他这个媳妇宝贝得很。别说你那几句威胁的话，就是你随便发几张照片，再出现在季暖面前影响她的心情，就足够让墨景深对你非常不爽了。”

苏知蓝的眉心狠跳了一下，她显然没料到照片的事情他们居然都知道。

“另外，”南衡抬起手，随意整理着袖口，嘴边是一抹冰冷的讥笑，“当初我们不动你，是因为苏家和XI基地之间还有关系，我们双方互相制衡，是一根线上的蚂蚱，苏家不妄动，我们也不会动。但现在，苏老为了自保而将手中的一切交了出来，他自己甘愿沦为弃子而保全苏家在商界的一亩三分地。他想要的已经得到了，却失去了跟我们抗衡的筹码。”

听到这里，苏知蓝脸色微变，转头注视着神色冷淡的墨景深。

南衡挽着袖口走进门，勾勾唇角道：“所以，不要盲目自信，你要是敢对季暖做出什么，你猜墨景深会不会动你？”

苏知蓝垂在身侧的手指无声地抖了抖。她盯着眼前始终眸色清冷的男人，道：“我爷爷当初被迫交出管理权，跟你们有关？”

阿K在旁边听不下去了，虽说以前就与苏大小姐有过接触，但见她用这样逼问的态度面对墨先生，他还是忍不住插了一句嘴：“苏大小姐，墨先生对你们苏家已经仁至义尽。如果不是看在苏老和Shine集团有过不少互惠往来的情面上，现在苏家面临的状况就不只是交出管理权那么简单。但是苏大小姐，你一直这么纠缠也不是个事儿，当初墨先生离开美国的时候，你就该明白。”

“我不明白！”苏知蓝咬了一下唇，盯着墨景深始终沉静的脸，“所以，我是被你们利用了吗？你借着我打破苏家带给你的最后一层障碍，现在苏家的路被你们堵死了？！”

墨景深的薄唇吐出没有波澜的话：“利用谈不上，一切的开始难道不是苏大小姐的有意欺骗？”

“我？我什么时候欺骗过你？”苏知蓝的脸瞬间紧绷。

墨景深的唇角勾起不易察觉的冷冽弧度：“我当初昏迷多日，醒来时你站在病房里配合我父亲一起说下的谎言，自己不记得了？”

苏知蓝愣了一下，开口道：“你是指……我说是我把你从洛杉矶河里救出来的事？”

季暖因为这一句话而转眼看向苏知蓝。

墨景深淡漠地自苏知蓝脸上收回视线：“为了配合我父亲，将我彻底留在美国，你们苏家与他一起编造谎言，借着所谓的恩情和世交之情，促成你我之间的交往。”

墨景深唇角勾起，带着一脸嘲讽之意，开口道：“既然有胆在我面前编造谎言，就该承受住我的报答。苏家居心叵测在先，我无非是毫不费力地配合。正巧苏家有我想要的东西，我才耐着性子陪你们玩了两年。追根究底，苏小姐是被自己的爷爷利用了。”

苏知蓝忍不住想说什么，话到嘴边却说不出来，只是红着眼睛看着眼前的男人。

“你凭什么认定我当初一定是在说谎？那时候你浑身是血，几乎只剩下一口气，真的是我开车去了那里，把你送到医院的！景深，你对苏家有偏见我能理解，可你不能否定我对你——”

“你确定，这个没什么营养的故事还要继续编造下去？”墨景深凉凉的声音在她耳边响起。

季暖坐在病床上，很想骂人。苏大小姐明目张胆地扯谎也真是够自信，她怕是根本没想到，正主就坐在这里旁观吧？

墨景深的态度太坚决太冷漠，苏知蓝静默一瞬，看着男人沉静如海的双眸，放轻声音：“景深，不管什么原因，我们曾经在一起过……你总不能这么绝情……”

墨景深淡淡地道：“在你给季暖寄婚纱娃娃的快递前，我若动过苏家半分，那的确算我绝情。”

苏知蓝忍不住道：“季小姐又不是什么小孩子，至于这么娇气？一个恶作剧而已！那些刀片能闹到天翻地覆？”她又不甘心地红着眼睛道，“后来苏雪意做的不过是替我打抱不平，可你们对她几乎到了赶尽杀绝的地步！她现在还能活下去，已经是奇迹，你们却让我爷爷把我关起来！墨景深，我陪在你身边两年，又爱了你、等了你这么多年，换来的就是你这样的对待？”

墨景深闭了闭眼，眉宇间有几丝烦躁与不耐烦。

苏知蓝看出他现在没法消耗太多体力，又放轻了声音：“景深，你别生气，我先扶你回病房，你现在还……”说着，她就要伸手去扶他。

“墨太太！”阿K这时忽然给季暖使了个眼色。

眼见墨景深不着痕迹地避开了苏知蓝的手，苏知蓝却坚持要去扶他，季暖抿了一下唇，直接起身过去，一把扶在墨景深的手臂上。男人这才向她这边靠了靠，显然他真的快撑不住了。

“医生说过多少次，你最近几天绝对不能下床！针头是自己拔下来的？你就一点都不觉得疼？”季暖这会儿与墨景深站得极近，忍不住嘀咕，“伤口再有问题怎么办？你就不怕伤口反复发炎，导致感染发烧，最后烧成个傻子？”

苏知蓝眼睁睁地看着墨景深毫无防备地向季暖身上靠去，忽然把视线转向季暖。有那么一瞬，季暖仿佛从她的眼中看到了某种决绝和狠戾的神色，虽然只是一闪而逝。

墨景深眉头一皱，开口沉声道：“阿K，送苏小姐回去，顺便提醒苏老几句，该收敛的让他尽快收敛，毕竟我现在的容忍度不高。”

季暖注意到，墨景深刚才似乎有意往她身前挡了挡。她记得封凌说过，苏大小姐有间歇性狂躁症。但苏知蓝总不可能在这种地方做什么出格的事情吧？

墨景深拉了一下季暖的手，握住后，无声地给了她一份踏实平静。

他们两人的动作没逃过苏知蓝的眼睛。此时，苏知蓝看着他们交握的手，艰难地开口道：“景深，我们在一起的那两年，总归是存在过的，我——”

“够了。”墨景深苍白的脸色给他的声音增添了几分淡漠，“以谎言开场，注定不会有任何结局。苏小姐的感情只是你自己的执念，我不曾亏欠你，也不需要负责。走吧，别让自己脸上太难看。”

“苏大小姐，”阿K凑到苏知蓝面前，客气地说，“墨先生和墨太太的身体状况不方便待客太久，请你离开。”

苏知蓝还想说话，阿K却挡在她面前。苏知蓝的手一直在抖。她控制着情绪，目光里的黯然却十分明显。留在这里对她没有任何好处，她深吸了一口气，道：“好，那我回去。景深，你好好养伤，等你出院了我再——”

“苏大小姐，请吧。”她话还没说完，一直挡在她面前的阿K便伸手对着门外。

苏知蓝紧紧攥住手指，勉强维持最后一丝风度，向外走去。

直到两人走远，一直倚在病房门边的南衡才瞥了一眼脸色白得吓人的墨景深：“你确定还撑得住？”

他话音刚落，随着季暖一声惊呼，身前的男人已经整个身子向季暖靠过去。

季暖吓了一跳，忙用力扶住他，抱在他身上的手瞬间扣紧，生怕他摔下去。

南衡皱了一下眉头，转身去叫护士。

等到医生、护士过来，手忙脚乱地将墨景深扶起来时，季暖看向自己手上蹭到的血，再抬眼看看墨景深背后渗出的血，心里咯噔一下。他所住的病房区与自己这一层整整相隔四层，苏知蓝才到没多久他就来了，他究竟是怎么过来的？

夜深人静，南衡回了基地，封凌在病房外的长椅上休息，病房里一片安静。

墨景深还在睡，与之前持续高烧时不同，现在他的体温降下来一些，面容一片苍白，睡得很安稳。季暖心里着急，不知道他的伤究竟什么时候才能好。

她伸手摸了摸他的额头，的确还很烫。

季暖起身去门外，将护士刚送来的冰袋拿进来。放在手里贴了一会儿后，她小心地将冰袋放在他的头上。

头上传来的凉意让墨景深蹙了蹙眉。季暖将手轻轻放在他肩上，轻拍着说："你在发烧，安心睡觉。你现在什么事情都不需要操心，只要好好睡一觉，尽快退烧。"

也不知是她的话起了作用，还是墨景深并没有清醒，话音落下后没多久，男人的呼吸重新均匀起来。

他睡着的样子和清醒的样子完全不同，恐怕世上也没几个人有机会看见这样脆弱安静又毫无防备的墨景深。

季暖拉了张椅子，坐在床边，不时摸着他的头和手，又不时用电子体温计测量他的体温。

两个小时后，墨景深的体温终于降到三十七摄氏度左右。确定他已经不烧了，季暖小心地将冰袋从他头上拿下，又轻轻地帮他擦了擦脸，最后坐在病床边，借着淡色的灯光看着他沉睡时的样子。男人的脸依旧没什么血色，前些天眉骨处的瘀痕已经不见了，那干干净净的样子，莫名有种病态美。

季暖单手托着下巴，一直看着男人的睡颜，然后轻轻握住他的手，两人手心贴着手心。

她都不知道自己怎么就睡着了，惊醒的时候，感觉自己头上有些沉。她猛地抬眼，目光撞进男人如海的眼眸里。

"你什么时候醒的？"季暖忙坐正身子，抬手将他的手轻轻拉了下去，摸到他手上的温度，确定他没有发烧，这才放心，"我居然睡着了！你等一下，我去叫医生。"

"不用叫医生，我已经退烧了，还叫他们干什么？"墨景深反握住她的手，没有让她走开。

"你昨晚一直发高烧，后半夜体温才降下去，现在让医生检查看看啊……"

"伤口发炎而已，无非多吃几天消炎药，多打两天针，不用大惊小怪。"男人的嗓音比前些天低哑，"照顾我一整夜，你忘记自己正怀着孕？"

"医院里有高级护工，但是护工在这里的话，我就不方便进来看你了，而且你昨晚烧得太严重，我也根本没办法睡着，还不如守着你。"季暖笑了一下，又摸向他的额头。

“我去叫封凌去买些吃的。”见他的体温确实没问题了，季暖松了一口气，坐在病床边，将脸在他掌心蹭了蹭，“你以后别再这样了，就算护我心切，也要看看自己的身体吃不吃得消。只要我够坚定，谁也不能拿我怎么样！倒是你啊，现在伤成这样，咱俩站在外面被风吹一下，第一个倒下去的肯定是你。你就算平时再厉害，现在也要有自知之明好吗？”

“你这话说的，好像我已经七老八十，受点伤就下不了床似的。我还不至于那么脆弱！”男人轻笑道。

季暖拿起旁边医院专用的记录便笺，上面写的都是她帮他测量体温时记录过的数据：“你自己看看，我要是烧成这样，你会不会气我不爱惜身体？”

墨景深看了一眼，没再辩驳，只轻轻拍了拍她的手，道：“南衡呢？”

“他昨晚回了基地，现在不知道有没有来医院，你找他？”季暖将便笺放回去，转身去给他倒温水。

“嗯。你昨晚在这里照顾了我一整夜，今天就好好休息，打电话帮我叫南衡过来。”

“好，我一会儿给他打电话，你先躺着不要动。”季暖用勺子盛水，喂了他几口。直到确定他喝得差不多了，季暖才起身拿着手机走出去，顺便叫一直守在外面的封凌进来。

给南衡打过电话，季暖转眼就见封凌已经从休息椅上起身。

“一夜没睡？”季暖问道。

封凌没回答，只向病房里看了一眼：“怎么样？墨先生醒了吗？”

“醒了，应该有什么事要和南衡单独谈，我刚给南衡打了电话，他一会儿就过来。”季暖说着又看了封凌一眼，“你昨天下午没在医院，干什么去了？”

封凌的表情顿了顿，语调淡淡地说：“处理一些私事。”

季暖又瞥了她一眼，也没多问，只让她帮忙买些吃的回来。

封凌现在负责照顾季暖的饮食起居，对她的生活习惯也算了若指掌，见季暖回病房后也没有要睡觉的意思，又看她脸色不是很好，出去买吃的时，又顺便买了其他东西回来。

“墨太太，你要不要敷面膜？”封凌推门进来时，季暖正躺在病床上，闭着眼睛酝酿睡意。

但她实在睡不着，一闭上眼睛，就能看到昨天苏知蓝看着墨景深的目光。

那格外执着的目光，说实话，季暖并不喜欢。

封凌进门后的那句话成功让季暖睁开眼，她翻坐起身，见封凌拿着一个袋子，又将袋子里好几个牌子的面膜都放到她的床上。

“你……买这东西干什么？”季暖诧异，无法想象封凌站在护肤品专柜前的样子。

“我看你脸色不太好，听说女人皮肤不好时，要经常做面膜，我没用过这种东西，不知道哪个牌子比较好，刚才买东西的时候路过商场，就随便买了几个。”

季暖随手拿起其中的两个看了两眼，嘴角抽了一下。这面膜除了美白补水的，连提拉紧致除皱的都有，她们两个才二十出头，年轻得很，哪用得到这些？

“你没用过面膜？”季暖忽然笑了，抬起眼看她。

对上她亮晶晶的眼睛，封凌瞬间明白了她的意思，向后退了一步：“墨太太，这些都是给你一个人买的。”

“我也用不了这么多。”季暖随手拿起最基础的补水款面膜，对她招了招手，“你过来，别躲那么远。反正南衡现在在墨景深病房里，咱们两个也进不去，与其在这里大眼瞪小眼地等，不如一起敷面膜，反正你都买了。”

“我还是算了吧，我不会用这东西，而且……我要那么好的皮肤干什么……”封凌又向后退了一步。

季暖挑挑眉，道：“你还真不把自己当女人了？”

封凌犹豫了一下，看了看季暖手里的那些东西，好半天才问了一句：“我真的不像女人吗？”

季暖单手托着下巴，坐在病床上，看着封凌自我怀疑的表情：“你之前头发长一些的时候还挺好的，谁知道你抽哪门子的风，又剪这么短，我看阿K的头发都比你的长。”

封凌显然对此没什么概念，道：“头发长了不习惯，短一点才舒服。”

“那你自己照照镜子，看看自己一头短发的时候像女人吗？”季暖挑眉道。

“我很少照镜子。”

最终，封凌还是没拗过季暖，被季暖强行拽着进了浴室。两个女人在浴室里对着镜子洗脸，在脸上搓泡沫，又把面膜往脸上贴。

封凌不知道怎么敷面膜，季暖一点点教她。没想到这个拿起枪来就能怒射全世界的女人，会在一张面膜纸前败下阵来。终于，被封凌撕毁三张面膜之后，季暖成功地让她把一张面膜完整地贴在了脸上。

阿K过来敲门，季暖应了一声。封凌刚从浴室里出来，还没意识到这会儿有人要进来，当门被人自外向里推开时，封凌的脚步骤然顿住。

阿K一进门就看见两个敷着面膜的女人。季暖倒还好，封凌对上阿K震惊得下巴要掉了的表情时，当即冷着脸，要把脸上的东西撕下来。

阿K手疾眼快地拿出手机，对着封凌拍了一张照片。

封凌顿住动作，同时大声道：“你拍我干什么？”

“有生之年都能看见封凌敷面膜了，我必须把这张照片拿给老大看看！”说完，阿K忘了来意，脚底抹油似的开门溜了。

“阿K！你把照片给我删掉！”封凌骤然追了出去。

季暖一脸无语地看着风一样闪出去的两人。封凌就这么敷着面膜出去，是打算让全医院的人都看见吗……

封凌追得很快，阿K逃得也很快。为求自保，他直接跑到墨景深的病房区，南衡恰好在这时走了出来，阿K当即停下脚步，躲到他身后。他转眼看向风风火火追过来的封凌，得意地嘿嘿一笑，一副有老大保护不怕死的姿态。

“手机给我！”封凌目光很凶地瞪着他。

阿K用下巴指了指封凌的脸：“你就这么直接跑过来，我这照片删不删也没什么区别了哈。”

封凌动作一僵，这才意识到自己就这么跑出来了。她猛地转过眼，对上了南衡的视线。

“你这是什么鬼？”南衡莫名其妙地看她一眼，伸手把封凌脸上的面膜纸揭了下来。

见她脸上一片水光，南衡挑了挑眉，手指在她下巴边揩油似的摸了一下，结果摸到一手湿湿黏黏的精华液，他顿时嫌弃地甩了甩手："这是什么玩意，又湿又黏？"

季暖刚洗完脸跟过来，大老远就听见来自"钢铁直男"南衡的抱怨声。

封凌正要抬起衣袖把脸擦一擦，季暖已经凑上前来，将带过来的湿毛巾递给她。季暖又看了看看热闹的阿K和正将手往阿K衣服上擦的南衡："果然不能怪我们家封凌没有女人味儿！她天天跟你们这群人在一起，能有女人味儿就怪了。"

封凌已经擦干净脸，因为擦得太过用力，皮肤有点发红。

南衡瞥了季暖一眼，又看向封凌。她洗脸时往下拽开一截衣领，领口处是一片白腻的肌肤。

"你们两个女人昨晚在这里守了一夜，今天在病房里还不休息，真是精力旺盛。"南衡将目光从封凌脸上移开，音调凉凉地说了一句。

季暖和南衡每次碰到都会互相怼几句，这会儿见封凌明显不爽，她也没多说，只给南衡抛了个自求多福的表情。然后，她又看了一眼病房门，道："你们谈完了？他又睡了吗？"

"没睡。他刚接了海城墨氏集团的电话，电话还没有打完。"南衡调侃道，"你这是打算住在这病房里不走了？叫医生把你的病床搬到这里来，让你直接跟他在这里住算了，省得你们挤在一张床上。"

明知他在调侃，季暖却也来者不拒，笑道："好像是个不错的主意。"

南衡嗤笑道："你倒是想得美。"

"墨太太，我去洗个脸。"封凌忽然冷冷淡淡地说了一句，转身便走。

季暖赶紧跟上。见封凌一路冷着脸，她正要安慰几句，刚走到电梯前，电梯门就忽然开了。对上里面两人的视线，季暖表情一顿。里面的两人亦在看见她的时候，呆愣了片刻。

"爸？"季暖犹豫了一下，才礼貌地用这个字称呼道。

墨绍则冷着脸看她，开口道："景深在这里住院，你们倒是瞒得很好，连我们都不通知？"

季暖将目光从他身后的安书言身上移回来，再看向墨绍则，道："很抱歉，是我们回来得太匆忙，这些天也一直在医院里没有出去，所以没有及时通知您，是我的疏忽，但我也确实没有您的联系方式。"

自从上一次在墨家定下一星期赚几千万的赌约后，墨绍则暂时没有太多理由挑她的毛病。相安无事这么久，季暖也收起她伶牙俐齿的一面，第一句话就是诚恳道歉，这点也让带着怒意而来的墨绍则稍微平复了那么一点火气。

墨绍则走出来，看了季暖一眼，又看向没打算回去洗脸就这么站在季暖身侧的封凌。他的目光在她们两个身上转了一遍，最后落回到季暖脸上："景深怎么样？"

季暖不确定他对墨景深的经历是否真的清楚，但既然墨父在美国这么多年，自己儿子当初在他眼皮底下做过什么，估计他也是知道一些的。

她想了想，却还是没有深入说太多，只道："伤得不轻，但现在好多了，手术是四天前做的，目前只需要在医院里休养一阵子。"

得到让人放心的答案，墨绍则点了点头，又转眼看向身后静默而立的安书言："书言，你去看看景深，他这里有什么需要，就让他直说，伤了这么多天也不通知家里一声，真是一点也不把父母放在眼里。"

季暖转眼见安书言向病房那边走去，扯了一下唇角，还没说话，就听墨绍则冷声道："等景深出院后，记得让他在美国多留一段时间，海城不过只有老爷子和墨家老宅，他守在海城实在没什么意义。对他来说，真正的家还是在洛杉矶，他也有几年没回过家了，即使暂时没有接手Shine集团的打算，也该回去看看他母亲。"

"回家这种事情，您不打算亲自跟他说吗？"季暖反问道。

墨绍则冷着脸不说话。他倒是想亲自说，但显然季暖的话比他的话更有效果。

另一边，墨景深的病房外，安书言手里提着一些营养品和果篮，刚走过去，就被叼着烟的南衡给挡住了。

南衡冷淡地看了她一眼，道："安小姐这是代表墨董前来探望？"

安书言对他客气地点了点头，道："是的，墨董让我来看看景深。"

南衡皮笑肉不笑地弯了弯嘴角，高大的身影仍然挡在病房前。他凉声道："他正在休息，安小姐就这么进去，也实在不方便。有什么需要慰问和交代的，直接去跟墨太太说，她会帮你们转达。”

季暖站在电梯这边，听见南衡的话，默默地在心里给南衡点了个赞。

平时南衡怎么怼她都行，真到该他出手维护她的时候，他也是靠谱得很。

墨绍则当初虽然带着安书言回了美国，但今天又带着她过来，现在又让安书言去探望墨景深，明显还在蠢蠢欲动，没有彻底放弃他那点心思。

既然墨董没放弃，那就该把他们这点蠢蠢欲动的心思扼杀在摇篮里。

“南衡先生，墨董就在那里，他刚刚说的话你应该听见了。”安书言强调道。

南衡将嘴里叼着的烟拿了下来，冷淡地眯着眼眸，道：“我与墨景深是多年的交情，与Shine集团却没什么纠葛，墨董也该知道我的脾气，我的地方，无关人等怕是闯不进去。”说这话时，南衡似笑非笑地瞥了墨绍则一眼。

墨绍则听见这话，脸色明显不悦，冷淡地开口道：“我自己的儿子在这里住院，我这做父亲的想来看看，还要被你们拦着？”

“墨董如果想进去，我当然不拦。”南衡淡淡地道，“但是安小姐进去怕是不妥。这墨太太还在这里看着，让安小姐进去，墨董您确定不是在开玩笑？”

闻言，墨绍则冷冷地皱起眉。

安书言直接从病房门前走开，又转身回来，看着季暖，将手里的东西递给她：“墨太太，劳烦了。”

季暖的嘴角扯出淡淡的弧度。她接过东西，道：“我替景深谢过安秘书。”之后，季暖顿了顿，又道，“我依旧称呼你为安秘书应该没错吧？你现在是Shine集团的秘书经理，比以前在墨氏的时候职位高出许多，能在职场中混得顺风顺水，可见安秘书的工作能力的确很被认可。”

安书言对她客气地点了一下头，脸上带着笑意：“叫我的名字或者安秘书都可以。”

季暖若有所思地看了安书言一眼，然后将手里的东西交给已经伸手过来的封凌。

“爸，您现在要进去看景深吗？”季暖问道。

虽然刚才不是墨绍则本人吃闭门羹，但是南衡将安书言拒之门外，明显是根本不给他面子。

墨绍则冷冷地瞥了一眼病房的方向，又沉吟片刻，道："既然景深还在休息，我就不进去了。再过半个月正好是国内的春节，如果他那时能出院，就回家吃个团圆饭。"

季暖点点头，道："好，我会跟他说。"

墨绍则又看了她一眼，脸色依旧不怎么好看。他转身正要走，忽然又顿了一下，看向身旁的安书言："医院这里，你不忙时也多帮衬着点，季暖对洛杉矶半生不熟，难免有需要你帮忙的地方。"

"好的。"安书言轻声道。

墨绍则在季暖看不见的那一侧叹了一口气，直接进了电梯。

直到他们走了，季暖看向电梯门，盯着电梯面板上逐渐递减的数字。

墨绍则好歹是墨景深的亲生父亲，就算安书言不能进去，他如果想进去当然可以。但墨绍则明显有脾气，又或者是他的掌控欲太强，以至于脱离他掌控的人或事物都可以触怒他。

他这样来也匆匆去也匆匆，实在是看不到半点父子情。再过半个月，如果墨景深能出院，真的有必要回去？

刚才有那么一瞬，季暖觉得……

安书言不再像刚去海城墨氏时那样主动，她给人的感觉是，只是在接受墨绍则的安排，不主动也不抗拒。

"墨太太，这些要送进去吗？"封凌将刚刚接过的果篮和营养品翻查了一遍，确定没什么问题后，问了一句。

季暖将目光从电梯旁"1"的数字上移开，瞥了一眼果篮里的东西。这一看就知道不是墨绍则买的，以墨绍则的性子，来探望自己的儿子，他根本不会买任何东西。

果篮很精致，不是在医院附近的超市随便买的，里面都是平时很稀有并且营养成分很高的果品，营养品也是补血的，可见安书言来之前做过功课。

接下来的一个星期，很多以为这里有利可图的人都吃了无情的闭门羹，医院格外安静。

墨景深上一次伤口发炎只烧了一晚，之后恢复得还不错，一周后，他伤口表面的皮肤已经有愈合的迹象，可以偶尔下床行走。

洛杉矶的华人很多，临近中国春节，这里的各大商场和街头也能感受到一点点节日气氛。

大年三十的前一天，墨景深终于可以出院。他走出医院时，Shine集团的车已经在外面等着了。也就是说，墨绍则根本没打算给他们任何选择的余地，他们既然回了洛杉矶，就理所当然要听他的安排。

一位中年司机从车上走了下来，恭敬地对墨景深点头："墨总，好久不见，身体好些了吗？墨董让我们接你们回去！"

司机是华人，年纪四十多岁，名叫乔治，在洛杉矶的墨家做了很多年管家兼司机，对墨景深很熟悉。

墨景深目光很淡地看了他一眼："我说过今天回去？"

乔治愣了一下，又解释道："明天就是国内的春节，墨董得知您今天出院，特意派了我们来接您和……"

今天南衡不在，封凌和阿K等人本来正准备送他们去墨景深在洛杉矶的住处，结果现在墨家的人就这么直接来接人，他们不便多说，准备将季暖和墨景深的东西搬过去放到车上。

墨景深却道："放下。"

封凌和阿K顿了一下，将刚要放到车上的行李拿下来，转身看向墨景深，等着他的吩咐。

"放到我们自己的车上。"墨景深面无表情地看了乔治一眼，"如果时间来得及，我明天会回去，你可以走了。"

乔治在墨家多年，当然知道墨景深与家里人的亲疏远近，便没有多说什么，点头之后回了车里。等了片刻，见墨景深的确没有上车的意思，他只好开车回Shine集团。

医院门前还停着两辆车。

墨景深亲自开车，黑色宾利在下午四点左右出现在洛杉矶的繁华街头，后面跟着封凌他们的车。

直到六点多，天色已暗，他们抵达了XI基地。

季暖没料到自己刚出院就可以来基地参观。

墨景深到的时候，南衡正在里面与人谈事情。南衡走出来时，神色没有平时那么随性。他肃然看了季暖和封凌一眼，便和墨景深进去私聊。

这里算是XI基地最私密的地方，季暖谨守分寸，没有进去，由着封凌和阿K带她去其他地方转了一圈。

参观枪靶场和近战搏斗的训练区时，季暖看着坚持训练的几个小伙子，又转眼看向穿一身黑色劲装的封凌：“你以前每天也这样吗？”

封凌向那边看了一眼，然后点了点头。

“墨太太，你别看封凌这小身板挺瘦的，每次训练，她比我们都厉害，打架也绝对冲在第一个，只说近身搏斗，我们基地里百分之八十的人都打不过她，剩下的百分之二十也是要看运气才能赢她。她特别凶！”阿K一边说一边豪迈地将手往封凌的肩膀上一搭，完全像跟兄弟相处。

封凌也没避开，凉凉地说：“拒绝捧杀。”

阿K笑道：“怎么着？你是怕墨太太知道你在咱们基地的地位，一激动给你涨工资？哎呀，墨太太也不是付不起……”

“滚蛋。”封凌抬手就将他拍开，“我陪她在这里走一会儿，你一个大男人总跟着干什么？”

“我也没看出来你能和墨太太聊什么女人之间的私房话啊！上次做个面膜，你都尴尬到差点把我的手机砸了……”

阿K话还没说完，就在封凌抬脚踹人之前一个利落的闪身，跑了。

季暖站在训练场边微笑。她瞥了一眼阿K飞也似的溜走的背影，再转眼看向里面正在训练的人，两只手摸了摸旁边的金属栏杆，那冰凉的触感让她觉得这一切都是真的，就像当时在柬埔寨一样。这样一个训练基地中，好像每个人腰间都别着一把枪，不时能听见枪靶场上传来的有节奏的枪声。

“这种地方，外人轻易也是进不来的吧？”季暖问道。

封凌站在她旁边，与她看着同一个方向，同时淡淡地应了一声：“嗯。”

季暖转眼看她，道：“那你当初是怎么进来的？”

“凑巧救过他们基地的一个人，由他引荐来的。但我十几岁的时候长得很小，本来就是个女孩，偏偏要装成男人，站在一群新人里就更显瘦小。

“当时南衡对我很排斥，也不看好我，几次想方设法要把我逼走。他让我做强度最高的训练、最难考核，差点要了我半条命，但我还是不肯走。

“可能我在这方面也确实有天赋和爆发力，身体小，力量却大，也能吃苦，后来我就从他最不看好的那个小东西，变成他偶尔需要半夜起来叫人陪我加强训练的对象。”

季暖靠在金属栏上，看着她道：“南衡这个人，本性该是很冷漠很难接触的，他不看好的人，很难让他有任何改观。就像以前，我感觉他好像挺不喜欢我，如果不是墨景深，他可能都懒得拿话怼我。这种性子又臭又固执的男人，你能让他改观，也真是不容易。”

“他狠，你得比他更狠。”封凌高抬起下巴，指了指里面正在训练的几个做近身搏斗的人，“我十七岁的时候，身体发育得差不多了，那时候每天穿的衣服都特别宽松，训练时怕被他们发现自己的真实性别，有一段时间，我总是畏首畏尾，不敢做动作。南衡跟我打了几次，直接把我打趴在地，当时就是现在这种特别冷的天，他让我在这里趴一个小时别起来，起来一次他就踹我一次。”

“这么狠？”

“我当时没起来，直接趴了一个晚上。我用了一晚上的时间，想了各种藏住胸部和身材的办法，最后冻晕了。”

“然后呢？”

“没有然后，是阿K他们把我送去了医务室。我醒得也快，刚到医务室就睁开了眼睛。怕被他们发现我身体的不同，我推开他们，一个人跑回房间，洗了热水澡，但还是着凉了，高烧了两天，睡了两天之后就好了。可能也是年轻，身体怎么折腾都没关系。”

听得出来，那两天南衡根本没有去看过她。她说得这么轻描淡写，提起这些事情也没有任何痛苦委屈的意思，季暖却觉得心间莫名有汹涌澎湃的情绪。

“封凌，你教我开枪吧。”

“好端端的，学什么开枪？”

“上次在柬埔寨，如果不是你及时赶来，我估计会走火再向自己身上打一发子弹。谁知道以后还会不会有什么事，反正这里可以训练，你就教教我？”

谁说只有男人有英雄情结，女人也一样有！谁也不希望在发生危险的时候，成为拖后腿的那个人，有一技傍身总是好事。

封凌本想教她一些简单的防身术，刚要开口，忽然想到季暖现在有孕在身，有些过激的动作暂时不能学。

“那就教吧，但我感觉你就算学会了，应该也是用不上的。”

晚上，枪靶场的训练刚刚结束，却又响起了枪声。

基地会议室里的某位重要客人听见枪声，老神在在地评价了一句：“听起来像是个新人……”

南衡看了一眼时间，与坐在另一侧的墨景深对视一眼，然后起身，通过基地的监控看了看枪靶场那边的情况。

只见封凌和季暖一人拿着一支枪，封凌正在教季暖如何拿枪，季暖有模有样地学着。封凌开了一枪，正中靶心。季暖也开了一枪，还好，没有打飞出去，但也只打中三环而已。

看着这女人开枪的精准度，南衡想起那次在柬埔寨千钧一发之际季暖开的那一枪。他眯着眼冷笑道：“你女人正在跟封凌学定点射击，她是想学点技术，方便以后陪我们冲锋陷阵？”

墨景深瞥了一眼监控中枪靶场上的两人，眸色深深。他还未说话，会议桌边的重要客人却笑道：“这基地里的人不训练个三五年以上，都不敢出来，一个新人能射中靶子就不错了，你还指望人人都是封凌？”

南衡挑眉道：“不一定！人的潜力是无穷的，上一次在柬埔寨，足以证明最意想不到的人，反而会变成制胜关键。”

无论季暖这枪学得怎么样，她明显是为了保护她的男人，这让伤好得差不多的墨景深唇边现出一丝笑意。

两人一个在这里，一个在枪靶场慢吞吞地学定点射击，相隔大老远还能强行喂别人一口“狗粮”。南衡嘴角一抽，随即让开一些位置，好让墨景深继续欣赏他老婆的背影。

明明寒风入骨，季暖却是玩出了兴致，对着五十米开外的靶子开枪。事实证明，百米以上的靶子她是真射不中，但是五十米和五十米以内的，她基本能命中五环以上。

封凌最开始是站在她身边教她所有动作，现在已经让季暖自己练习如何瞄准，封凌只在后边纠正她哪一个姿势不规范。

就这样又训练了半个多小时，寒风中，季暖出了一身汗。她向旁边挪了十几步，打算再次挑战百米距离的靶子。

砰的一声，又打偏了。季暖撇了撇嘴，一边拿子弹上膛一边说："封凌，你的射击技术那么好，是练了多少年？这百米距离的靶子需要练很久吗？我感觉风速好像也会影响命中准确度……"

身后没人回答她，季暖举着枪，继续对准百米开外的靶子，打算再来一发。忽然，手背上一暖，她正准备开枪的动作顿了一下。不用回头她就知道是墨景深来了，男人身上清冽干净的味道将她包围。

他没说话，只站在她身后，扶着她的腰矫正她的姿势，另一只手握住她的手指，低哑的嗓音贴在她耳边："现在试试。"

季暖感觉自己的姿势跟之前没有太大差别，但似乎哪个她一直没掌控好的角度被纠正过来，她平心静气地对着百米开外的靶子用力勾动手指。

砰！子弹正中靶心。

季暖回头看向身后的男人。冷风吹过，墨景深将身上那件她之前买来的黑色羊绒大衣打开，将她整个人抱在怀里，同时将她手中的枪拿下来，扔给封凌。

封凌利落地抬手接住，看着季暖的方向笑了一下，自觉地走开了。

"站在这里练了这么久，不冷？"男人的声音贴着她的耳郭。

"不冷啊，挺刺激的。"季暖诚实地笑起来，在他怀里转过身，就势抬手抱着他的背，"你不是在里面和南衡他们谈事情？谈完了？"

"没什么重要的事，见了个老朋友。"墨景深在她额头上亲了一下，"射击这种东西，你在这里玩一玩就好了，不需要特意学，以后不会再有任何需要你开枪的机会。"

"我就是忽然觉得封凌特别帅，一时兴起，就想跟她学学。"

男人看着她，低低地笑道："你现在很有魅力，还想再揽什么魅力在身上？我都已经很克制了，你是打算让我陪你在床上至死方休吗？"

翌日中午。

墨景深开车，黑色宾利驶入墨家在洛杉矶的庄园别墅。

这里虽然不像海城墨家老宅那样在青山绿水中占地广阔，但也有一千多平方米，而且在洛杉矶这种寸土寸金的地方，能有这样一栋面积不小的庄园式别墅，可见Shine集团已在美国华人界屹立多年。据说这处富人区的庄园别墅已经有些年头了，能住在这里的都不是寻常人家。

刚一下车，季暖就发现停车场那里停了两辆豪车。她疑惑地道："墨家在洛杉矶还有很多亲戚吗？今天是有人来这里做客？"

墨景深看了她一眼，道："不是。"

"那怎么有这么多车？应该是有人开过来的，如果只是墨家的车，不是应该停在车库里？"

季暖又向里看了一眼，这时管家乔治已经迎了出来："墨总，墨太太，欢迎回来。现在时间刚刚好，就快开餐了。"

墨景深淡淡地点了一下头，没有多说。

季暖开口叫了一声乔治叔叔。

正准备向里走，季暖的手忽然被男人握住。她被迫停下脚步，转眼看向墨景深，刚要问他干什么，又因为他的目光而下意识地偏过头向里看。

墨景深将视线投向前方，冷淡地看着刚走出别墅的苏知蓝，身上的气息瞬间冷出一个新的高度。

季暖最开始也想过无数可能，本以为会在这里遇见安书言，却万万没想到遇到的是苏知蓝。

既然苏知蓝在这里……季暖向别墅里望了一眼，那么苏家人应该也在。怪不得停车场上的车这么多！

她转眼透过别墅的窗子看见一位头发花白的老人。墨家除了墨老爷子之外，再无其他这种年纪的老人，所以，估计这位就是传说中的苏老。

季暖本来不错的心情一下子复杂起来。

墨景深神色冷淡，握着季暖的手转身便走，没打算多留一刻。

季暖刚被他拉着走了几步，墨绍则的冷斥声就传了过来："刚回来就走？"

季暖顿了一下，毕竟自己是儿媳，目中无人不太好。

墨景深拉着她的手没放开，并将她带到自己身侧，强行带她走出墨家的简欧式黑色大门，从容地道："不用理会，走。"说罢，他迈开长腿，带着季暖走了出去。

苏老听见动静，起身走了出来，看着门前。他虽然体态苍老，目光却炯炯有神。

今天会来这里，他的目的的确是墨景深。来之前，他还怀疑墨景深不会回来了。但毕竟今天是国内的春节，墨景深人又在洛杉矶，总不能在这种日子过家门而不入，于是苏老就过来赌一把。

但墨景深的态度说明了一切。

此刻，苏知蓝就站在那里，看着快走远的两人。

季暖穿着白色羊绒大衣，与墨景深身上那件黑色的大衣凑成了情侣款。仅从背影看，男人颀长挺拔，女人身材完美，确是一对璧人。季暖卷曲蓬松的长发从肩头垂落，散在背后，明晃晃的，刺人眼睛。

苏知蓝隐去眼底的那丝不甘与阴鸷，抬眼看见季暖若有所思并迟疑了一下，却被男人坚定地拉走。

“景深！”墨绍则对着他们的背影怒道，“大过年的，你是打算让我们心里添堵？回都回来了，你还走？马上给我过来！”

墨绍则话音刚落，一旁随即响起一道女声：“景深回来了？在哪儿呢？他把我儿媳妇带过来了没有？”

因为这道声音，墨景深的步伐才缓了几分。季暖下意识地转过眼，就看见一位保养得宜的中年女子正殷切地向门外张望。

季暖对她有些印象，因为当初季暖和墨景深结婚的时候，墨绍则根本没去参加，墨景深的母亲却是千里迢迢从美国飞回海城，去参加了他们的婚礼。

虽然只见过一面，但季暖还是认出来了，这位便是墨景深的母亲——万珠女士。

万珠一眼就看见他们的身影，对上季暖看过来的视线，她当即笑得一脸和蔼，又对季暖招了招手，道：“儿媳，走什么啊！快回来！家里做了一堆好饭好菜，专门等着你们呢！”

结婚那天，万珠女士就拉着季暖的手，儿媳妇长儿媳妇短地叫她，当时季暖的抗拒心还很重，她直接把手抽了出去，进了新娘子的化妆间。

一想到这里，她心里就一阵愧疚。她果断转身，用力拉着墨景深的手臂，带着他往回走。季暖笑弯了眼睛，开口说：“刚才景深说回来得太匆忙，过年过节也没买什么礼物，正准备带我一起出去买些什么，我们没说要走！”

墨景深转头看了一眼帮他解释的小女人。

万珠一听便笑着迎了出来，上前拉过季暖的手道："哎呀，手这么凉，这是回自己家，还买什么礼物？再说了，景深要买东西就让他自己去，这么冷的天气，让季暖赶紧进家门暖和暖和！"说着，她就拉着季暖向里边走。

这婆婆和公公的态度真是差别太大。

墨绍则站在门前，脸色依然难看。

墨景深这才淡淡地对门前的苏老点了点头。

苏老轻轻一笑，道："看起来，景深像是不太欢迎我们。"

墨景深冷淡的目光在苏老身上掠过："苏老多虑了，毕竟来者是客，哪有不欢迎的道理？"

苏知蓝盯着墨景深的脸，对他笑了一下："景深，我自小跟在爷爷身边长大，苏家人太少了，今年过年又格外冷清，所以才来这里，想跟墨叔和珠姨一起过春节，没想到你真的会回来。"

墨景深淡淡地点了点头，道："嗯，那就请入座吧。"

说罢，他没再多言，随手拿起电子车钥匙按了一下，将停车场上的车锁上，向里面走去。

季暖这会儿已经被墨景深的母亲拉到客厅坐下。美国墨家的装修风格与海城墨家的不同，海城宅子的风格偏古朴简单，而这里相当精致，一看就知道，这个家中大小事情都由墨景深的母亲打理，墨绍则怕是连花瓶都没摸过。

"前些天听说你们都在医院，没什么事吧？景深的伤好些了吗？"万珠一边叫用人过来送水果和端茶倒水，一边笑眯眯地看着季暖，露出格外喜爱的表情。

被墨绍则冷待久了，季暖一时间对墨景深母亲的热情不大适应，被拉着坐到沙发上后，她没脱外套，忙点了点头："没事了。前些天爸去医院探望过他，当时他正在休息，没能见到爸。但景深的身体向来很好，只是一些皮外伤，您别担心。"

"不担心，不担心，我这儿子从小就让人省心得很。听说他受伤了，我就让你爸过去看看，又怕你们太拘谨，所以我没去医院。听说你们出院了，我也就放心了。"万珠笑着拍了拍季暖的手，"我记得以前听你父亲说过，你是在洛杉矶读过书吧？这么多年没来过，一切还觉得熟悉吗？有没有不适应的？”

季暖坐在这里跟墨景深的母亲闲聊着，墨景深进门就看见季暖受宠若惊似的表情。

客厅里很热，不远处的墙上还有西方主宅中常见的壁炉，壁炉正对着她的方向，小女人像是忘记了脱外套，脸上红扑扑的。

墨景深眉梢上扬，脸上露出些许笑意：“再不脱衣服，这年夜饭就要把你烤来吃了。”

万珠这才反应过来，笑着看季暖：“你这丫头，怎么进门还没脱外套啊！这屋子里有二十七八摄氏度呢！多热啊！快把外衣给我，我叫人帮你拿去挂上。”

季暖这才脱了外套，递给用人，再对用人点头致谢。

像是发现季暖跟结婚那次有很大不同，万珠女士笑眯眯地道：“上一次见你的时候，还是在你和景深的婚礼上，你当时其实很怕生吧？现在看起来，你们小两口的感情越来越好，你对我也不再那么生疏了。”

“我那天确实有点怕生，也不是很懂礼貌，您别介意。”就是因为这件事，季暖到现在也多少有些不好意思。

“不介意，不介意。我年轻时刚嫁人那会儿，对墨家的亲戚也很反感，一个两个的我都不认识，每一个却都要跟我打招呼，我心里明明烦得很，却还要保持微笑，这感觉我太懂了。等时间久了，慢慢熟悉就好了。”万珠边说边转眼看向墨景深，“景深，伤得真不严重吗？听说你住了挺久的医院。”

“已经没事了。”墨景深对母亲的态度十分温和。

“那就好！你也很久没回来了，这次既然带着暖暖回来，不如就在家里住几天，反正国内也都正放假，没什么急事，就别着急回去了。”

“看情况再说。”墨景深没有直接拒绝，也是很难得了。

这时，苏老、苏知蓝和墨绍则一起进了门。见季暖正被墨景深的母亲拉着话家常，苏老笑道：“景深结婚的消息也真是很突然，之前我们完全不知道，没想到今年也是巧了，有幸得见墨太太。”

季暖听见声音回头，起身对苏老客套地点了一下头：“您好。”

苏老笑着点点头，虽然在笑，笑意却不达眼底。他又看了季暖两眼，便转头与墨绍则说话。

季暖与苏知蓝对视了一眼，苏知蓝若有所思地移开视线。

季暖重新坐下。墨景深已经放下外套，有些慵懒地坐到与季暖同侧的沙发上。听见万珠一直对季暖嘘寒问暖，他嘴角带了一丝笑意，静静地看着她们。

一位年纪大些的用人看见他回来，似乎格外开心，上前就将刚洗好的红苹果塞到他手里。墨景深是他看着长大的。

墨景深没拒绝，手里握着红苹果，嘴角牵起淡淡的笑，随口问了那位老用人几句话。

似乎在他母亲和墨家老用人面前，墨景深才会显出另一种气质，温润如玉，平易近人，比平日暖了许多。

之后，苏老他们被墨绍则邀请坐在对面聊天。他们聊到墨景深和季暖结婚的缘由，墨景深神色如常，目光从他们脸上一扫而过："今天是国内的春节，阖家团圆的日子，该聊的似乎并不是我的婚事。"

这时，苏知蓝接过话："对呀！季暖也是第一次来墨家，里里外外应该不是特别熟，爷爷和墨叔这样聊，她肯定会不自在。"

"我还好啊！"季暖说，"毕竟也是自己家，哪有什么不自在的？"

苏知蓝脸上的笑意一收。她顿了一下，又道："那就好。我看珠姨对你很热情，像是生怕你不习惯，本来还想让珠姨先忙，我陪你在墨家走走的。"

说到这里，苏知蓝又笑了一声，像是完全没看出季暖无所谓的神情和冷淡的敷衍，道："这美国的墨家和海城的墨家应该大不相同吧？这后面有几座墨叔收藏的二十世纪八十年代的罗马雕像，我每次看都叹为观止。季小姐，你要不要去看看，我为你引路？"

季暖微笑道："我对罗马雕像不是很懂，爸既然专门收藏了这些，他肯定是行家，我这种外行还是不要去露怯吧？不懂装懂什么的才最尴尬。"

"我只是见季小姐坐在这里好像不太适应墨家的氛围和环境，想带你出去走一走。"苏知蓝勾着唇道，"参观一下而已，跟是不是行家有什么关系呢？"

"暖暖要是不喜欢，就不用去后面看那些东西，都是景深他爸十几年前收藏的玩意儿，我平时都懒得叫人去收拾。"万珠女士这时开了口，

“暖暖这两天就在这里住下，在家里走动的时间多着呢，现在刚回来，坐一会儿，好好休息一下，不急。”

苏知蓝见墨景深的母亲开口，只好笑了一下，道：“珠姨说得对！季小姐第一次来墨家，总要住一两晚，不然这婆媳关系都生疏了，仿佛陌生人似的。”

一听这话，万珠的脸色微微缓了一下。不等季暖开口，她便转眼看向苏知蓝：“暖暖刚结婚的时候很拘谨，她是慢热的性子，我难得把她给盼来，你可别把我这儿媳妇给吓着，她再不敢跟我说话了可怎么办？”

苏知蓝的表情微微一滞。之后，她抱歉地笑了笑，道：“珠姨，我也就是随口一说。”

墨景深笑而不语。

季暖也看出来了，墨景深的母亲显然和墨老爷子是一个队伍里的！这样看来……墨绍则真是这个家里的异类……

不过，怪不得墨绍则到现在也没把季暖真的赶出墨家，毕竟枕边人和自己的亲爸都是向着季暖的。老婆每天吹着温柔的枕边风，他也是狠不下心。

至于苏知蓝，今天显然太自信了。

先不说墨景深的母亲向着哪一边，就说墨绍则，他这次真正看中的合作伙伴其实是安家，而非几年前合作过的苏家。

这苏家和墨家的婚约也没维持多久，季暖不知道他们两家之间究竟有过什么样的纠葛，但看他们谈话时的坐姿和语气，显然是客套居多。

苏老开口道：“景深，也不能怪知蓝对你们家里的事情这么上心，毕竟你的人生规划里曾经有她，现在却把她排除在外。季小姐是你的太太，墨家对她如何热情都不为过，可知蓝也只是多关心了你几句，你也没必要这样冷着她。”停顿片刻，苏老又意味深长地说，“我年纪也大了，对年轻人之间的感情问题不是很懂，没办法参与。我就知蓝这么一个孙女，她父母当年在战乱国家的首都谈生意，开车路过埋了炸弹的公路，连完整的尸首都没找到。这个孙女是我一手拉扯大的，说我偏心也好，惯着她也罢，当初你就那么退了婚，回到海城另娶他人，难道不该给我们苏家一个交代？”

闻言，墨绍则皱起眉。万珠则因为苏老提到苏知蓝父母的事而沉默起来。

墨景深的嘴角勾起，他似笑非笑地看向苏知蓝，道：“苏小姐，婚约取消的原因，需要我在这里重复一次吗？”

苏知蓝自知当初配合墨绍则撒谎确实是她理亏，这时候如果她不拦着，恐怕她和爷爷面子上都不会好过。

“原因我明白。”苏知蓝善解人意地道，“我理解景深当年离开美国的原因，也不愿意逼他对我负责太多，既然他另有所爱，对曾经的婚约只字不提，那我只能祝福季小姐和景深百年好合。”

墨景深一点犹豫都没有，冷声道：“我和苏小姐之间的确存在过婚约，至于苏小姐所谓的感情和负责，则是仁者见仁、智者见智的问题。季暖是我的妻子，她没有插足我的任何感情。如今时过境迁，不需要我再细说，苏小姐和苏老该是懂的。”

“就算为了当初那点情面，你也不该对知蓝太过绝情。”换作几年前，苏老还能以长辈自居，站起来指着墨景深的脸骂几句，现在他却只能脸色难看地抱怨。

“苏老的意思是，我结婚后还要顾念前任，随时以前任的感受为己任？”墨景深的语气冷若冰霜，眼底的冷意也显而易见。

“景深，我们今天是来墨家做客的，只是聊一聊过往。毕竟知蓝等了你这么多年，她大好的年纪都用在等待上，我这做爷爷的替她讨个说法，应该不为过。”苏老见墨景深始终冷淡，终究表达出他的不满。

听到这里，季暖忽然开了口：“苏小姐今年多大？二十四岁？”

客厅里安静下来，几乎所有人的目光都落在季暖身上。

季暖一点回避的意思都没有，目光清亮地看着苏知蓝：“二十四岁就算度过大好的年纪了吗？在这个年代，女人的黄金年龄难道不是这一生吗？如果每个人都对十几岁时爱过的人追责，那这世上欠债的人就太多了。”

苏老目光一沉，开口道：“季小姐对景深和知蓝之间的事一清二楚吗？知蓝当年和他可是差一点就结婚了。”

季暖笑意清淡，语调缓缓地道：“以苏老您的阅历，应该不需要我来解释这所谓的‘差一点’是什么意思，时间总归不会后退，您年纪大了，喜欢回忆也就罢了，但苏小姐年纪轻轻，执着于过去没得到的，又有什么意义？难不成苏小姐因为不甘心错过的这一点，现在要让我这个合法妻子退出？”

空气里流动着寂静与难堪。

难堪的自然不是季暖。

这世上真没有季暖不敢冲撞的人。别人对她客气，她自然也会客气，但面对别人的肆意挑衅，她也不会退让。

大过年的，这苏老竟然带着苏知蓝直接找上门来。前女友又是个什么东西？凭什么要让墨景深去负责她自以为是的青春损失？

第三十章　惊变·追逐

没想到季暖敢这么说话，苏老脸上顷刻间已是乌云密布。

偏偏在和苏家联姻的事上，墨绍则也因为当年参与过，现在自知理亏，便没急着吭声。

苏知蓝大概是气极，反而冷静下来，情绪没有明显外露，一双眼睛却盯着季暖。

“各位，”见苏知蓝克制隐忍的目光，墨景深拉着季暖的手站起身，淡然如水，维持着一贯的内敛谦和，眼底却是含着冰，“抱歉，暖暖现在怀有身孕，不适合在这样的场合待下去，我先带她回房。苏老和苏小姐若是诚心留在这里过年，墨家很欢迎二位留下吃饭，但若二位另有其他去处，那就慢走不送了。”说罢，他牵着季暖转身上楼，步子并不快，却是头也不回，没有丝毫迟疑和客套。

季暖什么都没说，乖乖地跟他一起离开。这客厅里的气氛确实不怎么好，她也懒得和苏家爷孙有过多纠缠。

苏知蓝脸上看不出多少情绪，眼底却积聚起无数寒冰。

万珠和墨绍则也一时半刻没反应过来。刚才墨景深说什么？季暖怀孕了？！

“景深？”万珠噌的一下从沙发上起身，刚要追问，结果两人已经上楼，完全没有回头。

万珠这时转眼看向墨绍则。墨绍则皱了皱眉，表情不太满意。他们倒是走得洒脱，把这烂摊子留给了自己！

季暖怀孕这件事的确是出人意料。

苏老的脸色难看到极点，他正准备带苏知蓝回去，手却被苏知蓝狠狠拉住。

“爷爷，没关系。”苏知蓝垂下眼，轻声说了一句，“季小姐现在才是景深的妻子，他护妻心切，这是应该的。我们的态度也确实过激了，景深的确……没欠我什么……”

听见这话，墨绍则才道：“是啊！这种事情说了也是各添烦恼。这亲家做不成，我们墨、苏两家在商场中的友谊总是不会变的。苏老，你也看开点，现在既然季暖怀孕了，这事情我这做父亲的也就更不好多说什么。”

万珠笑道：“今天是国内的春节，咱们既然打算一起吃团圆饭，就该和和气气、热热闹闹的，前尘旧事还是放下吧！知蓝条件这么好，有大把比景深优秀的有为男士追求她，我们这儿子也就看着养眼了些，其实性子寡淡得很。”

季暖这会儿正被某个性子寡淡的大总裁牵着手，参观洛杉矶墨家的二楼。从走廊尽头推开露台窗子走出去，就能看见苏知蓝刚才提到的那几座罗马雕像。它们的确很有年代感，而且一看就价值不菲。这种二十世纪八十年代的罗马雕像，随便一座都够买她一个工作室了，真不是普通人收藏得起的！

后面的亭台水榭有部分被冰雪覆盖，但几条幽静的小路被清理得很干净，后面的几座欧式建筑和阁楼排列整齐。

“今晚想住在这里？”墨景深的手指从她发间穿过，又摸了摸她的头。

“可以啊！住哪里都一样，反正这里这么大，而且我看你母亲好像很喜欢我，住在这里也不会有什么压力。”季暖忽然转身靠在露台上，仰头看着高大挺拔的男人，“怪不得爷爷当初专门用你母亲的事情去讽刺爸，果然你父母的性格完全不同……”

墨景深笑笑，道：“那就住一晚，明天走，嗯？”

“好。”

天黑得很快，季暖和墨景深一起下楼时，发现苏老和苏知蓝还没走。

苏老刚和墨绍则开了一瓶好酒，苏知蓝正在帮他们倒酒，下午剑拔弩张的气氛仿佛消失不见。

见季暖下楼了，万珠当即迎了过来，殷切地问："儿媳妇，真的怀孕了？"

季暖点了一下头，道："还不到两个月，医生说胎气不是很稳，我就没敢这么早说这件事。"

"胎气不稳没关系，我当初怀着景深的时候也是胎气不稳，多躺着休息就好了。"万珠笑眯眯地看向淡淡挑眉的墨景深，"怪不得你要带季暖回房去休息，果然你比你爸靠谱多了，还知道疼老婆。我怀着你的时候，三天两头肚子疼，你爸除了沉着脸把我送去医院，其他一概不管，连嘘寒问暖都直来直去的，一点都不贴心。"

刚跟苏老碰过杯，同时喝了一口酒的墨绍则顿时无语。

万珠又拉着季暖坐下，凑在季暖身边低声说："苏小姐和苏老今晚不回去了，会在这里住一晚。苏家和墨家也算世交，下午发生的事有些伤苏老的面子，今晚让他和景深他爸喝几杯，缓和一下。你要是不喜欢面对他们，吃完饭就早点和景深回房，不用顾及什么礼貌不礼貌的，我能理解。"

有这么一位通情达理的婆婆，再不喜欢和苏知蓝面对面吃饭，季暖也能笑眯眯地忍了。

"没关系，没什么不愿意面对的，而且这不仅仅是礼貌问题，谁是主谁是客我也分得清，您放心，我不会介意的。"季暖对她眨了眨眼睛。

万珠抬手在季暖的肩上拍了拍，同时也对季暖眨了眨眼睛。

墨景深看着季暖和他母亲之间这莫名其妙的默契，唇角带着似有若无的笑意。

晚饭过后，万珠催墨景深赶快带季暖回房。连季暖都看得出来，墨景深的母亲根本没打算让她跟苏家人在同一张餐桌上坐太久。

回了房间，季暖看了一眼时间。现在这个时间，国内还是上午，她给工作室的所有同事发了新年祝福短信，然后给季弘文打了电话。得知季梦然到现在还没消息，她陪季弘文聊了一会儿天。

挂了电话，季暖因为自己没能赶回去陪季弘文过年而不太舒服。沈赫茹的事情，还不知道他是怎么处理的，但想必今年的季家一定很冷清。

她转身进了浴室，在浴室里泡了很久的澡。快睡着的时候，忽然听见门响，她倏地转过眼，见是墨景深进来了。她还有些迷糊，人已经被他从浴缸里抱了出来。

"没继续陪爸和苏老说话？"季暖身上湿漉漉的，生怕弄湿他的衣服，但见他根本没介意，也就没抗拒。被抱出浴室之前，她顺手抓起一旁的浴巾搭到自己身上。

"不早了，陪你比较重要。"墨景深将她抱到床边，垂首在她唇上吻了吻。目光落在她挂着水珠的锁骨与肩膀上，他闭眼克制了一下，才将她身上浴巾的一角拿起来，帮她将还在滴水的头发擦了擦。

季暖坐在床上，乖乖地任由墨景深帮她吹头发。她单手托着下巴，看着房间侧面的阳台："万珠女士真是个好婆婆。你以前和苏知蓝有婚约的时候，她对苏小姐也这么好吗？"

墨景深的手指在她发间穿梭。他沉静地道："至少比现在这种明显疏远的关系要好不少。"

"那现在面对这么巨大的情感落差，苏小姐还能坚持在这里和我们吃饭，也是不容易。"季暖边说边用手指在脸上轻轻弹了两下，然后挑眉道，"不过你母亲真的很好，她绝对是个情商很高的婆婆。我还以为墨家除了墨爷爷之外，其他人都不喜欢我呢！"

墨景深摸了摸她快被吹干的头发，将吹风机放在一旁，手落在她的肩上，道："因为她知道，我的妻子是你。我是她的亲儿子，应该向着谁，她心里总归有数。"

季暖想想墨景深母亲今天的所作所为，对外尽量周到，对内又格外偏心，嗯，的确是个心里很有数的婆婆。

时间还不到零点，用人说楼下有果盘和各种糖果、小食可以吃。季暖怀孕之后一直风波不断，孕妇嘴馋的毛病到今天才凸显出来。她趁墨景深洗澡时，一个人推开门，准备下楼去拿些小吃上来。

她和墨景深住的是三楼，走到二楼就看见苏知蓝站在楼梯口。苏知蓝状似路过，又分明不是路过。

苏知蓝也看了季暖一眼，然后又抬头看向季暖身后的方向，发现墨景深并没有和她一起出来。

“季小姐居然怀孕了，恭喜你啊。”苏知蓝就这样靠在栏杆处，盯着季暖。

没料到苏知蓝会来这么一句，季暖停下脚步。不止一次听说过苏知蓝有狂躁症，季暖也就没靠近她，站在与她相隔半层的楼梯处。

“苏小姐这么晚还不休息？”

“睡不着。”苏知蓝见季暖故意跟她保持距离，秀眉似有若无地动了一下。之后，她抬起脚一步步朝季暖走去。

见她上楼，季暖倒是觉得她不至于明目张胆地做什么，但季暖还是向另一侧走去，直到有能稳稳扶住的栏杆才停下脚步。季暖把手放在栏杆上，用了些力气，免得发生什么“意外”。

“今天，我爷爷的话，希望没有伤害到你。”苏知蓝走近说，“也请季小姐宽宏大量，别太计较。那天离开医院，我其实也想过很多，既然景深已经选择了你，这婚姻就是合法的一道围墙，何况你还怀着孕，这对景深来说更是责任在身。到了这一步，我想做什么也都做不到了，虽然还是有些不甘心，但也能理解……”

苏知蓝语气自然，表情诚恳。可惜，季暖却从她仿佛退让的话中听出了满满的攻击性。苏知蓝是在说，墨景深对她好，只是碍于婚姻的“枷锁”和要负的责任吗？

“我想苏小姐可能是在美国长大的，对中文词语的用法不够熟悉，‘理解’这个词可不是这样用的。”季暖微笑着道，“有很多话也不需要重复，苏小姐心里清楚，挡在你眼前的围墙究竟是我们的婚姻，还是你根本从来都没有真正走进他的内心，所以，又何谈破墙而入呢？”

苏知蓝看着她，目光渐渐转冷，终于恢复了她的骄傲。

“另外，苏小姐，既然你调查过我，就该知道墨董对我并不是特别满意，可在这样的情况下，今天下午苏老质问时，他却选择沉默。很显然，他对你并不是很满意，你已经是被拒之门外的那一个。”

季暖的语气凉凉淡淡的，并不刻意突显什么，偏偏这样实在的话才最扎心。

苏知蓝不再和她多说，骤然转身下楼。

季暖看着苏知蓝的背影，直到她走远，才将手从栏杆上抬起来。她低头看了一眼微微汗湿的掌心，不由得失笑。

翌日清早，季暖起了个大早，陪万珠女士去厨房一起研究几道甜品。

以前就听墨景深说，他母亲经常研究养生之道，对制作各类美食也颇有心得，只是家里用人多，平时不需要她做什么，但她还是会找机会去厨房研究各种好吃的。

季暖帮忙搅拌鸡蛋，忽然嘴里被喂了一口花生酱，又甜又香。

“味道怎么样？”万珠双眼放光地看着她，一副期待儿媳妇赞美的表情。

季暖笑了一下，将唇边残留的花生酱也舔了进去，咂了咂嘴，意犹未尽地说：“特别好吃！这绝对是我这辈子尝过的最好吃的花生酱！”

明知道小丫头这话中拍马屁的成分居多，万珠还是开心地又给她喂了一口，然后转身去弄蛋糕。她说：“你和景深一直住在御园是吧？我对陈嫂也算比较熟悉，知道她的厨艺还不错，你吃着口味还习惯吗？”

“陈嫂做的饭菜都很好，而且我也不怎么挑食。”

万珠又看了看季暖用搅拌机搅鸡蛋的样子，笑问：“你这是……会做饭？”

季暖的动作顿了顿。她低下头看着自己勉强还算专业的手法，回道：“会一点，但不算太精通，自给自足肯定是够了。不过，景深会下厨，他做的饭菜可比我做的好吃多了。”

万珠顿时一脸诧异地转眼看她：“景深还给你做过饭？”

“对啊。”

“哎哟，我这儿子可真够偏心的，长这么大，从来没给我和他爸做过饭。别说饭菜，我们就连他亲手倒的茶都没喝过。”万珠边说边感叹，“你要是不告诉我，我都不知道他还有这本事。”

季暖在墨家留到中午，偶尔和墨景深的母亲闲聊，偶尔跟墨家的用人学着磨煮各式各样的咖啡。苏老和苏知蓝离开的时候，季暖并没有去送。反正也没人叫她送客，她也懒得听苏知蓝说什么。

下午，季暖被万珠女士催着回房睡觉。她再起床时，窗外已是晚霞漫天。

季暖本以为还能在这里吃顿晚饭，毕竟她和墨景深也是难得有这样平静又悠闲的时刻。结果墨绍则放下电话，通知家里的用人："多准备几套餐具，安家人一会儿过来。"

用人应了一声就走了，大厅里忽然陷入一阵沉默。

季暖挑了一下眉。这是都赶到一起了？中午才送走苏小姐，晚上安小姐又要来？

她忽然转过眼看着墨景深。站在她身侧的男人单手插进裤袋，唇角勾出一抹弧度。

"墨家今天格外热闹，暖暖现在需要静养，太热闹的环境对她没什么好处，我先带她离开了。"说罢，他牵起季暖的手转身就走。

墨绍则当即皱起眉，还没说话，万珠就拉住他的手臂，瞪他一眼，低声说："你这不是明摆着要赶景深他们走吗？苏家人自己上门来也就算了，这安家人你又是怎么想的？大过年的，景深好不容易带儿媳妇回来住了一晚，我一直哄着季暖让她多住几天，结果你倒好，现在直接把人给我赶走了！"

墨绍则的脸色一下子难看起来，眼里积聚起怒意："这种事你少管！安家人只是过来看看，季暖都已经怀孕了，我还能做什么？"

"你还知道暖暖怀孕了？那你把这些人扯到她面前来干什么？你和安家交情是好，可人家暖暖肚子里怀的可是咱们的亲孙子！谁亲谁疏，你心里没个谱？"

黑色宾利在夕阳下开出洛杉矶墨家的别墅。

墨景深手握着方向盘，双目直视前方，神情透着几分冷淡。

季暖坐在副驾驶座上，看着男人的侧脸："天快黑了，我们去哪里？"

两人来洛杉矶的这些日子，在医院的时间比较久。出院后的这两天，一天在XI基地，一天在墨家，季暖感觉自己今晚可能要和墨景深去住酒店了。

男人没有回答她，沉默片刻才道："你中午就吃得不多，晚上是想在外面吃，还是回去我做给你吃？”

“回去？回哪里？”季暖疑惑地道。

他道：“我当初在洛杉矶那么久，不可能连自己的住处都没有。”

“哦，那你都这么久没回来过了，还能直接住进去吗？”

“每天都会有专人去打扫，随时可以住。”

“我是说，家里应该没有什么食材吧？”

季暖的嘴巴真的被墨景深给养刁了，在去餐厅吃饭和回家吃他做的饭之间做选择，她肯定选择后者。

黑色宾利在一家美国大型连锁超市的停车场停下，墨景深看了一眼时间，道：“去买。”

“如果太晚了，今天就只买食材，然后在外面吃，东西放冰箱里，明天再做也可以。”

“时间来得及。”

“好吧。”

时间其实真的不早了，从墨家开车到这里已经花了五十多分钟，还不知道墨景深在洛杉矶的住处究竟在哪里。不过，墨景深的心情明显不怎么好，她也没多说什么，解开安全带下了车，跟着他一起去了超市。

两人买了不少食材和水果，墨景深顺便在货架上帮她拿了一盒孕妇奶粉。各种各样的东西堆满购物车，如果不是季暖拦着，估计他还会在孕婴区看看其他营养品和孕期必备品之类的东西。

季暖好不容易拉着他去收银台结账，准备去停车场时，墨景深却抬手搂过她的肩，带她去了马路对面那栋高达八十多层的公寓。

季暖没反应过来，还想问他拎着那么多东西，难道不打算开车吗？

直到过了马路，再进了公寓正门，季暖才诧异地看了看周围来往的金发碧眼的人和这栋非常成熟的公寓住宅。她顿时明白过来，原来是这里。

没想到，墨景深在洛杉矶的住处，居然在洛杉矶最显著的地标附近。

屋里纯粹男性化的布置，让她一眼就看出来，他以前在这里独居过很久。

时间已经不早，墨景深告诉季暖卧室、浴室和书房所在的方位，然后将购物袋中的食材挑了一部分出来，又把剩下的东西有条不紊地收进冰箱。他洗了个桃子递给她：“我这里没有你的衣服，洗过澡后，去柜子里找件衬衫穿。”

季暖接过桃子啃了一口，嘴里塞得满满的，笑眯眯地应了一声：“嗯，要我帮忙吗？”

“不需要，你乖乖等着。”

“好。”

季暖又在屋子里转悠了一圈。她拿着桃核去厨房的时候，见男人将衣袖向上挽了一些，正在水池边清洗各种食材。她抿了一下唇，将桃核扔掉，打算蹑手蹑脚地过去自他背后抱住他，结果手刚探出去，男人忽然淡淡地开口道：“喜欢这里，还是喜欢海城？”

季暖的手顿了一下，然后咧嘴嘿嘿一笑，伸手抱住他，脸贴在他背上：“你脑袋后边长眼睛了吗？”

墨景深没回头，任由她抱着，继续洗菜。

“有你的地方，我都喜欢。但是相对来说，还是在海城住惯了。工作室那边还有不少事情等着我回去处理，如果能早点回海城，我肯定还是选择早些回去。”

“Shine集团在四天后设了一场华人合作方的新年晚宴，晚宴过后我们就回去。”

“这么快？”

“我身上的伤已经没什么大问题，在这里耽搁太久没必要。”

季暖将脸在男人的背上蹭了蹭，开口道：“也不需要太顾虑我，你在美国有不少事情要做。墨氏已经很稳了，如果爸一直坚持让你接手Shine的话，你早晚还是要来美国，我总不可能一辈子都把你绑在海城。”

“我不介意被你绑在任何地方。”男人擦干手，转过身，抬手在她头上拍了拍，“去旁边站着，我切菜。”

说着，男人便开始切菜。那切菜的动作，既流畅又帅气，让人移不开视线。

季暖看着他的侧影、他的动作，抿着唇，有一会儿没说话。

她的确喜欢海城。但她没有忘记，墨景深是属于Shine的，无论曾经还是现在。

虽然墨景深早点接手和晚几年再接手没什么区别，但是前世今生，许多事情都发生了翻天覆地的改变。她在想，按照自己想要的人生去改变墨景深本来的人生轨迹，会不会太过自私了？

大概发现季暖这会儿若有所思，像是在考虑关于美国和海城的问题，墨景深切菜的动作没停，却是对着她温声道："去洗手，无聊的话打开电视看看。"

厨房里似乎真没什么自己帮得上忙的，她做饭虽然还可以，但每次有墨景深在，她确实是一点手都插不上。

她去洗手，又打开电视，百无聊赖地换了几个台，最后随便找了音乐台听歌，又主动去拿碗筷餐具。

墨景深说今晚太匆忙，只简单做了几个菜，却都是季暖爱吃的。

吃过饭已是晚上九点多。

饭后，季暖在房间里走了两圈，还特意把墨景深买来的孕妇奶粉冲来喝了一杯。她一边喝一边说："听人家说，孕妇奶粉这东西，喝了就会变胖，你这是在我怀孕的前几个月，就要把我喂成球啊！"

墨景深笑笑，拿了件新衬衫给她："我去开个视频会，你累了就去洗澡，早点睡。"

季暖洗过澡出来后，墨景深还在书房，听声音应该是还在开会，像是在处理海城墨氏那边的一些突发问题。

在书房门外听了一会儿，季暖便直接转身回了卧室，没进去打扰他。

深夜，墨景深从书房出来去卧室，卧室里很安静，季暖穿着白色的男士衬衫，睡得正沉。手机在她手心里放着。他拿过来看了一眼，就知道她在睡前又跟夏甜发短信。

短信的内容除了她问夏甜在跟谁谈恋爱之外，还有她连续三次问夏甜究竟有没有再跟当初撞伤夏甜的那个人渣在一起。女人聊天的内容与男人的简洁对话不同，各种甜蜜娇羞都在其中。

睡梦中的季暖忽然被人抱住，她迷糊地睁开眼睛，见是墨景深，便下意识地往他怀里钻了一下。男人低沉的声音贴在她的耳边："梦见了什么？"

季暖在他怀里憨憨一笑，哑声说："我梦见了在其他时空里，我躺在监狱里一动不动，然后你忽然出现了……"

房间里立刻陷入诡异的静默。

墨景深把手机从她的手里抽走，扔到床头柜上，低眸看着半梦半醒的女人，若有所思。

季暖忽然惊醒，意识到自己刚才究竟说了什么，又向他怀里缩了一下。她避开男人探究的目光，用含混不清的声音说：“之前在T市读书的时候，晚上睡不着就随便找些小说看，那些几生几世缘之类的小说看多了，就经常梦到这些乱七八糟的东西。我还梦到过以前你和我都是神仙的事情呢！还梦到你是皇帝，我是妃子，然后每天被你欺负……监狱什么的，还是第一次梦到……我可能真被那些不合常理的小说给荼毒得不轻……”

她又含糊地解释了两句，脑袋一直埋在他怀里，然后假装睡了过去。一个梦而已，他应该不会太当真。

墨景深的呼吸喷洒在她的发间和颈间，有着似有若无的温热，痒到她心上，让季暖一时半会儿却是睡不着了。

片刻后，男人低低的声音在她耳侧响起：“梦里的我是什么样的？”

这是被发现正在装睡了吗？究竟是她刚才的几句解释太欲盖弥彰，还是她装睡的时候身体太过紧绷？她都一动不动了，居然还是被他发现了？

但是他问，那个他是什么样的？

季暖的手贴在男人的胸前，心脏不正常地跳了跳。恍惚间，她真的沉浸在那个梦里了。

梦里那个在她嘴角淌血、倒地不起的瞬间忽然冲进来的男人，和现在的他没多少区别，只是头发比现在更短更显精神。十年的岁月根本没在他身上留下任何痕迹。

她没能在梦里看清他的表情。

季暖闷在他怀里回答：“反正是帅的。”

男人修长的手指忽然扳过她的脸，额头抵着她的额头，声音低哑地道：“真的？”

季暖忽然不敢与他对视，忙点头道：“真的！”

墨景深捏着她的下巴，低头吻住她，辗转厮磨，结束时不轻不重地咬了一下她的唇，又舔了舔她的嘴角：“梦里的我，也会这么亲你？”

季暖瞪他。

当然不会！那个他，是她连见都见不到的他。

季暖的背抵在床上，她闭上眼睛，翻了个身背对着他，含糊其词地道：“反正没你现在这么流氓！我要睡觉，你不困吗？”

“嗯，我抱着你睡。”他在她身后，将她抱在怀里。

Shine集团的晚宴在四天后举行，按农历来算，就是大年初五这天。

这样的晚宴，气氛不会太严肃，吃的喝的有很多。

季暖因为怀着孕，所以没穿太紧身的礼服，而是买了一套白色雪纺质地的宽松娃娃裙。她本来要穿高跟鞋，结果被墨景深阻止了，她只好换了双平底鞋。

晚宴上，南衡也在场。封凌也来了，不过封凌没穿礼服，仍是穿那身又酷又黑的劲装。

季暖一见封凌，便让墨景深先与企业高管们打招呼。

“墨太太，怎么不跟墨总一起过去？”封凌见季暖忽然凑了过来，疑惑地问。

“他已经带着我去介绍了一圈，但一直顾及我，也实在不方便。我说要过来找你聊天，他才让我过来。”季暖对她眨了一下眼睛，又瞥了一眼南衡的方向，“你跟他一起来的？”

封凌面不改色地道：“他是基地的老大，也是我老板，他让我来我就来了。”

“急着和他撇清关系干什么，我又什么都没说。”季暖刚要拉着封凌一起去里面找人少的地方待一会儿，忽然瞥见安书言的身影。

安书言是跟安家人一起来的，今天并没有站在墨绍则身边。碰巧对方也看见了季暖，四目相对的一瞬，安书言对季暖客气地笑了一下，便移开了视线，与安家人一起踩着红毯，去了里面的贵宾区。

“你在美国这么久，对Shine集团经常往来的这些公司和世家了解得多吗？”季暖一边拿起一杯香槟放在手中把玩，一边仿佛不经意地问着身边的封凌。

封凌果断地将她手里的酒杯拿下来，再塞给她一杯果汁，回道：“今天在场的这几十家华人企业都与Shine集团有紧密联系，但如果说与墨先生有关的，类似于安小姐和苏小姐这种，其实也有，只是她们对墨先生仰慕居多。另外，多年前已经被他冷落的世家小姐也不在少数，苏小姐仅是几年前与墨先生有了那些瓜葛，才会至今纠缠，而安小姐是墨董真心想撮合的一位。其他的，我基本上都记不住名字。”

季暖挑了一下眉。其实墨景深和墨绍则也算很有原则的人，至少那两位，一个是当年和墨家有过瓜葛的，而另一个是墨绍则单方面想要的儿媳妇。

别说墨景深，她在国内上流圈子也被许多男士追求过，但是她心高气傲，逢人不理，跟谁都没有理不清的关系，非要说有，也就那么一个盛易寒，可自己跟他之间也绝对没有半点暧昧。这样一想，季暖心里多少平衡了些。

何况她老公的确很优秀！

苏老带着苏知蓝来的时候，有不少人的目光都落在苏知蓝的方向，也不时有年轻名媛意味深长地往季暖这边瞟了瞟。

但真正吸引季暖注意力的不是这些，而是跟在苏知蓝身边的另一个人——苏雪意。

T市那次惊心动魄的一别后，季暖还以为这辈子都见不到苏雪意了。

将目光从苏知蓝和苏雪意的脸上移开，季暖转过眼就见墨景深已经过来了。

“封凌，看住太太。”墨景深牵起季暖的手，忽然看了封凌一眼。

封凌对苏家这两位小姐的做派很清楚，刚才看见苏知蓝和苏雪意，她就起了十二分的防备心，于是点点头。

明明宴会厅的红毯在中间，且有很多路可以走，苏知蓝仿佛有意要从这边路过。她拉着一脸惊惶的苏雪意向这边走来，路过季暖和墨景深时，周遭许多人的目光里添了些八卦的意味。

季暖强行别过眼，没去理会那些人无聊的目光。此时，她的视线落在苏雪意的身上。她记得苏雪意是个很漂亮又很机灵的人，怎么这会儿看起来瘦了许多也苍白了许多，而且好像很怕人，一路上都被苏知蓝拉着手腕向前走。苏雪意的目光几乎找不到焦距，对人群充满畏惧。

忽然看见季暖，苏雪意更像受了刺激一样，双眼发红地盯着她，同时转身就朝季暖的方向走来。

季暖还没看清是怎么回事，墨景深已经不动声色地将季暖拉到身后，高大挺拔的身影挡在她面前。

“季暖？你怎么会在这里？”苏雪意仿佛看不见其他人，只是死死地盯着季暖。

墨景深低沉冷淡的声音响起："苏老，这是什么意思？"

"雪意自从上一次受到惊吓，一直被关在家里，这不是过年吗，总不能让这孩子整天闷在房间里。知蓝和她的关系最好，趁着今天这里热闹，带雪意过来散散心。雪意的心理疾病也需要到人多的环境锻炼锻炼，也许能有好转。"苏老笑呵呵地说。

心理疾病？季暖没料到苏雪意居然罹患心理疾病，但苏雪意刚才还能叫出她的名字，难不成是那一次的事情后，墨景深或者南衡对苏雪意做了什么？报复是肯定会有的，但究竟是受到了怎样的惊吓和报复，苏雪意才会变成这副模样？

苏雪意现在的状态完全不像装出来的，显然她是真的病了。

季暖也没再往前去，只隔着墨景深的肩，若有所思地看着苏雪意盯着自己时眼睛越来越红的模样。

"好了，雪意，季小姐也是来参加宴会的，事情都过去了，她不会再对你怎么样的，别怕。"苏知蓝拉着苏雪意的手，不浅不淡地哄着，像个非常疼爱表妹的好姐姐。

周围的人皆有些诧异。

没有人知道苏雪意究竟为何变成这副模样，但听这话的意思，苏雪意会变成如今可怜兮兮的样子，全是因为季暖？苏雪意很怕季暖？这苏家的背景有多深且不说，苏雪意好歹也是SUAN集团的大小姐，这苏家的姑娘，一个被抢了男人，一个被吓出心理疾病，居然都是因为季暖？一时间周围那些人看向季暖的目光仿佛多了些什么。

季暖面无表情地看着正拉着苏雪意向人群里走的苏知蓝。季暖没料到她居然会把苏雪意带到这种地方来，这样旁敲侧击有什么意义？

墨景深握着她手的力度在加大，似乎在安抚她。季暖不由得勾起嘴角，嫣然一笑，坦然地回敬所有人的目光。

刚被拉走的苏雪意又回头向季暖看了一眼，然后便似疯似癫地盯着她。

季暖收回与苏雪意对视的目光，在墨景深身后低声问："她怎么了？"

墨景深握在她手上的手再度紧了紧，回眸看她一眼，道："我们早点走，不在这里久留，嗯？"

季暖下意识地点点头。

此时，封凌站在她身侧，用只有她和墨景深能听见的声音道："在T市时你被绑架的事，是苏雪意一手策划的。她借着苏家的势力，竟与那种地下酒吧联手。她被强行送回美国之后，南衡派了阿K他们给了她点颜色看，之后她就这样了。"

季暖转眼迎上墨景深的目光，又转头看向封凌："阿K他们对苏雪意做了什么？"

"不过是复制了她当时的手段，苏家人求警方去救人的时候，苏雪意几乎只剩一口气了。"

那种可怕的场景再度在季暖的脑海里浮现。当时如果不是墨景深及时赶来，季暖可能真的会遭毒手！苏雪意落得这样的下场也是她自己种下的因，阿K他们既然只是复制了她的手段，那也只能怪她自己。

苏家人已经走远，墨景深握着季暖的手，没再离开。

宴会到了正热闹的时候，场中响起笑声和掌声，似是墨绍则与几位合作方正在饮酒谈事。

季暖看见身边许多人跟着鼓掌，也抬手鼓掌，目光状似无意地在人群里搜寻，却没再看见苏雪意和苏知蓝。估计苏雪意的状态实在太糟糕，而苏知蓝目的已经达成，所以把人带走了？

大家举杯共饮。

季暖因为怀孕，今晚没喝酒。而墨景深微微笑着，将她的手握在掌心。

晚宴进行得还算顺利，到了后半程，季暖摸了摸肚子，说："景深，我去个洗手间。"

这时正有合作方与墨景深谈事情，女洗手间墨景深也不方便跟去，他拍了拍她的手，示意她去找封凌："让封凌陪你一起去。"

"好。"

季暖转身去了封凌那边，忽然看见南衡正趁人不注意，把封凌推到宴会厅角落。

黑暗中的角落有着似有若无的暧昧气氛，她过去好像不太合适啊！

她看看那边，再看看就在身后几步之遥的洗手间……

这边，封凌刚从南衡的桎梏中退出来，面无表情地向宴会厅里看了一眼，却发现本来一直跟在墨景深身边的季暖不见了。

封凌疑惑地转头，就在同一时间，她发现苏知蓝和苏老正站在一起，而苏雪意不见了！

封凌心底起疑，不远处的洗手间里忽然传出一声惊叫——

“啊——”

那声音听起来不像季暖的，险些被淹没在热闹非凡的宴会厅的声音里，只有刚走到附近的封凌听得最为清楚。

封凌快步走向女洗手间，抬起手正要推门，却发现门被反锁了！

“墨太太？你在里面吗？”封凌警惕地皱起眉，贴在门上低声问。

里面一片安静，无人回答，就连刚才发出惊叫的人也没了声音。

封凌抬脚狠狠地往门上一踹，巨大的撞击声惊动了宴会厅里的众人。随着洗手间的门锁被踹下来，封凌迅速推开门，用锐利的目光向里搜寻，洗手间里却空无一人。

刚才的惊叫声不是季暖的，但这洗手间地上散落的东西，却是季暖的。

一阵尖锐的疼痛感从脖子上传来，季暖皱眉，于昏沉中缓缓睁开眼睛，最先看见的是目光癫狂的苏雪意，她正握着一把水果刀，将锋利的刀刃贴在季暖的脖子上。

颈间的痛感和凉意让季暖逐渐清醒。她下意识地正要向后一缩，苏雪意将刀随着她的动作一起向后。

“你干什么？”季暖头很疼，一时间想不起自己究竟是怎么被迷晕的，但是眼前的苏雪意看起来很疯狂，她浑身的汗毛因为对方的目光而竖了起来。

“季暖，你总算落到我手里了！”苏雪意瞪着眼睛，盯着季暖白皙的脖子上那条隐隐渗出血的伤口。像是被激出了更嗜血的情绪，她满脸阴沉地笑着，用力将水果刀贴着季暖的颈部动脉，并按了下去，“你们毁了我，我要杀了你！季暖！我要杀了你！”

季暖感觉自己身上还有些药性未消，因为她使不上多大力气。见苏雪意握着刀的手一直颤抖，季暖试探地缓缓抬起手，趁苏雪意一心要将水果刀按进她脖子里时，几乎用了全身的力气去握住苏雪意的手腕。然后，季暖又将苏雪意的手腕狠狠掰开，将水果刀夺下。

苏雪意怔了片刻，看着空荡荡的手心，又阴冷地瞪了季暖一眼，抬起双手就要去掐她的脖子："季暖，我要你死——"

"苏雪意，你清醒点！"

季暖避开她的手，抬起手臂用力将她推开，转眼看见车窗外迅速倒退的一切，眼皮狠狠地跳了一下。怎么回事？她们怎么会在车上？

车窗外像是哪里的高速公路，路边很荒芜，什么都没有。

忽然被季暖吼了一嗓子，苏雪意浑身颤抖地盯着她："你以为你还能害我吗？季暖，就算你们想要我的命，我也要跟你一起死！也要你先死！"

听见这话，季暖猛地转过眼，看向苏雪意癫狂的眼睛："不是你把我迷晕的？"

苏雪意像是听见什么笑话一样，当即开口道："你还装？你就是凭着装无辜的本事才让墨景深对你死心塌地的，是吧？明明是你们把我迷晕了！幸好我醒来得早！也幸好我去宴会之前就在包里装了刀！我随时随地可以要了你的命！"

不是苏雪意……她们两个是同时被迷晕的？

苏雪意说着说着又要扑过来，季暖皱着眉挥开她，道："你先给我冷静下来！"

她按住苏雪意的手腕，抬眼打量这辆车。这是一辆正在高速公路上疾驰的新款宝马，她和苏雪意在车后面的位置，与车前的驾驶位之间隔着挡板，看不见正在开车的人是谁。

以窗外的景物倒退的速度来判断，这辆车的速度起码有150迈！

她们为什么会同时被迷晕带上这辆车？

季暖抬起手按了按额头，迅速回忆着——

自己去洗手间的时候，正巧看见苏雪意也在里面。当时，苏雪意正站在洗手间的镜子前涂口红。她一边涂一边透过镜子看向身后的季暖，那目光很诡异，透着和现在一样的癫狂和恨意。

季暖只往里走了两步，便下意识地要退出去，不打算跟精神不正常的人共处。结果她还没出去，身后忽然跑进来两个急着上厕所的女人。她没看清楚那两人，但正好当时她也确实想上厕所，而且那一层只有这个洗手间，见这里不止她和苏雪意两个人，季暖才避开苏雪意，向另一侧稍远一些的门走去。

等她从洗手间的隔间出来时，苏雪意已经不见了。季暖去洗手，刚将手放到水下，忽然听见最近的隔间里传出一道惊叫声，那声音像极了苏雪意的。她听得浑身一寒，转身就要向外走。就在那时，身后的隔间门忽然被拉开，有人从里面冲了出来，季暖被猛地向后拖。接着，洗手间的门被两个力气很大的女人反锁上，季暖的口鼻间被捂上一块湿布，刺鼻的味道让她精神越来越恍惚，直到失去知觉。

她万万没想到，她和苏雪意居然同时被迷晕，同时被带走！

“听着！现在不是发疯的时候！”季暖看着车窗外的高速公路和路两边荒芜的山丘，“我们两个可能同时被绑架了，你去宴会之前有谁找过你？是苏知蓝邀请你跟她一起去参加宴会的，还是你单方面主动要跟着她一起去的？”

苏雪意双眼死死地瞪着季暖：“你还想挑拨我和表姐之间的关系？”

“现在这种时候，我们两个的命已经被拴在了一起！我有什么可挑拨的？”季暖忍住骂她的冲动，“我们现在连自己究竟在什么地方、又处于什么境地都不知道！回答我，是不是苏知蓝让你去的宴会？”

苏雪意看见季暖冷漠严肃的目光，多多少少被震住，心不甘情不愿地说：“表姐看我被家里人关久了，心疼我，说要带我出来散散心。”说着，她忽然瞪着季暖，“你别想挑拨离间！我和我表姐的感情好着呢！就算真是绑架，也绝对不会跟她有任何关系！”

蠢就是蠢，她被利用了第二次还乐颠颠地给人数钱，完全不知道她的表姐究竟是什么段位的人。如果她们姐妹关系真的好，从一开始苏知蓝就该拦住苏雪意，不让她去T市找死！

如果不是苏知蓝的怂恿，性格冲动的苏雪意怎么可能胆大包天到往墨景深的枪口上撞。

而今日，苏知蓝如果没有任何目的，也就不会把疯癫成这样的苏雪意带去宴会。

现在跟这种疯子没有道理可讲，季暖觉得孕吐的感觉又来了，不知是不是迷药刺激了她，醒过来后，她的肚子就一抽一抽地疼。

季暖压下让人心慌的失重感，挥开苏雪意掐过来的手，抬手在眼前与驾驶位相隔的挡板上拍了拍。

这是一层黑色的类似玻璃或塑料的东西，应该不是特别结实。

季暖又拍了拍，然后低下头看了看自己的平底鞋，再转眼看着苏雪意的高跟鞋，果断地俯下身，将她的鞋脱了下来。

“你干什么？”苏雪意瞬间满眼防备。

季暖没理她，举起坚固的鞋跟，狠狠地砸在眼前的挡板上。现在这车正以可怕的速度往前行驶，两边还有其他大小车辆，必须想办法让车停下来。

重重的击打声惊得苏雪意缩在一旁，一时间她也不知道该去伸手掐季暖的脖子，还是要做什么。

季暖知道，对苏雪意这种精神疯癫的人来说，这样的噪声只会刺激她的情绪，于是只一声不吭地用力砸着挡板，没再逼问她。

现在不是斗嘴掐架的时候，万一出了事，两个人都非死即伤。

挡板被季暖用力砸了几下，中间终于出现一条裂缝，季暖手已经有些麻了，于是换了一只手继续砸，直到挡板中间被砸出一个大窟窿。那一瞬间，季暖没有任何欣喜和松一口气的感觉，她的心狠狠一沉。

方向盘前空无一人！这辆车居然是无人驾驶的！

从她们被扔上车，再到醒来，再到现在，至少已经过去几十分钟，这辆车一直保持150迈的速度向前行驶，没有弯道的高速公路在美国很常见，但是像这样将车定速，让她们两人在车上，对方的目的绝对不单纯。

“到现在，你还相信你表姐吗？”季暖盯着空荡荡的驾驶位，声音低沉地问。

苏雪意一脸震惊，没反应过来无人驾驶的车跟苏知蓝有什么关系。

“有人想借你的手铲除我，却也根本不打算让你活下去！苏雪意，你真是可怜，从小到大，没少做替你表姐出头的事情吧？但最后承担责任的一定都是你！而被你处处袒护的好姐姐，一直都出淤泥而不染，是吗？”季暖讥讽地看了她一眼。

苏雪意僵坐在后边，像是还没从季暖的话里回过味来。

季暖收回视线，用鞋跟迅速把眼前的窟窿砸得更大。直到大半个挡板都被砸下来，她向前钻到驾驶位上，抬手正要掌控方向盘，才发现这车不仅被定了速，就连方向盘也被锁上了，她根本没办法控制方向，更没法刹车。

脚下无论是刹车还是离合都很松，完全没用，季暖低下头打量，车座下的几个地方明显有被人动过手脚的痕迹。她又看见下面有几根红黄蓝绿的线，瞬间感觉脊背都凉了。这车该不会是……被人装上了自燃装置？

苏雪意见季暖的脸色不是很好，颤抖着趴在她身后的座椅上，露出头："能停车吗？"

季暖无声地看了她一眼。

苏知蓝真是个不择手段的人，连亲表妹都能被她利用到这一步！现在她为了铲除自己，连苏雪意的命也不顾了！如果她们真的死在这辆车上，没有人会去考虑始作俑者会不会是苏知蓝。因为所有人都知道苏雪意和季暖之间的纠葛，也知道苏雪意恨季暖，更知道苏雪意已经疯了！疯子是什么可怕的事情都做得出来的！

待苏雪意死了，就死无对证了，苏知蓝成功铲除情敌的同时，又成功洗脱了嫌疑。

封凌说过，别把苏知蓝想得太简单。

果然，她不简单。

季暖看了一眼脚下那些被藏在座位下的线。她和苏雪意的包都不见了，手边也没有任何剪刀之类的工具，高跟鞋也不可能砸得烂这么粗的线，手更不可能将其扯断。

季暖又抬手在方向盘上试了几下，根本不能操作。

就算这条笔直的高速公路没有尽头，就算可以等到油耗光车子慢慢停下，可这车上如果真的装有自燃系统，就随时可能爆炸。也许一分钟，也许半小时，车子随时会发生未知的危险。

要跳车吗？一百五十迈的速度，跳车？可能吗？

季暖将手捂在一直发疼的肚子上，眼底渐渐泛红。这样跳下去不死也伤，何况她还怀着孩子……对方可真是给她出了一道天大的难题！

"季暖，你一直坐在这里干什么？你停车啊！为什么还不停车？"旁边又路过几辆车，速度奇怪，让人看着心慌，苏雪意在后边尖叫，"你是想害死我吗？快停车！"

"想活命就得下车，这车停不了。"季暖懒得跟她解释太多，抬手在车门上试了几下。果然不出所料，车门都是锁上的。

季暖用苏雪意的高跟鞋在车窗上敲了几下，手臂使不出什么力气，她干脆将比自己的脚大一号的高跟鞋穿在脚上，在座椅上侧过身，用脚狠狠去踹车窗。

“你在干什么？”苏雪意一脸茫然地看着季暖怪异的举动。

“话别那么多。”季暖边踹边转眼看她，“想活命就过来帮我把这车窗踹开。”

苏雪意缩了一下脖子，完全不相信季暖。她心里很慌，转眼看见被遗弃在车里的水果刀，很快捡了起来，将刀子再度指向季暖：“你要是不赶快停车，我现在就杀了你！”

季暖目光很冷地看了她一眼，抽出些力气，抬手将水果刀抢了过来，不顾苏雪意那越来越惊慌、越来越癫狂的目光，起身将水果刀放在车窗和车门的缝隙里，用力撬了几下，然后再配合高跟鞋一起砸打。

这车窗太结实了！

季暖咬了咬牙，依照曾经她和墨景深在水下逃生的方式，用力拔出副驾驶座上的金属杆，然后去敲车窗。车窗接连遭到击打，终于有了些缝隙。季暖再用力去撬，直到车窗整个被撬碎，哗啦啦全都掉了下来。季暖趴上去观察高速路两边的荒地，前方是山丘，没有水，四周也很荒凉，不知道这究竟是哪里。

一百五十迈的速度，车窗打开，瞬间就有狂风钻进来，季暖眯着眼睛看向周围，忽然转眼道：“苏雪意，过来！”

苏雪意被狂风吹得一脸惊恐，用力摇头。

季暖没了耐心，伸手就去拽她：“你表姐想害你！你还真打算就这么遂了她的意？虽然可能会受伤，但我们跳下去才能活命！快跳！”

“我不要！这种速度，跳下去肯定会死！你果然要害我！”苏雪意尖叫着推她。

季暖用力去拽她，说不清道理，只能强来。

就在两人撕扯间，季暖忽然听见哪里传来警报声。她猛地转眼看向座椅下的那几根线。这警报声令人心惊胆战，她手下的力度加大了几分，用力扯着苏雪意来到窗前：“快跳！”

“我不要跳！”

两人不停地撕扯，苏雪意险些被季暖推出去，也不知从哪来的蛮力，她忽然反手用力掐住季暖的脖子，强行让季暖松手，再一个翻身，将季暖狠狠地压在车门上。她红着眼睛一边掐季暖的脖子一边大吼：“要死你自己死！别拽上我！去死吧你——”

季暖震惊地看着苏雪意眼中的恨意，想要让她清醒点，却被她掐得根本说不出话。就在季暖整个人几乎要被苏雪意从车窗推出去的瞬间，眼角的余光终于看见那辆一直紧随在后的巨型货车，同时看见那辆货车后的黑色宾利!

宾利？黑色宾利？熟悉的车型让她狠狠皱起眉。

就在她分神的瞬间，苏雪意用力将她推了出去。季暖的背在车窗残留的玻璃碎片上擦过。

整个人被推出去后，随着惯性，季暖感觉自己有那么两秒像是飞了起来，接着重重地摔在地上——

摔下去的一瞬，季暖下意识地去捂肚子，可身体在地上连续滚了几圈，四肢百骸都有剧痛传来，她几乎失去知觉。

那辆巨型货车直奔她而来，此时更是加快了速度。

季暖听见声音，猛地抬起眼，看着那辆即将冲向自己的巨型货车。

连跳车的后路都被对方堵死了？居然连一线生机都不留给她？绝望和惊恐的情绪淹没了她……

千钧一发之际，巨型货车后方几米开外的那辆黑色宾利忽然发出恐怖的加速声，在季暖即将被货车碾过的时候，黑色宾利以惊人的速度冲入她的视线，果断横挡在季暖与货车之间!

轰——

一声冲天巨响。

季暖恍惚间仿佛看清了车牌号，大脑的某根弦瞬间断裂。

“不要——”

因为眼前两辆车的撞击，季暖的身体被震得向路边滚去。连滚了几下都无法停住，她向着高速路边的安全栏狠狠撞去，腹腔内撕扯般的剧痛一波一波向她袭来。

后方的车辆因为前边这场可怕的车祸纷纷急刹车，接连的刹车声随之响起，接着，世界仿佛在一瞬间安静了下来。

季暖有些吃力地抬起眼，看向被巨型货车撞得钢板都扭曲了的黑色宾利。被撞毁的车身正向下滴着汽油。随着滴下的汽油越来越多，逐渐有血混合着汽油向外蔓延……

季暖疼得浑身发抖，心更像空了一大块，望着那辆车，她徒劳地在地上用力爬行，却怎么也爬不动，腹部尖锐的抽痛一下一下刺激着她的神经。

"景深……"

远处响起轰然的爆炸声，不用猜也知道是苏雪意所乘的那辆车自燃爆炸了，冲天的火光和浓重的黑烟为天空蒙上一层灰黑色。

高速公路上安静得让人窒息，死寂的味道慢慢渗透季暖的皮肤。她紧绷的神经一点点松弛下来，内心却是一片冰凉。季暖从来没觉得天空这样灰暗过。

黑色宾利一动不动地停在那里，车身下方泄漏的汽油蹿起一小片火光。季暖盯着火光，咬牙拼命要爬过去把火扑灭。她努力了半天，却只向前移动了几厘米。

"墨太太！"封凌的声音由远及近，她迅速推开围观的人群跑进来。

封凌红着眼睛，看见趴在地上的季暖，忙向她冲去。

封凌蹲下身要去扶季暖，季暖却死死地盯着那辆黑色宾利，哑声说："车里的人……是谁……"

"我先扶你起来。"封凌几乎从未哭过，现在看见季暖茫然空洞的目光，又看见她下身渗出的血迹，红着眼睛用力将季暖扶起。

然而，季暖站都站不稳，只是看着那辆车："告诉我……车里的人是谁……"

封凌咬着牙，没说话。

季暖缓缓地转过眼，看向封凌："是墨景深吗？"

封凌抓着季暖的手臂，免得季暖摔下去，手却在微微颤抖。她垂下眼，低声说："我们和墨先生已经追踪到你们的位置，开车追了过来，但是看见你突然被苏雪意从车窗里推出半个身子，墨先生的车就加速到了极限……"

听到这里，季暖恍惚了一下。车里的人是……墨景深……

季暖用力推开封凌，踉跄着就朝那辆车扑去。

封凌没料到季暖还有力气推开自己，一下被推得措手不及。她忙伸手去扶季暖，季暖已经扑到黑色宾利边。

封凌上前将险些跪倒在地的季暖拉住，并紧紧抓着她的胳膊道：“墨太太，你别这样……”

季暖盯着眼前一动不动的宾利，耳边仿佛什么声音都没有。

几乎与封凌同时冲进人群的南衡一句话都没说，直接叫阿K等人把巨型货车的司机逮下来。同时一群人脸色肃然，准备救援。

周围其他司机对着这个方向指指点点——

“前面那辆车是不是爆炸了？怎么会忽然爆炸？太可怕了！”

“这辆车已经漏油了，快看，着火了！”

“这辆车会不会也爆炸啊……”

窃窃私语声灌不进季暖的耳朵，她强忍着眼泪，红着双眼盯着碎裂的车窗。她想挥开封凌的手，封凌却用力抓着她的胳膊。最后，封凌两手抱住她：“墨太太，你别冲动！”

“放开我！”

“墨太太！”

“封凌，你放开我！”季暖声嘶力竭地喊着，“放开——”

“这辆车随时可能发生大面积自燃！墨先生不顾性命将车开过来横挡在这里，就是为了保住你的命！无论墨先生怎么样，你现在不退开，墨先生不是白白牺牲了吗？”

“牺牲什么？怎么可能会牺牲？他不会的——”

季暖像疯了一样在封凌怀里挣扎，最后实在挣扎不动，听见南衡他们正试图撬开车门，她的眼泪再也止不住，整个人无力地在地上跪了下去。

“季暖……”封凌忍不住叫季暖的名字。

低头看见季暖不停颤抖的肩膀，封凌把手放在季暖肩上，努力平静地说：“你下身都是血。你先上车，季暖，你别这样……”

眼见车下的火苗越来越大，季暖想要上前扑灭，南衡骤然抬起眼，看向季暖的方向，沉声道：“封凌，立刻把季暖带走！”

带走季暖是必然的，有了南衡的命令，封凌更是强行将季暖从地上扶起来，搂着季暖的肩，拉着她的手道：“走！”

季暖不说话，也不动，一直盯着黑色宾利。看着从车门里蔓延出来的越来越多的血，她只觉得天昏地暗。

“墨景深，你给我出来！快出来啊！”季暖脑袋发空，下意识地要向车门走去，却被封凌按住。她怔怔地看着已经变形的车门，“宾利车的安全气囊比很多车都好，他不会有事，对不对……”季暖像是在与封凌说话，又像是在与车里的人说话，更像是自言自语。

封凌没吭声。

再好的车，若以刚才那种速度冲上来，也不是正常人能承受的，何况刚刚墨先生是把车横挡了过去，被撞的部位是车的侧面。那里的结构本就不如前后车身牢固，车内的情况显然不会比车外好，只会比她们看见的更糟。

即使封凌出生入死多年，早已见惯生死，可刚才那一幕，她仍然永生难忘。

封凌握着季暖的手，用力扳过她的身子，就要带她走。

季暖其实没剩多少力气，下身的猩红与黏腻更是让她明白，这一刻她究竟失去了什么。

为什么会这样?

为什么忽然间变成了这样?

在被强行带着转身的瞬间，季暖目光空洞发直。她望着地面，仍然能听到宾利车上滴着汽油的声音，一滴、两滴……